吴霁生自选集

人生格言

为人要正
工作要勤
业务要精

——录自中国文史出版社 2008 年（中英文对照双语版）《中外哲理名言》第 522 页吴露生格言

专业追求

思辨深邃
发现敏锐
见地独到
文笔优美
精解前说
补益通说

——录自中国舞蹈家协会《舞蹈》总 439 期 2018 年第 3 期第 93 页

舞蹈
人文世界的追忆

吴露生自选集

吴露生 著

上海文化出版社

吴露生

研究馆员，多所高校与文化艺术研究机构的特邀研究员、客座教授、导师。

在个人专著、国际国内学术会议文集、报刊等中已发表四百多万字。先后出版的代表性专著有：《寻觅舞蹈》《群众文化工作概论》(合著)，《中华舞蹈志·浙江卷》(主编、第一作者)，《中国舞蹈》(1998年第一版)，《群众文化学》(合著)，《浙江舞蹈史》《中国舞蹈》(2017年修订版)，《长兴百叶龙》《拾遗稿缄》《吴露生自选集》等；为《中国舞蹈词典》《当代中国词库》《生活情趣集成》《灿烂的浙江文化》《中国浙江民族民间舞蹈词典》等大型工具书多章(册)、多条目的撰稿人；亦是国家艺术科研重点项目《中国民族民间舞蹈集成·浙江卷－浙江民族民间舞蹈综述》执笔，全国艺术科学"十一五"规划文化部重点课题《中国戏曲、民间舞蹈、民间音乐现状调查》子课题《浙江省民间舞蹈现状调查报告》学科负责人、调查报告作者，《浙江传统舞蹈研究文集》等论文集的执行主编与主编。

多有著述、论文为中央广播电视大学、中国人民大学等高校的指定教材或读物，入选北京舞蹈学院函授教材与《国际百越文化研究》《世界遗产》《舞蹈学研究》《舞蹈家论舞蹈》等专集专刊。曾获文化部科研成果金奖、全国艺术科学规划领导小组国家艺术科研重点项目文艺集成编纂成果一等奖、WCPS世界生产力(中国)科学成果奖、浙江省人民政府申报人类非物质文化遗产和国家级非物质文化遗产工作记功表彰"专家特别贡献奖"、首届浙江省精神家园守护者荣誉奖、浙江省非物质文化遗产保护工作先进个人、浙江舞蹈奖·荣誉奖等荣誉。数十次担纲国内、国际大型活动与晚会的总策划与总导演。作为总导演、艺术总监与所在艺术团一起出访过澳大利亚、捷克、法国、意大利等国家；编排的节目曾在法国第62届第戎国际民间艺术节、法国瓦隆第23届国际民间艺术节、意大利阿尔贝洛第34届国际民间艺术节上获艺术节组委会高奖。曾先后应邀在浙江大学、复旦大学、北京舞蹈学院、浙江传媒学院、中国美术学院、上海师范大学、上海戏剧学院、浙江音乐学院等20多所高校及人文大讲堂·文澜讲堂等讲学(座)。

名家友好留墨选

图1：吴晓邦（右）与本书作者1985年在南京召开的"全国舞蹈创作会议"期间

图3

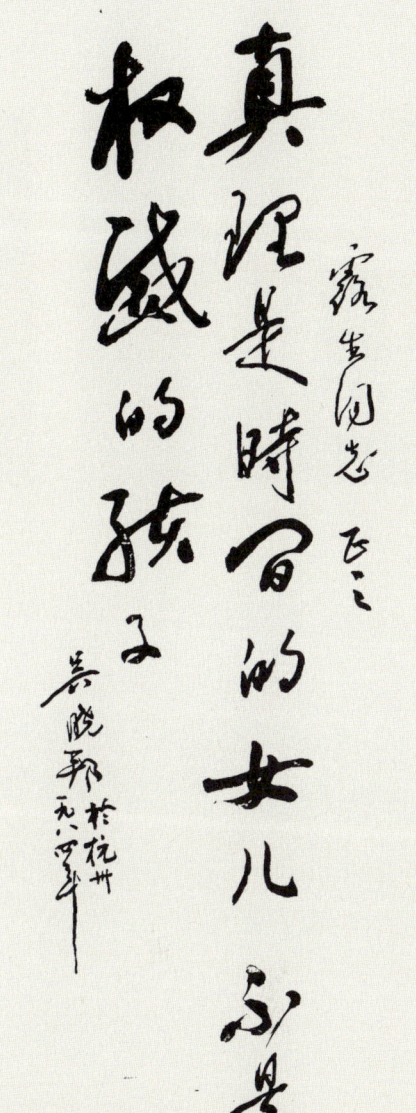

图2

吴晓邦（1906-1995）

中国新舞蹈艺术的开拓者与奠基人，一代宗师。曾任中央民族歌舞团团长、中国艺术研究院舞蹈研究所所长、中国舞蹈家协会主席（图1）。"真理是时间的女儿，不是权威的孩子"是吴晓邦先生1984年在杭州讲学时，书赠本书作者的条幅（图2）。描绘江南山水的这幅国画为本书作者于1985年至1986年在《舞蹈》编辑部工作后，要调回浙江原单位，去晓邦老师家辞行互有不舍时，吴晓邦赠予的一件保存了几十年自己的绘画作品（图3）。此为1959年末至1960年初吴晓邦因被错误批判，亲手创办的"天马舞蹈艺术工作室"被迫停办，他在故乡江苏太仓一度"闲居"时的习作。赠画时，吴晓邦于画作上手签"晓邦"名字、盖好印章后，若有所思地说："其他文字就不写了，你就畅想水墨间吧……"

图1：贾作光（右）与本书作者 1994 年在北京"龙潭杯"全国民间广场舞蹈大赛期间

图2：贾作光于 1949 年表演的《雁舞》（录自《新中国舞蹈艺术》，中国文联出版社）

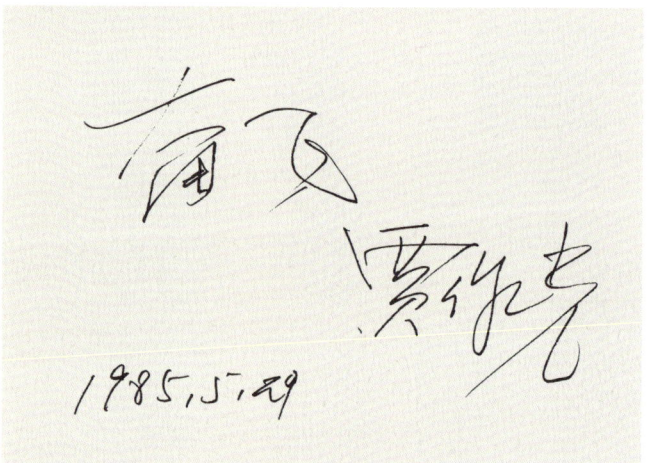
图3

图4

贾作光（1923—2017），满族

中国当代舞蹈艺术大师，中国现代民族民间舞的奠基人（图1）。曾任联合国教科文组织所属国际民族艺术组织（IOV）副主席、中国舞蹈家协会第一副主席、中国舞蹈家协会名誉主席、国家文化部艺术局专员等。20 世纪 50 至 60 年代创作的《鄂尔多斯》《盅碗舞》《挤奶员舞》曾分别获世界青年与学生和平与友谊联欢节一等奖、金质奖章和铜质奖章。贾作光曾先后热情地为本书作者专著《寻觅舞蹈》《浙江舞蹈史》作序。"奋飞"字样为 1985 年 5 月 29 日中国舞蹈家协会第 5 次会员代表大会期间贾作光手书给本书作者的厚望（图3）。"诗情舞韵"为 1995 年在京举行的一次民族舞蹈研讨会后，贾作光有感而发挥毫书赠本书作者的条幅（图4）。

图1：康巴尔汗（右）于1950年表演的《盘子舞》
（录自《新中国舞蹈艺术》，中国文联出版社）

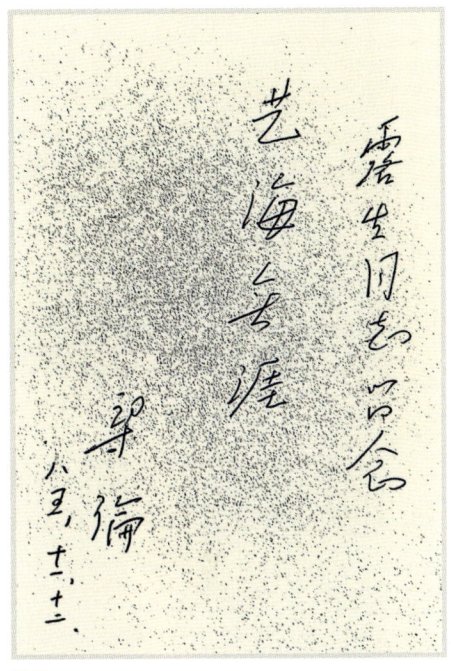

图2

图3

康巴尔汗·艾买提·女（1922-1994），维吾尔族

"天山之花"康巴尔汗·艾买提是现代维吾尔族舞蹈的集大成者，也是杰出的舞蹈表演艺术大师（图1）。在中国，她率先将自然传衍的新疆维吾尔等各民族舞蹈整理加工成精美的舞台艺术。20世纪50年代初开始系统整理维吾尔族等新疆各民族的舞蹈教材，言传身教，培养出了几代优秀的新疆舞蹈家。康巴尔汗曾任新疆维吾尔自治区委员会副主席、中国文学艺术界联合会副主席、中国文学艺术界联合会新疆分会副主席、中国舞蹈家协会副主席、新疆舞蹈家协会主席等。康巴尔汗亲自授意、亲笔签赠的"祝你工作顺利"字样（图2）为1985年5月中国舞蹈家协会第5次会员代表大会举行间隙，恰逢本书作者时的友好留墨，汉字则为其助理协同写下。

梁伦

著名舞蹈编导家、舞蹈理论家、舞蹈教育家。20世纪40年代梁伦就深入少数民族地区收集、改编《阿细跳月》《撒尼跳鼓》等民族舞蹈。1945年在中共地下党与闻一多先生支持下，梁伦组织彝族在昆明演出"彝胞音乐舞蹈晚会"，此次演出是昆明解放前一次争取民主的文化艺术活动，影响甚大。梁伦历任中国舞蹈艺术研究会常务理事、中国舞蹈家协会副主席、中国舞蹈家协会广东分会主席、广东省文学艺术界联合会副主席、华南歌舞团团长、广东省歌舞团团长等职。"艺海无涯"（图3）是1985年11月本书作者参加了吴晓邦主席亲自组织指导的"中国舞蹈家协会民间舞蹈调研组"（成员还有胡克、谭美莲）赴广东工作，梁伦在本书作者调研笔记本上留下的箴言。

图1：白淑湘与本书作者于1995年的一次会议期间

图2：白淑湘（右）1958年于芭蕾舞剧《天鹅湖》中表演的白天鹅（录自《新中国舞蹈艺术》，中国文联出版社）

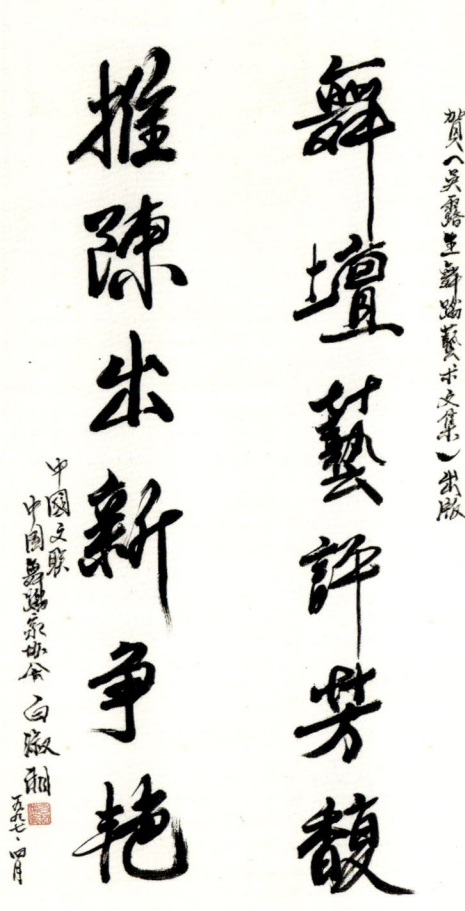

图3

白淑湘·女

著名芭蕾表演艺术家（图1）。曾在新中国排演的第一部世界经典芭蕾舞剧《天鹅湖》中担任女主角，是中国芭蕾舞坛"起飞"的第一只"白天鹅"奥杰塔（图2）；也为新中国第一个现代芭蕾舞剧《红色娘子军》的女主角，首个"红天鹅"吴琼花。在10多部古典芭蕾剧目中，她都曾担任过主要角色。她的表演感情真挚、动作准确规范，风格明快。1980年在菲律宾国际芭蕾舞节上，她与其他中国演员合作，共同获得集体表演一等奖。"舞坛艺评芳馥，推陈出新争艳"（图3）为1997年4月时任中国文艺界联合会全委会副主席、中国舞蹈家协会主席白淑湘为本书作者专著《寻觅舞蹈》的题词。

图1：舒巧（左）与冯双白（右）于1998年应邀在"浙江群众舞蹈理论研讨会"期间与本书作者（中）亲切交谈

图2：舒巧（左）1959年于舞剧《小刀会》中的表演（录自《新中国舞蹈艺术》，中国文联出版社）

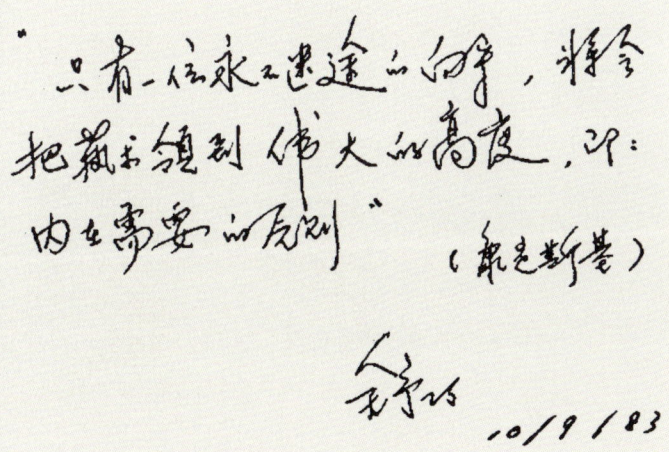

图3

舒巧·女

被业界誉为"中国舞剧皇后"的舒巧（图1）20世纪50至60年代曾主演过闻名于世的《剑舞》《弓舞》及舞剧《小刀会》（图2）、《宝莲灯》等。编导的《弓舞》《剑舞》曾分别获得第7届、第8届世界青年学生和平与友谊联欢节金质奖和铜质奖。1979年以来，舒巧与其他编导合作创作的舞剧《奔月》等，为中国舞剧的革新做了开创性努力。曾任上海歌舞团业务副团长、香港舞蹈团艺术总监、第五及第六届中国舞蹈家协会副主席。她于一次讲座后在本书作者的笔记本上写下的著名现代艺术家瓦西里·康定斯基的名言："只有一位永不迷途的向导，将会把艺术领到伟大的高度，即：内在需要的原则"（图3）。这也正是舒巧舞蹈艺术能达到如此高度的她所坚持的内在原则。

图2：刀美兰（左2）1958年于舞蹈《赶摆》中的表演（录自《新中国舞蹈艺术》，中国文联出版社）

图1：1990年在北京"吴晓邦'舞蹈学研究'讨论会"期间与著名舞蹈家刀美兰（右）合影

图3：（傣文大意）大自然是美的，生活是美的，艺术也是美的，在我的眼中生活比艺术更美——刀美兰 90.2.27.

刀美兰·女，傣族

中国舞蹈家协会顾问。曾任全国人大常委、中国舞蹈家协会副主席、云南省舞蹈家协会主席等（图1）。从20世纪50年代的《孔雀公主》《少卜少》《赶摆》（图2），到大型音乐舞蹈史诗《东方红》《金色的孔雀》和《水》的表演，我国著名傣族舞蹈家刀美兰都以迷人的艺术魅力向世人展示了她那独特的艺术风采，在海内外舞坛上散发出民族艺术的芳馨。1990年2月23日至28日"吴晓邦'舞蹈学研究'讨论会"在北京举行，刀美兰与本书作者又一次于会中相遇。27日合影留念后手书傣文给作者留下了她"大自然是美的，生活是美的，艺术也是美的，在我的眼中生活比艺术更美"的美学箴言（图3）。

图1：崔善玉表演的极具浓郁朝鲜族风情"神、气、韵"完美结合《长鼓舞》享誉海内外

图2

图3

崔善玉·女，朝鲜族

我国著名朝鲜族舞蹈家，中国舞蹈家协会顾问（图1）。曾任中国舞蹈家协会副主席、吉林省文联副主席、吉林省舞蹈家协会主席。代表作有《欢喜》《长鼓舞》《扇子舞》《顶水舞》《刀舞》等。其中崔善玉改编、表演的具有浓郁朝鲜族风情的《长鼓舞》更成为她享誉中外舞坛的经典之作。1990年2月23日至28日"吴晓邦'舞蹈学研究'讨论会"在北京举行时，崔善玉朝鲜文与汉文并举，写下了作为一个表演艺术家对舞蹈理论工作者的一许期冀："希望您在理论界，我在第一线实践中，我们彼此之间互相支持、互相鼓励，为舞蹈事业作出新的贡献吧。"（图2、3）

图1：孙景琛（右）与本书作者1988年在浙江考察摩崖石刻后留影

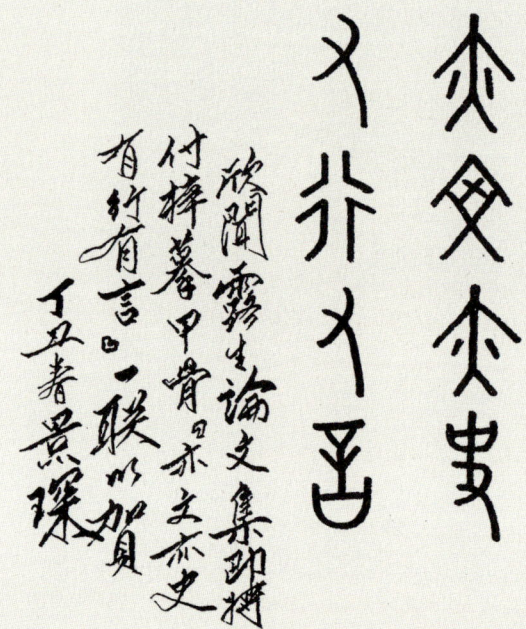

图2

孙景琛（1929-2008）

　　我国著名舞蹈史论家，中国艺术研究院舞蹈研究所研究员（图1）。生前担任了国家重点科研项目30卷本《中国民族民间舞蹈集成》总编辑部常务副主编（主编：吴晓邦）、《中国乐舞史料大典》总主编；参与负责创办了《舞蹈》《舞蹈丛刊》等刊物；著有《中国舞蹈通史·先秦卷》《中国历代舞姿》等专著；发表《舞史研究的回顾与展望》《〈九歌〉源流》《〈大傩图〉名实辨》等学界有影响的学术论文百余篇。"亦文亦史有行有言"是孙景琛先生1997年"欣闻露生论文集即将付梓，摹甲骨'亦文亦史有行有言'以贺"（图2）的墨迹。

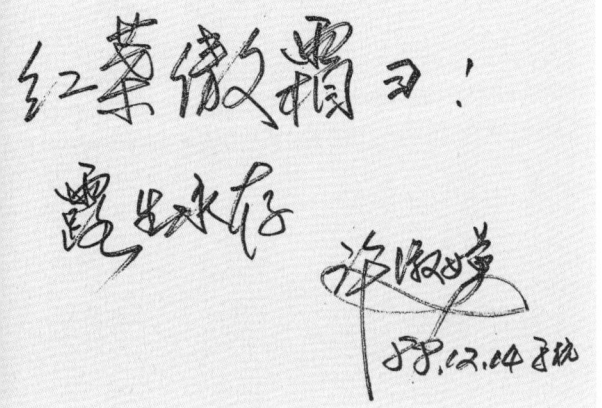
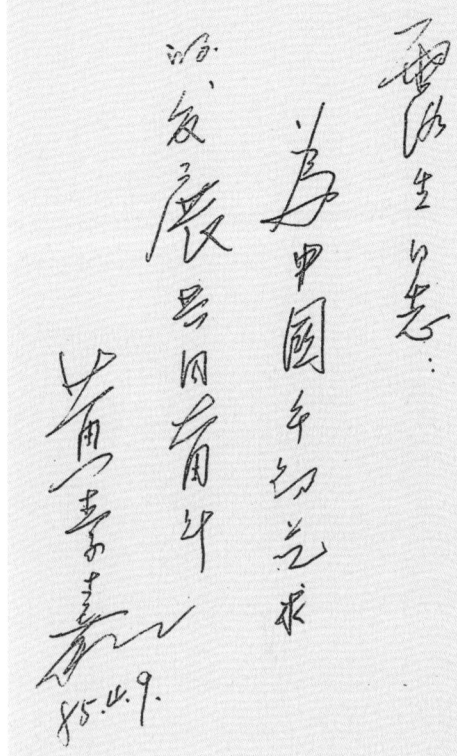

许淑英·女（1934–2011）

北京舞蹈学院教授，"杰出的中国舞蹈教育家、理论家，北京舞蹈学院创校元老、资深教授，中国民族民间舞教学体系的主要创建者和学科带头人"。在北京舞蹈学院成立中国民间舞系之前，以许淑英教授为首的教育家们将"元素教学"引入了课堂，完成了大学教材的建制，形成了五个民族十个地区民间舞教材的框架，为中国民族民间舞的教学与发展做出了卓越贡献。"红叶傲霜雪！露生永存"是1988年11月14日许淑英作为《中国民族民间舞蹈集成（浙江卷）》的特约审读来到杭州，一次与本书作者长聊后留下的字迹。

黄素嘉·女

原中国人民解放军南京前线歌舞团著名舞蹈编导，曾任中国舞蹈家协会第四届常务理事、第五届主席团委员、江苏省舞蹈家协会主席。创作有脍炙人口的代表作《丰收歌》和《水乡送粮》等，参加了大型革命史诗《东方红》以及大型歌舞《中国革命之歌》的创作、排练、演出与电影拍摄，是当时全军唯一参加这两部国家组织的大型歌舞的女编导。1985年4月本书作者受《舞蹈》杂志委派，作为记者去前线歌舞团采访时，黄素嘉在本书作者的采访本上写下了："为中国舞蹈艺术的发展共同奋斗"互为共勉的字样。

图1：冯双白（右）与本书作者2016年在中国艺术研究院舞蹈研究所举办的"纪念中国舞蹈史研究60年研讨会"期间

吴舞大地耕耘坚守
风荷连天带露萌生

祝贺舞蹈史论家吴露生舞蹈著作出版 丁酉初春冯双白

图2

冯双白

中国舞蹈家协会主席、中国艺术研究院博士生导师（图1）。长期从事中国古代乐舞思想史、近现代舞蹈史、当代舞蹈史及艺术思潮、舞蹈应用理论的研究工作，科学地将舞蹈理论和实践相结合，先后担纲了《咕哩美》《妈勒访天边》《水浒》《玉鸟》《风中少林》《花木兰》《舞台姐妹》等多部舞剧的编剧；写作并出版了多部舞蹈学术著作，其中《新中国舞蹈史》《中国现当代舞蹈史纲》等受到广泛关注和好评。冯双白积极参与舞蹈界重要的文化活动，并在全国许多省市进行舞蹈讲学，为中国舞蹈事业的研究和发展起到了积极的推进与引领作用。"吴舞大地耕耘坚守 风荷连天带露萌生 祝贺舞蹈史论家吴露生舞蹈著作出版"（图2）是为本书作者《中国舞蹈》（2017修订版）出版的题词。

纵横交汇，史论相亲，
亦师亦友，舞学知音。

——恭贺吴露生先生《自选集》面世

2021年4月26日于北京

图2

图1：2017年欧建平（左）应邀到浙江指导工作，与本书作者考察古村落时合影

欧建平

中国艺术研究院舞蹈研究所名誉所长、第五任所长、博士生导师（图1）。近40年来，用汉英双语在海内外出版《舞蹈概论》《舞蹈美学》《东方美学》《印度美学理论》《当代西方舞蹈美学》《现代舞的理论与实践》《西方舞蹈文化史》《世界艺术史·舞蹈卷》《当代中华舞坛名家传略》《香港舞蹈历史》等著译30余部，在海内外百余种报刊、文集、辞书上发表文章千余篇，包括在美、英、德、以、韩、马等国舞蹈刊物上发表文章30篇，为牛津大学出版社的《国际舞蹈百科全书》、圣詹姆斯出版社的《国际芭蕾辞典》和《国际现代舞辞典》撰写"吴晓邦、戴爱莲"等大中条目10个，为中国舞蹈走向世界尽心竭力且兴致盎然。曾热情地为本书作者专著《中国舞蹈》（2017修订版）作序。"纵横交汇，史论相亲，亦师亦友，舞学知音"是欧建平先生闻讯《吴露生自选集》即将面世的贺词（图2）。

图1

> 像吴露生与各位非遗传统舞蹈传
> 承人这些为我国非遗保护事业做出巨大贡献
> 的辛勤劳动者是我们非遗保护事业的宝贝！
>
> 江东

图2

江东

舞蹈学博士，研究员。中国艺术研究院舞蹈研究所原副所长，中国非物质文化遗产保护中心传统舞蹈研究室负责人，博士生导师，国务院学位委员会学科评议组成员。从事现当代中国舞蹈发展史研究、中外舞蹈文化比较研究、非遗公约文本研究、舞蹈评论与舞剧编剧30多年，著述逾百万字。主要著作：《江东舞蹈文集》（四卷）、《印度舞蹈通论》等20余本，曾荣获第二届"啄木鸟杯"中国文艺评论优秀作品奖、文化部科技大奖等。舞剧编剧作品如《泥人的事》《库布其》《李白》等均获国家艺术基金。"像吴露生与各位非遗传传（统）舞蹈传承人，这些为我国非遗保护事业作出巨大贡献的辛勤劳动者是我们非遗保护事业的宝贝！"图2为2019年2月14日至16日江东应邀到"浙江龙舞研讨会"指导工作，在会议纪念册上留下的感言。图1为江东（左1）郑慧慧（左2）与本书作者（左3）等正步入会场。

图1：邓佑玲（右）2019与本书作者在全国首届非遗传统舞蹈生存现状研讨会期间小憩时的留影

> 知识分子是人类文化的自觉者和推动者。我尊敬的
> 吴先生露生老师就是中国舞蹈领域的自觉者和推动者。
> 贺 吴露生自选集出版！
> 邓佑玲 2020.11.于北舞。

图2

邓佑玲·女，土家族

艺术学博士后、教授（图1）。现任北京舞蹈学院副院长、《北京舞蹈学院学报》主编、北京市哲学社会学科学民族舞蹈文化研究基地负责人、中国艺术人类学会副会长等。先后参加国家哲学艺术学科"八五"以及"九五"规划重点课题《中国民族文化大观》和《中国民族文字与书法宝典》、国家民委"九五"科研课题《民族教育学通论》、国家教育科学"十五"课题"中国民族艺术教育概论"等课题的撰写和研究工作。得悉《吴露生自选集》即将出版，邓佑玲于2020年11月欣然命笔祝贺："知识分子是人类文化的自觉者和推动者。我尊敬的吴先生露生老师就是中国舞蹈领域里的自觉者和推动者。"（图2）

图1：赵学勇（左）与本书作者2012年在孔氏家庙磐安榉溪"婺州南宗祭孔"大典期间

图2

赵学勇

世界遗产专家委员会秘书长、（巴黎）世界遗产文化中心秘书长、（苏州）联合国教科文组织世界遗产教育中心副秘书长（图1）。曾在中国驻外使领馆任外交官多年；曾作为中国新闻代表团团长率团到韩国、日本进行文化及旅游业专访；成功策划、组织并负责香港回归、澳门回归、"走进硅谷"、克林顿访华等大型专题采访。历任《世界知识画报》《世界人文画报》《世界遗产》杂志社社长/总编；也是著名书画艺术评论家、书法家，中国毛体书法家协会顾问。2016丙申年冬临近春节，赵学勇先生从国外返回北京时特地挥毫泼墨给本书作者快递了将名字露生嵌入上、下款中的书法：上款"仁德义智甘露"，下款"福禄康宁平生"，居中为喜庆的"福寿"两个大字（图2）。

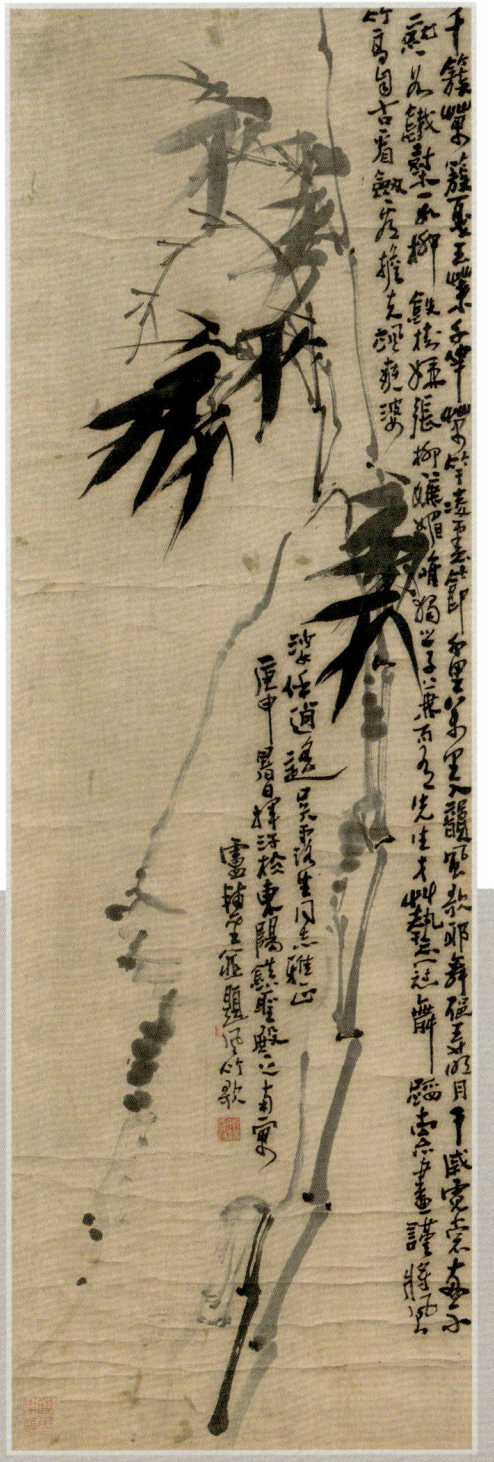

卢辅圣

中国美术学院博士生导师。曾任上海书画出版社社长、总编辑,兼《书法》《朵云》《艺术当代》等刊主编,上海美术家协会副主席。擅书画创作和美术理论,著有《天人论》《书法生态论》《中国文人画史》《海派绘画史》等。修养丰厚,著述累累,独具见识的美学理论融会贯通于自己出色的创作实践,业绩斐然。"千簇万簇夏玉叶,千竿万竿凌云节,千里万里入韵风,歌耶舞耶弄明月。干戚霓裳两不就,一如铁树一如柳;铁树嫌鲠柳嫌媚,唯独此君兼而有。先生才艺冠舞蹈,索画谨将风竹高。自古看剑看担夫,飒爽婆娑任逍遥。"乃数十年前的一个暑日,卢辅圣和本书作者作为东阳(东阳有"初日之地"美称)老家好友,于"吴宁台"共话桑麻,切磋技艺,笑谈之间兴犹未阑,辅圣先生挥笔作就了这幅"山石风竹图"馈赠本书作者。

图1：2020年11月黄惠民先生（右）策划《吴露生自选集》后于沪上与本书作者的合影

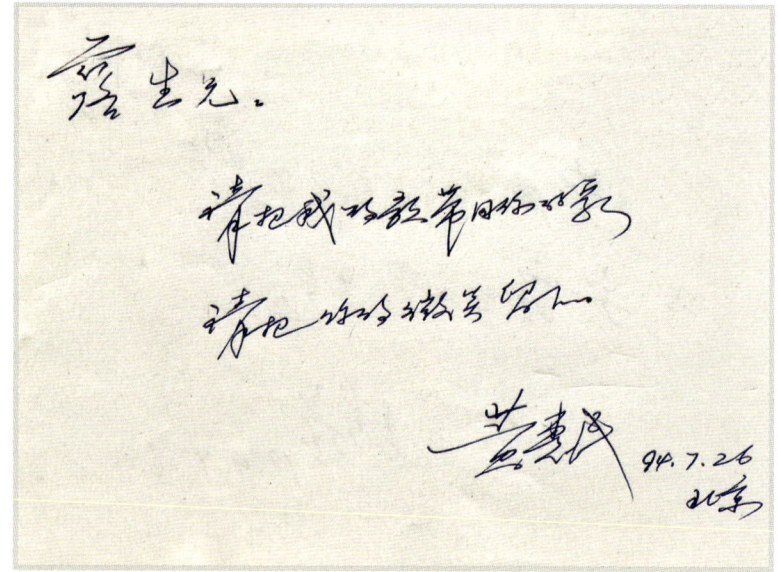

图2

黄惠民

上海音乐出版社特邀舞蹈编审，上海学林出版社特邀文化艺术编审，南京艺术学院中国当代舞剧研究中心研究员、西安音乐学院舞蹈专业客座教授（图1）。原上海音乐出版社舞蹈编辑部主任、舞蹈艺术中心总策划、编审，中国舞蹈出版界标志性人物，被业界赞誉为"中国舞蹈图书出版界第一编辑"。其策划、责编的图书曾荣获文化部1987年度科技成果一等奖、上海图书奖（2001-2003）一等奖、上海文艺出版总社2003年度十大优秀图书奖等。著作《羽化而升——白马舞蹈评论》2016年出版后，得到广泛好评。黄惠民受邀于国家艺术基金2017年度艺术人才培养资助项目《舞蹈评论与制作人才培养》及全国多地高校举行"留得枯荷听雨声——舞蹈评论与创作"的讲座。"请把我的歌带回你的家，请把你的微笑留下"（图2）是黄惠民先生与本书作者一起参加"舞蹈'94北京国际舞蹈院校舞蹈节"期间，就舞蹈话题互相欢畅交流后的潇洒留墨。

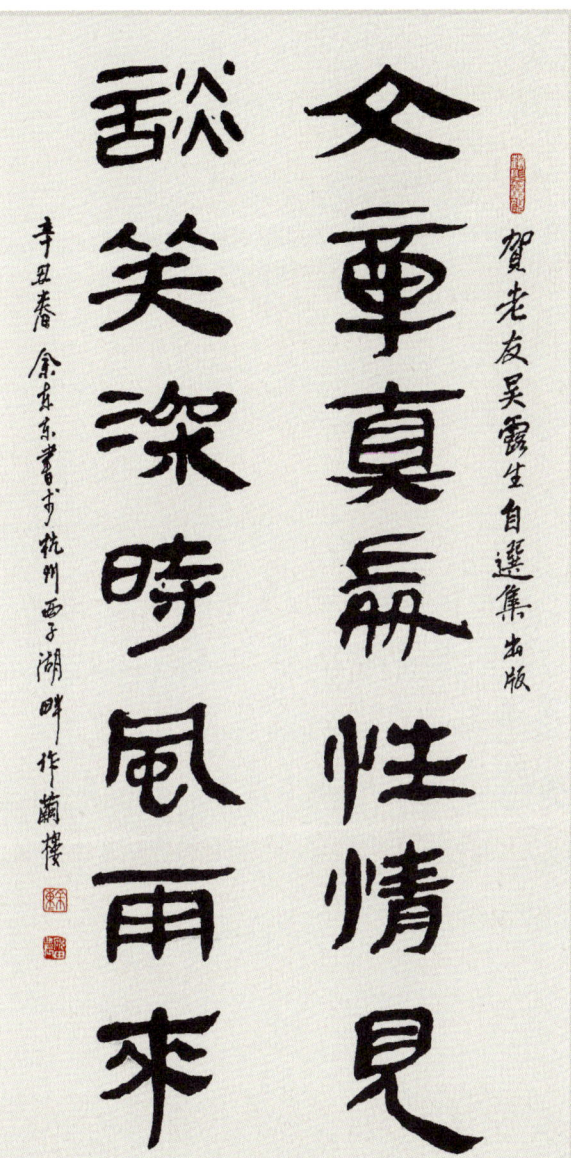

余东东

  研究馆员。浙江省群众艺术馆（现省文化馆）原馆长，浙江省艺术研究所原所长；曾任浙江省文联委员，浙江省民间文艺家协会副主席、顾问，浙江省美术家协会常务理事，浙江省文化厅非物质文化遗产保护专家组专家。作为本书作者在浙江省群众艺术馆（现省文化馆）与浙江省艺术研究所工作时多年领导的余东东，2021年4月获悉《吴露生自选集》将要面世，即挥毫泼墨，"文章真处性情见 谈笑深处风雨来"。

图1：本书作者与崔巍（中）、欧建平（右1）等在2018年冬的一次聚会中

图2

崔巍·女

浙江省舞蹈家协会主席，杭州歌剧舞剧院院长、国家一级导演（图1）。1997年创作的舞蹈诗剧《阿姐鼓》，荣获第九届文华导演奖等多项国家大奖；2008年担任北京奥运会开闭幕式中心执行副总导演，党中央、国务院授予"北京奥运会、残奥会先进个人"；2014年为中国大运河申遗创作舞蹈剧场《遇见大运河》，策划完成沿中国大运河六省两市巡演，并在国家艺术基金支持下成功走向苏伊士运河、巴拿马运河等世界十大运河传播中国文化。2019年获党中央、国务院、中央军委授予的中华人民共和国成立70周年纪念章。"风还在吹，轻轻中已有了春的暖意，舞史、舞论、舞评，力透纸背、睿智满屏。谁在我的思绪，唤醒记忆？我尊敬又友好了多年的吴露生老师。蓦然回首，又是一次与您新著的美丽邂逅……古老的远行抵达现今，让世界看到中国舞蹈最美好的模样。"图2是2021年阳春3月，崔巍自北京参加第十三届全国人大四次会议后返杭，得知本书作者的新书将要出版，有感而发相赠的笔墨。

舞蹈专著图录选

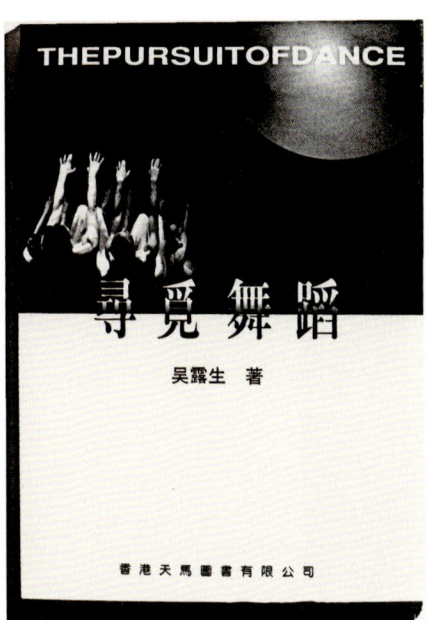

《寻觅舞蹈》书样

《雀之灵》中央民族歌舞团杨丽萍表演（沈今声摄影）

选自吴露生《寻觅舞蹈》，香港天马图书有限公司 1997

《天鹅湖》中央芭蕾舞团白淑湘表演（1997年白淑湘赠予本书作者）

《黄河魂》南京军区前线歌舞团演出（叶进摄影）

选自吴露生《寻觅舞蹈》，香港天马图书有限公司 1997

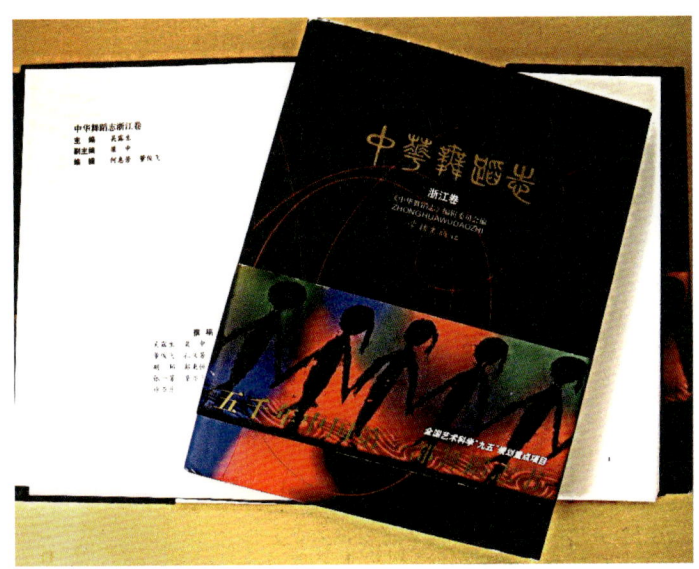

《中华舞蹈志·浙江卷》书样

《魁星点斗》浙江东阳婺剧团王正洪表演
（张吉清摄影）

曾经的大山村《盾牌舞》（本书作者摄于东阳大山村）

选自吴露生主编、第一作者《中华舞蹈志·浙江卷》
学林出版社 1997

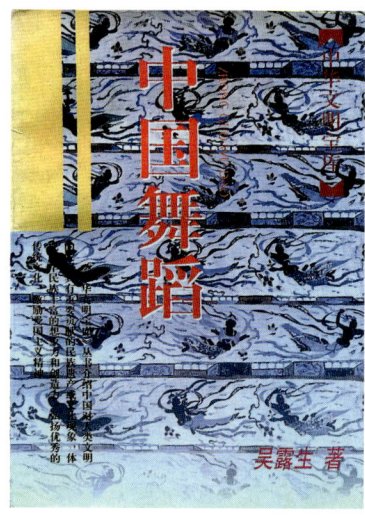
《中国舞蹈》(1998版)书样

《剑舞》上海歌舞团舒巧表演(录自吴露生:《中国舞蹈》,上海古籍出版社 1998)

《鱼美人》北京舞蹈学校陈爱莲等表演(录自吴露生:《中国舞蹈》,上海古籍出版社 1998)

选自吴露生《中国舞蹈》(1998版)上海古籍出版社 1998

《浙江舞蹈史》书样

德清瓷盖——"前溪歌舞"余韵（本书作者提供）

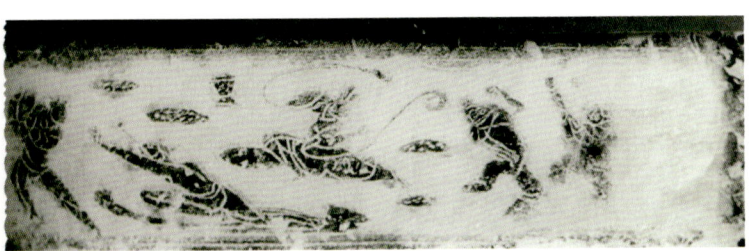

海宁"三女堆"汉画像石《巾舞》（拓片·海宁市博物馆供图）

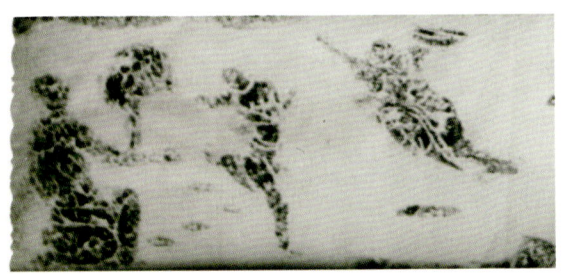

海宁"三女堆"汉画像石《七盘舞》
（拓片·海宁市博物馆供图）

常山孔家弄婴头自然村隋墓砖画舞蹈形象（1987年
常山县文管会摄）

选自吴露生《浙江舞蹈史》学林出版社 2014

人气特旺的百年渔村舞蹈《大奏鼓》（周学军摄影）

传承至今的《余杭滚灯》在 2010 年上海世界博览会花车巡游活动中（周铭摄影）

选自吴露生《浙江舞蹈史》学林出版社 2014

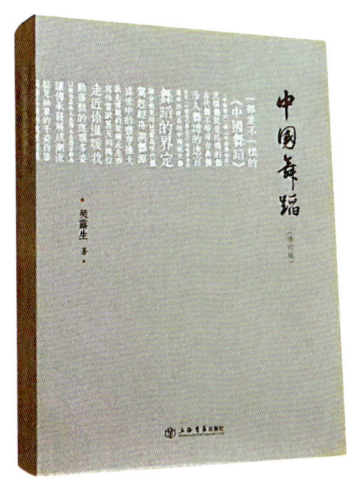

《中国舞蹈》书样

舞剧《朱鹮》上海歌舞团演出（黄惠民摄影）

景颇族歌舞《目瑙纵歌》云南德宏州民族文化工作团演出
（叶进摄影）

《小城雨巷》南京军区前线歌舞团演出
（叶进摄影）

选自吴露生《中国舞蹈》（2017修订版）上海书店出版社 2017

《拾遗稿缄》书样

甘肃拉卜楞寺正月法舞表演（新华网图）

畲族婚嫁（录自"浙江非遗"）

选自吴露生《拾遗稿缄》浙江大学出版社 2019

本书作者去田头采风

江南三月田头闹（摄于缙云县田头）

"采风"图选（1）
本书作者摄影

鸳鸯双龙出门去（摄于长兴县李家巷）

外婆老家的高跷队（摄于东阳市虎鹿镇）

"采风"图选（2）
本书作者摄影

本书作者协助 CCTV-1 与文化部民族民间
文艺发展中心采访国遗《嘉善田歌》传承
人顾友珍、顾秀珍（录自 CCTV-1 音像）

赶场的演员（摄于浦江县）

现代舞《幻茶迷经》（摄于西溪天堂艺术中心）

"采风"图选（3）
本书作者摄影

入夜的港湾,渔火处随风飘来了轻轻的渔家安眠曲(摄于温岭市石塘渔港)

"采风"图选(4)
本书作者摄影

目 录

序

冯双白：文章千古事，得失寸心知
——写在《吴露生自选集》出版之际 ---------- 9

自 序 ---------------------------------- 12

论坛钩沉

略谈舞蹈语言的个性 ---------------------- 31
论舞蹈的共赏之美 ------------------------ 34
群众舞蹈管窥 ---------------------------- 40
当代群众舞蹈主潮断论 -------------------- 46
《中国民族民间舞蹈集成·浙江卷》
浙江民族民间舞蹈综述 -------------------- 53
于越巫文化中的舞蹈现象 ------------------ 76
关于"舞蹈资料理论"的若干思考 ------------ 84
畲族图腾舞蹈生发的观念心态 -------------- 91
"群众文化"的界定及其研究 ---------------- 97
地域舞蹈文化品格的三维构建 ------------- 120
民间舞蹈的性表现美 --------------------- 127
生息于风俗中的民间舞蹈 ----------------- 132
广场民间舞蹈表演艺术特质及其运作 ------- 144
龙舞崇拜文化的平民特性 ----------------- 151
信息在舞蹈艺术生产组织管理中的定向作用与内在张力 ------- 157
非物质文化遗产的存活与当代性 ----------- 164
斑斓多姿的南宋民间舞队 ----------------- 174
萤声大江南北的《前溪舞》 --------------- 187
常山隋墓砖画上的舞蹈形象 --------------- 194

《德寿宫舞谱》探秘 ---- 201

浙江舞蹈史脉简说 ---- 209

民俗活动的"记忆、修正、升级" ---- 236

让古老的远行抵达如今
　　——在浙江大学"第二届艺术大师讲座"上的演讲 ---- 241

"面具计划"的中国情结
　　——在中国美院学术报告厅与法国艺术家对话性演讲（摘要） ---- 249

累积　感悟　思辨　补正
　　——关于浙江舞蹈史研究的思考 ---- 258

舞蹈的源起与分野 ---- 265

舞蹈：抽象了的千姿百态 ---- 279

渐次显现的中国三大舞蹈理论历史现象 ---- 300

浙江龙舞的前世今生 ---- 312

传统舞蹈的阐释与旨向辨析 ---- 319

当代视域下的江南舞蹈文化性格
　　——在2020舞蹈高等教育学科建设论坛暨长三角
　　　舞蹈发展论坛·中国民间舞学科建设专场上的主题演讲（摘要） ---- 329

非常时期崛起的非常态舞蹈变革
　　——在首届中国舞蹈发展论坛
　　　（后疫情与5G时代的民族舞蹈）上的发言（摘要） ---- 339

舞海拾贝

蚕乡芳馥扑面来
　　——评舞蹈《采桑晚归》的艺术特色 ---- 347

发自"前线"的报告 ---- 350

试说《跳马伕概述》的编写指向及开掘 ---- 355

躁动的海派舞蹈 ---- 358

陌生的熟悉
　　——浙江省第四届音舞节舞蹈述评 ---- 363

地域舞蹈文化观念的当代对应
——兼评浙江专业舞蹈新作 ———————————— 366
一次密集信息和拓展思维的北行
——第二届全国舞蹈比赛追忆 ———————————— 370
2000·12·叩击世纪门扉的璀璨群星
——全国第十届"群星奖"舞蹈比赛述评 ————————— 378
从喧闹都市走向市井村落 ———————————————— 383

名家侧影

吴晓邦的历史作用及其艺术思想的研究（摘要）—————— 389
我们的吴晓邦：20世纪的中国舞坛泰斗
——兼说他的二三事 —————————————————— 394
论贾作光的舞蹈理论思维品格 ———————————————— 402
风中牡丹 舞中女杰
——深切怀念盛婕先生 ————————————————— 409
京丰夜话 ————————————————————————— 415
"总部人"，在世纪大门前
——采访沉思录 ————————————————————— 421
孙景琛：在莫测的森林 —————————————————— 428
红木三部曲 ——————————————————————— 438
张平，您好 ——————————————————————— 446

艺林漫步

"眼高手低"析 ————————————————————— 457
思想·流派及其他 ———————————————————— 459
佳词一得
——《傻大姐》赏析 —————————————————— 461
舞蹈的"现代意识"及其历史沉积 —————————————— 463

舞坛散步 —————————————————————— 468

舞蹈创作不能让内容湮没了形式
——在浙江《舞蹈家》编辑部举办的"中国舞蹈现状的弊端与建设"
专题讨论会上的发言 ———————————————— 473

对探索作品的保护 ——————————————————— 476

狂泼德宏州 冷觅敦煌壁
——文化聚会外的散记 ————————————————— 478

对舞蹈评论的评论 ——————————————————— 482

浙地话说端午节 ———————————————————— 484

是戏非戏：凌空焰光中的惊艳 —————————————— 486

以热情睿知触摸传统舞蹈的灵魂
——2019在全国非遗传统舞蹈研讨会上的致词 ————————— 488

附录 专家点评

吴晓邦：给吴露生的一封信 ——————————————— 493

贾作光：《寻觅舞蹈》序 ———————————————— 495

贾作光：《浙江舞蹈史》序 ——————————————— 497

欧建平：《中国舞蹈》（2017修订版）序 —————————— 499

赵学勇：民族情结 文化情怀——《拾遗稿缄》序言 —————— 503

欧建平：孜孜以求 厚积薄发
评——吴露生的《中国舞蹈》（2017修订版） ————————— 506

殷亚昭：觅舞者的踪迹——读吴露生《寻觅舞蹈》有感 ————— 511

应乃尔：播种者的丰收是可期的 ————————————— 513

跋

王淼：吴露生先生的"理想人生" ————————————— 517

后记 ———————————————————————— 522

序：文章千古事，得失寸心知
——写在《吴露生自选集》出版之际

吴露生先生嘱托我为《吴露生自选集——舞蹈·人文世界的追忆》写一篇序。我满口答应他，为了一件鲜为人知的历史渊源。吴露生第一次在《光明日报》上发表论述舞蹈语言的文章时值1981年。恰好是在那一年，我考入中国艺术研究院攻读吴晓邦先生的硕士研究生，开始舞蹈史论研究与舞蹈创作的漫长道路。此后的四十年里，虽然我与吴露生既非同学也非同僚，却可以称为同道。他写的各种文章，虽然没有通读，但一旦谋面，往往喜上心头，那是一种看法未必完全相同，但是志向永远一致的心领神会。我为吴露生的见识和文采叫好，更从他的思考和论述中受益匪浅。看到我们共同无比尊敬的吴晓邦先生为吴露生所写的题词——"真理是时间的女儿，不是权威的孩子"，却觉得我们的确是泛舟艺海里的同学了。

吴露生这本自选集，读起来十分有兴趣。涉猎颇为广泛，显示出20世纪80年代成长起来的一个学者的独特思考和思维轨迹。该自选集涵括了作者在舞史钩沉、舞蹈作品分析、舞蹈理论概念定义、传统舞蹈的阐释与辨析、民族舞蹈发展趋势、全国舞蹈大赛综述与评价、著名舞蹈团体成功经验之总结、当代舞蹈流派之点评、杰出舞人之个案研究以及非物质文化遗产保护、群众文化之社会实践等方面的内容。他的种种论说，角度独特，见解新颖，文笔流畅，像温煦的江浙春风，搅动杭嘉湖水，泛出点点波光。

也许有人诧异，一个舞蹈学者怎会涉猎如此广泛？我却以为，那是吴露生毕生专业追求之结果：思辨深邃、发现敏锐、见地独到、文笔优美、精解前说、补益通说。他把这个追求当作自己学术生涯的明确定位，并用一组人生格言作为支撑：为人要正，工作要勤，业务要精。例如，他在对20世纪80年代著名舞蹈作品《采桑晚归》的评论中，以小博大，努力将一个小节目的观赏纳入了时代的大视野，从而引申出对全局性问题的思考和对舞蹈创作发展规律的诠释。又如他研究吴晓邦，着眼于历史发展脉络里的人物思想，提出了吴晓邦的三个非常之处可入历史丰碑：1.首先创立了中国舞蹈的舞台艺术；2.高举起了新舞蹈艺术的旗帜；3.集舞蹈的表演、教学、编导、理论于一身，长期坚持把舞蹈实践活动与系统的理论研究结合起来。由此，吴露生在《吴晓邦的历史作用及其艺术思想的研究》一文中较早地提出了吴晓邦艺术思想是中国舞蹈理论进入"第三台阶"的重要观点，影响广泛。

吴露生自己也高度重视理论与实践操作相结合。经受住实践检验的理论，才能于社会发展有所贡献。他收入自己的自选集，也这样要求自己。例如，他在2006年6月3日中国第一个"遗产日"前夕，在"人文大讲堂"上发布了一篇题为《非物质文化遗产的存活与当代性》的演讲，是当时国内较早的关于非遗保护的有影响的讲坛先声之一。该文被收入自选集，是因为吴露生先生竟然将16年前自己的观点与当下我国非遗法以及现今非遗的一些主流理论两相对照，发现自己文章主要观点基本准确，并未过时，因而收在文集当中。对待自己的理论观点，如此严苛者，可谓少见矣！

一位学者，从立言的角度，就这样要求自己，已经内含了立德的意蕴。恰如吴露生。

当代做舞蹈学问的人，大体走两种路子：一种是借鉴某种现成的理论框架，非常有意识地去对应着建构舞蹈体系，甚至有某种洋洋大观的样子；另外一种，则是从自己所面临的舞蹈问题出发，本着实事求是的原则，一点一滴地论说舞蹈，持之以恒，从而有所发现。吴露生应该属于后者吧。他所涉及的领域，初看上去似乎有些庞杂，方方面面，兼而有之。但是，如果细细读进去，读者自然会发现其中很多的真知灼见，触类旁通，甚至锱铢必较，格物致知。这是一个舞蹈学者求知务实的学术立场和态度。在当下某些浮躁文章盛行、浮夸态度泛滥的风气里，如此务实的学术追求，弥足珍贵。

知微见著，似乎是南方舞人由地域文化养成的内在心性吧。吴露生先生在群众文化领域是一位有真正见识的大家。他常常从概念定义入手，逐渐搭建起有关领域的大框架，并由此深入探讨这一领域的真理，并发表独到的见解。吴露生视野开阔，思维敏捷，具有比较典型的发散性思维特点。这种又称为辐射思维、放射思维、求异思维的思维方式，表现出面对研究对象和万千事物时思考的一种扩散式状态，思维视野广阔，思维呈多维度、多向度的发散状态，常常达到融会贯通的结果。发散思维是创造性思维的最具代表性的特征，是产生创见的最重要的方式之一。吴露生在他最为熟悉的群众舞蹈文化田野间追踪、捕捉那种潜在的发展趋势，大至江浙民间舞甚或全国民间舞发展大趋势，小至某个作品的评论甚或某一组语言韵律的分析，都带着他能够左右逢源、上下关联的思维特点，并张开有力量的文笔之双翼，让他在舞蹈史论天地间翱翔。

吴露生先生的自选集，以四十年的心血笔耕，证明了一件事情：他一以贯之的严格要求自己，一以贯之地尊重文字，求真，务实，面对层出不穷的实践问题，不虚饰，不掩饰，不矫情，不妄言，力争字字有出处，句句有证明。

这让我们想起了唐代大诗人杜甫的《偶题》，诗云："文章千古事，得失寸心知。作者皆殊列，名声岂浪垂。"

读《吴露生自选集》，心中充盈着感动，一些读后感跃然纸上。

代为序。

（作者冯双白系中国舞蹈家协会主席、中国艺术研究院博士生导师、中国著名舞蹈理论家和评论家）

自　序

　　为何要出一本自选集？实际上我自己一开始也不是很清晰。最初的动因似乎是我有几本拙著，例如1997年6月香港天马图书公司出版的《寻觅舞蹈》，1998年7月上海古籍出版社出版的《中国舞蹈》，2014年3月学林出版社出版的《浙江舞蹈史》等几乎已在所有发行机构脱销。面对藏书点、友人索要者抑或是教学应用处（例，浙江有几所高校将《浙江舞蹈史》作为舞蹈专业教材）是重印？重版？还是出版一种集自己专著之成的套书？选择中、纠结中，有热心的朋友建议出版"自选"之"要文"而于"集"的说法——这个说法打动了我。

　　可是当我在"百度"搜索中输入了"自选集"的关联词后，却又一阵迟疑——中国文坛较早的《自选集》有大文豪鲁迅的，他是于1933年应上海天马书店之约，从《呐喊》《彷徨》《故事新编》《野草》《朝花夕拾》五种文学作品中选编而成，是鲁迅唯一的一部"自选集"，堪称鲁迅小说、散文、散文诗的荟萃，鲁迅文学创作精华的浓缩。前些年，新华文轩集团做了一套当代作家的自选集，好像王蒙、王安忆、苏童等均赫然在列。当然也有其他专家学者的一些自选集。自己仅仅是个普普通通居安江南一隅，追求学术有所进步的舞蹈学者，似乎不能与大学问家还有许多卓有成就的专家相提并论。

　　灌入书斋的清风吹开了案头几本网购来的自选集扉页，王蒙为几位作家写的序文引起了我的注目，我按住窗风的翻飞轻声阅读了起来："时文而晒一晒，静一静，冷一冷，莫佳于出版自选集。""几十年后反观，上千万字中的挑选，已经经受了飞速变化与不无纷纭的潮汐的考验，能选出未被淘汰的东西来，是对出版更是对读者的一个贡献。""几十年光阴荏苒，总算有那么几块石头戳在那里，记录着时光和里程，记忆着希冀和奋斗，还有无限的对于生活、对于文学的爱惜与珍重。它们延长了记忆，扩展了心胸，深沉了关切与祝福，也提供给所有的朋友与非朋友，唤起各自的人生百味。"

哦，我想我就做那块戳在舞蹈和人文世界时光和里程追忆中小小的石头吧！

清风散结，终于不纠结了。特别在几个舞界好友和出版家的热心鼓励中，作为自己的收官之作——《吴露生自选集》终于在2021牛年开春开选开笔了。

在这本集子中我首先要向吴晓邦、贾作光等良师益友致敬！人生之路，他们总是热忱地引导、推动、帮扶着我。他们似照亮我心灵的点点烛火，在茫茫的研学之路上给予我许多启迪与点醒；他们又如片片叶舟，在不同的前行时刻，与我一起联袂同进，穿行在浩瀚的知识之海；他们总是令我肃然起敬，又给人予温暖慰藉——因而就有了卷首的"名家友好留墨"。因为它是我反刍难忘记忆不可或缺的一个重要部分，是映射我人生岁月一片色彩纷呈的恒久光芒！尽管由于本书彩页篇幅与体例所制，有的师长和友人没有收录之内，但他们的友谊与专业成就同样值得我牢记一辈子。

那些享誉国际、国内声望的泰斗、大师，对业界作出了杰出贡献的专家学者们的箴言真迹所表达的对人生隽永又富含哲理的警句，对文化艺术感悟的美学思考，对自然山水草木的深情吟咏，对一个虽然普通但也追求上进的我的热情鼓励——"名家友好留墨"也是留给舞蹈与人文世界可供参照、别具样式、吉光片羽般的一种史（资）料吧。

自选集按照发表时间顺序排列的开篇《略谈舞蹈语言的个性》为自己舞蹈探究的起步习作。确切地扳指，已是可以倒数回去40个数字了。

记得那是1981年大雪纷飞的一天寒春，为自己业务收获平平而苦恼不堪的我，正斜倚在被窝里信手拈来一本关于火山奇观之类的闲书消遣，忽然其中一种说法突兀纸面:古罗马时期，人们看见火山喷发的现象，便把这种火山燃烧的原因归之为火神武尔卡（Volcano）发怒，也同时确定火山一词的英文名称Volcano，意大利南部地中海利帕里群岛中的武尔卡诺火山便由此而得名。按现代板块构造理论来解释火山的成因，则是由于板块的内部地壳较稳定，板块的边界地壳则较活动，地球的内能易从板块构造的边缘地带传到地表。并认为，据此可解释许多内力作用现象的成因。联想到自己，缘何三十而不立？可能与爱好广泛，诗、画、乐、舞都涉猎，就是对舞蹈几乎也是编、演、教、研都喜欢，大概这是以有限的内力去平推艺术的大山而形成的不佳效应吧？但倘若窄化专业，握聚成知识的力拳，又着意寻找舞蹈板块之间的缝隙，乘边缘而上，不就可作少些障碍阻滞又易见成效的尖锥突破吗？！我想自己应该集聚内力首先到最偏爱的舞蹈领域中寻求某些突破。由于那个时候还没有普及电脑，更没有什么搜索引擎，冲动的神经引发出冲动的行为是一连数日从傍晚到次日，翻箱倒柜地在读书卡片、笔记、古书堆、新思潮文章及记忆的仓库中寻寻觅觅，终于找到了一个小小的"缝隙"：当时报刊中，舞蹈理论家谈得较多的是舞蹈的趋向，或一个具体作品的整体评价，很少深入到舞蹈作品元素的个性研究；舞台上多有课堂教学的套路、动作与对优秀舞蹈节目中动作的搬用，将舞蹈演员的形象简单替代着舞蹈作品的形象，而太少了舞蹈语言的个性；此外，当时一些专家权威对舞蹈语汇的规范化比较强调，而这种强调的效应，论说中的若干不确切及与此相关的观众对"千舞一面""满台皆舞不见舞"的腹诽……因而，意欲论说一番舞蹈语言的个性，就成了在喉之鲠，欲吐为快。跟着板块的边沿走，一篇题为《略谈舞蹈语言的个性表现》在方格稿笺上很快谋成。由于初试牛刀，我以挂号邮件寄往当地一家群艺馆刊物，想先在内刊做个美梦。可事与愿违，一周以后好梦惊醒，原稿退回！但我固执又睹气地认为自己"内力作用于板块缝隙"的方法论并没有错。惊魂稍定以后，又贴上4分钱的邮票（20世纪80年代平信邮资8分，投稿邮资4分）

干脆将稿子原封不动地寄往我心目中全国最高品位的《光明日报》学术栏目。过了一个多月的3月8日，我妻子从教书育人的学校回来，拿着一张报纸满腹狐疑地冲着我发笑："上面一篇文章的作者也叫吴露生，你们是不是同名同姓的呀？"我抢过来一看，文章是《略谈舞蹈语言的个性》，《光明日报》学术版几乎以半个版面发表了我的处女作，只不过编辑将我的原题删去了末尾两字，就这样我的第一篇舞蹈研究论文从斗室中走出，见到了光明。

尽管现在看来这篇短论字里行间有着些许遗憾，但自那年的"三八妇女节"以后，我这个想做点学问的男人就一发不可收拾，爬一通格子或码上一行字，就迷进去一层，再也不会完完整整走出一个先前的自我了。

"论坛钩沉"是以舞蹈为主及于非物质文化遗产保护、群众文化等方面的社会实践中，关于对客观世界认识的论述。

接着开头第一篇，是自己在当时最为熟悉的群众舞蹈领域间追踪、捕捉那种潜在的发展趋势以及实践中关于正反方面思考的三篇论文。面对着当时部分舞蹈作品或孤芳自赏，或媚俗俯就脱离广大群众的现象，在《论舞蹈的共赏之美》中提出了作品不但要具有艺术美的一般性质，而且应具有艺术美的特殊性质的"雅俗共赏"与"今末共赏"的观点，认为"共赏之美"才是舞蹈创作闪亮的黄金点。在《群众舞蹈管窥》《当代群众舞蹈主潮断论》中呼吁着人们要更多地培植和思考更有广泛性的群众舞蹈，也评说着当时群众舞蹈在形成一股热潮的同时，还存在着淡淡隐忧的状况，从而期盼望着在扬长克短中更为健康地发展。《非物质文化遗产的存活与当代性》为2006年6月3日中国第一个"遗产日"前夕，在"人文大讲堂"的演讲稿，是当时在国内较有影响的关于非遗保护的讲坛先声之一。虽然已过去了16年，但是对照后来出台的我国非遗法与当今有关非遗的主流理论，当年的演讲并不过时，主要观点基本准确，因而仍收入文集。《"群众文化"概念的界定及其研究》是与他人合著《群众文化学》一书中本人撰写章节的节选，其中梳理了"群众文化"与"群众文化学"的历史沿革，分析了群众文化与其他文化类的根本差别：从内部特质来讲为人们的"自我参与""自我娱乐"与"自我开发"，而"职业外"则是它的外部形态。在国内首次提出了"群众文化"与"群众文化学"的定义及其演绎。《信息在舞蹈艺术生产组织管理中的定向作用与内在张力》在"生产率发展和世界繁荣与和平 北京国际高峰论坛"暨"世界生产率科联（中国）（WCPSCC）科学成果学术研讨会"上提交了"积聚自力冲击板块缝隙舞蹈定向作用于信息的：输入→存贮→处理→输出→反作用输入"的理论研究成果。《传统舞蹈的阐释与旨向辨析》一文论述了关于"传统舞蹈"的界定并由此缘事而发，在对象性实践的累积中探究着传统舞蹈本体特质及与非遗其他门类交织时的辨识。《浙江民族民间舞蹈综述》是于国家艺术科研重点项目《中国民族民间舞蹈集成·浙江卷》卷首执笔的文论，为填补浙江文化史在这方面空白，首篇关于民间舞蹈人文历史较为系统的论述。在《浙江舞蹈史》与《中国舞蹈》等专著的节选上，较注重了例如《常山隋墓砖画上的舞蹈形象》《〈德寿宫舞谱〉探秘》等章节的原创性与出版以后读者更加在意的关注点，更是由于《浙江舞蹈史》发行机构售罄的现状，为了给研究舞史特别是研究浙江舞蹈历史的人提供已有研究成果的参照，选取了《浙江舞蹈史脉简说》这不似独立的文论而具实用价值的资料入集。收入"论坛钩沉"的还有一些如《地域舞蹈文化品格的三维构建》《于越巫文化中的舞蹈现象》等论文系深入田野调查后于地域文化方面的研究成果。在浙江大学、中国美术学院、北京舞蹈学院民族舞蹈文化研究基地、上海戏剧学院舞蹈学院、复旦大学、浙江传媒学院等处的演讲则分别阐述了在非物质文化遗产及其传统舞蹈、江南舞蹈的文化性格方面的学术观念。2020年11月在山东艺术学院举行的"首届中国舞蹈发

展论坛 - 后疫情与 5G 时代的民族舞蹈"的演讲稿《非常时期崛起的非常态舞蹈变革》，则是"自选集"截稿前最后入集的一篇文论。

"舞海拾贝"为舞蹈评论选辑。既有作为《舞蹈》期刊的特约稿，对全国第十届"群星奖"舞蹈比赛的述评，又有关于第二届全国舞蹈比赛的追踪，对海派舞蹈、浙江舞蹈等地域性舞蹈文化作品的个性化剖析。在《发自"前线"的报告》等舞评中尝试了面对一个艺术团体的整体，如解放军前线歌舞团系列作品宏观把握式的评析，也着眼微观从个案切入，在舞蹈《采桑晚归》的评论《蚕乡芳馥扑面来——评舞蹈〈采桑晚归〉》中，以小博大，将小节目的观赏纳入了时代的大视野，从而去引发出关乎全局性舞蹈创作规律的诠释。在坚守"评论家具备应有的专业属性，是冷静的评论，持之有据，说之有理，能透发出思辨的萦萦回味"的专业品质，遴选入辑的评论是以具有类别的代表性为主界别的，例《躁动的海派舞蹈》因中国人民大学书报资料中心 J6（音乐舞蹈研究）的转发而辑入，《蚕乡芳馥扑面来——评舞蹈〈采桑晚归〉》则因著名舞蹈评论家于平选编了此文为北京舞蹈学院《舞蹈评论教学·上编——舞蹈作品评点》而入录；《陌生的熟悉》《地域舞蹈文化观念的当代对应》是对浙江省专业与群众舞蹈系列作品的评说。"陌生"是庆幸浙江编舞群体对一种过于"熟悉"创作惯性的悖离，不甘平庸的一种奔突。崔巍、朱萍、殷放、陈春燕、周金瑜、梁建平等的新作，显示了当时还是青年编导的他们难能可贵的敬业精神和艺术张力。虽然《试说《〈跳马伕概述〉的编写指向及开掘》点评的是当年《中国民族民间舞蹈集成》文化工程中的一篇关于传统民间舞蹈的"概述"，但由于这篇文章当时产生的影响与作用，且在如今持续推进中的非遗传统舞蹈保护的记录工作中可能有着触类旁通、举一反三的效应，故而虽是文章对文章的评论，仍然纳入了"舞海拾贝"之中。

"名家侧影"是对吴晓邦、贾作光、盛婕、刀美兰、孙景琛、孙红木、胡嘉禄、张平共八位舞蹈名家和《中国民族民间舞蹈集成》总编辑部这个舞蹈家群体的人物研究与报告文学。

1985年11月7日至12日，中国舞蹈家协会、中国艺术研究院舞蹈研究所等七家单位在苏州首次举办了"吴晓邦舞蹈艺术思想研究会"，这是中国舞蹈历史上第一次对一个健在于世舞蹈家的艺术思想开展研讨的全国性学术活动。《吴晓邦的历史作用及其艺术思想的研究》较早地提出了吴晓邦艺术思想是中国舞蹈理论进入"第三台阶"的一个重要象征，及他值得铭刻于历史丰碑上的三个非常之处：1.是吴晓邦首先把中国舞蹈的舞台艺术创立了起来；2.吴晓邦是一位为着新舞蹈艺术奋斗了半个多世纪的舞蹈家；3.吴晓邦是中国舞蹈史上少见的集舞蹈的表演、教学、编导、理论于一身，把长期的舞蹈实践活动与系统的理论研究结合起来的舞蹈家。1995年7月8日中国舞蹈的一代宗师吴晓邦不幸仙逝，在中国舞协编辑出版纪念他的文集中，应约撰写的《我们的吴晓邦：20世纪的中国舞坛泰斗——兼说他的"二三事"》与前文不同的是并未直接抒写他在开拓新舞蹈艺术中的丰功伟绩，而是从我在他身边工作与学习遇到的细微之处着眼，在"他的二三事"中让人们感悟到吴晓邦为何是一个升腾了崇高境界的人，一个虚怀若谷、博大精深的大师。

贾作光在中国现代舞蹈史上是一位十分重要的人物，特别是在舞蹈创作与表演方面的成就还超越了国界，是享有世界声誉的著名中国舞蹈家。当代国内外舞蹈界的许多人总是将他看作一个舞蹈着的大家，但他的艺术思想同样十分重要而值得人们去重视、去研究。2000年3月18日至20日由文化部艺术局、国家民委文化宣传司、中国文联组联部、北京市文联、中国舞蹈家协会主办，北京市舞蹈家协会等三十二家单位承办的"贾作光舞蹈艺术思想研讨会暨纪念晚会"在北京成功举行。《论贾作光的舞蹈理论思维品格》是向研讨会递交的论文，后来也入选了本人有幸担任责任编委、具体编辑的《贾作光舞蹈艺术思想研讨会文论集》。这篇文章的不同视角是对贾作光广为传颂的舞蹈表导方面的卓越贡献几笔带过,重点则阐述了他在理论方面的成就,贾作光的理论文章的数量与舞蹈理论家相比不算很多,但独树一帜,几十年如一日地"从一出发,多角切入;不尚空话,鞭辟入里;贵在发现,意在应用。始终坚持从人民需要的舞蹈实践这一根本点出发"的理论思维的品格是永恒的。

2017年年初,天气并不太冷,"可是人们的心里却是一阵又一阵的冰凉,1月6日刚刚送走了仙逝的贾作光老师,还没来得及抚平心中悲恸的波澜,只过了3天,又惊悉了盛婕老师瞑目九泉的噩耗!"就在自己深深的悼念之际,接到了《舞蹈》稿约撰写纪念盛婕老师的文章,于是,时不时饱含着热泪的我,在一天一夜满满的情思中写就了《风中牡丹 舞中女杰——深切怀念盛婕先生》一文。文章除了梳理出盛婕在中国新舞蹈建设中不平凡的生平,及她作为贤妻与战友几十年如一日的对吴晓邦的关爱、崇敬和在舞蹈事业方面的支持。主要写了我所熟悉的在平常事中所体现出来有着非凡心境的这位舞中女杰。如在参加"中国舞蹈家协会民间舞蹈调研组"出发前盛婕先生难忘的行前叮嘱;她当年深入民间采风轶事中所体现出来的高尚品德与专业精神。第二年中国文联出版社出版了《盛婕先生追思文集》,收入了刊登《舞蹈》的《风中牡丹 舞中女杰——深切怀念盛婕先生》,7月6日,中国文联、中国舞蹈家协会在京主办了"纪念盛婕同志百年诞辰"活动,应邀与会发言时在这篇文章的基础上又作了若干补充。

《京丰夜话》由《轻轻的击拍》《"五加六"的震荡》《旋风般的掌声》三个短篇组成,是1985年在中国舞蹈家协会第五次代表大会会后先后对刀美兰、胡嘉禄、吴晓邦的访谈札记。全文以轻松素净的笔调在对三位舞蹈家片断的缝缀中,将自己的感触娓娓道来。

《"总部人",在世纪大门前》是应《舞蹈》杂志之约,对《中国民族民间舞蹈集成》总编辑部群体采访后的一篇报告文学。文章除了对国家艺术学科研究重点项目"舞蹈集成"的系统文化工程的世纪使命与历史性贡献作了概括性的介绍,自己是以深情的笔触先后对梁力生、周元、康玉岩、陈冲、孙景琛、吴曼英等编辑专家令人感动、振奋之处作了纪实性的描述,努力让"总部人"活生生的精神世界于字里行间呼之欲出。

由于在20世纪80年代初我就投入了民族民间舞蹈集成的工作,自己专业的主要方向也是以中国民族民间舞蹈历史与文化研究为主,所以和我国著名舞蹈史论家、《中国民族民间舞蹈集成》常务副主编孙景琛的交往也是相对较多。《孙景琛:在莫测的森林》是我与孙景琛在深入交谈、相处体会后的文字结晶。题目的形成是因他曾向我讲起过因大面积心梗而濒死的感觉引发,"是向着漆黑漆黑莫测的森林间走去走去……"更由于他又认为民舞集成文化工程"既是勃勃生机的千草万木,又是永远莫测的森林"。在我十分赞同他对民舞集成的比喻时,也还认为他是"一棵普普通通,就是最后也要挺立着告别世界、莫测森林间的树"。《孙景琛:在莫测的森林》是我并不太随意写就,至今还算比较满意的报告文学。

《红木三部曲》中的主人公是被业界称为"江南田园诗人"的浙江歌舞团著名舞蹈编导、我的好友之一孙红木。"三部曲"之"醉",描述的是他醉在舞蹈里,醉在事业中,醉在创作的愉悦间的对事业的酷爱;"磨",则写了他那坚忍不拔的意志和对艺术的精益求精;"格",认为孙红木已通过系列作品形成了自己的创作风格:"饱蘸情感,以浓郁的民族特色,地方风味去描华夏之魂,抒乡土之音。"因而,孙红木的生前杰作《采桑晚归》《幸福水》等载入了《新中国舞蹈艺术》等史册,至今仍是一些歌舞团上演的节目,"编舞家的成功,莫过于当他寂寞地撒手西去时,舞台上正热闹地上演着他编导的作品"。

只与成都市歌舞团张平聊过一次,就写出了关于她和她二度创造的文学特写，得益于张平的坦诚，我对《鸣凤之死》这部舞剧十分欣赏。第一次见面是在1985年的金秋，吴晓邦主席作为《舞蹈》杂志的兼任主编，指示我去北京二七剧场观摩《鸣凤之死》并采访张平。演出时我打开小手电快速地于铺在膝盖上的小本本记下舞中要点与随感。次日在剧场的一间不大的会客室里，我又在采访本上快速地记下和张平的访谈。一个多小时很快过去，当我要起身告辞时，张平从包里取出几册硬壳本本，对着我闪烁着那美丽又有点神秘的大眼睛："这是我的几本日记，借给您翻翻，弥补交谈的仓促，让您更好地了解我。"又说："这里有作为女孩子的秘密，要保密，要寄还给我哦。"当时，真有点出乎我意料被如此信任，忙不迭地扶着眼镜直点头，一连说了好几句"谢谢"。回到编辑部，我设法躲开同仁的目光，翻开采访笔记和张平的日记，渐渐地映射于脑海的是舞剧中一个穿过历史悲欢、塑造得非常成功的鸣凤形象，与一个生生奔泻着舞蹈和生活爱恋着的、极其真实的舞蹈家……于是，一篇《张平，您好》在1986年第1期《舞蹈》上被吴晓邦主编圈定为粗黑体要目在"人物志"栏目刊登了。

"艺林漫步"是漫步于艺林的随想、随笔，有寻雅觅风饶有兴味的篇什，也有忽忽飞散的零碎杂念。

《舞坛散步》并不如《舞蹈》杂志发表这篇文字时，于"卷首语"所评价的那样为"作者久思之作"。实际上，因为当时觉得骨髓于喉有话要说，有一股冲动，此文写得还是比较快的。记得也是写作习惯使然，掌灯时分起笔，破晓之际落成，然后对着初稿又发了一天呆。想不到《舞蹈》责编也没什么改动很快就给发表了。这篇自己至今也算比较满意的随笔也是我的第一本文集《寻觅舞蹈》的"代自序"，一些段落后来在讲学、论文中还多次被应用："舞坛，不过是人们感觉中的一种圈地。人，一旦进了去，注定无法摆脱苦难（苦与难）。而苦恋者又特别难受煎熬。

当有人扯着自己的头发痛苦地诘问自己时,马克思早在字里行间轻轻击拍:'在科学的入口处,正像在地狱的入口处一样。'影界阿丹竟由此感叹成一部《地狱之门》。""一次学术会议只有一种论调,不会是富有成果的学术会议;一个理论家只能包容一种观点,不会是成熟的理论家;我们的舞蹈理论家,应该以批判的态度对待全人类的思想文化成果。""如果在舞蹈艺术的探索中,人人注意独立思考,件件作品都见个性创造,哪怕一时有较多的不成熟与不完整,舞坛也一定会出现'杂花生树,群莺乱飞'的三春景象。"《对舞蹈评论的评论》《对探索作品的保护》《舞蹈的"现代意识"及其历史沉积》《"眼高手低"析》等都是敞开自己的心扉,在包蕴着一许勇气,直面舞蹈与人生的尝试。《以热情睿知触摸传统舞蹈的灵魂》是2019年9月21日在云南艺术学院举办的"全国非遗传统舞蹈生存现状研讨会"上代表来自全国各地31个省市的非遗传统舞蹈专家学者向大会的致辞。由于当时的传媒对此多是节选,有的发布有误,故借此全文录入。

作为【附录】的"专家点评"选辑了一些专家学者的评介。点评中有吴晓邦信函中的评说,贾作光、欧建平、赵学勇等名家为我几本专著的序文;也有欧建平与学者殷亚昭、作家应乃尔等不同视角的评论。点评者高屋建瓴之处能给人以一揽中国舞蹈和非遗的全局性张力,见微知著时又引人萦萦回味,言辞恳切,显隐适中,在入情入理中让人尽得感悟。

《吴晓邦:给吴露生的一封信》是我去信吴老师请教关于群众舞蹈的想法,吴晓邦阅读后在复函中的评议及他在群众舞蹈艺术工作方面的一些观念,现在读来仍感十分重要与亲切。贾作光老师在分别为我两本拙著作序时给予了许多鼓励。1997年3月在为《寻觅舞蹈》所写的序文稿中,我曾为其中"吴露生在全国舞蹈界是一位很有影响的著名的舞蹈理论家"感到忐忑时,他热情地谈了看法,没有答应修改,只是又补上了"是大家都熟悉的"文字，还亲自向《舞蹈》杂志寄去了这篇序文，发表在当年第4期上。2013年在繁忙的率团赴港工作中还为《浙江舞蹈史》作序，末了特意赋诗一首，借此滋润和推动我国中青年舞蹈史论工作者"有更多的地域舞蹈史的陆续出现"，可谓用心良苦。

　　时任中国艺术研究院舞蹈研究所所长欧建平的两篇文章，《〈中国舞蹈〉（2017修订版）序》与《孜孜以求　厚积薄发　评——吴露生的〈中国舞蹈〉》，述评对象虽则一个，内容却各不相同。前者为序，后者乃评。建平先生作序当然和一般序文一样也要涉及到书籍或出版的旨意、编次体例与作者情况等，但与众不同的是他将点评的对象放至中华文化的大背景下前去追问，并将他自己和书籍作者的成长经历维系在一起，对应着说道一条平行线两个学者的不同奋斗轨迹，从而既层次清晰、脉络分明地将主旨次第展开，又让人在阅读中感觉到分外亲切、极有品味。作为书评，建平先生也独运匠心，在纵横捭阖间将作品和作者一起考究，在分析、评判中倚托实践体会与学术发现登高临远地给予读者正确的理论导向，这样就有可能触动了读者一种不可遏止的想要一窥书籍堂奥的欲望。赵学勇先生的《民族情结文化情怀》是《拾遗稿缄》的序言。他在这个书籍的"窗口"牵引更多目光的是作为国际性文化遗产专家博大精深的专业修养和同时作为一个平常人的淳朴谦逊。读者一览全文，非遗精要尽收眼底，文化友情跃然纸上，读罢不仅为学勇先生辽阔而有力度的视阈凝神思辨，也感受到了他"为《拾遗稿缄》出版喝彩，同时也要借此机会，向致力于保护和弘扬民间传统文化事业的人们，致以由衷敬意"的这一升腾着的真切情怀。

　　殷亚昭、应乃尔等的点评多是从对象的纷繁中理出了一个头绪，找出了一个好角度，又毫不犹豫地甩开枝蔓，点评着或一本书，或一个人，并在两者的兼融中增加着感染力——对书本作者觅舞的寻踪，记舞界前辈大师作为播种者可期的丰收，于非遗第一代实践者人生礼物的拾掇……这些,都给了读者有点独特、又更多共通欣赏的感受。

由于商定的框架结构,一部专著两篇以上的序文只选取其一的体例所制,如此,好几位专家为我作序的美文只有忍痛割爱了。翻阅着岁月中留下的资料,也有一些评论由于篇幅有限或部分内容与"专家点评"有所重复,还有的虽然阐述了相关学术观点,但为段落式呈现而未成篇什,故没有选入。据不完全统计,例,书评方面:1997年第4期《舞蹈》杂志"新书架"评介的《〈吴露生舞蹈艺术文集〉出版》一文;1998年6月28日《古籍新书目》第106期《如入宝山,绚烂夺目》文中对上海古籍出版社出版吴露生《中国舞蹈》一书的评价;2014年第6期《读书》、2014年第7期《舞蹈》杂志对《浙江舞蹈史》出版的推介,蓝凡先生2014年3月于《浙江舞蹈史》撰写的"序二";郭艺女士2019年1月于《拾遗稿缄》所作的"序二"《笔耕不辍 硕果累累》。人物评介方面:如,《浙江舞蹈》1984年第3期邱南航的《业精于勤——记吴露生》;《金华日报》1988年4月19日厉佛灯的《成功,并非侥幸——记舞坛新秀吴露生》;2012年12月出版的《中国艺魂》杂志刊登的《努力为乡土文化续命,快速进入时代人文创新——专访著名文艺家吴露生》,于该杂志同期刊出的浙江省建德市文广新局的献诗《露显德艺双馨情怀 生当公共文化表率》;中共浙江省委宣传部部刊《宣传半月刊》2019年4月(下)刊登的封二"人物"及其述评文章《吴露生:半生非遗,是他送给人生最好的礼物》等。又如新媒体方面:中华人民共和国中央人民政府网于2006年4月3日发布了《民俗专家吴露生建议:别让陋习破坏过"清明节"的初衷》;新华网-全球新闻网分别于2007年7月2日、2007年3月4日、2012年8月30日等发布了《"祭祀风"吹的仅仅是"文化"的风?》《民俗专家:中国人过元宵节就是应该"闹"》,同日CCTV"朝闻天下"首条播报相同内容的《各地"闹"迎"中国的狂欢节"》,《浙江:拒绝"摩登非遗"》;2006年2月17日《新华每日电讯》第8版《当古老爱情"神话"遭遇现代"演绎"》;

2019年7月3日北京舞蹈学院民族舞蹈文化研究基地《学者档案｜吴露生（名师简介）》等。

王淼的《吴露生先生的"理想人生"》是一篇拿起了就很难放下的文章——这不仅因为他是中央文明办"中国好人榜"—"敬业奉献类中国好人"，中国非遗保护年度人物等荣誉获得者，更是因为他被病痛折磨得死去活来，却仍微笑着面对生命，也因为他于字里行间对相知几十年的我的爱护和真诚。读着这三千多字的点评，三十多年间的许多往事不住地触碰着我的心弦和泪点……王淼先生无论是在浙江省文化厅社文处、非遗处，或是现在作为省文化旅游厅的厅领导之一，1987年后他一直是我的领导。虽然与许多人一样，我们在工作中也有过分歧、有过争论，但我们始终坦坦荡荡互相尊重着对方的人格，特别是在工作中，我耳闻目睹了他的忘我精神、开创意识与勇于担当的非凡品质，他是我平生非常钦佩的人。2014年10月29日下午，由于一直以来的超负荷工作，王淼这位人们眼中的"工作狂人"昏倒在会议室门口，被送往医院重症监护室。积劳成疾的他此后又许多次进过抢救室。目前，他虽四肢瘫痪、呼吸功能受损，坐轮椅，喘口气都非常不容易，但仍以常人无法想象的坚强的信念与毅力，对非遗事业的无限情怀，在助理的协力下以"非遗老王-公众号"与著书立说的形式关注、指导着非遗工作。《吴露生先生的"理想人生"》则是他克服着体能上超乎寻常的艰难，给予一个一起工作过同事的热情鼓励。王淼的人生和文章同样也感动了国内著名舞蹈编审、本书特邀编辑黄惠民先生，他在击节赞赏之余多次建议：这篇不期而至的太不一般的点评是一种机缘，似与卷首序文前后呼应，书中当以"跋"呈现为佳。

这本自选集是历年来于专著、学术论文、学术演讲稿等四百多万字成果中选取自认为具有一定代表性、典型性与能体现探索成果或想一吐为快的文集。意欲集中展示笔耕几十年来在舞蹈学、群文学、非遗学等方面的主要研究成果，并在保持当年写作思维历史痕迹真实性的同时，补充了若干有助于读者参照的资料性图文。为了方便读者较快进入全文阅览，对字数比较多的论文，在正文前设有让读者了解论文主要内容的提要，或在文章题目与内容后置有注释，以补充题义、词义的不足及文章以外的某些背景资料。

拾级而上又弃阶而潜时，忽然又回看了自己1989年撰写《舞坛散步》中的心景："当轻叩舞蹈大门的梦幻婴儿扑入艺术母亲的怀抱拼命吮吸着知识的乳汁时，才眨巴开双眼，看到了茫茫舞蹈之路上诱人又遥远的微微毫光。许多人在泥泞的黄土道上唏嘘怨叹，踯躅不前。只有苦行僧式的舞人，在牵魂摄魄的真情呼唤中走过那九千九百九十九弯，有希望到达舞蹈圣殿的第一台阶。"三四十年写作的道路不算太为"泥泞"，毕竟1981年处女作在《光明日报》见到"光明"后至自选集开始编写，再也没有遇上一次退稿。也正是由于没有历经如苦行僧式这般"走过那九千九百九十九弯"，虽则并未踯躅不前，但自认为还只是刚刚到达"舞蹈圣殿"前的第一台阶——如此种种，围观《吴露生自选集》者大致可以读到作者在心爱目标牵魂摄魄的真情呼唤中，向着火热的黄土道步步走来，又渐渐远去的轻快背影……

——非常幸运和欣喜，中国大陆出版机构入藏品种百强之一的上海文化出版社能出版我的自选集。

论坛钩沉

略谈舞蹈语言的个性[1]

  大海的朵朵浪花闪耀着各自的异彩,高山松林的枝枝树干伸展着不同的姿态,世上万物都有各自的个性。可我们常会看到,有些舞姿好像在哪里见过面。哦,对了,就是课堂教学中的那一套,或是在某一舞蹈中曾被观众掌声批准过的那几下。陈规旧套到处沿用,有心的观众看了摇头。

  法国著名作家左拉曾经批评某些人搞创作时,写得颇为干净利落,文法也没有错,但他们的不幸在于没有个性表现,这便使他们永远落于平庸。现在我们有些舞蹈作品,从整体看,在题材、主题、处理手法上是有新的突破。可是人们对一个舞蹈作品的元素舞蹈语言上应有的个性表现,却没有足够重视。

  舞蹈语言是由一个或几个舞蹈动作组成的。它通过演员的形体形象地呈现在人们的视觉之中。以生活为源泉的舞蹈语言,要想真实又艺术地表现作品的立意,就必须富有个性。而要创造富有个性的舞蹈语言,舞蹈家与一切热爱舞蹈的人们就要有不断革新的勇气。

  生活中,人们以其特有的个性活动着、表现着:张三站立如亭亭玉树,行走犹风送落叶;李四挥手如霹雳,抬脚似踢月;王五动如脱兔,稳若泰山;赵六举止无棱角,话语淡如水,但性格内在、深沉,个性的突发也可能如电石火花稍纵即逝……只要我们在生活的长河中沉下去,就可从其深处摸到浮面无法见到的珍品。将生活的胚胎加以艺术雕琢,就不难使一个个孕育着个性的舞蹈语言应运而生。

  舞蹈语言是很讲究美的,但这种美不能以口白来比喻,不能用歌唱来叙

---

[1] 此文是本书作者舞蹈研究的处女作。参见本书《欧建平:〈中国舞蹈〉(2017修订版)序》,《应乃尔:播种者的丰收是可期的》等文。

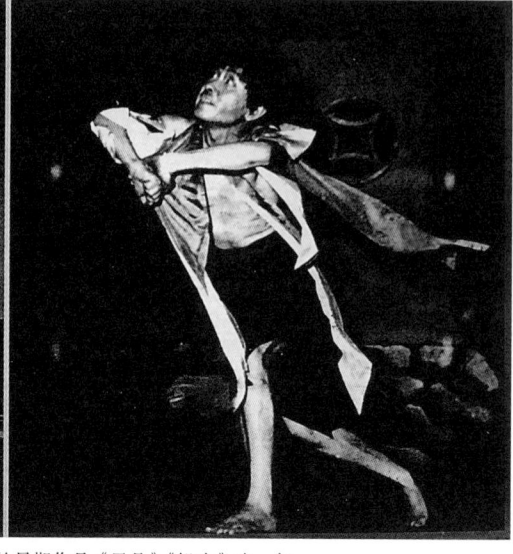

图 1 中国新舞蹈艺术开拓者吴晓邦在直面人生的早期作品《思凡》《饥火》中,舞蹈语言就极富个性(录自《新中国舞蹈艺术》22、23 页,中国文联出版社,2014)

述。艺术大师、雕塑家罗丹说得好:"在艺术中,有性格的作品,才算是美的。"《巴黎圣母院》中的卡西摩多外形上丑陋异常,但经维克多·雨果之笔,这个钟楼怪人的善良性格跃然纸上。电影中扮演卡西摩多那个演员的形体动作也是那么粗俗笨拙,但人们却将他与吉普赛舞蹈家艾丝梅拉达的优美舞姿相提并论——因为观众的眼光看见了外形下透露出来的性格美。一个舞蹈作品中,有的舞蹈语言孤立地看起来很可能不太美,但只要它是表达角色个性的,我们整体地看,与舞蹈要完成的最高任务联系起来看,一定会比外在的、粗浅的美要重要得多、感人得多。

有人认为,同样动作组成的舞蹈语言,在不同的剧情和舞蹈中可以有不同的性格。可是,成功的舞蹈语言只要放在不同作品之中,就自然有了个性吗?我们的回答是否定的。人的语言是有个性的,"情动于中,而形于言"。有人讲话阴阳怪气,也有人讲话耿直爽朗。如果我们的舞蹈语言成了"天地良心""八大动作"一类的套路,是不会引起观众强烈共鸣的。也不能设想,成功的舞蹈语言在不同舞蹈的不同角色中都用,会在情理之中,又出人意料。同样,一个角色如果在不同外界的刺激与各自心理的反射下,都照搬课堂教学那一套,只能给人以似曾相识之感。

打开记忆的闸门,舞台与屏幕上被人称道的一些优秀舞蹈,其舞蹈语言均无千人一面之弊,而具清新之妙。驰名中外的舞剧《丝路花雨》,其舞蹈语言被誉为别具一格的"敦煌舞",编者不沿袭前人,而从"天衣飞扬、满壁风动"

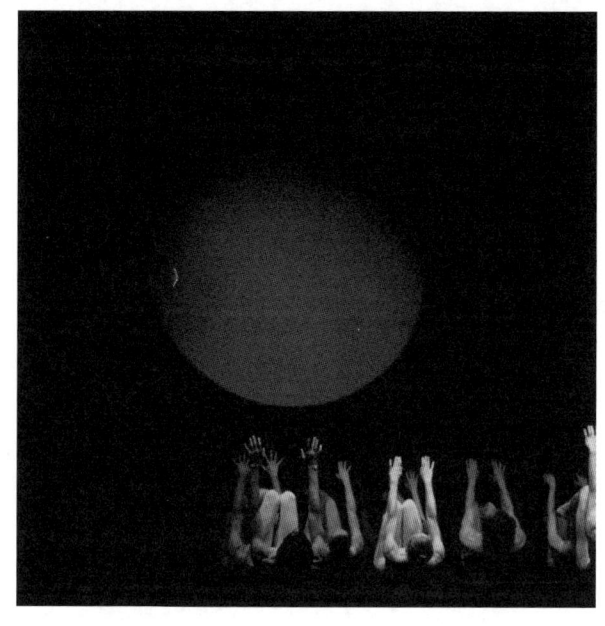

图 2 匈牙利杰尔芭蕾舞团演出的《太阳之恋》（叶进摄影）

的敦煌壁画中得到启示，经过加工提炼，又结合我国古典舞蹈素材，精心设计而成。首届全国舞蹈比赛中的《希望》《海浪》等优秀舞蹈，调动整个人体的表现力，改变了过去舞蹈动作主要局限在举手投足的习惯，充分运用了表现的空间，小从人体一块块隆起的肌肉、一个个生动的眼神，大至地面动作、躯干动作的力度、幅度、速度的变化，一扫陈规旧套的羁绊，解放了舞者的人体。观众耳目一新，产生了强烈的情感共鸣。

舞蹈语言要有个性，还必须对舞蹈的传统程式敢于革新。舞蹈的传统程式，是前辈智慧的结晶，是一笔丰富的艺术遗产，但绝不应该使它成为舞蹈艺术发展的桎梏。舞蹈的先驱者总是重视不断革新。新的时代要求有新的舞蹈，新的舞蹈要有新的形式。舞蹈语言不从旧的规格程式中挣脱出来，不可能具有真正的个性，也不能满足新一代观众的欲望。时代变了，人们的生产工具、生活习惯乃至情感表达的方式也起了变化。古典舞中对闺门"行不动裙、笑不露齿"的要求，现代女性是无法接受的，"射雁"这个从古代武士抬箭开弓演变而来的身段，如套用在手持现代化兵器瞄准射击者的身上，恐不妥当。

生活如母亲，以醇美的乳汁哺育着我们的舞蹈艺术，现代舞的崛起给我们吹来了异国的清香，民间舞、古典舞又以它深厚的根柢奠定了我们攀高峰的阶石，让我们舞蹈语言的个性得到更充分的表现吧，新舞蹈将属于酷爱舞蹈、勇于探索、坚持实践、不折不挠的追求者！

原载《光明日报》1981 年 3 月 8 日

论舞蹈的共赏之美

纵然舞蹈艺术的欣赏群是多层次的，各层次的观众有着自己审美理想。但作品总是要力求更多观众能欣赏，使之最大限度地发挥其功能效应，而具更大的社会价值与存在价值。中外艺术史有力地佐证了真正不朽的艺术作品是一切时代和一切民族所能共赏的。故而舞蹈作品的"共赏之美"虽则不易，却是舞蹈艺术发展的需要，"雅俗共赏""今未共赏"是值得舞蹈家们孜孜不倦求索的"向标"，共赏之美是舞蹈创作闪亮的黄金点。

"共赏之美"的求索

艺术创造与艺术欣赏是艺术活动中紧密联系、互为制约的两个方面。舞蹈艺术的创造者在反映现实又力图反作用于现实的精神劳动中，在以作品体现着自己的感情倾向中，呼唤着人们的灵魂，并借以推动欣赏者探索人生，参加变革现实的实践；而作为审美主体的观众，在对审美对象的感觉、理解中，在感情与认识相统一的欣赏活动间，使艺术的社会功能由潜在变为现实，完成反作用于现实的全过程。由此，舞蹈的创造者都是希望自己创作的舞蹈欣赏的人越多越好，而具有更大的社会价值与存在价值。观众欣赏舞蹈，是通过舞蹈的美，以陶冶情操，提高精神境界的。创作者和欣赏者的审美关系，在审美活动中微妙的一致性与互为观照的和谐，决定了人们对审美对象的一种共同的期冀和追求，也决定了时代赋予舞蹈艺术创造者的崇高使命：寻觅舞蹈创作的黄金点——共赏之美。

生活中有共同欣赏的美吗？有。长风出谷、高山云海使许多人能感到阳刚之美；秀竹曲涧、莺鹊啭鸣，往往令人觉得阴柔之美。人们不仅对自然美的欣赏存在着共同的美感，对于中外古今的艺术品，也存在着共同的美感，犹如"口之于味，有同嗜焉"，舞蹈也不例外。舞蹈艺术作为一种社会意识形态，是客观存在的社会生活的反映。尽管它在千千万万的欣赏者面前，由于不尽相同的想象与判断会得出不同的感受，但由于欣赏群中的个人审美趣味及理想，不但不可避免地要受到社会客观规律与社会审美意识的制约而具有社会属性，并且还有着人类对大自然所具有共同美感的自然属性。因而从整体省察，舞蹈艺术的内核之中的确蕴含着"共赏之美"的基因。但具体到个别作品，舞蹈创作者并不都能"引爆"这个基因而使"共赏之美"流彩溢金，让自己的精神劳动达到"雅俗共赏"和"今未共赏"。

舞蹈作品要具有"共赏之美"是不易的，但我认为"共赏之美"是舞蹈艺术发展的需要，是人民给我们定下的，值得求索的"向标"。

"雅俗共赏"是舞蹈更高层次的美。舞蹈作品若要"雅俗共赏"，作品的创造者就需要具有清醒的现代意识，站在时代的潮头去理解、启迪欣赏者，既不能脱离观众，远离当代观众实际欣赏水平而作"自我欣赏"，也不能俯就观众，跟在后面跑。当代舞蹈作品要与现代人的心理节奏合拍，引起观众的"共鸣"。如果作品缺乏艺术力量，就不能打动观众，也就不能产生共鸣。舞蹈作品引起共鸣的基础，是主体与客体思想感情的相同或相似。这就要求我们的舞蹈艺术家要深入生活，深入了解生活中各种文化层次的人的喜怒哀乐，把握时代节奏与观众的心理节奏，方能靠近与带动欣赏者，引起广泛共鸣，形成丰富的共赏之美。

对"迪斯科"的滥用，整齐划一的"八大动作"及生活原型的机械复制，过分雕琢或脂粉气十足的舞蹈，为什么不是雅俗共赏的呢？就是因为那些趣味庸俗的癫狂之舞只是对极少数人心理变态的迎合（当然，我们并不笼统地反对对迪斯科的消化与正确运用），它并没有展示这个时代青年人健康、激越向上的基调；那种"花瓶式"的舞蹈看似艳丽，但在艺术上苍白无力，缺少给人奋发与亢进的力度感，更没有折射出当代人的本质与性格上的丰富色彩；至于仅仅追求舞蹈的大一统的"整齐划一"，既无生活情趣又与如今正不断沛涨的个性意识相吻，类似做操式的舞蹈，因为落于"低档"而丧失了时代的引领性。

为什么舞蹈《再见吧，妈妈》能获得专家和观众的一致好评，就是因为舞蹈以新颖的手法表现了那个时代中可敬可亲的人。如舞中的小战士在爱祖国、爱妈妈的双重心理中，为了华夏大地美好的今天和更美好的明天毅然地与妈妈"再见"，而以自己的灵与肉扑向了战场上的血与火。通过舞蹈的表现手法，塑造了当代战士有血有肉的艺术形象，从而使观众获得了共鸣，产生了共同的美感。这种与时代的同一律，与观众心理节奏的同频率搏动，使舞蹈获得了"共赏之美"，不正是这个舞蹈所以能"雅俗共赏"的奥秘吗？舞蹈要达到"雅俗共赏"还需要舞蹈创作者找准欣赏者的"感知点"，并以此疏通欣赏群的多层次，让雅俗共赏。人们认识客观事物时产生的心理活动有感觉、知觉、记忆、思维和想象，而感觉和知觉的"感知"，是认识过程的起点。欣赏者审视对象首先要通过感知，在这个基础上才有可能产生美感，继而形成观点、信念和争取意志行动以改造世界。由此"雅俗共赏"的基础是"感知"。离开了多数观众的知识和经验，"共赏之美"就不可能产生。人的"感知点"是异常活跃又不尽相同的。欣赏群体大致相仿的"感知点"也是不断变化，又以梯形的构造方式总趋势拾级而上。它是社会心理影响和群体思想感情主流的一个汇聚点，是时代穿透力的最佳"风洞"。在今天"音乐的耳朵"与"舞蹈的眼睛"高级得多的状态下，欣赏的眼光也自然而然地向高处移动。"芭蕾""现代舞""交响乐"等以前被人认为"曲高和寡"的艺术，在现在观赏者却越来越多，"高雅艺术"正是通过人们的"感知点"寻觅到它的更多知音。应该说，小型舞剧《鸣凤之死》有着较为丰富的现代感。整个舞剧表现性较强，作者们并没有停留在生活形态的模拟上，而是以一系列象征、变形、蒙太奇等艺术手法，较为凝炼和抽象地勾勒了那个时代的黑暗与被黑暗吞噬的鸣凤及由此而产生沉重得令人颤栗的悲剧美，不同类型与层次的观众对《鸣凤之死》基本上都极为欣赏，其关键可能在于舞剧的抽象与具象存在着实质上的内在联系。虽然舞台上的舞蹈形象并没有去直接描摹生活中具体的形态，但情感的形态及其升华却生动地展现在人们的视觉之中。作为舞蹈是一种快速流动中的瞬间艺术，不可能如文学作品那样，久久停留在视觉之中而可以细细品味，因而《鸣凤之死》的创作者们舍弃了晦涩和难以捉摸的形态，而转为既深沉且浓烈的情感抒发。舞蹈的每个段落，几乎都有精心设置并经强化了的"感知点"。"梦魇"一段，似乎很抽象，但由于鸣凤形象给人的感觉，不过是人们熟知的情感表露方式的变形，且"变"得恰到好处：地面抽搐的意象使人联想起处在社会底层，作为下等人蒙受的苦难及高府丫头在生活重压下心灵的颤栗；"隐身人"托举时的空中的动作给人的印象总的是挣扎鸣凤在抗争纳她为妾，在仰天呼号……如果从人们生活经验的积累中挖掘出来的这些情感形态，在观众的想象与"再创造"面前，先形成了一个通道——"感知点"，那么以后抽象、变形甚至荒诞、魔幻等就有了支撑了。又如"高墙"一段，"高墙"在舞台上是无形的，但鸣凤与觉慧动作上的错位与不协和，可望而不可及的形体组合，这种"似有高墙"给观众开启的"感知点"，就使不同的欣赏层共感了是"封建的高墙"阻隔了本已相通的心灵，舞中主人公的忧伤与悲悯也就电感般地传达给观众……"雅俗共赏"是舞蹈创作者通过舞蹈引导、启迪观众，完成最高任务的重要保证，是舞蹈更高层次的美。

"今未共赏"是舞蹈更大跨度的美

黑格尔认为："真正不朽的艺术作品当然是一切时代和一切民族所能共赏的。"[①] 这样的艺术品由于能跨越多时代与众民族，因而它又一次令人信服地体现"共赏之美"的存在与不朽魅力。尽管这种今天、未来许多人都能欣赏的"今未共赏"之美不是所有舞蹈艺术作品都可能具有的，但它应是舞蹈家苦苦追求的目标，因为只有如此才会产生永久性的精神产品。

为什么夏铸青铜饕餮，古希腊的维纳斯及罗丹雕刀下的《巴尔扎克》，经伊凡诺夫与彼季帕编排过的《天鹅湖》等是具有不朽魅力而能成为"今未共赏"的作品呢？因为这些作品不但具有艺术美的一般性质，而且具有艺术美的特殊性质。它们之所以能登上艺术的圣殿是因为这些艺术品既有能被这个时代所接受的特征，又超越了具体的历史时代而与广大人民的本质特征融合，形成了强烈的艺术冲击力。例如近年来涌现的优秀舞蹈《黄河魂》，是以不朽的《黄河大合唱》为依据而改编的钢琴协奏曲创作的舞蹈。乐曲本身塑造了中华民族巨人般的形象，音乐气势磅礴，反映出时代精神和民族风格。舞蹈创作则给予音乐视觉化，以人体动作表现了炎黄子孙在惊涛骇浪中搏击与驾驭黄水的非凡气魄，显示了中国人民在历史长河中的挣扎、苦斗与奋进。舞蹈表现的是一种精神、一种力量、一种气势，这种精神支柱与力量的冲击就是中华民族之魂。同时，舞蹈运用了抽象与具象、确定性与不确定性相结合的手法，产生了舞蹈语汇的多义化。舞蹈中的人，既是船夫，又是河水，又是中华民族的不屈子孙。在画面的变化中,给观众留下了充足的想象空间,体现出音乐中所描写的中华民族巨人般的形象。《黄河魂》是成功的作品,它所表现的精神是能够达到"今未共赏"的。

舞蹈能"今未共赏"获得大跨度美的另一因素是,舞蹈作品应是艺术家对生活本质的独到见解,是深刻的艺术反映,而不是一种宣传与灌输。

诚然,一个舞蹈艺术家是一定要表现自己的倾向性的,一个舞蹈作品也往往会自觉不自觉地起着一定的宣传作用。但是,一切艺术都是宣传,一切宣传都不是艺术。这是因为作为艺术品,"倾向应当从场面和情节中自然而然地流露出来,而不应当特别把它指点出来。"(恩格斯语),显然,要创作出"无愧""优秀"的不朽之作,要让舞蹈能"今未共赏",就须要建立在广博的知识和艺术功力之上,通过独特的艺术形象透视出来。艺术家对人生的追求与对时代使命的责任感,要有持久效应的精神劳动。《黄河魂》果然有其深厚的文化内涵与哲学思想,但也可以理解成一种宣传:象征着当代中国人民要为"四化"而奋力。但更重要与更令人思考的是舞蹈作为一部启示录,它的现实意义在于启示人们:为了实现"四化"这样的伟大目标,就要抗争、苦斗,就有曲折与牺牲,但黄河的子孙总是永远在奋斗中前进的,因而它能为一切时代一切民族所共赏。

具有"今未共赏"美学特征的舞蹈作品,不仅能经受孕育这个作品的时代考验,并且由于它的大跨度潜能,故而在产生它的社会条件不存在以后,依然能顽强地继续着它葱郁的生命。

"共赏之美"的人民性

从舞蹈艺术的全部实践看,特别是革命、战斗的新舞蹈,随着"五四"新文化浪潮登上中国的历史舞台以后,凡属优秀的作品,大都具有一定的人民性。具有人民性的作品,正如列宁说的那样:"艺术是属于人民的。它必须在广大劳动群众的底层有其最深厚的根基,它必须为这些群众所了解和爱好。它必须结合这些群众的感情、思想和意志,并提高它们。"② "共赏之美"就是更高层次与更大跨度的美,紧紧地结合了人民群众的思想感情,能为广大人民群众所了解、爱好并不断提高观众的审美能力,所以它有着较为丰富的人民性。

回顾我国新舞蹈发展的道路不难发现，许多舞蹈艺术家之所以成为大家，很重要的一点，是他们辩证地把握了舞蹈的"共赏之美"。吴晓邦先生对自己在1935年"第一次作品发表会"失败的反省是"还没有和上海的观众结合起来。上海人还不喜欢我的表演。在艺术上我还处在幼稚状态。"[3]后来，吴晓邦先生"敢于直面惨淡的人生"了。他在对十八九世纪文艺思潮的筛选改造中，在对邓肯、魏格曼舞蹈观的消化与对中国古典舞蹈文化的扬弃中，寻找到别具一格、自成一体"为人生舞蹈"的新舞蹈。丰富的人民性，给吴先生的舞蹈"大换血"，从而赢得了广大人民群众的喜爱。他在抗日烽火中演出的《义勇军进行曲》等作品，常常使"观众沸腾起来了"[4]，这就是时代感与人民性相结合而使舞蹈发挥出巨大的社会作用。

那么，舞蹈的"人民性"是否就等于"普及性"呢？我认为二者之间是不能划等号的。"人民性"是指舞蹈作品中反映了人民的思想、理想及其审美观点，通过艺术的手法为人民服务。它的普及性在于争取广大的人民群众"雅俗共赏"。并不是群众当中普及的舞蹈都具有人民性的。比如，在一定历史阶段强迫普及的"忠字舞"和当前某些庸俗低级的流行舞蹈，从表面上看来是有一定的"普及性"的，但它并不具有人民性。因此，富有人民性的舞蹈总是和人民的思想、感情、意志相结合的。舞蹈作为文化意识的部分，必须尽可能与政治、经济的前进同步。但面对的现实是：舞蹈的发展尽管有成绩，但与时代的前进步伐相比，还存在着很大的差距。真正为广大群众获得"共赏之美"的作品还不是很多。我们希望舞蹈创作能出现更多的具有时代感和人民性相结合的作品，以能引导我们步步登高，攀登"共赏之美""今未之美"的高峰。

注释：

[1]《黑格尔：噬美学》，人民出版社1959年版，第一卷，第328页。
[2]《列宁论文学与艺术》，人民出版社1960年版，第912页。
[3][4] 吴晓邦：《我的舞蹈艺术生涯》，中国戏剧出版社1982年版。

（原载《舞蹈论丛》1987年第1辑）

群众舞蹈管窥

在人们长期的社会生活中,形成了两种不同性能的舞蹈。一种是与人们日常生活密切维系的舞蹈,它植根民间,兼具自娱和娱人,但更具有强烈的自娱性;另一种一般由职业(专业)人员以娱人为主的,含有较大表演性的舞蹈。前者是广大群众都可以参加的群众舞蹈,后者是少数人进行表演的专业舞蹈。两种舞蹈均具有自身的社会价值与审美价值,但前一种舞蹈与多数人(特别是当地住民)的联系、影响较为紧密与广泛,就应引起人们更多的培植和思考。

史学家们断言,群众自娱性的舞蹈是舞蹈的源头,他们声称:"原始舞蹈在一开始都是集体的。它由集体来表演,并为集体所欣赏。"[①]"当时,没有一个氏族没有舞蹈,没有一个氏族成员不参加舞蹈。舞蹈的集体性和社会性,从来没有像氏族舞蹈时期这样普遍。"[②]纵观中国舞蹈艺术的发展史,确是在原始社会之初出现了自娱、自发性的群众舞蹈,继而于夏、商期间才出现专事乐舞的奴隶与巫,产生了娱人、表演与职业性的舞蹈。我国青海省大通县上孙寨墓地出土的新石器时期的舞蹈陶盆,是目前为止发掘出来最古老的舞蹈形象。那陶盆内侧四条带纹上的三组翩跹舞人,正是先民们开展群众舞蹈活动的生动写照。从远古时期的《百兽率舞》《葛天氏乐》到当今的《秧歌》《花鼓》,无不证实群众舞蹈虽历尽漫漫坎坷路,屡经兴衰错落,却"遇寒不倒伏,逢春放花开"。是什么原由能使群众舞蹈在历史的流沙中抽出一枝又一枝绿叶来?我以为,正是"群众"与"舞蹈"赋予了群众舞蹈强大的生命力。

马克思认为:"历史活动是群众的事业。"[③]任何事物的存在和发展,群众的意志、力量是决定性的。由于群众舞蹈直接反映了劳动人民的农作、狩猎、战斗、信仰、习俗,并能与健身、交谊等结合一起,表现的是周围的人和事,抒发的是自己心中的感情,因此较得民心,能引起更广泛的共鸣。远古阴康氏时,洪水泛滥"水道壅塞不行其原",人们"筋骨瑟缩不达",于是创造了一种舞蹈,伸展筋骨,使人恢复健康,《吕氏春秋·仲夏记·古乐篇》云:"得所以利其关节者乃制为之舞,教人引舞以利道之",清道光五年(1825年)编印的《晃州厅志》中也有记载:"岁,农人连袂步于田中,以趾代锄,且行且拔,陇间击鼓为节,疾除前却,颇以为戏",这说明古代农民薅秧时,不但击鼓歌唱,而且还配合着音乐节奏"舞"了起来。至于延安时期的新秧歌活动,50年代初的"腰鼓""莲湘"等人们还是那么记忆犹新,是因为它们的艺术魅力在当时进一步激发了被解放人民的欢乐情绪,并由此在人们的心中播下了美好的印象。另外,几千年封建宗法思想在部分群众中的影响,致使"巫舞""傩舞"及其他一些含有祭祀、祈求的舞蹈也借此得以生存和传播。

　　舞蹈,是群众舞蹈区别于其他文艺形式的主要特征,其所以能被群众接受,经受数十乃至几千年的考验,是有它得天独厚之处的。

　　对于舞蹈,世界性的评论认定它是最古老的艺术形式之一。欧美有人干脆声称"舞蹈比其他艺术更为古老,舞蹈是一切艺术的基础"[④],"舞蹈的历史至少和人类一样古老"[⑤]。可以推测,舞蹈在地球睁开苏醒的眼睛,刚见到人类之时,就已经那么早地闯入了初民们的生活。的确,当猿演化为人时,以更具理智的感情动物出现于世后,人体的社会功能就显示它较其他低级动物的优越。对社会信息的敏锐反应和天然节奏的规律适应,使人体于语言之先就担负起人类感情交流的重任。纵然在人类产生语言以后,舞蹈仍以感情表达的最高方式而博得了人们的青睐。春秋名篇《诗经·大序》认为,舞蹈是在人们言、叹、歌均不足以表达内心的激情后方"手之舞之,足之蹈之"的。群众舞蹈大都属于群众自己的创造,能直抒胸臆,以生动的形象表现本身的情感,"反馈"自己社会活动后的心理积储和被外界刺激后引起的思维变化。又由于群众舞蹈常是一种自然的冲动,未经正规训练可以得到乐趣,不遵循严格程式也能攫取精神上的满足,这就使它成了具有更广泛性的艺术活动之一。舞蹈适应群众,群众喜爱舞蹈,这就是群众舞蹈延绵千万年的奥秘所在。

　　纵古论今,当今群众舞蹈景况如何?本文管见:成绩不小,问题不少。单就不足而言,群众舞蹈的相对冷落,合乎群众(特别是农民)胃口的艺术舞蹈质欠佳、量不多，与形势相比很不相称。这是个值得重视的问题。而问题的关键所在，是那个地区少数领导与舞蹈工作者不重视甚至忘却了群众舞蹈的"群众"与"舞蹈"这两个方面。

当代群众是否需要舞蹈？我们的舞蹈是否应该适应群众？我想，回答应该是肯定的。古人尚且如《粤东笔记》记载的"扬旗弄鼓对舞"，柯煜《燕京竹枝词》所曰："画鼓秧歌闹春阳"，观舞盛况常呈"毂击肩摩不暇狂""铜街踏月人不归"之景，今天农村经济空前活跃，社会安定团结，山寨村庄喜事接连，看舞、跳舞正是群众的需要。笔者并不奢求人们如在原始部落时，"大跃进年代"放"舞蹈卫星"间那般人人跳舞。社会的发展、科学文化的前进势必引起了人们在业余文化生活中，对包括电视、立体声音乐等文艺形式的多样化。然而，也正因为时代的向前，群众对业余文化生活的乐趣与要求就更丰富、更多样、更广泛。这文艺样式的娱人与自娱，欣赏与自我欣赏，毕竟担负着各自的使命，始终会给人不同的审美感受。

从散落在民间的群众舞蹈来看，大都情绪单一而寓味无穷，动作简易却极富特色。参加活动的人可不受嗓音、身段、扮相等条件的严格限制，不必过分讲究舞台、音响、灯光等物质条件，常常就能调动起成百上千表演、围观者的积极性，使广大群众投入娱乐，并从中得到自我教育。40年代的延安，在毛泽东同志《在延安文艺座谈会上的讲话》精神指导下开展的新秧歌运动，不仅男女青年，及至老头、老太、小孩及将军、士兵们都会加入群众性的大秧歌队。声势之大，往往一列就是几百人。这种群众舞蹈活动已公认为是宣传抗日、团结群众的重要工具。经验表明，凡是群众舞蹈等活动开展得好的地方，由于春节开展了"舞龙""迎灯"等健康的文娱活动，把大批群众吸引到民间歌舞中来，赌博、盗窃等状况不是大为减少了，而是几乎灭迹。

要使群众舞蹈进一步热闹起来，并与现代美感相适应，需要"两个抓住不放，两个正确对待"。一是抓住群众舞蹈的创作不放。尽管群众舞蹈带有很大程度的自发性与传统性，但创作还是需要的。"自发"本身是个创造，使自发的偶然变为规律的必然也是种再创造。群众舞蹈的再创造又需与民间舞蹈的挖掘、整理结合起来。传统的民间舞蹈之中包含着历代劳动人民的智慧，存有许多不知名的民间舞蹈家心血凝成的瑰宝。大力抢救，取精华于"再创"之中，能使群众舞蹈永贮泥土芳香，广合群众口味。但如果我们对民间舞蹈的传统只"记"不"创"，记下来，采集了，传统也就凝固了，没有生命了。

保留特色，发挥个性，去其糟粕，对传统进行一些必要的改革才能适应现代美感，吻合当代人的心灵节奏。最近本人与舞蹈家协会、歌舞团的同志几次下乡采风，学习传统的民间舞蹈，由于我们的动作或多或少带有"套子"的痕迹，显得细巧了一点，并因此常为韵味不足而感内疚。但旁观者却说我们的动作反而"好看""舒服"。这见解从"继承"的角度看是不对的，但也从另一个侧面反映了新一代的某些追求。有一个县的统计也说明了同样的问题。那个地方原是个没有业余越剧团的"婺剧之乡"，但最近几年为自娱而办起的85个农村业余剧团中，三分之二以上是越剧团。"厚越薄婺"的原因固然是多方面的，但笔者的调查证明，群众常常偏爱越剧音乐的细腻委婉，人物形象的蕴含秀润，潇洒典雅。今天，在人们的日常生活中，从食物、衣着，到言谈、举止大多喜细求精，我们的群众舞蹈也不必一味求粗。重复笔者的一个观点，"'泥土气'不是舞蹈粗糙的代名词，而应是农民本质特征的写照与溢露"⑥。各个社会发展阶段生产关系的不同，决定了经济基础的不同，而不同经济基础之上，包括舞蹈在内的上层建筑的性质、内容、形式亦随之有所变化，符合事物发展的客观规律。我们的舞蹈家固然要谈及"大连比赛""华东会演"邓肯或诺维尔，但最好不要偏于一隅，也要抽出部分精力注重"群众舞蹈""业余会演"，要对社会的全局、生活的整体负起艺术家的责任。拜读过18世纪法国著名舞蹈改革家乔治·诺维尔《舞蹈和舞剧书信集》的人，大概还记得他是如何把舞剧作者比喻为画家，并写道"粗鄙村野之人，对于画家只能提供短暂的一瞬间"的。的确，离开了泥巴，断然不会有兰花的幽香，看不起群众舞蹈的舞蹈家绝不可能创造出长驻人间的艺术珍品来。我们的舞蹈家如都能像吴晓邦同志这般热情关怀群众舞蹈工作者，戴爱莲、贾作光同志那样带头辅导与参加北京的"大家跳"集体舞活动，那该多好。艺术舞蹈是塔尖，群众舞蹈如塔基。专家能从群众舞蹈中吸取宝贵的养料，群众舞蹈这块土地也只有包括舞蹈家在内人们的辛勤播种、耕耘才有可能得到更多的收获。业余文艺会演中的不少舞蹈节目，包含了专业舞蹈工作者的点点心血，而专业歌舞团一些优秀节目的基础又来自业余群众舞蹈的土壤之中。脚立传统，面朝改革，不断前进，创作出数量质量两全，乡土气息浓郁，与群众生活紧密相联，符合时代特征的群众舞蹈是我们的当务之急。二是抓住群众舞蹈活动的骨干不放。各地群众艺术馆，文化馆（站）的舞蹈干部，文化中心、业余剧团、俱乐部中的业务骨干是开展群众舞蹈活动的中坚分子。抓住了这一批种子,才可能产生大片的绿茵,继而采撷到璀璨的舞蹈金果。各地文化(艺术)馆还没有专职舞蹈干部的,建议按照国家编制尽快配齐;已经配起来的,要尽可能改变某些地方兼职过多的现象,创造条件,给舞蹈干部搞点本职业务。有关部门要在政治上多多关心他们,业务上不断提高他们。一些群艺馆一年一度集训群众舞蹈骨干,邀请专家讲授,学习舞蹈基础理论与动作、素材,交流各地群众舞蹈活动经验,是个很好的做法,值得推广。

两个正确对待,就是要正确对待目前部分群众常常自发而起的两种舞蹈:含有宗教迷信成分的群众舞蹈和新型的青年集体舞。

我国在相当长的一段时间内,群众舞蹈多是与巫术礼仪二位一体的。至今群众舞蹈中尚含有某些宗教、迷信成分固然不可取,但也不足为怪。社会发展的低级阶段,生产力也较低,科学知识尚未全被人们掌握,生活和自然中许多事物的现象人们难以解释。想象和被社会重压所扭曲的心灵使他们信奉宗教、迷信,并在舞蹈中得到反映。恩格斯根据北美印弟安人的史料在《家庭、私有制和国家的起源》中指出:"舞蹈尤为一切宗教祝典的主要构成部分;每一个部落都分别庆祝自己的节日的。"对那种把宗教、迷信、哲学、政治、艺术、科学混合在一起,将现实与虚构融为一体的社会现象,也借用恩格斯的一段话说,即"用理想的,幻想的联系来代替尚未知道的现实关系,用臆想来补充缺少的事实,用纯碎的想象,来填补现实的空白"[7]。社会发展到今天,我们当然不应去鼓励这种现象。然而坚持二分法,对农村中尚存在的大量的与当地风尚习俗勾连在一起的民间舞蹈与宗教、迷信舞蹈区别对待,逐步改进,还是很有必要的。宗教舞蹈,应严格按照党的现行宗教政策认真对待。封建迷信色彩严重、反动的要制止。那些含有少量封建迷信元素的需要加以改革,神话不应与封建迷信相提并论,更不必过于苛求。我们要"坚持用说服、讨论、商量的办法解决农民的思想问题,禁止使用强制手段和压服方法"[8]。实际上,当人们的思想觉悟、科学文化知识大大提高,健康、鼓舞意志、积极向上的群众舞蹈大为发展,并吸引了众人以后,那些含有宗教迷信的舞蹈不是被改造过来,定然会被呼啸向前的历史潮流所淘汰。

在加强青年思想教育的同时,如结合当地群众喜爱的传统民间舞,编排出内容健康,形式活泼,具有民族特色,能照顾青年人心理特征,类似"交谊舞"之类的新型青年集体舞,则一定能赢得广大群众的支持。试想,让青年人置身在一个既能消除疲劳,又能学到一点舞蹈知识;既讲究文明礼貌,又能增进青年人友谊的场所,哪能不得到社会的认同!舞蹈是百花园中花一朵,应该受到人们普遍的尊重与爱护。

我们的先祖黄帝传说曾创舞蹈《云门大卷》以"乐舞教国子"作为在"四化"大道上快跑的当代人,新时期的舞蹈工作者,是否应当上下齐努力,开创群众舞蹈的新局面,让更多的人投入业余群众舞蹈活动,"寓思想政治工作于农民喜闻乐见的各种文化活动之中"⑨以助精神文明建设?回答,我想也应该是肯定的。

注释:

①② 鲍昌:《舞蹈的起源》,《舞蹈论丛》1981年第3、4期,第39-43页。
③ 马克思:《神圣家族》,《马克思恩格斯全集》第2卷第104页。
④ 刘梦壑译:《不列颠百科全书4版—1972》中《舞蹈》。
⑤ 郑百承译:《美国百科全书(1978年版)》中《舞蹈》。
⑥ 吴露生:《当今舞蹈·农村及其他》,《舞蹈》1982年第1期,35-37页。
⑦ 《马克思恩格斯选集》人民出版社1972,第4卷,第242页。
⑧⑨《人民日报》社论:《做好党在八亿农民中的工作》1982年11月7日。

(原载文化部群文司《群众文化》刊物1984年第2期)

当代群众舞蹈主潮断论

如果我们站在人类文化路径的当代阶梯上回首眺望，群众舞蹈确实在那远远的开步处。倘若顺其走向再细细辨识，在群众舞蹈累进发展的总趋势中也多迂回曲折，跨距与步高迥然不同。

雄视百代，卓然独立于千古的群众舞蹈纷呈着种种历史现象。历史长河中的群众舞蹈不但存在着作为同类文化样式所共有的性质，并且各个时期有着各自的特点与独特的性质。群众舞蹈在千差万别中形成并丰富着自己的时代个性。

一

物质资料生产方式的变化，生产力与生产关系的矛盾运动，推动着群众舞蹈的发展。当代中国，是旧的生产关系开始决堤，生产力不断解放的时代。在急剧变化的岁月之中，群众舞蹈也不可避免地产生与过去时代有所不同的征象。当代群众舞蹈，作为 80 年代的一种圈定，一种舞蹈文化的趋向，一旦化解了昔日的冻土，特别经过 1978 年岁末那春的探究和抉发，几乎迅即被历史与这段历史中的人民凝聚成一股热烈的潮流，继而形成了本世纪初叶五四新文化运动以来的一个巅峰。

当代群众舞蹈的热潮是在人们的渴望、躁动与奋力中滚滚而来的。它当然是历史的必然。

自从人类的生态和自然环境为群众舞蹈的诞生提供了物质的温床，并且由于初民的精神活动，生产劳动的需要而凭借人体的运动先于语言成为情感表达的符号起，它就有过不少令人难以忘却的鼎盛时期。近代中国的五四新文化运动是在一批激进民主主义者极力宣传资产阶级文化并同封建复古思想展开激烈斗争中掀起的。它促进了人们追求民主、科学和救国救民的真理，并为马克思主义在中国的传播创造了条件。但由于这场新文化运动的局限性与群众舞蹈当时客观社会基础的制约，故自那时起，除在20世纪40年代及50年代初，我国局部地区开展过诸如"新秧歌运动"等外，尚形不成全局性、有一定声势的群众舞蹈活动。而当代却不然，群众舞蹈的春潮席卷了神州大地的塞北江南，自娱性的集体舞、舞会舞、广场民间舞、自编自演的表演性舞蹈节目等比比皆是，其广度遍及乡间村落、营房厂舍、市井里弄；其渗透度及至领袖集团、行政首长、社会贤达、平民百姓等社会各个阶层；其深度不但创作了许多受到热烈欢迎的舞蹈节目，收集整理了全国几十个民族、数以千计的各民族的民间舞蹈，研究成果与群众舞蹈的学术团体亦纷纷出现。

群众舞蹈成了街头巷尾的谈资，墨客韵士的咏物，它在80年代的崛起与升腾得到了人们的认同与称庆，激起了当代社会空前热烈的反响。

二

群众舞蹈本是在初民们的自我娱乐中呱呱落地的。

生物的遗传靠了基因，群众舞蹈文化的传承也靠了基因。倘若群众舞蹈没有了自娱性，群众舞蹈也就可能不成为群众舞蹈了。

从心理、生理学的角度分析，人一切活动的指挥机关在于大脑，而大脑神经运动的兴奋和抑制的相互诱导是大脑活动的重要规律。科学实验表明，单调刺激不断作用于大脑皮层的某一区域，这个点的神经细胞就会由兴奋转入抑制状态，但如果注意了适当的休息与娱乐，就会产生由抑制转化为兴奋的继时性诱导，脑子就产生清醒的感觉，工作的效率就会提高。当代社会生活的节奏与工作频率的加快，社会分工的专业与精细，也会使人们的注意力与工作时间相对单一、集中。由此，为了消除疲劳，陶冶性情以焕发精神，人们常会自觉地步入自我娱乐的天地；加上群众舞蹈的自娱活动不需要更多的物质材料，人们只要依托自己的人体，通过简单的学习，就在翩翩起舞中可能得到愉悦、知识、友谊、爱情及至重要信息的获取，工作上成功的洽谈……于是，随着改革开放和宽松融合局面的出现，当代自娱性群众舞蹈以前所未有的自发性闯入了人们的社会生活，舞坛顿时更加喧闹、热烈了起来。如1983年、1984年杭州市的青年集体舞活动，先后就有46个学校、机关、工厂等单位的5万多人参加，近年来，老年交谊舞、迪斯科活动也开展得很好，得到了群众的赞美；舟山市群众艺术馆最近搞过一次民意测验，从调查表上看，80%以上的人明确地表示爱好舞蹈，特别喜欢参加集体舞、交谊舞等自娱性舞蹈活动。生产力的发展，人类的个性也会更加自由地发展，并在自由发展中产生对已实现目标的不满足，继而催动着更多的人向群众舞蹈提出更高的要求。对于集体舞，人们已不再满足"拍拍手""找呀找"之类的初级模式，而是极力吮吸民族民间舞蹈的优秀素材，并在队形变换与男女舞伴的配合上更趋丰富多姿，更讲究情感的交流与交流的默契。国庆35周年前后出现的一批集体舞，有许多就是根据藏族"弦子"、蒙族"安代"、陕北"秧歌"、彝族"阿细跳月"创编而成的。大多数舞会舞的参加者也漠视着世俗的眼光与旧式舞会中的老化样式，在舞会中寻找着人类共同的感情，摆脱过时"标准"的制肘，偏爱着能表达自己情感的自由的舞步。于是，不管炎炎溽暑，冰冰寒冬，在繁弦急管声中经常可见潇洒矫健、袅袅婷婷的交谊舞与热情而又奔放的迪斯科。民间舞蹈，作为"在人民群众中广泛流传，具有鲜明民族风格和地方特色的传统舞蹈形式"（见《辞海·民间舞蹈》条目）在当代仍绵延不绝。各地的民间舞蹈有些含有娱人自娱的双重性，但绝大部分是自娱性的群众舞蹈，它大多散见在岁时习俗、庙会市日的乡村广场之中。几十年，甚至几百、上千年前的民间舞蹈风貌，由于思维惯性及风尚习俗、宗教信仰等的关系，至今尚依稀可辨。其中有些部分，在形式上虽有所改变，但传统的审美经验，地方的文化心理，时时执着地在舞蹈中表现出来。今天的民间舞蹈，由于能激起群众的情感，并且道具的工艺制作精良，卷入了众多的群众，古老朴茂的乡风俚俗又能引发一些人的寻根意识，故泥土的芬芳，情感的现场交流，致使参与者往往如痴似狂，醉入其中，从而在另一个侧面反映了自娱性群众舞蹈的当代魅力。

三

如果作一概数统计，以目前而言在当代群众舞蹈活动中，参加表演性群众舞蹈活动的与卷入自娱性群众舞蹈活动的人相比，前者远不如后者，若与其他品种的表演性艺术的精神产品摆在一起，可能也会有较多的欠缺与不足，但谁又能在今天忽视它的存在与价值呢？它于广袤大地上的掀起，让当代人掂出了份量，而不得不刮目相看。

表演性群众舞蹈自从带着群众舞蹈的鲜明胎记问世以后，就一直与社会母体的血脉息息相通。

顺史迹逆推，公元前21世纪的奴隶社会开始出现了娱神的巫师与娱人的乐舞奴隶。但不管夏时供奴隶玩赏的乐舞，或是商代神权统治时的巫舞，虽含有表演的因素，却绝不等于就是以群众自己为主体，自我娱乐，自我表演，以社会活动方式进行的，有别于专业舞蹈文化的表演性群众舞蹈。以后，此种样式的舞蹈在历史长河的沉浮中时隐时现，并随着社会的变化兴衰荣枯，但它的个性分明并能成为一门独立的舞台艺术还是在建国之初，而它的深刻、隽永和富有光彩就在当代。

今天，表演艺术范畴中的表演性群众舞蹈，已经从先前"游击式"的飘忽零散逐渐集合成扎根群众之中，有较好素质，成果累累，引人注目的劲旅。在前几年的一段时间中，不少地方舞蹈观众的审美感觉曾被一种见得太多了的"现代派"惯性动作"抽象"得"朦胧"不清，当人们感到视觉之中的舞蹈形象总还缺少一点什么时，忽然1986年隆冬全国民间音舞大赛中的舞蹈顿使大家的眼睛一亮，那《元宵夜》《担鲜藕》《醉了，苗乡》《安塞腰鼓》《打歌》《漂布》等节目都以浓郁的生活气息、鲜明的地方特色、强烈的艺术感染，从古老的阡陌，喧闹的市井，从龙的传人的心间向着当今舞台走来。多年奋力，多年积聚，在京都舞台的迸发，迅速沛涨着我国表演性群众舞蹈的水平线，并继而在全国文化艺术界引起了众所周知的、不算太小的持续振荡。

根据质量与数量的辩证的互补关系，任何质量都表现为一定的数量。这次民间舞大赛的成功确实饱含了全国各地多少群众艺术馆、文化馆站舞蹈干部与舞蹈爱好者的心血汗水。据说参赛的节目是从来自全国各地的115个录像节目中遴选出来的，而这115个，又是过五关斩六将在数以千计的创作节目中层层选拔出来的。又如浙江省在建国以后就举行了五次全省性的业余会演，仅在1976年10月历史性转折以后的1978年、1981年就举行了两次；还有省职工文艺调演，少数民族文艺调演，两次大学生会演，省（四市）少儿优秀节目调演，全省群众舞蹈创作评选等；1986年还举行了省首届"音舞节"；各市、地也分别举行了"之春"、调演会、"××杯舞赛"等多种形式的展演、比赛，从中产生了大批受到当地群众欢迎的表演性群众舞蹈。温州的《新女婿》《端阳乐》《清江情画》《飞云江汉子》，丽水的《银耳花开》，湖州的《百叶龙》，浙江省群艺馆的《醉莲》，衢州的《风波亭》《断桥恨》，与在优秀群众舞蹈创作节目基础上经过专业舞蹈工作者一定加工、再创作的《春江行》《开拓者之歌》等，均在80年代分别参加了华东舞蹈会演与全国性的舞蹈盛会，得到了群众的好评与各种嘉奖。表演性群众舞蹈质量的提高，骨干队伍的形成，观众欣赏群的扩大，显示了它葱郁的生命力与广阔的发展前景。

四

当我们站在高处鸟瞰当代中国，并一揽我们的群众舞蹈，把其放在今日改革的大潮中考察，人们对它的局部现状可能会产生一脉淡淡的隐忧和盼望其更快奔腾的万千热忱。

自娱性群众舞蹈中，最让人困窘的是舞会舞中的"两极抗衡"与民俗节令间的"恋旧回归"现象。在我国社会主义社会中，当有害或陈腐的观念、行为侵犯了人民的精神健康时，社会就会出现本能的抵制；相反，有时属于社会主义初级阶段特征的文化，一旦受到错误意识的损害，社会也会产生维护力量而与之对抗。这两种现象在舞会舞中的出现，本属对自娱性群众舞蹈发展的有利因素，但处理不好，就很可能失调、失控，而滑向两个极端，从而造成对事业的离心与破坏。

舞会舞，在我国包括交谊舞、迪斯科等。它是一种世界性的群众舞蹈活动，原来自欧美及黑色人种之间。如追溯渊源，在原始社会的晚期，当先民们从父系家族公社向个体家庭过渡的青铜器时代就出现了男女合跳或对跳的舞蹈。据史籍记载我国汉代就曾有一种"交谊舞"，这种交谊舞，由汉传晋及至唐代。欧阳予倩先生主编的《唐代舞蹈》一书有载："唐代也还有一种交际舞,谓之'打令'",《朱子语类》卷92也曰："唐人俗舞谓之'打令'，其状有四……"等字样。就是在中国共产党领导下艰难岁月的延安时期，从领袖到平民，从将军到士兵，不但积极投入了"新秧歌运动"，而且也经常活跃在舞会之中。如今，舞会舞在全国已相当普遍，不但青年，而且老年人也踊跃参加，卷入其中的何止千万？前段时间，笔者曾去杭州、温州的一些舞会、舞厅与交谊舞、迪斯科培训班作过一些社会调查，极大多数的调查对象（包括公安干警），认为舞会舞不但能陶冶情操，增进人与人的交流与了解，而且能锻炼身体，使精力更为充沛。几位值勤民警认为，舞会只要管理得法，不会增加治安上的问题。固然，在少数场合之中的少数人身上也出现过一些丑陋现象，某些地方也曾发生过打架斗殴，但舞会舞的主流是好的，充分显示了美对丑居高临下的优势。我们绝不能因玉石混杂而良莠不分，就干脆"因噎废食"。是否应采取"导、调、控"综合管理之法：导，如大禹治水"尽力沟洫，导川夷岳"，在积极鼓励、扶持的同时，思想教育与业务培训双管齐下，将人的精神世界与舞蹈水平导向更高处，把部分不良现象引导、转化为涤濯灵魂本质的道德力量；调，对一般问题的产生不必大惊小怪或采取过激的举动，而应做好认真细致的爬梳剔抉工作，就像电视、收音机那样，要取得正确的图像、信号，就应多多"微调"，舞会舞要防微杜渐，也须"微调"；控，加强社会控制。对舞会的参加人员、规模、时间、跳舞方式要根据国家的现行政策法令，具体情况加以控制，如年处高龄，有突发病隐患的或少年儿童就不宜参加交谊舞活动，"贴面舞""脱衣舞"应在禁止之例。对极少数社会渣滓的违法行为，则绝不宽容，要严厉打击，绳之以法。

农村中部分地区的民族民间舞蹈中，的确还存在着一些与时代风貌格格不入的现象。如一些地方凡是迎龙灯、舞狮之前必须集体烧香拜神，一些民间舞蹈除了请"三清""请太公"外还不让女性进祠堂，以免玷污神圣等。如果是民间舞蹈的收集、整理、研究工作的需要，或呈现的是一些健康的民俗活动另当别论，但将明显的陋习、迷信作为一种社会性活动，则在一定程度上妨碍了文明的建设，影响了更为广泛的吸附群体，喧宾夺主也无助于自娱性群众舞蹈本体水平的提高。在艺术审美活动中，人们常一方面厌腻老一套，喜欢追求新鲜；另一方面时代进步了，却又时常回过头去表现出对熟悉事物的怀恋与对陌生事物的冷漠。面对这种"恋旧回归"现象，我们要认真分析而加以区别对待。既要推动人们"追新"的审美理想，又要保护"恋旧"中对优秀传统的承继。仔细区别风尚习俗、宗教信仰与封建迷信的界限；制止某些不法神汉、巫婆对人民利益与社会治安的危害；并要努力创编出既具有时代特征、又能在人民群众中间推广普及的新型民间舞蹈。

表演性群众舞蹈往往是以贮存、散发浓郁的乡土味与折射人民群众粗犷、温馨等传统内在气质取胜的。年复一年，直至当代，基本如此。

面对如此样式的主潮呈示，我们是不应该作出过多挑剔的。但作为一种期冀与补充，当代表演性群众舞蹈如何更好地去表现当代生活及当代人民群众的心态，还是有待努力的。

当代社会的复杂性，决定了当代人思想的复杂性。让表演性群众舞蹈逐步摆脱主题的单向性，极力发掘思想内涵的多义和感情因素的丰富多彩，是当务之急。诚然，人们并不希望表演性群众舞蹈跟在专业舞蹈的后面，不顾自身的特点与自己的观众群而盲目尾随、认同。作为表演性群众舞蹈的创作节目，为适应广大群众的审美趣味，激起更大程度的共鸣，是需要摒弃艰涩隐晦，与过度的抽象模糊，但一味作风格习俗的陈列展览，单层情绪的表露是远远满足不了当代人变化了的审美理想的。此外，纷呈于当今舞坛的种种现代舞蹈思潮及它的物化形式，多数观众还缺乏过滤或比较陌生。群众舞蹈工作者责无旁贷的任务是要以创作节目的多样化启导观众的审美能力向更高处发展。对有些本来应该懂而"不懂"的舞蹈，不少人多喜欢在客体上找原因，没有同时在主体上找根源。马克思说得好："艺术创造出懂得艺术和能够欣赏美的大众。"主体认识客体，创造客体，同时主体自身也不断被认识，被创造。我们要让表演性群众舞蹈肩负起这个时代的一个使命：造就更多的认识舞蹈，又创造舞蹈、自身又不断提高着的舞蹈群来。

当代群众舞蹈将趋向成熟的另一个重要标记，是人们对群众舞蹈更富思考和思考中的理性色彩，及随之而来的群众舞蹈的研究成果与学术团体接二连三的萌发。虽然，它们的初生与草创不可避免地会有一段时期的幼嫩，并且由于群众舞蹈研究活动本身提供给人们的思考对象还相当有限，故目前不可能对其进行深入的探析与更多的评头论足。但随着人们不断地实践与对实践的不断总结，对马列主义的深入学习和把握，这对群众舞蹈的研究及对"研究"的研究，都会向着深度与广度拓展。人们有信心断定：当代群众舞蹈的主潮将会在与滚滚东去的时代大潮中融汇，在广大群众的齐心协力中奔腾直前！

（原载吴露生：《寻觅舞蹈》，香港天马图书公司1997，《群众舞蹈论文集》第二辑）

《中国民族民间舞蹈集成·浙江卷》
浙江民族民间舞蹈综述[1]

浙江省位于我国东南沿海，雄踞华夏古陆北缘。东临万顷东海，北与江苏、上海为邻，西与安徽、江西接壤，南与福建毗连。因境内大川钱塘江古称"浙江"而得名，简称"浙"。整个地势自西南往东北倾斜。西南多山地，中部丘陵有大小不一的盆地，山岭蟠屈、河流纵横；东北部为冲积平原，地势平坦，河网密布，是著名的"鱼米之乡"。在这十万一千八百平方公里的土地上聚居着四千一百六十九万八千（据1989年浙江省统计局公布数字）勤劳勇敢的人民。

一

素称"文物之邦"的浙江，历史悠久，地理优越，气候条件良好。自古即为经济繁荣、文化昌明、人材辈出之地。民间舞蹈源远流长。

距今约五万年前的旧石器时代，浙江的原始人——"建德人"就劳动、生息、繁衍在浙西山区。

---

[1] 本文为本书作者在20世纪80年代后期，于国家艺术科研重点项目《中国民族民间舞蹈集成·浙江卷》卷首撰写的《浙江民族民间舞蹈综述》，也是本书作者主编并撰写的全国艺术科学"九五"规划重点项目《中华舞蹈志·浙江卷》"综述"的主要内容。《中国民族民间舞蹈集成》总编辑部常务副主编、中国著名舞蹈史论家孙景琛评价："……《中国民族民间舞蹈集成·浙江卷》的'浙江民族民间舞蹈综述'就浙江民舞的历史、现状及文化特征进行了全面的分析和评估，是有关内容的开拓性著作。主编和参与撰写的《中华舞蹈志·浙江卷》在此基础上有所丰富和发展，可以说是对浙江民舞整体研究的奠基之作。"（参见本书中欧建平：《中国舞蹈》（2017修订版）序》）。

浙江境内的新石器文化遗址有余姚河姆渡、嘉兴马家浜、余杭良渚等一百多处。这些考古中的发现证明浙江在新石器时期就具有发展较高的原始文化，浙江省所处的长江流域也是中华民族文化的发祥地之一。1973年在杭州湾以南的余姚县河姆渡村东北，发掘出距今七千多年河姆渡文化遗址的第四层遗物中，有十多支骨哨，其中有一支长十厘米，横开六个音孔的骨哨能吹出简单的音调。根据乐舞同源说，远古时期的舞蹈与音乐是结为一体而密不可分的。由此可以推测：新石器时期的浙江一带，可能已经出现了先民们以骨制乐器参与伴奏的舞蹈活动。

公元前21世纪至公元前16世纪，会稽山麓一带的原始公社逐步解体而过渡到奴隶社会。传说那个时期禹作为部落联盟的首领曾在会稽山召集会议，聚居于今湖州德清一带的部落酋长防风氏因水阻迟到，被禹错杀。其后人尊防风氏为神，并创编了祭防风氏的舞蹈，"昔禹会涂山防风氏后至，禹诛之。……越俗祭防风神，奏防风古乐，截竹长三尺，吹之如嗥，三人披发而舞"。（梁任昉《述异记》）清道光年间的《武康县志》中也记述了该舞的大致形式与祭奠所在地："其后人俗祭防风神……三人披发而舞"，"防风氏庙，在县南十八里封、禹二山之间"。防风氏庙遗迹尚存德清二都，当地直至60年代中期，逢农历八月廿五还举行"防风王庙会"。随着岁月的流逝，该舞原型已很难寻觅，但"披发而舞"，《述异记》中所说防风氏后代"皆长大"等舞风，在浙江巫、鬼舞中尚依稀可辨。

奴隶社会时期，浙江一带的民间舞蹈，作为奴隶制政治和经济的反映，不可避免地具有浓重的迷信色彩，并与祭祀祖先、神灵崇拜结合而共存。浙江奴隶社会时期的民间舞蹈虽然没有可视形象流传下来，文字记载亦寥寥无几，但影响甚为深远。

春秋战国时期，浙江为吴、越争霸之地，吴灭入越，越灭归楚。秦统一中国后分全国为36郡，浙江分属会稽、鄣、闽中三郡。这一时期巫舞风行，巫之职司，主要是以乐舞娱神。巫术之中的巫舞是一种特殊形式的民间舞蹈。带有浓重迷信色彩的巫术随着社会的进化，在移风易俗的今天已不多见，但巫舞"昔者姒氏治水土而巫步多禹"（见《杨子·法言》），"禹步"似的"巫步"仍在浙江遗存巫舞中可以见到。

这一时期，浙江一带还出现了一批专门活动于王室、贵族府邸的女乐倡优，他们来自民间，把民间歌舞艺术带进了宫廷，推动了舞蹈的发展。传说

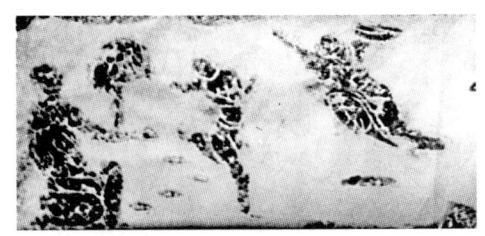

图3 "三女堆"汉画像石《七盘舞》

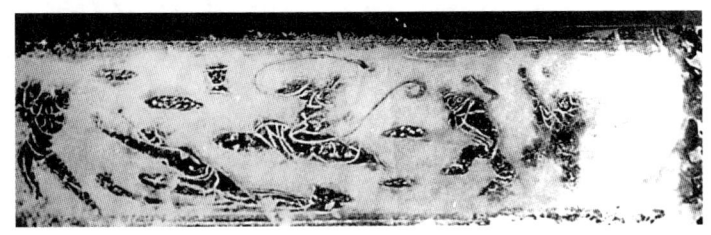

图4《巾舞》原载《中国民族民间舞蹈集成·浙江卷》19页，中国舞蹈出版社1990年

当时越国苎萝西村（今浙江诸暨南）人施夷光——西施，就是一个代表。最早提及西施的是其同时代人墨子。汉赵晔《吴越春秋》与明梁辰鱼《浣纱记》均有关于西施练习舞蹈的传说。公元前494年，越国与吴争霸战败，西施被越王遣人送往吴国前，刻苦于土城练习歌舞仪容，至吴后以歌舞美貌迷惑吴王夫差，吴王"盛陈妓乐，日与西施行乐歌舞为水嬉……荒于国政。"（见清《诸暨县志》）加上其他因素，后来竟致越盛吴灭。西施入"馆娃宫"后，常率众宫女脚穿木屐、裙系小铃，在木板上跳舞。明张岱《陶庵梦忆》曾描述过明人演出西施舞蹈的场面："西施歌舞、对舞者五人，长袖缓带，绕身若环，曾挠摩地，扶旋猗那，弱如秋药。女官内侍，执扇葆、璇盖、金莲、宝炬、纨扇、宫灯，二十余人。光焰莹煌、锦绣纷叠，见者错愕……"此舞场面豪华，大概是《浣纱记》传奇中西施在吴宫之中向夫差献舞的情景。虽然史学界有人对是否确有西施其人提出质疑，认为西施只不过是古代美人的代称，但这并不影响历史对西施歌舞的评价。

东汉六朝之际，浙江省的民间舞蹈有了很大发展。

三国时，浙江属吴，建国者孙权，吴郡富春（今浙江富阳）人。由于其重视农业生产，推广先进农具，又恩威并施开辟山越，使土著山民出山定居从事农耕，加上吴地气候温和，土地肥沃，故经三国至东晋元帝渡江之时，已是民康物阜了。又因北方部族进扰中原，中原人民为避难计，相率向江南迁徙。浙江增添了中原、北方文化的新因素后，内外交流，南北融贯。加上角抵、百戏对民间舞蹈的影响，使浙江的民间舞蹈文化大放异彩。1973年春在浙江省海宁县长安镇原觉王寺发现了一座东汉晚期至三国时期墓，从墓中

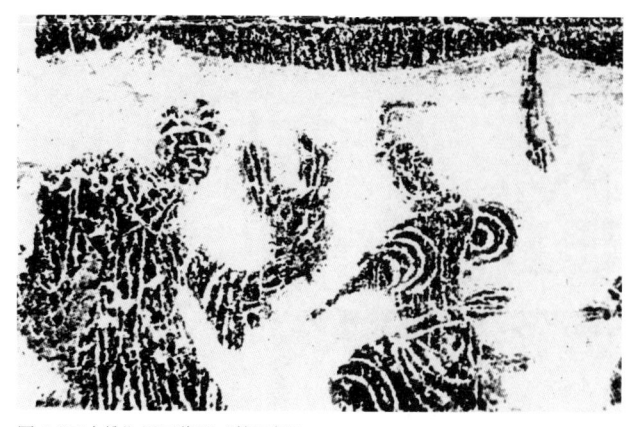

图5 "三女堆"汉画像石"籥翟舞"

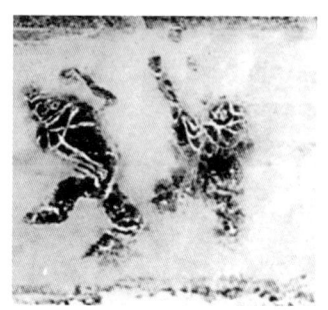

图6 "跳丸",原载《中国民族民间舞蹈集成·浙江卷》19、20页,中国舞蹈出版社1990年

出土的画像石图像上,可见当时民间乐舞盛况之一斑。该墓是长江以南,东南沿海首次发现的汉画像石墓,南壁墓门的东西两侧,东壁南侧,西、北壁第二层上记录了众多的舞蹈形象,其中有独舞、双人舞、三人舞、群舞、含故事情节的舞蹈及鞞舞、长绸舞、七盘舞(图3)、巾舞(图4)、籥翟舞(图5)、跳丸(图6)、盾牌舞、剑舞等杂舞及反映汉高祖斩蛇,东海黄公的歌舞戏。表演者栩栩如生,或俯仰侧躬,或腾空而起,或相互对舞,或整齐地群舞,有的虽看不清面部表情,但能从富有心理特征的姿态动作中感受到人物的情绪与气质。绍兴出土的东汉铜镜上有头戴卷帻,宽袖衫,扬手起舞的舞蹈形象与海宁汉画像石的一些舞蹈造型的风韵也甚为相似。

在浙江武义桐琴果园还发掘到东汉时期的伎乐人物五罐堆塑瓶,瓶肩之上塑造的不但有跳动拍手的舞蹈形象与倒立的造型,在乐器吹奏者之间还穿插着一些假形舞蹈者的表演。

形式多样,内容丰富的舞蹈形象足以说明当时浙江的民间舞蹈不但极为繁荣,而且已具有了相当水平。

两晋南北朝时,中原战乱,江南富庶之区未曾殃及,浙江省民间乐舞在继承汉魏传统,南北文化交融及反映当时生活中更为兴盛。

那时的湖州德清县有前溪村,一村男女精习乐舞技艺,"江南声伎,多自此出。所谓舞出前溪者也。"(宋胡仔《苕溪渔隐丛话》引于竞《大唐传》)"前溪歌舞"是据前溪人西晋车骑将军沈充作《前溪曲》创编的舞蹈,盛行大江南北,自西晋流传梁陈以至唐代。陈刘删诗:"山边歌落日,池上舞前溪",唐崔颢云"舞爱前溪妙,歌恋子夜长"。至于前溪究竟在何处?以前史料多认为是"湖州德清县南前溪村"，在这次民舞普查工作中，我们会同当地文史、舞蹈干部，细察方志，实地踏勘，发现前溪并非在德清县南，前溪是武康归并德清以前境内余英溪之别名，明嘉靖《武康县志》载："余英溪（又名前溪）县南一百步。……沈充，晋武康人……"另外，从沈充所作多首诗词描述的前溪的地理环境，前溪人的风俗生活来看，前溪即今武康镇前余英溪的可能性较大，前溪的民间歌舞以其独有的艺术魅力至少流传了四五个世纪。现在武康镇一带歌舞仍较兴盛，"大红船""花灯""女看相""王大娘""踏高跷"等小调歌舞深受当地群众欢迎。此类民间舞蹈是否就属"前溪歌舞"？因没有明确佐证尚难肯定，但前溪歌舞轻盈柔婉的遗风，在武康及其周围市县的民间舞蹈中还是明显存在的。

东晋南朝之际，北方士族为避战乱，多有移居江南。浙江山川秀美，气候温和，尤为北方文化人迁居之地。中原移民带来了中原文化与西北少数民族文化的影响。前几年出土的瑞安南朝瓯整五管瓶肩堆塑中数对乐舞形象，其中有若干杂舞造型，也有南北朝极为盛行的"胡舞"。舞者服饰及动作风韵和今天的维族舞十分相似，可能是当时从西域传入的一种舞蹈。从1987年在常山县孔家弄婴头自然村发掘的隋墓砖画舞蹈形象看，舞蹈动作与衣饰均与江南汉人不同；又结合伴奏的四弦四柱曲项琵琶和长管吹笛推测，此舞亦可能是两晋南北朝南北民族文化大交流时期在浙江出现过的舞蹈。

南朝诸帝广建佛寺，颂扬佛法，佛教大盛。宁波阿育王寺、黄岩灵石寺、湖州铁佛寺、新昌大佛寺等均建于此时期。佛教天台宗的创立者智顗入天台，建草庵讲经，也在这个时期。佛教徒利用倡乐和俳优宣扬佛法教义，逐渐形成了一套带有歌舞形式的礼仪，民间佛教舞蹈因而渐盛。此外，当时也有不少办丧祭神"看病"为业的巫师，他们为了宣扬自己的灵异，制造临场气氛，活动之时表演着娱神的巫舞。佛教舞蹈、巫舞加上某些地方的道教舞蹈，形成了六朝时期的宗教舞蹈。《晋书·隐逸列传》记越人夏统所见女巫"并有国色，庄服甚丽，善歌舞……轻步仰舞。灵谈鬼笑，飞触挑拌，酬酢翩翻。"创于梁普通年间的松阳延庆寺墙面上头插步摇的飞天形象，很是生动。

南宋时期以"瓦子"（亦称瓦舍）、"勾栏"间的群众性的舞队活动为主体，并与民间礼俗中的"祭孔"舞蹈及从民间走向宫廷的"队舞"艺术表演交相辉映，使浙江的民间舞蹈越发丰富多彩，呈现出一派繁荣兴旺的景象。

宋以前，浙江属五代十国时的吴越国。吴越国王重视海塘和灌溉工程的建设,鼓励群众垦荒,出现了"境内无弃田"的兴旺景象,又大力营建首府杭州,杭州开始繁荣。978年钱弘俶归顺北宋,浙江连续70多年比较安定,未遭兵火灾乱。以后南宋偏安江南,升杭州为临安府并"行在所"。从此,临安越发繁华,成为南宋政治、经济和文化的中心。"衣冠毕会,商贾云集",不但在全国是第一大都会,即使在世界上也是最繁华的大都市之一,当时临安的文化艺术活动十分活跃,为适应日益昌盛的经济与文化交流的需要,"是以城内外创立瓦舍,召集妓乐,以为军卒暇日娱戏之地。"(见宋吴自牧《梦粱录·瓦舍》)当然,瓦舍(或称瓦子)既经创立,涉足的就绝非仅为军卒,在当时实是贵家子弟、平民百姓等各阶层人士共同的游娱戏乐之地。瓦舍因"来自瓦合,去时瓦解"而得名,瓦舍里又以栏杆勾围,名为勾栏。瓦舍勾栏易聚、易散,因而临安城内外瓦舍一时多达23处,"舞绾百戏"竞相献演,常常通宵达旦,热闹非凡。岸上船上"熙熙攘攘,人影杂沓"。元宵节时,更为热闹,"舞队自去岁冬至日,便呈行放","十五夜,……遇舞队照例特犒。……姑以舞队言之,如清音、遏云、掉刀鲍老、胡女、刘衮、乔三教、乔迎酒、乔亲事、焦锤架儿、仕女、杵歌、诸国朝、竹马儿、村田乐、神鬼、十斋郎各社,不下数十。更有乔宅眷、汗龙船、踢灯鲍老、驰象社、官巷口、苏家巷二十四家傀儡……""人都道玉漏频催,金鸡屡唱,兴犹未已。""至十六夜收灯,舞队方散。"(见《梦粱录》)舞队出街最盛之时,数十百队连在一起,延绵达十多里。宋周密《武林旧事》(卷二"舞队")中列举了舞队所演节目70余,并叹道:"其品甚夥,不可悉数。"内有反映"村田裒立野"农家生活的小型歌舞《村田乐》,有表演男女打夯或舂米的《杵歌》,有戴着面具的滑稽舞蹈《斫刀鲍老》《交衷鲍老》《踢灯鲍老》,有反映龙舟竞渡及水乡划船的《旱划船》,有以"斋郎"为借代人物,讽刺当时社会陈腐的《十斋郎》,有以竹代马,从儿童骑竹马游戏发展而来的《竹马儿》及《踏跷》与《竹马》结合的《踏跷竹马》,也有由甘肃凉州流传过来的《梁州》等舞……当时,民间艺人还组织了自己的团体,有常年在瓦子演出的,也有节日以后就解散了的,谓"瓦舍众伎"。他们常奉诏献演,逢年过节还有在瓦子外搭起"乐棚""露台"演出的。《武林旧事》卷六还记载了"或有路岐,不入勾栏,只在耍闹宽阔之处做场,谓之"打野呵"的。武义县履坦镇发掘出来的南宋龙人堆纹瓶上舞蹈着的民间艺人及在他们头顶之上一起盘旋的巨龙形象,反映的很可能就是当时舞队活动的情况。南宋词人姜白石曾赞叹:"南陌东城尽舞儿,画金刺绣满罗衣;也知爱惜春游夜，舞落银蟾不肯归。"

南宋时，不仅临安府的民间歌舞十分兴旺，许多州郡亦是如此。如当时婺州东阳等地盛行莲花舞队；周密《齐东野语》中记载了南宋各地设宴聚会，多要歌舞伎人承应的情况，其中天台营妓严蕊尤善歌舞，色艺冠一时，四方闻名。

宫廷"队舞"多在皇帝生日或其他大庆之日和百戏、杂剧同台演出。一般贵族士大夫家中也有小型的队舞。队舞起于唐代，至宋而盛。南宋队舞艺人大都来自民间，孝宗隆兴二年（1164年）起，皇帝所用乐工改为临时点集，不置教坊，队舞更与民间舞蹈有血缘联系。

队舞中致语、舞蹈、歌唱交相辉映，舞蹈意境优美，绮丽华贵，由于宫廷与士大夫阶层的趣味需要，较之民间舞蹈显得雕琢，并更注意了技术和形式，乡土气息比较淡薄。但由于乐舞艺人的民间生活根底与队舞节目对民间舞蹈成分的保留，因此可以说队舞艺术始终未与民间舞蹈完全脱离。如"宫本杂剧段数"中的《迓鼓儿熙州》本是民间舞队中演出的小型民间歌舞；又如《四国朝》《钟馗爨》《扑蝴蝶爨》《像生爨》等大曲舞都直接来自杭州元夕舞队中的《四国朝》《舞钟馗》《扑蝴蝶》《乔像生》等民间舞蹈。宋高宗十分喜爱的《梁州》《六么》舞，不但宫廷常演，民间也十分兴盛，宋人梅圣俞有诗道："露天鼓吹声不休，腰鼓百回红臂韝，先打《六么》后《梁州》，棚帘夹道多天柔。"

宋人周密《癸辛杂识》中记述的《德寿宫舞谱》，产生于南宋高宗退位做太上皇居德寿宫时，是以动词或以动物形象借代，作为训练德寿宫歌舞伎人而用的资料。舞谱记录了9类63种舞蹈的姿态或队形。据史书记载，当时有位鞠夫人，来自民间，曾在宋高宗仙韶院为歌舞部头，因不得皇宠回居临安，后复召至德寿宫，为《德寿宫舞谱》的创造贡献过自己的智慧（详见《癸辛杂识》）。《德寿宫舞谱》虽稍后于五代的《敦煌舞谱》，却先于世界其他各国舞谱。这种由乐舞艺人创造的舞谱，是劳动人民智慧的结晶。

儒家学派开创者孔子，是我国古代著名的思想家和教育家。历代统治者为巩固皇权，维护自身利益，均视孔子与儒家思想为正宗，南宋建炎二年孔子48代裔孙随宋高宗南迁，以浙江衢州为南宋孔庙之地，浙江省部分地区尊孔之俗及由此而来的祭孔乐舞更为盛行。

据现存清咸丰年间衢州、宁波祭孔舞谱所载："羽龠之舞为文舞，始于舜之韶舞。释奠用舞始于南齐永明三年。""目前浙江历史上有记载的祭孔乐舞似起于晚唐，增于北宋，多见于南宋。""宁波文庙始建于贞元四年（788年）北宋天禧二年（1018年）修建在苍水街。""鄞县文庙，自北宋庆历八年（1048年）县令王安石创县学，因庙为学，对孔子不断奉祀。""府文庙祭孔与县文庙并日举行。"（见洪可尧《甬上祭孔概况》）南孔家庙于南宋始建衢州后，祭祀更盛，直至清末未曾间断。

祭孔舞蹈包含于一整套祭孔礼仪之中，现存舞谱不但记有详细的形象动作图、动作名称与动作说明，"舞佾考"中，还存颇有见地的理论分析，其中"用舞之始""武舞""数""人数""图谱""迟疾""舞器"等文字不仅追溯沿革，描绘形象，且论述该舞之艺术特征，如："凡舞，合字、四字欲迟，工字、六字欲疾，上字、尺字欲适中。""一响一声应一步，随舞生所向方辰，俯则先俯，仰则先仰，以为舞容之节。旧有之，今制无。"舞蹈与繁琐的礼节紧密联系的情景，跃然纸上。

南宋之际，畲族人民陆续从闽入浙，祭祀祖先仪式中的畲族舞蹈也在浙江逐渐增多。

南宋的民间舞蹈不但在当时极为繁荣，并且由于其内在的艺术张力与丰富的人民性，因而能跨越许多年代仍具有吸引广大群众的力量，虽然距今已有七八百年，但对浙江民间舞蹈的影响仍然很大。

就以《武林旧事》等史料所记述的南宋舞队节目而言，与浙江当代民间舞蹈对照，有的从名称、角色、形式均无多大变化，如：花鼓、竹马、踏跷、龙狮等舞。有的名称虽不一样,但至今形式变化不大或舞蹈风韵犹在的，如"蛮牌"有《藤牌舞》《盾牌舞》等；"傀儡"有《魁星》等；"扑蝴蝶"有《老虎搭蝴蝶》等；"旱龙船"有《彩凉船》《荡湖船》《采莲船》《舞龙舟》《龙舟舞》《龙船》等；"乔捉蛇"有《大贫跳》《流徒传》及《莲花头》后跟随的"三十六行"中的"柯蛇者"；"耍和尚"有《笑头和尚》《大头和尚》《跳净童》《草子菩萨》等；"瞎判官""神鬼"有《调判官》《送夜羹饭》《女吊》《大小头鬼》等，而"扑旗子""舞砍刀""舞剑"等节目的舞蹈形象不仅当今舞蹈中时有出现，并且还散见在戏曲等其他艺术之中。

南宋时期，一方面民间歌舞在蓬勃发展；一方面人民群众又在积极创造能更好地表现复杂生活内容的艺术形式，于是戏曲艺术就应运而生。这个时期也就成了部分歌舞向戏曲演化的转折期。

图7 青田鱼灯（青田县非遗中心供图）

南戏源于温州杂剧（又称永嘉杂剧）。温州古称东瓯，向以"尚歌舞"著称，戏曲研究者称"这些为人民群众喜闻乐见的歌舞被早期戏文所吸收是势所必然的"（见温州市艺术研究室编《南戏探讨集》）。歌舞进入戏曲，戏曲的艺术特征又反过来影响着民族民间舞蹈。

舞蹈与戏曲的互为交融、影响自南宋以来直至当今。

浙江现存民族民间舞蹈，还有不少起于明清。

明清两代，封建社会由鼎盛渐渐趋向衰落，但竭力维护封建礼教的理学思想却束缚了民间舞蹈的进一步发展。加上南戏，经元朝时与北曲杂剧的交流渗透，至"明传奇"时已得到全面发展与固定而空前繁荣。戏曲对民间歌舞的吸收、转化和对观众的吸引，使浙江民间舞蹈的发展在那时有所停滞，但总的来说比元朝实施严厉限制时还是有所转机。

这一时期舞蹈发展的特点是表演舞蹈显著减弱，而让位于能表现当时社会复杂生活的戏曲，自娱舞蹈得到加强。"春节""元宵""赛会""市日"中的自娱性民间舞蹈经常呈现。

至今尚在浙江流传的青田《鱼灯舞》（图7），据传是在明朝开国功臣刘基以舞鱼灯的形式演习兵阵的基础上发展起来的；温州《藤牌舞》乃明将戚继光为抗击倭寇，操练新兵所编，"试藤牌先令自舞，试其遮蔽活动之法，……"（戚继光：《练兵实纪》）其舞与"干戚""蛮牌"等为相同舞种，但更讲究战争实效。距今起码有100多年历史的德清民间舞蹈《扫蚕花地》是蚕乡民俗活动之一。每年寒食清明，蚕乡家家清扫蚕房，民间艺人通常要表演一出反映蚕民生产内容的舞蹈《扫蚕花地》，才算准备完毕，开始一年的蚕桑生产。《采茶舞》原为采茶歌、采茶戏，起源于明末清初浙南括苍山区，当地农民逢年过节在庙会、集市的广场或戏棚演出，作为庆丰收的自娱活动；《百叶龙》的前身，安吉县的民间舞蹈《化龙灯》，历经四代，距今已有 100 多年历史，是当地百姓造屋、办喜事，祈求吉利的自娱性舞蹈……从清同治人方鼎锐的《温州竹枝词》中，亦可窥见当时民间舞蹈活动情况一斑：

> 篝车岁岁乐丰收、竹马儿童竞笑讴，
> 擎出光明灯万盏，河乡争赛大龙头。
> 迎神赛会类乡傩，碟攘喧阗闹市过，
> 方相俨然司逐疫，黄金四目舞婆娑。
> 广市通衢挂彩缯，城开不夜烛龙腾。
> 笙歌闹过春三月，何用金钱更买灯。

民国期间，浙江省的民间舞蹈一方面借传统的乡风习俗得以继承，有些民间舞蹈的节目也有所变化发展；另一方面民间舞蹈又被时局所制，严重地影响了其发展，因而民间舞蹈时而有所活动，时而萧条沉寂。沈沉整理，取名为《杜隐园观剧记》的端安汀田已故士绅张震轩先生的日记中，有许多处提及这个时期民间歌舞的活动状况，如民国十七年（1928 年）四月五日笔记："是日为清明节，旧例瑞城迎城隍赛会颇（热）闹，去年为党部阻绕，竟不举行。今年原拟迎赛，而时局变动，各处戒严，于是此举又打消。独五脚、海城如旧迎神演戏，略应佳节而已。"张震轩先生的日记从光绪十四年正月初二起至民国三十一年正月初八日至，前后五十余年，除个别年份因故中断外，其余没有辍止过一天，为浙南半个世纪戏曲与民间歌舞的珍贵历史资料。笔记的最后一页竟是对当时民间舞蹈状况的哀叹："本地迎神，原是盛典，然百货飞涨、家家困顿……况又奉官禁……于是（此）举遂打消矣。"

在中国共产党领导与影响下的一些地区，虽则由于革命斗争的艰苦，没有经常性的盛大歌舞活动，但民间歌舞活动能与革命斗争有机结合，有的民间艺人与文艺工作者还创编了一些新型民间舞，如三门县大革命时期出现的"缠脚苦"即是一例。四明山根据地的"鲁艺"与"社会教育工作队"还曾举行过一些民间舞蹈的收集整理工作。

中华人民共和国成立以后，党和人民政府对民族民间舞蹈的继承和发展给予极大的关怀。尽管出现过曲折与挫折，但是由于党的文艺方针的正确指引及广大人民群众的努力，总的趋势还是向前发展的。

浙江省在1954年就开始了对民族民间舞蹈的发掘工作，1955年至1957年间全省共挖掘了民族民间舞蹈（包括地方戏曲中的部分古典舞）共三百个左右，在此基础上，浙江省群众艺术馆又花了3年时间整理节目六十多个。传统舞蹈经过专业舞蹈工作者与广大民间艺人的加工整理，更加丰富多彩，并为人民群众喜闻乐见。民间舞蹈《奉化布龙》《渔翁捉蚌》在全国第一届业余会演中得优秀奖；《百叶龙》《藤牌舞》在第二届全国业余会演中也获较高评价；《奉化布龙》还由中国青年艺术团带去参加第五届世界青年联欢节并在比赛中获奖。1957年在"浙江民间歌舞巡回演出团"的基础上成立的"浙江民间歌舞团"（即浙江歌舞团的前身），经常上演整理改编后的浙江省民族民间舞蹈。

近10年来，浙江省的民族民间舞蹈活动更为活跃，民间节日、礼俗中的民族民间舞蹈富有新意，生活中的自娱性集体舞、交谊舞空前普及，全省综合的，含有以民族民间舞蹈素材创编的舞蹈节目的会（调）演、"音舞节"先后举行过四次。此外，在广泛发动基础上的全省性职工文艺调演，少儿舞蹈调演，大学生、解放军系统的舞蹈会演、比赛经常进行。特别是1981年，中央文化部、国家民委、中国舞蹈家协会联合发出了关于编辑出版《中国民族民间舞蹈集成》的通知以后，浙江省以《中国民族民间舞蹈集成·浙江卷》编纂出版的整体工程及广大人民群众对我省民族民间舞蹈的创新工作为主要代表，浙江省的民族民间舞蹈的继承与发展形成了一个新的热潮，在承前启后，推动精神文明与物质文明的建设中起着重要的作用。

二

浙江省的民族民间舞蹈作为意识形态对历史与现实的一种反映，由于人民群众长年累月的创造与因人因地对客观世界的不同认识，故而从内容到形式都个性迥异、丰富多彩。

浙江省虽然除汉、畲民族外，还有为数不少的回、满等民族杂居在全省各地，但在整体上能形成舞蹈文化个性的乃汉族民间舞蹈与畲族民间舞蹈。

汉族人民占全省人口的百分之九十九以上。在浙江省历史上参加汉族民间舞蹈活动的人数最多，舞蹈节目的涌现、保留得也最多。

从内容分析，编入本卷，具有一定代表性的60个汉族民间舞蹈大致可分为：与生产劳动相关联的、体现风尚习俗的和宗教祭祀活动维系在一起的、纪念历史人物的、关于民间传说的五大类。

（一）与生产劳动相关联的民间舞蹈

《采茶》《扫蚕花地》《卖花线》《南山种麦》等民间舞蹈直接、间接地反映了浙江地区采摘茶叶、清扫蚕房、卖花线、种麦等生产劳动，并从中预示了劳动人民勤劳、淳朴、善良的美德与祝祷丰收、幸福的美好愿望。舞蹈的特点是动作敦厚、流畅，情感形态与生产劳动的形态特征交替出现；表演者常穿着美化了的劳动服装；运用生产劳动时特有的道具；独舞、双人舞均有，而以群舞为主。如《黄岩采茶》采茶时单手或双手翻腕手指并摘采茶的动作造型，基本接近采茶时劳动生活的原型。后随着舞蹈情感的发展，手姿加以变形，左右交叉，舞步也在戏曲花旦步的韵律上化开而成特有的"碎步小踏"；《扫蚕花地》的舞蹈动作既有模拟养蚕劳动的"扫地""糊窗"等形态，又让舞蹈的韵律给人以身临劳动生产其境的美感，舞蹈细腻、稳健、柔美，"稳而不重，轻而不飘"的风格特征是与杭嘉湖蚕女在蚕房劳动时的娴静、端庄、细致的内在气质相吻合的。人民群众对表现生产劳动的民间舞蹈的创造并未全停留在对具象的模拟上，而讲究意境和心象的外化。

（二）体现风尚习俗的民间舞蹈

风尚习俗的形成、发展、变化既受当时当地物质条件与生活方式的影响，又与人们对客观世界的认识有关，"古者百里而异习，千里而殊俗"。浙江省各地的人民群众在不同的自然地理环境与经济活动间，在历史演变与人们对现实不尽相同的反应中，形成了各不相同的风尚习俗。

浙江省体现风尚习俗的民间舞蹈，作为有形与艺术化了的传承活动的风俗行为，多见于龙舞、狮舞及一些渔灯、龙舟舞、"迎神赛会"中的鬼舞及《甩木头人》《大奏鼓》《定位》《把酒》等舞蹈。

从新春佳节到元宵灯节，浙江大多城乡，普遍有"迎龙灯"习俗，"迎龙灯"又称"龙舞"或"龙灯舞"。"龙"的形象最早出现在史前原始社会，以后不断衍变，是古代人民寄托美好愿望的丰富想象的创造。龙灯舞我国汉代就有，浙江唐宋文献均有记载。

闻名大江南北，曾在世青联欢节夺奖的《奉化布龙》的起源，就与当地习俗关联。奉化县山涧多有深潭，山民称为"龙潭"。当地如遇大旱，必有结群赴潭"请龙"，祈求降水保丰、请龙求雨的民俗活动。龙舞大多活跃于春节、

图8 三门县大革命时期的民间舞蹈《缠脚苦》（徐松青摄影，三门县非遗中心供图）

元宵之际。由于风尚习俗的地方性,龙舞也有不在此时活动的,如开化的《草龙》就活动于农历八月十五中秋节,据该县方志记载元末就已盛行。临安县的《彩凉船》起于"抢菩萨"的庙会风俗。《桥川青狮》在舞蹈中有吐小孩帽子的动作,习俗意为狮吐帽子再给小孩戴后能为小孩壮胆,并消灾免祸;永嘉民间舞蹈《定位》属古老的婚礼舞蹈,直至40年代,凡女子结婚都要当众跳舞,且仪式隆重,通过舞蹈才算真正定下长辈、亲属、新娘、伴娘在酒席中的位置,宁海《把酒》亦见于婚礼习俗之中,清咸丰至同治、光绪年间的《宁海县志·风俗篇》所载:"女戴重巾,加之衣被,其伯叔或兄弟抱女登舆,女家以亲族或二人或四人送之半路,谓之送轿,男家亦以亲族或二人或四人迎至半途,谓之接轿。舆至婿家堂前,以幼女二人诣舆前三揖……曳妇出,谓之请出轿,妇人交拜堂。"就是该舞习俗大概。迎神赛会也曾兴盛于宁波、余姚一带,每年农历三月初六、初七两天,有此习俗的乡村要张贴迎神告示,邀集众人参加,合迎菩萨。在传统的迎神赛会里,民间舞蹈甚多,有《单龙舞》《火龙双舞》《猊舞》《狮舞》《木偶摔跤》《大头和尚》及《调判官》《调五无常》《大小头鬼》等鬼舞。绍兴、上虞一带的鬼舞最多,有"台上哑鬼""台下哑鬼""判会"（全判会和半判会）、"鬼门关""下管太平会"等,演出活动也大都在东岳庙会、盂兰盆会等习俗性迎神赛会中。另外,如温岭县的《大奏鼓》等系福建移民带来的民间舞蹈,因此就含有浓重的闽南乡风。

浙江习俗多有演变,元、明、清之际基本定型,其后变化不大。辛亥革命以后,特别是中国共产党领导中国革命以后,改革潮涌,风气渐开,移风易俗,一代新风萌生发展。现今保留下来体现风尚习俗类的民间舞蹈大多属反映人们追求自由、幸福、表达善良与美好心愿的。其中还有直接表现改革陋习的民间舞蹈，三门县大革命时期的民间舞蹈《缠脚苦》（图8）及流传在长兴县的民间舞蹈《恨大脚、恨小脚》等就是其中实例。

浙江体现风尚习俗的汉族民间舞蹈的风格特征与各地的风尚习俗有密切的内在联系，大致可分为两类：一是龙舞、狮舞、渔灯、滚灯、马灯、舞龙舟等，场面浩大而热烈，气韵明快又生动，讲究各式传统"走阵"构图，运动线条产生此起彼伏的连续波动，人体的舞动奔放有力，刚柔相济并与大道具、出色的工艺品、灯光烛火相结合而色彩缤纷；二是《定位》《把酒》《彩凉船》等，表演相对显得清秀细腻，场面调度也不激烈，而稳中有浪，弛中见张，与习俗的关联也更为直接。

（三）与宗教祭祀活动维系在一起的民间舞蹈

《隋书·地理志》云："江南之俗，……信鬼神，好淫祀。"纵观历史，浙江各地在相当长的历史阶段中确是宗教祭祀活动较为普遍。社会发展的低级阶段，科学知识尚未全被人们掌握，生活和自然中许多事物的现象人们难以解释。想象和被社会重压所扭曲的心灵，使他们信奉宗教，并在舞蹈中得以反映。恩格斯认为："舞蹈尤其是一切宗教祭典的主要组成部分。""用理想的、幻想的联系来代替尚未知道的现实的联系，用臆想来补充缺少的事实，用纯粹的想象来填补现实的空白。"（《马克思恩格斯选集》第四卷，第88、242页）浙江省与宗教祭祀活动维系在一起的民间舞蹈也是这样的。

此类舞蹈有道教舞蹈、佛教舞蹈与巫舞，也有一些只是含有宗教意识。道教舞蹈有永嘉的《八卦》、平阳的《三元造楼》、苍南的《师公拔祟》、玉环的《颁赦马舞》等；佛教舞蹈有平湖的《踏油璃》、海宁的《五梅花》等。道教舞蹈一般在祭祀神灵、消病除灾、祈祷福佑等法事中进行，风格特色肃穆而不失热烈，奔放而不失稳健，调度、动作均有程式规定，但有时也有随意性的发挥。传承至今的佛教舞蹈大多在"做佛事"时出现，气氛庄重、虔诚，动作幅度不大，风格清丽深婉。而我们1987年在杭州名刹"灵隐寺"考察时发现一柄"黄杨木如意"，上有"罗汉境界、游戏神通"的佛教舞蹈形象，其罗汉动作奔放，举手投足间情趣盎然，气韵生动。龙泉的巫舞《打魁》，依当地巫师的说法，在人犯"鬼病"时，能捉鬼驱邪，该舞"武堂"为表现巫师收妖救民，气势勇猛、粗犷；"文堂"则相对缓慢、斯文。桐乡《拜香灯》、磐安《西方乐》等则属佛教信徒活动时含有佛教意识的民间舞蹈。

（四）纪念历史人物的民间舞蹈

在浙江这块土地上，自古以来人才辈出，群雄竞现。岳飞奋力抗金，堪称一代民族英雄；刘基辅佐朱元璋反抗元朝黑暗统治被人怀念；戚继光杀敌平倭，万民称颂；胡则因奏免衢、婺两州身丁钱，百姓感恩戴德……人民群众利用民间舞蹈这一艺术形式思念其业绩，颂扬其英名，继而产生了缅怀岳飞的《浮缸》，反映刘基借渔灯操练兵阵的青田《鱼灯》，再现戚家军藤牌操的《藤牌舞》《盾牌舞》及纪念胡则"胡公大帝"活动中的民间舞蹈《莲花头》《十八蝴蝶》《十八狐狸》等。这些民间舞蹈与历史人物的史迹、行为素质联系较为直接，如《藤牌舞》《盾牌舞》等的动律与英雄气势相互贯通，大都慓悍粗犷，英武有力；青田《鱼灯》不但有青田淡水鱼类活动特点，而且具有明显的军事特色，各种阵图变幻多端，风格粗犷、热烈。在纪念历史人物活动中涌现的，则与参加活动的群体意识及所在地域的地理风情有关，如东阳的《莲花头》具有浓重的浙中山民气质，"下沉""后靠""直板腰"的舞蹈动律与浙中山民上坡下山的生活活动律大体一致。

（五）关于民间传说的民间舞蹈

浙江经济开发较早，各地历史上曾出现过不少出类拔萃的人物，又多奇山异水。人们出于对这些人物的热爱，并在山水风物的熏陶中，浮想联翩，虚构了一些传说加以宣扬。不少民间舞蹈则又根据这些传说广为传播，其中有依托某一些传奇人物的，有与名山胜水有关的，有寄愿于自然风物之中的。伴随着荷叶塘反封建及知恩图报的传说诞生了长兴《百叶龙》；出于对湖水泛滥后久久平静的惊讶与喜悦，依传说并加以想象创编了鄞县《渔翁捉蚌》的雏型《渔民斗恶浪》；分布在宁波市许多县的《马灯》是根据"泥马渡康王"的民间传说而在正月灯节中兴起的；乐清《大贫跳》与黄巢义军的故事一起流传了下来。还有温岭《天皇花鼓》、新昌《莲子行》、富阳《跳仙鹤》、定海《跳蚤会》、开化《笑头和尚》、嵊县《哑背疯》等，几乎每个民间舞蹈都有着与其相伴相生美丽动人的民间传说。

此类民间舞蹈的风格特征与民间传说的情感基调一致，虚拟性较强。如《百叶龙》的腾云驾雾，《渔灯》的蹦跳神游，《笑头和尚》的诙谐逗趣……还有在舞蹈中模拟传说人物、风物形态的，如《大贫跳》中的乞丐有义军侦察探路的神态行为，《跳蚤会》中的角色跳得轻松、活泼、诙谐酷似跳蚤，《渔翁捉蚌》《乌龟端茶》等再现渔翁、佣人的生产与生活动作。

三

浙江省畲族人口计十四万八千多人（据1989年浙江省统计局公布数字），约占全国畲族人口的百分之四十，在浙江省也是除汉族以外人数最多的一个民族。畲族人民自称"山哈"。主要分布在丽水地区的景宁畲族自治县、丽水市、遂昌县、云和县、松阳县、龙泉县；温州市的苍南县、平阳县、泰顺县、文成县；金华市的兰溪市、武义县；衢州市的龙游县及杭州市的桐庐县等地。据畲族民族史诗《高皇歌》传，畲族最早来源于广东潮州凤凰山。据史料分析，早在七世纪初，即隋唐之际，畲族就在闽、粤、赣一带生息、繁衍、劳动。畲族语言，属汉藏语系。畲语和汉语的客家方言很接近。畲族没有本民族文字，通用汉文。"畲"字被用作民族的名称始于南宋末年。元代以来"畲民"逐渐被作为畲族的专有名称，普遍出现在汉文史籍上。"畲"意，《说文解字》曰："畲，三岁治田也。"宋·范成大《劳畲耕》云："畲田，峡中刀耕火种之地也。"由"畲"字作为民族的名称，是与畲族人民几经迁徙，"子孙散处遍于闽浙等地者不知其数"（参见《盘瓠世考》），而"长期处于刀耕火种的原始农业阶段"（见《浙江风俗简志·畲族篇》）有关。

畲民最早迁浙于公元766年，据景宁畲族自治县惠明寺和敕木山村各存一本《唐朝元皇南泉山迁居建造惠明寺报税开垦》史料所述："永泰二年丙午岁（766年），雷太祖进裕公一家五人与僧昌森子清华二人，从福建罗源县十八都苏坑境南坑，一同来到浙江处州府青田县鹤溪村大赤寺。"以后，畲民于南宋陆续迁入，明代则大量入浙。

至于民族性格，1929年夏德国人哈·史图博曾亲往景宁县敕木山调查，并写下《浙江景宁敕木山畲民调查》，在《民族性格》一节，史图博认为浙江畲族是"一个和平的、谦虚的民族"，"他们过着极端简朴的生活"，"对于他们的性格得到一个极好的印象。他们总是非常好客、亲切、有礼貌"，诚然，畲族人民在忍受不了残酷压迫与歧视时，历史上也不乏有激烈奋起英勇斗争之事迹。但总的说来谦逊、平和、热情，乃浙江畲民的性格基调。这民族性格和畲民依山而处的地理环境，刀耕火种，狩猎为生的经济生活，畲族传统习惯相融汇，并经艺术地提炼与变化，进而形成了以《传师学师》《做功德》为代表的浙江畲族民间舞蹈及其艺术上的特征。

（一）畲民族生活是畲族民间舞蹈产生的源泉与发展的动力

图9《传师学师》是与浙江畲民信仰习俗维系在一起最具代表性的舞蹈之一（本书作者1987年摄于景宁畲族自治县）

从流传至今的《传师学师》（图9）、《做功德》、《做圣召引》、《钉鞋舞》、《曲桥》、《行孝》等畲族民间舞蹈看，均来源畲民族的社会生活，是畲民族社会生活的反映，也是畲族民间舞蹈赖于发展的动力。

畲族没有文字，故而舞蹈与山歌成了他们交流感情的重要手段。畲族的祖先有着光荣的斗争历史，勤劳、勇敢、善良是畲族人民的优良品德。怀念祖先，尊重传统，歌颂勤劳、勇敢的社会心理就在畲族民间舞蹈中执着地反映出来。此外，在解放之前漫长的历史时期中，生产力发展不快，并经常受到汉族反动统治阶级的歧视迫害，生产的相对落后性，生活的闭塞性，也强烈地制约着畲族民间舞蹈的发展与变化。

畲族代表性民间舞蹈《传师学师》（又称《做阳》《做树头》等），就是纪念、颂扬传说中英勇善战的始祖龙麒，并欲通过仪式中的舞蹈将龙麒学师的艰苦精神世代相传。《传师学师》舞蹈中，不但要悬挂画有传说中的龙麒征番有功，畲族后代繁衍、斗争过程和畲族所崇拜人物的祖图，而且该舞的基本动作"统兵""造老君殿""占酒"等与畲族史诗《高皇歌》所描述的内容，与畲民的狩猎生活，刀耕火种和登山下坡的生产生活形态密切相关。《做功德》鸣龙角、唱山歌、跳舞也为超度龙麒亡灵，歌颂其功德，其中也有边舞边唱："三月清明暖洋洋，男耕田地女拔秧，勤耕勤作禾苗大，秋后收成谷满仓。"（见浙江人民出版社：《景宁畲族自治县概况》）反映劳动生活的。畲族舞蹈中保持着较多的原始风味，动律的变化发展也比较小。

（二）民族习俗是畲族民间舞蹈的形式根据

浙江畲族"俗重尊祖"，没有宗教。当今有些民间舞蹈中的某些宗教现象，为畲族文化交流中汉民族宗教意识的影响。民间舞蹈反映的内容与有关本民族祖先的传说、神话联系最为密切，而这种联系又主要依附在畲民的礼仪习俗之中。尽管这种联系是舞蹈创造的主体抽象且贫乏的认识，但畲族民间舞蹈毕竟从中体现了自己的外在形式。

《传师学师》是隆重的祭祖典礼中的舞蹈形式。《做功德》也有一整套礼仪习俗，如其中有"大功德"与"小功德"之分，生前未做过"传师学师"仪式的人死后不能做"大功德"而只能做"小功德"；"大功德"有做三天三夜、七天七夜的，"小功德"只用一天一夜（从"大功德"中抽出部分内容与动作）；主持人必须是学过师的，并有前代传印。舞蹈者手执什么道具，身穿什么服装，跳什么形式的舞蹈都有沿袭下来的规定，还有如《做圣召引》《行孝》《曲桥》《钉鞋舞》等均与畲民族习俗有关。

（三）畲民族性格是畲族民间舞蹈动律特征的基因

畲族的民族性格是畲族人民在长期社会实践中逐渐形成的。而性格作为人们表现在态度和行为上的个性特征，又必然会反映到人们态度和行为的艺术形式——畲族民间舞蹈上的。

由此，当畲民跳起传统民间舞蹈中"统兵""造老君殿"等动作时，那走三角、晃膀子的悠荡感，"鲤鱼翻白"等动作动律顿挫但力度不太强的"坐蹲步"，那从整体看去动作变化不大，却气韵贯通，能连续若干昼夜的舞蹈，均佐证了浙江畲族民间舞蹈相对温和而不火，幅度不大又平稳，情感中蕴含着畲民勤奋、乐意苦斗，与民族性格相一致的舞蹈的韵律特征。当然，分散在浙江各地的畲民由于经济状况、自然条件不尽相同，因而不同社会环境中的性格反映的细微差异，也会带来同一舞蹈动律的一些变化。如"统兵"的踩法，丽水市区民间艺人的重拍大致在前，但景宁县重拍则在后，松阳县力度均等，云和县则有些颤抖。

四

浙江省的民间舞蹈，源于人民群众的劳动与斗争生活，并在世代传承中受到浙地历史、习俗、自然条件及审美观念的制约，从而不但与全国范围内其他地区的一些民族民间舞蹈存在着共同的一般的特性，且更具有民族性、民俗性、地方性；具有主体对客体审美认识中鲜明历史印记的历史特征；爱憎分明，代表本阶级利益的阶级特征及以自我娱乐为主，自娱与娱人相结合等种种艺术上的表现特征，并且还有着丰富的，属于浙江现存汉、畲民族民间舞蹈，较为特殊的艺术特征。

（一）**形态、风格主要展示了姿态、流动、构图及其感情色彩上的平衡、和谐、轻盈、顺畅等的秀美性。固然，有些民族民间舞蹈也不乏阳刚之气，但与我国北方、西南等高原、大山区民族民间舞蹈豪放粗砺的"刚"相比，则是刚中见秀，在刚柔互补中明显的更多一些阴柔秀美之气**

"秀美"与"壮美"是客观现实中所呈现出来的两种不同形态的美，是包括民族民间舞蹈在内艺术范畴中具有不同风格特性的两种类型。一般说来，"秀美"婉约柔和，清丽晓畅，"壮美"豪放雄浑，磅礴粗砺。浙江省的民族民间舞蹈从整体方面看，其形态、风格主要展示了姿态、流动、构图、感情色彩中的平衡、和谐、轻盈、顺畅等的秀美性。三门、黄岩、青田等地的《采茶》，德清的《扫蚕花地》《开唱》，临海、天台等地的《花鼓》，温州的《浮缸》，临安的《云头舞》，富阳的《跳仙鹤》，永康的《十八蝴蝶》，磐安的《西方乐》等几乎所有小调歌舞、宗教祭祀、畲族代表性民间舞及《定位》《缠脚苦》等。均明白无误地透示出了"秀美"是浙江民族民间舞蹈的一个艺术特征。

形态、风格的秀美性是由浙江地区人民内在的个性倾向，传统审美观和外在的自然风物融贯催化而成的。

与个性倾向相关的审美理想接受着传统的影响，反映着一定时期、民族、阶级与特定地区人民的审美趣味、风尚和趋向。审美趣味虽以主观爱好的形式出现，但归根到底，却是人们在审美活动中所表现出来的一种审美倾向性。历史表明，一个民族内部与一个具有共同物质条件的地域中的人民审美特征毕竟要受到大体相同的物质生活的生产方式与自然环境的影响。

浙江人民历来勤劳勇敢，为人敦厚善良且聪慧贤淑。《中华全国风俗志》引古代文献曾析浙人："士有陷坚之锐，俗有节概之风""君子尚礼""人性柔慧""两浙人文区数"。浙以西"文华"且"文秀"，浙以东"文清以淑"。人的性格特征和风尚趋向不可能不与舞蹈的形态、风格特征产生内在联系。其次，浙江历史上民间舞蹈较为活跃的杭嘉湖、宁绍与温黄地区，乃是土地肥沃、水网密布、谷稼丰衍的三大平原。戴表元《学古堂记》说到杭州一带："其地水秾山妍，其人机慧疏秀而清明。"张方平《府学记》则称湖州"山水发秀，人文自江左而后，清流美士，余风遗韵相续"。平壤水路，杨柳清风与山田细作、近泽而渔的生活，人与自然的相互制约，美的客观社会性也促进了浙江民族民间舞蹈秀美特征的形成。固然，浙江也有山区，居民的行为动作与民族民间舞蹈也不乏阳刚之气，但从实际情况看，浙江大多数山民的性格和民族民间舞蹈形态、风格的"刚"与我国北方、西南等高原、大山区民族民间舞蹈的豪放粗砺的"刚"，则大大不同，而是刚中见秀。浙江的"刚"，在刚柔互补中间明显更多一些阴柔秀美之气。就是浙江的龙狮之舞，灵巧给人的印象明显强于粗犷刚烈。一些大幅度的动作到了浙江的一些民族民间舞蹈中许多也会变得很是秀气，如德清县的《开唱》中做"大踏步、拧腰"从高到低的动作时几乎到了"卧鱼"位，但动作过程却要求相当柔软，"如随风轻摆的杨柳"。另外，浙江民族民间舞蹈的音乐大多比较柔和优美，婉转抒情，由于舞蹈的动作依托的是音乐，舞蹈与音乐的关系要比任何其他艺术更为紧密。艺术通感，作为人感觉器官内在联系所形成的"联觉"作用，浙江民族民间舞蹈的音乐特点就不能不影响着舞蹈形态、风格的特征。

（二）许多舞蹈的结构呈现出丰富的情节性，而载歌载舞，歌与舞的交相辉映是推动情节发展的主要手段

从海宁原觉王寺发掘的东汉画像石刻中的《东海黄公》《高祖斩蛇》等舞蹈形象中，不难看出，早在公元200多年时，浙江省的民族民间舞蹈就包含有丰富的情节性。明清以来的舞蹈更是"由歌而舞，再以舞蹈唱述故事"。载歌载舞的情节性舞蹈的大量存在，一方面是受南宋以来戏曲发展的影响，另一方面也由于如此更能表现广阔、复杂的生活内容，从而使人们获得更好的精神满足。

浙江省现存民族民间舞蹈除少数几个节目外，几乎都表现了一定的情节，并边唱边舞（有的还念台词），或由旁人伴唱。青田县的《青田采茶》的"贩茶"一段表现了"姑嫂不和，姑娘搬弄是非，挑拨离间而引起夫妻冲突等情节"；"济公戏火神"是定海县《跳蚤会》的主要情节；景宁畲族自治县的畲族舞蹈《传师学师》长达三天三夜的60段歌舞、念白有许多是关于"龙麒"的神话传说；东阳市的《莲花头》曲调名为《十字莲花》的来由，即是将《三国演义》或其他情节浓缩在1至10段的唱词中，并加以表现……

歌舞相生表现情节的舞蹈，舞对歌是一种演示，歌对舞是一种补充。舞蹈的动作、姿态与舞蹈节目歌词内容所涉及的生活有更直接的联系。关于采茶的舞蹈，其中可以窥见到采摘茶叶的劳动姿态的原型；舟船之舞的基本动态或是随波飘荡，或是挥桨争流；开化县《南山种麦》的舞蹈动作基本上在打穴划行、渗种埋籽等农事操作过程基础上稍加艺术处理编排而成。大量载歌载舞的节目出现，一方面出于广大群众的审美习惯与需要，长期以来，人们比较喜欢歌舞并举，在视听觉上都能得到美的享受的节目；另一方面，歌唱能部分替代一些单靠舞蹈动作所表达不清，说明不了的情节，从而推动了情节的发展，给此类舞蹈增添了光彩。

（三）道具在舞蹈中的普遍应用。道具的精巧美观，形成了浙江省民族民间舞蹈除以运动的人体外，还发挥了各式各样道具的作用，以构成舞蹈形式美的又一物质手段。以人体和道具作为传情达意的中转媒介，舞蹈对道具的普遍运用与道具的分外精巧美观对舞蹈产生装饰作用的结合，是浙江省民族民间舞蹈的又一艺术特征

从手擎朵朵荷花，继而连成腾空飞舞的长兴县的《百叶龙》，到身系"龙舟"随波悠荡的象山《舞龙舟》；从掌锣敲木鱼的海宁县的《五梅花》，到执龠秉翟的宁波市祭孔乐舞，还有手舞龙角神刀的畲族《做功德》等，几乎所有浙江省的民族民间舞蹈在活动时均运用了道具。

究其原因：其一，是社会生活的反映，浙人生产斗争内容的艺术折射。《吴越春秋》话说浙民："水行山处，以船为车，以楫为马。"晁补之《七述》："八方之民、车凑舟会"，《钱塘县志》载："妇女……每日络丝清纸及筬细履袜之类"，这船、楫（桨）、车、丝、纸、履（鞋）袜、针线等均是人民群众生产生活必不可少的工具用品——舞蹈中道具的原型。传统的审美心理，使参与民间舞蹈活动的人们并不感到道具是个累赘，反而觉得它们进入舞蹈能真实反映生产与生活，并增强民间舞蹈的美感。

其次，有的道具是出于对传统的图腾崇拜，而这种艺术化的崇拜形式是非以道具辅助不可的。例如龙舞要演化出人们对龙巨大与雄伟的崇拜心理，舞动时又能游戏自如，拙中见巧，因而板龙就要"以竹篾扎于板架，成神龙形状，然后外裱棉纸，描上彩色龙鳞、云彩、腮挑龙须，嘴衔龙珠，四肢擎有各种彩灯，背上插有旌旗数面，上建'天灯'，下建'地灯'，制作极为精工。入夜，内点蜡烛，色彩鲜艳，光彩夺目，蔚为壮观。"（见《东阳风俗志》）

再次，民族民间舞蹈的创造主体借物抒情，移情于物，而浙江工艺美术发达，内外两个尺度较易统一。

浙江省的工艺美术，自古以来就有着很高的成就，余姚河姆渡文化表明

七千年前的新石器时代，浙江先民就能制作精美的牙雕、骨雕与夹炭黑陶了。东阳木雕、嵊县竹编、温州绣塑、海宁花灯、龙泉宝剑、杭州染织等均历史悠长，具有较高的制作水平与民族特色、地方风格。南宋时，朝廷设染织局、织锦院专管丝绸织锦。丝绸业兴隆非凡，据载仅织锦院雇工就达千余人；又设灯局专管各式灯具和装饰灯彩；杭州官巷口的花市，各式工艺"飞鸾走凤、七宝珠翠、首饰花朵，极其工巧，前所罕有者悉皆有之"。各色画扇、彩旗、绣衣、面具等奇巧工艺更数不胜数。参加民族民间舞蹈活动的群众，以优秀的传统工艺为自豪，他们或置入舞蹈之中炫耀展览，或就地取材，加以改造成了舞蹈中的道具。龙、狮舞蹈，花鼓、马灯、采茶、蚌舞等道具制作精巧，或雕、塑、或绣、编、或织、剪，出色工艺比比皆是。花灯本是悬挂，静置厅堂，后被群众纷纷擎入舞蹈，成为活动的道具。青田《百鸟灯》、永康《十八蝴蝶》、临安《彩凉船》、东阳《许宅花灯》等道具工艺水平更是精妙高超，令人啧啧称道，叹为观止。浙江的民族民间舞蹈外在特征的尺度与内在属性尺度比较统一，作为外在形式的道具是按照内在需要美的规律进行改造的，在"移情"中由物我两忘达到物我同一。如浙江属大道具舞的各种龙舞，舞龙者时滚时翻，忽腾忽跃，时翔时潜，忽仰忽卧，在内心冲动起而欢腾之中，舞者配合默契，人体运动高度协调，才使"龙"道具蜿蜒神游。制作精巧，遍体辉煌的物体——龙，本无生命和情趣的道具才能"活"了起来，赋物质于人情。道具在舞蹈中，一可成为人体动作的伸展，传达情感的手段；二能装点舞蹈，使舞蹈更为艳丽夺目。

（四）客观上虽然没有概括全局的代表性舞种，但还是让人感受到了丰富品种之中多样统一的整体美

浙江省从地理位置看，与五省市交界，背靠古陆，面向大海，大陆海岸线绵长，多优良港湾，水陆交通历来发达，邻近省市的舞蹈文化影响甚为直接，如有的采茶舞本源于江西，有的花鼓乃从安徽流传过来，沿海一些民间舞蹈是随福建移民入浙；有些民间舞蹈虽系浙江产生，但因艺人出于谋生往返外地本土之间，而含异乡风味；也有与外省市毗邻之地出现了民间舞蹈的同化现象；另外浙江的自然习俗也颇复杂，平原、山区、盆地交叉在一起，乡风民俗各不相同，佛教、道教也各有派别；加上浙江历史上产生过多次较大规模的文化交流现象，特别是六朝、南宋之际，北人大量南迁"四方之民云集二浙，百倍常时"（莫蒙《学年要录》）。北方、中原文化相继载来，外地舞蹈逐渐渗入江南越地，《胡旋舞》《梁州》等舞在浙江文物史料中的多次出现，就是例证。这些因素或多或少导致了浙江省民族民间舞蹈（主要体现在汉民族）动作、韵律、构造等多方面的不一致，因而形成了较为丰杂，又没有概括全局的代表性舞种的现象。

但浙江的民族民间舞蹈确实又是品种丰富既多样又统一。辩证唯物主义认为，客观事物的运动变化，不仅表现在现象上，更重要的是表现在它的本质上。这是因为：（1）浙江省的民族民间舞蹈尽管有些"杂"，但均反映了浙江特定历史时期或某个地方特定的社会生活形态。如浙江省内有一定数量的鬼舞，光是上虞县就有"调无常"150余班，"台上哑鬼会""判会""光赐食"等，种类与班子可谓不少，初看似乎挺"杂"，但这些鬼舞兴盛的原因多基于曹娥江泛滥成灾以后，为祈求神灵，消灾驱傩，而"同演舞鬼大戏，各献技艺，互闹本能，纸衣纸冠，两台并挂……"（1931年9月27日《上虞之声报》），舞蹈的主题思想同是"善有善报，恶有恶报，劝人为善"。（2）源于外乡外地的民间舞蹈，流经浙江这块土地以后，产生了变化，而逐渐具有与在浙江土生土长的民间舞蹈更多的共性。如《杜西花鼓》本源于安徽凤阳，后由于接受了杜西地区的乡风民情，故而从表演形式到曲调、服饰、道具均与凤阳花鼓迥然相异；源于一地的天台《左溪花鼓》则受佛教天台宗的影响而成为娱神与娱人兼而有之的民间舞蹈……杂而不乱的多样性，使浙江省成百上千的民族民间舞蹈有机地组合在一起，让人感受到了多样统一的整体美。

浙江省民族民间舞蹈的四大艺术特征不是孤立、静止的，而是互为渗透、制约，又将在运动中产生着变化和发展的。

浙江省民族民间舞蹈是中华民族灿烂文化的一个部分，在漫漫岁月间与人民的生活、劳动、斗争密切关联，显示了顽强的生命力与诱人的艺术魅力。

继往开来，浙江省的民族民间舞蹈将与我们伟大的祖国、人民一起前进！

（原载《中国民族民间舞蹈集成（浙江卷》，1990年中国舞蹈出版社）

于越巫文化中的舞蹈现象

巫术在原始宗教文化形态中有着其独特的文化品格。"在它初起的阶段并不完全是人类愚昧落后的表征,恰恰相反,它体现了人的主体性的空前发扬,成为人类自觉地组织和运用自身的力量去认识和改造客观世界的重要精神凭借。"巫舞,作为一种观念,一种精神的象征,尽管由于悠远的巫文化传统为其提供了历史的存在,但是,今日舞人如果看不到它在人体表现力方面的功能,看不到具有独立的造型源泉的这一艺术形式的最基本的方面,那么我们的探究也就丧失了最基本的意义。假若还是有人以为这是什么绝对的糟粕而随便加以全盘否定,那么任意摒弃一种文化,终将要受到文化的摒弃。

关于越人族源,虽聚讼纷纭,但近年来正慢慢廓清,史学界主要二说,一承《史记》所云:"其先禹之苗裔,而夏后帝少康之庶子也";二为土著说,认为越族不是夏民族的后裔,其来源主要是由当地先住民发展形成的。本文则认同混合说。越族在生活习俗及语言、文化上明显有别中原夏族,《史记》所言勾践为夏禹之裔,可能有道理,但江南越人并非全为其后;人类的迁徙与文化交流史表明,也不能盖棺而定越人均为土著。江南越族是否是由河姆渡、马家浜、良渚等文化圈中的水乡土著人与夏楚人融合而成。越人秦汉以前即已广泛分布在长江中下游以南。部族众多。典籍《吕氏春秋》2000多年以前就称中国南方文化面貌大体相似的许多少数民族为"百越"。今天广义的"百越文化"的覆盖面已远不止中国南方大陆,而是广泛地分布于太平洋西部地区了。百越文化与黄河中下游的内陆文化一起融汇着璀璨辉煌的中华文化。

本论不敢旁弛博骛，文中所涉及的越文化乃为古之于越，及与古于越接土邻境，同气共俗，受于越文化晕染而能形成整体文化联觉的今江、浙、沪一带。意欲探求的也就是在这大体相似的人文地理背景前巫文化中的种种现象，及对现象的若干思考。

本论的思考点着重于：

一、巫文化的主要特征；巫术与宗教的异同。
二、于越巫舞文化史迹。
三、于越巫舞文化的当代遗存及其改造。

一

巫术作为一种准宗教现象产生于早期原始社会。

原始宗教观念的发生，是在原始初期还不能正确认识自然和控制自然的混沌未开之际。原始宗教的信仰者，总以为在现实世界之外，还存在着一个超自然，超人间的神秘境界和力量在主宰着他们，因而在敬畏和崇拜中，将支配自己生活的自然人格化，并去虔诚地顶礼膜拜这超自然的神灵。初民从最早开始的自然崇拜、精灵崇拜、图腾崇拜等发展到多神崇拜、至上神崇拜以至一神崇拜；从氏族部落宗教演化为民族宗教、世界宗教。巫术大约产生于自然崇拜、精灵崇拜向图腾崇拜衍化、转形之间。在原始宗教文化形态中有着其独特的文化品格。"巫术在它初起的阶段并不完全是人类愚昧落后的表征，恰恰相反，它体现了人的主体性的空前发扬，成为人类自觉地组织和运用自身的力量去认识和改造客观世界的重要精神凭借。"由此，巫术与其他原始宗教现象、成文宗教的不同处在于，巫术一般尚不涉及神灵观念，且非对客体加以神化，而是力图影响或控制客体。当宗教和神灵观念出现后，巫术继续存在，既保持准宗教现象的许多特征，又成为许多宗教的附属行动。

正是由于巫觋在巫术中所力图影响与力图控制客体的主观欲望，及对这种欲望观照后产生的外在行为表现，也就发生了巫文化中种种舞蹈现象的动律基因。

人类学的功能派开山大师，英国社会人类学家马林诺夫斯基在《巫术科学宗教与神话》一书中认为，巫术与宗教都是初民在碰壁的情况下有所脱避，因在理智的经验中没有出路，于是借着仪式与信仰逃避到超自然的领域去。

巫术与宗教都严格地根据传统，都存在奇迹的氛围中。巫术与宗教都被禁忌与规条所包括，以使它们的行动不与世俗界相同。至于巫术与宗教在行为动态上的不同，文化观念上的区别，似乎是：巫术是用实用的技术，所有的动作只是达到目的手段；宗教则是包括一套行为本身便是目的行为，此外别无目的。

巫术是作为人类早期在大自然前面的无可奈何的软弱与对大自然意欲征服的双重意念的畸形儿。巫人则是由于粗始观察力的制约，让知识与真理在正确轨道上拐了弯。因而巫人在巫术进行过程中所发生的应机而起的爆发与爆发中的粗始行动就不足为奇了。而一旦这种行动偶尔碰上了顺遇，或哪怕是一二次让氏族部落从碰壁与绝望中挣脱，那么粗始行为与信仰仪式便会连同它的舞蹈慢慢地却是稳定地渗入当地的传统文化中去了。

巫舞，作为一种观念，一种精神的象征，尽管由于悠远的巫文化传统为其提供了存在的依据，但是，今日舞人如果看不到它在人体表现力方面的功能，看不到具有独立的造型源泉的这一艺术形式的最基本的方面，那么我们的探究也就丧失了最基本的意义。假若还是有人以为这是什么绝对的糟粕而随便加以全盘否定，那么任意摒弃一种文化，终将要受到文化的摒弃。也正如马氏在上述著说中写的那样："我们站得高高在上，站在文明进步的'象牙之塔'一无忧百无虑的，自然容易看着巫术是多么粗浅而无关紧要啊！然而倘无巫术，原始人便不会胜过实际困难，像他们已经作得那样，而且人类也更不会进步到高级的文化。"

作为于越巫文化中的种种舞蹈，历史告诉了我们，它是如何成了文化进步阶梯中多么不可逾越的一级。

二

考古学证明，距今5万年左右的旧石器时代就有土著初民在于越的土地上生息、繁衍。新石器时代的文化遗址更是遍及江浙沪等地。大约在新石器时代晚期和青铜时代早期，即原始社会向阶级社会过渡的这一历史时期，于越民族开始形成，先越文化大致为杭州湾以南以宁绍平原和舟山群岛为中心的河姆渡文化及以太湖为中心主要分布在浙北、苏南的马家浜文化两种类型。这两种类型文化圈中的住民"信鬼神，喜淫祀""古百越人……祭祀庞杂，巫

图 10 绍兴 306 号战国墓出土铜屋模型
（本书作者摄于浙江博物馆）

术流行"[①]。余杭良渚反山遗址出土的一件文物上，就有合着徐疾鼓点，引颈高唱，拂袖起舞的巫的图像。梁任昉《述异记》中亦载有："越俗祭防风神，奏防风古乐，截竹长三尺，吹之如嗥，三人披发而舞"的"祭防风王舞"。该书又述："昔禹会涂山……防风氏后至，禹诛之。"从舞的缘起与形式看，显然为起于夏禹时期的巫舞。

如果说原始人舞蹈时一般是集体的、群众性的，并与劳动与战争结合在一起的，那么当由血缘关系类聚在一起的氏族、部族发展为具有共同文化、共同心理特质，于越地域上的共同体——于越民族之后，由于有了巫及巫的舞蹈，因而产生了专事娱神的专业舞蹈者。舞蹈的内涵与功能扩大了，技巧也随之提高。巫为了娱神的需要，对原始舞蹈作了大量的整理、加工与改进。

社会进入奴隶社会，巫的作用进一步加强，许多头人、领袖是事实上的巫觋。汤就亲自主持与参与过商汤盛时流行的祭社之舞，曾亲遵龟卜、神示而披茅着素，为求雨解旱始作《桑林》巫舞。《越绝书》说到春秋战国期间"会稽好卜筮""信前兆"，连越王勾践也常登高台"仰望天气，观天怪也"；绍兴 306 号战国墓出土铜屋模型内（图10）的几个乐师跪有六人，前排东一人为鼓师，前排中、西二人似歌者，后排三人分别捧笙、抚琴，铜屋之中虽然没有出现舞动之巫，但歌舞娱神祭祀仪式昭然。这一文物佐证了从奴隶社会向封建社会过渡的于越巫舞可能有着乐器的伴奏与一些排场仪式。

巫舞到了汉魏南北朝之际，由于巫觋功利观的扩张和巫舞与角抵、百戏的交叉影响，巫舞更趋技巧化，并在沟通人与神的中介作用中具有了丰富的观赏价值。汉郑玄的《诗》载："巫以歌舞为职，以乐神人者也。"《建康实录》卷四记有孙皓为其父亲办丧，借祭神为名而观赏着巫舞；浙江海宁市长安镇原觉王寺，东汉晚期至三国时期的画像石墓中就有"耍刀喷火"的巫师施行幻术的形象，及反映秦、汉时期于越风行巫祝思想的《东海黄公》等舞蹈；武义桐琴果园同时期的五罐堆塑瓶上乐师之间有巫师表演的形象；《晋书·夏统传》更载越人夏统氏所见"女巫章丹、陈珠，二人并有国色，妆服甚丽，善歌舞，……丹、珠乃拔刀破舌，吞刀吐火，云雾杳冥，流光电发……忽见丹、珠在中庭轻步回舞，灵谈鬼笑，飞触挑盘，酬酢翩翩"。这二位女巫不但姿色过人，服饰艳美，更是舞艺精湛又善与杂耍幻术结合起来，是那个时期巫舞活动与水准的一个写照；六朝时期的巫术巫舞还直接浸入宫廷之中，《宋书·二凶传》中载吴兴人严道育"自言通灵，能役使鬼物"，让刘宋文帝长子刘劭和东阳公主相信不疑；《陈书·张贵妃传》中也说到陈朝张贵妃竟以巫舞迷惑了陈后主叔宝；建业一带的巫觋祭神歌舞《神弦歌》十一曲，舞蹈结构精巧，场面阵式多变。于越钟馗之舞据目前史料那时最为活跃，但以后有许多逐渐散落到民间歌舞中去或被戏曲所吸收，或演变为地方上的民俗活动了，如南宋偏安江南以后，临安的"瓦子""勾栏"间的民间舞蹈异常繁荣。其中"舞判""跳判"等均含浓重巫舞风韵。《舞鲍老》据传是个滑稽舞蹈，但"假面假发，口吐狼牙烟火，如鬼神状"又似乎与巫觋舞蹈的关联不小。

明清时期，封建社会由鼎盛渐趋衰落，但竭力维护封建礼教的理学思想却束缚着民间舞蹈的发展，而巫舞由于在社会中的特殊地位及传统习俗的惯性力量并未有多少减弱。当代还存有许多巫性甚强的民间舞蹈与巫舞，能有所推据的，大多可追究到明清时。只是明清，特别是清不少巫舞丧失了它传统本体上的规范，而出现了拜金为目的的装神弄鬼，如那个时期和民国初始的"神汉""巫婆"，就是这种类型。也有一些民间舞蹈中搬入了巫舞的动态习惯，或将佛、道的仪式行为混杂在一起。浙南祭祀祖先的畲族民间舞蹈中，既有"三清尊神""造老君殿"等动作套路，又有"玉兔图""八字合掌"的姿态造型，更有许多追杀妖魔鬼怪，捉鬼抢魂的舞蹈流动。当地畲族艺人说，"山哈"（畲民自称）俗重尊祖，不信宗教，如果说祭祖舞蹈依附的是什么教，那就是"杂教"。流传在龙泉八都一带的《打魃》等舞则是畲族民间舞蹈中典型的巫舞。

神韵独秉的巫文化，渗透于杂糅纷繁的于越民族的历史变故之中，以神秘虚幻又困扼于心的人生题解，吃力地却又是固执地影响着一代又一代人的文化心理。

三

纯粹的巫舞，到了现代确实已是步履蹒跚，而少见踪迹了，因为现代文明已将它思想内涵中的愚昧和粗鄙无情地曝光。

但在偏远山区、海岛等少数文化交流欠缺，相对封闭的地区，巫舞偶而还能见到。至于舞蹈风韵中的巫性在至今的民间舞蹈中却仍然活跃，据考究，于越地区那些还未经当代人改进的传统民间舞蹈，基本上（不是全部）均含有程度不同的巫意识，而在舞蹈中活跃着相当程度的巫文化特性。这些舞蹈不是直接从巫舞那里传承过来，就是巫舞的变异；更多的是似佛似道，又非佛非道，舞蹈中表现图腾崇拜、祖先崇拜、先兆崇拜等观念，而与当地风情习俗已结合在一起，舞蹈中凸显着的那种"幻想依靠超自然力，对客体强加影响或控制"[②]的巫意识。

《花香鼓》《八吉舞》《跳五猖》《夜巡班》《郎头夹棍》《炼火》等舞蹈中的花香鼓请巫作舞，黄灵官解表除灾，保正娘撑伞等古巫风习仍与舞蹈维系在一起。巫风的影响还使《拜香凳》《西方乐》《炼火》等本属佛教、道教活动中的舞蹈失却了原教舞蹈本来的纯粹，而形成了教义之外，含有奉祀天帝，消灾祛病，杂佛道两事的受巫风影响的舞蹈。至今尚在浙南越地时有所现的《打魃》，是在人犯"鬼病"时跳的舞。舞蹈"打头坛"时，舞者要向屋顶撒小石子；"炼新皮"时，不仅要点"五方灯"，让油盏灯蕊点上东、南、西、北、中五盏灯以治煞晦气，并在左颠右跳中"调兵遣将"，在快速旋转、上下翻舞中捉妖收孽；最后舞者要到病人每个屋子燃放油火，意为将邪气驱除，病人即会痊愈。舞蹈与巫术互为渗透，巫风觑韵依稀可见。

此外，风行于越之地，最为常见的龙、狮、灯舞等舞种的许多舞蹈也与巫意识交错在一起。先前遇旱求雨接龙，往往先请神汉（觋），村民再大举出动接龙游田,然龙舞兴起,俗称"迎龙头"或"迎龙灯"。不少地方,龙舞一出,走马、莲花、抬阁等民间舞蹈也紧随其后,一列数里,好不热闹。如今除大多不请巫师以外,仍多保留其他习俗,至少还常以"请龙""发贴""接龙""圆场"等多种形式表达农民祈求国泰民安、风调雨顺的心愿。流行在临安昌北区新桥、仁里、上溪等一带的《桥川青狮》不但有与其他文化圈中狮舞的一般特性,更有不少那种"认为按照固定程式作出动作,能对客体加以控制或产生影响"⑨的一般巫术特性。如该舞青狮大凡要先在村中祠堂跳上一番,再与头戴鬼形面具的"引狮人"相扑成舞。过程中还有"狮子钻被窝""狮子吐小孩帽"等动作,意为狮钻了被窝以后,妇女能生孩、优生;经狮吞吐过的帽子,小孩戴了以后能壮胆避邪。与其说狮子和鬼形之人引狮人奔跳、翻扑、腾越,倒不如将此看作是狮子在鬼形人前面所显示的一种凶猛与威武。

衢州农民舞《貔貅》意借貔貅威力驱疫除瘟,跳《麒麟》欲是除恶逐邪,《调判官》等鬼舞表现着判官捉解鬼魂,《魁星点斗》源于傩舞,于宋明期间大量迁入越地的畲族民间舞蹈《做功德》等则是成年人死后其家属为其举行的祭祀仪式,其中如"造井收师"等段落,意为把各种妖魔鬼怪、邪师恶道统统埋入深深的"井"底……

巫舞嬗变至今,融汇在各地风情习俗舞蹈之中的巫舞风韵,部分转化为反映人们祈求丰收太平,祝愿风调雨顺等的善良但又是消极的心理活动,许多更演进为积极健康的新型民族民俗舞蹈。

如何根据美的规律将于越民族在一定历史阶段里精神文化的一种创造——巫文化间的舞蹈现象进行再创造,在"扬弃"中变前人之巫风为一代新的舞风。除了思想意识上的革故鼎新外,在艺术处理上本文还以为:首先要十分注重巫舞文化的地域色彩及对其特质的把握。任何文化现象由于受自然地理、风情习俗的交叉影响,都有一定的地域特性,巫舞更不例外。《楚文化志》就以为:"秦人和宋人崇巫,多妖邪气;越人和濮人崇巫,多鬼魅气;而楚人崇巫,却是多人情味。"我们的新编舞蹈,如借鉴于越巫舞,注重的就不应是机械的动作元素的堆积,而是要细细品味这风韵之中的地域感觉(当然是古代与当代的融汇)。

伟大的艺术品往往所产生强烈而独特的审美效应是:神秘、惊异、超越和永恒,其中有的因素,是巫文化所形成的诱因与特质,也是巫舞更新中不可随便丢弃的。如果当代人感悟不到,引渡不出这地域文化的独特审美效应,那么，艺术的改造可能还只能停留在皮毛之上。其次，还要注意的是我们一些舞蹈的创造者在发展中的继承与关注点，往往是巫舞的仪式，而不是巫舞的本体，或不是巫舞本身的内在深处。

巫与宗教之所以与世俗界不同，是由于它们都被禁忌与规条所制约。巫觋在现代人看来所以粗始又遗憾，是"知识在一发千钧的时候叛变了它"，是"人类的机体在这等场合起了应机而起的爆发，而在爆发的过程中产生了粗野的行动"。这种对常识的背叛，机体突然的爆发，禁忌和规条的限制，才使巫舞变得个性迥异，神韵独秉。我们只有领悟到了这种巫舞本体中的深刻之处，抓住巫舞与常规舞蹈的动律在控制、展开、弹跳及软度上的不同点，并研究巫的自我感觉状态才有可能触发创造者灵感的火石，而闪发出异样的艺术光芒。

注释：

① 于彤《浙江风俗简志·浙江风俗概说》，浙江人民出版社 1986 年版，第 2 页。
② 宗教词典编辑委员会编，任继愈主编《宗教词典·巫术》，上海辞书出版社 1985 年版，第 486 页。

（原载《舞蹈艺术》1991 第 3 辑，文化艺术出版社）

关于"舞蹈资料理论"的若干思考

　　面对人类在舞蹈活动客观存在的材料,那种种舞蹈的资料,今人尚可辨识的或明或暗的变化轨迹,那浩瀚如海,丰富博大的各个时期人类舞蹈文化历史的印证,我们难道不应于"入乎其内,出乎其外"中以科学的眼光铨察审视,而最后升腾为催动舞蹈事业猛进的动力?!

　　从"继承与敬重师说,追问并思考师说"的角度,本书作者在求教吴晓邦大师及其他同仁的同时,就基础资料理论分支学科的定名、若干课目及与中国舞蹈史分支学科的关系上,亦提出了尚存的某些商榷。

关于"舞蹈资料理论"(吴晓邦在舞蹈学科研究中称之为"舞蹈基础资料理论")这一分支学科,我们当然无法追溯它遥远的过去。因为对舞蹈资料加以认真对待,并将其作为一个分支学科,以加速它的研究进程,还是近些年来的事。

但关于舞蹈活动客观存在的材料,那种种舞蹈的资料毕竟最早出现在人类历史的生活与斗争之中。在马家窑墓葬、阴山岩壁甚至于神秘的洪荒、远古的混沌间,先民们不正以血肉之躯的情感运动,处处镌刻着自己的心象,留下了今人尚可辨识的或明或暗的变化轨迹;还有那从国外引进的芭蕾、现代舞的资料;因人因地而异的舞蹈教学资料……

我们的责任难道不应迅即把祖先留下的这些硕果,那浩瀚如海,丰富博大的各个时期、各种舞蹈的资料,人类舞蹈文化历史的印证尽可能地收集起来,并以科学的眼光铨察审视,而最后升腾为催动舞蹈事业猛进的动力?!

如果意义如此,不就足应引起我们去重视,去认真地思考一番了。

设立:舞蹈资料理论分科的认定值

舞蹈学科是按照舞蹈的学术性质而定的科学门类。当历史与科学将以往仅仅被人视作歌之、咏之不足"手之舞之、足之蹈之"的舞蹈迅猛地推到当代人面前时,并不是每一个舞蹈家的思想都有所准备,都那么清醒,勤而奋之与碰撞得出科学的认识的。

作为不倦的先行者与率先开创舞蹈学科研究,我国舞蹈艺术的一代宗师吴晓邦是首先值得人们感谢的。他"从 30 年代开始,积累了 50 多年的舞蹈艺术经验",自"1979 年党的十一届三中全会后,注意了这项研究"率先扛起了绘制舞蹈学科蓝图的时代使命,开创了前无古人,涌动全国,系统学习研究舞蹈学科的先河。

作为创学科的第一步,吴晓邦在 1982 年 10 月则以学科研究图表的样式,向世人呈示了他将舞蹈学科划为 4 个分支学科,42 门课目的研究向标,舞蹈基础资料理论是其中的一个分支学科。基础资料理论作为一个专门的分支学科,在其他姐妹文学艺术学科中并不有例。舞蹈基础资料理论分支学科的认定,是吴晓邦根据舞蹈艺术的特殊个性及发展规律提出来的,是他研究的独到之处。

吴晓邦提出的舞蹈基础资料理论这一分支学科所以能成为与中国舞蹈史研究、基本理论、应用理论并列不悖的四大分科之一,在于舞蹈资料的特殊性与将其单独设科的必要性。

吴晓邦在审察诸艺术学科的共性中,抉发舞蹈学科的特殊性,是认为舞蹈是动的科学和动的艺术,"舞蹈学科主要是研究人体动作艺术的一门科学"。但历史告诉我们,动的艺术留下来的却是些静止的资料,那些本来流动不居的舞蹈,岁月的风尘却湮没了它生动的大部,凝固了它残存的余部;记录舞蹈手段的落后,更使逝去时代的后人面对的只是些支离破碎的舞蹈资料。如何在遗风余迹中辨识、寻觅那一个个舞蹈资料中舞蹈的本貌余容,如何以科学的态度对舞蹈资料进行普查、收集、整理、考据、研究,并让舞蹈资料在人们的头脑中复活起来,缝缀连接成为适应舞蹈运动的富有艺术个性的活资料，确是我们这一代人应负起的重任，应认真加以研究的问题，也确是与其他文艺学科相比艰巨得多，复杂得多的工作。

又鉴于，我国许多地方的舞蹈教学与创作中，长期以来存在着传统舞蹈资料即典范，依靠课堂上教的芭蕾、古典舞程式化的东西为规范及编导、演员对传统舞蹈资料的模仿惯性或仅在此基础上创作中的略略改变，如此等等。也表明了舞蹈资料与其他几门分科所涵括的，如应用理论、基本理论的属类，有分别出来的必要。事实上，我国民间舞蹈（含当代）的文物、图片、服饰等方面资料；舞蹈教学的中外舞蹈基训教材；各地因人因地而宜的教学资料等，就根本属性而言亦很难与其他分支学科吻合。更何况，通过声势浩大遍及全国 29 个省市、56 个民族，有数十万人参加的《中国民族民间舞蹈集成》的系统工程，已经积累了丰富的资料研究成果，形成了专门的研究门类与队伍，凡是参加这一资料研究工作的人均有体会，其复杂性、系统性、科学性绝不亚于其他艺术分支学科，舞蹈资料理论分支学科的设定，似乎已水到渠成，呼之欲出了。

因而把舞蹈资料及其研究多年来在基本理论、应用理论中间游移的非自觉状态中发掘出来，"方以类聚，物以群分，同牵条属，共理相贯……引而申之，以究万物"（东汉·许慎），扭玄远迷茫为鲜活可及，梳纷乱繁复成条理晓畅，并已作出了或提纲挈领、或缜密论证式的研究，是吴晓邦的一大功绩。吴晓邦还根据舞蹈的特性高明地提出舞蹈基础资料理论的全面研究要注意建立舞蹈资料陈列馆。根据舞蹈艺术的特性，在这个陈列馆中，"不但要包括舞蹈家的图片、史料及音乐的资料文献，而且还要有活的资料"。"资料陈列馆内应设有一个剧场，进行定期或不定期的演出，介绍中国各民族的民间舞蹈，选办著名舞蹈的演出，研究其历史价值与艺术价值。""也要有一定东方各国舞蹈与欧美舞蹈的部分。"如果这个设想能付诸实现，那该是何等生动活泼的局面。

吴晓邦还以马克思主义的辩证唯物观剖析了舞蹈资料，并对建国以后的舞蹈历程进行了反思。他告诫人们舞蹈资料只能是我们舞蹈前进中必要的借鉴，不要把古今中外的舞蹈资料视作舞蹈的标本，尤其把过去的民族民间舞僵化地看成舞蹈的祖师爷，似乎离开了它去创作，就不成为舞蹈是错误的，他力主挣脱曾在中国舞蹈界维系 30 多年，似乎到民间去搜集、整理、改编原有的舞蹈就是创作的说法。但吴晓邦不是不要传统，而是不要传统主义。他认为"舞蹈基础资料是人类舞蹈的宝库，是值得我们认真研究和继承的"。提倡"要在熟悉历史和今天人民生活思想的基础上，真正做好各民族的民间舞蹈创作和发展工作"。吴晓邦既尖锐地提出了掣肘舞蹈发展的唯传统论的悖论，又将舞蹈资料摆在一个恰当的位置，引导人们为舞蹈资料而论，究其堂奥，发其应发。透示了他铨察舞蹈资料理论分支学科历史价值与社会价值，把握其设立的深厚功力。

界定：舞蹈资料理论课目归属辨析

吴晓邦在原舞蹈基础资料理论分支学科中提出了6个课目：1.东西方各国舞蹈的研究；2.我国各地区民族舞蹈的研究；3.世界各国代表性舞蹈的研究；4.各国舞蹈教学的研究；5.原始时期舞蹈的研究；6.巫和舞蹈关系的研究。

在吴晓邦《舞蹈学研究》中，对舞蹈资料理论分科与基本理论应用理论分科关系的点拨；基本理论、应用理论，跨学科舞蹈研究等分科内容的阐述；课题假设与论说上均多有鞭辟入里，独具慧眼之处。全书以理性的批判精神研究舞蹈学科，给人以丰富的知识与启迪。但在基础资料理论分支学科的定名、若干课目及与中国舞蹈史分支学科的关系上，似乎尚存研讨与更为精确的余地。

"资料"，顾名思义只是用作依据的材料；而"基础"，则是事物发展的根本或起点。舞蹈资料，正如吴晓邦指出的那样，"不是'源'，而是'流'"。舞蹈资料理论作为一个分支学科，它既独立存在，又与其他分支学科互相渗透、交叉。它作为一个对象的存在，时时可被舞蹈基本理论、应用理论、舞蹈史等分支学科当作一个重要的、事实上也必不可少的参照系，而丰富着它们自己，但资料又绝不是它分支学科与整个舞蹈学科的基础。因而，本文首先以为舞蹈资料理论就仅是关于舞蹈的资料的理论，它不应是作为"基础"的资料与不可能是基础的资料的理论；它是关于古今中外舞蹈资料考据、收集、整理、保存及对这些加以研究的理论（例对资料的改造、发展则不应属此分科，而似应归应用理论分科）。

舞蹈资料理论与中国舞蹈史是舞蹈学科中两个各自独立又互为渗透的分支学科。首先是它们的独立性。中国舞蹈史是自舞蹈诞生至今在中国递承延续的纵向轨迹，它不但要记录各个历史时期的史实，还要以唯物史观为指导，用阶级分析的方法，从历史的发展和联系出发进行评价、总结；而舞蹈的资料则首先是客观存在。这种舞蹈的文物史料和历代积累的图片、现代的音像等是人类从事舞蹈文化活动的精神外壳，理论是对其审察中科学、严格的分析理性和思辨理性。至于渗透性，如对中国舞蹈史的辨识是在舞蹈资料的基础上建立起来，舞蹈资料的本身就是中国舞蹈史的重要佐证，一个必不可缺的历史环节，这就使两者之间的界定有点粘滞不清或飘忽不定了。但事物的"群"与"类"毕竟有着它的客观标准，有赖于实践对它的检验。正如与吴晓邦舞蹈学研究思想相一致的，舞蹈资料理论分支学科课目归属的实践性原则就在于：1. 首先要来自于舞蹈的实践；2. 要为舞蹈学科研究的实践服务；3. 不同于其他学科，是针对舞蹈学科中舞蹈资料理论分支学科这一特定的对象进行序列与归属的。

从吴晓邦初议的舞蹈学科的分类看，他是以舞蹈的内容属性为主要分类标准的，而以舞蹈的形式为辅助标准。所谓事物的属性，即是事物固有的性质。但事物的属性不只一种，有本质属性与非本质属性，本质属性又有特有的本质属性和共有的本质属性之分，所谓特有的本质属性就是决定事物（或某类事物）之所以成某事物（或某类事物）的属性，并且通过这种属性可以把某事物（或其他类事物）区别开来。这就是说，特有的本质属性表现着事物特殊的本质，事物的非本质属性不表示事物的本质，非本质属性不仅为某一事物所具有，它可以同时为其他类事物也具有。所以舞蹈资料理论分支学科首先应是舞蹈资料所特有的本质属性，并通过课目序列能概括反映该领域的研究方向与思路。

由此，本文斗胆设想，并求教吴晓邦老师及其他同仁的另一个问题是，舞蹈学科资料理论分支学科课目序列是否应为：1. "我国民间舞蹈的研究"。我国56个民族的民间舞蹈既丰富多采，蔚为壮观，又神韵独秉，各抱幽芳，为本分科最重要的组成部分，对目前正在深入进行的《中国民族民间舞蹈集成》宏大的编纂工程无疑影响最为直接，内在联系也最为紧密。2. "东西方各国舞蹈的研究"是否改为"国外舞蹈研究"。因为按约定俗成的说法，我国乃属东方国家，西方也常有所指。"东西方"也不能涵括除中国以外的所有国家。就文化的地域性而言也不甚科学。原课目"世界各国代表性舞蹈的研究"，有了"我国""国外"的研究指向，"世界各国"就无再列一目的必要了。并且我们的研究固然应注重"代表性"，但不应囿于代表性，只要是舞蹈的或是与舞蹈有关的资料均是我们研究的对象。3. 保留"各国舞蹈教学的研究"。4. 增设"新兴舞蹈及其比较研究"。这是由于当代舞蹈及后代舞蹈不断衍变，新生着许多舞蹈的创作节目和品种的缘故。新兴的舞蹈必然产生新的舞蹈资料；新的资料必然会有新的研究；这种新的因素与传统的、国外的舞蹈资料及其理论的对比研究，必将有利于舞蹈的民族化与现代化，有利于舞蹈资料理论分支学科的进一步完善和舞蹈学科建设的进一步推进。至于原5."原始时期舞蹈的研究"和6."巫和舞蹈关系的研究"本文以为还是划开，归并在"中国舞蹈史"分支学科中为宜。当然此两个课目与舞蹈资料理论分科的其他课目有着千丝万缕的联系，有着一些共同的属性，如"资料性"。但这似属非本质的属性，就事物的特有的本质属性而言，它们更靠近"史"类的固有性质，属于史前期和巫文化舞蹈史研究的一部分。

本文提出的对舞蹈资料理论分支学科初萌中的几点商榷，可能属一种挑剔性的缺欠，但目的在于引玉，抛砖在于能引起对该分支学科的更多研讨，在于学习研究吴晓邦的学说并尽早实现大家渴望和呼唤着中国舞蹈学科的成熟。

引渡：入乎其内、出乎其外

舞蹈的资料是舞蹈确实存在于人类文明史的客观标志，是不以人的意志转移，又能为人的意识所反映的客观存在，因而在当代舞人眼中，应将其视作一种审察的对象和参照系。人们对它的收集、整理、保存绝不是最终目的，也不是达到目的的主要手段。学科的意义，是催动人们从客观实在的参照中引出思想，促使行动具有目的性，并丰富达到目的的手段。

面对着纷繁复杂、贯通古今涉及世界各式各样的舞蹈资料，我们该如何入手、入里、入质，然后反作用于今天的舞蹈文化建设呢？吴晓邦的引渡方式为："入乎其内，出乎其外。"他的意思是在资料理论的"虎穴"中，抱出"虎子"要"三进三出"，希望大家要以历史唯物主义和辩证唯物主义的认识论和方法论进行研究；研究要与人类学史、民族学史、社会学史联系起来，经过多次的进进出出，清除了许多的困惑与困难，幸会有所收获。吴晓邦希望舞人学子要自觉地提高马列主义的修养，把从"入乎其内"到"出乎其外"的过程，当作学习一切舞蹈基础资料的方法，并愿舞蹈家进入这个自由的境界，不会被束缚在古人或外国人的车轮上，而从追随者变为驾驭者。

在由"死"资料转化为"活"舞蹈的过程中，在入乎其内的阶段间，我们大可不必把时人所制、制度所约的舞蹈资料的局限看得太死。人类的历史中曾经"舞蹈尤其为一切宗教祝典的主要构成部分"(恩格斯语),对逝去岁月中留下的资料中的"色情"部分,舞蹈史论家孙景琛亦以为其中相当一部分源于洪荒时期的原始人生活之中,它们或是人类早期婚姻状态的活化石,或显示我们民族性意识发展的历史轨迹,或是曾经是性教育的工具,甚至是繁衍民族后代的一种强制手段……它们作为历史的沉淀和舞蹈的密切关系,同样是认识舞蹈文化本质的重要方面,它们为文化人类学所提供的研究价值是得珍视的。只有有了历史的、辩证的科学入角,才能开步有益,不会误之千里。

此外,本文还认为在让舞蹈"活"起来时,似也应把资料看活,我们不仅仅要注意资料中的现象,那纹饰、图腾、姿态、文字记录等,更要挖掘这些资料的精神品格。各地舞蹈的资料受到了各个历史时期时代精神的制约,也由于各地区民族风情、自然地理的差异的影响,各舞蹈的动律不同,就是同一时代的舞蹈,同一舞种的舞蹈也会因人而异而变。舞蹈资料中的舞蹈形象,如不以产生舞蹈的文化大背景作参照并考据产生舞蹈资料时的民族、民俗、社会、生产等特点,不注重舞蹈的精神品格,而仅仅停留在片断动态或其他依稀可辨的形象描摹上,是不能真正让舞蹈活起来的。

固然,在某种特定的场合与审美对象前,也可能舞蹈创作对舞蹈资料的形象照搬、临摹能被人称赞不已,这种由生疏感而引起猎奇式的冲动也可能会产生短期效应,但我们无论如何不能沉缅于这种假代性的满足之中,而应择善而从,出神入化地对待我们的研究对象——出舞蹈资料之神韵、神妙,化今天生活中的动律、意识成一代新舞。

舞蹈资料理论分支学科的设立、界定与向该分科研究目的之引渡方式,将成为这个分支学科属下序列之外的一个特定课题,而被更多的舞人学子研讨、寻索并抒发。这些舞蹈学科整体研究的构成活动,使舞蹈世界变得更为博大、深邃了,这个艺术天地由此也就更气象万千引人注目了。

注释:

① 《吴晓邦谈艺录》中国文联出版公司出版。
② 孙景琛《民舞——辽阔的世界》(《舞蹈》1989.6)。

(原载《舞蹈学研究》,1991年中国文联出版社)

畲族图腾舞蹈生发的观念心态

人类先民曾普遍、虔诚地相信人与某种动物或植物之间，甚至与自然现象之间有着某种特殊的关系，认为自己氏族的成员都起源于某种动物或植物，于是就把这种动物或植物作为本氏族的祖先、保护神而加以崇拜。畲人崇拜的图腾物也属于类似的观念心态。但这并不象征或代表着民族本质与民族的整体文化特性。也由此，对一个民族的图腾之说，既不回避历史文化的本来，而作出科学的回答，又更正视现在时的心理特征，对人们审美理想、观念心态的位移与进步，应该给予充分尊重。探讨畲族舞蹈的由来与嬗变有利于畲民族舞蹈文化史脉的寻辨，更好地弘扬民族优秀文化。

一

依《后汉书》等古籍与畲族家喻户晓的史诗《高皇歌》（亦称《龙皇歌》或《盘古歌》）的记载，畲族始祖盘瓠出世转形时的"龙麒"为畲民所崇拜的图腾。

龙麒为盘瓠的尊称，在畲人家世传说中是本族的先祖，高辛氏的女婿。高辛，即帝喾，我国传说史上三皇五帝时期中一帝。

查考文献史料与畲、瑶传统图腾舞蹈，龙麒为畲、瑶两族共同崇拜的图腾。《广东通志》有载："瑶本盘瓠之种"，浙江畲族《传师学师》《做功德》舞，福建畲族《龙头舞》《日月备》《猎捕舞》，广东瑶族排瑶族系《挨歌堂》中的舞蹈，广西瑶族盘瑶族系的《长鼓舞》《捉龟舞》，贵州瑶族黑裤瑶族系的《跳盘王》等舞蹈均发自祭祀、崇拜龙麒的民间信仰。龙麒图腾的形象在畲人世代传存的《祖图》与瑶民的《评皇卷牒》均有佐证。1992年6月在"中国南方片瑶、畲族舞蹈文化研讨会"中,人们通过畲族与瑶族具体舞蹈的形象与动律的对比也发现了相互之间惊人的相似之处:那寻找先祖龙麒的"走步回头",保护龙麒遗体赶鸦驱兽的"挥手拍击"与作为南方山地游耕民族社会生活影响所制寓舞蹈动作韵律之中的"沉、颤、蹲、转"等都能寻辨到畲、瑶族图腾舞蹈所共有的文化内核与形式根据。

人类发展到新石器时代,在人们的原始宗教观念中进一步出现了图腾崇拜,他们相信人与某种动物或植物之间,甚至与自然现象之间有着某种特殊的关系,认为自己氏族的成员都起源于某种动物或植物,于是就把这种动物或植物作为本氏族的祖先、保护神而加以崇拜。考古发掘和神话传说都有丰富的图腾资料。例:"盘古之君,龙头蛇身"(见《五运历年记》);"伏羲鳞身,女娲蛇躯"(见《文选·鲁灵光殿赋》);"炎帝神农氏,人身牛首"(见《绎史》卷四,引《帝王世纪》)。至于犬的图腾崇拜《调查记》(即哈·史图博与李化民合著的《浙江景宁敕木山畲民调查记》)中说在东亚、南亚、琉球群岛以及西伯利亚都有。

畲族崇拜的图腾物并非实有的对象。对此较为合理的文化学解释似乎应是畲族先民对传说中耳卵化生、金钟转形祖先神取其理想成分的合并,与人们从神本走向人本发展过程中神人相融的思维结果,为族人的观念心态所致。而这种对龙麒图腾的特殊心理形态,就往往外化在历代崇拜活动的舞蹈之中。

由于图腾崇拜处在人类的社会早期,不过是人们幼稚的、想象的主观幻想。所以人们在历史文化的源头与上游崇拜的图腾并不象征或代表着民族本质与民族的整体文化特性。也由此,对一个民族的图腾之说,既要尊重该民族的现时观念心态,又不回避历史文化的本来,而作出科学的回答。也由此,对民族的图腾之说,既要正视该民族现在时的心理特征,又不回避历史文化的本来,而作出科学、辩证的回答,这才是作为学术上的应有态度。如今浙江畲民聚居区崇拜龙麒、凤凰图腾是属人们审美理想、观念心态的位移与进步,应该给予充分尊重。

二

在现时关于畲民族的史册中,人们不难发现,大都未提及畲族信奉何教。

德国学者哈·史图博与李化民合著的《浙江景宁敕木山畲民调查记》也只是说："畲民的一切宗教观念，只要不关系到他们祖先崇拜的特点，是和目前汉人的民间信仰一致的。"那么，汉民族对道佛教等的信仰是否就是畲族的宗教信仰呢？对此恐怕不能划上一个简单的等号，而似应将这作为与汉文化的同化现象来看比较合理。1987年我因要撰写《中国民族民间舞蹈集成·浙江卷》的综述，曾几次去浙南畲族聚居区调研，在座谈、访问及全省畲族舞蹈采编会中，畲族民间艺人与民间艺术工作者也大多认为畲族没有自己的宗教。因而我就执笔写下了"浙江畲族'俗重尊祖'没有宗教。当今有些民间舞蹈中某些宗教现象，为畲族文化交流中汉民族宗教意识的影响"的论述。现在看来，如此断论似乎稍嫌简单了一些。浙江畲民确实风尚习俗浓重，民俗之中尤极为尊奉家世传说里的族祖龙麒。问题是我们恰恰在畲人的祖先崇拜与图腾崇拜的历史文化中，忽略了他们的原始宗教现象与这种现象的当代残存。

严格意义的人为宗教，在畲族的文化传统中确实并不存在。但是，图腾崇拜作为畲人的原始宗教形式却风行了相当长一段时间，图腾舞蹈就是这种崇拜观念的重要载体。也就是说，畲族过去曾经有过本民族的宗教，只是由于部族的分散、迁徙，族团、族群与迁徙处原住民的互相来往与文化上的交流渗透，原始宗教现象才逐渐减弱，以至略有残存或产生了信仰的部分转移罢了。

查考方志可知，古畲人对讨伐燕人有功，带领全族人民艰苦创业的首领龙麒，是崇拜不已，倍加虔诚的，并自龙麒丧葬之时起就以舞蹈表达了他们的这种心态。浙江敕木山兰姓家族家谱"序四"中有载："天定十二年六月二十七日，盘瓠因为游猎，不料皇天降祸，命值凶星，跳过大树，被珠尖所伤而终。逮家中人知之，寻访不见，幸得闻鸦鸟之声喧闹，遂往寻之，得其死骸。皇帝宫女旦暮悲哀……诸臣皆泣，……殡后有长笛短吹，男女连声唱歌，窈窈窕窕，跳踢舞弄……及三年后，方将公之骸骨，葬在七贤洞石孔中，西南向，是吾盘家之祖宗也。"又如钟静闻的《广东瑶仔山的瑶民》："有盘、兰、雷之姓，在每年夏历五月初五那天，不许外人入乡。相传他们于这一天，在公共祠堂中，挂其始祖的遗像，犬首人身，相与祭祠礼拜，并且全村住民，于此时以手足抵地，举行种种兽状行动。"克洛氏（Kellog）祈记福建畲民祖祭龙麒图腾时也有相似情况："畲民在大除夕，必悬狗头神像，……继则向狗头神像叩拜唱歌。"根据人类文化学家与舞蹈史学家的论断，"原始民族的舞蹈也是模拟动物的。"(《艺术概论》第3页）。这种模仿图腾动作的舞蹈不仅说明了古畲人的原始宗教观念，也印证了图腾舞蹈的古老与原始。1932年史图博、李化民在原浙江景宁畲民的《浙江景宁敕木山畲民调查记》中也发现："……在绝对秘密举行的宗教节庆中，如今盘瓠对畲民仍起重要作用而被模仿。"当然，在当代礼仪习俗中的畲族传统舞蹈不见了对龙麒图腾的直接模仿，但这"连声唱歌""跳踢舞弄""挂其始祖的遗像""相与祭祠礼拜"等行为模式仍时有所见，从而使我们领悟到畲民的原始宗教意识还残存在现今的图腾舞蹈之中。

三

观念，作为思维活动的结果，开端则来自人的心理状态——心态，而心态受制于社会的存在。"人的观念、观点和概念，一句话，人们的意识，随着人们的生活条件、人们的社会关系、人们的社会存在的改变而改变"。（《马克思恩格斯选集》第1卷，第270页）思想发展史证明，在不同的社会形态中，由于社会存在的情况不同，社会意识的内容和特点也就不同；任何一种特定的社会意识及其形式，都有其特定的内容、特点和作用，都有其产生、发展和消亡的过程。故而畲族图腾舞蹈也是随着社会存在的不同，历代畲族人民观念心态的变化而变化的，继而呈现出从萌生、滋蔓到残存、革新的嬗变轨迹。

畲族原始图腾舞蹈，正是前文所说，萌生于古畲人先祖龙麒夭亡之际。囿于时代的局限，当时这种被人类心灵的自然逻辑及其能力界限所限制于狭窄范围内的，相信人与某种动物之间有某种特殊关系的图腾舞蹈，大多直接表达了龙麒有灵、灵魂不灭的观念和与此观念相系的，对先祖极为崇拜、信仰的心态。而由这种心态诱发的畲族先民自发的盲从意识则产生了凡是类似崇拜物便是虔诚与美的观念，从而形成了图腾舞蹈等原始艺术，模仿图腾形式特征的现象，所以那时的舞蹈大多属于再现式的图腾模拟，但气氛浓烈，声势很大，与原始歌诗交杂在一起的舞动时间很长。《逸经》第19期《关于畲民》一文与浙江畲民家庭家谱中有"在昔祭必三年"及"半年""三月"的记载；干宝《晋纪》亦曰："武陵、长沙、庐江郡夷，盘瓠之后也，杂处五溪之内。盘瓠凭山阻险，每每常为害。糅杂鱼肉，叩槽为号，以祭盘瓠"，这里的"叩槽为号"，前边提及的"手足抵地""模仿"等形态均佐证了畲族图腾舞蹈源生阶段的特点。

图腾崇拜渗入了民俗事项，而民俗又影响和约束着人们的行为，塑造着人们的行为模式。畲族的图腾崇拜与图腾舞蹈，在文明时代初级、中级阶段不仅没有减弱，反而随着族群的迁徙，四处滋蔓生发，粤、闽、浙省多有方志记载了这方面的情况。不过由于畲人文明理性观念的逐步加强，那种原始、模拟、再现、直发性的图腾舞蹈慢慢地在保留龙麒崇拜这一思想内核的基础上，转化发展成许多优美独特的礼俗舞蹈。因而如果说畲族先民早期图腾舞蹈源生之初，在于欲借助祖先神祗的力量而求取生存，是出于生理与安全的低级需要，那么随着社会的进步，人们的需求则由低层向高层升华，图腾舞蹈求生存、盼保护的成分逐渐淡化，而认知、审美、自我实现等求发展的因素相应增强，并就此不断衍变出图腾舞蹈的异质新因。

自辛亥革命，风气渐开，特别是中华人民共和国成立以后，改革潮涌，移风易俗，一代新风也极大地影响着依山建寨，相对封闭的畲族同胞。一方面图腾崇拜作为粗糙的唯心观，由于马克思主义的发展，科学的普及，而越来越缩小其影响与活动，接近消亡，图腾舞蹈便以新的形式与内容出现在人们前面；另一方面又因图腾崇拜中的民族特征与若干人民性，符合着畲民的观念心态，而原始宗教现象又尚有赖以存在的社会根源和认识根源，所以在部分畲族聚居区还遗留它的部分旧迹。图腾舞蹈的残存在流传至今的畲族《做功德》与《传师学师》中较为明显。这两个舞蹈有两个经常出现的主干动作"统兵"与"造老君殿"。做"统兵"舞蹈动作时，舞者往往脚上前一步，身体就要向另一方面拧与倾一次，手随之要悠荡或拍掌。丽水景宁畲族自治县老艺人蓝炳贤对笔者说："所以这样做，是人（指龙麒先祖与亡故的先辈）死了，怕尸体被乌鸦吃了，在赶乌鸦。"而"造老君殿"的动作身体要左右转向，手部随之反复扭动。丽水畲族民研会的畲族学者蓝云飞告诉笔者："动作根据是祖先死在何处不知道去寻找，走一步，回头看一下，看看是否有野兽。"民国初出现的浙江泰顺畲族舞蹈《钉鞋舞》，虽然舞蹈时家家户户搬出了金器（麒麟）或"图像"（龙麒图）来"做节"，但当地畲族艺人雷大姐说该舞"是夜里点燃松明，围成圈圈跳的"。视其动作是拿着茶杯的"请茶"，握着纸扇的"扑蝶"与执巾而摇的"摇船"，娱神部分地转化于娱人，畲妇的心态在20年代就开放得多了。

当时代的搏动振撼了畲家的村村寨寨时，畲胞们又渴望着更为优美、更加反映他们生活内容的新型畲族民间舞蹈的出现。解放以后在畲族艺人与舞蹈工作者的努力下,曾涌现了一批新编的畲族舞蹈,其中不少节目受到了畲家的欢迎。如在浙江有歌颂新生活,歌颂人民领袖的《幸福水》《凤凰彩带飞北京》《新女婿》《月圆》《畲山听樵》等;也有一些并没激起畲民的更大共鸣,而很快消失在当代。究其原因,一次一位畲族青年说:"今天的畲族舞蹈最好要'又新又老',新要新出名堂,老要老得有畲味"。也就是说当代畲胞的观念心态,并不希望对包括图腾舞蹈在内的传统民族舞蹈的形式、内容一概抛弃,而是要求"扬弃",去挖掘那些最充分最有表现力的传统舞蹈手法加以发扬光大。如在国内外都有较好影响的《幸福水》,同样是"统兵"(当代艺人改称"悠荡步"),这个动作到了这个舞蹈中就将踮地、微蹲、拧身的程序按舞情需要加以重新组合,并进行了夸饰变形,又在部位与方位"加花",成了既有畲味,又面目一新的主题动作。当舞蹈中滚滚幸福渠水扑面而来时,新"悠荡步"于静中突发,一改动律的"下沉"为"上跃",柔中见刚,刚柔相济,情感与动作浑然一体;《新女婿》则将"悠荡步"步法节奏变速加快,改手式的悠荡为短促前伸,这就形成新女婿追赶新媳妇的典型动态,酿造了较好的情趣,推进了舞情的发展。图腾舞蹈经过了革新,吻合了当代畲民的观念心态,因而获得了很大成功,赢得了广大畲族群众的热烈欢迎。

辩证唯物论认为,只有确切地了解人类全部发展过程所创造的文化,只有对这种文化加以合适地改造,才能建设好新文化。我们只有进一步探讨畲族的舞蹈文化,及作为舞蹈主体的许多无名畲、瑶族舞蹈创造者的观念心态,并在对规律的不断发现及把握中,才可能更好地建设和发展新一代的畲族舞蹈。

(1992年"中国南方片瑶族畲族舞蹈文化研讨会"论文,
原载《民族艺术》1992年第3期)

"群众文化"的界定及其研究[1]

"群众文化"这一古老的社会历史文化现象几乎贯串了整个人类文化的发展史，渗透于各个时代世界各地民族的生活、生产活动之中。群众文化学是当代兴起的一门整体性研究群众文化客观规律的年轻学科。

群众文化是人们职业外，自我参与、自我娱乐、自我开发的社会性文化。

群众文化与其他文化类的根本差别，从内部特质来讲为人们的"自我参与"、"自我娱乐"与"自我开发"；而"职业外"则是它的外部形态。

图11

---

[1] 20世纪90年代初，随着我国群众文化活动在新的历史阶段的蓬勃开展，创建群众文化学科的迫切性也被提到了议事日程。为此，中央广播电视大学中文系适时开设了群众文化专业。文化部群众文化司与中央广播电视大学中文系于1992年春组织了相关专家学者编著了《群众文化学》一书。该书系郑永富主编。吴露生撰写了该著前三章："绪论：群众文化与群众文化学""第一章：群众文化的起源与发展""第二章：群众文化的本质特征"，其中对"群众文化"与"群众文化学"的概念首次作出了明晰与较为科学的定义及其演绎。该书由中国国际广播出版社1993年3月出版，作为"我国首部群众文化理论专著"随即由中央广播电视大学、中国人民大学等高校指定为教材或读物，以后多次重印。1997年吴露生获中华人民共和国文化部颁发的"群众文化科研成果金奖"。(图11)

群众文化概念在中国的形成

人类精神财富生发成型的历史证实,自从劳动创造了人本身,继而人类有了制造、保存工具和使用火、保存火的复杂行为,从而独立于动物之上,以后,群众文化便作为不同于动物行为的重要标志面世。虽然类似现今群众文化的文化现象呈现在整个人类文化历史中,但作为"群众文化"这一概念的形成,在中国还是近代的事。

史学家们几乎一致推断,人类初民早在远古旧石器时期,就出于劳动与情感交流的需要产生了原始文化。但是由于人类文化发展在草创阶段还没有语言或语言的符号,初民们也不可能意识到即事记史与悠远存史的做法将会产生多么重要的作用,故而至今还没有发现史前石器阶段中有作为对当时群众文化现象思维概念的称谓。但在数千年前古文明期间,曾对史前期与当时出现的群众文化或它的局部现象有过种种指称及其演绎。如有"宾日""饯日""舞雩""社火""俗乐""伎乐""舞队""俚歌",等等。

在近、现代中国,对群众文化这类文化现象则有"通俗教育""平民教育""民众教育""通俗文艺""大众文艺""民间文化""革命文艺""社会文化"等指称,称谓由局部逐渐涵盖群众文化的整体,并力求靠拢其本质与形态的特征。

"群众文化"这一专用词在中国最早出现于中华人民共和国成立以前的苏区。从目前的史料看,初始见诸文字的是 1932 年 5 月中共江西省委的《关于四个月的工作报告》,其中提到:"对于最紧急的群众文化政治工作,还未引起注意,各地有文化工作的只限于演新剧","其他如晚会、读报、图书馆、俱乐部等组织,除红军或有些机关开始外,在地方上简直尚未开始"。这个报告在提出"群众文化(政治工作)"这个词时,已注意把群众文化与政治工作紧密联系在一起,反映苏区群众文化是政治工作组成部分的显著特征。1933 年群众文化这个专用词出现在苏区中央文件中,6 月 1 日中华苏维埃共和国中央政府发出的第一号训令(关于查田运动),责成中央教育人民委员部,要"跟着查田运动的发展去发展群众的文化教育"。同年 8 月 12 日,毛泽东在苏区南部 17 县经济建设大会的报告中首次使用"群众文化"这个专用词,他说:"要发展群众的文化运动,提高群众文化水平与政治水平,使革命战争得到一个精神上的有力工具。"1934 年 1 月 23 日毛泽东在第二次全国苏维埃代表大会的报告中,总结苏维埃政权建设文化教育取得的成就时,再次肯定与使用了"群众文化"的概念。他说"苏区群众文化运动迅速发展","群众的革命的艺术,亦在开始创造中,工农剧社与工农歌舞团的运动,农村中俱乐部运动,是在广泛地发展着"。当时还谈到了夜校、体育运动等。苏区与毛泽东对"群众文化"的概念提出与使用以后,又不断地加以确认与理论上深化,特别是毛泽东《在延安文艺座谈会上的讲话》中从多方面对"群众文化"展开的论述,如就"群众歌唱""群众美术"等专题发表的精辟见解,是在长期实践与对革命文化工作的指导中,对群众文化这一客观现实的本质属性的思维反映,是对广大人民群众积极投入文化运动的肯定,进而对人民群众是这个运动、这一类文化的主体的根本特征的正确把握。

从此,群众文化这个专用名词及其基本概念在中国共产党领导下的革命根据地以及中华人民共和国成立以后一直沿用着。

群众文化的定义

群众文化这一专用名词是由"群众"与"文化"两个名词组成的。

所谓群众,群,即众。殷代甲骨文里称生产的奴隶为"众","王大令众人日耤田"。群与众完全可以互训。"群众"泛指多数人,许多人,人民大众。群众两字的合成使用,首见于《荀子·富国》:"功名未成,则群众未县,群众未县则君臣未立也。"《后汉书》中《申屠刚传》亦有:"群众疑惑,人怀顾望。"两千多年前的"群众"与今日的含意大体一致。

"文"的本义,指各色交错的纹理,引申为包括语言文字在内的各种象征符号。许慎《说文解字》中,"文"通"纹",指的是一种精神规范。"化"则有变,"化"的含义是二物相接,其一方或双方改变形态性质,又引申为教行、迁善、告谕使人回心、化而成之等。"文"与"化"的并联使用,早见于战国末年儒生编撰的易传《易·贲卦》的《彖传》:"刚柔交错,天文也。文明以止,人文也。观乎天文,以察时变;观乎人文,以化成天下。"

文化,从广义上说,指人类社会历史实践过程中所创造的物质财富和精神财富的总和;从狭义来说,指社会的意识形态,以及与之相适应的制度和组织机构。

但是,群众文化并非是"群众"与"文化"两个名词的一般意义的组合。

图 12 群众文化活动中的村民在自我娱乐中吹起了芦笙（本书作者摄于贵州村寨）

它是一个特指的文化类型，具有特定的含义。

群众文化的定义是：人们职业外，自我参与、自我娱乐、自我开发的社会性文化。

群众文化是一个集合概念，它是包含着群众文化活动、群众文化工作、群众文化事业和群众文化队伍在内的具体概念。在"文化"这一属概念下，群众文化与其他文化类的根本差别从内部特质来讲为人们的"自我参与"、"自我娱乐"（图12）与"自我开发"；而"职业外"则是它的外部形态。

恩格斯曾经指出："人，一切动物中最社会化的动物，"[①]"群"是人的社会化的主要特征。社会是由人们的交互作用而形成的活动的有机整体。群众文化的运动过程，无不体现着个人之间、群体与群体之间的交互作用及作用方式，有着明显的社会互动关系。在构成社会的人、自然环境和文化三个基本要素中，群众文化是参与人数最多与最重要的文化类别。群众文化还涉及到人类社会的各个领域，是社会全体成员不可缺少的组成部分。参与的全民性、活动地域的广阔性、活动内容的普及性均体现了群众文化的社会性。

群众的自我参与、自我娱乐、自我开发，是人们以自我的意识和意志认识和把握群众文化这个对象的主观实践。

自我参与，在群众文化中显现着以自我为主体的，自愿、自由、自为的个体意识，也活跃着自我对群体的加入，自我意识欲和他人相互作用的集聚意向。群众文化是自觉自愿并与一定的文化群体发生关系的。它的基本群体构成无论在家庭、邻里、工作班组、地域或民族中，没有个体自我参与基础上的集合，没有与他人的互动，就不可能发生群众文化这一社会历史现象。

自我娱乐，是人们的一种基本精神需求，也是群众文化的一种基本动力。群众文化生发的重要原因之一就是人类在生产劳动后需要以自我娱乐实行自我调节与自我完善。人们的文化活动被这些需要所驱使，就以活动动机的形式表现出来，朝着一定的方向，追求一定的对象，继而产生属于群众文化范畴的行动，以获得自身的满足。

自我开发，是人们自我参与群众文化的目的之一。古时，人们曾依托群众文化重演劳动过程，认识与传承生产的知识技能，教育氏族成员。而"寓教于乐"则在潜移默化的过程中使人们的智能得到开发，这一效应贯串了自古至今的群众文化活动。所以自我开发又是群众文化的显著成果之一。自我开发的良性循环，使人们在思想素养、文化水平等方面得到不同程度的提高，从而让群众文化呈现出涌动不息的活力。

从群众文化主体所从事社会劳动的分工特征看，这一种社会性文化又是在职业（工作、劳动与学习）之外进行的。

群众文化在史前期蒙昧时代和野蛮时代，初民们基于繁衍与生存的需要，往往是无一例外地卷入其中。但是当原始宗教的原生文化形态萌发，及文明时期陆续衍生的新生态文化入世后，群众文化就先后派生了专业的巫觋、女乐、倡优等借以谋生的文化人。也正是这类文化人的职业化走向，此类文化也就从群众文化的营垒里裂变出来。当然，专业文化人所创造的文化成果是群众文化从事文化艺术欣赏活动的重要对象。但从专业文化人本身的职业特征来讲，他们的文化投入含有相当部分的商品意识，并受到经济价值的制约，因而决定"他人参与"远远大于"自我参与"。在群众文化活动中，也有人因为某种需要暂离民间，例如南宋孝宗隆兴年间，宫廷不置教坊，所用乐工改为临时点集，艺人事后还是返归乡里。所以，乐舞活动的非职业性，使他们仍不失群众文化活动的一分子。当代群众文化活动中也常有集中培训、脱产排练之举，但由于这些还是属于群众文化长期效益的一种行为，所以，仍为群众文化的一个组成部分。换言之，倘若古代艺人专在宫廷从艺献艺，当代文艺骨干长期脱离原来劳动岗位，而将文化艺术活动职业化，那么，他们就成了为少数人或为群众服务的或是古代，或是当今的专业文化工作者了。专业文化人的社会分工是以从事文化活动为职业，并以此为社会服务，取得相应

图 13 今上虞舜帝庙"凤凰来仪、百兽率舞"照壁（本书作者摄影，原载吴露生著《浙江舞蹈史》，学林出版社 2014 年）

报酬的。在"职业外"开展文化活动是群众文化和与其相对而言的专业文化在外部形态上的界别。

群众文化研究的产生与发展

人类观念形态文化的产生与发展，是与整个历史和物质文化的进程交织在一起的，但群众文化的发展又与其学术史的发展不尽同步。

大致在人类文化发展期的中级蒙昧社会时代，先民对群众文化现象还仅仅是一种朦胧的思索；能较为自觉地对群众文化进行钻研与推究约于文明社会的前期，即标音字母发明与文字使用的成形、成熟期；以科学的方法探求群众文化的本质与现象，进行深入研究并硕果迭出的时期，则是在当代了。

一、群众文化研究的出现

在原始社会中，生产力极度低下，只能依靠集体劳动获得有限的生活资料。作为意识是物质的反映，原始初民在认识、改造客观世界与人类本身的过程中，由脑力活动所表现出来的人类智能是很低的，往往只是对事物直接、具体与浅表层次的反映。因而对群众文化的种种现象也谈不上什么更多、更深入的认识，基本处于混沌迷茫、知识未开的不自觉状态。但他们有对美的初级需求，参与了群众歌舞和实用美术等方面的粗始制作。也常常随着朦胧的意识去改变认为不适合自己劳动与生存的原始群众文化形式，并通过强烈的原始宗教意识，反映着他们粗浅的世界观。如他们认为宇宙天地间的生物和无机物都可能互生或化生，可以在其中找到先祖和寻到生命的源头，原始乐舞就与图腾崇拜紧密维系——澳洲土人模拟袋鼠等各种动物的舞蹈，爱斯基摩部落以鲸骨、冰鹿皮等制成的原始乐器与中国那种"鸟兽翔舞，《箫韶》九成，凤凰来仪，百兽率舞"②（图13）人们扮成以本氏族所崇祀的鸟兽图腾翩翩起舞的现象也就陆续出现了。由于生产力的发展，以原始氏族社会的解体而过渡至奴隶制阶级社会为标志，人类开始进入了文明时代。

以公元前500年为中心，从公元前800年到公元前200年之间，人类的精神基础同时地或独立地在中国、印度、波斯、巴勒斯坦和希腊开始奠定。这个时代产生了我们今天依然在思考的关于群众文化的一些理论。

那时，铁器的出现和普遍应用，促进了生产力的迅速发展，劳动者开始从笨重的生产过程中得到一定程度的解放，并且在社会政治生活中日益显示出决定性的力量，从而促进了民本思想的高涨。在中国春秋战国时期诸子百家热烈争鸣中很大一部分的学说也顺应了"民为邦本，本固邦宁"的思潮，从而酝酿、生发了散见在一些礼乐文章及乐舞著述中的群众文化之论。

与中国上述时期相差不远的早期希腊时的毕达哥拉斯（盛于公元前六世纪）与德谟克利特（公元前460—前370左右）、苏格拉底（公元前469—前399）等学派先后发表过群众文化范畴中有关音乐、诗歌、绘画等方面的主张，提出了一些很值得重视的美学观。

这个时期，人们已从迷茫、混沌中苏醒，并生发了自觉的理论意识。群众文化的研究开始了零星却是持续的发现，逐项但又是多样的积累。

二、关于群众文化主体的研究

国外近代史上有不少思想家，虽然还没有深刻地指出人的社会本质与人的社会化是群众文化发生的条件的原理，没有鲜明肯定地确认人民群众作为主体，在群众文化中的主导作用，乃至在整个人类文化发展中的巨大推进力量，但他们还是朦胧地看到了群众，并对群众在群众文化运动中的主体地位进行了若干研究。

西方启蒙运动的杰出代表，法国哲学家、文学家狄德罗（1713—1784），在反对为封建宫廷服务的新古典文艺的斗争中，在摸索文化的新方向中，作了一些努力，他"市民剧"的戏剧理论中认为，市民同样具有崇高的感情，应该在舞台上表现他们。他说剧作家要关心社会上发生的重大问题，戏剧要起教育民众的作用，并提出作家要住到乡下去，访问当地的农民。虽然狄德罗是资产阶级意识形态的创始者之一，但他能以唯物主义的观点，坚持文化艺术的现实基础与面向广大群众，还是难能可贵的。他是西方第一个呼吁文化人要深入生活和同情劳苦大众的人。

19世纪俄国伟大的批判现实主义作家托尔斯泰（1828—1910）等通过对艺术的人民性、现实主义创作原则及其艺术形式的肯定，认定艺术要面向人民群众。艺术应当传达人类最高尚的情感，才能起到教育人和团结人的作用。强调艺术的社会作用在于启迪包括低层大众的人类。

三、关于群众文化社会功能方面的研究

群众文化随着社会的进步，愈来愈显示了它巨大的效应，也触动了国外一些哲人学子的思维。他们比前代人更主动地思索着群众文化的社会功能，经过比较与分析，在理论上进一步发掘了群众文化与人类发展的密切关系。

那时的学者能用社会现象所发挥的功能来解释其起因和结果。在方法论方面特别强调比较研究，认为研究和分析某一具体文化现象时，应当把它同那个社会中的一般现象加以比较，并将群众文化作为整体来分析。

被称作人类学功能学派之父的英国人类学家马林诺夫斯基（1884—1942）认为，一个民族的文化就是一张满足社会基本需要的互相联系着的网，其中每个现象都像生物机体中的每一个器官一样，具有一定的功能。他认为，文化在其最初时，以及伴随其在整个进化过程中所起的根本作用，首先在于满足人类最基本的需要。这"最初时"的文化，无疑是指初民的原始群众文化，他认为群众文化一开始就有着独特的社会功能。

康德、席勒、黑格尔等人认为，人类之所以要通过群众文化把自己的生活作为人类自由的创造并表现出来，是由于群众文化最根本的社会功能在于不仅仅将其作为直接功利目的的手段，而是同整个人类的发展联系密切相关；认识到人的自由的实现是群众文化内在的最高目的。他们对群众文化的功能的认识，也不仅仅停留在娱乐愉悦上，还认为有很大的认识作用，而且与传播知识、开发智能有关。黑格尔曾说："实际上艺术是各民族最早的老师。"[③]

四、对群众文化史的研究

在近代国外，对群众文化史的研究开始逐步摆脱脱离实际的空谈与主观

唯心缺乏实证的揣测，而转向以美国考古学家、人类学家摩尔根为主要代表的深入对象实质、讲究科学验证的研究。

摩尔根（1818—1881）19世纪40年代早期曾积极参加印第安人的"大易洛魁社"的活动，以促进美国白人对印第安人的感情。1847年被易洛魁人中的塞内卡部摩氏族收为义子。

1851年,摩尔根根据实地调查,发表了《易洛魁联盟》,研究了其组织结构、宗教信仰和风俗习惯等群众文化现象。1877年他出版了毕生最重要的一部著作《古代社会》，从而发展了文化进化的理论，并基于许多物质迹象进行了时代划分。他认为全世界的文化都是通过蒙昧、野蛮和文明这几个大致相同的连续阶段发展起来的。

马克思和恩格斯对摩尔根及其主要科学成果给予了高度评价。马克思曾对《古代社会》写了详细的摘要和按语。恩格斯则利用该书的事实材料写成了《家庭、私有制和国家的起源》。摩尔根的理论与研究作风、方法对人类学、群众文化学界都产生了深刻的影响，德国近代人类学家、艺术史家格罗塞就是其中一个。

格罗塞（1862—1927）根据对原始部族文化的考察材料写成了《艺术的起源》。他是第一个在群众文化领域搜集例证来阐述社会经济组织和精神生活之间密切关系的艺术史家。

他认为原始艺术在文化发展中具有重要作用。强调对一个民族文化艺术的认识可以有助于对该民族的深入了解。主张在研究中对于从前最被忽视的民族，尤其应该加以特别注意。

格罗塞还侧重于对原始文化艺术变迁心理和经济基础进行分析论证，从而得出了原始部族的审美能力的发展和他们当时物质生产水平直接相关的结论。同时又从揭示原始部族艺术和文明民族艺术之间的联系入手，证明人类具有对美感普遍有效的条件。他的一些观点在国外群众文化史研究界有较大的影响。

五、马克思主义的群众文化观

马克思主义是马克思和恩格斯的观点和学说的体系。在资本主义生产方式已经形成时，马克思、恩格斯根据自身的实践，总结了欧洲工人运动的经验，批判地吸收了德国古典哲学、英国古典政治经济学和法国空想社会主义学说，创立了马克思主义。

马克思主义丰富的群众文化观体现在他们浩瀚的论著之中。他们不是简单地把群众文化看作是文化范畴中的具体问题，而是从人类历史发展规律的整体高度揭示其本质。

（一）认定劳动创造了人，创造了语言，产生了意识和创造工具的能力，并在社会共同劳动和交往中产生了艺术。从而说明，劳动创造了人类本身，也创造了社会物质财富，还创造了群众文化。

马克思曾经指出人类生活的基础是劳动。恩格斯又对此作了进一步的阐述，他在《劳动在从猿到人转变过程中的作用》中认为：动物仅能利用外部自然界，而人类能支配自然界，这是人和其他动物最后的本质区别；造成这一区别的是劳动；劳动是从制造工具开始的，劳动在从猿到人的转变过程中起决定的作用，"劳动创造了人本身"。④

劳动也促进了群众文化的产生。人类之初，使用的工具只有粗石器，他们成群结队，共同协作，向自然界索取食物与生活必需品。由于劳动的需要，初民创造了渐次变化逐步完善的工具；由于劳动协作的需要，促使人们彼此发出呼号音律以交流思想；由于劳动，人的手也慢慢灵巧，头脑也渐渐发达了，形成了群众文化产生的基础。"只是由于劳动，由于和日新月异的动作相适应，由于这样所引起的肌肉、韧带以及在更长时间内引起的骨骼的特别发展遗传下来，而且由于这些遗传下来的灵巧性以愈来愈新的方式运用于新的愈来愈复杂的动作，人的手才达到这样高度的完善，在这个基础上它才能仿佛凭着魔力似地产生了拉斐尔的绘画、托尔瓦德森的雕刻以及帕格尼尼的音乐。"⑤

（二）认为包括群众文化在内的精神生活是社会存在的运动和变革，是在人们头脑中的反映。

马克思认为："物质生活的生产方式制约着整个社会生活、政治生活和精神生活的过程。不是人们的意识决定人们的存在，相反，是人们的社会存在决定人们的意识。"⑥存在是第一性的，意识是第二性的，意识是存在的反映。由此，群众文化作为一种社会意识形态，也只能是实际存在的社会生活的反映。

诚然，促进群众文化发展的还有社会各个方面，如哲学、宗教、伦理道德、法律等，还有群众文化自身的继承和革新的规律等。但马克思主义的群众文化观确认，归根到底，最后起决定作用的还是经济基础，是被客观物质生活所决定的，是一定社会经济基础的上层建筑。

（三）高度重视人民群众的精神文化生活，认为群众文化的主体是劳动群众。

马克思主义认为劳动群众的物质资料和生产活动是人类从事精神文化活动的物质前提。

没有劳动群众提供的必要的生活资料和物质条件，任何群众文化活动都是不可能进行的。其次，人民群众的社会实践是人类精神财富的唯一源泉，是人民群众亲自参加了人类社会丰富多采的精神财富的创造，从而不仅认为人民群众是创造历史的动力，而且认为人民群众创造的文化，体现了社会进步的先进思想。列宁就曾指出，每个民族的文化里面，都有一些哪怕是还不大发达的民主主义和社会主义的文化成分。因为每个民族里都有劳动群众和被剥削群众，他们的生活条件必然会产生民主主义和社会主义思想体系，故而历史中的群众文化活动思想倾向的主流都是健康的、向前的。列宁还进一步呼吁，艺术是属于人民的，它必须在广大劳动群众的底层有其最深厚的根基。

（四）对待本国和外国的文化遗产应该采取批判、继承的态度和方法。

马克思认为，人类自己创造自己的历史，但是他们并不是随心所欲地创造，并不是在他们自己选定的条件下创造，而是在直接碰到的、既定的、从过去承继下来的条件下创造。因而，群众文化不是从天上掉下来的，也不是人们头脑里固有的，而是一定的社会生活的反映，它既受一定经济基础的制约，同时又具有相对的独立性。它并不随着旧的经济基础的改变而全部消亡，有些部分被保留和流传下来。群众文化具有历史的继承性。

对群众文化传统要批判地继承，必须有所扬弃。诚然，所谓批判，绝不是全盘否定或完全抛弃，而是有分析、有鉴别、有选择地去粗取精，去伪存真；所谓继承，也不是全盘照搬，而是在认真学习、研究的基础上，对群众文化遗产中的民主性精华和艺术上有价值的东西有所保留、有所肯定、有所吸收，做到为我所用。

（五）文明的进一步发展，将揭开社会的下一个更高阶段。

马克思主义认为，要是在共产主义的、和平的社会里，在每个人身体上和精神上的需求都得到满足的地方，在没有什么社会隔阂和社会差别的地方，侵犯财产的犯罪行为自然而然就不会再发生了。

马克思主义的创始人还认为社会的发展，必然导致群众文化最终取代专业文化。在《德意志意识形态》一书中，曾作了这样的预言："在共产主义的社会组织中，完全由分工造成的艺术家屈从于地方局限性和民族局限性的现象无论如何会消失掉,个人局限于某一艺术领域,仅仅当一个画家、雕刻家等,因而只用他的活动一种称呼,就足以表明他的职业发展的局限性和他对分工的依赖这一现象也会消失掉,在共产主义社会里,没有单纯的画家,只有把绘画作为自己多种活动中的一项活动的人们。"

六、近代国外群众文化研究

关于群众文化的起源与初期状态的研究群众文化的源头究竟起于何时?这在近代文化史的研究中是引起许多人思考探究的问题。

19世纪中叶起,国外人类学、历史学家们虽然还没有对类似群众文化的文化现象的起源与概念作出正确的结论,但是人们开始了对发生文化的研究。其中关于文化的界说,群众文化缘起的见解,取得了一定的学术的成果。如人类学进化论开创者泰勒(1832—1917)对文化这一概念所作的规定的准确性,基本上为当今学术界所接受,他在1871年写的《原始文化》一书中说:"所谓文化或文明乃是包括知识、信仰、艺术、道德、法律、习俗,以及包括作为社会成员的个人而获得的其他任何能力、习惯在内的一种综合体。"泰勒将文化与在长期社会生活中的人类所特有的状态关联了起来,强调了文化同本能的生物学遗传或先天性行动方式的区别;确认了社会成员对文化承前启后的特性;点明了文化不是简单、孤立诸要素杂乱无章的堆砌物,而应作为诸要素复杂的纵横交错所产生的统一的总体。这就有利于人们对群众文化源头与内在特性的判断。

以俄国的思想家、美学家普列汉诺夫(1856—1918)为代表的观点,坚持认为劳动及与之适应的生活方式是群众文化缘起的根本动因。群众文化所以起源于劳动,从本质上看就因为劳动不但是人类满足自身需要的活动,而且是一种创造性的活动。否则,就不可能从劳动中产生出与劳动不同的群众文化活动。原始艺术绝大部分是劳动的再现,虽然常与巫术等现象维系在一起,但仍毋庸置疑地包容了对于劳动再创造所产生的愉快、欢乐以及人类征服自然的愿望与力量。

德国近代人类学家、艺术史家格罗塞(1862—1927)探究了对原始群众文化起作用的心理、气候和地理诸因素。他认为各民族的求生方式因素是决定性的。任何原始民族审美活动和审美能力都与实用功利密切相关,例如,狩猎时期的纹样总是从人体或动物身上借鉴来的,却从不从植物身上借鉴。他还提出了原始部族艺术和文明民族的艺术之间的联系,从而证明人类对美感具有本能的要求和反应。例如，原始艺术从形式上看往往显得很怪诞，但是深入观察就可以发现，其中包含着某些与近代艺术相通的东西。

在近代国外，群众文化的起源还有模仿说、游戏说、巫术说等。

模仿说认为，文化艺术来自对自然界和社会生活的模仿，而模仿又是人类固有的本能，这是一种涉及文化艺术起源最古老的理论。

游戏说认为，人们从事文化艺术的创造活动不带有任何功利目的；人们在现实生活中受到物质与精神两方面束缚，但有过剩的精力，就用这种精力从事游戏，借以创造一个自由天地，这就成为文化艺术的起因。

巫术说在近代国外群众文化起源说中较有影响。泰勒在文化人类学方面作出卓越贡献的同时，也最早提出了巫术说。后来一些学者又作了冗长详尽的研究。巫术说认为原始人的世界观及其所生发的文化，无非是给一切现象凭空加上无所不在的人格化的神灵作用所生成的。

群众文化研究在中国

一、古代的群众文化研究

群众文化学的蒙昧时期，原始宗教作为一种观念形态出现之后，几乎所有群众文化活动的形式与内容都体现着一定的原始宗教意识，而孔子关于内容重于形式的主张，最终改变了群众文化这类活动完全依附于宗教的关系，成为向群众进行政治伦理教育的重要手段。孔子明确肯定了群众文化的审美教化作用与认识社会生活的作用，他在《论语·阳货篇》中曾说："诗，可以兴，可以观，可以群，可以怨。迩之事父，远之事君，多识于鸟兽草木之名。"意思为读诗（周朝有采诗制度，包括民歌），可以培养联想力，提高观察力，可以锻炼合群性，可以学得讽刺的方法，从近处可以运用其中的道理来孝顺父母，从远处可以用于服侍君王，而且可以多识鸟兽草木的名称。"兴、观、群、怨"的说法，是我国群众文化学史上第一次从美学的角度和特征出发对群众文化的功能所作的简洁表述。孔子还表示，群众文化这类活动，形式要服从内容，"乐"要表达"礼"的内容。因而主张通过礼乐文饰、文质的统一来巩固统治者的地位。

那个时期，在高涨的学术氛围间，还出现了儒家乐舞理论的代表著作《乐记》。《乐记》进一步阐发了群众文化这类文化活动中人的思想情感的激发是：

"人心之动，物使之然也。"情之动，是由于外界客观事物的刺激。心感于物而形于声，再根据美的规律才使之"成文"。这里所指的"文"是广义的文化，人的情感，主要缘于社会活动。《乐记》又认为"声音之道，与政通矣！""审乐以知政而治道备矣！"从作为人们心声乐舞中可以察知人们的内心活动、风俗人情和政治的治理。《乐记》十分重视群众文化在政治生活中的作用。

儒家在痛心疾首地反省了周代以来所出现的"礼崩乐坏"的历史教训以后，接受了前代在乐舞与政治学说方面的有益部分，看到群众文化的某些重要性，把乐舞的社会意义与政治、宗法、伦理、教育等社会思想紧紧地结合起来。作为一种哲学和美学思想与在文化娱乐中的深刻见解，在我国群众文化学的思想史中占有一定地位，并产生了深远的影响。

秦代至汉，以西汉哲学家董仲舒为代表的儒家思想"罢黜百家，独尊儒术"。董学将孔子学派的学说与神话迷信结合起来，而形成了神秘主义的思想，并提倡宫廷雅乐，而轻视民间艺术。

董学为适应中央集权封建制度的形成与巩固，认为群众文化虽能"深入教化于民"，但文化的创作、管理均由"王者"所定。故而重雅轻俗。这种观点，在汉时并未引起多大关注，但在统治者中与后代文人间是有一定影响的。

魏晋南北朝，定型于西汉中期的以经学为主干，以儒学独尊为内核的文化模式一度崩解；在文化的多元发展中，文化思维比较活跃，但大多并不是指向现实政治与现实功利，而是追求较为纯粹的精神愉悦。在这个政治动荡、南北政权长期对峙的时代，由于统治阶级权力的分散造成政治对学术干预的弱化，新的学说与观念乘隙而起。如那时候的文学批评家刘勰等人一方面接受了玄学思辨的影响，一方面总结了前人与自身的经验，其中有关群众文化方面的研究，特别是群众文化艺术的见解相当精辟，有的至今仍有很大影响。例如，对继承与创新，刘勰在《文心雕龙·定势》（以下所举只注出《文心雕龙》的篇目）中指出了那种"厌黩旧式"，对传统采取虚无主义，对创新只是"率好诡巧"是错误的态度。在《通变》中他认为要求创新，当然要学习当代人的创作，但不是互相因袭，另一方面，是要继承传统，因为有继承才能创新，并还有一个继承什么传统的问题。又如关于内容与形式，刘勰认为二者都不可偏废，"或义华而声悴，或理拙而文泽"（《总术》）都不能成上品。他要求的是像"圣人之文章"那样"衔华而佩实"的形式和内容的统一等。

到了宋时，统治者又提倡以理学治天下，程朱理学束缚了本来可以取得更大发展的群众文化。理学,亦称"道学"。宋儒多以阐释义理,兼谈性命为主,故有此称。程颢、程颐在哲学上为北宋理学奠基者。后来朱熹发展了"二程"的学说,始集大成,建立一个比较完备的客观唯心主义体系,世称"程朱学派"。程朱理学认定"理"先天地而立,把抽象的"理"提高到永恒、至高无上的地位。程朱理学极大束缚了本来可以取得更大发展的群众文化活动。一方面,统治阶级为了享乐、粉饰太平,也会组织乐舞机构,调集民间艺人,或集养家伎表演各种技艺。但倘若他们感到群众文化有违封建伦理准则的"理",不利于他们统治,就屡屡下令禁止;另一方面由于封建道德伦理思想的长期教化,民间文艺活动也多少受到影响,故而许多百姓也不敢轻犯所谓"出规之举"与"丧志之玩"。例南宋末因理教甚严,统治阶级与受程朱理学影响较深的人认为散乐百戏之中的歌舞,有伤风化,屡加禁止、谴责,盛极一时的南宋瓦子、勾栏间的民间舞蹈,后来就很难得见了。

道释哲学也渗入了群众文化。佛教在汉代已传入我国,到东晋和南北朝时,由于统治阶级的提倡,佛教已有相当影响。佛教利用倡乐和俳优宣扬佛法教义,佛教徒还纷纷将佛教艺术与民间美术相融,在石窟、寺院中以雕塑、绘画等造型艺术宣扬教义。道教也有类似的文化活动。道释哲学与庙会百戏、寺窟雕绘结合一起,形成了一种别具样式的群众文化,并渗入后人的行为规范、生活习俗与审美心理之中。

明清之际,是我国封建社会的末期,封建统治更为腐朽,但思想上程朱理学仍占居主导地位。平民阶层和反封建的民主思想也在发展,因而反封建哲学家、文学家也相继出现,对群众文化的探究有所创见。如李渔在群众文化学方面的观点主要认为,文化艺术应力求让人民群众所了解、所掌握,因而要尽可能的通俗。因而,他在《闲情偶寄》一书就主张"戏文做与读书人与不读书人同看,又与不读书之妇人小儿同看,故贵浅不贵深",反对艺术上的形式主义与为求高雅而脱离了群众审美能力的倾向。

作为创造群众文化的人类是怎样起源的?这是自远古以来人们就反复思索的重大课题。囿于时代的局限和知识的浅陋,许多国家和民族都流行过神创造人的传说。

值得全世界群众文化研究者注意的是,在拉马克、达尔文前两个世纪,正当欧洲还盛行"神创说",蒙昧主义和神学唯心论还占据统治地位之时,17世纪的清代哲人王夫之已用明白无误的语言在《思问录·外篇》中表达了这样一个思想——人类的祖先是直立行走的野兽："考古者,以可闻之实而已。……中国之天下,轩辕以前……亦植立之兽而已矣。"王夫之提出人类祖先"亦植立之兽"这在盛行祖先崇拜的中国,是一个大胆、惊人的创见,是一种天才的猜想,这对群众文化史的探源无疑有所突破。

中国古代群众文化的研究在这一阶段呈现着三条互为交叉的思维轨迹:

1. 尽管广大群众在奴隶主的残暴统治与封建皇权的桎梏中很少有发言权,也没著书立说的能力与机会,但他们还是不顾统治阶级的种种禁令,掀起了好几次群众文化的高潮,以执着的追求表现了他们的内在精神实质。

2. 一些知识分子开始对群众文化作有意义、有价值的研究。这些言论与著述体现了理论研究的自觉。许多观点随历史的进步而缓慢发展,具有一定的人民性。其中在文化娱乐作用于教育,不赞成消极被动地将群众文化仅仅限于享乐,着眼于教化功利,还有在群众文化艺术的特性、规律的研讨及群众文化溯源等方面均取得了一定成果,并作用于那个时代,为后世也作了可贵的理论积累。

3. 道释哲学通过与宗教维系在一起的群众文化活动形成了独具样式,影响后世的一种群众文化意识,道释宗教意识那种对来世美好境地的渲染及神秘虚幻的意念,以及宗教仪式、象征性艺术的熏陶,使人们形成了对写意性生活图景和偶像式人物形象的追求、崇拜,从而在一定程度上奠定了民间理想主义的审美心理。

二、近代的群众文化研究

近代群众文化的研究在中国凸显了以下特征:

1. 开启了在群众文化方面对中国沿袭千年的传统文化核心思想与儒学思想认真的批判。传统文化中更多负面性的暴露,成了人们追求新型群众文化的契机。

2. 西方异质文化在中西文化碰撞中开始涌入,引起了群众文化及其研究的开放性特点。群众文化的研究增添了明显的东西方学说的交错性。群众文化新型理论在崛起,并影响着研究对象的变化发展。

3. 群众文化的研究也在一定程度上启示了国人对真理的追求,从而为后来"五四"狂飙的掀起作了初步的思想准备。

清道光二十年(1840年)爆发了鸦片战争,是中国近代历史的开端。自从中国的大门被英国侵略者用鸦片和大炮轰开以后,中国便由一个封建社会一步步沦落为一个半殖民地半封建的社会。

从那时起，封建主义的清皇朝经历"康乾盛世"而日趋衰落，在落后挨打的情况下，中国被迫与侵略自己的西方世界打交道。随着资本主义萌芽的滋生，新的生产力、生产关系的植入、生长，西学的冲击，国人于失败中的醒悟，群众文化也在中华传统文化与西方异质文化的碰撞中发生了较大的变化。

道光、咸丰年间的经世实学，作为中国跨越古代与近代之交这个特定历史阶段出现的特定文化形态，承袭着儒学经世的传统，同时又孕育着近代新学某些开放、启蒙的因子。当时一部分知识分子纷纷从古籍考证和玄学思辨中抬起头来，怀着强烈的社会责任感去议政论世，探学为文。就学术品格而言，经世实学本质上尚属于中国传统文化，《周易》的变易观念，《左传》和《孟子》的民本思想等均有所继承挖掘；他们又主张"师夷长技以制夷"，"寻求异域之书，究其情事"，睁眼看世界，觅知向异域的开放精神，从而搭起了群众文化研究通往近代新学精神的桥梁。

道光三十年（1851年）兴起的太平天国农民运动是一场近代史上的农民革命。为了宣传、鼓动群众，使天国创立的新宗教掌控群众，以群众文化易于深入人心的功能，编写了朗朗上口、易传易诵的《原道救世歌》《原道醒世训》《原道觉世训》等民谣来宣传教义，召唤、聚集贫苦农民的力量。

清末，由于社会生活的变化，文化信息量的激增，市民、学人对报刊图书等公益文化的呼声日高，对群文报刊图书的种种审视也相继递现。那时的社会舆论力陈报纸在广开言路、沟通朝野、丰富群众文化生活方面的社会作用。资产阶级维新变法派也极力鼓吹办报，因为报纸能使群众"渐知新法之益"，亦有利"广人才、保疆土、助变法、增学问、除舞弊、达民隐"，并主张报纸要适合市民口味"记注倡优起居，并载诗词小说"。又为了"广考镜而备研求"，"保存国粹，造就通才，以备硕学专家研究学艺，学生士人检阅考证之用"。当时，从内容到形式都不同于封建藏书机构的近代图书馆便先后出现了。

随着戊戌变法运动的兴起，新文化的启蒙，面对群众文化的当时实际，一些群众文化的研究成果也陆续面世。

孙中山对中西文化的取舍提出了比较科学的观点。对中国传统文化，孙中山认为：中华民族创造了光辉灿烂的古代文化，长期处于世界领先地位，到近代才落伍了；批判封闭、保守的传统文化心态，但反对从一个极端跳到另一个极端,传统文化、尤其精神文化中有许多合理成分,要加以恢复、继承。对西方文化,孙中山主张好的东西,要吸收,不好的要摒弃;对于西方是好的,适合的东西,搬到中国来也不一定好,要根据中国的国情。总之要"发扬吾固有文化,且吸收世界之文化而光大之"。⑦ 孙中山把中国传统文化的民本思想接受过来,发挥为民权思想;他又将"修身"的解释提到抛弃陋劣习气,进于文明生活,培养文化素质的高度等,这些都是对群众文化现象的认真思索,并注入了许多革命民主主义内容的思想。

梁启超吸收了欧美资产阶级思想,在许多著述中透视了他对群众文化的种种思考。梁启超认为人们需要美,而群众文化的自然美与群众的好美性最为吻合。他确信"美"是人类生活一要素,"韵文之兴,当以民间歌谣为最先。歌谣是不会做诗的人(至少也不是专门诗家的人)将自己的瞬间的情感,用极简短极自然的音节表现出来。因为这种天籁与人类好美性最相契合,化以好的歌谣,能令人人传诵历几千年不废,其感人之深,有时还驾专门诗家而上之"⑧。梁启超还提出了重视群众文化的趣味性与趣味高尚健康的问题,趣味是生活的原动力,趣味丧掉,生活便成了无意义。梁启超还认为地理环境对群众文化的影响很大,大而经济、心性、伦理之情,小而金石、刻画、游戏之末,无一不与地理有密切之关系,他分析了天然景物的不同类型对人的情感理智所产生的不同影响,认为我国与希腊文明不同的原因在此,我国艺术南北风格的不同原因也在于此。

王国维则以叔本华哲学作为自己的理论基础,他认为生活的本质是"欲","欲与生活与苦痛,三者一而已矣"。要摆脱这种生活之欲带来的苦痛,只有求助于美和艺术。他反对把艺术作为道德政治的手段,主张保持艺术的纯粹性和独立性。

蔡元培这位我国近代的思想家、教育家和革命民主主义者,在群众文化研究中突出地强调美育,提出以美育代替宗教。美育可以破你我彼此的偏见,可以破生死利害的顾忌,使人们达到一种新的境界,即达到"实体世界"。蔡元培的这种思想主要来源于康德的美学思想。蔡元培还认为我国社会之不平,乃是教育之不平,所以极力提倡社会教育与通俗教育。他在担任中华民国首任教育总长宣布政见的演说中,专门提出了社会教育问题,并将其分为两种:普通性质的社会教育和专门性质的社会教育。并对此作了些分门别类的研究。其中在提倡群众文化活动中,强调要注意教育的对象与效果。

三、现代的群众文化研究

这一时期,中国进行了旧新两种性质的资产阶级民主主义革命与社会主义革命。群众文化研究在经过了漫长的历史积累与近代阶段的整合更新以后,又在现代阶段起着符合社会进步与真正走向人民的质变。

"五四"新文化运动推动了群众文化研究的革命性的变化。

清王朝被推翻以后,辛亥革命的胜利果实很快被北洋军阀篡夺。黑暗统治与意识形态领域中复古尊孔的反向,使一些小资产阶级激进民主主义者,有共产主义思想的知识分子受到了强烈的震动,他们深切感到,辛亥革命没有能在中国建立起民主政治,主要没有触动旧思想、旧文化。于是在革命形势的推动下,终于引发了一场思想文化领域中比辛亥革命猛烈得多的反帝、反封建的政治运动与向旧的传统、道德、思想、文化挑战的新文化运动。中国群众文化研究现代阶段以此为起点,在革命的群众文化运动中显示了总结实践,转变流向,逐步走上现代化、科学化的时代特征。

(一)将群众文化导向真理,导向革命

"五四"时期开始的新文化运动,展开了对封建文化的猛烈进攻,并开始在我国传播马列主义;一些资产阶级教育家,曾提出了以开展识字和扫盲活动为主的"平民教育"的口号;一些具有共产主义思想的先驱者们则相继提出了劳动教育的问题,要求劳动人民都能学到文化,用到文化,还以新的世界观给新文化运动注入了新的、更加科学、更加大众化的思想活力。

"五四"新文化运动是在高举民主(德先生)、科学(赛先生)两面大旗,以反对旧道德提倡新道德、反对旧文学提倡新文学为主要内容的阵势下展开的。在此时期,陈独秀、李大钊和鲁迅主持的《新青年》成了勇猛反击复古尊孔逆流,提倡新文化的主要阵地。他们通过《新青年》主张:"要拥护那德先生,便不得不反对孔教、礼、法、贞节、旧伦理、旧政治;要拥护那赛先生,便不得不反对国粹和旧文学。"

李大钊在1919年的《青年与农村》一文里主张青年要到农村中,"一面劳作,一面和劳作的伴侣,在笑语间商量人生向上的道理"。周恩来也是"五四"时期从事群众文化研究的先驱者。早在1916年,他在南开《校风》杂志发表《吾校新剧观》一文中写道:"中国今日所急者,人民之贫极矣,智陋矣!"而解决这个问题的途径,就是进行通俗教育,唤起人民群众的民族觉悟和革命精神。

工人运动日益高涨的20年代初,一些工厂和工人聚集区创建了工人俱乐部。在这些工人群众文化组织显示了它的作用时,中国共产党的一些组织(或其前身)及时抓住苗头,加以肯定。还推广了长辛店工人俱乐部的经验,以群众文化能"联络感情,团结工人""和衷共济,以图发展"来鼓动工人踊跃参加,并以工人俱乐部"专为工人求幸福、争自由,谋得工人应享的权利"作为宣言来争得人们对革命群众文化工作的更多支持和生存空间。

在苏区农村群众文化活动中,针对一些空洞说教和宣传效果不佳的情况,中共中央就特别指出:"当注意利用画报、标语、歌谣、幻灯、小说式的文字等项,以能改变乡村传说神话而把我们的宣传附会上去,不要作毫无兴趣的机械式讲义式的灌输。"⑨党领导下的革命的群众文化,通过经常性的指示、演讲等各种层次的理论导向,不仅把握了群众文化工作的方向,而且活动搞得既热烈又扎实,成了整个革命事业的一个不可缺少的重要部分。

在群众文化史与其特性的研究方面,一些论说也以历史辩证唯物主义的观点,作了颇为精辟的分析,如鲁迅对群众文化的起源则有一番高见,他在《门外文谈》谈道:"我想,人类是在未有文字之前,就有了创作的,可惜没有人记下,也没有法子记下。我们的祖先的原始人原是连话也不会说的,为了共同劳作,必须发表意见,才渐渐的练出复杂的声音来,假如那时大家抬木头,都觉得吃力了,却想不到发表,其中有一个叫道:'杭育杭育',那么,这就是创作。"鲁迅的观点与恩格斯关于劳动创造了人,创造了语言,产生了意识,并在社会共同劳动和交往中产生了艺术的论说是一致的。从而清楚地阐明了导致群众文化产生最初精神活动的源头与脉络。

闻一多通过对原始舞蹈的分析研究,阐述了原始社会的群众文化对先民生存及团结协调的社会功能作用:以综合性的形态动员生命;以律动性的本质表现生命;以实用性的意义强调生命;以社会性的功能保障生命。

如果说现代前期群众文化的研究者已开始触及到了群众文化的本体研究,对群众文化是社会生活的反映已没有更多异议的话,那么,对群众文化的社会、文化性质总的认识倾向已开始归结到把群众文化作为唤醒民众、挣脱半封建、半殖民地统治的桎梏的一种利器或方式,并给资产阶级改良主义与共产主义初萌状态提供了思想园地。所以,当时的大众化之说,即是群众文化的人民性与教育性的初步阐明。随着研究的不断深入,导向作用的持续加强,群众文化的研究才从前期末及至中期起,逐渐发生了根本意义的、革命性的变化。

(二)将群众文化回归群众

广大人民群众是群众文化的主体。人民群众对精神文化生活的需求是在人类社会的形成时就产生了，但这个问题长期没有得到真正的解决。社会进入奴隶与封建社会制度后，统治阶级是以本身的利益为基准的。许多专家与知识分子又常常脱离劳动人民，因而文化艺术的内容与形式又往往与群众的需要格格不入。

在现代的群众文化研究中，人们通过种种论说，极力扭转理论上的种种错位，让群众文化真正成为广大人民群众自己的文化。

李大钊是较早主张将文化运动深入到工农中去的一位，他认为教育机会人人均等，劳动者必须有受教育的权利，现代的著作必须用通俗的文字，使一般苦工社会也可以了解些许道理。当时，一般新文化倡导者只注意到市民阶层和知识分子的要求，李大钊则响亮地提出要为劳工阶级争取接受文化教育的权利。为了尽力引导文化回归其真正的主人，1934年4月，苏区的中央工农民主政府人民教育委员会在吸收实践经验与瞿秋白等多人研究成果的基础上，公布了我国最早的完备的指导群众文化工作的文件——《俱乐部纲要》，极其鲜明地指出："俱乐部应该是广大工农群众自我教育的组织"，"俱乐部的工作必须深入群众，因此在乡村农民中，在城市贫民中，尤其是文化水平低的群众之中，一定要尽量利用最通俗的广大群众所了解的旧形式而革新了的内容。"这个纲要由于十分重视群众对文化的所需、所想，并被实践证明它在广大群众中的可行性，因而它阐述的一些启导性的基本原则，长期为革命群众文化工作者所遵循。

20世纪30年代初的上海，"左"翼文艺运动开展了文艺大众化的讨论，瞿秋白、鲁迅、周扬等人在这次关于文艺如何与群众联系，群众文化如何开展的问题上发表了重要的见解。如瞿秋白在《论大众文艺》中论说了"文艺大众化的运动必须是劳动群众自己的运动"，并旗帜鲜明地指出"中国的新的文化生活"就是"几万万群众的文化生活"，同时，他还连续发表文章，呼吁创造群众容易接受的新的通俗文艺形式。

鲁迅支持郁达夫创办《大众文艺》，他在《文艺的大众化》一文中对于把艺术置于民众之上的错误观点作了有力的批驳，并指出"现今的急务"，是"应该多有为大众设想的作家，竭力来作浅显易解的作品，使大家能懂，爱看，以挤掉一些陈腐的劳什子"；他倡导木刻、版画，并和瞿秋白一样，写过一些通俗歌谣。

周扬也著文探索群众文化如何为人民大众服务的问题，他尖锐地指出，革命的文艺工作者，不能隔离大众，而应是实际斗争的参加者。在普及与提高的关系上，他认为如果不顾目前中国劳苦大众的一般文化水准的低下，而一味地高谈应当提高大众的程度来鉴赏所谓"真正的、伟大的艺术"，那实际上就是拒绝为大众服务，就是一种取消主义。

在这一方面，最彻底、正确、全面地论述了文化艺术一定要为群众与如何为群众这个问题的，要数毛泽东在1942年5月发表的《在延安文艺座谈会上的讲话》。毛泽东在《讲话》中非常明确地指出："我们的文学艺术都是为人民大众的，首先是为工农兵的，为工农兵而创作，为工农兵所利用的。"从而确定了整个革命文化工作必须面向群众的方向。

现代后期，特别是1949年中华人民共和国成立以后，对群众文化的研究不断深入，人们注重实践，调查研究，详尽占有丰富而又真实的感性材料，继而运用科学的思维方法进行分析概括，使人们对群众文化的认识提高到一个新的理论高度。群众文化的研究者们不但协助有关领导部门起草、制订了一系列关于群众文化事业的规章、制度，而且进一步明确了群众文化事业机构的性质、工作对象、工作方针和任务，这些都对群众文化的发展起到了积极作用。1959年，当时的中央文化学院的群众文化研究班集体编写了一部群众文化论著《群众文化工作概论》，由此开始了系统的关于群众文化的基础理论与应用理论方面的研究。

1978年中国共产党十一届三中全会以后，由于思想解放运动与实事求是之风的兴起，群众与专家、领导的一致奋力，群众文化研究经过了一段时间的勃兴，到了1985年中国群众文化学会成立以后，则在全国群众文化系统和相关学术界掀起了群众文化研究热。群众文化研究成果大量及高质地涌现出来，队伍日益壮大，学科理论的构建开始有组织、有目标的进行，并且日趋系统和完整。

20世纪80年代至90年代初期，群众文化学渐趋成形，至今已形成了一门独立的新兴学科。

在这个阶段中，群众文化的研究者们大多以马克思主义的基本原理和唯物辩证法为指导，坚持理论联系实际，在"双百"方针的指引下，学术气氛浓厚，各种课题讨论深入展开，并力求多方位、多侧面、多角度地去探求群众文化的真谛。在基础理论的研究中，主要集中在对概念的探讨、研究对象的把握、研究范围的选定与方法论的运用等研究；在群众文化史方面展开了对群众文化源头的追溯、产生的缘由、发展的脉络、演变的原因等研究；在应用理论的研究中，主要集中在对群众文化具体工作对象的探讨，如活动内容、业务辅导、管理工作、群众文化产品的生产等研究。

几年来，全国各省纷纷办起了群众文化刊物，已经出版的关于群众文化研究的论著、丛书、专集、手册和小百科全书、群众文化辞典等，其品种、数量，在中国文化史、出版史上都是前所未有的。

在学术研究中，人们着重将实践经验上升为理性认识，同时注意理性的感悟程度与群众的读知水平尽量结合，通过经常性的对有关重大群众文化课题的学术研讨活动，努力提高学科构建的系统性和科学性，从而揭示出具有中国社会主义特色的群众文化本质及其运动规律。

（节录中央广播电视大学指定教材：《群众文化学》"绪论：群众文化与群众文化学"、"第一章：群众文化的起源与发展"，中国国际广播出版社 1993 年版）

注释：

① 《马克思恩格斯全集》人民出版社 1972 年版，第 20 卷，第 512 页。
② 《史记·夏本记》。
③ 《美学》商务印书馆，1979 年版，第 1 卷第 63 页。
④ 《马克思恩格斯选集》人民出版社 1972 年版，第 1 卷第 603 页。
⑤ 《马克思恩格斯选集》人民出版社 1972 年版，第 3 卷第 508、509 页。
⑥ 《马克思恩格斯选集》人民出版社 1972 年版，第 2 卷第 82 页。
⑦ 《孙中山选集》人民出版社 1956 年版，第 690 页。
⑧ 梁启超：《饮冰室专集》，中华书局 1936 年版，卷七十四。
⑨ 《第一次国内革命战争时期的农民运动资料》人民出版社 1983 版，第 38 页。

地域舞蹈文化品格的三维构建

都说舞蹈要有民族精神、地方特色，那么这一方土地上舞蹈文化的特色从何而来？

皈依单一的何种原委，或只沉溺于"炒"透了的地理说，似乎都会从这个窠臼掉进另一个窠臼。大自然间绿杨飞絮、碧桃红透都有个内部、外部条件而致的复杂过程，何况作为一种文化品格的地域舞蹈文化。

本文以吴越及其他若干地域舞蹈文化作为剖析的对象，唯物论与旁学科多维空间的说法作思辨的参照，认为地域舞蹈文化品格的构建在于地域舞蹈文化感态层面、涵态层面与物态层面气韵生动的，既相对独立又相互交融的整体运动。

三维构建之一：感态层面的稳定性

地域舞蹈文化的感态层面是该地域的舞蹈可感形态（动作、造型、流动、构图等）所形成的文化品格给人的感觉层面。

这一舞蹈文化层面总是在较长的历史阶段或整个舞蹈历史的主要文化倾向中显示着相对稳定态。

三晋舞蹈可感形态品格基调的热烈欢快、纯朴明朗；巴蜀舞蹈的雄健刚劲、活泼豪放；楚舞的宏妙奇瑰、沉稳徐缓……而吴越舞蹈历经夏商孕育期，春秋战国雏型期，秦汉三国转型期，两晋南北朝以降即一直以清秀、柔婉、晓畅的稳定态流传至今。

这种超稳定的感态定势的形成在于：

1. 地域住民的审美惯性作用

巴甫洛夫在《大脑两半球机能讲义》中认为："我们的任何方式的教育、学习、训练，各种各样的习惯都是长系列的条件反射。谁都知道，已知的条件也就是一定的刺激作用，与我们的行动所建立的、所获得的联系往往纵然受到我们的故意的抗拒，也会顽强地自然而然地表现出来。"巴氏的说法不无道理，习惯是由于事物的刺激和主体的某些动作在大脑中形成了巩固的暂时神经联系之故。而就一个地域的大多数住民来说，往往对已经熟悉的审美对象表现出一种恋域情结，比较依恋与偏爱他们所熟悉的审美对象，他们较易参与具有地域特色的舞蹈文化活动。

审美所以具有惯性作用，一是因为直觉而得的审美习惯，常使心理反应层次比较简单，外来信息的弱刺激往往就能激起自动反应，主体的心理模式和外来信息较易吻合，从而使主体感到快乐、和谐，因此为了追求一种轻松的满足，审美主体自然而然地产生一种惯性，二是由于寄生在地域住民审美习惯之中文化惰性的作用。一个地域之中的极大部分住民是从事物质生产的，从严格意义上说，由于这种惰性作用，他们在审美活动中期冀较多的是愉悦感。一种与审美基础不相上下的自然快感，作为从事繁重或严格、枯燥的物质生产者中的多数来说，欣赏或参与舞蹈活动是他们消耗体力与精力以后的一种代偿，生物钟的调节。这种状况在地域之中的古代人身上又体现得较为明显。对从事精神生产者而言，不少人也想突破地域的某些传统，也想创新而滋蔓地域舞蹈文化的新质。但如果没有本身的功力与精神产品的魅力，是激发不起大部分住民的共鸣和美感的，多次受挫，就会产生消极的顺应意识，形成精神生产者的文化惰性。后一种文化惰性只有在有才华、有毅力，真称得上"家"的人身上才会消失，但历史上大家毕竟太少。

2. 地域住民的地理环境作用

芸芸众生一来到大千世界，便栖息于一定的地理环境之中。不能否认各种不同的地理环境，给地域住民的思维轨迹多少烙上差异性的标志。地理环境给地域舞蹈文化带来虽不是唯一，但也是不小的影响。

辽阔的北部草原使该处蒙族住民舞蹈时分外矫健舒展，舞蹈形态常如雄鹰翻飞，长风裹挟，时常出现抖动的双肩使人联想起马背上的草原主人；藏民跳《锅庄》起源于古代藏民围绕篝火或室内锅台，这种有着很强风情特点

图14 杭州歌舞剧院崔巍等深入藏区后主创的舞蹈诗剧《阿姐鼓》出色地彰显了藏族风情,热烈地表现着人们热爱生命、热爱自然的的精神力量(杭州歌舞剧院供图)

的自娱性歌舞包含着对动物姿态的模拟、相互表示爱慕等舞蹈语汇(图14)。《锅庄》的风格和特色,因受农区和牧区不同地域与文化的影响,在形式、风格以及跳法上,都有着不尽相同的风格与特点。上山下坡是西南山区寨人劳动与生活的必需,因而那里的舞蹈双腿与躯干有着下沉和含胸的韵律;吴越之境就其主体而言,地势平坦,以平原与丘陵为主,江湖密布,水系发达,气候又温湿多雨,这自然生态环境与住民思维行为的相互制约,常使舞蹈动如风摆柳,行似小河淌,转同水磨缓,巧像春燕穿。

那么是否因为任何地域的地貌不可能是单一样式的,因而一个地域的舞蹈文化品格就变得说不清楚呢?本文的回答是否定的。就像一个人性情温和,有时也免不了发些小脾气,也要与人吵嘴,但他的性格基调还是温和的。譬如吴越文化圈中的海边渔民、岭间山人动作行为也不乏阳刚之气,但这种刚,与我国北方,西南大山高原上的《安塞腰鼓》《太平鼓》等舞蹈中所呈现出来的粗放雄猛之刚,就大大不如,而显得"秀中见刚""刚中藏巧"了。与平原水路的地理环境,水田细作的农耕生产相对应,吴越舞蹈的秀美特征成了吴越舞蹈的整体文化倾向。

3. 地域的文化氛围作用

舞蹈文化作为地域文化中的子系,必然超脱不了母性文化制约。地域文化品格必然制约着地域舞蹈文化品格的特性。

如楚人传统民俗相信自己是日神后裔火神嫡嗣,对祖先的崇拜、怀念,形成楚地对神、鬼奉祀虔诚，"淫祀"之风极盛，这些都极大影响着楚舞的文化品格。

在吴越文化历史中，起相当作用的，要数儒家和佛教的人生哲学。儒家学说，从先秦到宋、明，历经改造，通过与其他学说的相互颉颃，相互吸收，成就了吴越的传统文化的主干之一。吴越地区尊儒崇孔，世代为风。儒家的人生哲学模式虽然有一个渐进、复杂的演变过程，但仁义礼智、修身养性始终是其学说基调。儒家的理想人格是圣贤。"圣"大都对王主权贵而言，而"贤"即为一般士大夫和庶民百姓的行为规范。从贤出发，要求人人相爱，各有所安；希望辛勤劳作，诚实无欺，换取他人同样的回报。民国以前，吴越之地孔庙林立，包含于一套套祭孔仪式中的舞蹈也不少。

吴越地区佛教也盛，特别是在吴越舞蹈文化的成型期。南朝诸帝广建佛寺，颂扬佛法。佛教徒利用倡乐和俳优宣扬佛法教义，逐渐形成了一套带有歌舞形式的礼仪，民间佛教舞蹈也渐渐增多。佛教追求的最高境界为"涅槃"，即指超脱生死轮回，进入熄灭一切烦恼，内心寂然不动的境界。佛教作为一种宗教，就其理论实质而言，是神学唯心主义，由此可以说，它所追求的理想人格，实则上是"神格"。由于佛教视万物为空无，人生无常，一切只为因缘的凑合，人不能把握现实命运，更无未来进取，所以人只能皈依佛门，以清静恬淡的心情回应外界事物。

儒学的"人人相爱，各有所安"，释学的"随遇而安，清静恬淡"，这种因观念晕染而致的精神状态，反映到感态之中，就是行为规范的稳，一种稳态定势。

三维构建之二：涵态层面的潜变性

地域舞蹈文化品格感态层面的稳定性是明白无误的，但这种稳定，就整体而言只能是相对的，运动是绝对的。物质是运动的——这是已被辩证唯物论所验证过的，科学已达到的认识。只不过地域舞蹈文化的运动方式有它的特殊性——涵态层面的潜变——其潜在的变化没有感态层面那么有表象上的冲击力，不能轻易察觉，而往往被人忽略罢了。

舞蹈表现的涵义与表现舞蹈的地域住民的观念构成了舞蹈文化品格的涵态层面。这一层面随着时代特征、经济基础与上层建筑关系的变化随之变化的。

著名吴越古舞《白纻舞》,最早是个民间舞,可能与巫舞还有些联系。晋歌描述该舞曾有"清歌徐舞降神祇"之词,作为当时娱人兼而娱神,欲降神祇的"清歌徐舞"之中不可能没有点巫风。两晋时分《白纻舞》转为娱人,表演性大为增强,性情表达力,舞蹈技巧也随之提高,"轻躯徐起"后,"妙声屡唱体轻飞",节奏、技巧有了变化,以致"流津染面散芳菲,(均引自《乐府诗集》白纻歌舞辞)要发出了相当动力才能体轻如飞了。到了南朝梁时,不少《白纻舞》长期在达官贵人处演出,迫于淫威舞蹈涵义主要属取悦欣赏者而含轻艳靡腐之意。沈约曰之白纻辞有"朱光灼烁照佳人,含情送意遥相亲,嫣然婉转乱心神,非子之故欲谁因……",汤惠休辞中也有:"……长袖拂面心自煎,愿君流光及盛年"之名。《白纻舞》的文化品格已从初起来自民间的清新、流畅,渐变为轻浮、淫巧了。这涵态层面的渐变,是由舞蹈涵义促成的。从感态层面看来,整体风格还呈现该舞之特征,粗看仍似稳定,但细品,实际上涵态层面已经产生了潜变。

表现主体的观念之变的潜变,比较对象涵义之变的潜变张力大得多,有时还会出现涵态层面的潜变,促成感态层面的突变。

如,春秋战国之交吴越人曾以兵将枭雄尚武、勇猛轻死著称,"吴越之君皆尚勇"(《汉书·地理志》),"士有陷坚之锐,俗有节概之风"(左思:《吴都赋》),但那个时代后期的吴与越,后汉时的孙吴相继失国,吴越人的尚武精神二度受到压抑,住民观念纷纷变化,厌战求稳为庶人平民的主流思想。又东晋以降,北方学人大批南迁,魏晋清淡之风对江南世风也不无影响,重文轻武,清静恬淡成为吴越人的一个观念特点,以致"君子尚礼""人性柔慧""其地水秾山妍,其人机慧疏秀而清明""山水发秀,人文自江左而后,清流美士,余风遗韵相续"(《中华全国风俗志》引多册古代文献)。舞蹈文化品格也从前秦时《祭防风王》舞蹈的狂野、神秘,《跑马灯舞》的桀骜不驯,《莲花头舞》的豪放粗砺而变成两晋以降《白纻舞》《前溪歌舞》及当代"采茶""织网""花灯"等为代表的舞蹈种类较为沉稳的清秀型。

从两晋南北朝之际起,吴越舞蹈文化品格开始从较明显的变动更替走向相对稳定。形成了形态动作的明丽、流畅;构图阵势的均衡、对称;节奏韵律的婉约委缓、柔刚相济,以柔为主,粗中见细,刚中玲珑;主题内容以反映庶人平民农耕生活为主的整体特征。

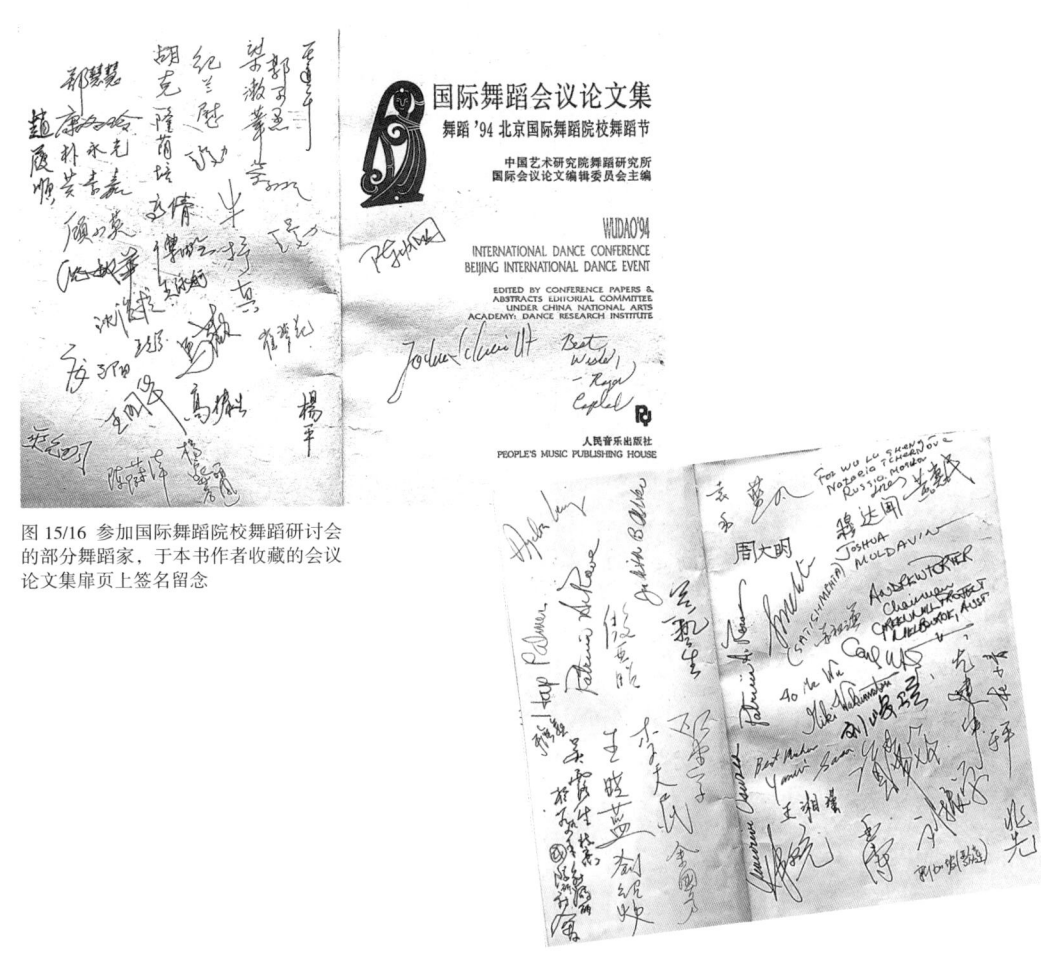

图 15/16 参加国际舞蹈院校舞蹈研讨会的部分舞蹈家,于本书作者收藏的会议论文集扉页上签名留念

三维构建之三:物态层面的中介性

地域舞蹈文化品格三维构建的物态层面是有别于感态与涵态层面的社会意义,而具生物特性的第三个层面。

人体,是地域舞蹈文化赖于传情达意的物质媒体,感态与涵态层面之间互为联系和转化的凭借条件,以及由此及彼的中介桥梁。

粗看,似乎在地域舞蹈文化三维构建中的物态层面是超稳定的,不变的——人体难道还会变成其他生物体?但根据物质运动规律,人体本身也是在运动的,在变化着的。不过其变化有着明显的中介性,它的变化要依托舞蹈文化构建中涵态和感态层面的变化。

其他一些门类如武术、体操等体育运动，还有杂技等，也有赖于人体这一物质媒介以完成自己的使命，但由于涵义不同，运动方式不尽相同。如举重运动员一般需要发展能顶起杠铃的肌肉所需要的绝对力量，所以有关肌肉块面显得特别的隆突；跳高运动员肌肉则要保持长线条；而舞蹈演员从一般人到能上舞台、进广场表演的舞蹈人，则必须改变原来的自然形态，达到舞蹈所需要的艺术感态。舞蹈中的旋转需要平衡，控制需要力量，弹跳需要爆发力与滞空力，演员的肌肉要匀称而富美感。倘若某一个舞蹈有较长的独舞舞段，这个演员给人的感态就要更多变化，多变则需要人体物质运动的持久力。地域舞蹈文化又特别要求舞蹈者具有地方特色、乡土风味，人体运动的物质对应也就别具一格，如表演吴越舞蹈往往人体的柔韧力是较强的：至于脸部小肌肉则更是千变万化了。

舞蹈者本身骨骼关节的迟钝与灵活，肌肉牵拉力的柔弱和强劲，体态的臃肿及苗条的改变等均是人体本身物质运动的结果。

但这种结果如果没有涵态层面舞蹈表现对象的涵义和舞蹈者观念的支配，没有与感态层面形体造型、流动等的结合，那将变得毫无意义，失却了舞蹈艺术的特性，或变成另外一门艺术，或非艺术。

反之，如果没有物态层面的中介，舞蹈的涵态就不可能外化为观众所能感觉到的感态，舞蹈的感态也不可能转化为更多的涵态。

地域舞蹈文化的构建在于三维，倘若缺一，将形不成任何文化产品，任何具有民族色彩，地域特色的舞蹈文化将不复存在。由此，构建好各个地域舞蹈文化的三维空间，推动其良性循环，更有利于当代整个中华文化的更加辉煌。

（原载《舞蹈》1993年第6期，
1994国际舞蹈院校舞蹈节国际舞蹈讨论会入选入集论文）

民间舞蹈的性表现美

　　讨论人类灵魂深处必然存在着生命的本性这一艺术现象及其变异，是舞蹈科学无法回避的领域，因而也是一种严肃与美好的探究。

　　性表现民间舞蹈反映的生活内容及其艺术特征既有自然属性，也有社会属性；性表现舞蹈从根本上说是人类对自然的对应与征服，它显示了人类本质的力量与个体人格的张扬。

　　性表现民间舞蹈之所以美，重要的是民间舞蹈的创造者、参与者巧妙有致地在审美活动中将物质性的，由生理欲望和冲动的生理快感引渡到精神愉悦的群体审美快感，并借助心理范畴的记忆所供给的材料展开想象的翅膀，从而在创造性的组合中形成具有新颖、创造特点较高层次的审美感受。

　　性表现民间舞蹈中的"度"应是恰当的，合适的，才能是美的。

　　柏拉图在《会饮篇》中曾讨论了一对维纳斯，按照人文主义者菲奇诺的解释，不管裸体还是着衣维纳斯所象征的美是永恒而又普遍的，是发生力的化身。因而人体的表现力有着一种生命源范畴的意义。

　　事实如此，参与民间舞蹈活动的人，首先是作为生命而存在，然后才作为社会的人存在，后者是前者的延伸，但又包含和体现着前者，因而人类灵魂的深处就必然存在着生命的本性——性的欲望及由于这种欲望冲动凭借人体的种种表现。这种表现几乎是无处不在，无人不欲的。但是由于社会各种因素的制约，人类的性欲望除了在隐蔽的私生活中能充分、忘我的表达外，其余的只能以曲折的，符合一定时代社会文化氛围的形式表达，而这种生命本体情感的强烈传达，人类几乎是一开始就认识到舞蹈是一个可以凭借的极好中介，继而就成了许多民间舞蹈形式的发生源之一。讨论这一艺术现象及其变异是舞蹈科学无法回避的领域，因而也是一种严肃与美好的探究。

性，这里指参与民间舞蹈的男女性别及由此而来的属于男女性的自然属性；与自然属性相关联的舞蹈内在不可改变的本质。

民间舞蹈，泛指在广大人民大众广为流传的舞蹈。性表现类民间舞蹈是人们将主观感情艺术处理后的表现。它的"表现性"，是相对那种人们生活中将性行为的外部形态简单呈现的经过了艺术加工了的肢体语言。其范畴也不同于情爱民间舞蹈与性爱民间舞蹈。情爱民间舞蹈一般以两性之间为主，人与人互相爱护的感情作为生活基础的舞蹈；性爱民间舞蹈其反映生活的基本内容已窄化在两性相爱相恋之间，但性表现民间舞蹈既包容了两性之间的情感对应，内在勾联，还涉及到许多男女性中一性或两性由于深沉本质的冲动，种种比较坦露的自我性表现意识的舞蹈。

性表现民间舞蹈融入民间舞蹈生发的滥觞，它一直渗透着以往民间舞蹈的嬗变，直至永远

许多史和论都在说，民间舞蹈与其他艺术一样，缘起于劳动和与之适应的生活方式，劳动创造了人，由此原始艺术绝大部分多与劳动有关。这是一种观念，并且劳动是再创造了人所产生的愉快、欢乐及人征服自然的愿望与力量。但也毋庸置疑，男女两性之欲，作为延续种族、繁衍后代的本能是客观存在，也是无可非议的。由此而萌发了性表现舞蹈。性表现舞蹈从根本上说是人类对自然的对应与征服，它显示了人类本质的力量与个体人格的张扬。

马克思和恩格斯说过："任何人类历史的第一个前提无疑是有生命的个人的存在。因此第一个需要确定的具体事实就是这些个人的肉体，以及受肉体组织制约的他们与自然界的关系。……生命的生产——无论是自己生命的生产（通过劳动）或他人生命的生产（通过生育）——立即表现为双重关系：一方面是自然关系；另一方面是社会关系……"[①] 也由此，性表现民间舞蹈反映的生活内容及其艺术特征，既有自然属性，也有社会属性。

可以推测远古先民早在产生语言或语言的借代符号前就可能有了借以传情达意的性表现舞蹈。但有实证可依的当首推青海省大通县马家窑墓中出土

的舞蹈纹陶盆上的群舞形象。（参加本书《舞蹈的起源与分野》一文中图47）对此文物上的舞蹈形象，以前舞蹈史学界较多的说法是"陶盆上的舞人，头上有舞者下垂的发辫或饰物，身后却拖了一个小尾巴"，是五千年前先民们扮演"百兽率舞的狩猎劳动舞蹈"。但是结合舞蹈饰纹盆产生的人文背景，再细细考察一下舞者形象，此物无疑是性表现民间舞蹈的可靠佐证。不过舞蹈形象中右起第二人下垂之物可能仍是尾饰，因其位置在两腿下部并与发辫生长方向一致。但其余四人其物无论从生长的部位（于两大腿根部），还是与父系氏族社会生殖崇拜描画的男根相仿而前冲之物为男性阳物无疑，其中又以右起第三、六勃动状态最为明显。该舞舞者连手踏地，男性征昭然，表现的是舞蹈者雄健、野朴的男性先民本质的张扬。此外，还有新疆康家石门子岩刻舞蹈反映父系氏族社会距今两千五百多年的舞蹈，流传至今河南淮阳表现伏羲与女娲"追交"的"担终挑"，湖南湘西民间舞蹈"毛古斯"，现在仍在湖南瑶族地区还愿活动中出现的舞蹈"吊连锤"，民国时期浙江东阳村头地角常常演出的"莲花头"……虽然形式有变，内容不一，但各地各时代差不多都有所表现的都是人类基本又不可缺少的性之情感。

  性表现民间舞蹈之所以成为舞蹈，更多的在于其强烈的社会属性。性表现民间舞蹈大都以男女的性自爱（性力量的炫耀）、性相爱（异性之间相互的爱恋）为支点的，凭借的又是比例的典范和最易触发人共鸣的人体形象——这种能体现合乎规律的感性具体的存在，又反映了人类理性思维能动创造的，能够引起人们特定情感的审美感觉，往往的确是非常美好的。

  原始人跳舞罕见于现代人那样异性的密切接近。部族文化中常由男性从事跳舞，女性即使参加也多为乐队。虽然男性去跳舞并不直接为了性爱，但"因为一个伶俐而健壮的跳舞者自然能感动旁观的女人（尽管素不相识，或没有任何爱恋关系——笔者注），而且在原始社会一个伶俐而健壮的跳舞者便是一个伶俐而健壮的猎人和战士，故跳舞对于性的淘汰很有关系，且对种族的改进也有贡献"。[②] 此类性表现民间舞蹈想来与《安塞腰鼓》那样，均显示了雄性的力度而不只让女性享受到了阳刚之美对人们心扉的撞击。吴越腹地浙江德清一带曾有"轧蚕花""民俗。清明节前后一周内人们常争先恐后去娘娘殿"踏蚕花宝地"，且"越轧"（土话意：拥挤）越觉蚕花将会兴旺。在人堆中，年轻男性常会趁机东摸西捏，女性则不加怪责，反以为幸，所谓"摸发摸发，越摸越发"。这种沿传下来的乡俚之中的日常性行为动态在舞蹈中却不见直接表演。本人在长达九年的民间舞蹈调研中发现此种习俗在当地舞蹈中只是点到为止，纵然情欲中烧，舞蹈传达的只是一种艺术处理后的感情，日常生活性行为的遮掩致使舞蹈格调不俗而趣味盎然。

性表现民间舞蹈之所以美，重要的是民间舞蹈的创造者、参与者巧妙有致地在审美活动中将物质性的，由生理欲望和冲动的生理快感引渡到精神愉悦的审美快感，并借助心理范畴的记忆所供给的材料展开想象的翅膀，从而在创造性的组合中形成具有新颖、创造特点较高一级的审美感受。

正确的表现度是性表现民间舞蹈理想设计的关键

中世纪神学的禁欲主义宣扬"肉体是灵魂的监狱"而要人清心寡欲，而欧洲平民在资产阶级"文艺复兴"中敢于漠视伪善的道德规范，以活跃的舞蹈文化活动表示着他们的"普遍人性"。那时的性表现民间舞虽不顾教会的反感而成了市民庆典和社交场合出色的娱乐，但人们常常还要戴上面具进入舞池，在舞蹈过程中各人要不断更换舞伴，舞伴之间不能太为靠近。由于此种社交民间舞性表现度距离差太大，异性无法更多地接触，戴上了面具又无法显示自身的性魅力，于是17世纪末就自然而然地改变了舞蹈程式，在"华尔兹"等舞中异性舞伴开始互相靠近，勾肩拉手。新型的社交性表现舞姿很快风靡全球，是因为异性间手的触觉与视觉、听觉的结合，还有与反映骨骼肌、身体位置运动感觉——动觉的呼应，这种心理学上称为"本性感觉的复合感觉"，能有效开发不同性别的艺术潜能，并使生理快感与审美愉悦很好地结合。

曾几何时，有些地方也有这样的情况：商品经济潮涌起来，而文化准备不足，人的物质欲望激发起来，但人的基本行为规范没有健全，从而也诱发了一些民间舞蹈中的性爱表现过度，"三贴舞""黑灯舞"等破坏了审美意识和道德规范的联系，违背了朦胧、距离美的规律，因而此类舞蹈只能有瞬间的生理快感，而没有时代道德意识支撑、令人留恋回味的美感。柏拉图曾把真善美归于最高的精神，在古希腊与中国先秦都有"美善相乐"的类似说法，这些古代哲学的合理内核，人们是不应拒绝的。性表现民间舞蹈中的"度"应是恰当的、合适的，才能是美的。

民间舞蹈的性表现还应产生深沉曲致的美，就审美范畴而言，民间舞蹈的创造者（总有一人，或一群人先前创造）、参与者要努力发掘别人尚未认识或认识不足的性表现民间舞蹈的生活深层,穿过性欲的神秘迷宫,争取达到认识的新高度。

反刍性爱民间舞蹈"性爱"的流变,在远古时代,人们对一个人性的要求看得比较坦率、单纯而自然,将生殖器看作是神赐的崇拜物,先民在阴阳生殖图腾前顶礼膜拜时油然而生更多的是虔诚的心理。只是到了罗马帝国出现人文宗教的同时才有了对生殖器罪恶之说那令人胆战心惊的神话,并由此派生出了对人潜在本质的诅咒和人为的歧见,本来无可厚非的正常性爱及其舞蹈,才几乎在这人类文明史的急弯中摔出了历史的车辕。尽管后来有了于正常轨道上的摸索,但人类发现并认识引以为豪的性爱民间舞蹈流动之美,毕竟经历了可能至今还未被人们全部知晓与宽容的漫长而曲折的阶段。

不过无论如何,从原始先民对人体低级意识的生殖崇拜到古希腊对人体健美与生命的礼赞;从中世纪神学的荒唐黑暗的禁忌至意大利文艺复兴运动掀起人们对自身性爱之美的强烈感悟,时代发展到了今天,人体动律之魅应该容许通过性爱民间舞蹈等形式,艺术而文明地,让人性的释放与自身的尊严登上艺术的圣殿了。人类的性表现是不死的,但不是生死一条直线,舞蹈一个模式的。单就两性之爱而言,在某种意义上说,没有痛苦的爱不是真正意义的性爱或情爱,这种两性之间或迟或早总要发生切入骨髓的爱恋,倘若于性表现民间舞蹈中转化为对某些假寐和昏睡的唤醒力量,那么一舞三叹的审美知觉将接踵而至。

我们的民间舞蹈文化处在一个多元走势,稳步发展的转型期,一方面民间舞蹈的确争芳斗妍,融入了世人丰富的文化生活;另一方面又泥沙俱下,百态显现,在商品经济大潮的冲击中回旋互动。面临如此态势,作为舞蹈文化的批判者能努力做一点点的就是:往人类进步的阶梯上站,不管成功与否——把舞蹈文化中虚设的装潢拆开给人们看,又将合理、真实的世情给以文化包装,向人们对民间舞蹈文化的了解与选择提供过滤了一些浮躁与喧嚣的参照……仅此而已。

注释:

① 《马克思恩格斯选集》人民出版社 1972 年版,第一卷,第 24、34 页。
② 林惠祥:《文化人类学》商务印书馆,1991 版,第 333 页。

(原载《上海艺术家》1997 年第 2 期)

生息于风俗中的民间舞蹈[1]

民间舞蹈是在民众之间广为传承流播的舞蹈。

民间舞蹈与自然环境、社会生活的联系是多方面的，但其中与民间风俗的互为影响更加紧密。民间舞蹈正是由于"百里而异习，千里而殊俗"各不相同风尚习俗的浸润，而变得更为风格鲜明、多姿多彩。（图17）

只禁锢在官苑豪门、艺术院团之内，或只是在民间偶而编创，似有民间特点，却只有短暂生命力，并没有在人民大众的风尚习俗、社会生活之间传承流播开来的都不能视作真正意义上的民间舞蹈。诚然，应该鼓励对传统意义上的民间舞蹈进行整理、加工、改编和创新——如同姐妹艺术的"新民歌""新民乐"一样，此为时代的"新民舞"。

中国民间舞蹈蕴藏丰厚，在世界民族舞蹈中十分引人注目。风俗，是特定社会文化区域内人们共同遵守的稳定在较长岁月中的行为模式或规范。人们往往将由自然条件的不同而造成的行为规范差异，称之为"风"，而将由社会文化的差异所造成的行为规则之不同，称之为"俗"。风俗是一种来自于人民，传承于人民，规范人民，又深藏在人民的行为、语言和心理中的基本力量。由于风俗是在某个文化圈或地域带长期历史中形成的，因而它对社会成员有

---

[1] 本文是1998年版的《中国舞蹈》第二章"门类管窥"的节录。上海古籍出版社根据《中华文明宝库》丛书编委会宗旨："邀请国内各方面的专家，从世界文明发展的历史高度，在中华文明发展的历史长河中，着重介绍在课本之外应该深入了解和掌握的中国文化遗产的知识。"本书作者应约撰写了其中的《中国舞蹈》。

图 17 云南彝族民俗舞蹈《跳菜》(录自《新中国舞蹈艺术》第 295 页，中国文联出版社，2014)

一种非常强烈的行为制约作用。民间风俗是人类文化的重要组成部分，它与人类社会的政治、经济、文化的发展密切相关，一个地域的风尚习俗一经形成，便强有力地影响着一切艺术的各个方面，民间舞蹈也不例外。从民间舞蹈与民间风俗的千丝万缕的联系来看，中国民间舞蹈大致可分生产风俗、生活风俗、礼仪风俗、节令风俗与信仰风俗五类。

（1）生产风俗

在中华大地上辛勤生产、不息劳作的居民，有的以农为本，有的放牧为业，有的狩猎养生，有的网渔过日……这些生产方式都在日积月累中，衍生了作为意识形态的各种生产风俗及其民间舞蹈，而其中又以与农耕风俗互渗互存的民间舞蹈最为突出。

大约在六七千多年前的彩陶文化时期，先民们就逐渐超越了狩猎和采集经济的历史阶段，进入了以种植业为基本方式的农耕时代。相传神农氏的最大功绩，就是发明了农具耒耜（犁），教民农耕。与此同时，他也创造了《扶犁》

图18 流传在浙江省德清县一带反映生产风俗的民间舞蹈《扫蚕花地》。当地养蚕用的蚕匾、养蚕时轻掸蚕籽的鹅毛等生产工具都融进了舞蹈的表演之中（图片由德清县非遗中心供图）

这一乐舞，借以舞蹈的形式来表现耕作收获的风俗。汉民族最具代表性、流传最广的民间舞蹈"秧歌"，就与中国广泛种植水稻有关。农民们在行距整齐的禾苗间绕着秧苗右、上、左、下趟水步行，显然是为了防止踩伤秧苗或防止泥水溅身，秧歌舞中磨着地面走的舞步，即与这种水田劳动的步履有着内在的联系。人们惊喜地发现，秧歌中的"十字步"甚至与绕着秧苗趟水的动态十分相似。当然，对有关"秧歌"的起源还有另外说法，但"秧歌"及秧歌类民间舞蹈如"花灯""花鼓"等大都兴盛于农耕为主的地区，活动于春播插秧或收获扬谷时节，则是当代仍能见到的事实。

流行于中国许多地区的《采茶舞》《织网舞》《扫蚕花地》《跳春牛》等民间舞蹈，也直接或间接地反映了当地采茶、织网、养蚕、犁田等生产方式及其有关风俗。例如浙江省德清县历史上每逢寒食清明，家家户户都要清洁蚕房，扫除尘埃和垃圾，准备"关蚕房"养蚕，这时蚕民要请民间舞蹈艺人来蚕房表演《扫蚕花地》。（图18）舞蹈时，艺人手执扫帚、鹅毛等道具，提腰移膝，轻起平落，以端庄委婉的动律表现祈求蚕房平静安宁、消除灾难晦气、但愿蚕丝丰收的心情。舞蹈结束以后，才贴上"聚宝盆"等剪纸，并关上蚕房门，进入了养蚕的生产阶段。跳《扫蚕花地》舞是当地生产风俗的一个重要组成部分。

作为幅员辽阔的中华古国，除了农耕定居民族被古人称为"住国"之外，还有被称为"行国"的游牧民族。作为"马背上的民族"，蒙古族人有"失罗勒合"（古蒙古语音译，意为从战利品或猎获物中取得一份东西）的狩猎风俗，这就是凡是猎手猎获野味还未驮上马鞍用皮带绑好以前，赶到现场的任何人都有分享该野味一部分的惯例；而"察拉木"则为蒙古族等牧民常用的套马工具，他们纵马飞驰，常用这一条长丈余的皮绳及直径1米左右的套环，制服烈马。"失罗勒合""察拉木"等生产习俗形成的快马追取猎物、以臂力套住奔马等马背上抖动、移动双肩的劳动动作，便逐渐演化成了蒙古族民间舞蹈中的"碎抖肩""硬肩""提肩"等特有动律。而流行于一些海边渔村的"织网舞""拉网调"等民间舞蹈，不但与生产习俗相联，并且也是渔业生产的一种技术性示范和传习。

（2）生活风俗

中华民族的生活风俗是多姿多采、令人迷恋的，而表现这种风俗的民间舞蹈更是美不胜收。

傣族居住的地区山川秀丽、江河清澈，作为喜欢水的民族的傣家女往往紧裹贴身筒裙，亭亭玉立、小步行路又高位挑担，这些生活中的倩影，本就是极美的姿态，融化到民间舞蹈中，就显示出了担起水筒小步轻移，胯部提携，窈窕婀娜的体态。譬如一个常有起伏动律，重拍向下沉，慢慢地沉，向下走要均匀，脊椎要垂直，蹲的时候不能前倾也不能后仰，脊椎对着脚后跟下沉，向上提的时候要缓慢，和下垂时一样，如此的舞蹈动律中总含有恬淡、幽静的气质，凝聚着东方艺术的线条美。恬静细腻的"孔雀舞"，起律柔和的"嘎光舞"因富有造型美，充满律动，连接性强，韵律徐缓的特点而在傣族地区受到广大傣族人民的喜爱而生生不息，并流播至它地。信仰小乘佛教的傣族，受泰国、缅甸、印度等邻国舞蹈的影响，舞蹈中还明显地让人感觉到小乘佛教的韵律。

朝鲜族妇女受长裙束胸穿衣风俗制约，舞蹈中就必然会出现深呼吸、长吐气的韵律。气息运用是朝鲜舞蹈表演中一个非常重要的环节，它是动律与风韵、内在美与舞姿美的融合，这是通过特有的节奏形势，经由朝鲜舞蹈独具风格的呼吸方法及气息运用达成的。东北地区朝鲜族人另一个生活风俗，即是严寒的气候使火炕成了他们重要的生活必备，从而形成了人们盘坐的生活习俗，长期的盘坐容易形成屈膝、弯腰、含胸的体态。这一体态特征在朝鲜族舞蹈中表现出来，也形成了朝鲜族舞蹈含蓄、柔美的风格特点。

生活在青藏高原的藏族民间舞蹈以膝部的"颤"，胯部的"懈"，腰部的"前倾"为主要特征，舞蹈时上身前倾成俯视状，似以身体抚摸大地，表现出的是一种对他们世世代代赖以生存高原大地的无限眷恋之情。藏舞《果卓》表达的也就是古代人们围篝火、锅台而舞的圆圈形自娱性歌舞。

在浙江省杭州市的临安、建德一带，有一种"九姓渔民婚俗舞"。看过的人都会为其中"抛婚"的场面与动作所吸引，同时也往往会因此迷惑不解：新娘嫁人，为何要抛？但是如果我们沿着这"抛婚"的动作设计来源探索下去，就可以知道那是当地生活风俗的反映了。原来那里的"九姓渔户"（即九个姓氏，指陈、钱、林、袁、孙、叶、许、李、何）的祖先，据传是元末义军将领陈友谅的部属，朱元璋称帝后因与陈友谅有前隙，就将"九姓"贬为渔户贱民，不准上岸，不能与平民通婚，不许读书应试；上岸不准穿鞋，但要应召服役。故习俗只能在九姓间通婚，婚嫁时男家接亲的"轿船"与女家船并排，两船要相距一米，否则被认为不吉利。抛新娘的人站在女家船上，身穿新衣，腋下捆着阔带，由二人拉牢保险。待新娘吃好"离娘饭"，男女船之间互喊"利市语"（吉利的话），同时女家放火炮三个，第一个叫"招呼炮"，第二个叫"动手炮"，第三个叫"结束炮"；男家这时也放二个炮，一个叫"进门炮"，一个叫"胜利炮"。女家在放第二个炮时，即抛新娘，动作敏捷，一手托在背部，一手托在臀部，用力向男方船上抛去，男船接新娘的人马上接住，让新娘站在船头铺的袋子上。这时撑篙的人拔起竹篙，将船撑转三圈，向上游开去，婚礼即告完成。

（3）礼仪风俗

作为"礼仪之邦"的中国，早在约前 11 世纪左右的周代便形成了礼仪的文化制度，但其施行范围主要限于王室。汉代独尊儒术以后，礼仪制度更趋规范化、普及化与世俗化，孔子"非礼勿视，非礼勿听，非礼勿言，非礼勿动"的人生信条被引入了从治国理家、求学问道到婚丧嫁娶、衣食住行等各个方面。如，祭祀"大成先师"的祭孔舞蹈就有严格的规定。

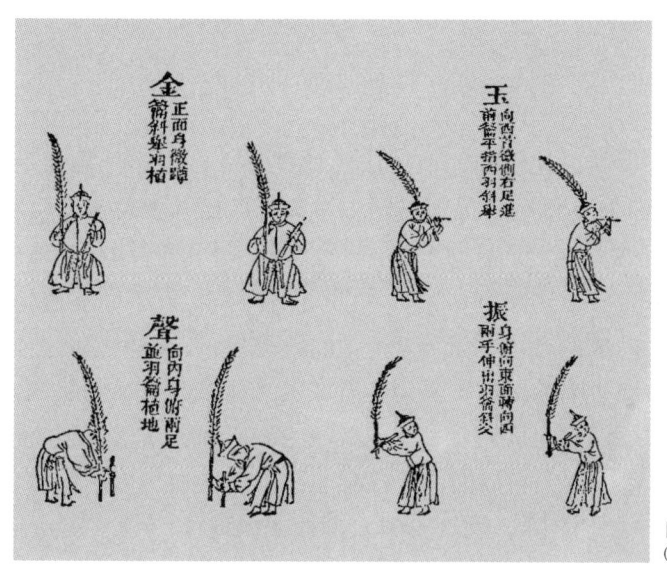

图 19 衢州孔氏南宗家庙祭孔佾舞
（原载《衢州孔氏南宗家庙志》）

（图19）孔子逝世后，以宅为庙。学界认为第二年为了纪念他便有了以"六代之乐"演奏于庙庭的祭孔乐舞。西汉以来，历代皇朝均以钦颁之令下达祭孔乐舞的编制、乐器、歌章与舞谱。隋文帝仁寿元年（601年）起，有专门制作的以颂扬孔子为内容的乐舞。此后，代代相袭至今。祭孔乐舞包括"宫悬之乐""八佾之舞""轩悬之乐""六佾之舞"及"登歌"等。整个乐舞由歌生、舞生和乐生三大部分组成，还有指挥作乐、起舞的麾生、旌生等。音乐庄严肃穆，舞姿雍容律正、古朴典雅。汉朝始，不仅在曲阜，在古时各朝各代的皇朝所在地及地方辖区，每年春秋季二八月的头一个丁日和孔子诞辰纪念日，多已普遍祭祀孔子并订有礼仪。要求"凡舞合字"，即舞蹈须依"舞谱"所述的形式、动作进行，舞蹈人数、舞器、奏乐、迟疾等，都有具体的规范。舞生左手执龠（音"乐"），以龠为舞具，取吹之器以立声之意；右手执羽，秉羽则取饰物以立容之意。预备姿势为双手在胸前相交，合成"十"字形。第一个舞蹈造型，代表一个字。歌生唱完一句歌词，乐曲奏毕一节，舞生正好完成一组动作，舞姿典雅舒展，具有飘逸脱俗间的雕塑之美。舞蹈中"开"（龠翟纵横两分）、"合"（纵横相加）、"执"（齐肩执之）、"举"（起之齐眉）、"衡"（平必执立）、"落"（向下执之）、"挂"（向前正举）、"呈"（向前耳偏）等动作，在一般的祭孔礼仪中也可看到，礼仪与舞蹈的内涵、形式彼此已融为一体。

由于礼仪并非都采自社会强加给人的规章法则，它部分也切合了人的本质、本性，成了人的内在情感满足、交流的方式之一，所以在许多地方还形成了民风俚俗及礼仪风俗化的民间舞蹈。这种舞蹈讲究程式、规范，具有历史文化的相对稳定性与传承性。礼仪的约定俗成还体现在中国许多民族与地区的婚丧喜事、交际、饮食及其他种种民间舞蹈中。如土族婚礼要跳《安昭》舞，一人领舞，众人随后，领唱众合，歌舞协调，以此表示人们的祝福和庆贺。除跳《安昭》外，婚礼中另有三次舞蹈：第一次是阿姑们在女方家门前迎接"纳什金"（娶亲人）时，排成两行，手挽着手，由领头的两人摆动"纳什金·妥偌"（见面礼）与阿姑们边唱歌边跳着后退；第二次是新娘改发式到起程，由纳什金在新娘房门、堂屋门直至大门前，一边唱《依姐》歌，一边用双手左右扇动褐衫衣襟，原地踏步或左右摇摆，徐徐移步；第三次在男方家门口，由送亲喜客围绕着迎新娘的"宝斗"，跳《安昭》舞的主要动作。

在浙江永嘉县大小楠溪江畔的少沙头、岩头、岩坦、碧莲、四川一带，也流传着一种独特、古老而优美的由新娘与两位伴娘所跳的汉族婚礼舞蹈《定位》。解放前这一带凡结婚均需大摆酒宴，按当地风俗，开宴前，新郎、新娘、伴娘及长辈亲属在筵席上的坐位早已有规定，但需经过跳舞这一仪式来邀请入席，故称做"定位"。《定位》舞蹈是在中间厅堂举行的。正厅和侧墙上挂着列祖列宗的画像、楹联等；八张八仙桌各摆上肉、菜、果品、酒及八只酒杯和八双筷子，再向外是一张摆着丰盛供品的桌子，置有二盏锡台红烛，一对果盒和一只动物形三脚香炉；正厅外左侧门廊的一桌为乐队座位。新娘面向大厅，两旁是两个身穿彩衣的伴娘。伴娘盛装打扮，桃红色的长绸带（当地俗称胸围），扎成三个彩球花，一个在头顶，另二个从头上经头两侧挂了下来，就像姑娘身旁的两个宫女。在吹鼓手的音乐伴奏下，新娘左侧的伴娘翩翩起舞，做完施礼、掀帘、开关门、挂联、缚丝、掉尘、敬酒、敬筷等动作，返回原位。伴娘舞时，新娘频频做称之为"纳"的舞蹈动作。"纳"为永嘉本地方言，与戏剧中施礼、"万福"动作相似。然后，右侧的伴娘起舞，动作和左侧的伴娘相同，方向相反，舞毕也回到原位。这时八张桌子方可分开开始宴席，这是第一天的仪式，称"坐筵"。第二天晚上的仪式称"出间"，出间由新娘单独起舞，两位伴娘做答谢动作，新娘舞时也是先左后右，动作如似"坐筵"伴娘舞时的舞蹈（一些动作稍有不同）。因《定位》舞错要罚，故伴娘与新娘务必在早一个月开始学习，非要练得十分熟练不可。《定位》的舞蹈动作极为柔美，舞时新娘的动作是小、稳、端庄，并呈现酷似贤妻良母的羞态；而伴娘的动作则幅度较大，轻盈活泼。

侗族"抬官人"（侗语称"店宁蒙"）是一种集体交际礼仪的民间舞蹈。

春节期间，侗人往往以寨为单位，集体出访他寨，有芦笙歌舞队、侗歌队、侗戏班等紧随。"抬官人"是出访礼仪活动的高潮。"官人"由客寨一青少年装扮，随从装饰成不同时代、离奇古怪的人物。"官人"入寨，主寨须鸣铁炮三响相迎"官人"一行载歌载舞绕鼓楼三圈，寨内饰"良民百姓"者吹芦笙，起舞鸣鞭炮，送茶水致敬。其间随从还在歌坪跳起模拟挖地、赶牛、捉鱼、吹芦笙等舞蹈动作。然后是"天女散花"：一群头戴银饰、插鸡羽、穿艳服的姑娘，将篮内的米花、糯米粑粑赠给领头人和踩堂人，向他们表示慰问和祝贺。访问活动结束，主寨吹芦笙、鸣炮送客人至寨口。

佤族多在举办丧仪时跳《春臼舞》。舞时，若干妇女手持木杵，围绕木碓，模仿春臼动作，边春边舞，同时敲打碓的内侧，发出悦耳的声音，以礼死者。哈尼族人跳《大鼓舞》时，女子手摇帕子，扭动膝部，男子甩动手臂，扭动臀部，在众人伴之以"哦哦唎唎"的呼喊声中，边舞边向客人敬酒，以示礼节。

（4）节令风俗

在中华民族文化的长期演变过程中，由于各民族的历史、信仰、习俗等文化现象的周期沉积，欲望追求、情感渲泄、意志表达方式的民俗化定制，自汉代前后便逐渐形成了许多传统的节日岁时。

汉武帝太初元年（前104年），全国恢复实行夏历（即后世习惯所称的"农历"），以夏历正月初一为岁首，称"元旦"。在此后两千多年中，中华民族（主要指汉族）的所有节日，都以夏历计算。据史籍记载，元宵、清明、上巳、乞巧、重阳，以及春秋社日、冬祭腊日等传统节日，或始于、或兴盛于汉。其他少数民族有的与汉族同庆一个节日，有的是以自己的方式纪念自己民族的节日岁时。

就以元宵节（又名"灯节"、"上元节"）为例，其源于西汉。汉惠帝后吕氏擅权，高祖遗臣周勃、陈平等于公元前180年正月十五日翦灭诸吕，拥刘恒复位，即汉文帝。文帝为庆贺这一天，就在每年这天晚上出宫游玩。夜在古汉语中又称"宵"，文帝因此定为元宵节。武帝时，司马迁创《太初历》，元宵节被列为重大节日。元宵节放灯、吃汤圆等习俗也流传后世。在这一节日风俗中，最流行的民间舞蹈当推"龙灯舞"，而且各地舞法不同。《广东火龙》在龙身内从头至尾用导火引线连结装上烟花，舞时点火烧龙，舞者赤身光膀上场，让烟花溅落在身上来祈求幸福吉祥。另外，湖北恩施来凤《地龙灯》，浙江《奉化布龙》（图20）、《板凳龙》等，也都盛行于元宵。四川《铜梁大龙》头、身、尾共二十四节，象征一年二十四个农事节气。元宵节自隋

图20 国家级非遗《奉化布龙》闹元宵时套路众多,技艺出众,闻名大江南北
(本书作者摄影)

唐出现了歌舞百戏表演以后,宋代城乡更有各种民间舞队舞于街衢。这一风俗至明清益盛,"正月十五闹花灯"成了各种民间舞蹈集中展示的节日。

各地与节日岁时风俗有关的民间舞蹈有着各种不同的形式与内容,有的还一舞多用,一舞多义。如黎族民间舞蹈《招福舞》(亦称《招魂舞》),就分别在每年夏历三月、七月和十月跳,并赋予三种不同的含义。相传黎族先人认为世间万物都存在"吉""凶"之分,三、七、十月属牛日那天,所有黎人都聚集在一起杀猪摆席,边喝酒,边轮番敲打锣鼓,跳起《招福舞》。据说三月跳此舞,能为养牛招来"福气",使牛群不断繁殖;七月跳此舞,能招来"稻魂",使禾苗茁壮成长,五谷丰登;十月跳此舞,又能为众人招来"福气",使男女老少人人平安,婚后不孕的妇女能生男育女。

反映节令风俗的民间舞蹈在各民族中有各自的体现,这种体现又在传承和变革中激发出勃勃生机。如藏族"堆谐"舞初兴于后藏和阿里。17世纪中叶,后藏藏戏窘巴戏团去拉萨参加"雪顿节",其中有踢踏舞,遂传入拉萨,又经加工改编后成"堆谐"。最初舞者均穿硬底鞋(靴),后穿皮制鞋,借硬底增加音响,产生明显的节奏感。舞者初舞于木板之上,踏板之声哒哒作响,如今舞姿变得更加奔放潇洒,尤以脚步踢踏声见长。

(5)信仰风俗

信仰风俗是与人类社会同步发展的一种思想文化形态。在远古时代,人们对自然和自然力的崇拜带有普遍的共性;随着社会生产力的发展,信仰便

图21 国家级"非遗"《张山寨七七会》"会案"活动一瞥。这是每逢农历七夕,浙江省缙云县胡源乡招序村张山寨信奉地方神陈十四娘娘的传统民间信俗活动(本书作者摄影)

开始走上宗教性的分化。以中国来说,自殷商西周后,人们的信仰意识从神本走向了人本,佛陀东渐,道教兴起,使信仰风俗呈现出斑驳陆离的色彩。这些都在民间舞蹈中得到了反映。正如恩格斯所指出的那样:"舞蹈尤其是一切宗教祭典的主要组成部分。"那时的人们往往"用理想的、幻想的联系来代替尚未知道的现实的联系,用臆想来补充缺少的事实,用纯粹的想象来填充现实的空白。"①

两周时期的"蜡""雩""傩",即是大型的反映信仰风俗的祭祀舞蹈。以"蜡"的信仰风俗来说,其信仰的神祇对象有八位,而且是全国上下都参加的活动,所以也叫"大蜡八"。

"大蜡八"的八神是:(1)先啬(农耕的始祖神,即神农氏);(2)司啬(管理农耕的神,即后稷);(3)农(农夫神);(4)邮、表、畷(茅棚神、地头神、井神);(5)猫、虎(猫神——因猫能食田鼠,虎神——虎能食野猪);(6)坊(堤神);(7)水庸(河道神);(8)百种(百谷神)。蜡祭的时候"……吹龠颂击土鼓,舞兵舞、帗舞"(陈祥道《礼书》)。也就是说要吹起短笛(龠),打起土鼓,跳起《兵舞》与《帗舞》。此后万民匍伏,唱起祭歌:"土反其宅,水归其壑,昆虫毋作,草木归其泽。"意思是让土地安定,水归沟谷,昆虫不兴,野草杂木长到泽甸中去。中华的早期子民,就是通过这样的舞蹈来表示对八神的崇高信仰的。

另外景颇族有一种《金再再》舞,跳的时候总有男女数百人参加。其中有的着树叶裙,裸上身,用黑白色纹饰雌雄禽兽图案,手持木牌或木棍作驱鬼状。舞蹈为祭魂送葬的原始部落遗风,后来相沿成俗。又如驰名中外的傣族民间舞蹈《孔雀舞》，原与佛教信仰有关。跳舞的人头戴菩萨金冠，脸覆金刚面具，腰间绑着用彩纸或花布扎成的孔雀，两手用线牵住孔雀的翅膀和尾巴，随着象脚鼓与铓锣的节奏，模仿着被视为吉祥象征的孔雀动作翩翩起舞。还有一类与信仰风俗有关的民族舞蹈，是人们对心目中英雄的崇拜和敬仰的表露。如汉族民间舞蹈《十八蝴蝶》，是浙江永康人民在朝拜当年为民造福的北宋工部侍郎、集贤院学士胡公时跳起来的；傣族《凡光》舞，则是为纪念该族祖先叭阿拉追金鹿开辟西双版纳的功绩而创作的；而羌族的《跳盔甲》，在为有功将士举行葬礼时所跳……各民族、各地区与信仰风俗有关的民间舞蹈，均以自己不同的舞蹈形式，表达对某种现象、观念或人物的相信与仰慕，从而寄托了由此而来的种种复杂的情感。（图21）

也有丰富多彩动物信仰风俗的。人们总是希望自己的生活能够幸福美满，因而趋福避邪，借助动物的异力和吉祥象征的动物来达成自己的心愿，渐渐地形成了民俗性的动物信仰文化。

大江南北均为兴盛的舞狮，大概就是最为普遍的动物信仰舞蹈文化了。中国并不是狮子动物的故乡，但由于狮子被人称为万兽之王，其图腾在人们的心目中是雄伟与驱邪的吉瑞象征，故而其灵动的外化娱乐形态——狮舞则成了中国优秀的民间舞蹈艺术。

关于狮舞的缘起，有三国时魏人孟康说，《汉书·礼乐志》中的"象人"，就指扮演鱼、虾、狮子的伎人；有北魏起源说，1500年前的北魏时代，匈奴侵扰作乱，特制木雕石头多具，用金丝麻缝成狮身，派善舞者到魏进贡，意图在舞狮时行刺魏帝，幸被忠臣识破，他们知难而退，后因魏帝喜爱狮舞，命令仿制，得以流传后世；杨炫之《洛阳伽蓝记》就记述了当时洛阳长秋寺佛像出行时，有"辟邪狮子，引导其前"的文字；唐代《太乎乐》中记载的《五方狮子舞》即表明舞狮子已发展为上百人集体表演的大型歌舞，作为燕乐舞蹈在宫廷表演了。

信仰作为一种灵魂式的敬和爱，或多或少体现在各民族、各地区与信仰风俗有关的民间舞蹈中。历代人们以不同的舞蹈形式，表达了自己向目标绝对倾斜的心理定势，及油然而生的敬畏与崇尚，从而，产生与衍变了更多的流播于人民大众间信仰风俗的舞蹈。

中国民间舞蹈主要源于人民群众的劳动与斗争生活，在世代传承中受到了历史环境、自然条件、审美观念的制约,而民间风俗则是其活动的主要依托和风格、内涵形成的重要根据。据贵州省调查发现,"自然传承的、依附在节日集会和风俗礼仪中的民间舞蹈生存状况较为稳定。贵州进入民舞集成国家卷的56个舞蹈,占民舞集成的70%左右,得到的信息是:除了有3个舞蹈已经在社会上消失外,其余的53个民舞近年来仍在当地的民俗活动中演出表演。它们存活着,并且生存状况稳定,它们在当地的年节祭祀和节日庆典活动,参与着族群和家庭以及个人的红白喜事,和以前一样自然而然地在民间生存活跃着,满足着当地群众的精神文化生活需求。这些民俗舞蹈在没有任何外部力量支持的情况下,依靠传统的、自然的力量仍然在当地传承着,充分体现了民间舞蹈顽强的生命力量"。②

随着移风易俗及时代的不断进步,许多与传统风尚习俗维系在一起的民间舞蹈也得到了革新发展。中国舞蹈大师贾作光曾长期生活在蒙古族人民中间,创造性地发展了蒙族传统民间舞。由他所创的新型民间舞《盅碗舞》《鄂尔多斯舞》等,曾分别在国际青年联欢节上获金奖。又如巴山土家族的"跳丧"、德宏傣族的"戛光",经过舞蹈工作者的改编、加工,也成了"巴山舞""新戛光"等新型的民间舞蹈。

民间舞蹈在展示民族风情、表现优良传统和丰富人民群众的文化生活方面,发挥了寓教于乐的巨大作用;同时也为其他门类的艺术取资,提供了丰厚的宝藏。这正如中国舞蹈的一代宗师吴晓邦先生在《中国大百科全书·音乐舞蹈》卷首所言:"在舞蹈发展史上,民间舞蹈常常被人忽视,其实只有民间舞蹈才是舞蹈发展的主流。民间舞蹈是人民群众智慧的结晶,它是一条永远不会枯竭的源泉。"③

注释:

① 《马克思恩格斯选集》人民出版社,1972年版,第4卷,第88、242页。
② 黄泽贵:贵州省文化艺术研究所《艺文论丛》2009年第1期;《贵州民族民间舞蹈现状调查研究》第81页。
③ 吴晓邦:《舞蹈》,《中国大百科全书·音乐舞蹈》中国大百科全书出版社,1989年版,第13~16页。

广场民间舞蹈表演艺术特质及其运作

　　人类于广场自觉不自觉地进行粗始的舞蹈活动可以追溯到远古。舞蹈是艺术之母,广场民间舞蹈又是舞蹈艺术之母。

　　广场民间舞蹈表演艺术特质:文化品格的地域性、表演形态的全方位性、欣赏群体的远距离性。

　　民间艺术是由广大劳动群众在长期生产劳动和生活实践中共同创造、积累、传承的,具有独特民族特色和地方特色的文化艺术。主要包括民间造型艺术(民间绘画、雕塑、陶瓷、剪纸、刺绣、染织、编织、灯彩等)和民间表演艺术(民间音乐、舞蹈、戏剧、曲艺、杂技等)两大类。作为民间表演艺术的广场民间舞蹈表演艺术,我以为是人们在剧场舞台以外的一定地理空间开展的以娱人为主要目的,以民间舞蹈为主要表演形式的一种文化艺术。

　　广场民间舞蹈表演艺术形式依据它的社会内容与功能界别可有:(一)散见于节令风俗间以展示为主要目的的自发性的广场活动,如"元宵""中秋""三月三""泼水节"等活动中的广场表演民间舞蹈艺术形式;(二)政府部门或各级群众社团等主办的集聚性广场民间舞蹈表演艺术赛事,如"'龙潭杯'全国优秀民间艺术花会""中国沈阳秧歌节"等;(三)作为以上两者延伸与补充的诸如"踩街""游山"(村)等准广场民间舞蹈表演艺术形式。

广场民间舞蹈表演艺术的特质

　　人类于广场自觉不自觉地进行粗始的舞蹈活动可以追溯到远古,舞蹈是艺术之母，广场民间舞蹈又是舞蹈艺术之母。

人类在产生语言及语言符号以前，就往往通过手式、步点、躯干的动律，高低起伏的吼叫来传情达意。在原始先民认识混沌未开、面对大自然的蛮荒与变幻时，当采集到了较多的食物、击退了野兽凶猛进攻后，一些有血缘关系的人常会自动聚集在一片空地前欢庆与跳跃；如果出现了天灾人祸或要预卜一件事情的吉凶，则几乎整个部族的人都会在图腾物前的空地上顶礼膜拜、呼号舞动，这些就是草创阶段的广场民间舞蹈。

到了原始公社后期，即尧、舜、禹时代，广场上的原始舞蹈活动开始出现了明显的变化，如舞蹈的动作日趋丰杂，音乐从单一的节奏到有了简单的旋律，服饰也从以自然物的随意遮盖变为具有某种象征意义。特别自夏启时起，随着专门为奴隶主创造的大型表演性广场舞蹈艺术的出现，民间的广场舞蹈表演艺术也在自娱与娱人相融的广场活动中生发了。

广场民间舞蹈表演艺术特质主要有三：

（一）文化品格的地域性

地域特色会给某地域中的广场民间舞蹈表演艺术带来文化本体品格上虽不是唯一，但也不小的影响。

草原住民在广场上跳舞常会抖动着双肩，山地间的百姓奔向篝火边蹬踢有力，江南人就是在很大的晒谷场上表演也是那么蕴含秀润，塞北人奔放粗犷的舞步会扬起弥漫的黑土……

一个地域中的民俗风情是另一个对广场民间表演艺术文化品格产生重要影响的因素，"古者百里而异习，千里而殊俗"，不同文化内涵的具有浓烈地方色彩的民俗风情浸润着五彩缤纷的广场民间舞蹈表演艺术，而千姿百态、神采各异的广场民间舞蹈表演艺术又丰富发展了各地的民俗风情。

民俗是一种民间创造和享用的具有相对稳定态和传承性质的文化事象，既包含经济和社会的内容，也包括心智和行为等方面的内容。在漫长的传承中被积淀的民俗生活，由于循环往复地对民众的影响，往往形成很强的心智和行为的定势。就以吴越文化圈为例，端午节杭州、温州一带有"赛龙舟"的民俗，而有些缺水的地域则舞"旱龙舟"；元宵节浙江大多城乡有"迎龙灯"之俗；九九重阳登高，永康人要去方岩山跳《十八蝴蝶》《十八狐狸》等舞；而畲族民俗婚仪、祭祖时都要边唱歌边跳舞。这些民间的风尚习俗在广场民间表演艺术的文化本体品格上大多均要体现出来，例如龙舞要演化出人们对

图22 当代乡间广场表演的民间舞蹈尚有传统《乘肩舞队》的遗风（本书作者摄影）

龙巨大与雄伟的崇拜心理，舞动时又能游戏自如，拙中见巧，板龙的造型就"以竹篾扎于板架，成神龙形状，然后外裱棉纸，描上彩色龙鳞、云彩、腮桃龙须，嘴衔龙球，四肢擎有各种彩灯，背上插有旌旗数面，上建'天灯'，下建'地灯'、制作极为精工。入夜，内点蜡烛，色彩鲜艳，光彩夺目，蔚为壮观"（见《东阳风俗志》）。而如再现戚家军藤牌操瑞安的《藤牌舞》、东阳《盾牌舞》等就与民俗风情中的崇拜英雄气势贯通，而是那么剽悍粗犷，英武有力。

（二）表演形态的全方位性

其他门类与形式的表演艺术一般都有个演出朝向的规限，观众大凡也都从一个视角去观看节目。但广场民间舞表演艺术却不然，它不但区别于其他表演艺术，也有别于我们在电视上、现实生活中常见的专业团体下乡时，在广场处搭一个台的演出。在广场上演出的民间艺术人员，他们来自乡村农户，情感纯朴而极富乡土意味，他们承传了舞台艺术建立以前的那一套广场表演法，天作幕，地当台，四方出戏，八面迎风，因而常是演员观众一片交融，舞内舞外呼吸相通，娱人自娱分不清爽，强烈共鸣，悲喜共同。

这种广场民间舞蹈表演艺术中全方位的特质，也促成了首先是表演者必须面对从四周与四周高低不同角度围观的全体观众，因而他们表演时一般没有主要朝向。在传统广场民间舞蹈表演艺术中传统队形的"走阵"时就充分考虑了这一点，如"八卦阵""八卦太极阵""八角顺阵""九星结""五方阵"等，就是民间艺人的出色调度。

此外，由于在民间广场表演时，有的观众上了树与楼，有的小观众骑大人脖子，有的钻高个子裤裆，有席地而坐的，也有带了条小板凳的，故而有经验的民间艺人还仔细地考虑到了四周观众的高低层次。

传统广场民间舞蹈表演艺术还非常注重其表演时的全方位性。以史料记载分析，在"踩街"或"围场"的两宋社火舞队同时出演的节目中，既有高部位表演的《乘肩舞队》(少男少女乘坐（站）在成年人肩头上表演歌舞)（图22)，也有低部位表演的《扑蝴蝶》等，其他站立表演的也是满场跑转，大多有着忽高忽低、忽东忽西的套路与方位、部位。当然，这种特点在当代优秀广场民间表演艺术中也不少见，温州《藤牌舞》中的"伏牌""滚牌"是以地面动作见长，"舞狮牌""闸牌"则为高部位表演。

（三）欣赏群体的远距离性

广场艺术活动的原生形态，本是全部族集体参与的群体乐舞，它凝聚着整个部族的生命欲求，表达着群体的情感体验。随着历史年轮的旋转，现代科技让表演者有了华丽的舞台，有了聚光灯下彩色的光环，更有了影视特技所赋予的大特写，于是人们可以丝丝入扣地、精微地表现自己的细微之处。本来，这种表演方法在舞台艺术或是影视艺术等表演艺术中是无可厚非的，但在广场民间舞蹈表演艺术中却违反"大气势、大调度、大动作"的特点。大气势，就需要广场民间舞蹈表演艺术轻局部，重整体；轻小的细节展示，重大的艺术冲击力；轻少数人的欣赏爱好，重大部分观众的情感共鸣。"大调度"是要将整个表演场地看作一盘棋，一架钢琴，要让节目、演员如棋子，眼观全局，能出奇兵、奇效；节目、演员又似钢琴上的一只只键，整场表演的起、承、转、合心中要有数。通过调度要让高潮迭起，满场生辉，令人回肠荡气。"大动作"就须将演员的动作"单纯"并"放大"。诚然，"单纯"的含义并不是单调与苍白，就广场民间舞蹈而言，就是要设计好舞蹈的主题动作，抓住这个符合舞蹈主题、思想，具有典型动律意味的动作不放，让它多次反复出现，并加以发展，而不要使动作过于枝蔓而破碎不堪。"放大"的意思是因为广场民间舞表演艺术的欣赏主体离欣赏对象是"远距离"的，所以一般说要比舞台上演、影视中演，或其他场合演出时动作的幅度要大些。从艺术的视知觉原理来说，物体运动的次数多、幅度大更能引起人的"注意"，并能加快、加强信息的反馈。在广场民间舞蹈表演艺术中多采用动作的放大与反复、动律的累加或递减等艺术手段，能在单纯的动态中创造多重的时空变化，而在特定的演出环境中出现较好的艺术效果。

广场民间舞蹈表演艺术活动的运作

面对着丰富多彩的广场民间舞蹈,如何去组合、设计出一次次精彩的时代要求我们经常推出的艺术活动,似乎已是当代舞蹈编导经常遇到的"大份量"创作。对于这种创造性活动的运作也是很有讲究的。

(一)以多种角度去省察对象,设计出富有创意的每一次活动

广场民间表演艺术活动策划的成功者往往产生于某个他人没有采取过的新角度。苏轼看庐山有"横看成岭侧成峰"诗句。达·芬奇认为,为了获得有关某个问题的构成知识,首先要学会重新构成这个问题。广场民间舞蹈表演艺术活动有许多成功的先例,如文化部社文司等主办的"龙潭杯"全国优秀民间花会大赛,在云南举办的中国艺术节"方阵"大展示,于金华市举办的"中国广场民间舞蹈(群星奖)大赛",等等,在这些优秀的赛事中,我们有许多可汲取借鉴之处,但也应提倡"少复写、多创新"。如果我们从一个角度连续转向另一个角度,并对问题的理解随着视角的每一次转换而逐渐加深,再加上自己的艺术积累与工作经验,最终会抓住创意中的闪光处,构建出可行性强的新方案。如本人在参与"全国第六次万里边境文化长廊现场会'东海明珠'晚会"策划与导演时,在对一个即将活现出来的广场民间表演艺术,先从思维上"观察"了两个侧面:1.晚会将是在有梯形观赏层次的、环形体育馆广场上演出的;2.参加演出与观赏演出的均是群众文化队伍中的成员。因此,就在群众文艺活动中涌现出来的优秀节目的风格特色与演员、观众的交流互动上下了功夫。此外,让全国各地的代表们对参演的每一个节目应产生具有相当新鲜度和地域色彩的极强的感受,而呵成一气的节目板块与分布在各空间层面上的民间舞蹈队等精心的安排,就将观众置身在一个演出、观赏交融在一起的艺术氛围之中。

(二)一定要按照广场民间舞蹈表演艺术的特质来开展工作

首先要在风格特色上下功夫。广场民间表演艺术文化本体品格上的地域性派生了民间舞蹈艺术表演上的风格性。风格特色、乡土意味对群众文化表演艺术的重要性不言而喻,这里就不多赘述。对于组织辅导者来说,组台与参赛时对风格特色的巧妙组合与风格特色的"兴奋点"安排是必须考虑的。

广场民间舞蹈表演艺术的组台固然没有一个固定的模式,但最好要注意:开头要抓人,结尾有余味,中间应拿出"兴奋点"及将整个演出推向高潮的手段。

一次广场民间舞蹈表演艺术活动一定要有一个整体风格的倾向性。

选拔节目参赛一般需要有知己知彼的信息对比,"人无我有,人有我先"的成功先例可谓不少。成功者的倚托往往运用了风格特色的优势。

在全国范围内的广场民间舞蹈比赛中,北方、西南方的广场民间舞蹈素以粗犷强烈见长,保持若干古朴的原汁原味也是其特点。而我与同仁们参赛时往往扬长避短,拿出了清新流畅、蕴含秀润的,如《十八蝴蝶》《南湖菱娃娃》《花儿喜迎春》等节目,并注重了传统基础上的创新。江南的地方风格与时代气息征服了极大多数评委与领导而往往能在竞争中获胜。

其次,由于演员表演的全方位性与观众欣赏远距离性的制约,组织辅导者就要在排练时多多注意阵图、方位、部位的变化与照应,注意给予观众围观一定的空间及凭借观赏的梯形看台、赖于参与的走动通道等。

如果是"踩街""游山"等准广场民间舞蹈表演艺术则还要注意:1.安排"打场子"之类的先头表演方队。传统广场民间艺术中的"打铜锣""开路先锋""莲花头"等出现,就是意在表演队伍出游时有给围观群众让道闪路的组合形式。这种广场表演艺术形式一般较热烈、奔放、灵活而有冲击力。如果文质彬彬的柔婉型的节目则可能会被人群围得水泄不通而无法前进。2.节目板块之间不要隔得太开而被围观人群所阻断。如出现险要情况应有应急措施。当然若是保卫力量不够等原因,另当别论。3.由于"踩街""游山"等是边运动边表演的,在动作的选择上就要注意动作的典型性与可运动性的结合。如浙江东阳等一带元宵灯会活动时的"游乡"类的"挂山龙",还注意了从山顶挂下来整支板灯龙的灯光灯彩效果与队形变化在山地的适应性。此外,绍兴一带的"社戏"中的舞蹈是从水上舟船看广场的舞台节目;建德一带"水上婚礼"舞蹈是从岸上看水舟船上表演,就还有一个表演者适应观赏角度与自然环境的问题,绍兴社戏舞台三面临空的构造就可能缘于这个道理。

(三)不漏最普通的小事,让自己的思维形象化起来

广场民间舞蹈表演艺术活动非同其他,活动起来牵动千家万户,聚集千军万马,而整个创造过程又充斥着烦而又繁的琐事。但这些琐事又像是连接起跑线与终点线的链条,缺了一环就易全部脱落。策划组织者要排列出每一个链结处的每一件小事,您工作笔记上的小事没有去做(或指令他人去做,协调去做),您就休想成功。而这一些小事倘若出了问题就酿成了大事。如"踩街"时踩伤了人,"对舞"时少了一个对手,都会造成不必要的损失。由于广场民间舞蹈表演艺术是形象化的体现，所以每一个环节、每一件小事，组织策划者不一定事必躬亲，但都要心中有数。要心中有数，就要让这些"小事"在脑海中形象起来。当您了解了构成一个广场民间舞蹈表演艺术活动准备时的所有零部件的粗始形态，经过了自己的思维形象化过程，才能在最后整个活动精加工的合成形态中创造出辉煌来。

古老的广场民间舞蹈表演艺术由于它特质的特殊魅力，在当代与企业和文化勾连时的特殊功能，近些年来异军突起，得到了广大群众的热烈欢迎与政府部门的重视。如何开展好这一方面的活动，把握广场民间舞蹈的特质，是当代舞蹈家应该去思考的问题。本文仅就个人的实践与理论认识，谈一孔之见，还望诸位方家读者共同来探讨这一理论上还不是很热，而实践中却异常热烈的社会现象。

（原载《上海艺术家》2000年第4、5期合刊）

龙舞崇拜文化的平民特性

历代封建帝王为了他们的世袭利益，借"龙"作势，他们依赖着巨大的龙崇拜心理和民俗惰性，在中国历史上相当长的时间中为"朕"所用。广大平民则通过龙舞大胆宣泄着人间沧桑冷暖，通过对世事不公的愤懑而折射出斑驳多彩的人文光泽。

人是需要崇拜与信仰的，一点也没有了崇拜对象与崇拜力，将丧失任何信念，丧失内聚力。龙崇拜的发生，首先是人类在大自然力量面前的恐惧与无可奈何的表现。随着人类的文明进步，崇拜逐渐进化，慢慢出现了分支；崇拜的深化，发展成了宗教信仰，形成了宗教；崇拜的弱化，又演变成对崇拜的肢解及崇拜的个性化。龙舞崇拜文化中的平民特性，则是演绎了后一种现象。

由于龙舞文化中平民特性的逐渐张扬，处处呈现出它的无穷生机。

从文化结构学的角度而言，文化是主体与客体在人类社会实践中的对立统一物。文化技术体系和价值体系两极中的技术体系往往为人类加工自然造成的技术的、器物的、非人格的、客观的东西；价值体系则为人类在加工自然、塑造自我的过程中形成的规范的、精神的、人格的、主观的东西。自然物中如纯粹的竹木不能构成文化，但只要人们对自然有了加工行为，如将竹木加工、结扎成舞龙用的道具，就产生了技术体系属性的文化，而人们又在行为中再传达了种种意识因素，将道具舞动成龙舞，继而就形成了具有价值体系属性的龙舞文化。

提起龙舞文化，人们的眼前似乎就会滚动起横空出世、腾越翻飞的龙舞——那能给人带来无穷欢乐，能让人产生诸多联想的中华子民的崇拜物。

一、龙崇拜与龙舞

在中华文化传统中，龙图腾堪为神圣与吉祥。龙的观念起源于原始图腾崇拜时期。这种特殊的崇拜文化观念的物化表现几乎到处可见。但在距今五千年的众多新石器时代文化遗址出土的龙图腾样式却并不一致：有的似龟、有的如鹿、有的像猪……这些不同氏族图腾在不同信仰视角中的差异，随着氏族部落的分解组合，最后渐生变异、交融、综合，到后来基本定型为如宋罗愿于《尔雅翼·释龙》所述的："角似鹿、头似驼、眼似龟、颈似蛇、腹似蜃、鳞似鱼、爪似鹰、掌似虎、耳似牛"①般的状态，并在人们心目中成了能遨游四极、俯瞰八荒，能降云播雨、救涝抗旱的神化了的龙图腾。

在历史文化的播迁中，尽管不少氏族部落的图腾崇拜物有的有所变异，有的渐渐消失，但龙图腾崇拜则始终延绵不绝，并逐步成了整个中华民族的崇拜物，龙舞也就凭借这样的民族心理翻飞神游着几乎整个神州大地，进入了所有炎黄子孙的心田。

在民族心理的嬗变中，龙崇拜的心理定势在中国历史上相当长的时间中被统治阶级所利用。历代封建帝王为了他们的世袭利益，借"龙"作势，他们依赖着巨大的龙崇拜心理和民俗惰性，将自己包装成"真龙天子"，因而头戴龙冠，身披龙袍，脚蹬龙靴，坐龙椅，乘龙辇，睡龙床，降龙旨后还要臣民"谢旨龙恩"……

而在历史的长河中，特别是在中国的古代与近代，有别于统治阶级、特权阶层的广大平民，他们的龙崇拜心理最常见、最广泛的表现恐怕是在舞龙民俗活动中了。西汉董仲舒《春秋繁露》中就载有在四季的祈雨祭祀中，春舞青龙，夏舞赤龙和黄龙，秋舞白龙，冬舞黑龙等风尚习俗的可观场面。全国各地的龙舞是那么异彩纷呈，令人目不暇接，仅在浙江流传至今、或尚有迹可辨的龙舞，就有布龙、九彩龙、断头龙、滚花龙、卷地龙、泥鳅龙、脱节龙等，这些大多以舞蹈的动作变化见长；而百叶龙、打结龙、拼字龙、摇字龙、盘柱龙、碇步龙、武功古龙、龙吸水等多以特门独艺为主要特点；以工艺灯扎见长的有花龙灯、九筒龙、风车龙、档龙、箧龙、纸龙、化龙灯、折鳞龙、板龙、华盖龙、鞠龙、绣花龙等；还有别具一格，造型尤为独特的竹节龙、三节龙、羊皮龙、吊吊龙、独角龙、短尾巴龙、香龙、柴桩龙、人龙、龙凤灯、猜龙、赞龙，等等。

之所以举出这些有舞可看、有迹可考的种种龙舞，一来说明浙江龙舞的丰富（从全国看就更多了）；二来从中我们还可以剖析出龙舞崇拜文化中那值得思考的强烈的平民特性。

二、龙舞崇拜与平民特性

皇帝贵族是不会去舞龙灯的，但是当千千万万平民举起大龙头、挥动着龙杆道具而形成种种龙舞时，他们就将对龙的崇拜移到龙舞之中了。

广大平民对龙的信仰与崇拜是非常久远与广泛的，至少他们在心理上认为龙是一种毋庸置疑的吉祥之物。但平民们与历代统治阶级、特权阶层认为龙神圣而不可冒犯、威严而不可一世的心理定势是不一样的。故而从他们的舞龙及相关人文中所透示出来的往往是强烈的祝祈、实用与逆反意识相混相融的平民性。这种特性又非常固执而又悠长地折射到各地各方的龙舞之中。

流传在浙江宁波奉化县的《奉化布龙》就是在以往水利尚未兴修好的情况下，每当发生旱情，村民就要请龙祈雨，"农民遇久旱则请龙约邻村农民异境庙之神往龙潭祷求……"据著名舞龙老艺人奉化县条宅村陈世雄的回忆，请龙时沿途铳炮喧天，大龙后跟进的一大群老百姓都要背着"雨水旗"，以示雨水落通，旱象能除。送龙行会时，不管怎样烈日暴晒，人人都得光着头，谁也不准戴草帽和打凉伞，路上遇有什么阻碍物，都得一律清除或让路，以显龙威，以解旱情。瓯海县永强区的《拼字龙》舞蹈中，要先后拼出"天下太平""元正大吉""光天化日""人口太平"24字。温州市仰义乡民创造了船与板龙相结合的灯舞档龙，当地历代有古话："档龙游过千年吉"，而各种龙舞的旗牌灯上"风调雨顺""国泰民安"等祝祷字样则随处可见。

但是，龙舞所蕴含着平民们的种种祝愿，并不为一种单向线性、独树一帜的心理定势，平民们有着与统治阶级、特权阶层迥然相异的发散性心理结构。奉化布龙本似乎与古代"蜡祭"有关，道具原为蜡做的大龙，后来农民用自己田里的稻草扎龙，有着既盼龙施恩泽，又凭自家之力，争取农民自家稻谷丰收的淳朴意识。与《奉化布龙》产地条宅一岭之隔的大岙村的布龙源于当

图 23 龙舞《断头龙》的龙头与龙身是断而不连,却虽断犹连(兰溪市文化馆供图)

地历史,"北宋末年有县官高志相,爱民如子,在一次为民减粮济贫中得罪了皇上,惨遭杀害。人民为纪念他,便在当地造一小神祠拜祭,每逢大旱无雨,众人即按村规,抬出高志相的神像,脱去官服换上民妆,抬至龙潭,以平民身份迎请龙圣,待普降喜雨旱象解除,要送龙归潭,届时举行盛大行会"。②这里平民崇拜的是具有平民意识的七品清官高志相,而折射的不满对象是"真龙天子"——"皇上"。兰溪市的《断头龙》(图23)之所以龙头与龙身相断,是来源于这样的一段传说:唐朝贞观年间,连年大旱,百姓纷纷求告龙王。龙王启奏天庭,但玉帝却令"城内降雨七分,城外降雨三分"。龙王领旨后心想,如此城内要遭水灾,城外农田却无济于事,害了百姓,于是斗胆倒三七行雨。百姓喜得甘露,欢欣鼓舞,玉帝却大发雷霆,并严令人间宰相魏徵行刑将龙王处斩。斩龙之日,太宗特邀魏徵弈棋,以延误时辰免老龙死罪。走棋不久,魏徵昏昏入睡,满头大汗,太宗心想,让魏徵多睡一会,即可误过斩期,因此为其打扇取凉。却不料这时正是魏徵追杀老龙之时,太宗助他三阵清风,反倒杀了老龙。百姓为此扎成龙头,供于庙堂,焚香礼拜,并扛着断头之龙头,后随相隔之龙身,沿村走乡舞动邀游,以寄哀思。这里龙舞崇拜的是救民于干旱的老龙,相对的是向天贵至尊的玉皇大帝发泄心中怨愤,同时对人间帝王宰相表达自己的不满。

《长兴百叶龙》的特点是荷花化龙,其生发根据是该县天平村农妇于荷花池相救可怜的小蛇的民间故事;台州市玉环县的坎门花龙是依托戚家军组织乡民抗倭的历史纪事形成的;碇步龙是在适应泰顺山区自然地理风貌,在当地山涧溪流长长的碇步上舞动起来的……

广大平民并不皈依皇权帝威之下对龙的一统崇拜观念,而通过龙舞大胆宣泄着人间沧桑冷暖,通过对世事不公的愤懑而折射出斑驳多彩的人文光泽。

三、平民特性与现实

人是需要崇拜与信仰的,一点也没有了崇拜对象与崇拜力,将丧失任何信念,丧失内聚力,甚至没有了领袖集团,连爱情也会变得乏味。关键是怎么看待崇拜,也就是俗话所说"不要盲目"崇拜及任意运用崇拜力。就像对龙崇拜一样。龙崇拜的发生,首先是人类在大自然力量面前的恐惧与无可奈何的表现,当然,这也是早期人类与以后不断进化的人类相对而言的愚笨。随着人类的文明进步,崇拜逐渐进化,慢慢出现了分支;崇拜的深化,发展成了宗教信仰,形成了宗教;崇拜的弱化,又演变成对崇拜的肢解及崇拜的个性化。龙舞崇拜文化中的平民特性,则是演绎了后一种现象。

历史上有睿智者,认为崇拜与信仰中的许多现象是虚幻的,是不必要的。孔子就是一个,他在《论语·雍也》中说:"敬鬼神而远之。"在《论语·八佾》中也道:"祭如在,祭神如神在。"陈桥驿先生对老夫子此语的注释是:"仪式当然应该端庄肃穆,事情则不过如此而已。"③一些帝王也有点清楚人类的崇拜和信仰有的并不存在,但很难改变,后来发现还是可以利用的,所以,古代统治阶级、特权阶层对龙的绝对崇拜和将自己千方百计包装成龙的化身,许多就是出于这种心理。

而老百姓所以在崇拜中具有祝祈、实用与逆反相融的平民特性,一是由于过去科技文化落后,虽然谁也没有见过真龙,但确实被历代的"真龙天子"们的说法唬住了,而偶然的机遇,又让龙崇拜带来了降雨抗旱的"实惠";二是也正因为没见过真龙,平民们又不能合理地解释和控制现实生活中支配着人的各种自然力量和社会力量,在似是而非中他们依凭着众人的崇拜,以神化的形式创造出了各式各样的龙舞,以表达他们对美好生活的追求和对丑恶现象的鞭笞。反过来,平民们这种情绪的痛快狂放的宣泄,对快乐的追求又由于统治阶级、特权阶层对龙崇拜的提倡而并没有过多的阻拦,这些似乎就是龙舞平民性形成的深层的社会原因与哲学基础。

由于龙舞文化中平民特性的逐渐张扬,处处呈现出它的无穷生机,从塞北到江南,花样繁多的龙舞,于技术体系中运用着大致相同又各有个性的特质材料，以自己对现实生活的感受为形象依据，并把现实中的多种形象加以组合、变形、夸张而创造出一个又一个新的形象。如2000年新春之际由文化部社文图司等主办的"龙潭杯"中华民间花会大赛中荣获金奖的浙江平湖的《九龙呈祥》节目，就创造了和以往不同的"九彩龙"形象。他们拔出了传统中固定在肩头上的九条小龙，让九条小龙"活"起来，翻飞起来，并与一条大金龙交融编织成多彩的画面，组成"2000"的字样。他们博采众长，发扬个性，还巧妙地运用了烟花技术，让金色大龙能够喷云驾雾……从而获得了满场掌声与专家们的一致好评。重庆市的《铜梁大龙》吸取了火龙、正龙和彩龙之长，运用了精湛的传统纸扎工艺，飞鬃流彩，通体闪亮，动势沉稳徐缓而又不失灵动鲜活，在国庆50周年大典天安门广场上大放异彩。龙舞的创造，不仅仅局限于反映某种具体的现象而面向了更广阔的现实生活，一些龙舞也编创出了新的面貌。但是从龙舞创造的整体来看，创造的激情尚远远弱于对传统依赖的惰性，套路与阵图的变化似曾相识，动作与节奏的处理司空见惯。放眼眺望，各地各种龙舞由于平民特性的铸造而各具样式，到了思想解放的今天我们还为什么不和现实生活结合得更紧一些，形象思维再活跃一些，以创造出更多更好的为广大人民所欢迎的龙舞来呢？！

（原载段宝林、梁力生主编：《中国龙文化与龙舞艺术研讨会论文集》，重庆出版社2000年版）

注释：

① 宁波天一阁"藏书楼"：《鄞县通志》。
② 吴露生主编：《中华舞蹈志·浙江卷》，学林出版社，1999年版，第43页。
③《杭州大学学报》1985年第1期。

信息在舞蹈艺术生产组织管理中的定向作用与内在张力[1]

让信息经常凸显在人们的工作思路之中，有效信息的提取，直接校正着舞蹈艺术生产的定向。我常觉得，艺术有时就像由层层板块组成的坚硬的地壳，而人有限的能量在它面前只是一个小小的拇指。一个拇指是绝对撼不动、捅不破如此硬物的。只有收拢各指，握紧成一个拳头，在板块与板块的结合部，板块间的缝隙间打出去，幸有可能获得突破。缝隙小，冲力大，成功的系数也增加。而他人或自己的不断成功对成果的不断吸附作用又会形成一个可能由小而大的板块。艺术的板块越多，缝隙就越少，艺术之壳就越发坚硬，艺术也就越难突破。但总有人在找缝隙，以更大的凝聚力冲击出来。

信息与舞蹈艺术生产的密切关联是客观存在。
本文不列举信息的诸种定义与特征，信息对社会发展的一般推进作用。
鉴于，对信息与舞蹈艺术生产关系的现有认识；
鉴于，信息的存在与现状、理想的矛盾及本文篇幅、本人学历的制约——此论的思考只集中这样几点：

---

[1] 2004年12月10–13日，"生产率发展和世界繁荣与和平北京国际高峰论坛"暨"世界生产率科联（中国）（WCPSCC）科学成果学术研讨会"在北京召开，本书作者应邀与会发言。论文《信息在舞蹈艺术生产组织管理中的定向作用与内在张力》获"编号：NO.00133-WCPS世界生产率（中国）科学成果奖"（图24）。

图 24

一、信息的本来与滞动

也就在前不久的几年,"信息"是人们一个思考得滚烫的词语,用信息的概念作为分析、研究、处理问题的方法论曾牵引住不知多少专家学子的理念。在新的发展时期,正当人们日益认识到信息的重要性和发展信息论的迫切性,信息革命正有力地推动着生产力的发展,并孕育着新的突破之际,近年来,信息之温却骤然下降,信息之臂正在疲软,刚刚形成的信息聚力,在不长的时光中倏忽飞散。尽管信息无处不在,无时不刻地影响着我们,但有意识地以信息规律指导我们的工作,让信息观念进入我们的各个开发领域,确是少得多了。至少在舞蹈艺术生产(指舞蹈艺术创作与富有创造性的活动)整体中的相当局部如此。

有的似乎觉得信息只为商界大要,与舞坛关联不大;有的只古板地接纳"文件信息""汇报信息",或认信息是虚,工作方实,因此信息可有可无,等等。认识上的偏见和价值取向的悖离,导致一些人信息素质的孱弱,而在现代文明的激进前形成了巨大落差。

这种信息的失重与滞动,缺少信息研究而纷至沓来的弊端日形昭彰。许多人开始不得不面对漠视信息的惩罚:当代舞蹈艺术团体的工作特点把握不住,被动地混沌在票房价值的展痕上;或只凭感觉,不去论证,一路滑去,没有指向与刹车;今天舞蹈艺术的"幅"与"度"胸中无数,从而无法解脱观众层面"深"与"群"等许多关系的困惑；对推出尖子人才没有招数，而致年轮回转，骨干依旧；艺术骨干则由于少有信息而缺乏新鲜的感悟与高蹈超拔的艺术灵气，致使尖端创造屡攻不下……如此等等，不一而足。

故而，捡起被遗忘的，坚挺不该疲软的，让信息凸显在人们的工作思路之中，以发展前些年的好势头，似为当务之急。

且不说信息如何从远古奔来，乾坤一旦有了生命就存在着信息及入寝黄土地坟茔中的先贤是如何举信息而创伟业的，就是自影响人类社会进程的一位科学家、美国的申农40年代在前人研究成果基础上创始信息论以来，50年代就已进入了信息的创新时期，稍经60年代的消化时期后，70年代就大步跨进了信息的新的发展时期。信息，在当代人类文明之中已不是要不要，重要不重要的问题，而是如何应用于本学科，本职能，而使其产生最大效应的事情。

波兰学者列斯基曾统计了近300年的重要资料，发现了科技文献呈指数增长的情况。现在，光是科学论文每年就发表五百万篇，平均每天发表包含新信息的论文已达一万三千至一万四千篇；登记的发明创造专利每年超过30万件，平均每天有800至900件专利问世。又据报载，早在70年代全世界出版的图书就达54.6万多件，平均每分钟出版一件。人类的艺术世界也是如此，随着人类文明的飞速进步，有些知识已经衰老，如不经改造就没有更多的使用价值，有些知识甚至已被现代社会证明是错误的。这种舞蹈艺术知识老化、病化的信息不去淘汰，新的舞蹈艺术信息不去迎接，不在新的信息波中去追踪、捕捉舞蹈艺术潜在的发展趋势，那么在这世界性的信息爆炸与信息涌流中舞蹈艺术圈中有较多的落伍与失败者是不足为奇的。

去高度重视信息吧——我们别无选择。

二、有效信息的提取与信息的定向作用

法国早期工人运动活动家拉法格经过长期观察，称他的师长、岳父卡尔·马克思的头脑"是用多得难以相信的历史及自然科学的事实和哲学理论武装起来。"显然，这里的"历史"与"事实"，即是多种信息源，"多得难以相信"说明马克思所接纳、存储博大丰富的信息量。马克思在头脑中所竖起指向科学共产主义目标的路牌与充满这个主义哲学思想的由来之一，

不能不说是他对人类思想所建树的重要成果，尤其是对英国古典经济学、法国空想社会主义和19世纪德国古典哲学的优秀成果等的批判继承，对信息有效提取的结果。享有世界声誉的现代美术家、哲学家澳大利亚的奥班恩在《艺术的涵义》中写过对涵义发现的全部奥秘，竟是孩提时分对谜语的一种回答："当我还是孩子的时候，常常被根本不能解释的谜语难住。其中一个谜语是怎样活捉一头狮子。回答是，用筛子筛除撒哈拉大沙漠的全部沙子，剩下的就是狮子了。""我现在所做的，多少有点类似这样的事情了。通过排除不是艺术的东西来发现艺术的涵义，比任何其他办法来说明它，都要容易得多。"这也多少有点像罗丹的美学观，雕塑是凿掉不必要的泥石。正如他有一次在检验巴尔扎克塑像的艺术效果时，当着他学生的面果断地砍掉本已雕好的手那样。马克思伟大的头脑，还有奥班恩发现艺术涵义的"筛沙子"之法，罗丹创造出惊世之作"砍手臂"之举，实际上是在告诉人们，面对纷繁冗杂成亿上万的信息，有着一个去伪存真，爬罗剔抉，如何提取有效信息的问题。

信息在时间上含有滞后性，因为一般总是事实在前，传递在后。但在时间就是生命、效益的时代，有效信息第一就是要快。快则往往新，才能改滞后为相对超前；二是要真，信息的传送、接纳一定不能失真，不能听喜不闻忧，或只是凭主观意念断章取义，或走马观花、浮光掠影；三要准，欲见狮子，请去筛选撒哈拉的沙子。有效信息快提成的时候，信息量相对减少，但正确的信息能紧紧包住目标，大多是能为定向提供论证的有力依据。善于吸收与运用正确的信息，才有可能以较小的代价，获取较大收成，方能事半而功倍。

信息有消息的含义，但消息在舞蹈艺术组织管理者的思维中不应该就等于信息，更不一定是有效信息。有效信息应具有新内容、新知识及为具体工作目标服务的鲜明属性。有效信息的提取，直接校正着舞蹈艺术生产的定向。

所谓舞蹈艺术生产的定向，本文指的是，为达到大前提下具体的舞蹈艺术创作，及富有创造性的舞蹈艺术活动的阶段性目标，而要确定的努力方向。

由于复杂的历史原因和其他因素，目前我国还是处在发展中国家的行列，从人均经济量的角度审视与发达国家相比，仍相对落后。虽然经过国人的努力，情况有很大改善，但舞蹈文化方面的经济投入，人才的培养，人员力量的配备尚远远满足不了广大人民群众的需求。如何将有限的资金发挥更大的效益是舞蹈艺术生产中亟待解决的问题。此外，舞蹈文化的民族性、地域性，民族、地域之中人的文化基础、素质修养、习俗风情、兴趣爱好等均不尽相同。这些也都要求对舞蹈艺术生产的具体阶段性目标作出具体定向，通过定向使我们艺术生产较少失误而多些准确。

舞蹈艺术生产定向的信息转换规律参照控制论中的信息变换的规律：信息→输入→存贮→处理→输出→信息，是否为：社会生活→舞蹈艺术生产者的学习与获取→不断积累→舞蹈艺术创造与活动→舞蹈艺术成果→社会生活。信息无时不刻地影响着舞蹈艺术生产链的每一个环节。其中至关重要的，与定向最为密切的是第三向第四环节的过渡，即人们从不断积累，既丰又广的信息中，提取最有效的信息，定出努力方向，继而运用信息，高效率地去进行着生机勃勃的舞蹈艺术生产。

信息要为舞蹈艺术生产正确定向，关键还在于舞蹈艺术组织管理者（领导者或某项活动的负责人）的信息把控素质。

组织管理者对定向的认知过程的前提是信息管理的科学性。即不仅要对信息进行合理分类和处理，保证信息获取、传送、加工、存贮等渠道的畅通，而且要善于控制信息流程，提高所需进程的传递效率，建立灵敏的信息反馈系统等。针对舞蹈艺术生产的特性，似乎还应注意如下信息的获取、加工与转换：

1. 参与者的需求信息：舞蹈艺术生产的重要性在于娱人，这就界定了舞蹈艺术的精神产品必须包含着丰富的群众性。故而观众的需求信息，是定向的第一参照。

2. 生产群体素质的信息：这是对量力而行，人力所在的定性分析。管理者不但要掌握生产群体一般人的素质的信息：如品德修养，文化结构、身体状况等。更要了解挑大梁者的素质信息——舞蹈编导与主要演员，其他主创人员等的创造能力、应变能力及临界状态，还有随之适应舞蹈艺术工作的配合能力。

3. 物资投入的可行性信息：此为量力而行的物力（含财力）方面的定量分析。舞蹈艺术生产的表现方式不但要受制于物质生产的方式，也要受制于艺术生产的物资投入量。因而管理者在决策前，必须细细评估物资需求量与国拨物资＋自存物资＋社会筹集物资总和的比例是否失调，并与多快好省、按劳取酬、奖惩分明等原则结合起来去考虑舞蹈艺术生产努力方向的可行性。

三、信息的内在张力与缝隙突破

有人借经营之道也说舞蹈艺术生产的成功经验:"人无我有,人有我先,人先我好。"成功的幸运者可能还有许多道道。但只就此十二字来说,亦不无道理,它印证了信息的内聚力与许多人所以成功的奥秘。

十二字中的"我"(个人或集体)是在"网罗了其对应物的几乎所有情报而将己之有、之先、之好"与"人"(他人或他集体)之无、之有、之先发生比较关系,获取、积累有效信息后向创作与活动过渡间所发生的谋略。这有、先、好就是信息内在张力并有所突破的结果。

信息在舞蹈艺术生产中所发生的内聚力是很大的。

如某次舞蹈比赛前,一个歌舞团的领导了解了另一歌舞团已经开排了自己正在酝酿中同类型的节目,就果断地换上了第二套方案,以独辟蹊径的内案与形式,鲜明的个性风格而在舞蹈大赛中异峰突起。

浙江省第二届音舞节的金牌节目舞蹈《晚霞》的作者,在动手创作前曾为一时确定不了选题,找不到表现形式,苦恼了十多个不眠之夜。后来,他花了相当多的时间去了解各地舞蹈创作的动态,并对观众与评委心理作了预测,得知一些地方现代舞正盛,许多地方又在搞寻根舞蹈与轻舞蹈;而中老年迪斯科当时还只热闹在广场,尚来不及搬上舞台,尽管也有人想搞,但还只停留在意向上,有效信息进入了作者的思路,创作动机也就迅速诱发。于是,一个以广场迪斯科动律为基本素材,由老年人自己演出,反映老年人生活风采的通俗舞蹈捷足登场了。"人有我先",果然取得了轰动效应。同样,浙江省第三届音舞节的音乐节目《竹乐》别出心裁地以竹简、竹片、竹匾、竹段、竹刷等生活中的竹制用品作为打击乐器,浓郁的、久违了的乡土风味扑面而来,这于艺术信息场中"人无我有"的独家反馈,终于在对生活朴素的体味,对大自然竹木深情的吟咏中,博得了席地而起的全场掌声。推动该节目创作的一位组织管理者曾说:"生疏、新奇的魅力,超过了我们一般性的演奏力……"这魅力,不就是信息的内在张力吗!?

在舞蹈艺术生产中,对信息准确、睿知的转换,可加快反馈进程,形成创作的快速突破。

我常觉得,艺术有时就像由层层板块组成的坚硬的地壳,而人有限的能量在它面前只是一个小小的拇指。一个拇指是绝对撼不动、捅不破如此硬物的。

只有收拢各指，握紧成一个拳头，在板块与板块的结合部，板块间的缝隙间打出去，才有可能获得突破。缝隙准，冲力大，成功的系数也增加。而他人或自己的不断成功对成果的不断吸附作用又会形成一个可能由小而大的板块。艺术的板块越多，缝隙就越少，艺术之壳就越发坚硬，艺术也就越难突破。但总有人在找缝隙，以更大的凝聚力冲击出来。

我自以为这个不成熟的"积聚自力打板块缝隙"的观点，似乎就是输出信息反作用于输入信息的良性逆动，即信息的：

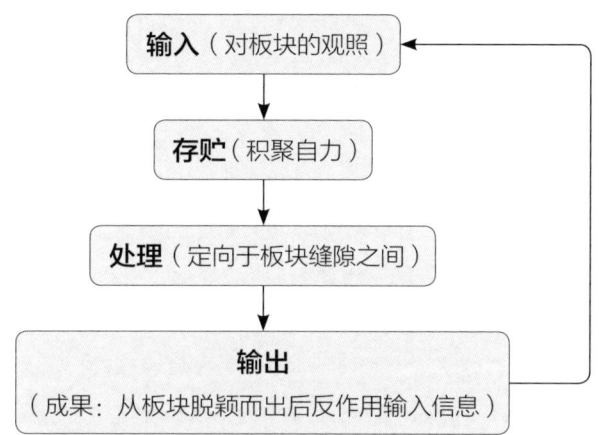

诚然，艺术的突破法远不止一种。此法也不一定适合每个人，但至少舞蹈艺术生产圈中的人们，同受大自然的孕育，同经相似的艺术教育，为什么有的能成为尖子人才、能出尖端产品，而有的则不能？这除了天赋与勤奋外，一个重要原因就是前者较重视信息的张力作用，善于寻找较为聪明的突破办法。

自从人以生命意识拉开了信息的弩弓，信息响箭就一直穿越在历史的密林中。40年代初，信息论问世以后，信息除了被人获取，还由于被人们创造了一个学科而辐射出了更大、更耐人思辨的能量。尽管信息还会被人漠视，信息还会滞动，但是只要信息推动舞蹈艺术生产力发展的本质特征是永恒的，那它就将会被越来越多的人紧握，并进行无穷的探究。

愿更多的研究成果如今夜星空——但希望，总是第二天的太阳！

（2004年"生产率发展和世界繁荣与和平北京国际高峰论坛"暨"世界生产率科联（中国）（WCPSCC）科学成果学术研讨会"论文）

非物质文化遗产的存活与当代性[1]

在哲学范畴里，物质标志客观实在，是相对于思维而言的存在。物质还有一个界定，那就是不能被创造和被消灭的，因而只要对物质有所改变，就生发了非物质。物质文化与非物质文化是孕育于远古洪荒，几乎同时呱呱坠地的一对双胞胎，但它们有着各自的文化属性和外在形式。在文化遗产的领域里，物质文化与非物质文化是相互浸润、内在勾联的。我们在对非物质文化遗产守望的同时，还需要张扬，是人的内驱存在推动文化的一种张力。在融进时代因素的同时不舍传统文化的优质个性，如此，非物质文化遗产才能于当代起更大的作用。让非物质文化遗产在民间"活"起来，活态的"存活"最有可能成功，也最生动。非物质文化遗产的再创造并不是一种全新的创造，而是另类样式沿着传统根脉，传宗接代又光耀门庭式的创造。为什么京剧再改革也要姓"京"，越剧的后代一定姓"越"，就是这个道理。

今天，我们聚集在一起，在离我们国家第一个"文化遗产日"来到之前几天的日子来谈论文化遗产母体的一个分支——非物质文化遗产，是有意义

---

[1] 此文是本书作者在2006年6月3日中国第一个"遗产日"前夕，于"人文大讲堂"的演讲稿（作者是国内较早开讲非物质文化遗产保护的学者之一）；演讲稿于6月5日在《钱江晚报》整版全文刊登；2007年初，辑入由许嘉璐作序的《人文大讲堂》（第二辑），同时入集的还有余秋雨《通向人文精神的误区》、马云《文化是企业的DNA》、资中筠《9·11后的美国走向》等演讲稿；2010年经作者整理为《历史镜头前的非物质文化遗产》一文，应约刊载于中华人民共和国外交部主管、联合国教科文组织等支持的《世界遗产》（秋季号）。作者在"人文大讲堂"的演讲视频"腾讯"（图25）"优酷"等传媒至今仍在持续回放中。

图25 本书作者2006年6月3日在"人文大讲堂"演讲（录自"腾讯"网）

的，也是有点兴奋的。这是否有点像村子里要过节了，左邻右舍的孩子们被气氛所感染而情不自禁地打开话匣子在快乐地交头接耳？反正我现在有这么个感觉。在文化面前，特别在母性文化面前我们都是孩子。我的话匣子也就面对着在座各位打开，与大家聊一番天，话题嘛，也就依照"非物质文化遗产""存活"与"当代性"次递展开。

非物质文化遗产与物质文化遗产：一对并不一样的双胞胎

要说"非物质"，不能不说到"物质"。在哲学范畴里，物质是标志客观实在，是相对于思维而言的存在。统一的物质世界中包含着无限多样的物质形态。我们现在坐着的椅子，手捧着的茶杯是物质吗？初想好像是。我的回答：不是。因为物质还有一个界定，那就是不能被创造和被消灭的。所以，椅子的材质木头，杯子的原料瓷土，甚至更基本的元素才是物质的本来。如何把木材变成椅子，将泥巴转化为瓷色诱惑的这些技艺与流程，包括这相对于物质存在的思维才是非物质的。有一位我很尊敬的我国有名的民俗学家，他曾在一次会上打了个比喻："物质是'东西'，非物质'不是东西'，北方人常说东西是'玩意儿'，那么非物质就'不是玩意儿'。"我觉得这个比喻有一定道理，也很有趣。但按"东西"约定俗成的说法，我还想要加上一句：物质是，东西以前的东西；非物质是，不是东西的东西。

在文化遗产的领域里，物质文化与非物质文化是相互浸润，内在勾联的，唱好一首民歌必须有好的歌喉，天生的好声带是物质的，但如何声情并茂，既字正腔圆又有浓郁的乡土气息，这又是后天的，这"唱功"对"嗓子"，前者则是非物质的。又如对"美"，历来有不同判断，有人说美是客观存在，美女就是美女，人们往往说天生丽质，美女的五官、人体一定符合古希腊毕达哥拉斯学派所说的"黄金分割律"，言下之意美是一种物质存在；也有人以为，美是主观的，所谓"关起门来看老婆越看越漂亮"（当然也有"左手握右手一点感觉都没有"），"情人眼中出西施"等说法，弦外之音认为美是人的思维结果。这种省察与考究及其引发出来顺口溜、歌谣，或是折子戏的情节，如此种种可不就是典型的非物质文化？！同样，在河姆渡文化层里发掘到的石斧、石锛，或是骨哨、陶片等现在我们往往把它归类为有形的物质文化遗产，但其中又充满着许许多多我们的先民的智慧，诚然，与珍贵的、无形的原始先民智慧相伴的非物质文化，有的留下了印记，代代相传成为了今天的非物质文化的遗产；更多的则消失在茫茫的历史时空，成了有待破解的千古之谜。

物质文化与非物质文化是孕育于远古洪荒，几乎同时呱呱坠地的一对传统文化的双胞胎，但它们有着各自的属性和外在形式。

说实在的，对"非物质文化遗产"这一名词的注解，在此以前的辞书中很难寻觅，因为"非物质文化遗产"提法的本身还只是近年来的一个突破。

为了应对非物质文化遗产濒危的紧急状况，加强非物质文化遗产这一类型人类文化遗产的保护工作，联合国教科文组织曾在1989年公布了《保护民间文化和传统文化的建议案》，1998年通过了《人类口头和非物质遗产代表作条例》。并于2001年、2003年宣布了包括我国昆曲和古琴艺术在内的47项"人类口头和非物质遗产代表作"，2003年10月17日联合国教科文组织第三十二届大会通过了《保护非物质文化遗产公约》。2004年8月，经全国人大常委会批准加入了该公约。从这一简单的历程可以窥见，2003年前"非物质文化遗产"一说在国际上还未提出，世人还只停留在民间文化和传统文化这一局部文化现象上，只是到了2003年才又在"非物质"后面加上了"文化"两字，使这类文化遗产的概念变得比较清晰、完整起来也只有两年多的时间（注：指至本文作者2006年演讲时的时间）。

中国非物质文化遗产的定义与联合国教科文组织的界定基本接轨，只是根据中国国情与民族特征更明晰地加以了表述，在《国务院关于加强文化遗产保护的通知》中是这样界定的："非物质文化遗产是指各种以非物质形态存在的与群众生活密切相关、世代相承的传统文化表现形式，包括口头传统、传统表演艺术、民俗活动和礼仪与节庆、有关自然界和宇宙的民间传统知识和实践、传统手工艺技能等以及与上述传统文化表现形式相关的文化空间。"这里我们要注意非物质文化遗产一定是世代或是多代流播与传承在今天的民间的，是并未形成历史断裂的传统的文化。还有那些与群众生活无甚关联，或新创作的文化形态尽管是非物质的文化，却也算不上是非物质文化的遗产。此外，为了我们以后工作与学习的应用，其中有几个关键词这里再作一些注解："文化表现形式"即是指各种门类和形态的传统民族的民间文化，如民间文学、民间音乐、民间舞蹈、民间美术、戏曲、曲艺、民间工艺、民俗礼仪等；"文化空间"是按照民间传统习惯的固定时间和场所举行的传统的、综合性的民众民间文化活动，如庙会、歌圩、传统庆典等；"有关自然界和宇宙的民间传统知识和实践"是民众在长期生产、生活实践中创造和积累的有关自然界、宇宙和社会的知识，例如：关于时空观、天文、地理、历法、气象等方面的知识；传统农业的相关知识；生态知识与环境保护实践；传统养生、健身和医疗知识等。

非物质文化的莫大包容真使人有笼罩天地、点击万物、触及芸芸众生之感。

忧虑与警醒：一种势在必行的推动力

我们常听国人自豪地说：中华文明上下五千年，是世界上唯一没有间断过的文明。这是国人的自豪。但我认为中华文明远不止五千年了。什么叫文明，人类文明应该是从什么时候开始？西方学者的说法，第一有文字，第二有青铜器，第三要有城市，第四还要有礼仪性的建筑，还有宗教，其他似乎都是次要的。这标准是他们定的，因为基督教文明比较符合这些，是基督教强势文明在过去左右着的一种说法。我们也要有自己的说法，汉语"文明"一词，最早出自《易经》，曰"见龙在田，天下文明"（《易·乾·文言》）。在现代汉语中文明指一种社会进步状态，与"野蛮"一词相对立。为什么农耕文明不是文明啊？河姆渡里出土的稻谷，还有在河姆渡文化层中不管多大房子也不要钉子，柱子底下有石头，把这包裹起来，木头外面有漆绝缘了，底下有石头，

图26（录自《2006年6月5日《钱江晚报》）

这样东西就会长期不烂，这可是七千年前农耕文化的硕果啊。近年发掘的浦江上山遗址又将稻作文明提前了两千年，石球、石磨棒、石磨盘等向人们展示了距今一万年左右的原始采集、脱谷、碾磨等农业经济模式。当然还有茶叶、农业历法等，也有八九千了。远在七千年至一万年时我们祖先的文明有伦理道德，人与人和谐相处，自己劳动着创造着生产生活资料，物质文明、精神文明、人的伦理道德都有了，这应该是一个非常重要的文明标志。我们老说五千年，个中缘由我想有二，其一是帝王思想。中国过去二十四史现在称为正史，正在什么地方，因为它是统治者写的历史。梁启超说得好，二十四史从史记以外都是帝王家族。其二我们是炎黄子孙这没有错，但只依《三代世表》为上推至黄帝才有了五千这个年数的文明。似乎不公平，也不科学，人类文明不是因为非有了国家、有了帝王才生发的。当然，我想表达的一孔之见，文明之说人们可以依然继续思辨。但我今天的说法是与我们今天一起交流的指向有关：非物质文化遗产。

虽然文明史的问题不是我们今天要穷其究竟的，只是因为附带要思考的另一个问题是——人们常说的中华文明为什么从整体上说五千年来没断流？而许多特定的氏族、国家的、地域的文明会出现突然断裂的状态？应该说原因不外乎二：一是社会的剧烈变动，生产力、生产关系的革命性变化。如，母系氏族公社的先人放弃了原有更粗放的物质与非物质文化，而较为舒心地步入父系氏族公社，去徜徉在部落联盟中个体家庭萌发的祥云下；二是由于没有任何传承机制,当然形不成任何非物质文化遗产的较为完整的延续。

但在如今我们站在人类文明的制高点上去回望滔滔历史长河的起伏,难道还要重复出现当年的悲剧吗?我们的远古祖先在距今一万年左右就掌握了原始采集、脱谷、碾磨等稻作技术流程,难道当代小学生只知道大米只是从超市里来的吗?回答当然是否定的。历史需要我们认认真真地去守望我们的精神家园,万众一心去上演这出永不落幕的正剧。

当代的情况又如何呢,成绩不少,问题不小。我以为症结主要在于:一是在经济全球化和现代化的冲击下,我国的非物质文化遗产正面临着历史上前所未有的急剧变迁,其赖于生存和发展的重要基础——农耕(游牧)文明的逐渐削弱乃至部分地区的消失。"皮之不存,毛将焉附",可以说我国的非物质文化遗产基本上(不是全部)都是这种文明的衍生物,现在根本的、基础的东西快没有了,依附在这基础上的东西也无法存活。譬如"嘉善田歌"有首有名的"急急歌调"唱《踏车山歌》:"四个姑娘去踏车,四顶凉帽手里拿……"农耕文明的生产方式、生产资料都变了,劳作者工作时心态也变了,都用抽水机不踏车啦,唱词不一样,小姑娘田歌的音调节奏也不会那么样,因为在这抽水机旁哪有柔柔的心境去思念"三十岁后廿岁哥哥",倘若电动抽水机出毛病了怎么办,再说机器轰隆响哥呀妹的对歌也听不见啊。生产方式变了,与生产方式关联的非物质文化遗产也就相对弱化了;二是民众生活方式以及观念的嬗变,加之外来文化的影响,给一向主要靠口传心授方式传承的非物质文化遗产带来巨大冲击,使之逐渐地失却了生存和繁荣的土壤;三是由于非物质文化遗产多是以具体的人为传承传播物质媒介的,随着有的传承人的逝去,因而亦濒临消亡。当然还有些其他因素。

对非物质文化遗产的保护,在现今难免有一些人,尤其是部分青年人,还有少数官员还不太理解,认为这么"陈旧落后"的东西还要它干嘛,于是就说"你们吃饱啦撑呀"。这里我想以马克思的一个论点说服他们:"人们自己创造自己的历史,但是他们并不是随心所欲地创造,并不是在他们选定的条件下创造,而是在直接碰到的、既定的、从过去承继下来的条件下创造。"诚然,由于各个时代遗存下来的非物质文化都会不同程度地打上那个时代的历史印记,因而不可避免地会遇上精华与糟粕并存的情况,对此我们应该历史、辩证的去省察。对其中的"糟粕"部分,在今天看来可能不大符合精神文明,但它为文化人类学提供了值得珍视的研究价值,为在文化建设中奔忙的当代艺术家的创造赋予了值得借鉴的丰富生动的素材。古今中外文化艺术史上，经过去伪存真，去芜存精的许多精典作品在非物质文化遗产中汲取滋养，化腐朽为神奇，以他山之石攻玉的例证是不胜枚举的。19世纪伟大的俄罗斯作曲家柴可夫斯基一生写过包括著名芭蕾舞剧《天鹅湖》在内的各种体裁的作品数百种，其中最让托尔斯泰感动得"泪珠挂满了他的两颊"的是D大调弦乐四重奏第二乐章"歌谣风行板"。1869年，柴可夫斯基还是一个29岁的青年，他住在乌克兰首府基辅附近卡明卡他妹妹的庄园里，有一天忽然窗外粉刷墙壁的泥水匠唱起了民歌，当他被淳朴优美而又婉转凄美的民歌吸引后，就请来了这个唱歌的匠人，记下了曲调与歌词，并配上和声，两年后在写作D大调弦乐四重奏时又用这首民歌作为第二乐章的主题，终于引起了广大听众的共鸣，并使19世纪俄国最伟大的作家列夫·托尔斯泰边流泪边说着："我已接触到苦难人民的灵魂深处。"我国舞蹈大师贾作光不仅在游牧文化中汲取营养，也从古斯语意为"激动不安和疯狂的人"的"萨满"巫师的颠狂中寻找动律，因而成为了蒙古族舞蹈的当代奠基人。但生活方式以及观念的嬗变，加之西方文化的浸染，年轻人的视听觉大部被"外来大片""超女""蹦迪"等所吸引。我在近几年的民间艺术的普查与采风过程中向一些老艺人学习，往往是前次来还促膝交谈，下回去却斯人已去。一边在普查，一边传承人撒手西去的情况在我国各地都有发生。还有就是许多有历史、文化和科学价值的非物质文化遗产遭到不同程度的破坏，一些地方名为创新或打造，实是破坏。一些旅游景区美其名曰表演的是"原生态民间艺术"，实为商业化、异化了的色相歌舞。还有在什么"节"中戴着斗笠、穿着蓝印花布，以当地传统品牌命名的民间舞蹈，实则完全是和传统舞蹈毫不搭边的现代动律的表演……诸如此类反正我是见到不少，想必大家也略有所闻，这些就是一种"建设性破坏"。此外，一些地方保护非物质文化遗产的理念、手段、范围与力度也远远不适应时代的需要。这些，都使我们觉得加快、加强对非物质文化遗产的保护已迫在眉睫，刻不容缓了。

存与活：一个向标的两种手段

非物质文化遗产不同于物质文化遗产的保护。物质文化遗产往往存放在博物馆、会展中心等相对比较固定的场所；而非物质文化遗产的无形性使它很难独立存在，其依附性也就促使它的存活是流动不居的，促使人们对它的保护绝不能是呵护婴儿的怀抱式，也不能是不可移动文物的馆藏式。好的保护方法是要让它保存在民间，让非物质文化遗产在民间"活"起来，活态的"存活"最可能成功，也最生动。不过也不是所有非物质文化遗产都能在当代存活下去，有的只能暂且以"保存"的办法使之不致于在历史的长河中湮没。保存与存活是保护非物质文化遗产同一个方向目标两种相辅相承，交替运用的手段。

毫无疑问，"缠足"在非物质文化遗产的民俗事象中极富本土性、典型性，是世界上中国独具的传统女性习俗文化，也具有逝去的那段长长的岁月中的代表性，至今我国边寨仍有少数地方有缠脚习俗。应该说，如果我们在人文历史中抹去了缠足习俗，那么中国的传统女性文化将是不完整的。但是我要试问：在座的女生们哪位还愿意缠足？有没有？我在现场看到大家面面相觑直摇头的现场状态，觉得大家的回答一定是否定的。此外，流播大江南北的民间歌舞"十八摸"，传经杭嘉湖"轧蚕花"中对女性动手动脚的"摸发摸发"等，就其广泛性与生动性也毋庸置疑，但它们能原封不动地在当代文化建设中活起来吗？当然不能。对这一类本质上属于糟粕的非物质文化遗产，除了应被利用的部分，让利用它的人去筛选、研究外，基本上的手段是"保存"。是先将这文化遗产"承接"过来，而暂时不去"承续"。而另一类我们殷切期盼的是当代的存活，后代的存续：那春节元宵间喜气的对联，璀璨的灯彩，穿巷过村的狮子龙灯，锣鼓响脚底痒的地方戏，追逐萤火虫时的童谣，放牧山头时的对歌，还有在袅袅炊烟古村落间铺设石子路的工匠手艺，洞房花烛夜麻布帐里的荷花被织染技术……

诚然，对这些非物质文化遗产我们高明的做法不是不顾当地特点、特殊性去"放之四海而皆准"地强推，而是去适应——以地域文化去适应地域民众，不去中断自身规律的演变链，而去帮助营造能适合非物质文化遗产存活的文化生态。一个地域的原住民，一般都有强烈的恋域情结，"谁不说俺家乡好"也由此而来。父老乡亲也只有在对地域文化的亲情及与当代文化的适应中才能迸发出对非物质文化遗产的狂喜和炽热，才有兴趣和意愿展演绝活，收徒传艺，如此，非物质文化遗产才有可能在存活中永恒。

当代与个性：一类守望时需要张扬的文化

我们都知道，我国的非物质文化遗产是承载中华民族精神与情感的重要载体，是维系国家统一、民族团结的基础性文化，也是人类智慧的体现，所以"守望精神家园"成了人们的共识，嘹亮的口号——这当然很重要，但仅仅守望是不够的。

可能有朋友说，我守住，还会远望的呀，望尽天涯路哦。但对传统文化的当代使命难道不该还有一项——我们常说的继往开来哦。开来，就要去开掘非物质文化遗产中的积极因素，开拓我们的今天与明天，是要我们开步而行之！故而我还以为，我们保护非物质文化遗产的重要目标还有一个，就是要起而行之，推动当代文化的建设，注入复兴中华民族的活力。在这层意义上，我们在对非物质文化遗产守望的同时，还需要张扬，是人的内驱存在推动文化的张力，让传统文化去迎接时代风雨，在融进时代因素中张扬这类优质文化的个性，如此，非物质文化遗产才能于当代起更大的作用。

当我们克服了种种困难，历经了对非物质文化遗产的挖掘、整理、记载、归档、研究、传承、入录等一系列保护工作后，非物质文化遗产的日后趋向将可能呈现两种状态，一种是原生性（或亚原生态）的民间存活与档案保存；另一种是融汇进当代的文化创造。这种在非物质文化遗产基因上进行的新型非物质文化创造的成功先例已经使人们不得不为之惊喜不已了。如汲取了陕北民歌"信天游"音调的一曲《东方红》让全国百姓耳熟能详，还随着我国第一颗人造卫星响彻寰宇；荣获国家文华大奖的浙江省的原创音乐剧《五姑娘》是由传唱一个世纪吴歌中最具代表性的嘉善田歌、平湖钹子书等音乐元素和民间故事改编而成的；有老字号企业凭着一方传统药方，研制出的凉茶并以品牌效益推向市场，让一个老字号企业起死回生，从1999年到2003年这段时间里，年平均增长速度超过25%，被业界誉为老字号企业与现代化经营相结合的成功典范。

非物质文化遗产有一个普遍意义上的重大影响还在于它能顽强地、生生不息地融入了广大民众生活。前几年很多人，包括执法部门所以不同意影视作品中《好汉歌》是剽窃了民歌《王大娘补缸》，是因为这是一种太熟悉了的传统音乐对作曲家的无形灌输，当代作曲家作为一名受众在新作中融入了这种影响，而不是去刻意剽窃，是无罪的。我们也常见乡间俚巷许多农户家种种驱邪祈福的门神画、灶头画及瓦档、牛腿上寓意丰富的图案,一幅"十全十美"画面上是十个铜钱与插入瓶中盛开着的十朵梅花,蝙蝠往往是倒挂着的,这些是谐音着的全(钱)、美(梅),福到(蝠倒)类的中国民间的吉祥艺术,作为民间群体生命(生存)情感的象征,在中国漫长的农耕文化生存形态中成为民间约定俗成的习俗生活方式,成为民众向神灵、向自然、同时也向自己的鸣礼祝福……

让非物质文化遗产具有当代个性,就要在继承的基础上发展,注入恰好的时代意识进行再创造。我们说对通常意义上的创作,一般具有生活与形象思维及其表达能力也就差不多了,但对非物质文化遗产进行再创造时,却不能兴着来,有些国际与国内成文的规则,还是应该努力遵守的。如,1989 年 11 月 15 日联合国教科文组织大会第二十五届会议通过的《保护民间创作建议案》中就明确提出:"民间创作(或传统的民间文化)是指来自某一文化社区的全部创作,这些创作以传统为依据、由某一群体或一些个体所表达并被认为是符合社区期望的作为其文化和社会特性的表达形式";世界知识产权组织负责制定的《保护文学和艺术作品的伯尔尼公约》中关于传统文化保护的内容,呼吁各国维护那些可以追认到作者的未公开发表的传统文化作品版权;1978 年提出保护传统文化问题,又与联合国教科文组织一致呼吁传统文化的法律保护,禁止对传统文化的歧视、歪曲和非法使用。我国《国务院关于加强文化遗产保护的通知》中对非物质文化遗产保护的 16 字"基本方针"中的"合理利用"也包含着对非物质文化遗产进行再创造、利用时必须"合理"的规定。

由此,当我们面前对非物质文化遗产进行再创造时,要注意保护传统非物质文化作品的版权,由于其特殊性,还要维护那些传承人未公开发表的传统文化作品版权;特别要注重保留其"基因",为什么京剧再改革也要姓"京",越剧要一定姓"越",就是这个道理;此外,在地域文化多样性理念下再创造后的作品,还要符合社区住民期望的作为其文化和社会特性的表达形式……非物质文化遗产的再创造并不是一种全新的创造,而是另类样式的,要去倾听老祖母脚步声,传宗接代又要光耀门庭式的创造。

现在,对非物质文化遗产的保护在我国已成为一种国家、民族的意志,广大民众的热切关注。如果我们每个人都多一点历史的责任感,当代的使命感,让对非物质文化遗产的保护变成共同的文化自觉,那么我们何愁瑰宝不存、中华文明不能再创历史从未有过的辉煌——让我们期待着,一起行动着!

斑斓多姿的南宋民间舞队[1]

晚唐以后五代十国时的吴越国重视海塘和灌溉工程的建设，鼓励群众垦荒，出现了"境内无弃田"的繁华景象，又大力营建首府杭州，舞蹈亦应时而起，渐显盛景，为两宋时代，特别是南宋舞蹈文化的承前启后起到了一定的引渡与基础作用。公元12世纪的战乱与宋室南渡期间，中原文化随着大批的江北士民南迁，并和浙地承继晚唐后之吴越、北宋时的农耕文化、市井文化相交相融，逐渐形成了以临安为中心的大江南舞蹈文化。南宋时期民间瓦舍、勾栏间的群众性舞蹈及"舞队"活动与"队舞"为主的宫廷艺术互为浸润，相继勃兴。据可考文献史料，南宋宫廷的队舞在承上启下的作用中，有着不小的发展。南宋民间舞队，其声势之浩大、内容形式之丰富，更是可比肩中外舞蹈史上任何一朝舞事，亦为中国民间舞蹈史所罕见。

一、承应前代，显现盛景

南宋之前，晚唐以后的五代十国，浙江一带属吴越国。吴越国王临安人钱镠重视海塘和灌溉工程的建设，鼓励群众垦荒，出现了"境内无弃田"的景

---

[1] 本文是本书作者2014年的专著《浙江舞蹈史》节录。《浙江舞蹈史》为2011浙江省社科联社科普及重点课题、2011浙江省社科联普及出版资助项目。2014年第6期《读书》刊文："《浙江舞蹈史》在历史学语境下，论及儒佛道对浙江舞蹈史的影响。阐发了传统舞蹈的转型、传承和发扬的现实意义及其价值……"，2014年第7期《舞蹈》："《浙江舞蹈史》固然着墨于浙江，其实也是中华民族舞蹈史的重要组成部分，是中国舞蹈文化中不可缺少的珍贵史料。"

象，又大力营建首府杭州，浙江发展迅速，舞蹈亦应时而起，渐显盛景，为两宋时代，特别是南宋舞蹈文化的承前启后起到了一定的引渡与基础的作用。

明田汝成《西湖游览志余·二十》中曾对杭州吴越乐舞事象有过这样的记载："钱王纳土……寿安坊而下至众安桥，谓之灯市，祭赛神庙，则有社火鳌山，台阁戏剧，滚灯烟火，无论通衢委巷，星布珠悬，皎如白日，喧阗彻旦……"这灯市社火热闹非凡，其中提到的滚灯应是当今浙江著名民间舞蹈，海盐与余杭滚灯的前身。杭州西湖西北北高峰下，飞来峰前有著名的灵隐寺。灵隐寺又名云林禅寺，东晋咸和元年（326年）僧慧理创建。五代时吴越国钱王命僧延寿开拓扩建寺舍为寺之盛时。我国禅宗十刹之一的灵隐寺的文物中黄杨木如意上有"罗汉境界、游戏神通"的佛教舞蹈形象。在今临安横街郎碧村周边坊间，笔者于近处古刹"护龙寺"与古迹"接龙井"还寻访到关于当地舞"黄龙"的史料和舞蹈传承人关于此方面的代代传说，还有"陌上花开缓缓归"的典故。关于"陌上花开缓缓归"的典故，宋人的笔记和明人周楫的拟话本小说《西湖二集》里均有记载：吴越王钱镠的原配夫人戴氏王妃，是临安横溪郎碧村的一个农家姑娘。嫁给钱镠之后，跟随钱镠南征北战，担惊受怕了半辈子，后来成了一国之母。虽是年纪轻轻就离乡背井的，贤淑的村姑出身的戴妃还是解不开乡土情结，年年春天都要回娘家住上一段时间，看望并侍奉双亲。钱镠也是一个性情中人，最是念这个糟糠结发之妻。戴氏回家住得久了，便要带信给她，或是思念、或是问候，其中也有催促之意。那一年，戴妃又去了郎碧娘家。钱镠在杭州料理政事，一日走出宫门，却见凤凰山脚，西湖堤岸已是桃红柳绿，万紫千红，想到与戴氏夫人已是多日不见，不免又生出几分思念。回到宫中，便提笔写上一封书信，其中有这么一句："陌上花开，可缓缓归矣。"九个字，平实温馨，情愫尤重，虽则寥寥数语，但却情真意切，细腻入微，让戴妃当即落下两行珠泪。此事传开去，一时成为佳话。清代学者王士禛曾说："'陌上花开，可缓缓归矣'，二语艳称千古。"后来还被里人编成山歌，就名《陌上花》，在家乡民间广为传唱。至于当地舞"黄龙"的来历说是有一年的清明，戴妃又回乡祭祖，见村里一班小童，用一条草绳，上插映山红花、树枝等物，用木棒举起，边跳边舞，看着觉得很有趣，让她想起了童年。回宫后，戴妃娘娘命人用黄绢做了一条龙，让宫女、太监在宫苑中舞着玩。不久，她又把这条绢龙送给了故乡。舞龙前，有隆重的请龙仪式。新龙启用前，龙灯要到护龙寺由寺内住持诵经祷告，请龙附体，新龙变成活龙后,舞龙队再行至接龙井,护龙寺住持诵经祷告,并用井水擦龙眼,称为"龙开光",之后,新龙才可以舞动。作为已有上千年的历史传统的浙江省非物质文化遗产,临安《横街黄龙》至今在龙舞中尚存"舞中宫""大开龙门""节节盘""娘娘接夫"和"母仪天下"等与戴妃娘娘有关的阵式,民间艺人在不断地加工中还增加了"唱"的环节,唱的也就是"陌上花开缓缓归"的典故。

建于北宋太平兴国四年(979年),松阳延庆寺塔墙面上也绘有罗汉与飞天,头戴步摇的飞天形象。延庆寺在松阳县西屏镇,西五里,初创于梁普通年间,初名云龙,唐改此名。北宋太平兴国四年(979年),行达禅师东归,建塔以藏舍利子。塔残高 37.20 米,六面七层。砖木结构,仿楼阁形式。塔墙体为砖砌。飞天头上戴着步摇,很是生动。此外,宁波慈城普济寺内,于北宋时的弥座石雕上也塑有"飞天"舞姿。

978 年钱弘俶归顺北宋后,浙江更是连续七十多年比较安定,未遭兵燹灾乱。继吴越至宋,北宋中叶时杭州就享有"东南第一州"之称。北宋词人、婉约派创始人柳永曾有《望海潮》赞颂:"东南形胜,三吴都会,钱塘自古繁华。烟柳画桥,风帘翠幕,参差十万人家。云树绕堤沙,怒涛卷霜雪,天堑无涯。市列珠玑,户盈罗绮,竞豪奢。重湖叠巘清嘉,有三秋桂子,十里荷花。羌管弄晴,菱歌泛夜,嬉嬉钓叟莲娃。千骑拥高牙,乘醉听箫鼓,吟赏烟霞。异日图将好景,归向凤池夸。"三吴,旧指吴兴、吴郡、会稽。钱塘,即杭州。此处称"三吴都会",极言其为东南一带。美国史学家罗兹·墨菲在著名的《亚洲史》一书第七章"中国的黄金时代"中认为,较之汉唐,宋朝更是经济、文化和科技的"黄金时代"。墨菲对宋朝经济的评估打破了西方关于中国历史"停滞"的观点。他认为,宋朝开始了一系列基础性变动,"而且可能达到了质变的程度"。这些变动不但显示出典型的"现代"特征,而且预示了七八百年后改变欧洲面貌的种种变迁:商业部门林立,贸易持续增长,城市文化兴盛,本票、信用证和纸币普及。宋朝也出现了西方工业革命早期的技术成果,中国四大发明中的三个——罗盘、火药、印刷术,就是宋人对历史作出的伟大贡献。墨菲说:"在很多方面,宋朝是中国历史上最令人激动的年代。后来的世世代代历史学家批评它,是因为它未能顶住异族入侵,而终于被他们痛恨的蒙古人打垮。但宋朝却从 960 年存在到 1279 年,长于 300 余年的平均朝代寿命。"他认为宋朝"完全称得上是当时世界上最大,生产力最高和最发达的国家"。"……正如在行政和艺术上的繁荣一样,南宋也是令人激动的技术创新时代,甚至可以说它已经迈出了现代科学发展的第一步"。"新的首都杭州因兼有大量行政职能,其人口达到150万,比当时世界上任何城市都大……"[①]实际上墨菲的断言并非新说,与南宋同时代的中外人士当时就有相似观点。不过这位美国当代的史学家兼汉学家对宋代遭受历史的嘲弄如此不平地激烈反驳倒是中外罕见。南宋偏安江南后改杭州为首府临安,即墨菲说的"新的首都"。临安越发繁华,成为南宋政治、经济和文化的中心。从人口数而言,北宋汴京鼎盛时拥有100万人口,而南宋临安的常驻人口达到了150万,加上流动人口和不断从北方逃离故国的遗民,当超过此数,被认为是当时世界上最大的城市亦当之无愧。

固然,林升的那首《题临安邸》:"山外青山楼外楼,西湖歌舞几时休,暖风熏得游人醉,直把杭州作汴州。"讽刺了醉生梦死的当朝权贵,但生于斯长于斯的坊间百姓却也目睹了南宋王朝歌舞不休的状况,这也侧面反映了当时舞蹈的一派兴盛景象。"衣冠毕会,商贾云集"经贸非常发达的南宋都城临安及浙江其他地方的舞蹈活动在承继吴越、北宋文化的基础上十分活跃,民间瓦舍、勾栏间的群众性舞蹈及"舞队"活动与"队舞"为主的宫廷艺术互为浸润,热烈勃兴,形成了浙江古代舞蹈史上难得的繁华盛景。

二、临安瓦子舞绾与市井"舞队"

南宋临安为适应日益昌盛的农产品流通、市井集市贸易与兵营文化的需要,"是以城内外创立瓦舍,召集妓乐,为军卒暇日娱戏之地""瓦舍者,谓其'来时瓦合,去时瓦解'之义,易聚易散也"[②]。当然,瓦舍(或称"瓦子""瓦市""瓦肆"等)既经创立,涉足的就绝非仅为军卒,在当时实是贵家子弟、平民百姓等各阶层人士共同的游戏娱乐之地。南宋歌舞勃发的另一个客观条件是"禁夜令"的消匿。李唐时的长安,坊和市是分开的,实施着的为封闭式管理。唐代韦述的《西都杂记》称:"西都禁城街衢,有执金吾晓暝传呼,以禁夜行,惟正月十五夜敕许驰禁前后各一日,谓之放夜。"街巷入夜,坊市禁闭,鼓动声起,路人绝迹,唯有逻卒。每晚类似当今警察或城管的执法人员的"执金吾"即以鼓声周知百姓"禁夜"即将开始,至次日晨,城邑钟楼响钟方示禁夜结束。而宋朝的首都汴京和临安，则是坊市合一，并不受营业时间和地点的制约。据宋代钱塘（即今杭州市）人吴自牧的《梦粱录》和周密的《武林旧事》记载，南宋的都城临安，其城郭之美，物品之丰，人烟之盛，商贾之富，娱乐之盛，并不亚于汴京。而"杭城大街买卖昼夜不绝，夜交三四鼓，游人始稀，五更钟鸣，卖早市者又开店矣"这就是说，往往夜市末了，早市开场，间有鬼市。民众白天毕竟多有事情，不夜之城就给乐舞的活动提供了多得多的时间与空间。

进行乐舞杂艺活动的瓦舍里以栏杆勾围，名为勾栏（或称"勾阑""构栏"等）。瓦舍的规模大小不等，大的瓦舍有十几座勾栏。南宋临安的瓦舍数量各种史籍记载并不太一致，约有23—25处之多[3]，这还不包括"独勾栏瓦市"，即在瓦舍中只有一个勾栏的娱乐场所。吴自牧曾如数家珍地指名临安城内外的瓦舍："如清泠桥西熙春楼下，谓之南瓦子；市南坊北三元楼前谓之中瓦子；市西坊内三桥巷名大瓦子，旧呼上瓦子；众安桥南羊棚楼前名下瓦子，旧呼北瓦子，盐桥下蒲桥东谓之蒲桥瓦子，又名东瓦子，今废为民居，东青门外菜市桥侧名菜市瓦子；崇新门外章家桥南名荐桥门瓦子，新开门外南名新门瓦子，旧呼四通馆；保安门外名小堰门瓦子，候潮门外北首名候潮门瓦子，便门外北谓之便门瓦子；钱湖门外南首省马院前名钱湖门瓦子，亦废为民居，后军寨前谓之赤山瓦子；灵隐天竺路行春桥侧曰行春瓦子；北郭税务曰北郭瓦子，又名大通店，米市桥下米市桥瓦子，石碑头北麻线巷内则曰旧瓦子。"[4]当代南宋史研究学者林正秋则在《南宋都城临安》一书认为《武林旧事》卷六所指的二十三处较为正确，即城内有五处：清泠桥西的南瓦、市南坊北的中瓦、市西坊的大瓦（又名上瓦、西瓦）、众安桥南的北瓦（或名下瓦）、蒲桥东的蒲桥瓦（亦名东瓦）。其中北瓦最大，有勾栏十三座。城外有十七处。东郊最多：有便门外北的便门瓦、候潮门外北的候潮门瓦、保安门外东的小堰门瓦、新门外南的新门瓦（又名四通馆瓦）、崇新门外章家桥南的荐桥门瓦、东青门外菜市桥南的菜市桥瓦、艮山门外的艮山门瓦等7个；城南有嘉会门外的嘉会门瓦、钱湖门外的钱湖门瓦、龙山之麓的龙山瓦；北郊有：北郭瓦（又名大通瓦，在余杭门外）、米市桥瓦（米市桥下）、旧瓦（石牌头北麻线巷内）、钱塘门外羊坊桥瓦（羊坊下）、王家桥瓦（今圣塘闸附近）；城西有行春桥瓦（东行春桥侧）、赤山瓦（步司后军寨前）。城外瓦子大都在诸军营寨左右，是西北军卒暇日娱戏的场所，隶属于殿前司管辖；城中五瓦归属修内司，是市民游艺的地方。《南宋都城临安》又引《武林旧事》并述："舞绾百戏，也成为南宋瓦子勾栏中的重要节目。因它纯用舞蹈动作表演情节和故事,故被宋人称为'哑杂剧'。元宵节前后,灯火辉煌,数十队"舞绾者在街头表演,有的小女孩站在大人肩上表演舞蹈,袅娜多姿;有的戴假具,装神捉鬼,加上烟火配合,神奇逼真;有的持剑挥舞,劲健有力。节目精彩,场面欢闹,往往闹到四更才结束。"⑤ 由此,书中也录取了曾观看临安灯节的词人姜白石的《灯词》一首:

> 南陌东城尽舞儿,画金刺绣满罗衣;
> 也知爱惜春游夜,舞落银蟾不肯归。

不过,林先生书中提到的数十队"舞绾者"从表演的内容形式,特别是"队"的组织结构来看,其实并不全是在瓦舍勾栏里的表演者,而是宋时被称为"舞队"里的舞蹈者。

在兴盛的南宋临安民间舞蹈活动中还涌现了一批名不见经传的民间艺人,如《武林旧事》卷一《圣节》排当乐次的"再坐"第17盏,由姚润表演舞绾《寿星》:在此条所列的"祗应人"中,姚润为"杂手艺"的代表人物。同书卷六"诸色伎艺人"中舞绾百戏演员有张遇喜、刘仁贵、宋(朱)十将、常十将、错安头、欢喜头、柴小升哥、林赛哥、张名贵、花念一郎、花中宝。而《西湖老人繁胜录》中说张遇喜又长于《舞番乐》。南宋的杭州民间舞队诸如《舞番乐》《老番人》《胡女番婆》及《鞑靼舞》那样的少数民族舞蹈常有所见,舞者打扮成"老番人""胡女""番婆"等,穿着少数民族的服饰,诙谐生动,无论舞蹈的体裁、形式上都表现出了浓厚的民族特色。鞑靼族是我国古代北方的少数民族,即后来的蒙古族。《鞑靼舞》则是表现鞑靼族生活风貌的民间舞蹈。南宋姜派有名的词人吴梦窗的诗中也描写了元宵之夜在杭州街道上出现的少数民族舞蹈:

> 茸茸狸帽遮梅额,金蝉罗翦胡衫窄。
> 乘肩争看小腰身,倦态强随间鼓笛。
> 问称家在城东陌,欲买千金应不惜。
> 归来困顿嚲春眠,犹梦婆娑斜趁拍。

从舞儿戴着"茸茸狸帽"、穿着窄"胡衫"和奏起"鼓笛"的情况来看,显然舞儿是在跳少数民族舞蹈。

宋代在民间节日里边游行边表演的队伍叫舞队,是中国宋代民间舞蹈一种组织、表演形式的特有专称。舞队有时也称社火、社火舞队。吴自牧在《梦粱录》里曾这样记述了南宋杭州元宵节期间舞队的表演及其相关民俗风情:

图 27、28 灯夕图卷线描图（宋代·朱玉）画卷描绘了南宋京城临安（今杭州）元宵节夜晚的民间舞队活动（刘恩伯著《中国舞蹈通史·古代文物图录卷》第335页，上海音乐出版社2010年版）

"今杭城元宵之际，……舞队自去岁冬至日，便呈行放。遇夜，官府支散钱酒犒之。元夕之时，自十四为始，对支所犒钱酒。十五夜，帅臣出街弹压，遇舞队照例特犒。街坊买卖之人，并行支钱散给。此岁州府科额支行。庶几体朝廷与民同乐之意。姑以舞队言之，如清音、遏云、掉刀、鲍老、胡女、刘衮、乔三教、乔迎酒、乔亲事、焦锤架儿、仕女、杵歌、诸国朝、竹马儿、村田乐、神鬼、十斋郎各社，不下数十。更有乔宅眷、旱龙船、踢灯鲍老、驼象社。官巷口、苏家巷二十四家傀儡，衣装鲜丽，细旦戴花朵口肩、珠翠冠儿，腰肢纤袅，宛若妇人……""人都道玉漏频催，金鸡屡唱，兴犹未已。""至十六夜收灯，舞队方散。"⑥ 如此之多的舞队一齐闹元宵的确热闹非凡（图27、28），当时自号"白石道人"的姜夔目睹此情此景惊呼"南陌东城尽舞儿"，舞队活动的参与者是"舞落银蟾不肯归"了。

"词贵乎纪实"的宋末元初文学家周密也在其所作的《武林旧事》一书中记述了南宋都城临安的传统节日、民风民俗、市肆商品、娱乐活动及都民习性等，其中他对耳闻目睹的舞队节目叹道："其品甚夥，不可悉数。"并于"卷二·舞队"开列了舞队的表演节目七十有余：

宋周密《武林旧事》卷二·舞队

大小全棚傀儡	李大口 一字口
查查鬼 查大	长瓠敛 长头
贺丰年	吃遂
兔吉兔 毛大伯	粗旦 宋刻"妲"
大憨儿	快活三郎
麻婆子	瞎判官

黄金杏	沈承务
快活三娘	猫儿相公
一脸膜	细旦 宋刻"妲"
洞公觜	黑遂
河东子	交椅
王铁儿 宋刻"王缺儿"	屏风
夹棒 宋刻"捧"	男女杵歌
男女竹马	交衮鲍老
大小斫刀鲍老	女童清音
子弟清音	穿心国入贡
诸国献宝	六国朝
孙武子教女兵	遏云社
四国朝	胡安女 宋刻无"安"字
绯绿社	扑蝴蝶
凤阮嵇琴	火药 宋刻"大乐"
回阳丹	焦锤架儿
瓦盆鼓 宋刻无"盆"字	乔迎酒
乔三教	乔乐神马明王
乔亲事	乔学堂
乔捉蛇	乔像生
乔宅眷	独自乔
乔师娘	旱划船
地仙	装态
教象	鼓板
村田乐	扑旗
踏橇 宋刻"踏跷"	狮豹蛮牌
抱罗装鬼	耍和尚
十斋郎	散钱行
刘衮	打娇惜
货郎	

周密《武林旧事》中记载的节目有不少与吴自牧《梦粱录》相类似，两

相比对更说明了南宋时临安府曾有过舞蹈形式的确切性。其间不少舞蹈的形式和内容甚至名称在现、当代的浙江还时有可见，如男女竹马、男女杵歌、扑蝴蝶、踏跷、旱划船、扑旗、货郎等。节目单子上的"乔"，在这里是装、装扮的意思，因此，乔乐神、乔亲事、乔学堂、乔捉蛇、乔像生、乔宅眷、乔师娘等即是舞者在舞队中分别装扮成歌舞之神、媒婆、新郎与新娘、读书人、家眷、师娘及手中耍着蛇的乞丐等边行走边舞蹈的角色名称，这与流传至今浙江许多地方的民间群体踩街舞蹈"三十六行""莲花舞队"等形式、内容如出一辙。有的表演形式节目单中虽然不带"乔"时，实际上也是一种指代，如舞队中不乏少数民族与外国人的装扮，如诸国献宝、六国朝、四国朝、胡安女等。舞队中还有将当时已经兴起的杂剧、戏文中部分剧目的片断角色舞蹈化，以作为表演的组成部分，如快活三娘、孙武子教女兵、打娇惜、回阳丹、凤阮嵇琴等。舞鲍老假面假发，口吐狼牙烟火，如鬼神状又似乎与巫觋舞蹈的关联不小。真是林林总总，气象万千。

民间舞队的活动时间并不只限于元宵节，其声势之大亦可比肩浙江古代任何一朝舞事。还是以周密《武林旧事》为证，其中卷二载："都城自旧岁孟冬驾回，则已有乘肩小女，鼓吹舞绾者数十队，以供贵邸豪家幕次之玩。……至节后，渐有大队如四国朝、傀儡、杵歌之类，日趋于盛，其多至数千百队。宋刻'千'作'十'（注：原文如此）……至五夜，则京尹乘小提轿，诸舞队次第簇拥前后，连亘十余里，锦绣填委，箫鼓振作，耳目不暇给。……李篔房诗云：'斜阳尽处荡轻烟，辇路东风入管弦。五夜好春随步暖，一年明月打头圆；香尘掠粉翻罗带，密炬笼绡斗玉钿。人影渐稀花露冷，踏歌声度晓云边。'"也就是说，在冬季的第一个月，即农历十月已经有乘肩小女等节目的数十支舞队出动，连绵数月至节后仍有数千百个舞队在十多里之长的范围内载歌载舞竞相献艺。南宋临安市井掀起的这个舞蹈热潮由于宋时禁夜令的取消，往往日沉西下顿起，天将破晓尚存。这是何等热烈浩大的声势！就如另有刻本的说法是数十百个舞队在活动，那也是极其了不起的群众舞蹈热潮。

舞队之中许多舞蹈不仅南宋时脍炙人口，历代舞事亦萍踪均显，《村田乐》《旱划船》、乘肩小女组成的《乘肩舞队》及《扑蝴蝶》《竹马儿》《舞鲍老》等就是。

综合史料分析，《村田乐》是具有浓郁农村生活情趣和泥土气息的舞蹈；《男女杵歌》边歌边舞，把劳动男女打夯或舂米时的劳动动作加以舞蹈化；《秧歌》是一种集体性反映农耕生产欢乐型的舞蹈；《扑蝶蝴》则以轻柔的动作和跳跃的舞姿表现了农村女子在采茶劳动时嬉戏扑蝶的欢快场面。舞队中如《旱划船》《男女竹马》《踏跷》以及《花鼓》等显然属于游戏性和娱乐性的民间舞蹈。《旱划船》是一个富有南方水乡特色的民间舞蹈，表演时，舞者手拿船桨，作出各种划船的身段和动作，活像在河中划船一般，给人以轻捷、稳健和欢乐的感觉。在《男女竹马》以及《竹马儿》都是从儿童骑竹马的游戏，发展而来的。表演时，舞者骑在竹马上，表演出如人骑在马上那样的疾转跳跃的舞步。又据《武林旧事·迎新》所载，南宋户部点检所十三酒库，例于九月初开清，"每库备用布匹书库名商品，以长竿悬之，谓之'布牌'，以木床铁擎为之仙佛鬼神之类，驾空飞动，谓之'台阁'"。列队游行，除了杂剧百戏诸艺之外，还有《竹马》等民间舞蹈。至于《踏跷竹马》这个舞蹈，便是《踏跷》与《竹马》的结合，舞者脚踩高跷，表演出各种骑竹马的舞蹈姿式，其动作自然就更加惊诧而饶有趣味了。"《花鼓》这种边敲（鼓）边跳的民间舞蹈，早在南宋时已在杭州广泛流行了。因其节奏强烈、明快，舞姿灵活、优美，情绪自然、丰满，故而这种《花鼓》舞深受群众所喜爱。"⑦ 如此看来，浙江有花鼓这一舞蹈品种远早于源自明代开国皇帝朱元璋故乡凤阳传来的《凤阳花鼓》。民间武术发展而来这一类舞蹈中有《孙武子教兵》《扑旗》《狮豹蛮牌》《棹刀》《舞蛮牌》《舞剑》等。如《扑旗》这个舞蹈，表演时艺人戴红头巾，两只手里各举着一面白旗，如"跳跃旋风而舞"。这类舞蹈武术性很强，一般来讲只舞不歌，而且对舞蹈动作的准确、娴熟，有很高的要求。像《舞蛮牌》那样的武舞，往往是一种规模很大的集体性的舞蹈。这类舞蹈以队形的多变、动作的勇猛、舞步的稳健、乐曲的热烈而取胜。幽默风趣的滑稽舞蹈数量上最多，如《乔三教》《乔亲事》《乔捉蛇》《乔宅眷》《乔师娘》《乔乐神》《乔迎酒》等。所谓'乔'即是假装的滑稽表演。还有如《大小斫刀鲍老》《交衮鲍老》《踢打鲍老》等，所谓"鲍老"，本是傀儡戏中引舞的滑稽角色，在宋杨大年的《傀儡诗》中有"若教鲍老当筵舞，转觉郎当舞袖长"之句。在《武林旧事·圣节》中有一张有关"天基圣节排当乐次"的节目单上，"第十三盏"，打方响，奏高宫《惜春》的乐曲，有民间艺人"鲍老"跳傀儡舞。再从南宋时演"鲍老"的艺人之多来看，非但有杭州本地人，而且还有旅居在杭州的福建鲍老三百余人，四川鲍老一百余人。舞队中的《耍和尚》，也是很流行的滑稽舞蹈。这是根据南宋绍兴年间杭州的"大头和尚戏柳翠"的民间故事改编而来的。为数很多、规模很大的还有一种祭神和娱人性质的"傩舞",如元宵"舞队"中的《神鬼》《抱锣装鬼》《瞎判官》《舞判》《舞钟馗》等都是这一类舞蹈。《抱锣装鬼》等此类节目当属"傩舞"。舞者装鬼神,戴着假面,披着头发,口露獠牙,吐着烟火,穿着贴有金花的短衣和皂色裤,赤着脚,手里拿着一面大铜锣,边敲边舞。在这一类"傩舞"中,流行最广泛的自然要推《舞钟馗》了。由南宋时杭州民间艺人表演的《舞钟馗》,舞者戴假面长髯,穿绿袍靴子,手拿简板,又一舞者扮皂隶,敲着小锣,招引钟馗,合着锣点,和着舞步。当时,杭州专跳"神鬼"舞的著名艺人有谢兴哥、花春、王铁一郎、王铁三郎等。"傩舞"也称"驱傩"。这种活动又往往是通过舞蹈来表现的。傩舞的流行与产生这类舞蹈的社会上的宗教信仰与风俗习惯有着直接关系,即使是有一些内容上似乎并不表现宗教与民间信仰的舞蹈,也往往是安排在整个宗教或民俗活动中来表演的。据载南宋时杭州在每年的除夕之夜,都要举行驱逐疫鬼的仪式,由"教乐所"的民间艺人装扮成将军、符使、判官、钟馗、六丁、六甲、神兵、五方鬼使、灶君、土地、门户、神尉等神。从城内吹吹打打把疫鬼赶出东华门外,转龙池湾,称之为"埋祟"而结束。

三、乡俚舞蹈与村坊"舞队"

民间舞蹈的活动当然不仅局限在都城,周密《齐东野语》中记载了南宋各地设宴聚会,多要歌舞伎人承应的情况,其中天台营妓严蕊尤善歌舞,色艺冠绝一时,四方闻名。中国舞蹈史论家冯双白于《图说中国舞蹈史》著作中引:"吴露生在《寻觅舞蹈》中认为南宋时,不仅临安府的民间歌舞十分兴旺,许多州郡亦是如此。如当时婺州东阳等地盛行莲花舞队……"⑧的确,其时浙江乡间的舞队同样也斑斓多姿,具有浓郁的风格特点,冯双白等引述南宋村坊间的舞队即指发端于北宋,兴盛于南宋,历代传承至今浙江永康方岩山祭胡公庙会,活跃着方岩山周边四邻八县的莲花舞队活动。"胡公"即宋代名臣姓胡名则,字子正,系永康胡库村人。胡则"逮事三朝,十握州符",官拜兵部侍郎,地位并不十分显赫,但他为官四十余年,宽刑薄赋,清正廉明,尤其于宋明道元年,直言力谏,奏免衢(衢州)、婺(金华)两州百姓身丁钱,造福一方。百姓感恩,遂于胡则生前攻读过的方岩山上立庙祀祭,敬人为神纪念他。建立南宋王朝的高宗赵构应百姓之请于绍兴三十二年(1162年)亲题"赫灵"两字为胡公庙额，自此被百姓尊为"胡公大帝"，香火更盛，祭拜不断，每年农历八、九两月和春节前后，更是朝山进香膜拜的盛大之期，届时婺、衢两州的永康、东阳、武义、义乌、浦江、兰溪等地村民，甚至处（今丽水）、杭等百姓民善男信女都往求拜，集群、个人拜祭者陆续不绝，为恐拥堵山道不畅，州府还规定了上山的日子周期，如东阳的进方岩山村落的队伍日期与时刻都有明确规定："灵山沿八月十二，八月十三轮为后程马，十四为千祥，九月十三轮到后岑山、黄田畈、王坎头……"⑨ 各县也有的在当地建立"胡公庙"以就近拜庙。进香的队伍多以鼓乐案旗（画有龙纹的旗帜，旗上署有地名）为前导，火铳一路鸣放，长筒先锋号不时吹奏，锣鼓什锦班断后，大小莲花组成浩浩荡荡的进山舞队。上山祭拜以后，大多还要在山脚下的"岩下街"参加迎神赛会，各地乐舞竞相媲美，方岩上下几成歌山舞海。以结群进山的东阳的"大莲花舞队"（又称《十字莲花》）为例，舞队分前后两个部分，前是高擎五彩毛公（蜈蚣）大旗者两人和左右大锣手，协助带头的"莲花头"开道打场。后为二至四个打大板者和扮演各行各业及唱道情、耍花鼓、舞蛇等三教九流等二三十人不等，各自简单地模仿着角色的生活与职业特征，簇拥着莲花头前进。莲花头则为让围观者闪开路来，他左冲右突，前跃后跳，舞蹈动律主要特征与当地山民上山下坡生活动作的"下沉""后靠"相关，表情风趣幽默，风格粗犷奔放，含有"野味"还会逢场作戏，甚至以变形的性爱动作，让女性观众在羞涩中让道。莲花头表演时领唱，莲花舞队表演者帮腔，现场笑声、掌声混为一体。气氛异常炽热。永康高镇村一带则盛行六年一次轮流接送"胡公大帝"的习俗。轮到迎送的村子，这年就是大吉大喜，故总要与其他村子一起，组织起庞大的朝山进香队伍。队伍以鼓乐案旗为前导，接着是身背大刀，手持镋叉、盾牌、棍棒的青壮年组成的罗汉队，《十八蝴蝶》《高跷》《十八狐狸》《三十六行》《莲花落》《九曲珠》《荷花芯》等娱神舞队紧接其后，"胡公"神像与方岩山景、寺院大殿被头戴纸花的信徒们簇拥着前行。

在浙江中部武义县履坦乡发掘的南宋龙人堆纹瓶，可能也佐证着流传乡间的另一种样式的舞队现象。1988年作者在武义县博物馆细细辨析这个堆纹瓶，考究瓶壁之上舞蹈着的民间艺人及在他们头顶之上一起盘旋的腾龙形象，觉得这应该是当时于浙江其他地方以舞龙为主体，其他舞蹈形式一起参与的舞队活动的写照。因为瓶壁之上的形象多有在龙形之下若即若离、奔走跳跃的其他舞者，几组男女，有徒手狂舞，也有边奏乐器边跳舞的群体。武义县履坦乡南宋龙人堆纹瓶形象反映的不是一种单纯的擎起龙把杆样式的龙舞，而似一种"鱼龙曼延"般的群舞。"鱼龙曼延"原出自汉代角抵百戏中的舞蹈。山东沂南汉画像石"百戏图"中也刻有鱼龙之舞，旁有建鼓、鼗鼓等乐器伴奏。南宋词人辛弃疾在《青玉案·元夕》中描述当年杭城元宵热闹情景中曾出现的"鱼龙舞"舞队："东风夜放花千树，更吹落，星如雨，宝马雕车香满路。凤箫声动，玉壶光转，一夜鱼龙舞。"冯双白也以为宋代的龙舞断然不能与当时的舞队艺术分开："宋代是中国民间艺术获得大转折的时代，由于商业的都市文化的兴起，勾栏瓦舍里民间艺术讲唱游说，歌舞艺人吐火、旌旗翻扑、鬼脸变幻，呈现出一派新气象。乡村田野间，宋代民间舞队也风风火火，走街串寨，将普通人的娱乐到处传送。宋代龙舞就是在此大环境中发展的。"⑩

　　浙江人自古以来对"龙"有着与整个大中国一样的不解情怀和深深眷恋。龙图腾至今仍是浙江人心灵认同的审美选择。古代文献多有记载"越人断发文身以像龙子"，浙江先民早已视自己为龙的后代。在奉化五千六百年前的文化遗址中，就发现了刻有龙纹图案的祭器，龙舞则一直是奉化妇孺皆知的民间舞蹈。据南宋《四明宝庆志》记载，奉化雪窦山三隐潭请龙祷雨乃奉化境内的普遍现象。元代奉化籍文章大家戴表元《观村中祷雨》也诗云："西村送龙归，东村请龙出，西村雨绵绵，东村犹日出。"旁证了奉化布龙由敬神、请龙等的民间仪式逐渐演变成为富有特色的民间舞蹈。

注释：

① 参见【美】罗兹·墨菲：《东亚史》，世界图书出版公司，2012年。
②③（宋）吴自牧：《梦粱录》（卷十九·瓦舍）浙江人民出版社，1984年，第179、180页。
④ 临安瓦子的数目，《梦粱录》（卷十九·瓦舍）载："杭城之瓦舍，城内外合计有十七处。"《西湖老人繁胜录》"瓦市"条载：城内外有二十五个瓦子。《武林旧事》卷六《瓦子勾栏》列举了二十三个瓦子的名称及地点。《咸淳临安志》（卷十九·瓦子）也列举了城内十七个瓦子的名称与所在地点。
⑤ 林正秋：《南宋都城临安》西泠印社，1986年，第312、323页。
⑥（宋）吴自牧：《梦粱录》（卷一·元宵）浙江人民出版社，1984年，第3页。
⑦ 杨子华：《南宋以来的杭州民间舞蹈》浙江舞蹈家协会《浙江舞蹈》，1986年，第45页。
⑧ 冯双白，王宁宁，刘晓真：《图说中国舞蹈史》浙江教育出版社，2001年，第140页。
⑨《中国民族民间舞蹈集成浙江省金华卷·娱神舞综述》浙江省新闻出版局，1991年，第122页。
⑩ 冯双白：《中国龙文化与龙舞艺术研讨会论文集·龙舞的历程》重庆出版社，2000年，第171页。

（原载吴露生著《浙江舞蹈史》，2014年学林出版社出版）

蜚声大江南北的《前溪舞》

两晋南北朝时期出现了在中国舞蹈史上享有重要历史地位的《前溪舞》舞种。自此之后，江南舞蹈就常以一种蕴含秀润、清新流畅、柔婉动人和江南水乡特色的风格特征不时地浮现在舞蹈历史中，并成为丰杂多元的江南舞蹈主流文化性格。

中国古代舞蹈史中蜚声大江南北的《前溪舞》应是生发在浙江湖州德清武康名为"前溪"（余英溪）一带的民间乐舞，后来进入世家大族门庭与宫廷皇室。经宋、齐、梁、陈至隋唐盛极一时，并流播至明清期间。

作为《前溪舞》所相互倚托的曲或辞，史料中也有同出一辙的《前溪曲》、《前溪歌》之称。当代《中国舞蹈词典》中《前溪舞》的条目释文为："南朝舞名，属'清商乐'《吴歌》类。西晋车骑将军沈充作。""《前溪舞》情调缠绵舞态柔婉，具江南民间歌舞特色。"[①] 唐郗昂《乐府题解》："《前溪》，舞曲也"。历代典籍文献中《前溪舞》《前溪曲》《前溪歌》《前溪》等种种称谓也应是与《前溪舞》这一舞种直接关联的曲名、歌辞之名，同出一源，各具个性，却有共通的人文品格。

当代长于六朝、唐代文学研究的王运熙教授在《乐府诗述说》中说："沈充创制的《前溪歌》，可以设想一定受到他家乡民歌的启发和影响，擅长音乐的沈充，以土著的身份，开风气之先，来创制一种吴声的新舞曲，正是很自然的事。"[②]《苕溪渔隐丛话》引于竞《大唐传》："湖州德清县南前溪村，则南朝集乐之处。今尚有数百家习音乐。江南声伎，多自此出，所谓舞出前溪者也。"可见曾是"南朝集乐之处"的浙江湖州德清县南前溪村到了唐代仍"尚有数百家习音乐",并且江南一带的歌伎舞女"多自此出",声誉冠盖四方,有着"舞出前溪者"之美称。唐人崔颢在《王家少妇》诗中对《前溪舞》亦宠爱有加:"舞爱前溪绿,歌怜子夜长",陈朝刘删则抒怀:"山边歌落日,池上舞前溪"。到了明清史料中虽少有了前溪歌舞盛况的记载,但被誉为清代诗人第一人、明末清初的娄东诗派开创者吴伟业送朋友去武康上任以诗赠友的《送武康姜明府》中,就不仅"听事水声中",还能见到前溪舞与当地民众传习前溪歌舞的情景,其中"前溪歌舞在,父老习遗风"的诗句,明白无误地表明了前溪歌舞于前清时的存在,也彰显了这一历史文化珍品影响的广泛与久远。

孕育《前溪舞》的浙江湖州德清县三国入东吴版图,吴黄武元年(222年),武康立县,初名永安。晋太康元年(280年)改永安为永康。太康三年改名武康。《太平寰宇记》:"前溪在县西,古永安县前之溪也。晋沈充家于此溪,乐府有《前溪曲》,即充所制。"前溪,又称余英溪,余英溪流经古城武康县治前的一段,故名前溪。前溪清流汩汩西来,"为家不凿井,担瓶下前溪"两岸人家多傍水而建。余英溪的上游段称英溪,英溪水集发源于天目山余脉铜岘山、双溪、盘溪、石胡梯溪、阮公溪五溪之水,浩浩荡荡奔流东下。时至春日,因两岸"桃花夹岸,落英缤纷,浮漾水面,烂若锦绣",故名英溪。落花经过了几十里激流的洗礼,至武康一带时已所存无几,文人雅士怀着花开花落的惆怅,把这一段溪流称余英溪。清代邑人唐靖在《武康县志·山川总叙》说:"前溪者,武康邑治之前溪也,源出铜岘,两岸桃花十余里,春水时至,乱红蔽流,皆花英也,故名余英。"前溪落花是时作为武康一处著名胜景,历代文人多有题咏。

"西晋车骑将军沈充作"之《前溪舞》之所以发达于两晋南北朝,其一是因当时"合六代四夷之舞,集金石丝竹之乐"已为时尚;其二武康沈姓氏族的显赫,因"门阀特盛"故习乐于溪上。朝廷盛行"给舞伎"制度,沈氏仕宦们因宫中所好,要将优质民间艺人给(推荐)入宫,需要一定的舞伎培训处,以至"江南声伎,多出于此"。这些在客观上促进了前溪歌舞的发展。

两晋南北朝时,被尊为礼乐的郊庙乐得到了空前的提倡和发展。据《南朝宋会要》记载:"武帝永初元年(420年)七月,有司奏:皇朝肇建,庙祀应设雅乐,太常郑鲜之等八十八人各撰立新歌……诏可,又改正德舞曰前舞,大豫舞曰后舞。"至文帝时,有司奏:"二郊宜奏登歌,又议宗庙舞事,庙舞犹阙。"据不完全统计,仅《南朝宋会要》记录的郊庙乐舞有近百种之多。其中不少是皇帝、皇后亲自创作,南朝宋明帝刘郁就"郊庙舞乐,皇帝亲奉",为此朝廷蓄养了大批的乐舞伎人。这些艺人除却应承正宗礼乐外,其余多数在私苑献歌载舞,被皇家士族作为逸闲作乐的消遣对象。如武康人沈攸之在荆州任刺史时就造"西乌飞歌曲",虽"歌词多淫哇不典正",但还是被并列于乐官。

两晋南北朝的"给舞伎"制度也势必在合乎条件的武康民间造就一大批能歌善舞的舞伎。武康地方志:"江南声伎,兹地特盛。""江南声伎,多出于此"之伎很大一部分即由沈氏豪族推荐或进献给宫廷王室。《宋书》载有武康女子沈容姬,进宫后先为刘宋文帝刘义隆美人,后生明帝刘郁,被册封为明宣皇太后;又有武康山中石灵宝之女,有殊色,梁武帝萧赜选为略乘,采女,后生元帝萧绎,尊为皇太后,父灵宝封武康侯;还有武宣皇太后妞耍儿、文帝皇后沈妙容、后主皇后沈婺华等都无不例外。清代康熙县人吴康侯"曲罢前溪往事遥,春风花落贰红消"诗句,以桃花喻人,追溯了六朝武康金粉地的这些风流韵事。

沈充家族世居武康,乃吴兴郡名门望族。据沈约《宋书·自序》记载,武康沈氏的祖先沈戎,字威卿,仕州为从事,说降剧贼尹良,汉光武帝嘉其功,封为海昏县侯,辞不受,因避地,徙居会稽乌程县之余不乡(德清初名余不),遂世家焉。东汉末年沈氏定居德清以后,在世事变迁中历经三国东吴、东晋、南朝、宋、齐、梁、陈间三百多年的发迹发展,渐已经成为显赫的氏族集团。《武康县志》引《吴兴掌故》称:"沈戎初为九江从事,后徙居邑之余不乡,其子孙之盛,见于史者一百五十八人,三十八人有正传,余皆附见,宋、梁、陈间皇后三人,尚主者(匹配皇家的女儿)五人,仕宦之多至今为吴兴冠。"以致产生了"满朝文武半朝康"(康,即指德清武康)的民谣。前溪歌舞的兴盛,正如《吴兴掌故》谓:"沈氏在南朝门阀特盛,故习乐于溪上,其曲不但述林居之盛,而长夜之乐亦见焉然。"

沈充家族的代表性人物沈充,字士居。晋代武康人。《晋书·列传第六十八》记载:"少习兵书,颇以雄豪闻于乡里。"后深得东晋立国的有功之臣、晋武帝司马炎的女婿王敦器重,荐为参军,任宣城内史。王敦克京邑,以沈充为车骑将军。东晋永昌元年(322年),任大都督,统率军事。太宁二年(324年),王敦阴谋篡位,约沈充共同起兵。兵败,误至故将吴儒家,被杀。沈充家富裕,曾在龙溪(今在浙江省德清县钟管镇)铸小五铢,世称"沈郎钱"。又广蓄歌伎,常赋词作曲,后前溪为南朝习乐场所。其中《前溪曲》七首,流传甚广:

前溪曲七首

忧思出门倚,逢郎前溪渡,莫作流水心,引新都舍故。

为家不凿井,担瓶下前溪,开穿乱漫下,但闻林鸟啼。

逍遥独桑头,北望东武亭,黄瓜被山侧,春风感郎情。

黄葛生烂熳,谁能断葛根,宁断娇儿乳,不断郎殷情。

黄葛结蒙茏,生在洛溪边,花落逐水去,何当顺流还,还亦不复鲜。

逍遥独桑头,东北无广亲,黄瓜是小草,春风何足叹,忆汝涕交零。

前溪沧浪映,通波澄渌清,声弦传不绝,千载寄汝名,永与天地并。

《前溪曲》在流传的过程中也经历代乐人墨客改编续作。当代梁海燕在《舞曲歌辞研究》中所转《乐府诗集》所收《前溪歌七首》认为是宋少帝在原有民歌的基础上续改而成的。宋少帝刘义符在歌舞声伎方面有特殊的喜好,《宋诗·少帝纪》说他"善骑射,解音律"。问政之余对流传且偏爱的《前溪曲》润色一番也未必不可能。所传宋少帝后续之作《前溪歌》其辞为:

忧思出门倚,逢郎前溪渡。莫作流水心,引新都舍故。

为家不凿井,担瓶下前溪。开穿乱漫下,但闻林鸟啼。

前溪沧浪映,通波澄渌清。声弦传不绝,千载寄汝名,永与天地并。

逍遥独桑头,北望东武亭。黄瓜被山侧,春风感郎情。

逍遥独桑头,东北无广亲。黄瓜是小草,春风何足叹,忆汝涕交零。

黄葛结蒙茏,生在洛溪边。花落逐水去,何当顺流还,还亦不复鲜。

黄葛生烂熳,谁能断葛根。宁断娇儿乳,不断郎殷勤。

前后两首《前溪曲》(歌)大同小异,且不论作者是谁,都是流播在当地浙江一带的传世绝唱。这七篇歌诗不论前后所从句韵方面来看独立完整,是各自成篇的,但内容及情感表达方式上有共通之处。如女主人公率真而热烈的情感,源于民歌的直爽语言风格以及修辞方式上比兴手法的运用等。同时,七篇歌诗又有一个共同主题,即抒写男女间的离情别绪,以念远、怀归为内在情感线索。《前溪曲》以诗为歌,以歌伴舞,歌舞相生,借前溪两岸的自然美景抒发着男女离别之情,用一系列意象,表现了青年女子思念情郎或丈夫的急盼心理。自然纯真的爱情好似江南乡村一样清新,热烈的期冀又如艳阳当空,其中隐藏了多少的无奈与悲凉。再看《乐府诗集》中梁人包明月"制舞"时所创的《前溪歌》:

当曙与未曙,百鸟啼窗前。独眠抱被叹,忆我怀中侬,单情何时双?

也是抒离愁别绪,述相思之苦的。《前溪歌》在岁月的流变中有着不尽相同版本,但大致不出离别、思恋、盼归的主题。诚然,前溪歌舞的创作者也绝非沈充一人。但前溪歌舞民间的、后续的编创者可考者寥若晨星,一些无名氏或早已亡佚或被历史遗缺。

两晋南北朝期间儒学信仰危机的深化,对人生意义的探求,致使其时名士,"皆以任放为达",许多妇女也在一定程度上从儒家礼教的桎梏中挣脱开来,精神解放便是这一时期名教危机的至关紧要的内容。《南史·崔慧景传》曾记述南朝齐朝时,东阳女子娄逞聪慧过人,才华出众。她不甘心一辈子围着锅台转,遂"变服诈为丈夫",走出家门,遍游公卿。由于她知识渊博,精通围棋,又有极高的处事能力,颇受公卿们的欢迎,官竟至扬州"议曹从事"。只是时间一久,娄逞的女儿身终被发现。齐明帝萧鸾知道后下令罢免了娄逞的官职,让她返回老家东阳,娄逞这才极不情愿地被迫"始作妇人服而去"。《南史》的作者认为娄逞"此人妖也",而娄逞则认为自己满腹经纶,就这样"还为老妪,岂不惜哉。"《抱朴子·疾谬》曾说道:"今俗妇女……休其蚕织之业,废其玄纮之务。……舍中馈之事,修周施之好。更相从诣之适亲戚。……或宿于他门,或冒夜而反。游戏佛寺,观视渔畋,登高临水,出境庆吊,开车褰帏,周章城邑,杯觞路酌,弦歌行奏。转相高尚,习非成俗。"《世说新语·贤媛》还多处记载了当时妇女游山玩水、吹拉弹唱、饮酒谈玄、追踪高范的活动。按照儒家礼法规定,妇女在家庭夫妇关系中应端庄诚一,绝不容许情感外露,如《昏后翼》中所言:"情欲之感无介乎容仪,宴私之意不形乎动静"。

南朝妇女则不然，她们以情待夫，以相缠绵为贵（南朝乐府有云："贵得相缠绵"）。当代《中华文化史》就以《前溪歌》为例证："乐府《前溪歌》中'宁断娇儿乳，不断郎殷勤'之语，可见南朝妇女用情何等热烈。夫妻感情亲密，排他性的妒忌便自然而生。"③ 因此，《前溪曲》（舞）的产生绝非偶然。

　　至于《前溪舞》的具体舞法，就和中国所有的以身相传的艺术形式一样，一旦传人不继便消失不见了，但细作思辨还是可见大概。一则，从现存《前溪歌》前后的曲辞体制看，似乎也反映出《前溪》舞曲表演时的某些变化，如表演人数的增加、乐舞体制的增广等。至梁代，"内人包明月制舞《前溪》一曲"，此次"制舞"过程中不仅新作了歌辞，且标明《前溪》为舞曲，可以推想包明月的"制舞《前溪》"对该舞又有不少改进。二则，《前溪舞》声名显赫，许多名人雅士都有过不同程度的续作与描述，字里行间亦可窥见一斑。唐初河阳（今河南孟县）有一个叫曹娘的歌妓善舞《前溪》，她不幸溺水而死，诗人宋之间为她作了数首悼诗，《伤曹娘二首》其一云："《前溪》妙舞今应尽，《子夜》新歌遂不传。无复绮罗娇白日，直将珠玉闭黄泉。"梁代房篆的《金乐歌》诗云："前溪流碧水，后渚映青天。"这是化用《前溪歌》之"前溪沧浪映，通波澄渌清"句。庾肩吾《咏舞曲应令》诗云："歌声临画合，舞袖出芳林。石城定若远，前溪应几深。"晚唐李商隐《回中牡丹为雨所败》"前溪舞罢君回顾，并觉今朝粉态新。"诗中的"前溪舞"，是指牡丹的花被水冲走，随波逐流的形态。等到牡丹作"前溪舞"的时候，再回顾一下今天遭雨摧残，恐怕不但不能算是悲惨，反而会觉得"粉态新"。由此种种可以推测，《前溪舞》应是舞者在轻歌曼唱中身着娇白绮罗，舞袖回裙似行云流水，舞情调缠绵舞态柔婉，有江南民间歌舞特色的舞蹈（种），并且在传承流播中渐渐成为一种有着替代意味，象征着感伤、期盼的内容与忧郁柔美的形式风格的文化符号了。

　　时光冉冉流逝千年，在前溪歌舞的生发地德清武康一带至今仍流传着"舞情调缠绵舞态柔婉""象征着感伤、期盼的内容与忧郁柔美的形式风格的文化符号"《前溪舞》类的余风神韵。如笔者在有中国青瓷之源的德清采风之时，曾于民间见到明清传代瓷瓶盖上女乐舞形象似是《前溪舞》造型风姿。德清的传统民间歌舞十分丰富，其中十余个节目组成在当地统称其为"开唱"类的小调歌舞传承至今，"开唱"中最接近于前溪歌舞遗风的《大红船》又称"荡湖船"。清道光年俞曲园所著《春在堂全书·茶香室丛钞》中有"……星货铺所鬻，无非叹五更，荡湖船，淫靡媚亵之词……"的记录（老艺人说荡湖船即大红船)。而《二姑娘相思》表现了一个闺中姑娘的怀春之情,歌词舞姿与前溪歌舞离思、念远、盼归情感内涵如同一脉。"开唱"舞姿大多轻盈柔婉,节奏明快,蕴含秀润。女角舞手绢花时,要求上肢放松,双手舞手绢花做"大踏步拧腰"时的幅度接近"卧鱼",动作过程要柔软,老艺人要求学艺者如随风轻摆的杨柳,婀娜多姿。

《前溪舞》是汉民族歌舞的重要源流。自两晋南北朝从浙江武康一带生发以来,直至隋唐前后广泛流传,明清尚有踪影,至今可能也留下遗迹。其以典型的江南风格与浓郁的地域特色,缠绵悱恻、柔婉动人的舞姿情感,歌舞双绝的艺术魅力在中国延绵了好几个世纪。

两晋南北朝的浙江舞蹈正是由于这样的嬗变,使其与上古滥觞昭德象功的表记性乐舞,夏周专司娱神(人)的巫觋与专事乐舞的舞蹈,汉魏杂舞拉开了明显的文化属性的差距,而具有了历史转折意义上的界碑性征象。

(原载吴露生著《浙江舞蹈史》,2014年学林出版社)

注释:

① 中国艺术研究院舞蹈研究所、中国舞蹈词典编辑部:《中国舞蹈词典》文化艺术出版社,1994年,第316页。
② 王运熙:《乐府诗述说》,上海古籍出版社,1996年,第47页。
③ 冯天喻、何晓明、周积明:《中华文化史》,上海人民出版社,1991年,第503页。

常山隋墓砖画上的舞蹈形象

杨隋王朝在承袭前代舞蹈文化中雅俗舞蹈有了新的发展，北方少数民族的舞蹈随之南播，佛教、道教文化的成熟及综合融摄能力在与之相勾连的乐舞中的体现也异常生动。于常山孔家弄婴头自然村出土的隋墓砖画舞蹈形象，经考是为两晋南北朝向隋唐的过渡期，作为游牧民族的胡文化将一股豪强侠爽之气注入作为农业民族的汉文化系统内，胡乐舞文化在大江南曾经流播的实证。

隋代统一中国后，承接和吸纳了前代南朝的汉族传统乐舞与北朝其他各族的乐舞。隋初文帝，一方面启用了陈的太乐令蔡子元、于普明，以宋、齐、陈旧乐为华夏正声，设置"清商署"提倡以汉族为主体的"清商乐舞"；另一方面，又继承了北周以来的西域高昌乐伎，定国伎等七部乐，炀帝时改为汉族传统乐舞清乐及西凉、龟兹、天竺、康国、安国、高丽和礼毕等少数民族和外国的音乐为九部乐，借以汇集、统一南北的乐舞文化。那时，浙江许多地方的舞蹈也较兴盛，《隋书·地理志》就说温州"尚歌舞"，《祝穆方舆胜览》也载，"隋时，温州一带民风尚歌舞"，浙南一带几近习俗。隋唐以降，"胡、汉文化相融合的文化效应也相应得到最为充分的释放。胡、汉文化相融合的文化效应，首先表现在作为游牧民族的胡文化将一股豪强侠爽之气注入作为农业民族的汉文化系统内。"[①] 以汉为主，汉、胡文化的交流汇融，使得浙江舞蹈有着一种类似唐·张九龄笔下"灵山多秀色，空水共氤氲"与南朝梁沈约诗中所抒"氤氲非一香，参差多异色"的气象。

1987年，笔者在浙江衢州市常山县孔家弄婴头自然村考证的隋墓砖画舞蹈形象,即为两晋南北朝向隋唐的过渡期,胡乐舞文化在大江南曾经流播的实证。本人在1990年10月中国舞蹈出版社出版的《中国民族民间舞蹈集成·浙江卷》卷首《浙江民族民间舞蹈综述》中的考研归结是:"从1987年在常山县孔家弄婴头自然村发掘的隋墓砖画舞蹈形象看,舞蹈动作与衣饰均与江南汉人不同;又结合伴奏的四弦四柱曲项琵琶和长管吹笛等推测,此舞可能是两晋南北朝南北民族文化大交流时期在浙江出现过的舞蹈。"②然而,《考古》杂志1994年第8期曾发表《浙江常山县发现隋代舞乐纹墓砖》的简讯,因该文尚未展开对常山县隋代舞乐纹墓砖作学术性或艺术性方面的探究,本书无法对此文进行比对,只就文中所述发现日期与实际大相径庭,该文开头:"最近,浙江省常山县狮子口乡孔家桥村发现一座隋墓出土墓砖有宝相花、鱼纹、龙纹、钱纹,兵俑等图案……"对此的必要订正是,1987年并不是1994年的"最近",至于本人在正式出版物中的论证发布也是四年前1990年的事了。

发现隋墓砖画舞蹈形象的浙江常山县春秋时期为越国姑篾之地,战国归楚,秦属会稽郡太末县。建县已近1800年的历史。南朝宋、齐、梁三代,隶属不变;陈永定三年(559年),置信安郡,领信安、定阳两县,隶缙州。隋大业三年(607年),太末、定阳两县并入信安,隶东阳郡。

1987年四五月间,该县文化局在一份向浙江省文化厅呈报的工作简报中提到了在该县孔家弄村婴头自然村附近发掘到了墓葬砖画的信息。简报称墓葬画像砖上有乐舞形象,但不知其年代及表现的内容、形式。当时的省文化厅主要领导即在简报上批示酌请浙江省群众艺术馆派员调研。那年的春夏之交,已列入"六五"跨"七五"国家艺术科研重点项目的《中国民族民间舞蹈集成·浙江卷》编纂工作启动不久,该卷工作划分浙江省群众艺术馆组织承担,笔者承担着该卷"综述"的撰写任务。浙江舞蹈史脉的首次梳理也正在本人的爬罗剔抉中,因而领导就将此事交给了我。到达常山县的次日,我与当地文化局、馆的领导及若干业务人员沿着雨后颠簸不平的泥泞村道坐车加行走到达了孔家弄村一片树林旁的坡地,只见面积约三千平方米的地带,多个已经开掘的墓地散落着许多黄中带青的墓砖,随手捡起,墓砖上有宝相花、鱼纹、龙纹、钱纹、兵俑等图案,其中载歌载舞的画像砖更是引起了我极大的兴趣与探究的欲望,回去时我们带走了几块完整的画像砖。在县城旅馆我不时地对着乐舞纹墓砖与县文化局给我的拓片上的画面出神品鉴,

图 29 孔家弄婴头自然村隋墓砖画舞蹈形象（1987 常山县文管会摄）

图 30 常山县孔家弄婴头自然村隋墓砖画舞蹈形象（拓片）

并拨通了我国著名舞蹈史论家孙景琛家中的电话。孙景琛在电话里听到了这个消息也是异常兴奋，他说这是江南越地此类画像砖的首次发现，非常珍贵，嘱我好生考察研究，并运用多角思维的方法去论证。常山县天马镇孔家弄村婴头自然村的隋墓画像砖应是先用雕刀刻成模板，利用图像坯模制成的。砖长 30.6 厘米、宽 13.6 厘米、厚 3.1 厘米，墓砖两边有三重棱形纹，一侧有"隋太岁辛禾年郑□□□"纪年文字，另侧有四个乐舞人物与两飞天形象。面对墓砖画面，中间两个边奏边舞的分别为吹横笛与弹琵琶者，左起第一人是左右两手掌背相向上下翻腕并扭摆着腰胯的舞者，最右边一人则在双手叉开发力右出的同时歪脖扭腰呈现着与左起第一人相似的肢体造型。乐舞者均戴小帽，脚蹬靴子，穿着紧身紧袖的衣衫。砖侧边上下两位飞天女则头挽高髻，张开手臂含笑斜睨，又与四乐舞伎人互为呼应。（图 29、30）

笔者的考究分别是从舞者所持的乐器、服饰、舞蹈的动力定型、情绪表达指向等方面展开，经考证分析，画像砖中的舞蹈形象渐渐集中到对两晋南北朝至隋期间曾出现在浙江一带胡舞中"胡腾舞"的思辨上来了。胡腾舞属"胡舞",古代泛称西域及北方少数民族的乐舞为胡乐、胡舞。《中国舞蹈词典》"胡舞"条目认为:"南北朝时代,胡舞流行于江南","南朝'胡舞'由北方传来,北方的'胡舞'有些是从西域传入的。"③ 其特点是既雄健迅急、刚毅奔放,又柔软潇洒、诙谐有趣,主要舞蹈动作包括勾手搅袖,摆首扭胯,提膝腾跳,以腿脚功夫见长。《中国舞蹈词典》阐释"胡腾舞":"表演者多是男性胡人。头戴缀珠的尖顶蕃帽,身着窄袖'胡衫',腰束葡萄花纹长带。舞时卷起衣襟。脚穿柔软华丽的锦靴。"又"舞者以急促多变的腾踏舞步及高难度的腾跃、空转、大幅度的弯腰等技巧动作为其特征,舞姿风格矫捷豪放,节奏迅疾热烈。表演者'红汗交流珠帽偏',观者'四座无言皆瞪目'。伴奏乐器有横笛、琵琶等。"④

常山孔家弄村隋墓画像砖上的弹琵琶的乐舞伎人怀抱的琵琶呈半梨形音箱,颈上有4个相(柱),4条弦,琵琶头部向后弯曲,与传统中直柄圆形的汉琵琶不同,为典型的曲颈琵琶。曲颈琵琶因其经过龟兹传来,又称龟兹琵琶,"约在350年前后由印度传入中国的北方,551年前又传到南方。隋唐时代广泛流行,成为歌舞音乐的重要乐器"。⑤ 画像砖中间稍靠后乐舞伎人所吹乃为横笛。据《中国大百科全书·音乐舞蹈》转《旧唐书》所述横笛源起说法之一,横吹竹笛来自羌人,从西域传入,汉武帝时丘仲等人将羌笛加以改造,制成7孔,长2尺4寸(约80厘米)的横笛。魏晋时,横笛已作为横吹乐队中的主奏乐器,在中国北方广泛流传。隋时笛已有12孔,能演奏完整的半音音阶。如此,琵琶、横笛不仅符合胡腾舞规范的伴奏乐器,而且乐器的类别也是正宗的胡乐器。

画像砖形象表达的舞蹈形态及意欲反映的内涵丰富又极具个性。首先四个载歌载舞者的情状:或醉眼惺松扭腰出胯仰天高歌,或回首侧目笑脸顿开,就是弹拨琵琶伴奏者显然也进入了整个气氛之中而边奏边歌,锦靴之下的踢踏节奏整体中有着各自的变化……由此,不由得使人想起了胡腾舞的另一个别名"醉胡腾",有跳胡腾舞者往往饮酒之后,会随手抛下酒杯跳起胡腾舞来的。唐代"大历十才子"之一、大历五年登进士第,官至杭州司马的李端曾有诗《胡腾儿》:"醉却东倾又西倒,双靴柔弱满灯前,环行急蹴皆应节,反手叉腰却如月。"直至宋代宫廷"队舞小儿队"中尚有《醉胡腾队舞》的舞名。工匠在常山孔家弄村隋墓画像砖坯模上做出的图像可能就是醉胡腾的片断。画像砖隐约折射了墓主生前享乐生活宴饮、喜好乐舞百戏的精神面貌。

其次,四位乐舞伎人除了穿着符合胡人尖帽、窄袖、锦靴等服饰特点外,衣衫之上均呈现着网络花式的装饰。这种别具一格的服装样式是雕工画匠的随手涂饰还是有所根据指向?对此,笔者从《邺中记》中查见到与器乐同时代乐舞伎人饰服网络的一种由来:"石虎大会,礼乐既陈,于阁上作女伎数百,衣皆络以珠玑。"《邺中记》说的是在西晋十六国时期,后赵石虎(335年)在他的都城邺地大造宫室,他所拥有的数百个女伎,舞衣上用珠玑的网络装饰,经常昼夜荒淫歌舞,穷奢极欲。网络饰以珠玑的舞衣当时竟为时尚。虽则网络珠玑的服饰十六国时为女伎舞衣,但胡汉文化的交融并不排除男性舞者对时尚的选择,就如胡舞中的"胡旋舞"舞者本为女子,但在唐玄宗李隆基时,不仅他的宠妃杨玉环跳得"回雪飘摇转蓬舞,左旋右转不知疲",宠臣安禄山作为男子亦"作胡旋舞,疾如风焉",当时胡旋舞还风靡一时,不仅在宫廷流行,也成社会上男女最为喜爱的舞蹈之一,长安人学旋转,学胡舞成了一时的风尚。此外,隋代诗人薛道衡也有诗:"羌笛陇头吟,胡舞龟兹曲。假面饰金银,盛装摇珠玉。"据此也有可能砖画中人就是那时候戴着各种假面具,穿着缀满珠宝盛装的艺人,在表演西凉和龟兹民族歌舞的生动情景。

画像砖侧的飞天女,意为飞舞在天的仙女。在中国传统文化中,天指苍穹,但也认为天有意志,称为天意。佛学以为娑婆世界由多层次组成,有诸多天界的存在。飞天是歌神乾闼婆和乐神紧那罗的化身,原是古印度神话中的歌舞神和娱乐神。两位飞天女形象虽处砖像边处,却也是烘托歌舞,升华佛教意境的重要局部,这与其时大江南北佛教文化的勃兴不无关联。值得注意的是这两位飞天女不与寻常的飞女那般多飘浮孤云,而是与四位乐舞伎人遥遥相对,互为呼应而浑然一体,眉目之间极具人间烟火。

在孔家弄村墓地里更多的画像砖上有着江南汉文化中常见的宝相花、龙纹、鱼纹、钱纹、兵俑等图案。"宝相"一词出自佛教,称佛像庄严之相,所谓"神仪内莹,宝相外宣"。有"宝"和"仙"之意,常用于寺院,"宝相花"系我国传统装饰纹样之一,又称"宝仙花""宝花花"。盛行于隋唐时期。相传它是一种寓有"宝""仙"之意的装饰图案。鱼、钱象征富贵有余,皆为吉祥图案。值得注意的是画像砖一侧上的瑞龙通身布鳞顶有两角,折颈翘尾龙颜凶猛,龙体呈直条状边张嘴喷水边舞动四肢五爪直扑前方,加上兵俑图案，墓葬主人可能是一个武将。

　　常山孔家弄村隋墓画像砖上的舞蹈形象虽有可推测为北方工匠的艺术记忆，但更有可能是真正在浙江出现过。

　　公元 439 年，北魏太武帝西征河西，将西凉乐舞艺术、乐器，乐工舞妓以及西凉高僧昙曜和数万户西凉人携带东归。这次事件对西凉与中原的文化交流起了巨大的推动作用，大规模的西凉音乐、舞蹈及佛教艺术东传，从此揭开了序幕。自西汉末年起，西北和西域各少数民族逐渐向内地迁移。到西晋初年，内迁的匈奴人、羯人、鲜卑人等共有九十万之多。杨隋时的中国，经济发达，政权统一，随着各民族人民之间的往来和融合，乐舞文化也向更广更高的水平发展了起来。隋朝宫廷中拥有许多高超技艺的西凉地区的乐舞艺人。皇帝对有功有宠的大臣亲信会将西凉乐舞伎女赏赐给他们。《隋书·窦荣定传》载："尉迥初平，朝廷颇以山东为意乃，拜荣定为洛州总管，以镇之。前后赐缣四十四匹，西凉女乐一部。"说的是隋文帝时，仅在一次赏赐中，就将宫廷西凉乐部中的数名女乐伎所组成的一个乐队，连同其他物品一同赏给了洛州总管窦荣定。这一事实充分证明西北少数民族的乐舞及其艺人在当时宫廷是占有相当地位和数量的，同时传播也是十分广泛的。故而也不排除隋朝开凿贯通了大运河后，西凉和龟兹民族歌舞随之南播与皇朝将乐舞艺人赐予的可能。实际上浙江一带正如《中国舞蹈词典》"胡舞"条目所注："南北朝时代，胡舞流行于江南"，自两晋南北朝起常山孔家弄村隋墓画像砖上的舞蹈就已在浙江一带呈现了。此外，就画像砖的工艺而言，常山孔家弄村隋墓画像砖是东汉以后画像砖最流行的"模印法"，工艺十分复杂。其制作流程有作图像坯模、脱画像砖坯、烧成砖和施彩设色四道工序。作坯模时，先在一块与砖大小一样的方形或长方形木板上勾勒出墨线画稿，用雕刀刻成模板，然后在四周加上木质边框，就成了坯模。利用图像坯模像脱普通砖一样的方法，再成有图像的画像砖坯，待砖坯阴干后，经过入窑烧才能成了画像砖，砖块实物根本无法、也没有必要北物南运。加上隋墓之中更大量的是浙江一带汉文化中多见的宝相花、龙、鱼、钱等纹饰，雕师工匠显然为当地人士，在当时的文化传播条件下，他们没有在本地域曾经耳闻目睹是无法绘雕制造出如此栩栩如生的画像砖上的形象的。

　　学界注重"孤证不立"，常山孔家弄村隋墓画像砖上的舞蹈形象根据多学科多角度的综合考据,并统合可信材料的例证,应为两晋南北朝至隋期间曾出现在浙江一带的胡舞无疑。

（原载吴露生著《浙江舞蹈史》,2014年学林出版社）

注释：

① 冯天喻、何晓明、周积明:《中华文化史》,上海人民出版社,1991年,第575、576页。
② 吴露生:《中国民族民间舞蹈集成·浙江卷》-"浙江民族民间舞蹈综述"中国舞蹈出版社出版社,1990年,第4页。
③④ 中国艺术研究院舞蹈研究所、中国舞蹈词典编辑部:《中国舞蹈词典》,文化艺术出版社,1994年,第160页。
⑤《中国大百科全书·音乐舞蹈》:《琵琶》条目,中国大百科全书出版社,1989年,第511页。

《德寿宫舞谱》探秘

南宋人的智慧与宫廷舞蹈的发达,衍生了虽稍后于晚唐、五代的敦煌舞谱残卷字舞谱,却先于世界其他各国舞谱——举世闻名的《德寿宫舞谱》。"舞谱"这一专业名词在世界文化史上的首次提出,也是南宋遗老周密所得《德寿宫舞谱》二帙后,于《癸辛杂识》间耆然点醒的创建性贡献。由于《德寿宫舞谱》是一种字舞谱,以文字来记述人体流动、肢体变化为主要特征的舞蹈艺术毕竟有很大局限性,故而《德寿宫舞谱》中所蕴含的确切形象和动作过程也如引人入胜的迷宫,引发起不少专家学者步进这远去的堂奥,寻觅其历史真相的强烈欲望。对它的各自探究及破译的尝试也接踵而至。笔者则从自我判断出发,结合学界已有的研究成果与相关史料作出了若干分析与阐释。

舞谱是用图形、文字、符号等形式记录舞蹈动作形态、过程的书面材料。目前世界上拥有一百多种舞谱的记录法。中国舞蹈艺术中应用于记录、传承的舞谱与类似舞谱的功能形式由来已久,其生发时间领先于世界。有专家认为在《殷墟文字甲编》中除了以折线连成的文字之外,还有复杂的多连贯的曲线,状似图形的刻痕,认为有可能是原始舞蹈的路线图。经过比较研究,这种刻痕与杨子山出土汉画像砖上乐舞图像的边形极其相似,鉴此,推测这种刻痕就是先民创制舞谱的初级思维状态的实录。此外,四千多年前还出现了以阴阳为纲纪,八卦符号为方位的图像,当代学者周冰曾在《巫·舞·八卦》一书中认为此为舞蹈动作运动的标向与"五行"定位,并同巫词、咒语相结合,是中国、也是世界最古老的成形舞谱——《八卦舞谱》。唐初太宗李世民曾亲自绘制了《破阵乐舞图》，命太常丞吕才依图排练，以后此舞还远播印度，东传日本。

近代在古丝绸之路的敦煌发现了晚唐五代留下的以曲名、序词表示舞蹈动作的残卷。由于英法等国某些帝国主义者的文化掠夺，残卷长期散落国外，但仍引起了国内外专家学者的广泛兴趣。该残卷最早由中国学者刘半农在1925年编入《敦煌掇琐》，并于那时开始拟名为"舞谱"，一直沿用至今。国际上，在1671年左右，法国著名的芭蕾舞大师博尚发明了一种书面记录舞蹈动作的方法，博尚申请了专利，当时法国最高法院批准了这项发明的专利权，但没有对这项发明作出任何评价。20世纪20年代末期在维也纳也出现了《拉班舞谱》，但《敦煌舞谱》与《德寿宫舞谱》都比它们要远早得多。

稍敦煌字舞谱残卷后出现的《德寿宫舞谱》，则是宋高宗赵构绍兴三十二年（1162年）退位后在临安德寿宫时，由宫中艺人使用、收藏的字舞谱。宋人周密对此于《癸辛杂识》中提出的"舞谱"概念为世界首次，比《拉班舞谱》的正式发表与《敦煌舞谱》的正式命名均早了六百多年。

"德寿宫在望仙桥东，元系秦太师赐第，于绍兴三十二年六月戊辰，高庙倦勤，不治国事，别创宫庭御之，遂命工建宫殿，匾德寿为名。"① 当时的德寿宫范围相当大，以杭州现在的地理位置来说，东到城墙，即"城头巷""吉祥巷"，南至"望江路"，西临中河，北至"佑圣观路"附近的"水亭址""梅花碑"一带，其面积约15万平方米左右。德寿宫被誉为"蓬岛胜境"，宫内遍布亭台楼阁，有白玉石妆嵌的万岁桥，有以水银浇注成的金鱼池，有叠石为山的"飞来峰"和人工凿砌的"小西湖"。宋高宗赵构自靖康之难后即位建立南宋，于绍兴三十二年（1162年）传位于孝宗。退位自称太上皇以后，一直居住在德寿宫至淳熙十四年（1187年）离世。在此期间，他铺排奢侈，浮华无度，德寿宫内祝寿饮宴常有歌舞相佐。例宋周密撰《武林旧事·卷第七·乾淳奉亲》中就有载：

> 俟太上升殿，皇帝起居拜舞如仪，……太上令宣唤吴郡王等官前来伴话。上待太上同往射厅看百戏，依例宣赐。再入幄次小歇，上遣阁长奏知太上："午时二刻恭请赴坐。"至期，车驾并赴德寿殿排当。约二刻，再请太上往至乐堂再坐，教坊太使申正德进新制《万岁兴龙曲》乐破对舞，各赐银绢有差。又移宴清华，看蟠松、宫嫔

五十人，皆仙妆，奏清乐，进酒，并衙前呈新艺。

八月二十一日，寿圣皇太后生辰。先十日，车驾过宫，先至太上处起居，方至本殿进香。次皇后、皇太子、太子妃、庄文太子妃张娘娘已下并进香起居。……第七盏，小刘婉容进自制《十色菊》《千秋岁》曲破，内人琼琼、柔柔对舞。

十月二十二日，今上皇帝会庆圣节。至日，车驾过宫，太上升殿起居讫，簪花拜舞，进寿酒讫，太上回赐寿酒。次至太后殿行礼。从太上至后苑梅坡看早梅，又至浣溪亭看小春海棠。午初至载忻堂排当，官家换素帽儿，太后赐官里女乐二十人，上再拜谢恩。并教坊都管王喜等新进制《会庆万年》薄媚曲破对舞，并赐银绢。

在德寿宫歌舞繁昌的同时，宫中艺人曾制作、使用和收藏有一种舞谱，全部原谱未曾面世。但在宋末元初词人、学者周密（1232—1298）的一部史料笔记《癸辛杂识》中有所记载。周密晚年曾寓居杭州癸辛街，作为南宋遗老笔耕往事，《癸辛杂识》因而得名。《癸辛杂识》分前、后、续、别4集，凡四百八十一条，是宋代同类笔记中卷帙较多的一种。周密在后集称，他曾得到过"德寿宫舞谱二帙，其中皆新制曲，多妃嫔诸阁分所进者"，此载不同于刘半农先生1925年才对《敦煌舞谱》的拟名，周密"舞谱"这一专业名词的提出实为中外文化史上首次，这也是他所得德寿宫舞谱二帙后，于《癸辛杂识》中将铅凝的混沌恝然点醒的创建性贡献。

《癸辛杂识》载：

所谓谱者，其间有所谓：

左右垂手：双拂、抱肘、合蝉、小转、虚影、横影、称裹。

大小转撋：盘转、叉腰、捧心、叉手、打场、挽手、鼓儿。

打鸳鸯场：分颈、回头、海眼、收尾、豁头、舒手、布过。

鲍老缀：对窠、方胜、齐收、舞头、舞尾、呈手、关卖。

掉袖儿：拂、蹳、绰、觑、掇、蹬、焌。

五花儿：踢、搊、刺、撷、系、掤、捽。

雁翅儿：靠、挨、拽、捺、闪、缠、提。

龟背儿：踏、儹、木、摺、促、当、前。

勤步蹄：摆、磨、捧、抛、奔、抬、抶。

周密所得"德寿宫舞谱二帙"里未录舞名、曲名，也没有曲谱和图像，只是一些字、词、术语所表述的舞蹈动作、姿势和队形变化，显然这并不是该德寿宫中舞谱的全部与原貌。但从其所辑录的这些字词术语看，包括了手、袖、眼神、身段、步态和舞蹈队形等动态舞式，形象性和动态感均很强。

同为字舞谱的《敦煌舞谱》主要由曲名、序词和表示舞蹈动作、节奏以及舞蹈与歌唱关联的字组三部分组成。舞谱中的曲名有"南乡子""凤归云""遐方远""双燕子""浣溪沙""蓦山溪"等，大都是当时流行的曲词名称。但从字舞谱的层面省察，《德寿宫舞谱》的九类六十三种远比《敦煌舞谱》令、送、舞、据、奇、摇、头、约、拽、请、与等字组合而成的字舞谱更形象、更可感，实践起来也更易进入可舞性，内容也更为丰富。

当我们的思辨先是宏观地掠过《德寿宫舞谱》的卷帙，它的名称及名称的动感给人的启导似乎为德寿宫中伎人的领头者或排练、训练者（如菊夫人这样的部头），从客观角度审视舞蹈后的形象感觉与感悟的记录。舞谱所记录的动作形态与组合过程是德寿宫中特有的舞蹈，而这些舞蹈不少是受当时民间舞蹈影响，还有与杂剧、戏文交融的舞蹈等组成。例，淳熙三年八月二十一日，在德寿宫宫筵之际，筵间就表演了当时杭州的著名民间歌舞艺人小刘婉容编创的《十色菊》《千秋岁》"曲破"乐舞，并由"内人"（即进入宫中承应的歌舞伎人）琼琼与柔柔对舞。筵间又有由教坊都管王喜新创制的《会庆万年薄媚》曲破对舞。舞谱的用途可能在于给宫中女伎舞蹈为主的舞蹈训练或表演的简括规范，但"多妃嫔诸阁分所进者"并不能排除"妃嫔"身份对应外数量上"多"与"少"相对相存也有少许男性舞人介入的可能性。这种规范是舞者的动作及动作的方位、部位，但也可能是宫廷队舞的变化形态。因为在德寿宫队舞活动极为频繁丰富的情况中，"妃嫔诸阁分所进"的字谱不太会只限于训练舞蹈者局部之用。另，《德寿宫舞谱》的分类尽管有所侧重，但始终保持了作为舞蹈人体流动或造型的一个整体，并没有将某个局部的肢体语言从中生硬地割裂出来。故而，虽则历史遗憾地让德寿宫舞谱只留下二帙，但窥中见豹，极具价值。

如果我们结合舞蹈专业的专业特点，并从汉字象形、象声的特点去省察，会发现德寿宫字舞谱有着超强的象形功能。近代戏剧理论家齐如山曾说："古代舞，都是有所象。如怎样动作，是意在要象什么，或想形容表现一种事情，就应该怎样的舞法，使观者一看便知。"齐如山给戏曲表演大师梅兰芳的舞蹈设计、服装设计和写实主义导演学方面有非常关键的作用，尤其是舞蹈设计。他的"戏曲舞蹈化"实践，曾有"无声不歌，无动不舞"的艺术宣言，而重点成就主要是在"无动不舞"。齐如山曾把古代舞蹈分为三种：象征的、交际的、美术的。齐如山的"象征"则大致指象形、象容。笔者很是赞同齐先生的看法。由此，《德寿宫舞谱》中的合蝉、打鸳鸯场、对窠、五花儿、雁翅儿、龟背儿等可能就是一种象形、像容类的舞蹈造型及其在此基础上的分别流动。如"合蝉"是否即为舞动巾袖时像蝉翼一般开合；"打鸳鸯场"表示舞者的双人舞好比鸳鸯如影随形且呈卿卿我我情态；"对窠"会不会是队形的一种变化，散时似鸟翻飞，聚时如窠对对；"五花儿"可能似现今戏曲小五花的手部动作，但更有可能是宫廷队舞变化之形如同吉祥的五朵花儿，踢、搯、刺、撅、系、搦、摔是队形中的动作变化与组合；"雁翅儿""龟背儿"的舞蹈应有雁翎、龟背式的状态及动律特点，否则平白无故也不会去以动物形态命名。

南宋时杂剧较为兴盛，在罢省教坊乐工之后，宫廷宴饮往往直接由"教乐所杂剧色"等御前人员担任表演，杂剧的地位更为提高，耐得翁《都城纪胜·瓦舍众伎》称："散乐，传学教坊十三部，唯以杂剧为正色。"这十三部分别为杂剧色、参军色、歌板色、舞旋色、笙色、方响色、筝色、琵琶色、笛色、觱篥部、大鼓部、杖鼓训、柏板部等，并称"色有色长，部有部头"。周密《武林旧事·乾淳教坊乐部》所列十三部色，也把"杂剧色"置于首位。德寿宫里也常演杂剧，《武林旧事》卷四"乾淳教坊乐部"有：

乾淳教坊乐部

杂剧色：

德寿宫：刘景长使臣　　王喜保义郎头。各都
　　　　管使臣，又名公谨，号玩隐老人
　　　　茆山重节牙头　盖门贵　盖门庆末
　　　　侯谅侯大头，次末。　　张顺
　　　　曹辛　宋兴燕子头　李泉现引兼舞
　　　　三台。

故而德寿宫中之舞不可能不受到杂剧的影响。如，"左右垂手"之双拂、抱肘、合蝉；"大小转撏"之盘转及"掉袖儿""五花儿"等均与杂剧中的水袖、盘转有关。左右垂手中的小转，大小转撏之盘转，龟背儿中提到的踏，也很

有可能与王国维先生《宋元戏曲考》中考证的宋代官本杂剧段数间流行一种由"踏歌"转化来的歌舞形式《转踏》,又称《传踏》或《缠达》的动作结构相关。至于"鲍老缀",更像是受杂剧与民间舞队影响,一个舞蹈化了的定名。宋《张协状元》戏文第五三出:"好似傀儡棚前,一个鲍老。"钱南扬校注:"鲍老,古剧脚色名。"《后山诗话》载杨大年《傀儡诗》云:'鲍老当筵笑郭郎,笑他舞袖太郎当。若教鲍老当筵舞,转更郎当舞袖长。"缀,《说文》曰合著也,又为装饰、点缀。曹植有《七启》:"饰以文犀,雕以翠绿,缀以骊龙之珠,错以荆山之玉。"鲍老缀疑似以有面具装饰,或运用傀儡动律进行对窠、方胜、齐收、舞头、舞尾、呈手、关卖等舞蹈组合或是一个队舞节目的过程。

　　《德寿宫舞谱》中所表述的字、词、术语中明显透析出男性舞者参与其中表演的可能性。如董锡玖曾在《中国舞蹈史》中探究"龟背儿"这是很多人重叠的动作,很像"叠罗汉"。那么这种超负荷、大强度的动作的多人叠压式造型女伎一般是不可能完成的。又如"鲍老缀"这种戴有面具,风趣诙谐的节目在宋代提倡理学治天下的德寿宫中完全由女伎出演也是不可思议的。还有如"雁翅儿"中的"提"似为一人用手提另外一人的动作,"龟背儿"中的"踏"可能是人与人重叠时脚踏于他人的肩上或腿上的造型,这些都有一定难度,均说明了德寿宫中妃嫔所进舞谱中男性舞者的存在。

　　从《德寿宫舞谱》的一些名称分析,其中承先启后的痕迹清晰可辨,如"垂手"唐《乐府杂录·舞工》条就载有"舞者,乐之容也。有大垂手、小垂手,或如惊鸿,或如飞燕"。再往前溯,据梁简文帝的诗作有《大垂手》诗:"垂手忽迢迢,飞燕掌中娇。罗衫恣风引,轻带任情摇。讵似长沙地,促舞不回腰。"《小垂手》:"舞女出西秦,躢影舞阳者,且复小垂手,广袖拂红尘,折腰应两袖,顿足转双巾。"舞蹈似乎具有两袖拂动又手中甩收如飞,并运用服装的如风摆动与腰部动作的配合而形成情致的特点。但从白居易《霓裳羽衣歌》中"小垂手后柳无力"诗句的启迪,垂手,又可能是一种臂膀下垂、巾袖如柳拂荡、双手轻盈回动的舞姿。20世纪50年代末期,在中国多个剧种的表演、音乐、舞蹈等方面都有较深的研究的欧阳予倩推断:"垂手"可能就是"单抖袖"或"双抖袖"。不过《德寿宫舞谱》"左右垂手"虽然是以手部动作为主,但与此相关的小转、虚影、横影、称裹等已牵涉到躯干与腿部动作的协调和配合。譬如"左右垂手"中之"虚影",可以理解为垂手后的巾袖上扬,扭身小转后的欲左先右或欲右先左的虚晃。此类舞蹈动作在汉代时就有显现。又例"勤步蹄"

所提到的"步"与"蹄"看来,此类应该是舞蹈的步法谱,但摆、磨、捧、抛、奔、抬等则好像与人体的中段、手位及动律节奏一起有韵致地进行着舞蹈的流动。另外,不少称谓、术语如"五花儿""雁翅儿"等就和南宋其他史料中的民间舞队中的《旱划船》《竹马》《踏跷》《花鼓》《舞钟馗》《扑蝴蝶》等一样,承传后代直至目前舞蹈界保留、沿用的说法亦十分近似或完全相同。

在《德寿宫舞谱》真谛的寻觅者中不乏极为用心而各具索解成果的学者,其中董锡玖女士与齐如山先生颇具代表性。中国艺术研究院舞蹈研究所研究员董锡玖在《中国舞蹈史》执笔撰写的宋、元、明、清部分《舞谱》一节中谈了自己对《德寿宫舞谱》具体造型与动作的不少看法,她认为舞谱"这是一种对舞蹈演员基本技巧训练的资料,而不是具体节目的场记",因此"左右垂手"是袖舞的基训,"大小转搐"为徒手舞的基训。但她对于"打鸳鸯场"却又作了"这种队形变化是模仿着鸳鸯在水中的图案"的分析,说"鲍老掇"是"是一种傀儡舞的形式"。实际上对队形变化的记录一般也在场记中出现,只是字舞谱的特点只能在于文字的体现而已。例,《德寿宫舞谱》中"鲍老掇"中有"舞头""舞尾"的记载,舞头即是宋大曲曲破舞蹈中的角色名称,是居于舞队之首的舞者,而舞尾,是居于舞队后的演员,也称"舞末"。鲍老掇显然是一个群体性的舞蹈节目,紧接鲍老掇其后的对窠、方胜、齐收、舞头、舞尾、呈手、关卖文字完全可能是对整个舞蹈的记录,即场记。尽管其应用价值可以是训练或者是排演。

不过,董锡玖对《德寿宫舞谱》中具体造型与动作的探求是一个不漏,穷其究竟,并将自己研究成果分为"是""可能是"与"不是""待研究"几种类型,显示了做学问的严肃性。如她以为"觑",这是以袖遮脸作偷瞧的一种动作,结合着眼神,所以叫觑。昆曲《思凡》中就有这样的唱词:"他把眼儿觑着咱,咱把跟儿觑着他。""海眼"是两个圆阵并列的队形,因为鸳鸯在水中,所以称"海眼"。"捧心":两手捧心,这是模拟美人的动作。据说西施有心病,常常捧心,因之这个动作被应用到舞蹈当中。"叉腰"两手叉于腰间,这是极常见的动作。对"抱肘"她觉得可能两手交叉在胸前,京戏中叫"合抱"。"横影"可能是双手向左或右旁伸,而身体向左右闪动又还原,叫"横影"。"称裹"可能是左右理装,看看相称不相称。"蹬",现在戏曲中常有"蹬路"这样的话,可能是前后摆动的动作。有人认为是"踏步"。"绰",宋代马戏中把手向下绰地叫"绰尘",绰可能就是手向下绰地的动作。而将"鼓儿""回头""布过"等字谱均列入待研究之列。

齐如山先生早年留学欧洲，1916年、1917年以后的20多年来，与李世戡等为梅兰芳编排剧，齐为梅兰芳编创的时装、古装戏及改编的传统戏有20余出。梅的几次出国演出，齐都协助策划，并随同出访日本与美国。知识渊博，治学严谨。1962年于中国台湾去世。齐如山则把"虚影""横影"理解为袖子的摆动方法。齐如山在出版于1935年的《国剧身段谱》中以戏曲身段去解释这9种舞牌。比如"左右垂手"，齐如山认为："这个舞牌中的姿式的名词，与现在戏中旦脚出场的各种身段，大致相似。且读古代以来各种记载和歌咏的文字，大致都说这个舞牌子是女子所舞的……""双拂，即戏中之双抖袖……抱肘，即戏中之合抱，俗名抱夹，乃双手交于胸际。合蝉，即戏中之双背袖，即双负手，两袖往后一背，如同蝉之合翼。小转，即戏中之半转身，即往后看。……虚影，即戏中之摆……横影，即戏中之双舒袖，即两手旁伸。……称里，即戏中之左右理装"。齐如山的解释，有一些比较顺畅，如"双拂""合抱"；但有一些解释则有臆测成分。比如"称里"，齐如山解释为："俗名左右看，当看左边的时候，则将右袖举起，用左袖作担鞋现形式。看右边的时候反是，所谓称里者，大致系看看装里的相称，不相称的意思。"齐如山的解释并没有文献上的直接依据，而是根据他对戏曲舞台动作的熟悉，加上对《德寿宫舞谱》的字义的理解。比如第一个舞式"双拂"，齐如山的解释是："双拂，即戏中之双抖袖，因拂字之义，与抖字大致相同也。"把舞蹈中的"双拂"解释为戏曲中之"双抖袖"，其唯一的依据是"抖"字与"拂"字意义大致相同。应该说，抖袖与拂袖还是有很大区别的，舞蹈中的双拂袖与戏曲中的双抖袖很难说是"大致相同"。

注释：

① （宋）吴自牧：《梦梁录卷一·元宵》，浙江人民出版社，1984年，第63页。

（原载吴露生著《浙江舞蹈史》，2014年学林出版社）

浙江舞蹈史脉简说

　　天地孕育了人，自当人成为人类以后，就有了属于与自己息息相关的舞蹈。人类在苍穹洪荒间创造了舞蹈。

　　浙江舞蹈的生发及其演变，也只能是依随着天地之间的人，凭借着受天孕地养的地球村，自蒙昧时代不断走向野蛮、文明时代，与历史的进程一起迂回曲折地生发、传承、前行……

新石器时代（地质年代上已进入全新世。约前60世纪至前20世纪左右）

- 杭州湾南岸姚江之畔，距今七千年左右，河姆渡文化遗存中的多孔骨哨、吹孔陶埙与剜空的木筒，为人们提供了浙江新石器时期的乐舞文化佐证。位于杭州市萧山城区西南约4公里的跨湖桥遗址是目前为止浙江省境内最早的新石器时代文化遗址。其间三孔骨短笛的发现，更比河姆渡遗址多孔骨笛的出土提前了一千年左右。根据学界公认的原始文化期的乐舞同源一体说，可以推溯，浙江先民跨湖桥人、河姆渡人出于狩猎、生产、生活与生存需要的原始信仰、情绪交流与心理反映的需要，已经产生了舞蹈的草创形态。
- 5300—4000年前左右，位于浙江省杭州市余杭区一带，良渚文化遗址间具有"中心祭坛"和"中心神庙"性质的发现与完整的祭坛、大墓中随葬"神人兽面纹"玉琮等文物的发掘，体现了良渚人于乐舞文化中巫、傩仪式舞蹈的最初活动。

上古传说时代（约前26世纪初至约前22世纪末至约前21世纪初）

- 黄帝的纪功乐舞列为"六代乐"之首。缙云南祠一带黄帝文化的厚重程度与黄帝乐舞文化联系的行迹地望依稀可辨。
- 帝喾纪功舞蹈在浙江畲人前世今生的传统舞蹈中开始产生影响。
- 《会稽旧记》云："舜，上虞人，去虞三十里有姚丘，即舜所生地。"《水经注》引《晋太康三年地记》曰："舜避丹朱于此，故以名县。百官从之，故县北有百官桥。"亦云，"舜与诸侯会事讫，因相娱乐，故曰上虞。"虞舜让位给尧的儿子丹朱，自己退避到上虞时相传乐舞的娱乐形式为"箫韶九成，凤凰来仪"。
- 夏禹的纪功乐舞主要是《夏籥》，《夏籥》也称《大夏》。从《大夏》所纪夏禹治水之功来看，正与"独足之象"相关。"独足之象"乃是"足不相过"的"禹步"。绍兴乃禹"治平洪水，继而大会诸侯于会稽"之处，其纪功乐舞《夏籥》曾出现在浙江一带。

夏—西周（约前22世纪末至约前21世纪初至约前771年）

- 公元前22世纪，昔禹会涂山，防风氏后至，禹诛之。越俗祭防风神，奏防风古乐，"截竹长三尺，吹之如嗥，三人披发而舞"的《祭防风氏舞》由此产生。
- 长兴草楼村附近的西周云雷纹甬钟，磐安县深泽金钩遗存的西周青铜云纹铙，温州瓯海区的西周青铜铙等青铜铙与甬钟等佐证了西周时浙江礼乐、宴乐与祭祀时乐舞情景之一斑。

东周—汉魏（前770年至265年）

- 约公元前488年至486年（勾践九至十一年），越王勾践针对吴王淫而好色的弱点，与范蠡等设计，将临浦苎萝山（今浙江诸暨南）卖薪女西施、郑旦准备献给夫差。为了把这两位从山村来的少女教成仪态万方、歌舞俱佳的舞妓，专门请了舞师、乐师进行严格的训练。有《越绝书》载："饰以罗縠，教以容步，习于土城，临于都巷。"《越绝书》又述："美人宫，周五百九十步，陆门二,水门一,今北坛利里丘土城,勾践所习教美女西施、郑旦宫台也。"
- 公元前485年(勾践十一年),越国西施、郑旦至吴。吴王遂于馆娃宫"盛陈妓乐,日与西施行乐歌舞为水嬉……荒于国政"。"响屧廊中金玉步,采苹山上绮罗身"西施常率众宫女跳着浙地带来舞蹈,脚穿木屐、裙系小铃,穿上配填木板的舞鞋在上面舞蹈。因廊下有铃声和大缸的回响声形成共鸣,取名"响屧",即响屧廊。
- 东汉晚期至三国时期的海宁"三女堆"画像石墓,有众多汉画像石刻,内容丰富,形象生动。尤其在南壁墓门的东西两侧,东壁南侧,西、北壁第二层上记录了众多的舞蹈形象。其中舞蹈样式有独舞、双人舞、三人舞、群舞、含故事情节的舞蹈;种类有《七盘舞》《巾舞》《籥翟舞》《跳丸》《鞞舞》《剑舞》《干戚舞》等杂舞及反映《高祖斩蛇》《东海黄公》的歌舞戏等。
- 东汉西王母舞蹈画像镜上饰有圆形钮圆钮座,四乳钉将主区的纹饰分为四组,两组为神人静坐及左右侍,其一题款"东王母",另两组为四马驾车和舞人图案。
- 兰溪东汉时期的王母境,缘内外圈上两边"东王公""西王母"亦对置正襟危坐,每人两旁均有侍者起舞。一舞者双臂披羽,单腿跪地,身体前倾,展翅而舞,舞姿优美舒展,类似百戏中的拟兽舞;另一舞者胸前抱长鼓,在舞羽者前对面单腿跪地,拟在伴奏。
- 武义桐琴果园东汉时期的伎乐五罐堆塑瓶,瓶肩上塑造的舞蹈人物不但有跳动拍手的舞蹈形象,还有倒立而舞的造型,吹奏者之间穿插着一些舞蹈者的表演。整个画面的阵形与舞蹈表演者的技巧,佐证了那时民间舞蹈尚属汉代杂舞类,融娱乐性和技巧性一体的民间舞蹈又达到了一个新的高度。
- 瑞安三国时期的谷仓瓶肩,呈现了百戏场面,似西域人氏的乐工在伴奏,舞人则呈现出翩翩起舞、婀娜多姿的生动形态。
- 东汉婺州窑也有青瓷塔式罐遗存中显现的舞伎形象。值得注意的是堆塑瓶上的舞人眉弓突出,眼眶凹进,鼻梁高挺,具有明显的异域胡人特征。

两晋—南北朝(265—589)

- 两晋南北朝期间浙江歌舞甚盛,《南史·循吏传》宋时:"凡百户之乡,有市之邑,歌谣舞蹈,触处成群。"《太平御览》引裴子野《宋略》说:"王侯将相,歌妓填室，鸿商巨贾，舞女成群。"
- 杭州余杭区临平山西南的西晋青瓷谷仓上举袖歌舞者神态逼真，栩栩如生。
- 瑞安南朝瓯窑五管瓶肩堆塑中数对乐舞形象，其中有若干杂舞造型，也有南北朝极为盛行的"胡舞"。
- 绍兴西晋铜镜上的一个舞姿，舞者头载卷帻，广袖长袍，作大'蹬弓步'，风格与汉代舞蹈一脉相承。
- 《晋书·夏统传》载会稽永兴人夏统所见："女巫章丹、陈珠，二人并有国色，妆服甚丽，善歌舞，……丹、珠乃拔刀破舌，吞刀吐火，云雾杳冥，流光电发。……忽见丹、珠在中庭轻步回舞，灵谈鬼笑，飞触挑盘，酬酢翩翻。"这两位女巫不但姿色过人，服饰艳美，更是舞艺精湛又善与杂耍幻术结合起来，应是巫舞活动与水平的写照。
- 《晋书·夏统传》文中述当朝太尉贾充遇夏统，贾充炫耀文武仪仗队，派歌伎舞女穿着艳丽的服装，点缀着耀眼的首饰，密密地绕船三周。可见当时浙江达官贵人豢养歌舞伎人之多，歌舞之盛。
- 中国舞蹈史上享有重要历史地位的《前溪舞》舞种生发。《前溪舞》起始于浙江湖州德清武康名为"前溪"一带的民间乐舞，该地为"南朝集乐之处"。后进入世家大族门庭与宫廷皇室，经宋、齐、梁、陈，至隋唐盛极一时，有"舞出前溪"之美称。后及五代，明清仍流播不断。"前溪歌舞"是洋溢着典型江南风格特色的乐舞或代表作，为汉民族歌舞的源流之一。

隋—唐（581—907）

- 《隋书·地理志》：温州"尚歌舞"；《祝穆方舆胜览》也载："隋时，温州一带民风尚歌舞。"
- 衢州市常山县孔家弄婴头自然村有隋墓砖画舞蹈形象，墓砖两边呈三重棱形纹，一侧有"隋太岁辛禾年郑□□□"纪年文字，另侧有四个乐舞人物与两飞天形象。为两晋南北朝向隋唐的过渡间胡乐舞文化在大江南曾经流播的实证。
- 唐·太宗年间，永康县方岩山的"广慈寺"出现僧侣化缘时带有武术与技巧性的舞蹈《调花钹》。
- 浙江的大曲有了新的发展。张佑有《观杭州柘枝舞》诗："红罨画彩缠腕出，碧排方胯背腰来。旁收拍拍金铃摆，却踏声声锦拗摧。"自居易《寄明州于驸马使君三绝句》："平阳音乐随都尉，留滞三年在浙东。吴越声讶无法曲，莫教偷入管弦中。"可见唐穆宗长庆（821—824）前后，大曲歌舞在杭州、明州（今宁波）一带异常活跃。

- 唐代诗人、画家顾况大历中期（771—774）间在永嘉（今温州）操办盐务时，曾听到从烟波浩渺之中的江心小岛上传来少数民族在那里表演隐隐约约的乐舞声，其《永嘉》诗中曰："何处乐神声，夷歌出烟岛。"
- 唐大中十一年（857年）建立的金华城郊金城寺村的法隆寺经幢，经幢华盖底部雕有四个伎乐飞天，唐代艺术风格很浓。
- 始建于唐大中十二年（858年）宁波市江东区的宁波七塔寺（唐时称东津禅院）寺内经藏有成套佛教瑜伽焰口手诀，留传了丰富多姿的佛教舞蹈手型艺术。
- 唐代，磐安玉山许逊崇拜兴盛，为其建庙立像，尊其为"真君大帝""茶神"，四季朝拜。"春社"时节（正月十五），当地茶农盛装打扮，庙祭许逊，并在茶场内献演歌舞社戏。
- 唐·贞元年起宁波府文庙祭孔的祀典历代相传。祭孔乐舞按照祭祀仪式程序配制乐章，其演奏成数完全符合祭孔六章六奏要求程式。其间佾生祭孔时需舞三次，即初献时舞《宣和之舞》，亚献时舞《秩和之舞》，终献时舞《叙和之舞》。佾舞有六佾的，也有八佾的。

吴越—南宋（907—1279）

- 吴越国时，舞蹈应时而起，《西湖游览志余·二十》："钱王纳土……寿安坊而下至众安桥，谓之灯市，祭赛神庙，则有社伙鳌山，台阁戏剧，滚灯烟火，无论通衢委巷，星布珠悬，皎如白日，喧阗彻旦……"灯市社火热闹非凡，其中滚灯与浙江民间舞蹈海盐与余杭滚灯有源远关系。
- 五代时吴越国钱王命僧延寿开拓扩建灵隐寺（又名云林禅寺）。寺中黄杨木如意上有"罗汉境界、游戏神通"的佛教舞蹈形象。
- 建于北宋太平兴国四年（979年）松阳延庆寺塔墙面上绘有罗汉与飞天，头戴步摇的飞天形象。
- 北宋时的宁波慈城普济寺内，弥座石雕上塑有"飞天"舞姿。

- 南宋临安为适应日益昌盛的农产品流通、市井集市贸易为坊市合一，"禁夜令"消匿，不受营业时间和地点的制约，加上城内外开设进行乐舞杂艺活动的"瓦舍"（又称"瓦子""瓦市""瓦肆"等）23至25处之多。瓦舍内街巷间舞蹈表演与活动极为兴盛。
- 发端于北宋，兴盛于南宋，历代传承的永康方岩山祭胡公庙会，活跃着方岩周边四邻八县的莲花舞队活动。
- 宋人吴自牧在《梦粱录》记述南宋时临安舞队活动："……元夕之时，自十四为始，对支所犒钱酒。十五夜，帅臣出街弹压，遇舞队照例特犒。街坊买卖之人，并行支钱散给。此岁岁州府科额支行。庶几体朝廷与民间同乐之意。姑以舞队言之，如清音、遏云、掉刀鲍老、胡女、刘衮、乔三教、乔迎酒、乔亲事、焦锤架儿、仕女、杵歌、诸国朝、竹马儿、村田乐、神鬼、十斋郎各社，不下数十。更有乔宅眷、汗龙船、踢灯鲍老、驰象社。官巷口、苏家巷二十四家傀儡，衣装鲜丽，细旦戴花朵口肩，珠翠冠儿，腰肢纤袅，宛若妇人……""人都道玉漏频催，金鸡屡唱，兴犹未已。""至十六夜收灯，舞队方散。"
- 曾观看临安灯节的宋时词人姜白石有《灯词》一首：南陌东城尽舞儿，画金刺绣满罗衣；也知爱惜春游夜，舞落银蟾不肯归。
- 南宋词人辛弃疾在《青玉案·元夕》中描述当年杭城元宵"鱼龙舞"的盛况："风箫声动，玉壶光转，一夜鱼龙舞。"
- 在兴盛的南宋临安民间舞蹈活动中涌现了一批名见经传的民间艺人，如有善表演舞绾《寿星》为"杂手艺"代表人物的姚润，长于表演胡舞《舞番乐》的张遇喜，还有刘仁贵、宋（朱）十将、常十将、错安头、欢喜头、柴小升哥、林赛哥、张名贵、花念一郎、花中宝等。
- 南宋姜派词人吴梦窗描写了元宵之夜在杭州街道上出现舞儿戴着"茸茸狸帽"、穿着窄"胡衫"和奏起"鼓笛"的少数民族舞蹈："茸茸狸帽遮梅额，金蝉罗翦胡衫窄。乘肩争看小腰身，倦态强随间鼓笛。问称家在城东陌，欲买千金应不惜。归来困顿嬛春眠，犹梦婆娑斜趁拍。"
- 宋周密《武林旧事》卷二载："都城自旧岁孟冬驾回，则已有乘肩小女，鼓吹舞绾者数十队，以供贵邸豪家幕次之玩。……至节后，渐有大队如四国朝、傀儡、杵歌之类，日趋于盛，其多至数千百队。宋刻'千'作'十'……至五夜，则京尹乘小提轿，诸舞队次第簇拥前后，连亘十余里，锦绣填委，箫鼓振作，耳目不暇给。"也就是说，在冬季的第一个月，即农历十月已经有乘肩小女等节目的数十支舞队出动，连绵数月至节后仍有数千百个（另有刻本的说法是数十百个）舞队在载歌载舞竞相献艺。

- 周密《齐东野语》载南宋各地设宴聚会，多要歌舞伎人承应的情况，其中天台营妓严蕊尤善歌舞，色艺冠绝一时，四方闻名。

- 武义县履坦乡发掘的南宋龙人堆纹瓶可能也佐证着流传乡间的另一种样式的舞队现象。瓶壁之上舞蹈着的民间艺人及在他们头顶之上一起盘旋的腾龙形象，是当时于浙江其他地方以舞龙为主体，其他舞蹈形式一起参与的舞队活动的写照。

- 南宋时期宫廷队舞十分兴盛。宫廷"队舞"多在皇帝生日或其他大庆之日和百戏、杂剧、同台演出。一般贵族士大夫家中也有小型的队舞。据《宋史·乐志》的记载，宋代队舞规模相当大，例小儿队舞，由72人表演；还有女弟子（女演员）队舞，由153人表演。有《柘枝队》《剑器队》《婆罗门队》《醉胡腾队》《浑臣万岁乐队》《儿童感圣乐队》《玉兔浑脱队》《异域朝天队》《儿童解红队》《射雕回鹘队》等十队。女弟子队有《菩萨蛮队》《感化乐队》《抛球乐队》《佳人剪牡丹队》《菩萨献香花队》《采云仙队》《打球乐队》等十队。队舞节目常有《梁州》《六么》《柘枝》《剑器》《浑脱》《霓裳》《鲜红》《菩萨蛮》等。

- 宋高宗十分喜爱的《梁州》《六么》舞，不但宫廷常演，民间也十分兴盛，宋人梅圣俞有诗："露台鼓吹声不休，腰鼓百回红臂鞲。先打《六么》后《梁州》，棚帘夹道多天柔。"

- 1164年（南宋孝宗隆兴二年）起，皇帝所用乐工改为临时点集，每逢朝贺大典，就临时到民间去雇请艺人来参加演出，叫"和顾"。仙韶院舞人鞠夫人来自临安西湖滨适安园，因其歌舞技艺超群，还被封为歌舞部头。

- 南宋人林升有《题临安邸》："山外青山楼外楼，西湖歌舞几时休，暖风熏得游人醉，直把杭州作汴州。"

- 宋末元初词人、学者周密（1232—1298）于《癸辛杂识》中述，曾得"德寿宫舞谱二帙，其中皆新制曲，多妃嫔诸阁分所进者"。《德寿宫舞谱》为德寿宫歌舞繁昌时，宫中艺人曾制作、使用和收藏有一种舞谱，是一种以文字来记述人体流动、肢体变化为主要特征的字舞谱。"舞谱"这一专业名词在世界文化史上首次出现。

元—明（1206—1644）

- 因元朝定都于远在北方的大都，宫廷队舞艺术对那个时期的浙江影响不大。至于对包括舞队在内的民间艺术则是禁令迭出。由此，舞队社火几无踪迹，民间舞蹈日趋衰落。只是有些与民众的生活生产习俗深深交融在一起的舞蹈在民间尚隐约可见。

- 本在大庭广众间的舞蹈艺伎少见踪影，有些则转入了较为隐蔽的青楼。如元代夏庭芝《青楼小名录》卷五"事事宜"条载："姓刘氏。姿色歌舞悉妙。其夫玳瑁脸，其叔象牙头，皆副净色，浙西驰名。"

- 处州青田的《青田鱼灯》舞本来自稻田养鱼（俗称田鱼）风俗。元末，群雄竞起，南田刘基"招募义兵以抵御方贼之袭"，在家乡暗地招募义兵，将军事十大阵图融入鱼灯，以舞鱼灯的形式操习兵阵。

- 据汪氏宗谱（康熙二十八年所修谱）记载。元至（正）二十二年，红巾军首领朱元璋与陈友谅交战于江西九江，朱受挫后退至浙江云台（即今开化苏庄镇）休整。此时又值中秋，当地百姓杀猪宰羊、舞草龙犒劳红巾军将士。传说朱元璋观看了舞香火草龙后，称草龙为"神龙"，并题诗一首："岁以中秋八月中，风光不与四时同。满天星斗拱明月，拂地笙歌赛火龙。"洪武六年朱元璋登位后，还派明初大臣、浙江丽水高溪村人叶琛到苏庄封金溪村为富楼村。于是，当地人认为龙是帝王化身，香火草龙更盛。

- 瓯海县永强浦门张族中第六世内阁大学士张聪（1475—1539）告老隐退回乡做寿时，高原进士及第中轩公张六世张璞之长子张乾，字道东，号甲庵（1516—1579）别出心裁，舞龙拼字，当作寿礼献给阁老。

- 明代浙江山阴人张岱《陶庵梦忆》卷二《朱云崃女戏》中描述过明人演出西施舞蹈的场面："西施歌舞，对舞者五人，长袖缓带，绕身若环，曾挠摩地，扶旋猗那，弱如秋药。女官内侍，执扇葆璇盖、金莲宝炬、纨扇宫灯二十余人，光焰荧煌，锦绣纷叠，见者错愕。云老好胜，遇得意处，辄盱目视客；得一赞语，辄走戏房……"

- 明代以降，畲人大量入迁浙江，开始凸显了畲族文化的整体沛涨力。与居住在浙江畲民信仰习俗维系在一起的《传师学师》与《做功德》等舞蹈是浙江畲族舞蹈的代表性舞蹈。《传师学师》也称"做寿禄""做阳""做聚头"，也曾称为"祭祖"。《做功德》也称"做阴"。在浙江先后流传的畲族舞蹈还有《柴爿舞》《曲桥》《拔伤》《打魃》《打五》《做圣召引》《做丧·行孝》《钉鞋舞》等。

- 明朝中叶与古傩舞有关的魁星之舞已为浙江婺州一带的婺剧所汲取。此后，传统剧目《踏八仙》中常有一折戏曲舞蹈《魁星点斗》（又名《魁星踢斗》《魁星揭斗》《跳魁星》）演出。

- 明朝天启年间，兵部尚书的许宏纲衣锦还乡，重建了古刹祇林寺。东阳许宅人为庆祝古刹重建，保佑一方岁岁平安，风调雨顺，就扎起板凳，迎起龙灯，故又称许宅花灯为"平安灯"。

- 明代民族英雄戚继光在抗倭战争中创造的藤牌阵。《藤牌舞》为以藤牌为防御武器的练兵舞蹈。戚继光《练兵纪实》第 96 页载："藤牌二人一排，先自跳舞，能遮身严密活利者为合式，舞过即用长枪手对戳，不慌忙不先动，枪一戳随枪而进，枪头缩后则又止，进时步步防枪，不必防人，牌向枪遮，刀向人砍。"该书卷六又写着："试藤牌先令自舞，试其遮蔽活动之法，预要藏身不见……"

- 1612 年编《万历壬子志》载，龙游县每年城乡有"迎神赛会，自正月十三日至二十一日城中各社于城隍庙轮值演剧祀神，街市悉张灯彩。入夜，燃爆竹，达旦不休。村童并骑马，唱采茶歌以为乐……"

- 泰顺县大安乡下后垟村《豪洋王氏家谱》有载，明万历年间，王氏十一世裔祖家乐公、家才公由泰顺罗阳沙堤徙居大安下后垟村，"家乐公，字茂德号宪齐……家才公,字茂举号毓阳，万历岁间贡生。"当地有个龙洞凤潭传说，"性喜娱乐而清闲的家乐公、家才公"据这传说而编创了龙凤狮子灯。

- 东阳市东郊卢宅村卢氏大族自宋代定居于此，世代聚族而居，从明永乐十九年（1421 年）卢睿成进士起，到清代中叶科第不绝，陆续兴建了许多座规模宏大的宅第，形成一个较完整的住宅建筑群。卢宅厅堂宅第无论是建筑构件，如斗、梁、枋、拱、檩、雀替、门、窗，还是室内的家具均广泛采用东阳的木雕装饰，反映歌舞升平等图案随处可见。

- 绍兴安昌"翰越堂"明代香案之中呈现的是戏曲与舞蹈雕凿形象并存一个物件的写照。香案正侧面横档上多种戏曲行当于其中栩栩如生，手眼身法中舞蹈的动律韵味隐约可见。香案后背还有惟妙惟肖的女子舞姿，舞蹈传统形式呼之欲出。

- 建德新叶古村现存有明清古建筑 200 多幢，建筑构件的"牛腿"（也称撑拱、斜撑、托座）上舞蹈与戏曲形象相映成趣，凸显了当时戏曲舞蹈的特点，也从一侧显示了民间舞蹈在民间传说习俗中的盎然生机。

- 明时，每年十二月二十四日，杭州的大街小巷曾有乞丐涂抹变形，装成鬼判钟馗，边叫边跳，俗称"跳驱傩"。
- 明末，温州戏班"斗台比戏"中的《浮缸》反映了民族英雄岳飞出生后汤阴县突发大水，岳母怀抱幼子，坐于花缸，在风浪中漂浮的情景。戏曲舞蹈吸收了民间舞"旱船"的表演形式，并从生活中提炼动作，舞蹈性很强。
- 青田县章村区黄肚村《汤氏宗谱》有载："明末本宗旧规编为五甲……一甲承值一年香灯，春演仙戏两夜，秋演彩戏五夜；""正月十四、十五日必盘灯两夜。"
- 明末清初海盐文人彭孙贻（1615—1673）曾作《轮灯》诗专咏滚灯："儿童缚竹为轮，展转相环，悬灯环中，旋转翻覆而灯不倾灭。壮士运之，衢中腾掷不休，曰滚灯。"又诗云："初惊丰隆呼阿香，火轮旋蒸天中央。更讶地灵戏击鞠，赤球蹴起扶桑谷。规里星桥闪不停，寰中银瓮流何速。蹋灯壮士夸身手，腾掷纵横无不有。"
- 起源于明末清初，属于新昌调腔分支的宁海平调以宁海为中心，流行于象山、黄岩、温岭、临海、仙居、天台、奉化等地。传统剧目《小金钱》的表演非常别致地将宁海当地民间所特有的"跳魁""调无常"等舞蹈形式运用到了剧境之中，"抱瓶滑雪"和"一马双鞍"即是其中舞蹈化了的出色表演。

清（1616—1911）

- 清代，浙江龙舞大盛。缘起于明或清，但多流播于清代，其中以舞蹈动作见长的有布龙、竹龙、断头龙、滚花龙、滚地龙、卷地龙、泥鳅龙、脱节龙、双龙戏珠、甩煞龙、武功古龙等；以个性特艺显能的有百叶龙、打结龙、拼字龙、脱节龙、变色龙、九彩龙、摇柱龙、盘柱龙、碇步龙、龙吸水、五龙抢珠、人龙等；以工艺灯扎为主要特色的有板龙、长灯、板船龙、花龙灯、九筒龙、风车龙、档龙、篾龙、纸龙、化龙灯、折鳞龙、华盖龙、鞠龙、绣花龙、绷龙等；以彰显制作材质及形式的有草龙、香龙、羊皮龙、蚕龙、木雕龙、纸篾龙、竹节龙、三节龙、吊吊龙、独角龙、短尾巴龙、柴桩龙、龙凤灯等。

- 浙江的狮舞多现于清代,却不如龙舞流传广泛,品种众多。有文献记载或实物佐证的浙江出于明清的狮舞,据不完全查考有:龙游的《硬头狮子》(又称《硬壳狮子》)、宁海的《双狮抢灯》、临安的《桥川狮子》、龙游的《貔貅》(又称《软头狮子》)等。

- 康熙十三年(1674年)"甲寅之乱",靖南王耿精忠在福建举兵反清,乱兵曾进入浙西,围攻龙游,骚扰乡村。甲寅乱后,下童村人雕刻《硬头狮子》用来消灾。如今下童村用木雕成的狮头,其中一只的狮子头道具已烧焦半边,内刻有"康熙丁巳"字样。

- 《定海县志》载《跳蚤会》"形成于清乾隆五十五年(1790年)前后,因其舞姿酷似跳蚤得名。"

- 清代时,龙游县湖镇区方圆仅二十五华里之内,历史上有过十对《硬头狮子》。其中,湖镇镇上有八对,其余两对在镇郊毗邻的七都乡。湖镇后陈村的狮头内刻有"道光丁亥"(1827年)字样;上街(包括黄口)是"同治四年",下街是"同治己丑"年(即同治四年),都为1865年。

- 咸丰十一年(1861年)四月十六日,太平军攻下龙游城,至同治二年(1863年)正月十一撤出,历时一年零八个月,其间与清兵展开艰苦的拉锯战。太平天国革命失败后,龙游县特别是湖镇一带出现了大饥荒和瘟疫。人们为了抗争灾难,舞起了《貔貅》,想用它的神威来驱赶瘟疫。哪里出现灾害,就舞到哪里,求得太平无事。

- 衢州孔氏南宗家庙有清代的《文庙乐器舞佾图》。浙江各地因孔庙很多,祭孔中的佾舞也多有呈现。如清光绪十七年永康知县李汝为亲修的《永康县志》卷四《祀典庙纪》中就载有"释奠礼节……鼓作文舞六佾";"乐舞节次……乐舞生由左右掖门入班";"生赞(乐奏宣平之章)节生(赞舞宣平之舞)"等包揽皇室钦颁规格,有大同小异的祭孔乐舞形式定规。

- 杭州从农历初八前后,乞丐们往往化装成神仙、判官、钟馗及其小妹的形象,在街道上三五成群地敲锣打鼓,边叫边跳,驱赶疫鬼,俗称"打夜胡"。年底,杭州的大街小巷又可以看到乞丐涂粉墨于面,跳跶街市以索钱米,谓之"跳灶王"。

- 宁海县境内每年如"年卅""正月十四""端阳节"等日期,有乞丐手拿木剑,头戴面具,披头散发,口中念咒,房前屋后,堂前角落,追杀一番,后燃起火炬舞动,最后将火炬抛出大门外,持剑追出,以示扫尽一切祸害,驱鬼避邪，人畜保安康。
- 浙南畲族聚居区有《打尪》舞蹈，是在人犯病时跳的，意在捉鬼驱邪治病，内容大体是法师造好"九州仙楼"请来玉皇大帝，庐山祖师，调来天兵天将通过"行罡做法""捉鬼抢魂""放油火"等。
- 舟山定海、普陀一带的《跳灶会》大约于清乾隆年间传入，农历年前当地家家户户要"祭灶"，在灶前跳此舞。
- 清同治年间方鼎锐的《温州竹枝词》："箸车岁岁乐丰收，竹马儿童竞笑讴，擎出光明灯万盏，河乡争赛大龙头。迎神赛会类乡傩，磔攘喧阗闹市过，方相俨然习逐疫，黄金四目舞婆娑。广市通衢作彩缯，城开不夜烛龙腾。笙歌闹过春三月，何用金钱更买灯。"其中可见清时浙江温州一带乡人傩与舞龙、灯彩舞蹈等民间舞蹈在迎神赛会活动中的若干状况。
- 清光绪《宁海县志·风情篇》有载："冬至糯米粉做汤圆。以小赤豆作馅，礼神及祖，老乞丐者装神鬼判状，仗剑出门，口喃喃作咒，手舞足蹈，俗谓之夸灵王，即大傩也。"
- 鬼舞《哑目连》（亦称《哑鬼戏》）流传在上虞崧厦、南湖、沥海、沥东一带民间大约有二十多处。《哑目连》是以舞蹈、手势、身段、表情、武技来刻画人物，表演情节，带有舞剧草创形态以鬼怪代形人物思想与感情的舞蹈。在清代甚盛的鬼舞《哑目连》，由于它是在庙台上演出的，故又名"台上太平会"，而开口目连舞如《调无常》等则在晒谷场等空地演出，故被称作"台下太平会"。
- 宁波余姚市泗门镇民间流传的鬼舞《判会》中的《调判官》，一般是在岳帝庙会游行和民间七月半鬼节时表演。《判会》是鬼舞中角色最多的一个舞蹈，角色有阎王、判官、牛头马面、白无常、黑无常、日巡夜叉、大头鬼、小头鬼、刁刘氏及众多的鬼卒。内容表现阎王殿上刁刘氏死后受苦的情景，边游行边表演。
- 每年农历三月初六或七月半鬼节时表演的《大小头鬼》，舞者着清代服装，流传在宁波余姚县泗门镇一带，是鬼舞《判会》中的一个片断。
- 1886年，康有为在其撰写的《教学通一》文中曾多次强调乐教的重要意义。1891年康有为在他自行创立的草堂学风中设置了"乐舞"一课，为学生编了一套尊孔的舞蹈礼仪动作并谱了乐曲，让学生跳舞和演奏。后来康有为又写了《文成舞辞》一文，让学生伴随着鼓乐的节奏，边歌边舞。

- 1909年后，清政府颁布《修正初等小学课程》中明文规定，凡初等小学堂中必开设"乐歌"课以及在高等小学堂中需增设"乐歌"课。在鼓吹学习新文化、倡导除去旧习俗、树立新风气的乐歌中就有如《格致》《地球》《电报》《运动会》《跳舞》等。《跳舞》名列其中，可以推测舞蹈随之而有。
- 1844年设立的宁波女塾，是中国内地最早的教会学校，亦是中国最早之女学校。它效仿英国女子学校教育模式，在开设西方先进自然科学知识课程的同时，辅以有益女子身心健康发展的舞蹈教育。

民国（1912—1949）

- 象山石浦镇民间灯舞《八兽灯》起始辛亥革命时期。当时为反对帝国主义和满清政府，石浦民间艺人以《封神榜》中的"兴国灭纣"为素材，创制了灯彩舞蹈参加游行。后来就流传于石浦延昌、昌国等地区。曾组织班子赴上海跑马厅售票演出。
- 民国初浙江农村盛行童婚，俏女子常嫁病残丈夫，遗憾终身。反封建的思想传到绍兴新昌、嵊县一带后产生了舞蹈《童子痨》。舞班表演者二人分别扮童子痨和童子痨妻，有乐队五人。舞蹈中"童子痨妻"打扮得如花似玉，以对衬"童子痨"的枯瘦矮小。两人在台上对舞对唱，各诉悲苦，以舞蹈的形体动作与调度控诉了封建制度对人性的摧残。
- 1930年前后，安吉县艺人孙大嘴（1913—1988）、安徽广德县人郭金根（1915—1988）分别以两个旦角扮演大脚和小脚妇女，在逢年过节、喜庆吉日表演歌舞《恨大脚》和《恨小脚》。通过富有喜剧色彩情节的对比，最终展现了"大脚好"的优越性。他们既可分开表演，也可同时在台上或晒谷场上一上一下循环演出。
- 据《定海县志》载，舞蹈《跳蚤会》原只有两位舞者跳跃逗趣，无人物情节，"民国十一年（1922年）白泉有将'济公斗火神'情节融其中，始有人物形象"。人物形象的建立从而使《跳蚤会》以新的内容促进了新形式的出现。
- 在新文化思想的影响下，浙江绍兴山阴县（今绍兴县）人，首任中华民国教育总长的蔡元培先生提出美育教育为学校教育的主导思想，这对学校的歌舞艺术发展起到了引领式的作用。蔡元培的美育教育作为一种创新事业，认为："美育首当其冲应该在学校设立，自幼稚园以至大学校。幼稚园课程，若编纸、若粘土、若唱歌、若舞蹈……全为美的对象。"

- 1927年8月,陶行知先生受杭州市教育局的委托,与南京燕子矶小学校长丁超共同草拟了《杭州市教育局创办西湖中心小学计划书草案》。计划书指出:西湖小学的性质为"乡村小学",宗旨是"依据科学的方法、艺术的态度试办乡村小学……"1928年10月1日,在陶行知先生的亲自指导和参与创办下,浙江省立乡村师范学校(即湘湖师范学校)正式开学了,学校的校歌就用陶行知作词的《锄头舞歌》。
- 1927至1928年间,中国共产党党员,浙江三门县亭旁区苏维埃的创建者之一包定先后编排了当时被称之为"文明戏"的歌舞《缠脚苦》与《小蜜蜂》。《缠脚苦》表演的场地适应性很强,室内、庭院、广场均可表演。经常在农村戏台上演戏文之前作宣传演出,也被运用到民间队列性舞蹈《车灯》《跳马》《采茶》中作配合演出。当时,武装起义的领导人之一包绍光也曾组织亭山小学校长排演过这个节目。《小蜜蜂》动作简洁明了、节奏明快。音乐采用三门地方民间小调。
- 民国十七年(1928年)温州瑞安汀田士绅张震轩先生于四月五日的日记中记载:"是日为清明节,旧例瑞城迎城隍赛会颇(热)闹,去年为党部阻挠,竟不举行。今年原拟迎赛,而时局变动,各处戒严,于是此举又打消。独五脚、海城如旧迎神演戏,略应佳节而已。"
- 有的地方的民间舞蹈为适应国统区的时局,就对原有传统舞进行了改编。如宁波余姚市泗门镇民间流传的鬼舞《判会》中的《调判官》,前代在岳帝庙会七月半鬼节时表演。《判会》中只有角色阎王、判官、牛头马面、白无常、黑无常、日巡夜叉、大头鬼、小头鬼、刁刘氏及众多的鬼卒。但在民国时却加了民国保甲制度中含有"联保连坐法",10户为甲,10甲为保的鬼保长。在"出丧"一场中竟有民国人物大少爷这个人物出现,在孝堂嬉谑妇女。
- 1945年的农历八月十三和九月重阳节,永康方岩庙会大兴罗汉,参加巡游演出的舞队从四面八方赶来。永康古山还新创制了《九串珠》罗汉舞蹈,七棚头一些年轻罗汉人请小学老师教唱歌曲和舞蹈。
- 1946年元宵灯节期间,奉化县大桥商会为庆祝抗日战争胜利举行百龙大赛,参加比赛的布龙有108条,地点在当时奉化县城最宽阔的奉化江两岸沙滩上。
- 杭、嘉、湖一带水乡农村民众统称为《开唱》的小调歌舞组合,有《大红船》《卖花线》《大补缸》《小小放牛郎》《二姑娘相思》等十多个节目。

- 民国时在浙江蚕桑生产农村源自德清的小调歌舞《扫蚕花地》并不少见。艺人们的演出几乎遍及杭、嘉、湖、沪蚕乡。
- 《十八蝴蝶》本是永康高镇村一带则盛行六年一次轮流接送"胡公大帝"民俗中的传统民间舞蹈。1946年秋，高镇村民间艺人王春山（1899—1981）从风俗"二月鸢"（即清明节前后放风筝）"蝴蝶风筝"与民间舞蹈蚌壳舞之蚌壳张合犹似蝶翅飞舞的形象中得到启发，创造了美丽的蝶翅道具与舞蹈的主题动作。是年，在方岩首次上演，便惊艳庙会，轰动一时，各地纷纷邀请演出，竞相模仿学习，很快风靡全县及周边地区。
- 外来的舞蹈艺术形式先后在杭州出现，如西方的交谊舞、芭蕾舞，以及朝鲜、维吾尔等少数民族舞蹈，同时有了专供人们跳舞的场所。抗日战争时期，交谊舞在杭州拱宸桥娱乐场所出现，后逐步转移到湖滨一带。
- 流传在浙江永嘉县大小楠溪江畔的少沙头、岩头、岩坦、碧莲、四川一带的《定位》，是一种独特、古老而优美的由新娘与两位伴娘所跳的汉族婚礼舞蹈。民国期间这一带凡结婚均需大摆酒宴，按当地风俗，开宴前，新郎、新娘、伴娘及长辈亲属在筵席上的坐位早已有规定，但需经过跳舞这一仪式来邀请入席，称"定位"。
- 1947年农历正月初二，奉化条宅村的龙舞队在陈世雄带领下，到溪口舞龙，那天适逢蒋介石父子都在溪口老家度假。蒋介石自幼喜欢舞龙，还当过老家溪口青龙会、花灯会的小头头，听到龙队到来后，便派人请舞龙队到蒋的住宅"丰镐房"表演，并由蒋经国的夫人给了赏钱。蒋介石几次回乡或是新春佳节，都要请人到丰镐房舞龙，他还让人做了小龙灯给他的孙儿们舞龙玩耍。宋美龄50大寿和蒋经国夫妇从苏联回国的喜庆日子，也特地邀请奉化最棒的舞龙队苕雪村周济潭舞龙王到溪口表演。
- 磐安大皿民国名医羊焕文所建的民国"前园三层楼"整座建筑中西结合的特征较为明显，其中的木雕艺术形象中既有传统舞蹈的形象，又有西洋犬等杂陈于飞禽走兽之间。
- 1949年人民解放军横扫大江南北，蒋家王朝在浙江的各地据点相继覆灭，广大人民群众扭起秧歌，打起了腰鼓，欢庆着这翻天覆地的变化。5月3日，杭州解放翌日晚，浙江大学艺专学生就跳起了欢乐的《农作舞》，杭州公路联营运输处70多人一起组织了秧歌队、歌咏队与广大市民涌上街头共同欢庆……

中华人民共和国（1949年10月1日—）

- 1949年11月16日，全省第一个职工业余文工团——杭州市业余文艺工作团成立。到会的有舞蹈等六个队的团员390多人。市长江华到会讲话，指出："我们工人不但在政治上取得了翻身，而且在文化艺术上也取得解放。今天我们工人有了自己的文艺组织，这种工人的文化艺术是改造旧文化创造新文化的主要利器。"
- 1950年8月，浙江省文工团会演中，浙江省青年文工团创作与表演了男子群舞《咱们工人有力量》，获表演与演出奖。
- 1951年3月31日，浙江省人民政府第二十三次行政会议通过经华东军政委员会核准的"浙江省人民政府关于人民文化馆工作暂行规定"的文件，其中指出，要组织文娱工作，配合文化团体，组织群众性的秧歌队，并团结旧艺人……
- 1953年2月，全国第一届民间音乐舞蹈会演在北京举行，浙江省《雪里梅》等舞蹈参加了演出。
- 1954年，浙江省开始了对传统民间舞蹈的挖掘工作。1955年至1957年间全省共挖掘了民间舞蹈（包括地方戏曲中的部分古典舞）共三百个左右，在此基础上，1955年5月成立的浙江省群众艺术馆又花了三年时间整理成有较完整场记的节目达六十多个。
- 1955年2月16日至21日，浙江省第一届民间、古典音乐舞蹈观摩演出大会在杭州举行，参加这次观摩演出大会的有本省七个代表团的职业艺人、民间艺人和业余文艺活动积极分子368人，演出了五台音乐舞蹈及其他形式的节目共61个，其中舞蹈节目20个。
- 3月9—24日全国群众业余音乐舞蹈观摩大会在北京举行，这次参加会演的有十三个省，浙江省参加农村部分演出的有舞蹈《龙舞》《渔翁捉蚌》等11个节目，奉化县方门区甘坪乡条宅村的龙舞，应邀到中南海怀仁堂为中央领导同志表演，该节目还传授给中国青年艺术团，参加了第五届世界青年节民间舞比赛。
- 1955年至1956年，一个以建设农村俱乐部为中心的群众文化活动，在广大农村中展开。许多地方以青年农民为主的俱乐部开展着健康有益的跳舞、歌咏、读书阅览等文娱活动。

- 1956年2月15日至17日，浙江省工业厅、中国纺织工会浙江省委员会在浙江群艺馆举行全省纺织工人第一次业余文艺观摩会演。浙江制丝三厂的舞蹈《缫丝舞》获得广泛好评，并荣获一等奖。
- 1956年1月31日，省文化局从各地选拔了70多位民间艺人和歌舞演员组成了浙江民间歌舞巡回演出团，开始在春节期间到本省各地主要市、县、大集镇进行两个月的巡回示范演出，以推动各地民间艺术活动的开展。1957年5月，浙江省首个专业歌舞团体——浙江民间歌舞团成立。演出的舞蹈节目多是本省优秀的具有浓郁民间特色的经过适当改编加工的民间舞蹈，如《采茶舞》《织网舞》《十八蝴蝶》《瓯绣舞》《贝壳舞》《松林斗虎》《百叶龙》等。
- 1957年1月3日至23日，中华人民共和国成立以来首次全国专业团体音乐舞蹈会演在北京举行。浙江省《畲族定情舞》《翠盘舞》参演。
- 1957年3月，为迎接第二届民间音乐舞蹈会演，省文化局从全省各地选拔了《十八蝴蝶》《百叶龙》《贝壳舞》《夫妻赶猪》《藤牌舞》等五个舞蹈节目集中在省群众艺术馆排练，3月上旬赴京参加会演。我省代表队在北京共演出6场，受到中央领导及文艺界专家的赞赏，《人民日报》还刊登了长兴民间舞蹈《百叶龙》的照片。
- 1958年8月，浙江越剧二团新编创的剧目《雨前曲》中的一段女子舞蹈——《采茶舞》的原型面世。
- 1959年4月29日至5月9日，浙江省文化局、浙江省文联在杭州举办浙江省音乐、舞蹈、曲艺、木偶会演，音乐舞蹈演出了6个专场。其中舞蹈节目有《钢流满天红》《纺纱舞》《机床舞》等40个。
- 1959年，杭州歌舞团成立。演职员大多毕业于全国各艺术、舞蹈院校。以鲜明的西湖文化，抒情的江南风情和阳刚气魄相结合等突出的地域文化特色见长。
- 1960年6月，著名舞蹈家吴晓邦先生率领他的"天马舞蹈艺术工作室"经上海、苏州、南京等地抵达杭州旅行演出。在杭州公演4场，又分别在杭州亚麻厂和浙江大学各演出了一场。其间还拜访了著名京剧表演艺术家盖叫天。7月7日离开杭州。那次是吴晓邦与他的"天马舞蹈艺术工作室"最后一次演出。
- 1966年5月，"文化大革命"开始，党、国家和人民遭到建国以来最严重的挫折和损失。林、江反党集团搞批判文艺黑线，全盘否定建国后文艺十七年，许多群众只能唱"语录歌"，跳"忠字舞"……《采茶舞》《织网舞》《贝壳舞》《瓯绣舞》等遭到批判。浙江民间歌舞团上演的舞蹈节目基本上就是样板戏、芭蕾舞剧《白毛女》《红色娘子军》及其片断，还有芭蕾小舞剧《沂蒙颂》和《草原儿女》等。同年，浙江民间歌舞团更名为浙江歌舞团。

- 1973年，浙江歌舞团应邀赴广交会演出。其间根据周恩来总理先前要恢复《采茶舞》《织网舞》的指示，演出了这两个节目，也有《海上打靶》《瓯绣舞》等浙江民间歌舞团原舞蹈保留节目。演出后受到中外观众的欢迎，引起了社会良好反响，在全国产生了较大影响。
- 1974年，浙江歌舞团排练演出了新编畲族舞蹈《幸福水》。次年国庆节，被文化部选调参加国庆招待晚会演出。
- 1979年3月，人民音乐出版社出版了畲族舞蹈《幸福水》场记台本。
- 1980年6月，中国舞蹈家协会浙江分会成立。这是浙江省各民族舞蹈家在中国共产党领导下自愿结合的组织，具有独立法人资格的专业性人民团体。隶属浙江省文学艺术界联合会，是中国舞蹈家协会和浙江省文学艺术界联合会团体会员。后更名为浙江省舞蹈家协会。
- 1980年9月20日至10月20日，由文化部和国家民族事务委员会联办的全国少数民族文艺会演在北京举行。参加会演的有17个省、市、自治区的代表团等共两千多人，演出了109场共四百多个音乐、舞蹈、曲艺、戏剧节目。我省少数民族代表团演出了舞蹈《新女婿》《银耳花开》等节目。
- 1980年8月，文化部和中国舞协在大连举办第一届全国舞蹈（独舞、双人舞、三人舞）比赛，有来自全国的31个代表队的共208个舞蹈作品参赛。浙江歌舞团参赛的为独舞《养蜂的小姐》，杭州歌舞团参演的是双人舞《鹰与蛇》。《养蜂的小姐》和《鹰与蛇》分别获编导二等奖和编导三等奖。
- 1981年至2009年。1981年，浙江歌舞团创作演出了浙江省当代舞蹈历史上第一部大型四幕六场舞剧《秋瑾》。尔后，相继又有了1993年杭州歌舞团创作演出的五幕大型民族舞剧《白蛇与许仙》（获1994年度浙江省市（地）精神文明建设"五个一工程"奖）；2000年宁波市歌舞团创作演出的大型舞剧《满江红》（2000年10月获中国舞蹈家协会第二届中国舞蹈"荷花奖"银奖）；2003年，浙江歌舞剧院创作演出的大型舞剧《菊夫人》（获2003年"浙江省第九届戏剧节"新剧目大奖、观众最喜爱剧目和优秀编剧奖）；2004年，杭州歌舞团创作演出的大型舞剧《玉鸟》（2004年获文化部"第十一届文华新剧目奖、文华导演奖、文华表演奖"）；2007年，浙江歌舞剧院创作演出的大型原创舞剧《天道》；2009年，宁波市歌舞团创作演出的民俗风情舞剧《十里红妆·女儿梦》（获2009年"首届浙江省文化艺术节"优秀展演剧目奖、2009获全国第十一届精神文明建设"五个一工程"优秀作品奖）。

- 1981年，浙江省第二届群众文艺会演分两轮在杭州举行，涌现了不少优秀的群众舞蹈创作节目，如独舞《窦娥冤》《满江红》、群舞《竹乡春早》等获得广泛好评。是年后浙江各地的舞蹈研讨会、讲习会陆续举办。

- 1982年4月，华东地区（六省一市）第一届舞蹈会演在上海举行。浙江参演的舞蹈作品有女子独舞《采桑晚归》、男子三人舞《春江行》、双人舞《龙与蜘蛛》、女子独舞《晨曲》、双人舞《醒来吧！弟弟》、双人舞《春风飞舞》。

- 1983年2月27日至3月7日，根据文化部、国家民委，中国舞蹈家协会关于编辑出版《中国民族民间舞蹈集成》通知的精神，为进一步推动浙江省民族民间舞蹈的普查、整理和研究、发展工作，由省文化局、省民族事务处，省舞协共同主办的"浙江省民族民间舞蹈交流讲习会"在金华地区召开。会议分为两个阶段，第一阶段现场交流，内部观摩金华地区各县的部分民族民间舞蹈节目，并参加东阳当地举行的元宵佳节民间灯会；第二阶段讲习会为《民舞集成》浙江卷收集记录工作进行了业务培训。

- 1984年4月8日至26日，中国舞蹈家协会主席吴晓邦，副主席盛婕以及蒲以勉同志应邀出席了浙江省舞蹈创作讨论会并进行了讲学。吴晓邦理论与学员的实践相结合，讲授了八个专题：1.生活、学习、创作；2.舞蹈艺术概论；3.论想象力的培养；4.应用理论分科上的几个问题，5.舞蹈表演上的三元素——气、意、形；6.阅读、思考、习作与舞蹈的独创性；7.理论教学与评论；8.题材与体裁、形式与式样、手法与构图。

- 1984年11月，华东地区（六省一市）第二届舞蹈会演南昌举行，浙江参演的舞蹈作品：女子独舞《花间曲》、双人舞《春江雨》、群舞《悠悠脚划船》、女子独舞《秋风秋雨》、群舞《开拓者之歌》、男子三人舞《将军令》、群舞《端阳乐》。

- 1986年至2011年。1986年9月17日至9月30日，浙江省首届音乐舞蹈节在杭州胜利剧院开幕，历时14天。来自11个市（地）以及省军区、浙江歌舞团、温州歌舞团、省艺术学校、杭师院的16个代表队，演出了12台节目，另有 1 台少儿节目展览演出，参演人员达 1013 人。以后至 2011 年 12 月间共举办了 8 届音乐舞蹈节，据不完全统计，(专业部分) 创作演出了舞蹈 (舞剧) 节目约 183 个。第一届至第五届 1997 年 11 月间音乐舞蹈节中 (群文部分)，共创作演出舞蹈新作品 166 个。

- 1986 年 12 月至 2010 年 5 月期间，浙江群众舞蹈蓬勃向上，一片繁华。据不完全统计在文化部主办的全国届民间音乐舞蹈比赛，以及全国"群星奖"舞蹈比赛中，主要的优秀节目有：群舞《碧荷涟涟》（绍兴·获全国民间音乐舞蹈比赛一等奖）；三人舞《断桥恨》、独舞《风波亭》（衢州·获全国民间音乐舞蹈比赛特别奖）。获全国"群星奖"比赛金奖（含相当于金奖的"群星奖"）的舞台舞蹈作品有：群舞《碧荷涟涟》（绍兴）、三人舞《乡柳》（省直）；群舞《女儿红》（绍兴）、群舞《家乡的月亮》（温州）、群舞《出河头》（宁波）；群舞《大海告诉我》（台州）、群舞《水乡三月天》（宁波）、群舞《海风吹来时》（台州）、群舞《悠悠楠溪江》（温州）；群舞《青石板》（绍兴）、群舞《红结儿》（杭州）；群舞《蚕匾上的婚礼》（湖州）、《龙裤的诉说》（舟山）、群舞《竹儿青·妹儿红》（温州）、双人舞《渔舍夜话》（绍兴）。广场民间舞蹈类有金奖（群星奖）作品:《长兴百叶龙》（湖州）、《海宁花灯》（嘉兴）;《临安水龙》（杭州）;《镇海九龙柱》（宁波）。

- 1988 年 8 月 19 日至 25 日，第二届华东六省一市少儿舞蹈教学、演出交流会在杭州举行。共演出了 80 个少儿舞蹈节目，其中有江西的《红绿灯的语言》《傩乡娃》，上海的《共同的太阳》《鲜花与微笑》，安徽的《鼓乡小花》《西瓜与妞妞》，江苏的《泥人乐》《魔方》，山东的《飞向蓝天》《石榴花》，浙江的《小小西子藕》《老人与猴子》等。来自黑龙江、辽宁、湖北、四川、广西等 13 个省和北京、天津、哈尔滨、厦门、沈阳、桂林等 22 个大中城市的 300 多位观摩代表亦云集杭州。8 月 24 日下午，全体会员还进行了学术研讨活动。

- 1988 年，杭州歌舞团创作演出了大型情态歌舞诗画《浓妆淡抹总相宜》（获 1988 年浙江省第二届（专业部分）音乐舞蹈节优秀创作奖）；1996 年杭州歌舞团又创作演出舞蹈诗剧《阿姐鼓》（获 1996 年浙江省艺术节·全省中小舞剧新作展演优秀创作奖；《阿姐鼓》又先后于 1997 年 12 月获文化部 1997 年"全国舞剧观摩演出"剧目、作曲、灯光设计、服装设计、表演等 6 项优秀奖；1999 年获浙江省"鲁迅文化奖"；2000 年获文化部"文华新剧目奖"；2008

年获国家精品工程（2006—2007）"精品剧目"提名奖。《阿姐鼓》在全国舞蹈界中产生了较大地影响。

- 1990年10月，列为"六五"跨"七五"国家艺术科研项目《中国民族民间舞蹈集成·浙江卷》由中国舞蹈出版社出版。"浙江卷"主编梁中，副主编何惠芳、郭桂芝。本卷内容主要有《浙江民族民间舞蹈综述》《全省民族民间舞蹈调查表》《本卷统一的动作名称术语》；60个舞蹈节目介绍以及舞蹈彩照62幅，总篇幅为16开1119页，字数144万。吴露生撰写了卷首的《浙江省民族民间舞蹈综述》，"综述"首次梳理与阐述了浙江民间舞蹈的历史和现状，全文分四个部分：第一，浙江历史民族民间舞蹈的活动及发展情况；第二，关于浙江民族民间舞蹈的类别；第三，浙江畲族舞蹈的特点；第四，浙江民族民间舞蹈的形态、风格特征。纳入本卷各地代表性舞蹈节目有汉族舞56个、畲族舞4个。每个舞蹈从历史源渊、流传演变、演出方式、动作特点、风格动律、伴奏曲谱、服饰道具以及相应的有关传统、文史记载、民情风俗、宗教祭祀、工艺美术等各方面作了全面详尽的记述。

- 1990年，宁波歌舞团成立。曾创作演出了系列舞蹈《风景这边独好》，小舞剧《螺女情》，大型歌舞晚会《金秋的彩虹》《中华魂》《金色的航程》，独幕舞剧《路魂》等创作演出的作品多次在省音乐舞蹈节中获奖。《十里红妆·女儿梦》获2009年"首届浙江省文化艺术节"优秀展演剧目奖、2009获全国第十一届精神文明建设"五个一工程"优秀作品奖。

- 1997年9月8日，第六次全国万里边疆文化长廊建设现场会"浙江'东海明珠'大型文艺晚会"在浙江体育馆举行，共30余个节目、1000余演员参演。时任文化部常务副部长徐文伯，浙江省委副书记刘枫，副省长徐志纯，省委宣传部长梁平波等领导出席晚会。经晚会组委会审评获金奖的舞蹈节目是：《海宁花灯舞》（嘉兴海宁）、《长兴百叶龙》（湖州长兴）、《山转水转》（丽水）、《山里妹子正十八》（衢州）、《奉化布龙》（宁波奉化）、《余杭滚灯》（杭州余杭）、《十八蝴蝶》（金华永康）、《青田鱼灯舞》（丽水青田）、《碧荷涟涟》（杭州）、少儿舞蹈《蒲公英飘飘彩蝶飞》（省群艺馆）。

- 1998年10月，首演于北京的《畲山风》是第一部在我国舞台上出现的比较系统和完整地反映畲族民俗文化的大型歌舞作品。它以一年四季的冬、夏、春、秋四个篇章，作为整个作品框架结构，通过对畲族人民的劳动、生活、爱情、婚俗的描绘，以载歌载舞的形式展示了畲族独特的民俗风情，反映了畲族人民那种自强不息，奋发向上的民族精神与乐观热情的民族性格。获全国第二届少数民族文艺会演创作金奖、演出金奖。

- 1999年9月，作为全国艺术科学"九五"规划重点项目之一的《中华舞蹈志·浙江卷》由学林出版社出版。主编吴露生，副主编梁中。该书"综述"阐述了浙江舞蹈沿革嬗变及对汉族、畲族舞蹈以舞蹈类别的艺术特征进行了评析，并以图文结合的方法收编了147个舞蹈。书后还附录了浙江舞蹈史相关的重要文物史迹资料50多项。收编与《中国民族民间舞蹈集成·浙江卷》相比更为广泛，收集的浙江省民族民间舞蹈节目内容与记述各有侧重。

- 2003年11月29日，杭州歌舞团《太阳不是黑的》在白俄罗斯国际现代舞比赛上获创作金奖，演员王永林、金艳获表演金奖。舞蹈表达了盲人看不见阳光，但他们心里充满了光明，因而冲过了视觉的黑暗，让生活仍然那么灿烂。

- 2004年9月10日至26日，由文化部主办，浙江省人民政府承办的第七届中国艺术节在浙江杭州、宁波、绍兴、温州、嘉兴同时举行，历时17天。作为第七届中国艺术节群文活动的"七艺节"开幕演出暨浙江省第五届广场艺术节开幕式大型文艺晚会《风从东海来》在浙江体育馆举行，晚会由"鼓之韵·欢天喜地""灯之情·国泰民安""龙之魂·盛世恒昌"三个板块组成，经过整理加工的浙江省代表性民间舞蹈大多亮相，并获得了广大观众的热烈欢迎。

- 自从2005年5月18日，浙江省人民政府公布了第一批浙江省非物质文化遗产代表作名录，2006年5月20日，国务院批准文化部确定并公布第一批国家级非物质文化遗产名录起，浙江省至今已有《余杭滚灯》等108项传统舞蹈列入浙江省非物质文化遗产保护名录，18项传统舞蹈列入国家级非物质文化遗产保护名录，并分别确定了保护单位：

浙江省省级非物质文化遗产（传统舞蹈）代表性项目名录及其保护单位

序号	所属地区	省遗项目名称	项目类别	保护单位	附注
1	杭州市余杭区	余杭滚灯	传统舞蹈	杭州市余杭区文化馆	亦是国遗项目
2	杭州市余杭区	鸬鸟鳌鱼灯	传统舞蹈	杭州市余杭区鸬鸟镇人民政府	
3	杭州市余杭区	竹马（仁和高头竹马）	传统舞蹈	杭州市余杭区人民政府仁和街道办事处	

(续表)

序号	所属地区	省遗项目名称	项目类别	保护单位	附注
4	杭州市余杭区	大陆花灯	传统舞蹈	杭州市余杭区人民政府良渚街道办事处	
5	杭州市富阳区	跳仙鹤	传统舞蹈	杭州市富阳区场口镇场口村股份经济合作社	
6	杭州市富阳区	竹马（东吴战马）	传统舞蹈	杭州市富阳区龙门镇人民政府	
7	杭州市富阳区	龙舞（梓树布龙）	传统舞蹈	杭州市富阳区银湖街道梓树村经济合作社	
8	杭州市临安区	神兽花灯	传统舞蹈	杭州市临安区湍口镇人民政府	
9	杭州市临安区	马啸滚灯	传统舞蹈	杭州市临安区马啸滚灯民间艺术团	
10	杭州市临安区	龙舞（横街草龙）	传统舞蹈	杭州市临安区锦城街道横街村股份经济合作社	
11	杭州市临安区	红毛狮子	传统舞蹈	杭州市临安区湍口镇人民政府	
12	杭州市临安区	五凤朝阳	传统舞蹈	杭州市临安区太阳镇人民政府	
13	桐庐县	九狮图（深澳高空狮子）	传统舞蹈	桐庐县江南镇人民政府	
14	桐庐县	漳坞狮毛龙舞	传统舞蹈	桐庐县江南镇人民政府	
15	淳安县	淳安竹马	传统舞蹈	淳安县博物馆（淳安县文物管理委员会办公室、淳安县文物保护管理所，淳安县非物质文化遗产保护中心）	亦是国遗项目
16	淳安县	草龙	传统舞蹈	淳安县汾口镇人民政府	
17	建德市	严州虾灯	传统舞蹈	建德市梅城镇人民政府	
18	建德市	断头龙（诸家断头龙）	传统舞蹈	建德市李家镇人民政府	
19	建德市	跳净童	传统舞蹈	建德市钦堂乡人民政府	
20	宁波市海曙区	大头和尚	传统舞蹈	宁波市海曙区集仕港镇翁家桥村股份经济合作社	
21	宁波市镇海区	澥浦船鼓	传统舞蹈	宁波市镇海区澥浦镇人民政府	
22	宁波市北仑区	造趺	传统舞蹈	宁波市北仑区柴桥街道穿山股份经济合作社	
23	宁波市北仑区	狮象舞（沃家狮象窜）	传统舞蹈	宁波市北仑区柴桥街道沃家村经济合作社	
24	宁波市奉化区	奉化布龙	传统舞蹈	宁波市奉化区文化馆	亦是国遗项目
25	余姚市	余姚犴舞	传统舞蹈	余姚市泗门镇东蒲村股份经济合作社	
26	余姚市	木偶摔跤	传统舞蹈	余姚市泗门镇小路下村股份经济合作社	

(续表)

序号	所属地区	省遗项目名称	项目类别	保护单位	附注
27	余姚市	车子灯	传统舞蹈	余姚市陆埠镇官路沿村股份经济合作社	
28	宁海县	宁海狮舞	传统舞蹈	宁海县文化馆	
29	温州市龙湾区	拼字龙灯	传统舞蹈	温州市龙湾区海滨街道宁村村民委员会	
30	温州市洞头区	贝壳舞	传统舞蹈	温州市洞头区文化馆	
31	温州市洞头区	鱼灯舞（洞头鱼灯）	传统舞蹈	温州市洞头区文化馆	
32	瑞安市	藤牌舞	传统舞蹈	瑞安市非物质文化遗产保护中心	亦是国遗项目
33	永嘉县	定位	传统舞蹈	永嘉县非物质文化遗产保护协会	
34	永嘉县	踏八卦	传统舞蹈	永嘉县非物质文化遗产保护协会	
35	平阳县	鳌江划大龙	传统舞蹈	平阳县鳌江镇大龙文化研究会	亦是国遗项目
36	泰顺县	碇步龙	传统舞蹈	泰顺县非物质文化遗产保护中心	亦是国遗项目
37	泰顺县	龙凤狮子灯	传统舞蹈	泰顺县非物质文化遗产保护中心	
38	长兴县	长兴百叶龙	传统舞蹈	长兴县文化馆	亦是国遗项目
39	长兴县	林城狮舞	传统舞蹈	长兴县文化馆	
40	长兴县	长兴旱船	传统舞蹈	长兴县文化馆	
41	安吉县	上舍化龙灯	传统舞蹈	安吉县上舍龙舞艺术团	亦是国遗项目
42	安吉县	竹叶龙	传统舞蹈	浙江省湖州市安吉县梅溪镇上舍村村民委员会	
43	安吉县	梅溪旱船	传统舞蹈	浙江省湖州市安吉县梅溪镇龙翔社区居民委员会	
44	安吉县	犟驴子	传统舞蹈	浙江省湖州市安吉县溪龙乡徐村湾村村民委员会	
45	安吉县	龙舞（鄣吴金龙）	传统舞蹈	浙江省湖州市安吉县鄣吴镇鄣吴村村民委员会	
46	安吉县	畲族貔貅	传统舞蹈	浙江省湖州市安吉县报福镇中张村村民委员会	
47	平湖市	平湖九彩龙	传统舞蹈	平湖市非物质文化遗产保护管理中心	

(续表)

序号	所属地区	省遗项目名称	项目类别	保护单位	附注
48	海盐县	滚灯（海盐滚灯）	传统舞蹈	海盐县非物质文化遗产保护中心	亦是国遗项目
49	海盐县	五梅花（海盐五梅花）	传统舞蹈	海盐县于城镇社会事业服务中心（海盐县于城镇文化站、海盐县于城镇新居民事务所）	
50	海宁市	五梅花（海宁五梅花）	传统舞蹈	海宁市文化馆（海宁市非物质文化遗产保护中心）	
51	绍兴市上虞区	狴犴龙舞	传统舞蹈	绍兴市上虞区文化馆（区非物质文化遗产保护中心）	
52	金华市	拉线狮子	传统舞蹈	浙江婺剧艺术研究院（浙江婺剧团）	
53	金华市	跳魁星	传统舞蹈	浙江婺剧艺术研究院（浙江婺剧团）	
54	兰溪市	断头龙	传统舞蹈	兰溪市畲乡风情旅游发展有限公司	亦是国遗项目
55	东阳市	板龙（许宅花灯）	传统舞蹈	东阳市非物质文化遗产保护中心	
56	东阳市	蔡宅高跷	传统舞蹈	东阳市非物质文化遗产保护中心	
57	永康市	十八蝴蝶	传统舞蹈	永康市民间艺术表演协会	亦是国遗项目
58	永康市	调花钹	传统舞蹈	永康市民间艺术表演协会	
59	永康市	永康拱瑞手狮	传统舞蹈	永康市七合农业开发有限公司	
60	浦江县	浦江板凳龙	传统舞蹈	浦江县文化馆	亦是国遗项目
61	浦江县	浦江滚地龙	传统舞蹈	浦江县文化馆	
62	浦江县	浦江擂马	传统舞蹈	浦江县文化馆	
63	浦江县	浦江鱼灯	传统舞蹈	浦江县文化馆	
64	武义县	武义花灯花轿	传统舞蹈	武义县文化馆	
65	武义县	鲤鱼跳龙门	传统舞蹈	武义县文化馆	
66	武义县	武义三狮	传统舞蹈	武义县文化馆	
67	磐安县	板龙（岭口亭阁花灯）	传统舞蹈	磐安县文化馆	
68	磐安县	乌龟端茶	传统舞蹈	磐安县文化馆	
69	磐安县	磐安长旗	传统舞蹈	磐安县文化馆	
70	衢州市衢江区	板龙（全旺板龙）	传统舞蹈	衢州市衢江区全旺镇人民政府	
71	衢州市衢江区	上方节节龙	传统舞蹈	衢州市衢江区文化馆	

（续表）

序号	所属地区	省遗项目名称	项目类别	保护单位	附注
72	龙游县	硬头狮子	传统舞蹈	龙游县文物保护管理所（龙游县非物质文化遗产保护中心）	
73	龙游县	麒麟灯	传统舞蹈	龙游县文物保护管理所（龙游县非物质文化遗产保护中心）	
74	龙游县	龙舞（滚花龙）	传统舞蹈	龙游县文物保护管理所（龙游县非物质文化遗产保护中心）	
75	龙游县	貔貅	传统舞蹈	龙游县文物保护管理所（龙游县非物质文化遗产保护中心）	
76	龙游县	草龙（横山稻草龙）	传统舞蹈	龙游县文物保护管理所（龙游县非物质文化遗产保护中心）	
77	龙游县	小儿走马灯	传统舞蹈	龙游县文物保护管理所（龙游县非物质文化遗产保护中心）	
78	龙游县	脱节龙	传统舞蹈	龙游县文物保护管理所（龙游县非物质文化遗产保护中心）	
79	江山市	断头龙	传统舞蹈	江山市文化馆（市非物质文化遗产保护中心）	
80	江山市	江山手狮	传统舞蹈	江山市文化馆（市非物质文化遗产保护中心）	
81	常山县	钢叉舞	传统舞蹈	常山县文化馆	
82	常山县	马灯舞（洗马舞）	传统舞蹈	常山县文化馆	
83	开化县	草龙	传统舞蹈	开化县非物质文化遗产保护中心	亦是国遗项目
84	开化县	马金扛灯	传统舞蹈	开化县非物质文化遗产保护协会	
85	开化县	竹马（霞山高跷竹马）	传统舞蹈	开化县非物质文化遗产保护协会	
86	开化县	狮象舞（狮象灯舞）	传统舞蹈	开化县非物质文化遗产保护协会	
87	开化县	马灯舞（跳马灯）	传统舞蹈	开化县非物质文化遗产保护协会	
88	舟山市定海区	跳蚤会	传统舞蹈	舟山市定海区白泉镇新苗幼儿园	
89	舟山市普陀区	跳蚤会	传统舞蹈	舟山市普陀区文化馆	
90	台州市黄岩区	新前采茶舞	传统舞蹈	台州市黄岩区人民政府新前街道办事处	
91	台州市黄岩区	院桥高台狮舞	传统舞蹈	台州市黄岩区院桥高台狮舞研究会	

（续表）

序号	所属地区	省遗项目名称	项目类别	保护单位	附注
92	临海市	黄沙狮子	传统舞蹈	临海市非物质文化遗产保护中心	亦是国遗项目
93	临海市	板龙（大田板龙）	传统舞蹈	临海市非物质文化遗产保护中心	
94	临海市	上盘花鼓	传统舞蹈	临海市非物质文化遗产保护中心	
95	温岭市	大奏鼓	传统舞蹈	温岭市石塘镇里箬村股份经济合作社	亦是国遗项目
96	温岭市	天皇花鼓	传统舞蹈	温岭市泽国镇天皇村股份经济合作社	
97	玉环市	坎门花龙	传统舞蹈	玉环市坎门花龙活动中心	亦是国遗项目
98	玉环市	坎门鳌龙鱼灯舞	传统舞蹈	浙江省台州市玉环市坎门街道灯塔社区居民委员会	
99	仙居县	仙居鲤鱼跳龙门	传统舞蹈	仙居县田市镇人民政府	
100	三门县	板龙（花桥龙灯）	传统舞蹈	三门县花桥镇人民政府	
101	三门县	板龙（杨家板龙）	传统舞蹈	三门县亭旁镇人民政府	
102	三门县	缠足苦	传统舞蹈	三门县文化馆	
103	三门县	小蜜蜂	传统舞蹈	三门县亭旁镇人民政府	
104	丽水市	处州板龙	传统舞蹈	丽水市文化馆（丽水市非物质文化遗产保护中心、丽水书画院、丽水市美术馆）	
105	青田县	青田鱼灯	传统舞蹈	青田县非物质文化遗产研究保护中心	亦是国遗项目
106	青田县	青田百鸟灯舞	传统舞蹈	青田县非物质文化遗产研究保护中心	亦是国遗项目
107	缙云县	钢叉舞	传统舞蹈	浙江省丽水市缙云县壶镇镇金竹村村民委员会	
108	景宁畲族自治县	九龙鱼灯	传统舞蹈	景宁畲族自治县九龙乡人民政府	

（原载吴露生《浙江舞蹈史》。本书增补的"浙江省国家级、省级非物质文化遗产（传统舞蹈）代表性项目名录及其保护单位"由浙江省文化和旅游厅非物质文化遗产处提供）

民俗活动的"记忆、修正、升级"

不知历史流变,没有"记忆"的民俗活动是不知道从何处来,又往何处去;不接受"修正"的民俗活动将不会存续太久,难被今人所接受;不能将传统的本真性与时代的审美性融合得较好的"升级",而对作为非物质文化遗产的民俗活动进行面目全非的"包装"与"打造",是对传统文化的一种哗变与颠覆。

民俗活动及其形式存在着可以感悟和触摸得到的三维空间,即"记忆－修正－升级",并由此形成了民俗活动生生不息的继承发展链。

民俗,即民间风俗。起源于人类社会群体生活的需要,在特定的民族、时代和地域中不断形成、扩大和演变,为民众的日常生活所维系。民俗是一种来自于人民,传承于人民,规范人民,又深藏在人民的行为、语言和心理中的基本力量。本文以为,民俗活动及其形式存在着可以感悟和触摸得到的三维空间,即"记忆、修正、升级",并由此形成了民俗活动生生不息的继承发展链。

记 忆

民俗作为人民传承文化中最贴切身心和生活的一种文化,一直存在着世代民众的记忆中。记忆是人类心智活动的一种。记忆代表着一个(群)人对过去活动、感受、经验的印象累积。青海省大通县上孙寨墓地发掘的纹陶盆上的形象记录应是母系氏族社会晚期，经济生活中采集为主的地位已慢慢被耜耕农业所取代，男人成为社会生产的主力，男性崇拜闯入了人们观念形态的事象。梁人任昉《述异记》："昔禹会涂山，执玉帛者万国。防风氏后至，禹诛之。其长三丈，其头骨专车。今南中民有姓防风氏，即其后也，皆长大。越俗祭防风神，奏防风古乐，截竹长三尺，吹之如嗥，三人披发而舞。"记载的为浙江德清原始社会末期向奴隶制社会过渡时期，当地防风部族土著人在祭祀自己先王防风氏时的民俗活动及其形式体现。学界于这种文物、文献，于经书、正史间去寻觅民俗事象的办法虽然是一个很重要的方向，但不是唯一可以回首窥察历史的途径。

在漫长的历史进程中，许多民俗中的活态的具象文化，其中许多是不太可能以书面图文表达出来。此外，在奴隶、封建制社会，老百姓很少有于经书、正史中真正意义的话语权。而民俗载体的独特处却恰恰在于肩负传承民俗的广大民众，是相当长的年月中那些被指为"下姓""下九流"民俗文化的草根承续人，正是主要由于他们的身传言教才让民俗文化生生不息，从历史长河的源头奔涌至今:正月拜年、元宵玩灯、寒食禁火、清明上坟、端午龙舟、七夕乞巧、中秋赏月、重阳登高、除夕守岁……历史各有长短，却无不镌刻着各地不尽相同的民俗人文记忆。一个传承人、一群承续民众往往就是一个或一地传统民俗文化项目的活着的记忆宝库，当他们在追思的暗示和事件的回放中不断徘徊，逝去岁月中储存的信息会不断涌来，当年民俗文化的活动及其形式的复活也就呼之欲出了。

历史记忆的责任担当还体现在记忆者心智活动对以往传统民俗文化活动印象累积的完整性，及对个人喜好的决然排斥。

诚然，由于各个时代遗存下来的民俗文化都会不同程度地打上那个时代的印记，因而不可避免地会遇上精华与糟粕并存的情况，对此我们应该历史、辩证地去省察。首要的是尽可能完整地将与民俗文化相关的记忆全盘发掘，只有这样才是尊重我们祖先的创造，尊重历史的自然发展规律。历史记忆中的"糟粕"部分，在今天看来可能不大符合精神文明，但它为文化人类学、民俗学等提供了值得珍视的研究价值，为当代文化建设中奔忙的人们的创造赋予了值得借鉴的丰富生动的元素。古今中外文化艺术史上，经过去伪存真、去芜存精、化腐朽为神奇、以他山之石攻玉的例证是不胜枚举的。

文化遗产又是曾经存在的一个历史见证，它的文化记忆是民众群体信仰与崇拜经常联系在一起的烙印，是地域性的信服和尊崇。故而现在的个人喜好是不应该对民俗记忆的呈示作个性化选择的。

修　正

当代人站在社会进步的阶梯回望过去时代的民俗事象是否就陷入"祖宗的东西不能动"的不能自拔的樊篱，只是进行极其静止而又机械式的显现，或将其藏入档案库中束之高阁，不去接受社会阳光的洗礼呢？回答是否定的。

从历史来看，元明清时期我国大多风俗基本定型，无重大变化。及至辛亥革命前后，风气渐开，改革潮涌，维新志士、革命党人都致力于移风易俗，戒鸦片、破迷信，改革婚庆丧葬，妇女成立放足会等。"五四"新文化运动的激荡，再度兴起破旧俗、立新风的波澜……随着人们思想观念、生产关系及社会关系的变化，对于传统民俗我们应有清醒认识，我们既不能全丢，也不能全盘接收，比较正确的方法是在修复基础上的恰好修正。

文化的再生是一种传播。美国著名社会学家帕森斯认为，当某种文化传播到一个文化圈时，它必须适应这一文化圈的文化特色和接受能力，否则传播便不能正常进行。而作为文化圈的文化特色和接受能力是与特定域内人文、自然、地理、气候等多种生态休戚相关的。俄国生理学家、心理学家、高级神经活动学说的创始人巴甫洛夫也在《大脑两半球机能讲义》中认为："我们的任何方式的教育、学习、训练，各种各样的习惯都是长系列的条件反射。所获得的联系纵然受到我们的故意的抗拒，也会顽强地自然而然地表现出来。"巴氏的说法不无道理，习惯是由于事物的刺激和主体的某些动作在大脑中形成了巩固的长系列的条件反射所获得的联系之故。就一个地域的大多数住民来说，往往对已经熟悉的人文历史熏陶下的地域风情会表现出一种较为顽强的依恋情结，比较偏爱他们所熟悉的审美对象，较易参与具有与之地域相适应的那种修复后再生的民俗文化活动。故而海边船工和渔民多信奉庇佑他们出海平安、渔业丰收的龙王及妈祖，蚕乡蚕农信奉蚕神马头娘，缘起长兴天平村民俗地域间荷塘育子美丽传说的《长兴百叶龙》舞的是荷花龙，竹乡安吉上舍舞的是《竹叶龙》。泰顺仕阳镇朝阳村有一条大溪，村民过溪要走碇步，这里的碇步分高低两阶，紧紧相连，为了祈求溪流两岸的家园风调雨顺、五谷丰盈，这里的百姓舞起了《碇步龙》，踏石纵水而过的《碇步龙》的确是别有一番风味。

修正与修复不尽相同，修复是恢复原来事物事象的一切面貌，而这里主张的修正却是包含着修补、修建。对不合时政甚至邪教类的负面因素、铺张浪费不符民心的排场等要适当修正，对在当代已经形成新民俗的事象可以恰好地补与建。修正后的文化面貌基本上是传统的。当下留存与散见在各地的传统民俗文化及其形式大多经过了当地民众或多或少的修正。

升 级

当代民俗活动及其形式的升级"建立在将逝去岁月中储存的信息开掘，并加以组合整理形成的记忆"的基础上，又是在"修正后为了适应时代，推动文化建设"所运用的一种开拓性的手段。这种升级要将传统的本真性与时代的审美性无缝链接得很好——为优秀乡土文化续命，却不粘滞一物；是进入了新时代人文精神的创新，又承袭着传统的基因与精魂。

列入国家级非物质文化遗产名录的浙江省"方岩庙会"是永康一带影响最为广泛的民俗活动。除永康市城乡外，邻近各县如武义、东阳、磐安、义乌、金华、缙云、仙居、嵊县、龙游、天台等也在当地民间信仰"胡公（胡则）"诞辰日前后赶赴庙会，千百年来形成了一个以永康为中心，以婺、衢二州为重点，继而覆盖浙中、浙西、浙南、浙东的方岩胡公庙会活动区。通过胡公庙会传统文化系列活动，努力推动经济文化建设的夙愿在2013年9月进行过一次"记忆、修正、升级"并用的尝试。有关人员于文献方志的考究中，进一步厘清了方岩庙会的源流与历代对胡则的褒扬评说；其次通过传承人、老艺人座谈会，梳理和遴选了要保留的祭神民俗与娱神节目，确定了修复、修正方向；继而在保护传统基本面的基础上进行的升级中，着力丰富老百姓喜闻乐见的形式，突出毛泽东称赞胡则"为官一任，造福一方"的被民众崇尚的清官形象，又加进了自宋宣和四年以降，经历代敕封至明太祖朱元璋为"显应正惠忠佑福德齐天大帝"，定位为民间信仰、地方公祭的祭祀大典，形成了传统文化系列活动开幕式、传统民间艺术展演暨"方岩踏歌"舞队踩山活动、方岩沿山纸花展等有机组合而成的2013方岩庙会，受到了方岩周边民众、胡则后裔、"方岩庙会"传承人与当地乡土专家的广泛首肯。

不知历史流变，没有"记忆"的民俗活动是不知道从何处来，又往何处去；

不接受"修正"的民俗活动将不会存续太久难被今人所接受；不能将传统的本真性与时代的审美性融合得较好的"升级"，而对作为非物质文化遗产的民俗活动进行面目全非的"包装"与"打造"，是对传统文化的一种哗变与颠覆，伪民俗终究会被当代正风良俗所挤压而无立锥之地。因而，当代民俗活动的优良构建，"三维"缺一不可。

（原载 2014 年 3 月 20 日《中国文化报》）

让古老的远行抵达如今
——在浙江大学"第二届艺术大师讲座"上的演讲

如果我们将古老的远行比喻为纵向奔来的经度,那么横空出世的就是时代因素的纬度。从时代的维度去把握古老远行纵行而来正确交融的结合点,这样的"经纬之交"大概就是非物质文化遗产当代传承发展的大致定位。

中华传统文化是以儒、释、道及其相互辉映的民间祥瑞文化为主体及其衍生组成的。

中华传统文化中的祥瑞观念及其行为体现了广大民众借助了"天命"的力量,力图凝聚民心,从消极客观的被动,移位至积极主观上的主动,从而生发着千百年来广大民间众善奉行、诸恶莫作,祈福驱邪、除凶险保太平的信念。民间祥瑞文化在中华传统文化中是时间跨度最久,影响最为广泛的一种民间信仰。

任何生命体的生命密码是生存必需——如果将传统文化作此比喻,那么寻觅到它的生存密码才有可能在当代存活、后代承续。传统文化中许许多多的非物质文化遗产之所以能生存到今天,也必然有它的生命生存密码——这就是基因、代谢、适应。

非物质文化遗产的三个关键词:非物质 文化 遗产。

今天我有幸来到了全中国乃至全世界的名校浙江大学,面对着洋溢着青春气息的莘莘学子,以及一双双有所探求的眼光,真感到窗外寒风凛冽,屋内却温暖如春。

谢谢你们给了我这么好的一个共同交流的机会。

图38 2015年12月27日在浙江大学"第二届艺术大师讲座"上的演讲

一首诗,频频叩击着心扉

你们学校为今天的演讲做了海报(图38),也得到了一首大学生的诗,写得很温暖也很美:

在漫长的岁月里我们遗忘了什么?
是否曾停下奔走的脚步回忆?
是否因一支歌、一支舞而泪目?
遗忘的、错过的、过去的都永存在时间长河里。

在这个大雨纷飞的寒冷冬季,
让我们静下心,
回忆最初,
了解原始的美。
让古老的远行抵达至今,
抵达心灵。

正如诗中所说,因为岁月漫长所以容易遗忘,因为有所遗忘,所以要让我们静下心,去回忆最初,特别是"让古老的远行抵达至今,抵达心灵"这句,握拨一弹，心弦为之一振，令人低回良久……

"古老的远行"在这里是指远古奔来的传统文化，就是那位才华横溢的大学生诗句中所说的"原始的美"。这原始初民创造的原始的、原生性的美，如果在悠长历史的薪火相传中，虽有数点不尽的岁月印记，但还是承续到了今天，这就是老祖宗给我们留下来的文化遗产了。倘若"古老的远行"并没有抵达如今，或者只是停留在历史尘封中，那这是文化传承断裂现象的种种记忆碎片了。

中华传统文化是以儒、释、道与民间祥瑞文化为主体及其衍生组成的

古代中国、古巴比伦、古埃及、古印度是人类文明最早诞生的地区。而在独立起源的世界四大古文明中，历经五千余年沧桑巨变而从未中断的，唯有中华文明。我们中华文明古老的远行是辛苦万分、坚韧不拔但一路走来又是光辉璀璨的。

中华传统文化就是文明演化而汇集成的一种反映民族特质和风貌的民族文化，是民族历史上各种思想文化、观念形态的总体表征。我固执地认为，中华传统文化是以儒、释、道与民间祥瑞文化为主体及其衍生组成的。

人文历史告诉我们，儒家创始人为孔子，名丘，字仲尼；儒家，又称儒学思想，奉信孔子为先师。从一定意义上说，儒学是一种"人学"，就是教导人们如何做人的学问。儒学有丰富的思想，在许多方面能给人以智慧和启迪。释，用作名词时泛指佛教。佛教也是世界三大宗教之一。佛，意思是"觉者"。佛教产生于公元前10世纪的古印度。佛教传入中国的确切年代尚无定论，异说颇多，最广泛的说法是东汉永平年间。道，奉老子为太上老君。是发源于古代本土中国春秋战国的方仙家，是一个崇拜诸多神明的多神教原生的宗教形式。

我并不赞成民间祥瑞文化观念是人类面对自然的强大而无能为力的产物。在中华传统文化中的祥瑞观念及其行为化恰恰体现了广大民众借助了天命的力量，力图凝聚民心，从消极的客观移位至积极主观上的主动，去祈福驱邪、除凶险、保太平。民间祥瑞文化在中华传统文化中是时间跨度最久，影响最为广大的一种民间信仰。西方文明中的民间信仰，如圣诞节、情人节、愚人

节等都有不尽相同的文化指向，但是在中华文明中，春节、元宵、端午等民俗节日间，或是衍生文化中的舞龙、舞狮等都离不开祈福驱邪这一文化内核。追求美好幸福，祈望祥瑞平安的祥瑞意识产生于古人对生活的不安定感。祥瑞意识又决定了古人对祥瑞符号的选择，如福、禄、寿、喜就是中华历代子民的祥瑞观念。"福"的涵义几乎覆盖了世俗生活中一切美好的愿望与目标，福气来临代表着物质生活的顺利和精神生活的满足。"福"的谐言为"蝠"，故民间常以"蝙蝠"作为福的象征符号，蝙蝠生活形态的倒挂，也寓意为"福到了"。"禄"代表着财富和功名利禄，禄为养命之源，命中逢上，"一生衣禄不愁"是由古至今人们追求的幸福生活之一。所以传统中常以"鹿"谐"禄"之音，鹿口中衔一根灵芝草，意指吉祥如意，加官进爵。长寿安康是古往今来人们最大的心愿。自古以来，安康长寿、永享天年是百姓们天生俱来的追求，在民间信仰中，祈寿、祝寿的礼俗反映了民间对长寿的祈望。古代纹样中常以"寿星（南极仙翁）""鹤""蟠桃""松树"来代表"寿"。古纹样中又常以"喜鹊"寓意"喜"，又以喜鹊登枝来表达喜上眉梢的含义。因此，那些倒挂的蝙蝠、含草的麋鹿、南极仙翁、登梅的喜鹊等祥瑞文化中的图腾、纹饰就不时地出现在历朝历代建筑的衣、食、住、行的物件间，信俗活动的礼仪娱乐中，节令市日的标识上。

丰亨豫大的儒、释、道、民间祥瑞文化的互相影响与渗透，在历史的过滤及代代相传中成就了中国非物质文化遗产今天的主体。

非物质文化遗产的三个关键词：非物质 文化 遗产

什么是非物质文化遗产？首先它是"非物质"的，而不是物质的，非物质应是人类相对于物质的一种思维及其结果；然后它属于"文化"，对于文化的界定林林总总，但各种学派都会将它归结到意识形态上去；再有，它必须是"遗产"。对于文化遗产，著名史前史学家毛昭晰曾与我讨论时有着很不错的说法："目前不少地方对文化遗产的认定太过轻率。所谓遗产，必须是前几代祖宗留传下来的。譬如一宅房屋起码是爷爷手上置的，传给了我父亲，父亲又遗存于我，这才是遗产……"

根据联合国教科文组织《保护非物质文化遗产公约》定义："非物质文化遗产（intangible cultural heritage）指被各群体、团体、有时为个人所视为其文化遗产的各种实践、表演、表现形式、知识体系和技能及其有关的工具、实物、工艺品和文化场所。各个群体和团体随着其所处环境、与自然界的相互关系和历史条件的变化不断使这种代代相传的非物质文化遗产得到创新，同时使他们自己具有一种认同感和历史感，从而促进了文化多样性和激发人类的创造力。"我们中国对非物质文化遗产的界定，则可见于《中华人民共和国非物质文化遗产法》："是指各族人民世代相传并视为其文化遗产组成部分的各种传统文化表现形式，以及与传统文化表现形式相关的实物和场所。"我们不必对这大体相仿的两种说法——咬文嚼字，很重要的是要注意，非物质文化遗产是以非物质形态存在的，与群众生活密切相关、世代相承的传统文化表现形式，是以人为本的活态文化遗产，强调的是以人为核心的技艺、经验、精神，其特点是活态流变。在非物质文化遗产的实际工作中，认定的标准是由父子（家庭），或师徒，或学堂等形式传承三代以上，传承时间超过百年，且要求谱系清楚、明确。

那么，非物质文化遗产存活到今天，它会不会、应不应该有着什么变化呢？我们说物质或是非物质的不变，是相对的；变，是绝对的。倘若有些地方或单位将普查出来的非物质文化遗产"冷冻"在档案库里，看起来没变，实际上这存在着社会上、民众生活中的非物质文化遗产一直在起着悄然的变化。关键是不应让它处于自生自灭被动的变，而是应该具有积极的态度去推动非物质文化遗产符合我们时代特征的变化，这里就需要我们要有个"经纬之交"的追求。

接触过地球仪的人们都知道，横纬竖经的经纬度是经度与纬度的组成的一个坐标系统，又称为地理坐标系统。如果我们将古老的远行比喻为纵向而来的经度，那么横向而出的就是时代因素的纬度，从时代的维度去触碰古老远行纵行而来正确而交融的结合点，这样的"经纬之交"大概就是非物质文化遗产当代的大致定位。在浙江有一个列入第二批国家级非物质文化遗产名录的《嘉善田歌》，曲调清亮优美，极富江南水乡韵味，是一份宝贵的民族音乐文化遗产，一种独特的歌谣形式，早在宋代《乐府诗选》"吴声歌曲"中就有其名，历史可谓悠久。当代艺术家为了打造原创音乐剧《五姑娘》，嘉善田歌贯穿始终，落秧歌、急急歌、平调等田歌曲调的旋律在音乐歌舞中不时萦绕；充满水乡风情的牧牛会、踏白船、荷花灯会、轧蚕花、烧窑场这些充分将民俗风情又得到了恰好地展现。但可取的是新编的《五姑娘》独运匠心地将百年前的民间故事与现代时尚相结合，是以一种现代艺术形式去诠释这一个乡土味很浓的民间爱情故事，在运用音乐剧这种流行的艺术形式的时，让歌唱如泣如述，音乐形象栩栩如生，既不乏现代人的审美情趣，又具有浓郁的民俗气息。终在第七届中国艺术节上成了专家观众首肯的金牌节目，后又连连获得了国家"文华大奖"等殊荣。虽然这新编的《五姑娘》并不是非物质文化遗产，但的确是非物质文化遗产资源当代再利用的一个范例。

传统文化的当代表达

浙江大学教授、民俗学家童芍素在一次学术会上曾提出：传统文化要现代表达。我很同意她的看法，2010年6日15日去"文澜讲坛"开讲之前我征得她同意，讲演主旨就定为："传统舞蹈的当代表达"。

作为再次抛砖引玉，在此我对传统文化如何才能实在地当代表达也简略地谈一些自己的观点。

当代性是指现代文明体在当代的性格和风貌。当代是一个变动的概念，任何一个时代都有其"当代艺术"。如意大利文艺复兴时期雕塑艺术最高峰的代表米开朗基罗创作的就是15世纪末到16世纪80年代的当代艺术。就中国古代乐舞而言，无论是民间歌舞还是宫廷宴乐也都有着当代——当年时代的印记，如在中国舞蹈史上享有重要历史地位的"前溪舞"就具有两晋南北朝期间江南民间歌舞情调缠绵舞态柔婉的特色；宋代宫廷的"队舞"较前朝更趋成熟与完备而自成体系。

古老的远行抵达如今，它在今天的表达如何才有当代性，活跃我的思路上有三个方面：

一是必须了解当地当代人的审美观照与理想。审美观照，是审美主体与客体之间所发生的最为直接的联系。观照是以一种视觉直观的方式，对于具有表象形式的客体进行意向性的投射，从而生成具有审美价值的意象。观照不能没有视觉方式。我们说民俗具有地域性特性，正如俗话说，十里不同风，百里不同俗。民风习俗的地域差异是划分文化区域的主要指标，也是构成一个地区直观和特色文化的因素。譬如我们站在莽莽苍苍的黄土高坡，面对着高山沟壑一个人扭扭捏捏地用吴侬软语哼唱着评弹小调，或是站在杨柳微澜的西子湖畔高歌激越、悲壮、高亢的大秦腔，人们就会觉得哪里不对劲？因为一方水土养一方人。辽阔的北部草原使该处蒙古族住民舞蹈时分外矫健舒展,舞蹈形态常如雄鹰翻飞,长风裹挟,时常出现抖动的双肩使人联想起马背上的草原主人;上山下坡是西南山区寨人劳动与生活的必需,因而那里的舞蹈双腿与躯干有着下沉和含胸的韵律。

二是现代表达时,要运用好创造性思维。作为当代大学生我建议你们第一要加强跨学科的广度;第二就是对于评判性思维的培养。我不提倡学生总是被动的倾听者、接受者,而是要把注意力放在对于知识要点的掌握上,去开发独立和评判性思维的能力。这对培养自己具有领导力和创新精神的人才,是必须的。"'人'之可贵在于能创造性地思维。"(华罗庚语)大凡有所成就的创造、创新者都有着活跃的思维。作为传统文化的当代表达,人也应与尖端科学家一样,同样具有创造性思维。所不同的是:科学家的创造性思维指向探索人类的未知,传统文化当代表达的创造性思维指向的是继承与更新人类的已知。

三是在传统的原生性中去积极寻觅传统文化的生命生存密码。有生命的万物对于命运的把握中,都知道自己的生存安全是最首要的。没有生存的安全,生命也就失去了意义和价值,因此对任何生命体,生命密码是生存必须的常识。如果将传统文化作此比喻,那么寻觅到它的生命,生存密码才能在当代存活和对后代的繁衍。传统文化中许许多多的非物质文化遗产之所以能生存到今天,也必然有它的生命生存密码——这就是基因、代谢、适应。

基因:基因就是遗传因子。基因支持着生命的基本构造和性能。如,国家级非物质文化遗产保护项目《长兴百叶龙》从诞生起至今,一是荷花组成的龙;二是在舞动中将朵朵荷花巧妙勾连,突然拔地而起变成翱翔翻卷苍龙的绝招,始终未变,也不可能变,因为这是《长兴百叶龙》遗传因子,如果变了,就不是《长兴百叶龙》而成了其他什么龙了。

代谢:借用生物学的角度而言,代谢是生物体内所发生的用于维持生命的一系列有序的化学反应的总称。这些反应进程使得生物体能够生长和繁殖。非物质文化遗产抵达到了现今,为了承续和继续发展,我们应该对其注入时代因素,使其产生化学反应,让传统与现今产生系列有序的化学反应,从而达到当代融合。

适应:适应是指生物的形态结构和生理机能与其赖以生存的一定环境条件相适合的现象。就一个地域的大多数住民来说,往往对已经熟悉的审美对象表现出一种恋域情结，比较依恋与偏爱他们所熟悉的审美对象，他们较易参与具有地域特色的文化活动。当古老的远行抵达如今，由于非物质文化遗产一定是在某一个地域或什么地方一带流传的，故而这种抵达仍然是地域性的嬗变，这就要求传统文化的当代性必须要具有对地域、乡土的适应性。

我曾多次说过，一次学术会议只有一种论调，不会是富有成果的学术会议；一个理论家只能包容一种观点，不会是成熟的理论家；我们的理论家，应该以批判的态度对待全人类的思想文化成果。在传统化当代性的探索中，我们多多注重自己的独立思辨，哪怕一时有较多的不成熟与不完整，也一定会出现"杂花生树，群莺乱飞"的三春景像。如有一位"非遗"青年学者在电视媒体的访谈节目中多次提出了非物质文化遗产当代性这一话题，所想表述的非遗当代性似乎是意图进入另一个交叉学科中探究，认为非遗存活到"后非遗时代"，其承续方式已发生了质的变化。传统的父子（家庭）、师徒、学堂等形式的传承固然是一种途径，但当代人不能因循守旧、固步自封。传统方式的传承从我们这一代上溯，诚然多是人人之间的口口相传，但当社会形态自工业社会发展到信息社会，自我们这一代后续的，就应该形成新的格局。不仅面对面的传承方式要突破，如相对通过报刊、广播、电视等传统媒体的当代应用更要跨越式进入新媒体。"后非遗时代"的传承谱系并不可能完全是单线性的，更大可能是网格型的放射性。作为公共文化资源的当代传承谱系的建立是应思考如何更有创意地面向新媒体，去基于新的数字和网络技术，通过互联网、手机、移动电视、IPTV等或更为先进的科技手段而更趋精准化与辐射性。

记得有位伟人说过，你们青年人就像早上八九点钟的太阳，希望寄托在你们身上。你们青年人朝气蓬勃，充满创造活力，就像青年学者们对非物质文化遗产当代性敏锐、睿智的探索发人深省，建议大家也在熟谙传统文化的基础上发挥更多的主观能动性去深思，去追索。

我们中华文明古老的远行是辛苦万分、坚韧不拔的；希望在大家共同努力下抵达至今，更是光辉璀璨、延绵永远的。

再过几天就是2016新年了，在这里向大家拜过公历早年，衷心祝福各位！

（原载《拾遗稿缄》，浙江大学出版社，2019）

"面具计划"的中国情结

——在中国美院学术报告厅与法国艺术家对话性演讲（摘要）

  2015年4月27日经杭州市人民政府外事办公室推荐、浙江工商大学法语联盟邀请，中国文化部民族民间文艺发展中心特邀研究员、浙江省民间艺术研究会会长吴露生（Wu Lusheng）在中国美院学术报告厅与法国青年艺术家、策展人阿诺（Arnaud Iprex）、达欧（Théo Guerre-Cano）就世界性的"面具"文化现象的研究和"面具计划"进行了对话性、学术交流性的共同演讲。演讲及相关学术、展示活动得到了专家学者与大学生们的热情欢迎、高度评价。

——浙江工商大学法语联盟

阿诺、达欧交替介绍：

  我们是"面具计划"的成员，今天会给大家讲一讲西非的面具文化。

  在讲座之前，我们先给大家介绍一下我们的研究方法：我们并没有选取传统的直接向当地人的提问方式，而是给他们展示一种他们没有见过的面具——数字面具。通过这个方法，让他们有自己的回答方式，而我们也读懂了面具在西非文化中的重要性。

  本次的中国之旅，也是为新项目"面具计划——中国"收纳各地的中国特色文化，其中包括：京剧脸谱——脸谱是京剧所特有的，通过美学上的夸张、扮演和符号化，它分别展现出了角色的外貌、性情和道德品质；川剧变脸——专业的川剧演员能在短短20秒的时间里变换10张脸谱。

  在杭州，我们很想要了解的传统文化就是——舞狮。舞狮表演是中国和亚洲文化中的传统舞蹈，演员们身披狮子模样的戏服，惟妙惟肖地模仿狮子的举动。通常，舞狮表演是中国春节和其他传统文化、宗教节日中必不可少的节目。当然，它也常出现在其他的重要场合，比如商业开幕式，特殊的庆典或是结婚典礼，又或是中国集体文化中用于欢迎尊贵的客人。

今天我们很荣幸见到了吴露生教授，希望能在这方面一起探讨，并向今天的听众作出介绍与学术分析。

（讲座前后与演讲其间有系列纪录片的片断的放映。这些视频呈现了阿诺（Arnaud Iprex）、达欧（Théo Guerre-Cano）赴世界多地采风时实地拍摄的面具作品，尤其是在西班牙和非洲西部的布基纳法索和科特迪瓦；音像还讲述了不同社会阶层对数字面具的反响。）

（阿诺、达欧边播放"面具计划"里的部分音像资料，边作了简单介绍。）

（视频一）：介绍了布基纳法索展览会上展示的戏剧和舞蹈中的面具艺术

阿诺、达欧介绍西非的面具文化：

首先，要给大家明确一点：西非的面具文化不是只有一种，而是有很多不同的面具文化。每一个村落都有自己的面具和相应的服饰，而且面具在不同的人文环境中演变的方式也不同。

面具在西非文化中，不仅仅是一个面具，它其实是一套的服饰。

当地的概念，面具不是由人创造的，而是由部落的神灵创造的，面具是介于人和神之间的沟通媒介，是一种精灵。面具是神圣的，当我们带上面具的时候，就不再是一个普通人类，而是代表了面具中的灵体。面具舞是一种仪式，所以是要有专门的人组织和发起的。

绝对不是一种大众娱乐活动。

有一套严格的规则：面具的制作，搭配的服饰，音乐，舞蹈，并且非常有仪式感。

是一种权威的表达：面具要让大人孩子都害怕，因为面具代表着一种权威，它可以惩罚那些犯错的人。

图 39 伏都教面具

（视频二）：关于塞尔维拉巨人协会主席的采访
　　　　　以及本土巨人文化起源至今的纪录片

　　"神圣面具"对比"娱乐性面具"
　　神圣面具：我们可以在乡下看到这些面具，他们是由神灵创造的，有的时候当地人称其为"面具之母"，非常神圣，他们通常被秘密地保存在部族里。
　　在有的部族，有人过世的时候，就会看到带着这种面具的舞蹈仪式，来宣布一个人的死亡。
　　娱乐性面具：是人做的，这些面具可以被带出部族，在一些部族中，人们可以带着这种面具来配合那些具有神圣性的面具来完成仪式。
　　面具是具有集会功能的。
　　面具的第一个功能：召集大家，面具最常出现的场合其实是葬礼，召集来自不同家庭和部族的人去参加葬礼
　　不同的面具代表着不同的含义：有孩子的面具，年轻人的面具（比如牛代表着力量），一家之主的面具，妇女的面具。穆斯林是不可以带面具的。另外，面具不是只针对部分人，面具对每一个人都有意义。
　　娱乐性面具产生的一些活动帮助神圣面具被更多人熟知，现在有很非洲的部族带着面具文化去欧洲参加艺术节，让更多人了解了神圣面具的作用。

（视频三）：伏都教面具

　　伏都是一种宗教，其中的面具就有十几种之多，并且样子各异。（图39）

比如，le Guélédé 代表女性，而 le Zambeto 面具有保护村庄的作用。面具被视作神灵力量的实体化，从而具有保护村庄的作用。

伏都教还有一个独特性，它的传播方式很特别，它可以买卖。村落可以通过交税来获得一个 le Zambeto 面具，从 50 年代起，村落就通过交税的形式来获得持有 le Zambeto 面具的资质。

（视频四）：科特迪瓦的 ZAOULI 面具

历史背景

这是一种带有神圣性的面具，它代表了女性、美丽，这种面具的仪式舞蹈像极了真正的演出。

面具慢慢地丧失了神圣性的功能。

其实在今天这个时代，这种面具已经慢慢失去了它曾经的神圣性，慢慢出现在一些大众活动场合，比如在足球赛的时候我们可以看到面具舞蹈仪式，它变成了一种官方性活动，而且现在带面具表演的人，越来越多的是一些还信仰面具的人或是一些演出团体。

吴露生：

今天能在中国第一所综合性的国立高等艺术学府——中国美术学院的学术报告厅里，与极为用心的、为人类面具文化付出艰辛工作和智慧，并且卓有建树的两位法兰西艺术家一起交流、演讲，深感荣幸。

非常感谢两位来自法国的朋友给我们讲解了那么多的面具文化。阿诺、达欧先生提到了面具文化在西非文化中，所指的不止是一个面具，更是包括面具在内的一整套服饰，那么从这个角度去理解，法国的朋友感兴趣的，对我今天演讲具有一定指向性的，我们中国的舞狮文化也可以说是一种面具文化。尽管在此之前我并不这么认为。

面具文化，在中国主要通过人为选择、有强烈视觉符号、物质化了的戴面之具为载体，向受众传播的传统文化。面具又称假面、戏脸壳、脸子或鬼脸。面具文化的生发轨迹，或见诸于文献典籍，承载于建筑器物，或展现于傩仪、戏剧中，至今仍在中国民间大量流传。遍及全国许多民族和地区的跳神面具、傩戏面具、社火面具、悬挂面具与戏曲面具（图 40）等都会看到中国古老面

图40 金华昆剧面谱
（本书作者翻拍《中国戏曲志·浙江卷》，局部）

具文化精彩的当代存活。在浙江，民间祈禳"踏八仙"中的"跳魁星"就是典型的面具文化。跳魁星又称魁星点斗、魁星踢斗、魁星揭斗。"魁星"是"奎星"的俗称，是神话传说中的"奎宿"之神。传说古代有一才女，满腹经纶，但因相貌丑陋，虽中状元仍不得重用，终于抑郁而死。死后，玉皇大帝封其为主持文运的"魁星菩萨"。魁星分文、武两种，文魁星点文状元，武魁星点武状元。魁星，一般由男性演员扮演，头戴无发有角，面形奇特，额头、眉鼻间、下额三部分能随情感表现活动的面具，身着绿衣红裤的"田鸡衣"，衣上饰有双乳和肚脐，意为女神之体。左手拿墨斗，右手执朱笔。在铿锵有力、节奏鲜明的锣鼓声，以及台后的"魁星出华堂，提笔做文章，麒麟生贵子，必中状元郎"，"一点状元、二点榜眼、三点探花"等喊声中翩翩出场舞蹈。魁星本身无一句唱腔，但始终手舞足蹈。乡间每逢庙会"开光"之日，或在婺剧戏班"过场"（更换演出场地）的头、末场，大凡要演踏八仙，演踏八仙必演跳魁星。届时，地方乡民常以神龛抬扛佛像至戏台前"接佛看戏"。邻近村庄百姓亦结队前来，香火缭绕、火统齐鸣、热闹非凡。跳魁星又与古代傩舞、傩戏有关。目前，老戏班中的《傩神曲本》《傩神古调》的戏文抄本《跳魁星》为其中的常见剧目。文、武魁星舞蹈动律大体相似，只是前者的动作幅度较小，而后者则变化较多。全舞以跳为主，步法轻捷跳跃，四肢、躯干动作牵引感较强，"晃头、摆手、步履轻；屈膝、踢脚、身微仰；气韵牵得通身动，戏面壳上还动三分"是跳魁星的主要动律特征。

　　至于戏曲脸谱，我并不认为是一种面具，但也不可否认与面具有关系。面具在中国已有四千年的历史，脸谱源于我国南北朝时期的北齐，兴盛于唐代的歌舞戏，也叫"大面"或"代面"，也有一千五百年左右的历史。当时有个歌颂兰陵王的战功和美德的"大面"舞蹈，其中兰陵王高长恭这一角色勇猛善战，但貌若妇人，于是就戴了凶猛假面的面具。但发展到现在的戏曲脸谱是于演员脸上的绘画，是汉族传统戏曲舞台演出时的化妆造型艺术。但川剧变脸有面具，是事前将脸谱画在一张一张的绸子上，有物化、固定了的特点的面具文化。

图41 浙江乡间节庆中的狮舞以北狮形象为多（本书作者摄影）

阿诺：

刚才吴先生的讲话中提到了"傩"，我们在中国安徽等地方看到了傩戏。傩戏面具——骇人的面具，独特的服装和饰品，表演使用的奇怪的语言以及神秘的布景。傩戏源自于傩教文化中的宗教祭祀表演，其作用是驱逐魔鬼、疾病，祈求神的眷顾。

吴露生：

是的，傩文化在中国源流久远，殷墟甲骨文卜辞中已有傩祭的记载。周代称傩舞为"国傩""大傩"，乡间也叫"乡人傩"。傩祭风习，自秦汉至唐宋一直沿袭下来，并不断发展，至明清两代，傩舞虽古意犹存，但如今多已发展成为娱乐性的风俗活动，并向戏曲发展，成为一些地区的"傩堂戏""地戏"。傩舞、傩戏表演时最大的特点就是都要佩戴某个角色的面具，其中有神话形象，也有世俗人物和历史名人，"摘下面具是人，戴上面具是神"。傩，是流传至今，中国活态存续构成最为庞大、也最有面具文化特点的傩神谱系。

现在我们来说说中国的舞狮文化。（图41）首先我以为"舞狮"与"狮舞"不同，古老的舞狮，是人灵魂或是思想的主导和主动性，多借助"狮头面具"与狮身服装去驱邪祈福；而狮舞，则多是社会进化到一定阶段，文化创作活动中对舞狮改造后的舞蹈形式。狮舞的指向性是多元和多变的。

（吴露生展示了包括南狮、北狮、貔貅的多种舞狮图）

图42 貔貅舞蹈道具外壳和它的演员在开演之前（本书作者摄影）

吴露生：

中国并不是狮子动物的故乡，但由于狮子被人称为万兽之王，其图腾在人们的心目中是雄伟与驱邪的吉瑞象征，故而其灵动的外化娱乐形态——舞狮是中国优秀的传统民间舞蹈艺术。舞狮与狮舞有"南狮"和"北狮"之别，在造型上有区别，北狮以写实为基础，它的造型、结构、色彩、装饰和表演以模仿狮子为主。北狮表现的动作主要是以扑、跌、翻、滚、跳跃、搔痒等为主，甚至利用台凳、踩球、摇摇板等道具。手持绣球逗引狮子的人称引狮郎。引狮郎在整个舞狮活动中具有重要作用，引狮郎与狮子默契配合，形成北方舞狮的一个重要特征。舞狮与狮舞还有文武之分，武狮表演狮子的勇猛性情，如跳跃、跌打、登高、腾转、翻滚等；文狮多彰显狮子的温驯神态，动作较为斯文而细腻，如表现狮子的搔痒、舔毛、抖毛、望月、翻滚等；也有文武结合，把文狮的温驯与武狮的勇猛融汇为一体的狮舞。南狮又称醒狮，醒狮主要是靠舞者的动作表现出威猛的狮子型态，一般两人舞一头。狮头制造考究，眼帘、嘴巴都可动。表演时，锣鼓擂响，舞狮人先打一阵南拳，这称为"开桩"，然后由两人扮演一头狮子舞动。在表演上从传统的地狮逐步发展到凳狮，由凳狮又发展到高台狮、高竿狮，由高竿狮又发展到桩狮。桩狮的难度也在不断增大，如增加了走钢丝、腾空跳等表演类。目前，最高的桩接近3米，跨度最大达3.7米，充分体现了"新、高、难、险"的特色。

流传在浙江衢州龙游县一带的舞狮还有一种别具一格的"貔貅"（图42）

（拼音:píxiū）。貔貅别称"辟邪、天禄",为古代五大瑞兽之一（此外是龙、凤、龟、麒麟）,是中国古书记载和汉族民间神话传说中的一种凶猛的瑞兽。民俗文化中奉貔貅为招财神兽。

  （其间,阿诺、达欧先生对《貔貅》表示了极大的兴趣,不时地插话、问话）

吴露生:

  貔貅舞蹈和狮子舞蹈一样,有将这地方的邪气赶走、带来欢乐及好运的意味,又有吞万物而从不泄,故有纳食四方之财的寓意。人们仿照其形制作道具,编成舞蹈,是为了达到心理上的驱邪、求吉的满足。《貔貅》是男子的舞蹈。舞头者双手握住道具貔貅上下颌,按规定套路走,头不断顺时钟方向绕动,双脚碎步、跨步相结合,有"走""跳""蹦""蹲""滚"等步法,并不时夹动嘴巴;舞尾者弯腰反剪双手,不断左右摆动;幅度大的时候,两脚轮次往斜方向展腿,有甩尾、撒衣等动作。貔貅的形象和狮子相似,嘴呈扁方形,舞蹈时嘴张嘴合啪啪作响,显得比一般文狮古朴。它的舞蹈有几个特色动作,如两个貔貅对面竖立的"树牌坊",面对墙壁竖立的"爬板壁"和一只貔貅爬在另一只貔貅身上的"打雌雄"。

  两位法兰西的同行不远万里来到美丽的天城杭州,今天身处杭城,我还向你们介绍一下杭州的舞狮民俗和一些狮舞艺术。号陶庵的明末清初史学家张岱曾多年侨寓杭州,在《陶庵梦忆》中就记述了所见灯节中的大街小巷,锣鼓声声,处处有人围簇观看狮舞子的盛况。如今仍流传在杭州临安昌北地区的新桥、仁里、上溪等乡的《桥川青狮》又是很有特色、别有一格的狮舞。百姓舞《桥川青狮》不但有戴鬼形面具的引狮人同舞,而且狮皮道具不和其他那样披在舞狮人的身上,而如青蛙皮似的全部穿在舞狮人身上,人从狮肚皮开口处钻入,用纽扣扣住。舞头者双手握狮头上下两颚和牵眼线,使狮眼可转动,随着强烈的舞狮动作,舞头者口含竹哨,发出"吱吱"的狮子叫声,增加了情趣和真实感。当地群众不仅喜爱而且十分崇拜青狮。因桥川村后有一座狮形山,头在村口,尾在村梢,还有一座石塔形如小鬼,众称其为狮形山和小鬼山,引狮人戴形面具,正是石塔的象征。当地人民把自然景物和舞狮联系起来,认为本村青狮有灵气,能消灾驱邪。如青狮在舞蹈中有吐小孩帽子情节,人们将狮子吐出的帽子给小孩头上一戴,意即给小孩壮胆;狮子

43 本书作者（右起 4）与阿诺（Arnaud Iprex）（右起 5）、达欧（ThéoGuerre-Cano）（右起 2）、关芳（右起 1）在建德乡间向面具《跳净童》传承人（右起 6）采访（朱建霞摄影）

钻被窝会使不育妇女生孩子等。

就如西非的面具舞蹈仪式那样，现在是有越来越多的演出团体在表演。中国的舞狮也是这样，不仅参加各种艺术节和民俗活动，还有专门的比赛。这种情况也属正常，毕竟古老的传统文化，到了近现代人群之中，一定会产生时代的表达方式。当然，其中的关键是要在了解过去、把握过去的基础上保护好人类的文化遗存，并合理、科学地为今天的文化发展服务。

也由于此，我对同台演讲的、尊敬的法国青年艺术家，策展人阿诺、达欧先生如此努力地、用心地以数字面具的方式，收集，传承和整合面具文化，从而为丰富世界文化遗产宝库献上绵薄之力的行动表示由衷的尊敬与祝愿！

但愿在不太长远的时候，在你们"面具计划"终将实现的那天，能看到你们中国之行、杭州之行"面具计划中国情结"的完美呈现。

（演讲结束。吴露生（wu lusheng）、阿诺（Arnaud Iprex）、达欧（Théo Guerre-Cano）相互友好致意；并向中国美院学术报告厅的听众表示谢意。）

（浙江工商大学法语联盟文化主管关芳女士整理）
（原载《拾遗稿缄》，浙江大学出版社 2019 年）

累积 感悟 思辨 补正
——关于浙江舞蹈史研究的思考

从文物、文献，于经书、正史间去探明古舞文化是一个很重要的方向。依甚为可信的民间资料作为历史线脉的补证，并在"文献—文物—田野的三重证据法"中去考究，才能真正形成对舞蹈文化较为完整的历史记忆。

《浙江舞蹈史》中也对若干通说提出了自己的思辨和补正。因为实事求是几乎为所有先贤哲人的追求，于主流文化印象下发挥自主人格的主体意识与独立学识当是学者的应有追求。

"期冀着全国有更多的地域舞蹈史的陆续出现"，一旦全国各地出齐了地域舞蹈史，那么，现有的关于中国舞蹈史的研究成果将会得到很多的修补。

20世纪80年代末，笔者接受了《中国民族民间舞蹈集成·浙江卷》"综述"的撰写任务，为此，曾与同事去浙江省文物考古研究所向专家咨询关于浙江舞蹈的文物遗存状况。当时得到的信息只有绍兴伎乐铜屋一件，而经考据与追索，该文物与舞蹈亦没有直接联系，璀璨的浙江历史中的舞蹈文化研究竟是一片空白！

懊恼、感慨，也是任务与责任所致，此后两年多的时间里，笔者马不停蹄，去博物馆、图书馆查阅并摘录了数以百计的文献资料，钻墓穴、进寺庙、访民居，又找到了十多件舞蹈文物，其中包括了画像石（砖）、堆纹瓶、木雕刻、木如意等，并且走乡入俗，拜访艺人，从田野调查中搜集活态资料……几乎走遍了大半个浙江省，从而首次对浙江的民间舞蹈的历史进行了探寻、考据与梳理，

图44 2016年11月12日，本书作者应邀参加中国艺术研究院舞蹈研究所"纪念中国舞蹈史研究60年学术研讨会"，会上作了"关于浙江舞蹈史研究"的学术演讲

形成了浙江舞蹈史的雏形。

1997年，笔者主编并作为主要作者撰写的全国艺术科学"九五"规划重点项目《中华舞蹈志·浙江卷》付梓后，随着非物质文化遗产保护工程的全面展开，关于浙江舞蹈的文献资料日益增多，虽然多为明清以后，但若与笔者此前已有积累和研究整合，借以长年累月积聚地从田野作业、史籍古迹爬罗剔抉的图文、实物，还有可资借鉴的许多材料，基本上可以串联成线；加之人生的抱负和将民间、历史的滋养反哺给社会的责任感的推动，终于，2011年笔者申报了浙江省社科重点课题，并以三年的辛苦努力、潜心治学，完成了《浙江舞蹈史》的写作。

一

站在历史进步的阶梯，用文化学与史学相结合的视野去回望一个地域的文化史，无疑是当代许多学者的不舍抉发，《浙江舞蹈史》亦如此。文化史是史学向一个更宽阔的领域拓展的产物。它往往把人类文化的发生发展作为一个总体对象加以研究，又与作为社会知识系统某一分支学科——诸如文学史、史学史、哲学史等相区别。一个地域的舞蹈文化史即是穷原竟委其内在特质变化规律并透视与其他文化不断碰撞后发生的演进。

《浙江舞蹈史》的写作是在地域文化乃至中华文化的大背景下，通过占有并研判反映历史事实的文物史料,并从舞蹈文化以流动的人体为物质媒介传情达意,多流播于庆典节令、风尚民俗的特点出发,探究本原,斟古酌今,既具宏观把握又有个案考究地力求阐明浙江舞蹈文化的历史面貌及其在社会运动中的过程与规律。

  在一段不算太短的时间里,学界深究古文化的主要方法就是从文物、文献,于经书、正史间去寻觅。诚然,这是一个很重要的方向,但不是唯一可以回首窥察文化史的方向,特别舞蹈文化史。因为在漫长的历史进程中,有的文化记忆只是传说与骚人墨客的侧记。但舞蹈的许多文化记忆不只是文字,而多是文字无法体现、属于舞蹈本体的形象文化。此外,历史中的奴隶社会、封建制社会体制下的笔墨多是由达官贵人、士大夫执掌着,很少有老百姓于经书、正史中真正意义的话语权。而舞蹈载体的独特处却恰恰在于肩负承传舞蹈的广大民众,是相当长年累月中那些一旦做了艺伎即隐名埋姓,或以艺名替代被指为"下姓""下九流"的民间艺人、歌舞伎人,正是由于他们的身传言教才让舞蹈生生不息,从历史长河的源头奔涌至今。由于此,笔者在田野调查中,于采风与老艺人访谈间寻觅到的、甚为可信的民间资料也作为了历史线脉的补证,并在"文献—文物—田野的三重证据法"中去考究,从而才形成了对浙江舞蹈文化较为完整的历史记忆。如,浙江处州(今丽水市)有个《青田鱼灯》舞,这个舞蹈究竟出于什么年代起初很难断定,文献也没有直接记载。但在看了许多次当地民间艺人的表演,并跟进灯舞中与民间艺人一起去"走阵"时,发现舞蹈的阵图变化很多,又很独特。在与乡土专家对照当地古军事十大军事阵图规则后,觉得与鱼灯舞的队形变化非常相像:鱼灯舞中首先以"进门阵"(单龙喷水)进场,变"进门阵2"双龙喷水阵包围成圈;再走"四角循"围歼"敌人";"一字长蛇阵"展开后,立变"二龙出水阵"又去包围"敌人",走"四门斗底阵"彻底"歼敌"……整个鱼灯舞蹈的军事操习风格鲜明。再结合在青田一带广为流传的当地明代开国功臣刘基训练义兵之说和刘基的《诚意们文集》卷之十《古镜词》:"百炼青铜曾照胆,千年土蚀萍花靥。想得玄宫初闭时,金精夜哭黄鸟悲:鱼灯引魂开地府,夜夜晶光射幽户。盘龙隐见自有神,神物岂肯长湮沦。愿循蟾蜍骑入月,将与嫦娥照华发。"词中刘基重笔提到"鱼灯引魂开地府",说明"鱼灯"在刘基的心目中有相当分量的地位。其虽不是舞蹈的直接文献,但由于有了民间艺人现身说法和阵图的佐证,加上清代康熙版《青田县志》中南田刘基"招募义兵以抵御方贼之袭"①，刘基将军事十大阵图融入"鱼灯"，以舞"鱼灯"形式操习兵阵的相互印证，《青田鱼灯》舞自元末明初流播至今的历史沿革由此基本成立。

二

诚然，舞蹈文化史的叙述与探究，绝非种种现象单纯的"记"或"递"，也不是各种资料和路径的简单叠加。文化延续的本质，还在于各种文化基因的融汇和裂变，在于文化种差之间方式的变换、综合与相互作用。笔者在写作中还努力在纵横交错文化线脉的比较研究中做综合的、分期或分类的铨察。因为史论并进也是地方舞蹈史所要注重的。也正因为有"史"也要有"论"，故而除了尽力开掘历史中浙江舞蹈的本貌，注意吸收学界的最新研究成果，梳理出笔者长年的累积与感悟，《浙江舞蹈史》中也对若干通说提出了自己的思辨和补正。因为实事求是几乎所有先贤哲人的追求，于主流文化印象下发挥自主人格的主体意识与独立学识当是学者的应有追求。

拙著在重物证史料、重有根据的理性分析的前提下，对于旧有"史说"（约八九处），笔者以尽力严谨、准确、自洽的追求做出了自己独立的判断：如对青海省大通县出土的五千年至五千八百年以前的舞蹈纹彩陶盆上的原始舞者"究竟在表现什么？"的问题就有着自己的思考。据碳素测定和树轮校正，大通县出土的这个舞蹈纹彩陶盆为我国目前出土文物中可定年代、有实证可依的最古老的舞蹈形象之一。纹彩陶盆上的形象先前在有关中国舞蹈史的诸多论说中，多是史前狩猎文化的先民饰着兽尾，扮演"百兽率舞"，"相与连臂踏地为节"的、反映狩猎或劳动的舞蹈。舞者下部凸拱之形为舞蹈的尾饰。

但从舞蹈产生期的人文背景及舞者各部位的形状特征分析，本研究认为纹彩陶盆上的形象似乎为反映三大原始崇拜对象之一，表现先民生命意志的生殖—祖先崇拜观念的群体性舞蹈更为合理些。约五千五百年至四千年前，母系氏族社会为父系氏族社会所取代，我国远古人类进入了父系氏族社会。男权时代的开始，促使男性崇拜更多地注入了人们的观念形态。原始社会在人的所有自然需要中，继吃的需要之后，最强烈的就是性的需要了。这种延续种族的需要是"生命意志"的最高表现。"原始人跳舞罕见于现代人那样和异性的密切接近。部族文化中常由男性从事跳舞。虽然男性舞蹈并不直接为了性爱,但他们大多为了弦耀自己的雄性魅力。故跳舞对于性的淘汰很有关系,且对种族的改进也有贡献。② 这种原始民俗事象也体现在先期匠人纹陶盆等手工艺品的制作之中。如果让我们更细心地辨析,在观察图中纹彩陶壁上的舞者头部与下半身的形态,可以辨认:头部发辫生长方向与下部物状指向显然相背,舞人其下部的突出物与脑后发辫的生长方向并不一致。因而,无论从突出物所在的部位,还是与先民对生殖崇拜许多描画的遗迹相对照,前冲之物为男根无疑。加上纹陶盆壁人物形象的周边纹彩有着规律的组合型直竖线状与叶片状,上孙寨墓地发掘的纹彩陶盆上的形象应该是反映性爱、彰显男性特征的,男子先民在大树底下手拉着手跳着的群体性舞蹈。类似舞蹈形象在云南沧源岩画等文物史料中也可见一斑,确有佐证。

三

扭玄远迷茫为鲜活可及,梳纷乱繁复成条理晓畅,对浙江舞蹈历史不断开掘、梳理的过程,即是持续搜寻、考查、验证新发现舞蹈文物史料的过程。这个过程固然艰辛,却也不断充实着笔者自己,不断完整着笔下的浙江舞蹈的历史。例如1987年四五月间,常山县文化局在一份向浙江省文化厅呈报的"工作简报"中提到了在该县孔家弄村婴头自然村附近发掘到了墓葬砖画上有乐舞形象,但不知其年代及表现的内容、形式。得知这个信息后,笔者立即赶往当地。只见多个已经开掘的墓地散落着许多土黄带青的墓砖,随手捡起,墓砖上有宝相花、鱼纹、龙纹、钱纹、兵俑等图案,其中载歌载舞的画像砖更是引起了本人极大的兴趣与探究欲望。回去时,笔者带走了几块完整的画像砖,在县城旅馆不时地品鉴考究,并拨通了舞蹈史学家孙景琛家中的电话。孙先生在电话里听到了这个消息也是异常兴奋,说这是江南越地此类画像砖的首次发现,非常珍贵,嘱咐笔者好生考察研究,并运用多角度思维的方法去论证。其中一块画像砖长30.6厘米、宽13.6厘米、厚3.1厘米,墓砖两边有三重棱形纹,一侧有"隋太岁辛禾年郑□□□"纪年文字。根据孙景琛先生的提示,笔者的考证分别是从舞者所持的乐器、服饰、舞蹈的动力定型、情绪表达指向等方面展开。随着分析的深入,指向渐渐集中到对两晋南北朝至隋朝期间曾出现在浙江一带的胡舞"胡腾舞"的思路上来了。古代泛称西域及北方少数民族的乐舞为胡乐、胡舞。《中国舞蹈词典》"胡舞"条目认为:

南北朝时代，胡舞流行于江南。画像砖上的弹琵琶的乐舞伎人怀抱的琵琶呈半梨形音箱，颈上有4个相（柱），4条弦，琵琶头部向后弯曲，与传统中直柄圆形的汉琵琶不同，为典型的曲颈琵琶。曲颈琵琶因其经过龟兹传来，又称龟兹琵琶，"约在公元350年前后由印度传入中国的北方，公元551年前又传到南方。隋唐时代更为广泛流行，成为歌舞音乐的重要乐器。"③画像砖中间稍靠后乐舞伎人所吹乃为横笛。据《中国大百科全书·音乐舞蹈》转引《旧唐书》所述横笛源起说法之一，横吹竹笛来自羌人，从西域传入，汉武帝时丘仲等人将羌笛加以改造，制成横笛，魏晋时已作为横吹乐队中的主奏乐器，在中国北方广泛流传。隋时笛已有12孔，能演奏完整的半音音阶。如此，琵琶、横笛不仅符合胡腾舞规范的伴奏乐器，而且乐器的类别也是正宗的胡乐器。而且，四位乐舞伎人除了穿着符合胡人尖帽、窄袖、锦靴等服饰特点外，衣衫之上均有网络花式的装饰。这种别具一格的服装样式是雕工画匠的随手涂饰还是有所根据指向？对此，笔者又从《邺中记》中查见到与器乐同时代乐舞伎人饰服网络花式的一种由来："石虎大会，礼乐既陈，于阁上作女伎数百，衣皆络以珠玑。"此外，隋代诗人薛道衡也有诗："羌笛陇头吟，胡舞龟兹曲。假面饰金银，盛装摇珠玉。"据此，砖画中缀满珠宝盛装的乐舞艺人，就是魏晋南北朝出现过，隋朝仍在大江南流播，表演西凉和龟兹民族歌舞的生动情景。

四

诚然拙著面世后得到了多方面的鼓励，但笔者自己内心真正感应和继续思考的，还是舞蹈大师贾作光在书序里所说的："《浙江舞蹈史》固然着墨于浙江，其实也是中华民族舞蹈史的重要组成部分，是中国舞蹈文化中不可缺少的珍贵史料。……也期冀着全国有更多的地域舞蹈史的陆续出现。"舞蹈前辈的拳拳之心、热切期待，令人鼓舞，也有所鞭策。回望古老的中国舞蹈，尽管早早有了相关理论的草创，如萌发于春秋战国时期，以儒家学派为代表的儒、墨、道、阴阳等各家乐舞之说，其中不乏被中国传统文化哲学内涵所浸润的精彩的理性认识，但舞蹈学科的真正开始形成，当自20世纪50年代。半个多世纪以来人们的努力及其硕果，在舞蹈史方面，则主要表现在展开了对中国舞蹈源头的追溯，对舞蹈发生的缘由及脉络的梳理，对嬗变的轨迹与相关人文历史的探讨等。其中最为出色、在舞蹈史学中产生重大影响、立下赫赫功绩的是以《中国古代舞蹈史长编》《中国舞蹈史》《中国舞蹈通史》等为代表的对中国舞蹈史的系列研究。继而，更多的洋洋大观的研究成果和出版物，让中国舞蹈史学大厦体系初现。然而，在对开拓中国舞蹈史的先贤、精英们由衷钦佩，分享累累硕果、取得莫大收获的同时，也不无遗憾地发现：目前不少的中国舞蹈史著作的资料源几十年来仍相对雷同；舞蹈史学工作者论述对象时虽有视角差异，但老生常谈的往来复去，致使学术深度不够，展拓面不大。由此产生了人们对舞蹈史学发展缺憾的挑剔，从而对舞蹈史学的构建应当更加坚实、更为宏大的期许也就可以理解了。

形成如此情况的缘由，可能有诸多方面，一方面这些中国舞蹈史的研究者（特别是初涉领域者）采信对象往往囿于一城，没有作为一个舞蹈史研究工作者和人类学研究工作者必须具备的基本条件去进行认真的田野调查，去做艰苦、扎实的历史考订工作有关；另一方面，全国各地从事地域舞蹈史研究的学者（包括笔者自己），没有能动地向社会提供更多、更精准的学术成果也不能不说是个缺憾。笔者认为，地域舞蹈史与民舞集成、非物质文化遗产保护范畴中的传统舞蹈不同，后两者较偏重于民间舞蹈和现在时承传着的舞蹈，在"史"的深入研究方面有很多的局限性。因此，笔者呼吁要将地方舞蹈史的研究作为一个系统工程提上议事日程。还相信，一旦全国各地出齐了地域舞蹈史，那么，现有的"中国舞蹈史"将会得到大大地补充，甚至被大幅度地改写……

"期冀着全国有更多的地域舞蹈史的陆续出现"，既为贾作光老师生前的殷殷盼望，亦是笔者和许许多多舞蹈史学家的共同心愿。毫无疑义，这也是中国舞蹈史学走向辉煌迫切而又实在的需要。

（2016年11月12日北京，中国艺术研究院舞蹈研究所
"纪念中国舞蹈史研究60年学术研讨会"演讲稿；
整理后刊载于《当代舞蹈艺术研究》2017年第2期）

注释：

① 郭秉强、项一伟：《青田鱼灯舞》，浙江摄影出版社，2014年。
② 林惠祥：《文化人类学》，商务印书馆，1991年，第333页。
③ 中国大百科全书总编辑委员会《中国大百科全书·音乐舞蹈》，中国大百科全书出版社，1989年。

舞蹈的源起与分野[1]

姿势语言在发音分明的语言之先,这种与人的内在情感结合起来的、表现在人体各个部位简单但意蕴丰富的动律运动,就是被人称为"艺术之母"、人类创造出来的第一种真正艺术的舞蹈的原生形态。

关于舞蹈的起源,我们是否可以这样认为:原始人的劳动实践,为原始舞蹈提供了内容,人们在劳动中有所感受,当把这种感受用身体的动作把它表达出来时,就产生了舞蹈。这是舞蹈主要起因之一。但我们还应该说,与劳动生产相关的原始信仰、人的生命意识、交流表达思想感情的需要等,也是催动人类艺术之母——舞蹈发生的重要合成。

先前通常之说,五千年至五千八百年以前的纹彩陶盆上的原始舞者是远古初民狩猎或劳动的舞蹈形象。不过,从舞蹈产生期的人文背景及舞蹈者各部位的形状特征思辨,纹彩陶盆上的形象似乎为反映生殖——男性崇拜观念的舞蹈更合理些。

夏启时,随着奴隶主特权的产生,专事乐舞奴隶的大规模呈现,专业舞蹈与业余舞蹈从此分野,步入了既分又合、若即若离的长期漂流……

---

[1] 本文为作者专著《中国舞蹈》(2017年版)第一章《嬗变寻迹》的节选,1998年曾由上海古籍出版社出版。后因该版于国内各地告罄并绝版,2017年由上海书店出版社出版了修订版。

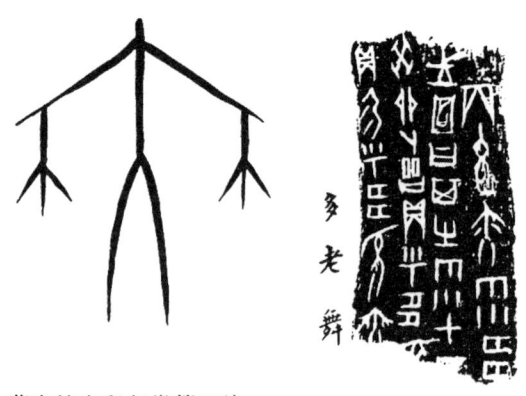

摹自籀室殷契类纂正编

图 45　卜辞中的甲骨文

拂去岁月斑驳的尘土，突兀在安阳小屯村及其邻近之处刻在龟甲和兽骨上的线形甲骨文，引起了反刍遥远记忆后的种种追踪：有人以为这是《吕氏春秋·古乐篇》中所记"三人操牛尾，投足以歌八阕"，即先民拿着牛尾巴，又跳又唱的象形；有的觉得是原始人在"舞羽毛而祭"，为手执羽毛的祭神舞蹈；也有的觉得它是"似踩高跷而舞'介'的雏型；还有的辨析其与巫文化直接相关，举出巫字由 夾→夾→巫→巫 演变而来；也有学者提出甲骨文中的"介"属农耕文化所促成人体运动的动力定型根据。

文化发生学告诉我们，任何一种文化的特性，首先是由该文化发生时期的特性决定的。划刻在甲骨文上的"夾"字（图45）及其他近似此形的甲骨文的出土之地，是中国历史上目前可以肯定确切位置的最早的一个都城遗址，商代从盘庚至帝辛（纣）曾在此建都二百七十三年。但促使这个象形表意方块字成型的、我们祖先的舞蹈活动，则远远在此之前。

大约三百万年前"正在形成中的人"，为了适应变幻莫测的大自然，及在恶劣环境中生存，他们以山洪裂岸、洞穴崩塌后的石头散片与树干枝桠等作为人类的原始工具。在使用这些工具的劳动与生活过程中，人体多数部位的进化与无用部位的退化，使人类渐渐形成了与其他动物不同的、可以进行有意识舞蹈活动的骨骼、肌肉和形体比例。在苍穹荒野间生存的初民，出于对大自然的恐惧与崇拜，两性间的欲求和欢快，群体间的协力或争斗，剩余精力的散发及释放等人类情感体验与传达的需要，在产生刻木、结绳等人与人交往的符号——语言和文字之前，就往往用手势的比划、脚步的蹬踢、躯干的扭摆来交流思想感情，适应变化着的生活和劳动需要。这些表达思想感情有节律的人体流动,后来就渐渐成为了反映社会生活的舞蹈。

舞蹈的原生性状态不少也反映在原始岩画上,被誉为"汉语拼音之父"的周有光先生生前在《语文闲谈》中曾谈及关于汉字诞生,以及汉字与岩画的关系:汉字与岩画同出一源。有的字形与岩画相同。有的字形与岩画相似。岩画是汉字的父母。中国各地逐步发现了不少岩画。岩画的历史大约有一万年。汉字的历史从甲骨文算起大约有三千三百年。岩画以圆圈代表太阳,与甲骨文相同。岩画以月芽代表月亮,与甲骨文相同。岩画中的"弓",与甲骨文相同。岩画中的"田"(土地),与甲骨文相似。岩画中画的动物,有全身,有半身,有直立,有蹲坐,有侧面,四足只画两足,扩张具有特点的部分,如马有长脸和长鬃,虎有大嘴和利齿。诸如此类的手法,跟甲骨文完全一样。岩画的雕刻技法,跟甲骨文和金文也极为相似。岩画以象形为主,指事为副。指事例如,数目用线条表示,有些图形上加上了小的标记。这些方法,也是原始文字的创造方法。研究岩画,可以启发理解造字的原始方法。简言之:"象形"为主,"指事"为副,这就是造字的原始方法。原始文字大都是单个符号。后来,拼合单个符号,成为复合符号,于是就有了"会意"和"形声"。把现成的字,略作变更,形成新字,就是"转注"。借用现成的字,取其音,去其意,就是"假借"。从发展的观点看,"六书"分为三个层次:第一层是"象形"为主,"指事"为副,这是原始造字法。第二层是"会意和形声",这是复合造字法。还要附带"转注"的变形造字法。第三层是"假借"和"形声"中的"声旁",是表音法的萌芽。在岩画中,已经有"象形"和"指事",并且有近似"转注"的图形变化,以及符号复合化的初步现象。甲骨文发展了"会意""形声""假借",成为可以按照词序连续阅读的成熟文字。

美国史前社会学家摩尔根在其名著《古代社会》中谈到语言起源时也说:"琉克理喜斯曾说原始时代的人类借声音及手势期期艾艾地彼此传达思想。他假定思想在语言之先,姿势语言在发音分明的语言之先。"这种与人的内在情感结合起来的、表现在人体各个部位简单但意蕴丰富的动律运动,就是被人称为"艺术之母"——人类创造出来的第一种真正艺术的、舞蹈的原生形态。的确,对于舞蹈世界性的评论认定它是最古老的艺术形式。"舞蹈比其他艺术更为古老,舞蹈是一切艺术的基础"[1]"舞蹈的历史至少和人类一样古老"[2]。可以推断,人类以更具理智的感情动物出现于世后,人体的社会功能就显示它较其他低级动物的优越,对社会信息的敏锐反应和天然节奏的规律适应,

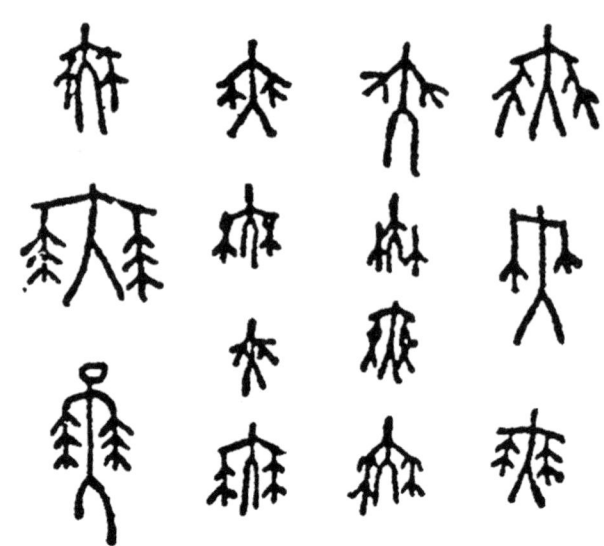

图 46 甲骨文中的"舞"字

使人体于语言之先就担负起人类感情交流的重任。人当它演化为人类时,舞蹈就已早早地闯入了初民们的生活。诚然,在人类产生语言以后,舞蹈仍以感情表达的高度和非凡的美感一直博得了人们的青睐。

在社会劳动生产的发展中,中华祖先在经历了构木为巢的有巢氏时期,钻燧取火教人熟食的燧人氏时期后,又过了几十万年,大约在炎帝神农氏时期,进入了由采集渔猎进步到农业耕作的阶段。因此,"夾"(图46)之字的生活依据,也就有了除操牛尾、舞羽、巫事之外,进行采穗等多种农作的可能性。甲骨文"夾"字产生时代的殷商农业,是那时奴隶社会的经济基础。奴隶社会农业生产的重要性与普遍性已超过了原始社会以狩猎、采集为主的生产方式。在卜辞中常见的以牛曳犁的"物"字和甲骨文中禾(小米)、黍、稷、稻、麦等字,也说明了农作物是殷商人经常接触的实物。其次,从甲骨文中的舞字整体分析,从象形的角度去推测,"夾"字中的"夾"状,有的落地,有的为肩荷之具所挑,这与农作物的立地而长、肩担而行的自然生活形态甚为接近。再则,甲骨卜辞中的"夾","像人两褎舞形"。经《说文》解释,"褎"是古"袖"字。当然,"袖"字在这里指的应是人臂起动带袖之意,"两袖舞形"之"袖"最初是一种手执的舞具,"穗"是以"手"摘"禾"之象。

综合"夾"字产生时人类的生存环境、生产方式及其本身的文化特征考究,原始农耕生产的属性在"夾"字上的印记也是非常明显的。

但是,任何一个时代的文化,不会是一种纯而又纯的文化,而必然是这个时期种种属性文化因素或多或少融合后的积淀，例如，"夾"字是"舞"字的源头，但也是"巫"字的雏型，"舞"、"巫"二字同源说明了巫文化在舞蹈中的渗透作用。

中华先民原始崇拜的对象比较广泛，大致可以分为自然崇拜、生殖——祖先崇拜和图腾崇拜三大类，巫觋文化大约出现于前两类崇拜向图腾崇拜衍化的转形期。《说文》："觋，能斋肃事神明也。在男曰觋，在女曰巫。"原始信仰观念的发生是在原始先民还不能正确认识自然和控制自然的混沌未开之际。那时候的人总以为在现实世界之外，还存在着一个超自然、超人间的神秘境界和力量在主宰着他们，因而在敬畏和崇拜中，将这种力量人格化，并虔诚地加以顶礼膜拜。"巫术在它初起的阶段并不完全是人类愚昧落后的表征，恰恰相反，它体现了人的主体性的空前发扬，成为人类自觉地组织和运用自身的力量去认识和改造客观世界的重要精神凭借"③。由此，巫术与其他原始宗教现象，成文宗教的不同处在于，巫术一般尚不涉及神灵观念，且非对客体加以神化，而是力图影响或控制客体。当宗教和神灵观念出现后，巫术继续存在，既保持准宗教现象的许多特征。正是由于巫人在巫术中所力图影响与力图控制客体的主观欲望及对这种欲望观照后产生的外在行为表现，也就生发了巫觋力图沟通神人的颠狂表现，成了巫文化中种种舞蹈现象的动律基因。天降甘霖方有万物生长，巫觋文化与民与食为天的农耕文化相互浸润，跳舞求雨就往往与原始农耕生产密切相关了。例如，"卜辞中的'甫×隶'，甫是呼的意思，这×，就是巫的名字。例如：乎多老舞——勿乎多老舞——王占曰其㞢（有）雨。其中的多老，就是一个巫的名字，就是问问要不要叫多老来跳舞求雨。"④

巫术是作为人类早期在大自然前面的无可奈何的软弱与对大自然意欲征服的双重意念的畸型事象，是由于粗始观察力的制约，让知识与真理在正确轨道上拐了弯。因而巫觋在巫术进行过程中，所发生的应机而起的爆发与爆发中的变幻行动就不足为奇了。而一旦这行动偶尔碰上了顺遇,或那怕是一、二次让氏族部落从碰壁与绝望中挣脱，那么巫觋行为与信仰仪式便会连同它的舞蹈，慢慢地却是稳固地渗入当地的传统中去了。

对史前舞蹈文化的另一个话题，即是青海省大通县出土五千年至五千八百年以前的舞蹈纹彩陶盆壁上的原始跳舞者们究竟在表现什么？（图47）

据碳素测定和树轮校正，这个舞蹈纹彩陶盆确实距今已有五千多年，为

图 47 青海省大通县出土的舞蹈纹彩陶盆

我国目前出土文物中可定年代，有实证可依最古老的舞蹈形象之一。纹彩陶盆上的形象先前在关于中国舞蹈史中的通常之说，是史前远古狩猎文化的先民饰着兽尾，扮演"百兽率舞"或"相与连臂踏地为节"的，一个反映狩猎或劳动的舞蹈，舞者下部凸拱之形为舞蹈的尾饰。

不过，从舞蹈产生期的人文背景及舞蹈者各部位的形状特征分析，本书认为纹彩陶盆上的形象似乎为反映三大原始崇拜对象之一，表现先民生命意志的生殖——祖先崇拜观念的群体性舞蹈更为合理些。

关于"史前"这一概念，东西方的表述并不一样。在东方文明圈中的中国是包括了早期猿人、晚期猿人、母系氏族、以及母系氏族与父系氏族时期和三皇五帝的传说史。夏朝的建立，史前时期也宣告结束，中国进入了古代文明时代。中国的史前期从约一百七十万年前到公元前21世纪，而在西方泛指耶稣诞生日前，即要于公元元年（BC-Before the Christ）前推。

母系氏族社会晚期，中华先民开始向父系氏族社会过渡，经济生活中采集为主的地位已慢慢被耜耕农业所取代，男人成为社会生产的主力。男性崇拜闯入了人们的观念形态。从某种意义讲，那时候参与舞蹈活动的先民，首先是作为生命而存在，然后才作为社会的人存在，后者是前者的延伸，但又包含和体现着前者。因而人类的灵魂深处就必然存有生命的本性——性的欲望，及由于这种欲望冲动凭借人体的种种表现。后来的儒家经典著作《孟子》中有"食色，性也"，意思是食欲和性欲都是人的本性。原始社会中在人的所有自然需要中，继吃的需要之后，最强烈的就是性的需要了。这种延续种族的需要是"生命意志"的最高表现。"原始人跳舞罕见于现代人那样和异性的

8 沧源岩画

密切接近。部族文化中常由男性从事跳舞,女性即使参加也多为乐队。虽然男性去舞蹈并不直接为了性爱,但他们大多为了炫耀自己的雄性魅力,而去频频叩击女性的情窦,因为一个健壮灵巧的跳舞者自然能感动旁观的女人,尽管他们之间素不相识,或没有任何爱恋关系。更何况在原始社会里一个健壮而灵巧的跳舞者,便是一个健壮而灵巧的猎人和战士,往往会引起围观群中女性的性躁动。故跳舞对于性的淘汰很有关系,且对种族的改进也有贡献。"[5]这种原始民俗事象也体现在先期匠人纹彩陶盆等手工艺品的制作之中。故而如果让我们更细心地思辨着(图47)这纹彩陶壁上的舞者头部与下半身的形态,可以辨认头部发辫生长方向与下部物状指向显然相背,舞人其下部的突出物与脑后发辫的生长方向不一致。那个时期的原始舞者基本上都是赤诚袒露式的表现,具有某种象征性而要在尾部加上装饰性的概念当时几乎不可能产生的。因而,无论从突出物所在的部位,还是与先民对生殖崇拜许多描画的遗迹相对照,前冲之物为男根无疑。加上纹彩陶盆壁人物形象的周边纹彩着有规律的组合型直竖线状与叶片状,上孙家寨墓地发掘的纹陶盆上的形象应该是反映性爱,彰显男性特征的,男子先民在大树底下手拉着手跳着的群体性舞蹈。类似舞蹈形象在云南沧源岩画中也可见一斑,得到印证。(图48)

作为生命意识的本能反映即使到了现当代,表达性爱、彰显男性特征的舞蹈仍有不少。浙江省东阳有个传统民间舞蹈《莲花头》,流播于当地"禹山"

图49 反映男性生殖崇拜的湖南省湘西土家族民间舞蹈《毛古斯》
（李万生摄影）

（俗称"八面山"）附近，该处相传为当初夏禹治水踏勘之地。此舞有出自汤灭夏后令伊尹所作《桑林》一说，动作粗犷、奔放，"野味"甚浓。其主干动律"米筛花"动情区集中在男性的胯部，舞者往往在"正步半蹲"后会产生如米筛一般做胯部的平圆环动，并经常于男根动情区前后拱突。"莲花头"头扎草辫，腰围草裙，为让围观者闪开路来，他左冲右突，前跃后跳，在逢场作戏之时，常以胯部动情区的强节奏前突拱动之类的性爱动作，让女性观众在羞涩中让道，原始性爱舞蹈风格韵味至今尚可见一斑。湖南省湘西土家族为纪念祖先毛人，在谷物播种与收获时融祭祖、祈五谷和古代男性生殖崇拜于一身跳的民间舞蹈《毛古斯》中（图49），男舞者胸臀等部位用稻草包起，腰间亦束以草裙，双手持一两尺左右长以名为"粗鲁棍"的木棍道具或以装着水的葫芦放在腹下阳具位置，边舞边摇动身体，让木棍前后运动，并泼洒葫芦中的水。这又是与《莲花头》同一类的原始性爱舞蹈的当代例证。不过这些性爱舞蹈的功利在当代更注重于对人类繁衍和谷稼丰收的期盼。

反刍性爱民间舞蹈生命意识中"性爱"的流变，在远古时代，人们对一个人性的要求看得比较坦率、单纯而自然，将生殖器看作是神赐的崇拜物，先民在阴阳生殖图腾前顶礼膜拜时油然而生更多的是虔诚的心理。在西方只是到了罗马帝国出现人文宗教的同时才有了对生殖器罪恶之说那令人胆战心惊的神话，并由此派生出了对人潜在本质的诅咒和人为的歧见，本来无可厚非的正常性爱及其舞蹈，才几乎在这人类文明史的急弯中摔出了历史的车辙。尽管后来有了在正常轨道上的摸索，但人类发现并认识性爱民间舞蹈流动之美，毕竟经历了可能至今还未被人们全部知晓与宽容的、漫长而曲折的阶段。

从"介"字的缘起，到孙家寨出土舞蹈纹彩陶盆壁上的形象，关于舞蹈的起源我们可以这样认为：原始人的劳动实践为原始舞蹈提供了内容，人们在劳动中有所感受，当把这种感受用身体的动作把它表现出来时，就产生了舞蹈——这是舞蹈的主要起因之一。但还应该说，与劳动生产相关的原始信仰、人的生命意识、交流表达思想感情的需要等，也是催动人类艺术之母——舞蹈发生的重要因素。

舞蹈曾是原始社会最重要的活动。因为我们的原始初民首先要对应天地的变化。原始初民长期生活在艰险的自然环境之中，他们因求雨祈禳会虔诚地拜天叩地，因躲避瘟疫要惶悚地奔跳；也常常在采集到了生存需要的食物，或击退了野兽的凶猛进攻，或躲避了一场自然灾害以后自动聚集在一起欢呼跳跃……他们成群结队地呐喊舞动所催生的原始舞蹈使史学家们在回望人类早期文明时不得不认为："当时，没有一个氏族没有舞蹈，没有一个氏族成员不参加舞蹈。舞蹈的集体性和社会性，从来没有像氏族舞蹈时期这样普遍。""原始舞蹈在一开始都是集体的。它由集体来表演，并为集体所欣赏。"⑥母系氏族社会晚期，粗耕农业充分发展，男子成为社会生产的主力，并打破了母权制的婚姻秩序，改变了群婚形态下的对偶婚从妻居的传统，改变为从夫而居。有秩序、有辈分、有种姓的社会关系逐步形成，继而出现了家庭和私有制萌芽。到了原始公社父系氏族阶段，一个部落包括若干胞族，一个胞族包括若干氏族，一个氏族包括若干家长制家庭。全社会的生产和生活通过胞族、氏族、部落或部落联盟等民主性质的管理机构加以协调，这些机构的首领是民主推举出来的。那时的舞蹈也因此仍具有全部落所有成员共同参加的特点。舞蹈往往表达着人们共同的思想情感，渲泄着自身的生命意识，并与原始宗教结合在一起。舞蹈彰显着的是人类历史上声势浩大的集体性和社会性。

原始信仰观念生发过程中的巫觋是专业舞者的萌芽性先民，是介于娱神与娱人间的舞者。原始先民对大自然规律的茫然与混沌，对"超自然力"的幻想形成了巫文化产生的土壤。

巫觋的职司之一便是掌管占卜祭神，在神权统治的范围间是有很高地位的，可以指导部族与国家的重大行动，也能作为神鬼的化身宣告人的吉凶祸福。

巫觋出于职司，作为沟通神与人之间的中介，有时站在"人"的立场上代万民祈告，有时装作"神灵"的化身，假借上苍来布告天下。因此除了必要的天文、地理和人体知识外，巫人还要用特殊的歌舞去吸引众人，这样就又具有了娱神与娱人的功能，产生了别具一格的巫舞。

之所以说巫觋的行为方式和功能效应只是孕育并催生了专业舞蹈，是因为从巫觋文化初创与整体来说，不是所有巫觋均具职业性的特点。人类刚刚有信仰时，还没有专门的执事人，当时我们的先民大多都会施巫。随着氏族的出现，信仰活动的增加，氏族长才较多承担宗教事务，后来连氏族长也难以兼管了，才出现了专门的巫人。尽管如此，就是到了后世，有专职从巫的，也多有兼而有之者。在古代北方民族盛行的萨满教中的巫师"萨满"，是古斯语中意为"激动不安和疯狂的人"，巫师在祈神、祭祀、驱邪、治病等活动中表演的舞蹈俗称"跳神"。直至20世纪40年代末，在满、蒙古、达斡尔、鄂伦春、鄂温克、赫哲、锡伯、维吾尔、哈萨克、柯尔克孜等民族中仍有遗存。但萨满一般都分为职业萨满和家族萨满（也被称为家萨满），前者是以个人身份面向全社会所有人提供民间信仰服务，他们主要为雇主家进行驱魔、占卜、乞福、主持红白喜事等，并收取相应报酬，具有一定职业性。后者则是在部落氏族组织中仅为本氏族成员提供信仰服务的指定神职人员，这类人平时与普通氏族成员相同，也照常从事自己的劳动生产，只有在本氏族成员需要时才转而进行祭祀祖先、向神灵许愿、叙说祖先历史功绩、为本氏族成员乞福等活动。而舞蹈者专事舞蹈的职业性是界别专业与业余的最重要标志。

浙江德清封禺二山间的古防风氏国曾呈现的《祭防风氏舞》是原始社会末期在江南作为祭祀先王先祖的土著舞蹈中最有名，史料中记载得比较形象化，几乎每一部中国舞蹈史书都不会不提到的舞蹈。梁人任昉《述异记》载："昔禹会涂山，执玉帛者万国。防风氏后至，禹诛之。其长三丈，其头骨专车。今南中民有姓防风氏，即其后也，皆长大。越俗祭防风神，奏防风古乐，截竹长三尺，吹之如嗥，三人披发而舞。"但它并不是很多舞蹈史书上所说纯粹意义上的巫舞，而应该是原始社会末期向奴隶制社会过渡时期，防风部族土著人和巫师在祭祀自己先王防风氏时共同跳起的舞蹈。

"封禺二山之间，风渚湖上"的古防风氏国，应为历来竹子之乡的、现浙江德清一带。"奏防风古乐，截竹长三尺，吹之如嗥"所奏古乐器，即为截竹而粗糙地制作成约古度量衡的三尺竹乐器发出来凄厉的"吹之如嗥"的乐器声。本文作者并不苟同一些舞蹈史家所说"吹之如嗥"的是"狼嚎一般的阴森恐怖之声",而是应为哀悼防风王,为其冤杀的悲怆如原始古箫类乐器发出的似嗥之音较为合理。古文中"嗥"通"号",《庄子·庚桑楚》:"儿子终日嗥而嗌不嗄。释文"嗥,又作号。"为号哭、哭叫。生者为逝者号哭,或通过乐器拟号之声乃吴越文化圈历来风俗。至于"三人披发而舞……","披发而舞"的也不一定是古越族之巫与觋披发,应该是延续至古越人"断发文身"之发。《史记·赵世家·正义》记越人文身之法"刻其肌,以青丹涅之"。他们不梳冠,头发是剪掉的;文身是用矿物、植物的颜料在身上画些图案。那么,古越先民本为"断发"为什么在舞蹈中会"披发而舞"呢?这一为越人先民之俗,正如章炳麟在《驳康有为论革命书》所说:"禹入裸国,披发文身;墨子入楚,锦衣吹笙。"发生在浙江德清一带《祭防风氏舞》中的披发即断发没有"椎髻",任其自然而已;二是这里的"披发"也是舞蹈跳跃转回中的动感,舞蹈的颠狂旋转性、跳跃性都较强。防风冤死,祭祀中防风部族悲恸中晃摇转圈使断发飞动散乱,而披头散发。"民有姓防风氏,……越俗祭防风神"中的"吹之如嗥""披发而舞"也侧记了古防风氏国《祭防风氏舞》的形象,佐证了不仅中国北方,江南之地的巫史文化中巫觋也有时为族民、时为巫人的事象,并相沿成俗。

　　如果说,原始初民在自然崇拜、精灵崇拜、图腾崇拜中的巫舞是专业舞蹈草创行为,那么,黄帝等传说时代的纪功舞蹈与祭祀舞蹈的出现,则是全民性的原始舞蹈开始解体,中国古代乐舞向"乐与政通""重血亲人伦、现世事功"观念引渡的一种文化觉醒现象。

　　对于纪功性舞蹈,三国时期的《魏名臣奏·王朗表》有曰:"凡音乐以舞为主,自黄帝云门,至周大武,皆大庙舞乐名也,乐所以乐君之德,舞所以象君之功。"当代舞蹈史学家于平也认为:"帝王纪功舞蹈在中国舞蹈文化的滥觞期是一个普遍的存在。不仅是被正史所认定的帝系——黄帝、尧、舜、禹、汤等有其各自的纪功舞蹈,就是那些神话传说中的人类始祖也都伴随着各自的纪功舞蹈。"⑦

　　祭祀起源于原始社会的自然崇拜和原始农业,祭祀对象为天地日月、社稷和先农等神。祭祀最初在林中空地上举行,后来逐渐演变为用土筑台,再由土台演变为砖石包砌。先人们把他们对神的感悟融入其中,升华到特有的理念,如方位、阴阳、布局等,无不完美地体现于这些建筑之中。古代祭祀天地社稷,《封禅书》有云"夏日至,祭地祇,皆用乐舞,而神乃可得而礼也",因而舞蹈是祭祀不可或缺的组成部分。

国学大师范文澜先生在《中国通史简编》中说:"汉以前人相信黄帝、颛顼、帝喾三人为华族祖先,当是事实。"黄帝为五帝之首,历代誉称为人文始祖,学界大多认为属于我国古史传说时代的黄帝是存在于新石器时代上古文明时的一位部落领袖,其修德振兵,兼并炎帝、蚩尤等部落又画龙合符,尽力包容华夏文化,中华民族由此成形。相传黄帝时最有名的乐舞是《云门大卷》或分作"云门""大卷"。内容主要是歌颂黄帝的功绩,赞他创制万物,团聚万民,盛德如云;同时也有图腾崇拜和祈求农业丰收的意义。周代制礼作乐,被列为"六乐"之首,用以祭祀天神。此乐舞至唐代还时隐时现有所呈现。

由于传说时代距今久远,当时未有文字,史籍中对黄帝、尧、舜、禹、汤其行迹地望,诸家注释亦不一致。但正如马克思在《政治经济学批判·导言》中认为的那样,神话传说是"在人民幻想中经过不自觉的艺术方式所加工过的自然界和社会形态"。古老的、世代相传的神话和传说,也是一定的现实生活在人们意识中的曲折反映。这也正如当代已故中国舞蹈史学家孙景琛在《中国舞蹈史·远古》中所说:"由于年代久远和舞蹈艺术本身的特殊性,原始舞蹈的具体情况我们已无从知道了。但我们如果能求出它所包含的合理的历史内涵,就可据以了解原始舞蹈艺术的一些主要情况。"[⑧]原始公社后期,由于生产力的进步,剩余劳动的产生,生产资料私有制逐渐发展起来。社会生产资料和生活资料的相对集中,必然会引起劳动力的不足;而为了争取劳动力,各部落间便爆发了以掠夺奴隶为目的的战争。

启,作为中国奴隶社会第一个国君,就是在禹死后,杀了被公众推举的伯益,并打败了不服的有扈氏,才登上王位,建立起中国历史上第一个奴隶主阶级政权——夏朝。也是从夏启时代开始,全民性的舞蹈开始被一人或极少数人享用了。《竹书纪年》:"益干启位,启杀之。九年,舞《九韶》。"《山海经·大荒西经》:"有珥两毒蛇,乘两龙,名曰夏后启。启上三嫔于天,得九辨与九歌以下。此天穆之野高三千仞,启焉得始歌《九韶》。"《山海经·海外西经》:"大乐之野,夏后启于此舞《九代》。乘两龙,云盖三层,左手操翳,右:手操环,佩玉璜。"这是传说夏启即位几年以后,有一天到天上去做客,天帝便演出天宫乐舞来招待他。夏启大概太喜欢这个乐舞了,便把它偷偷带回人间来享用。在大乐之野(或说天穆之野)举行了这个乐舞盛大的首次演出,他乘坐着两条龙驾驶的车子,车上张着三层的云盖,左手拿着羽仪,右手握着玉环,打扮得整整齐齐,兴高采烈地指挥和欣赏着这一场精彩的演出。这个乐舞,就是虞舜的纪功舞蹈《大韶》。《大韶》也称《九韶》。而《九韶》原来是舜帝的乐舞,怎么要夏启到天上去偷下来,人间才开始有它呢?这个传说实际上是标志着舞蹈发展史上的这样一个历程:在夏启以前的传说中只有纪功、祭祀用舞的记载,而没有用舞享乐的记载,但自夏王朝后,专门供人娱乐欣赏的舞蹈出现了。启死后,直接传位于太康,从此"公天下"变成了"家天下"。太康更有过之而无不及,他酗酒贪色,残暴民众,后终被后羿所逐。夏王朝的末代统治者桀,所拥有的乐舞奴隶竟达三万余人。而文武百官也纷纷仿效,一时间宫廷内外到处充溢着淫荡的歌舞声,大小奴隶主花天酒地,而广大乐舞奴隶则在受尽凌辱中强颜欢笑。具有讽刺意味的是,商汤在发兵讨伐夏桀时,曾以声色淫乐为桀的罪名之一,但出于奴隶主的本性,他后来自己也逐渐沉湎其中了。商纣王时宫廷享受的乐舞规模不但很大,而且对乐舞奴隶特别荒淫残暴。乐人创作的乐舞他稍不满意,就会被施以炮烙之刑;青年男女献舞唱歌时,常被下令一丝不挂,裸体穿梭在挂满兽肉的林间,围着灌满酒的池塘通宵达旦地寻欢作乐。当时从事乐舞的奴隶不仅在奴隶主生前受尽凌辱折磨,而且常常在奴隶主死后被活活陪葬。后人仅在安阳武官村殷墓中椁室西侧一处就发现殉葬的女性骨架24具及一些舞蹈道具。

专事乐舞奴隶的出现,首先是社会物质条件进步的体现。恩格斯曾就奴隶社会的成形有过一段精辟的论述:"先要在生产上达到一定的阶段,并在分配的不平等上达到一定的程度,奴隶制才会成为可能。要使奴隶劳动成为整个社会中占统治地位的生产方式,那就还需要生产、贸易和财富积聚有更大的增长。"也就是说,社会生产力的发展要达到人们的劳动能够生产剩余产品的水平,这才可能出现私有制。其次私有制的发展要使人们的财产达到一定程度的不平等。那些较富裕的家庭,因占有较多的生产资料和生活资料,劳动力显得不够使用,他们迫切需要新的补充力量,这样,使用奴隶劳动就成为客观的经济要求了。而欣赏享乐,使用乐舞奴隶又往往是在生产、生活资料积累更为充裕条件下的一种更高级的精神享受。

其次,专事乐舞奴隶舞蹈的娱人特性,促使这时期的舞蹈较原始舞蹈内容更趋丰富,形式更为多样。处在我国奴隶制时代的商朝,最高统治者商王已有了"余一人"为"至高无上,惟我独尊"的统治意识,所以奴隶主的意志是必须绝对服从的,奴隶不过是会说话的工具。因而乐舞奴隶们表演的舞蹈,必须也只能是奴隶主意愿的体现。乐舞奴隶的舞蹈活动都是为了适应奴隶主的政治需要、满足他们的生活享受而存在的。因此,不但舞蹈应有的自娱性与表演者的自我感情基本消失,并且其内容、形式也随之变化扭曲。奴隶社会中的宫廷乐舞内容倾向色情、虚无,形式追求华丽、奇幻;巫舞内容迷信、荒诞,形式则有癫狂、怪异等特点。但与情绪单纯、形式少变的原始舞蹈相比,在内容与形式上都更推进了一步。

再次,就是出现了专业与业余舞蹈的分工。作为奴隶制社会大分工的一个组成部分,巫觋及乐舞奴隶出于娱神和娱人的需要,夏商奴隶制时代已从统一的自娱大群体中衍化出来,成为半专业或专业的表演者。舞蹈的表演开始有意识地讲究构图、组合、技术与意境,有了与舞蹈相适应、经过专门创作的音乐及丰富的伴奏乐器。1950 年在安阳武官村殷代大墓的发掘中,出土的雕刻精美的虎纹大理石磬及随葬的小铜戈、鸟羽等舞蹈道具;1976 年在安阳殷墟发现的商王武丁之妻妇好墓中,四百四十多件铜器中有编铙、铃、磬等数十件乐器亦是佐证。

夏启时代土著的、民俗的舞蹈虽仍然流播于民间,但大小奴隶主拥有的专事乐舞奴隶的大规模呈现,则标志着业余舞蹈与专业舞蹈的分界、分流开始清晰起来,并进入了至今既分又合、若即若离的文化形态。

注释:

① 刘梦溪译:《不列颠百科全书》(14 版 –1972 年版)·《舞蹈》篇,中国大百科全书出版社,1981 年。
② 郑百承译:《美国百科全书(1978 年版)》,中国大百科全书出版社,1981 年。
③ 陈伯海:《巫史文化的兴替》,中国社会科学出版社,1988 年,第 26 页。
④ 孙景琛:《中国古代舞蹈史》,北京舞蹈学院中国舞蹈史教材编写组,第一章第 18 页。
⑤ 林惠祥:《文化人类学》,商务印书馆,1991 年,第 333 页。
⑥ 鲍昌:《舞蹈的起源》,《舞蹈论丛》第 3、4 期,1981 年,第 39–43 页。
⑦ 于平:《中国舞蹈史纲》,浙江美术学院出版社,1991 年,第二章第 15、20 页。
⑧ 孙景琛:《中国舞蹈通史·先秦卷》,上海音乐出版社,2010 年,第 60 页。

舞蹈：抽象了的千姿百态

轻叩了舞蹈大门，漫步在无穷理想舞蹈之路的人们，放眼望去，是看不尽的千姿百态，听不完的繁弦急管，百花争妍、含馥吐芳……可是当我们从舞蹈前面走过，如果想使自己成为一个有舞蹈文化修养的人，一个懂得舞蹈欣赏的人，那么，对舞蹈的审美仅仅停留在可见的事物的浅表现象，还是不够的。本质往往是紧裹在事物最里层、最深刻的东西。

康德有一个观点："没有抽象的视觉谓之盲，没有视觉形象的抽象谓之空。"没有抽象就不成舞蹈，满台皆舞不是舞；舞蹈的视觉形象只能在把握住事物的整体结构以后，从创造对象的本质中抽取出来。抽象，一方面需要一定的含蓄性与模糊性，另一方面要让人们熟知的，作为思维连环过程不可缺的感知点有意显露出来。如此，观众的创造性，方能在感知点的星光之下，逐步进入思维的深层，到达感悟的驿站。

中国舞蹈在至关重要的这一点上，与所有舞蹈一样，都是以有节律的人体流动为物质媒介来表达思想感情、反映社会生活的。

因此欣赏中国舞蹈，首先要看舞蹈主题所赋予作品形体动作的表现力。

中国舞蹈与其他国家与民族的舞蹈一样，都是社会生活凝聚为情感状态的生动表现，是对具象能被人所感知的抽象。舞蹈艺术作品中的千姿百态虽然源于生活，但绝不是生活中具体形象的再现或翻版。因此就是一般性的舞蹈家在创造作品时，都会着力于适度的"抽象"和"变形"，舞蹈都不同程度地与观众周围熟悉的人与事的原形拉开了相当的距离。好的舞蹈创编者一定是个思想者,因为他们深知,只以人体为创编元素的舞蹈,如同历代文物器皿层面上古老又局促的涂饰变更;而人体艺术的运动蕴含了思想或哲理,就有可能从现象的底层发掘真理,寻得韵外之致,象外之象,在观念层面的变化中,开发出人们的审美潜意识。

与其他姊妹艺术一样,舞蹈作品的内容是很要紧的。但内容的健康与否,一般容易辨别,也不难鉴赏。作为舞蹈审美的一个注意点,就是要从一个具体作品的形式蕴含,去诠察内容与形式是否统一,即所要表达的内容是否具有恰到好处的表现形式。尽管内容是艺术的灵魂,但艺术只能以形式去鉴别。艺术与科学、哲学的不同之处,就在于后者归纳为规律,前者抽象成形式,舞蹈艺术尤其讲究形式之美。舞蹈艺术作为艺术母体中的一个子体,作为人体的动作艺术,它的形式表现,当然主要在于它的物质媒介——人的形体动作。

法国雕塑大师罗丹说过,人体"没有一块肌肉是没有表情的"。因而"手之舞之,足之蹈之",固然是舞蹈艺术表演的一种手段,但"灵魂窗口"的眼神、连心的十指、频叩大地的脚尖、甩动的双肩、扭摆的腰胯、收拱的胸腹等,都可以也应该成为舞蹈外化人物内心世界的方式。人体表现的三层空间,即下肢动作、躯干动作、上肢(包括头部)动作,在某种或某个舞蹈作品里往往各有侧重。如印度等东方舞蹈上肢、头部动作运用相对较多;芭蕾较注重下肢、足尖动作;而现代舞躯干动作较为丰富。当代的各种舞蹈则向着充分调动人体的积极因素,向多层空间多方位、多部位流动的方向发展。就是舞蹈的道具及其他辅助手段(如灯光、美术、音响效果等)也不宜喧宾夺主,绸带、扇子、花篮等道具只应作为人体动作的延伸及补充。就是几乎完全遮挡住人体的中国民间舞蹈中的狮舞之美,实质也是在看人的表现,道具——狮皮,不过是依附在表现狮子时人体运动的躯壳而已。也由此,舞蹈的服装设计很注重人体线条的凸显,以求人体的表现力不被服装遮掩。在中国芭蕾中,尽管服装对民族特色非常讲究,但也很注意适度的"露""透""裹",常见的女子短裙和男子紧身裤,其用意即在于此。

其次,舞蹈作品的形体表现力在中国舞蹈中,有着属于各个类别的主要特征。

比如,中国民间舞的形体动作往往具有鲜明的风格,人的内在情感及精神气质溶化在一个民族或某个地域民间舞蹈所特有的韵律之中，使彼此之间有着明显的不同。

汉族的民间舞蹈和汉民族的民间武术、杂技以及戏曲有密切联系，在中国古代百戏中，杂技和舞蹈是掺杂在一起表演的，至今仍保留在民间节庆的赶会、社火、庙会等中。舞蹈时手、眼、身、法、步的紧密结合，具有全身舞动的韵律感，舞姿多为弧线，呈现出圆、曲、美的体态特征。不但内容丰富，而且种类繁多、风格各异。即使是相同种类的歌舞，因地区的不同，也会在风格、装扮和表现形式上各有特色、独具魅力。比较有代表性的有东北秧歌、胶州秧歌、海阳秧歌、鼓子秧歌、安徽花鼓灯、云南花灯等。如，东北秧歌在风格上既有火爆、泼辣的特点，又有稳静、幽默的特点。动作既哏又俏，既稳又浪（浪，即欢快俊俏之意），而且稳中有浪，浪中有稳，刚柔结合，不能扭扭捏捏缠绵无力。"手传意、眼传神""手眼相随""形神兼备"，体态的基本特征呈前倾趋势，出脚时，踢抬有力，收回时，落地快而扎实，使膝部的规律性的顿性和手绢花翻转时的爽利结合起来。而在静态性动作的"稳相"中，秧歌会将此类动作表现得稳而俏，把外在动作瞬间转化为内在节奏的动感，给人以既稳重又俏浪的美感。

蒙古族的民间舞蹈的动律常会透视出矫健大雁的展翅翱翔；骑马而引起舞蹈时的碎肩、抖肩、硬肩等肩部动作，并非常强调舞蹈时脚、膝、腰、胸、手、肩、头、眼的配合及统一运用，热情奔放、悍健有力、节奏欢快，富有草原风格和浓郁的生活气息。纯朴、健壮、粗犷、豪放是藏族民间舞果谐、堆谐（踢踏舞）、弦子舞、锅庄等舞蹈的风格特点，颤、开、顺、舞袖等动作又各具特色。又如维吾尔族民间舞"赛乃姆"的风格特点：挺拔而不僵、微颤而不窜；上身撒得开，脚步不离散；全身带摇头，耸肩绕手腕，技巧多旋转，节奏多附点。在步伐上的特点是膝盖既有控制又不僵硬，小腿灵活轻巧，和鼓点结合紧密。朝鲜族历史上是多从事农耕劳作的民族，又受儒家文化影响很深，舞蹈极为潇洒、飘逸，女性舞蹈更具端庄、温静、含蓄、柔美的风格。（图50）

中国古典舞主要包括身韵、身法和技巧。身韵作为中国古典舞的内在感觉衍化在每个舞蹈的韵味之中。这就使得不同的舞者虽然领受于同一古典舞的身法训练，但即使跳着一样的动作，还是出于对角色的理解、生活的体会而不同，与外化于肢体的能力差别而产生不同的韵味。身法则是指舞姿还有动作。中国古典舞往往以腰为轴，造成外部形态上的拧倾、俯仰、交叉、弯

图 50 中央民族大学舞蹈学院演出的朝鲜族舞蹈（叶进摄影）

曲、旋扭，以及体态"三道弯""拧麻花"，还有作为中国古典舞的平圆、立圆、8字圆的"三圆"运动规律。古典舞蹈还非常强调"形神兼备，身心互融，内外统一"的神韵。神韵是中国古典舞的灵魂。神在中而形于外，"以神领形，以形传神"的意念情感造化了身韵的真正内涵。虽然中国古典舞与戏曲有千丝万缕的联系，但正如古典舞教育家唐满城教授说："身韵从摆脱戏曲的行当、套路出发，从中国的大文化传统，包括书法、武术来探索它的'形、神、劲、律、气、意'的审美规律，提炼它的元素，总结古典舞运动的路线、法则和阳刚、阴柔、节奏的内涵，从而使之不再有戏剧化、比拟化、行当化的痕迹，走向了舞蹈的主体意识和动作符号化的抽象功能。"从而使中国古典舞不仅从外形上而且从内在神韵上都找到了中国传统文化精神相一致的东西，从而使中国古典舞形成细腻圆润、刚柔相济、情景交融、技艺结合，以及精、气、神和手、眼、身、法、步完美结合与高度统一的美学特色。

中国芭蕾的传播与发展虽然比起芭蕾的发源地晚了好几个世纪。不过，自从进入了人民共和国时期的中国却是一路迅跑。为民族审美心理所浸润，受一些传统艺术的影响，今天的中国芭蕾已有了相当的中国特色。但是由于芭蕾是在欧洲各地民间舞蹈的基础上，经过几个世纪不断加工、丰富、发展而形成，具有严格规范和结构形式的欧洲传统舞蹈艺术。所以中国芭蕾仍然保留着它作为芭蕾所独特的艺术特质和肢体语言的天然结构。如表现手法的开、绷、立、直的外拓性形态。女演员舞蹈时必然是用脚趾尖点地。传统的古典芭蕾技术是建筑在外开、伸展、绷直的审美基础之上的。它包括：脚的5种基本位置、3种基本舞姿：如阿拉贝斯（arabesque）、阿提秋（attitude）和伊卡特（ecarte）；腿部技巧：各种巴特芒（battements）——包括腿的伸展、打开以及ronddejambo（腿的划圆圈）等；各种幅度和舞姿的跳跃；各种旋转；击腿技巧；各种舞步和连接动作；双人舞的扶持和托举等技巧；以及泼德布拉（portdebras）等。古典芭蕾的这些基本动作（元素），就像字母一样，编导运用这些字母写出不同角色的个性、身份、情绪以及角色在剧情发展中的地位和作用，把这些元素按特定的结构手法加以编排、组合、组成形象化的舞蹈语汇来表达、创造出各种富有艺术魅力的舞蹈形象。

  对于现代舞的欣赏，我们似乎应该了解一下这方面专家提出的审美观点："由于现代舞作品大多在舞蹈美学史上比较容易接受表现论和形式论的影响，而轻视模仿论的作用，因此其中不乏表现各种思想、感情、生活经验、世界观乃至宇宙观的作品，不乏把玩纯动作（即没有任何功利性质或实用目的之中性动作）的编排，而较少有模仿生活的现象。""做个名副其实的现代人，具体地说，就是确立起现代人应有的健康心态，即作个心胸开阔、思维敏捷，勇于接受各种新事物，并且真正乐于迎接甚至寻找各种新挑战的现代人；既不要以行家里手自居，也不要以门外汉态度自暴自弃；对看不懂或不喜欢的东西，不应该一开始就产生反感，继而滋生敌意，终而加以诋毁。这是因为再好的东西也用不着人人必须喜欢，就像川菜和北京烤鸭都好吃，不等于说就非得人人爱吃，不爱吃者便为无知或白痴一样。更何况，现代舞的最高宗旨便是标新立异、实验性和超前性，倘若你想在舞蹈中寻求某种似曾相识的认同感，倘若你想在舞蹈中得到某种爽心悦目的快感，那就请去看民间舞或芭蕾。"[②] 的确，现代舞与传统舞蹈的审美惯性是有很多不同的，在时空处理上，传统舞蹈故事顺序井然，现代舞蹈非常自由；在主客观关系上，传统舞蹈正反人物非常清楚，现代舞蹈角色身份不明显，也可以以编舞者自己的身份出现；在心理描写上，传统舞蹈人物的心理不能离开情节线脉，现代舞蹈则强调编舞者的主观心态；在运用象征手法上，传统舞蹈具有强烈的装饰性，现代舞蹈常给人哲理性沉思；在内容与欣赏观点上，传统舞蹈往往从人们熟悉的地方开始，观众处于一种"温习"的状态，而现代舞蹈需要观众非常费脑筋的去体会，舞蹈不可能有很多的娱乐性、消遣性……现代舞是自由与哲理的。对生活常态的变形与抽象恐怕是舞蹈的一种本能。由此，编舞家只要试图在舞台上呈现自己的现代舞作品，一般均进行了一定程度的"抽象"与"变形"，关键是正确性，与国民的欣赏水平相适应及在此基础上的超导能力。

当然，也有越来越多的舞蹈家在编创现代舞时，既不拘一格、自由流动，追求形体多变所内含的哲理，又不乏具有中国气派的种种尝试。卓有成就的现代舞家在探究和抉发中不断摆脱孤独而去温暖观众的心灵，和走近现代舞剧场的人们一起破解着困扼于心的人生题旨。

再次，摆脱被动的纯欣赏的"惰性"，而让自己的思绪主动进入舞蹈作品的艺术特点中去。

惰性思维可以说是非常普遍地存在于我们现实生活中的一种习惯（平面和无序的思维方式），譬如当碰到某件事的时候，我们习惯于想当然的以为，它就应该是某个样子的，或者是就应该朝着某个方向发展，还总会以此为借口，去怠慢于进一步思考。但是当自己面对着当代舞蹈时，如果是静态的，不是活跃的，只是去消遣，而不是作为一个积极的当代舞蹈观众，那收获是极小的。当你欣赏一个对象，就要了解一个对象的特点，譬如舞蹈与其他艺术门类显著不同的特点之一就是：长于抒情，拙于叙事，"舞以宣情""舞者所以饰情"，此类断语在中国古代文艺理论中多有所见。舞蹈所表现的是感情的高度集中，所以要求一段舞蹈来表现政治理论、复杂的事件或者是直接的教训等，都是不适当的。因而当代观众可以见到的许多优秀的中国舞蹈，都是因情立体，以情感人的。如芭蕾舞剧《白毛女》表现了喜儿对欺压、迫害她的封建地主阶级的仇恨，《小刀会》抒发了起义者深沉的悲愤，《鱼美人》散发出带有浪漫色彩的热烈恋情，《梁祝》中充满了缠绵婉转的柔情，《半屏山》流露着骨肉分离的眷恋，舞蹈《春江花月夜》则叙诉了闺怨的悱恻……"感时花溅泪，恨别鸟惊心"之类浓烈情感，在中国舞蹈中自古以来都有出色的表现。《毛诗序》所谓"情动于中，而形于言；言之不足，故嗟叹之；嗟叹之不足，故咏歌之；

咏歌之不足，不知手之舞之，足之蹈之也"，就是说舞蹈是在讲话、感叹、朗诵、歌唱都不足以表达自己思想感情后的艺术选择。舞蹈在中国古代就被视为通过人体表达内心真情最强烈的艺术手段。但要在舞蹈中啰嗦地去讲述一个复杂故事，或者告诉人们一些数字性的细节，那舞蹈是无能为力的。就是有一定剧情的舞剧，最主要的还要靠有"可舞性"，否则舞剧便不成其为舞剧，重在剧中人物的性格塑造与感情抒发的特点也就不存在了。

赏析舞蹈作品时，也不能苛求"像不像"，或每个动作所要表达的是什么意思，因为艺术不是社会生活的简单复印。舞蹈艺术的真实与话剧、电影等艺术相比，离生活的真实（原型）更远一些。舞蹈不追求生活与自然形态的"真"，而向往"似与不似之间"，以多姿多彩的人体流动来产生诗一样美的意境。

舞蹈作品的某一抽象性动作，一般要与其他动作组合，或在整体的观察和思索中才能产生联系和含义，并具有宽泛性与多义性；具象性动作在较好的舞蹈作品中用得较少，往往是作为整个舞蹈的引子与铺垫，导引观赏者进入舞蹈胜境。这种"感知点"具有明确的指向性。装饰性动作，是舞蹈作品的装饰与过渡，经常蕴含在一些技巧中，一般没有明确的意义。因此在欣赏舞蹈时，要调动自己的视听觉，抓住"感知点"，然后展开合理的联想，尽管联想的结论可能会不一样，但如此却会引发更深的美感享受。人们认识客观事物时产生的心理活动有感觉、知觉、记忆、思维和想象。而感觉和知觉的"感知"，是认识过程的起点，是进入理解作品内涵的通道口。

还有，欣赏舞蹈时，我们要看作品能否让人有所思，有所得，产生审美的感悟。

当代人赏析中国舞蹈作品，已不会过多将关注的重点落在舞蹈的队形是否整齐划一，演员的造型有没有"三道弯"，像不像哪个民族舞蹈的什么动律等这些审美活动中表面感觉的外在美。一件好的舞蹈作品，往往能使人观赏时浮想联翩、心潮奔涌、如痴如醉；过后还觉情思袅袅，断而未了，让人回味再三，产生深刻的审美悟性。这样的舞蹈势必是贴近人民生活，反映了人民的思想感情，具有强烈时代意识与民族精神的；同时又是具有深厚艺术功力，准确、巧妙地把握了舞蹈艺术的特殊规律的。

诚然，审美对象本身的好，还不能形成生动完整的审美活动。就审美主体的观赏者来说，必须具有必要的艺术修养，才可以从中国舞蹈的过去，把握它的现在，预测它的未来；就能从它的发展脉络，看出舞蹈节目的历史内涵和文化跨度，从而作出自己正确的评价。

  有一定艺术修养的舞蹈欣赏者，才能透过形式美的表象，从内在含蕴中去度量作品。在舞蹈艺术的欣赏中，一般观众往往被舞蹈演员出色的外在形象、珠光宝气的舞蹈服饰道具、花团锦簇的舞台包装所迷惑，而没有透过这种展览式的陈列，去寻找和发掘深藏在优秀作品中内在的性格美。而从舞蹈作品能有所思，有所得，产生审美的感受则是一个观众美感活动的核心。无论审美观念、审美理想，还是审美能力，都必须通过具体的审美心理感受过程才能形成。但是这种观念、理想、能力一旦形成，就必然地要对具体的审美感受过程发生作用，引出主体对客体的一种愉悦的创造性的把握和领悟。在这过程中，既有主体对客体的有意识的选择，又有有目的的加工和改造，是一种带有主观感情色彩的能动而又积极的反映。所以人们对于同一美的事物可以有不同的美的感受，也能对不同民族、阶级、时代里的美的事物，产生共同的美的体验。"舞蹈真美"，人们常常如此善良点赞着舞蹈，殊不知有些舞蹈所以美，只不过是借助了造物主的恩赐，因为大自然惠授了令其他物件黯然失色、无与伦比的人体美。但在各类艺术中，有"性格"的作品，才算是真正美的。在出于奥古斯特·罗丹之手的杰作《欧米哀尔》中，我们可以看到一位年老力衰的妓女，她半裸着身子，两乳凹陷松弛，瘦骨嶙峋，皮肤比木乃伊还要皱缩，低垂着头……形象的确没有具有独特的艺术魅力，而使之成为家喻户晓的爱与美女神的雕像断臂的《米罗的维纳斯》那么美妙，也没有生动的曲线，但却有着以不同于《米罗的维纳斯》的另一种艺术性格，而紧紧攥住了观者的心，深深地感染着人们：她像是在哀叹未来，又像是在忏悔过去，为目前的丑陋感到羞耻……审美的门外汉未必愿意在她的模样上多睬两眼，但具有高级审美能力的人，却能蓦地从中得到"握拨一弹，令人低回良久"的美学感悟。这正如罗丹认为，"在艺术中，有性格的作品才算是美的""在自然中一般人所谓丑，在艺术中能变成非常美""自然中认为丑的，往往要比那认为美的更显露出它的性格，因为内在的真实在愁苦的病容上，在皱蹙秽恶的瘦脸上，在各种畸形和残缺上，比在正常健全的相貌上更加明显地呈现出来""在艺术中，只是那些没有性格的，就是说毫不显示外部和内在的真实的作品，才是丑的。"在法国人葛塞尔和罗丹本人对话形式出现的原作的《罗丹艺术论》中，罗丹的这番自我艺术解读，使人们不难从他的字里

图51 法国雕塑家罗丹根据法国诗人维龙诗歌《美丽的欧米哀尔》创作的雕塑《欧米哀尔》

行间,也从他的雕塑作品中解读出这位19世纪法国最有影响的雕塑大家对艺术卓尔不凡的理解和驾驭能力,从而也有助于人们关于什么是真正舞蹈作品美的领悟。(图51)

有一定艺术修养的舞蹈欣赏者,还能凭借自己的审美经验,展开想象的翅膀,在原有感性形象的基础上深入体验,极大地拓展了再创作的空间。没有想象就没有创作,也就没有欣赏。想象和审美的关系,犹如航船和航线那样密切。在一切心理要素中,只有想象才是推动审美过程中的美感沿着不断深入的航线行进的实在力量。

优秀舞蹈作品的意蕴是内在的,不能凭感官直接全部感受到,而要通过想象的体验活动去捕捉和揣摩它。在捕捉和揣摩的过程中,创造性的因素便会不知不觉地渗透其间。舞蹈家孙红木还创作了民间性很强的舞蹈《花间曲》,他对传统戏曲的甩发功进行了筛选与生发。在这个舞中,演员两根发辫上的绢结,犹如"似与不似之间"的蝴蝶,在巧妙的甩动中,"蝴蝶"时而伫立帽沿,时而扑闪而过。虽然舞台上没有实在的花圃,但这上下飞舞、左右盘旋的绢结蝴蝶,使观众产生了丰富的联想,感到似乎只是由于满台花香才引来了翩翩粉蝶。由此也引起另一层次、另一种审美经验的想象:当花间少女深情地告别了蝴蝶,走向了又一花丛,那一对绢结仍晃悠在少女身后,似乎蝴蝶也依恋着心地纯真、花般美妙的姑娘飞向花丛深处……创造性的想象,能使舞蹈的意蕴得以开拓,意象得以再生。

舞蹈赏析者如果有较丰富的生活经验，有和舞蹈作品相互关联的诸如文学、音乐、美术等方面的艺术修养，便能在观赏舞蹈时充分发挥想象，进行多方面的再创造，深刻领略中国舞蹈艺术的瑰丽多姿之美。

中国舞蹈之所以如一条永不枯竭、充满活力的大河在天地间奔腾不息，主要在于一代又一代人在历史文化的悠久传统中的不断地开拓创造。

中国的舞蹈艺术同其他艺术一样，是需要不断更新的。一种样式的文化过于成熟，除了会给历史留下丰硕的成果外，势必还会被另一种样式的文化所替代，而在原基因的主干上抽出嫩绿的枝条，绽发出别具风采的花蕾。不然远古、盛唐、大宋的舞蹈就会原封不动地保留到现在。

如果我们站在人类文化路径的当代阶梯上回首眺望，表演性的夏商专业乐舞，是在原始群体自娱性舞蹈的喧闹呼喊中萌芽；魏晋南北朝的新质舞蹈，则于大一统的汉家王朝乐舞板块断裂间拱起；两宋表达故事情节的"队舞"，在大唐成熟已久的"燕乐"中苏醒，又在宫墙之外滋蔓延生……而这种舞蹈自身生命规律的创造，几乎是与舞蹈的降生同时问世的。

原始社会中没有专门的舞蹈者。史料告诉我们，那时全氏族的成员往往在劳作收成与战争胜利以后，于群情激奋中，拿着猎获物的皮角或图腾标志，即兴起舞。《易经·豫卦象辞》以"雷出地"来象"作乐崇德"，舞蹈与舞蹈时的呼喊、节奏打击似滚滚的雷声盖地而来。这一比喻说出了原始舞蹈的声势与特征，也证明了在这之前并没有舞蹈的现成样板可以遵循。即兴而舞，即是先民兴之所至的创造。《路史·前纪八》中也有"手舞足蹈，此天机之自动者也"的说法，以为"羽旄干戚"之类的舞蹈，也是人们得于天机灵感、并非完全沿袭前人而作的创新活动。

但不管什么年代、什么样式的舞蹈，总有一个群体或个人首先创作。而推动舞蹈潮涌，用自己的舞蹈创造活动让世人记住的人，似乎都具有以动作品呷人生滋味的双重返光。而这种推动，不仅来自舞蹈家，更在于舞蹈的爱好者。在中国成千上万的舞蹈爱好者，他们热爱身边的生活，也着迷心中向往的舞蹈艺术，（图52）他（她）们从广袤的神州大地走向改变本身自然形态的排练场所，用人生丰富着动作，以动作品味着、改变着人生。

在人们可遇见的舞蹈中，有着两种不同性能的舞蹈，一种是与人们日常生活密切维系的舞蹈，它植根民间具有强烈的自娱性；另一种是由职业专业

图 52 着迷舞蹈后的跃起
（沈优优供图）

人员以娱人为主的，含有较大表演性的舞蹈。前者是广大群众都可以参加的群众舞蹈，后者是少数人进行表演的专业舞蹈。两种舞蹈均具有自身的社会价值与审美价值，但前一种舞蹈与多数人（特别是当地住民）的联系、影响较为紧密与广泛，对专业舞蹈推动的基础作用也显而易见，这就应该引起人们更多的培植和思考。

要使群众性的舞蹈进一步热闹起来，并与现代美感相适应，需要"两个抓住"。

一、抓住群众舞蹈的创作不放。尽管群众舞蹈带有很大程度的自发性与传统性。但创作还是需要的。"自发"本身是个创造，使自发的偶然变为规律的必然也是种再创造。群众舞蹈的再创造又需与民间舞蹈的挖掘、整理结合起来。

传统的民间舞蹈之中饱含着历代劳动人民的智慧，存有许多不知名的民间舞蹈家心血凝成的瑰宝。大力抢救，取精华于"再创"之中，能使群众舞蹈永贮泥土芳香，广合群众口味。但如果我们对民间舞蹈的传统如果只是采集、记录，而忘却了传承和在此基础上的创造，那么传统也就停滞、凝固了，没有生命了。保留特色，发挥个性，去其糟粕，对传统进行一些必要的改革，

图 53 刻苦训练中的艺术储备（叶进摄于上海芭蕾舞团）

方能适应现代美感，吻合当代人的心灵节奏。

二、抓住青少年舞蹈爱好者的培育不放，让舞蹈家更多的在关注群众性的舞蹈。

从某种角度省察，舞蹈演员是吃年轻饭的，是贡献青春的，舞蹈演员的演艺生涯相对是短暂的。由此如何从小培养十分重要。国内外著名舞蹈家在舞蹈艺术中崭露头角，显示不凡才华少不了青少年时的刻苦训练，在舞蹈表演的黄金期就作好了充分的艺术储备。（图 53）世界著名舞蹈家中接受训练最早的是日本的森下洋子，她 3 岁就开始学舞。其他舞蹈家也都在 5-7 岁开始从家庭或幼儿园里接受早期舞蹈和音乐的启蒙教育了。调查结果表明：著名舞蹈家从开始接受专业训练到获金牌最少要有 8 至 10 年的正规训练。50-60 年代活跃在世界芭蕾舞台上的前苏联著名舞蹈家乌兰诺娃成功地扮演了《天鹅湖》主角时才 19 岁；麦克西蒙娃来访中国演《宝石花》时也是 19 岁；日本的森下洋子获世界芭蕾皇冠时 20 岁；我国著名舞蹈家陈爱莲 20 岁时在世界青年联欢节舞蹈比赛时获四枚金牌。这些著名舞蹈家在获得金牌时也都是在舞校毕业后积累了几年舞台经验后而获得的。70 至 80 年代以来，我国优秀舞蹈演员在国内外重大舞蹈比赛中获奖时的年龄也都提前了。此外，在舞蹈艺术上已有所成就的舞蹈家也要抽出部分精力注重"群众舞蹈""业余会演",要对社会的全局、生活的整体负起艺术家的责任。的确,离开了泥巴,断然不会有兰花的幽香,看不起群众舞蹈的舞蹈家,绝不可能创造出长驻人间的艺术珍品来。我们如都能像前辈舞蹈家吴晓邦这般热情关怀群众舞蹈工作者;如戴爱莲、贾作光那样带头辅导与参加北京的"大家跳"集体舞活动,那该多好。如果将舞蹈比喻成巍巍宝塔,那么专业舞蹈是塔尖,群众舞蹈如塔基。专家能从广泛而又丰厚的群众舞蹈中吸取宝贵的养料,群众舞蹈这片热土也只有包括舞蹈家在内人们的共同地辛勤播种、耕耘,才有可能获得到更丰硕的收获。

面对着千姿百态的人生,舞蹈的创作者总是观察、品咂、找寻着自己的最佳入角。

有人讲,舞蹈不能讲话,不能从容地停下来如文学作品一样欣赏,局限太多。但舞蹈的限制,正如舞蹈家舒巧说的那样,"限制就是特长"。要叩开观众心灵的门扉,关键不在于艺术种类形式的局限,而在于形式的创造者能否以自己情感、理智的统一,将舞蹈作品立体地塑造起来。

舞蹈,是有目的、流动着的人体艺术。人的行动是由情感与理智决定的。举个普通的例子,一个人看到一只茶杯不顺心,拿起来想摔了,一种厌恶情绪在驱使着运动器官,于是手拿着杯子高高举起欲往下扔。但如果对面坐着一个恋人,他就会考虑到这不礼貌的行为会对恋爱带来不良后果。在理智与情感的矛盾中,情感接受了理智的制约,手的扔劲顺势滑过去,变成递杯倒茶的动作。这手的一举一扔,一滑一递,身躯的扭动,加上脸部表情的细微变化组成的舞蹈,可能要比情感与理智的分离表现,表面化的因果关系要立体得多。又如大自然,不管季节如何变化,总有一个基调:春天翠绿、夏天火红、秋天金黄、冬天雪白(或更多),但不管什么基调,大面积在调和,小面积却对抗,主调中富有反色彩。我们的舞蹈也是如此,要立体地塑造舞蹈形象,非有色彩或明暗变化上的诸多调子不可。

但有的作品就是那样单调,生产为题材的就劳动—休息—丰收,表现少年儿童的,就是游戏、欢乐,动作就是跑跳步、晃头、甩辫。譬如有的反映海边生活的舞蹈,劳动后渔民在休息,休息时喝酒、醉酒的动作也提炼得不错,但是否能更进一步地挖掘一下,这个醉能不能变为心醉,醉在丰收里、醉在大海的喧闹声中呢?有个少儿舞蹈表现的是小朋友课间十分钟的欢乐,一群女学生在课间游戏、娱乐，基调十分欢快。但编导还不满足，于主调中穿插了一个戴近视眼的男小孩，他课间仍闷头读书，并不十分欢乐，于是小女孩一拥后上，逗趣地扒掉他的滑雪衣，摘了他眼睛，最后在同学们的鼓励与邀请下也投入了欢乐的人群。主调旁添了一笔，生气盎然，对比之下气氛更为热烈，情绪舞的情绪也就立体多了。还有如舞剧《岳飞》中的一些交错手法（岳飞刑后思水，"水仙"宛然而出，但两者有意错开，把当时的特定环境立体起来）；《林黛玉》中的一些不同步效果（贾、林相爱一致性，林的性格观念不让贾宝玉碰她，托举后贾热情奔放，林黛玉羞涩闪躲，显露了性格层次）；《天鹅舞》群舞场面的复调式处理（二幕中各组演员交响乐般地既独立又应和，烘托了女主人公的悲剧性格，也使群舞立体起来）等都是立体塑造舞蹈形象的有效途径。客观事物的多样性，决定了解决矛盾的多样性。但舞蹈创造者的职责，归根结蒂是要将事物的本质深刻地体现在舞蹈里，并活生生地展现在舞台上，通过观众的审美经验"从人的心灵深处唤起反应和回响"（黑格尔语）。雨果在论述莎士比亚的天才时曾这么说：天才与凡人不同的一点，便是一切天才都具有双重的返光，这正如红宝石与水晶、玻璃不同，就在于它有双重折射。天才与红宝石同样具有双重的返光或双重的折射，这说明道德秩序与物质秩序中有着同样的现象。雨果借此推论，他认为一个出色的作家，应该有"从正反两个方面去观察一切事物的那种至高无上的才能"。对于中国舞蹈的创作者来说，也要具备立体地观察事物、立体地塑造舞蹈的本领。

　　饭后散步似的随意观察是件轻松的事，而带着创作舞蹈的目的去直面人生，却是一件复杂的精神劳动。因为舞蹈的创作者总不能看到一点就搬到舞蹈中去，也不能猎奇、赶时髦，而是要"观"其现象，"察"其本质。观察是决定创作起步是否正确的关键。由于本质往往是紧裹在事物最里层、最深刻的东西，所以人们能直接观察到的，常常只是本质的折射现象，而现象有时甚至还会呈现出一种与本质完全相反的假象。譬如，有些表现爱情的舞蹈，不是女的在前面跑，男的在后面追，就是女角羞答答地转圈，男角傻乎乎地托举。这种程式化的动作只会使观众感到乏味。其原因除了惰性之外，还在于编舞者太粗心、太概念，没有品咂出人生的真正滋味，没有从正反两个方面，或更多侧面去观察"恋爱"。恋人是有彼此追逐、相互依偎的时候，但是还应去探微索隐:共性中的个性是什么？恋爱着的人实质与常人有何区分？"甜蜜"背后还有什么？对此，古人秦观曾有词云："两情若是久长时，又岂在朝朝暮暮";也有人作过这样的观察:"爱情是一位甜蜜的暴君,可恋人都心甘情愿忍受他的折磨"(德国谚语)。编舞家的眼睛就在于要发现那些往往会被常人忽视的东西。中国画家们常说"石分三面",画一块石头,要注意从三面去观察,似乎比雨果告诫的正反两面还要多一面,但所说的道理实际上是相同的。如果在中国舞蹈的创作领域里想有所作为,首先就要像中国舞蹈大师贾作光先生提倡的那样,以"动作感的眼睛",去立体地观察世界,尽量本质地去反映人生。

古典舞剧《小刀会》对潘启祥与周秀英并没有作过多的恋情描写,而他们爱情力度的一个加强点则在潘启祥遇害后,对敌人仇恨的反衬上:第六场中,周秀英突然看到了潘启祥的遗物。心爱的人被害了,这时她觉得眼前出现的清官和洋人比狼更凶险。在这里,编导让周秀英双手紧握宝剑,丁字步屹立不动,但借用戏曲舞蹈抖袖的动作,让手中的剑微微地颤抖……这种欲发先压的手法,让人感受到了周秀英在内心对潘启祥的呼叫,以及由深爱而至悲至愤的感情波澜。又如中国现代舞《再见吧,妈妈》的编导,倘若没有看到80年代战士感情生活的诸多侧面,只有"士兵以服从命令为天职"的概念,那是不可能创作出如此感人、立体的舞蹈来的。而舞剧《仓央嘉措》是以主人翁灵魂纠结的冲突来结构舞剧,不仅推动叙事,在编舞上,也大大推进了心灵舞蹈的体现,让由内而发的舞蹈充满张力。"仓央嘉措的舞蹈语言,造型符号是从佛教动作发展出来的。小仓央嘉措被确定为转世灵童时,他被给定了一个特别的动作——单腿半蹲状态下单手合十盘腿转,这就成了定格他身份的动作符号。但仓央嘉措是个活生生的人,不是一个死的身份。作为一个诗性敏感的生命,他的性格命运的核心是自然天性与宗教使命的冲突;是爱,还是不爱的终极纠结。对仓央嘉措的舞蹈叙事,主要就成了灵魂挣扎的心灵叙事。导演找到了独特的办法:在袈裟与身体的互动中说话。身体,利用仓央嘉措诗句'洁白的仙鹤啊,请把你的翅膀借给我',化为双臂渴望自由的飞翔意象;而袈裟,被夸张加长,或恭谨地盘腰搭肩、或滚地卷拢、或紧勒死缠、或临空抛出、或互相牵拉。这样一种特定的身体与袈裟的互动舞蹈,处处精心编织,丝丝牵连着主人翁心灵的每一种不同情态——得意、皈依、舒畅、困顿、遮蔽、释放、恐惧、解脱,淋漓尽致,贯穿了整个舞剧。可以说,仓央嘉措的舞蹈是出神入化的心灵舞蹈,是唯仓央嘉措独有的'这一个'的性格舞蹈。"[3]群众舞蹈优秀节目《青石板》(图54)的编导凭借对绍兴人文

图 54 顾炯等创作的群众舞蹈优秀节目《青石板》。以"青石板"这一物体的特性借喻了人民坚韧不拔精神特质（顾炯供图）

历史的深入体验和理解，选材构思独辟蹊径，把采风中深受触动和启发的青石板从众多绍兴元素中提取出来，进行了创造性地延展和抒发，以物喻人，又赋予青石板人格化的立体形象，使纤道、石板、桥梁等景观成为一种精神的外化，通过船夫、妻子、母亲等铺展出水乡人的性格画面，硬朗坚定、不屈不挠、踏实沉稳，柔中寓刚，历经千年雨雪风霜历练而依然故我的品格和坚忍不拔的生命精神。据该舞编导介绍，舞蹈作品以散文诗的方式娓娓道来，起承转合，展现出江南水乡的一幅画卷和这方水土所养育的这方人，把鲁迅著作中对故乡故人的情境描述立体生动地呈现出来。舞蹈开篇，静谧清晨的水声和划桨的吱呀声，把观众带到鉴湖水中央的一条蜿蜒的古纤道，绍兴方言的歌声飘来："青石板，石板青，青青石板世世代代走过多少男男女女老老少少绍兴人"，直接点题。舞蹈运用群舞男子赤裸的脊背呈现出硬实而有光泽感的石板路，叠伏连绵地拱动，在震撼人心的霹雳声中骤然开裂，又慢慢平复，极富想象力和表现力，寓意着一代代绍兴人坚韧不拔的精神品格就如那青石板历经千年的岁月磨难始终不变。随着演员的侧身滚动，展现青石板的历史沧桑，从一条条路到一座座桥，继而拼合成一块硕大的青石板，承载起水乡人的生活和追求。一袭红衣的主角是母亲、妻子和大地母亲多重身份的复合形象，而群舞的众多绍兴男人则用青石板一样厚实的脊背表现出他们的硬朗和对家庭、对家乡的担当。石板上那母子间的温情互动和渔家人夫唱妇随的自然亲近,让人感受到绍兴人内敛、踏实的性格特征。

  与开场意境形成鲜明对比的是后面斟酒饮酒的热烈与豪迈,阳刚而夸张的肢体动作把绍兴的酒文化,把他们奔放、爽朗的另一面尽情展现。舞者头顶的乌毡帽瞬间化为酒碗,写实地呈现出人们喝着家乡酒,唱着莲花落,生动鲜明的市井风情把舞蹈推向高潮。这一段在写实的意境中也有抽象化的表达,例如托举女子并后倒,形成半月形拱桥的构图,桥下是船老大们饮酒聊天的场景,很有生活气息。随后音乐转缓,灯光渐暗,女主角托腰提篮,在夕阳的暖意中款款走去,又见青石板涌动扭曲重新归整,形成一条路通往远方,余味绵长的情景首尾呼应,静谧中水声与桨声吱吱呀呀再次响起,同样的歌声与吆喝声唱着绍兴人的老调,不同的却是,开篇表达艰难曲折的弯曲青石板路,结尾成了直路,预示着坚忍不拔的水乡人终将走上生活的坦途。作品在意犹未尽的讲述中悄然收尾,朴实、唯美、丰满的地域特色一览无遗。

  特别值得赞赏的是,作品中对于男演员们脊背的表现和运用,作为独特的舞蹈语汇与核心动作,极富想象力。从最直观的背部动律入手,撑起、左右斜压、拱起、收回等,在展现背部平面的同时,又形成局部的凹凸起伏。另外群舞中的抱臂含胸,肩膀左右摇动等,都与脊背的舞蹈语汇相统一,表现出与命运抗争的不屈。在线条转换和变形组合中,摆出雕塑一般的造型,速度虽然不快,却以丰富的表现力,给青石板以活化、拟人化的感觉。运用"限制"的手段,不用或少用四肢,把人体脊背与青石板之间的共性——平展、坚实用到了极致,在身体的滚动和位移中不断强化,凸显这个作品的创作意图,形成一道亮丽的风景线。

  宋代诗人苏轼《题西林壁》诗云:"横看成岭侧成峰,远近高低各不同。"多角度、多侧面地观察人生,并经过舞蹈创作者的想象,产生远近、高低的立体感,才不致让大千世界中鲜活的事物窒息在一个平庸的作品中。

  立体的观察后,作为舞蹈艺术特殊的传达媒介,还要通过人体的动作去立体地塑造。有人说,舞蹈不能讲话,不能从容地停下来,像文学作品那样慢慢赏析,局限太多。但歌德说得好:"巨匠要在限制中表现自己。"舞蹈的限制,在某种意义上说,就是自由。难道文字具有艳丽的色彩,绘画能急速地流动,音乐本身可以给人形象的直观?根据科学家研究,人的大脑获取信息,90%以上是由视觉提供的,这就是舞蹈作为视觉艺术的长处所在。

在舞蹈的创作中，创作者还不宜总沉醉于盲目的激情之中，而要善于将自己的天才、灵感、创作技巧等纳入总体构思。特别是编舞与演员要精心设计好、设计准舞蹈的主题动作，使之最能体现出人物的个性和舞蹈特有的可塑性元素。

舞蹈的主题动作是由一个或几个舞蹈动作组成的。它通过演员的形体流动，形象地呈现在人们的视觉之中。要使舞蹈的主题动作富有个性，作者不仅要吃透舞蹈的主题，还要让人物性格在舞蹈主题动作的反复强调中得以鲜明地凸显。如中国舞剧《鱼美人》第三幕的"蛇舞"，编舞家从妖女的伪装可怜——妖魔本性不可抑制的表露——强制性的抑制——完全失望的发展性，确定了该舞的主题动作依据是"一种东方式含蓄的诱惑"，继而形成了"以胸腹为原动力，放射至两臂的波动，及全身呈前后或左右的大波浪形游动"的蛇舞主题动作。彝族舞蹈《快乐的啰嗦》，紧紧抓住的舞蹈主题是：获得了解放的奴隶，不但打碎了脚与手的锁链，而且也砸烂了精神上的锁链——故而在主题动作的设计上也就用不停的甩手和小跳，来表现彝族人民翻身自由之后的快乐。在舞蹈创作中，一旦抓到了典型动律、典型节奏的主题动作，不要轻易放弃，而要多次重复出现并加以发展，给人留下深刻的印象。

中国舞蹈在主体塑造方面，还常常巧妙地运用人体动作的延伸与辅助——道具。民间舞蹈中"旱船"的船、"花灯"的灯，古典舞中的手绢、扇子等道具的运用，都是屡见不鲜的。在胡嘉禄的现代舞《绳波》，男女两演员牵着一根绳子，一会儿是爱情的桥梁，一会儿是婚姻的纽带，后来又变成离婚后无形的牵挂。由绳波之变而构成的在舞台上人与人之间的几何图形，表达了爱情、婚姻、家庭伦理和道德方面的某些深刻的哲理。曾获2015年第十届中国舞蹈"荷花奖"——作品奖最高奖的朝鲜族作品《觅迹》运用道具"纸"象征着民族文化所承载着的历史痕迹，舞者在朝着纸张的方向舞蹈时，韵律起伏中，忽而点脚，忽而围纸寻觅，体现着对民族传统文化重新的审视和认知。在第二部分《舞诗·悟诗》中又通过群舞的构图变化以道具纸形成了一道前行之门，寓意寻觅民族传统文化的入门。舞者在洁白的纸旁写诗、作乐、作画，色彩与情调相映成趣，诗情画意盎然入目。第三部分为《行》，领舞者在舞台上铺就了一条圣洁之路，舞者们紧随其后，慢慢前行，寓意朝鲜族在传统文化根基上，不断发展壮大。在这一舞蹈中，纸作为道具象征着民族传统文化的根，并为人与人、人与自然、人与社会搭建了桥梁，具有风格浓郁的象征意味。

从多个侧面去观察、构想，继而运用多种手段去立体地塑造，最终的目的无非是将舞蹈立体地展现在观众面前。

立体电影之所以立体，是摄影机同时摄取了两个影像，又将两个视点不同略呈偏差的影像，同时投影在银幕之上，由观众左右两眼的视神经传至大脑，经过大脑的综合，从而产生立体的效果。这里似有物理现象上"双重返光"的含义。而舞蹈创作者是否可以从中得到这样的启示：为了使舞蹈作品的意境、内涵立体地展现，要让人们看后有立体的感受，观众面前的舞蹈应该是多种画面的迭加与总和。投影到舞蹈观众视网膜上的，应像舞蹈家们常说的那样，是一种流动的绘画。不断流动的影像 = 人物画 + 世情画 + 风俗画 + 风景画，即"四画合一"。

人物画：人是立体世界，整个社会的中枢神经。舞蹈中人物的形象有生气了，舞台上的"小社会"也就活了。舞蹈中主要人物的艺术个性，丰富着小社会间群体的共性，是一群人共有性格中的特殊性格。舞蹈动作是人物个性符合舞蹈艺术规律的提炼。中国舞蹈中的舞蹈动作或动律，要符合中国历史文化或地域文化的特殊规律，并应建立在面对这幅画的中国观众群的整体审美经验与理想上。

舞蹈中这个（些）人物的舞蹈动作，必须给人以不得不这样跳的感觉。因为中国舞蹈的人物画主要是通过舞蹈的动作、动律来呈现的。古典舞《春江花月夜》中的思春少女与《红楼梦》中的林黛玉，由于性格的不同而动作的感觉不同；而同为战火中的铮铮男儿，《小刀会》中的潘启祥与《再见吧，妈妈》中的小战士，由于情感、情节线的发展脉络走向的区别，动作形象所组成的人物画也就迥然有异。

世情画：一个舞蹈的时代感往往是由世情画来体现的。世情，在舞蹈作品中的反映，应是被观众视觉接纳以后，在感动中产生的联想和顿悟。因此绝不能把舞蹈艺术所反映的世情，即一个时代的本质特征，与昙花一现的暂时现象与浮光掠影的感受混为一谈。

《仿唐乐舞》中的《燃灯舞》《观鸟扑蝉》《剑器》《白纻舞》《面具金刚力士》等，之所以一看就是明艳繁盛的唐代乐舞，是因为在封建社会里，也只是在唐代才有可能出现梨园弟子向皇帝及各国使节、四方宾客呈献歌舞的恢宏场面，从而显示出大唐帝国兼蓄并收的博大气派，才有可能以"教场使"吟诵的方式，连接各段乐舞。而另一个新编古乐舞《编钟乐舞》，由狂放的颂歌和顽艳的巫舞组成，明白无误地凸显了荆楚时代的文化特征。

当代中国舞蹈的创作，还要按照当代人心理的内在需要，参照中国古典或民间舞的基本素材，来重新构架创造。

舞蹈动作语言要有当代个性，就必须对舞蹈的传统程式敢于革新。舞蹈的传统程式，是前辈智慧的结晶，是一笔丰富的艺术遗产，但绝不应该使它成为舞蹈艺术发展的桎梏，舞蹈的先驱者总是在不断的革新中前进的。新的时代要求新的舞蹈，新的舞蹈要求有新的动作语言去丰满和充实画卷中栩栩如生的时代人物。时代变了，人们的生活习惯、生产工具乃至感情表达的方式，也都起了变化。传统古典舞中对女子"行不动裙、笑不露齿"的要求，现代女性是无法接受的。"射雁"这个从古代武士拈箭开弓演变而来的身段，如套用在高科技兵器前的瞄准者身上，显然是不妥当的。

风俗画："风俗画"应是当时当地、民族风尚、礼仪、习俗在舞蹈这一流动画卷中的形象展示。乡土风情、风俗俚习不仅要通过舞蹈中人的衣帽、服饰、建筑等来体现，更主要的应在舞蹈的动作、动作的风格韵味中流露出来，让观众从演员的气、意、形中感觉出来。

新疆的《多郎克舞》源于原始狩猎生活，盛行于塔克拉玛干大沙漠边缘的"卖开提"一带。这里原来红柳丛生、人烟稀少，为了生存，人们既要提防野兽的袭击，又要以狩猎为生，所以传统的《多郎克舞》就有拨开红柳并与野兽周旋的形象动作。假如要创作这个地方的新型民间舞，或反映当地住民情思的其他类型的中国舞蹈，就不能不考虑那里的风尚习俗，不得不借鉴《多郎克舞》的动作特点。如果要创作一个蒙古族的舞蹈，"风俗画"要展现的蒙古族住民的动作体系，就要注意头部动作较稳定、却经常极目远望，手的五指往往并拢，而肩部时时抖动，造型弧线多，极少轻捷的大幅度跳跃等，因为这与蒙族人民的游牧风尚习俗与地域生活的特点有关。中国民间舞专家许淑英以为，蒙古舞蹈中头部动作的稳定，是由很重的头饰决定的；而草原的辽阔，又形成了舞蹈中放眼瞭望的体态；劳动中以手剥羊皮等动作惯性，使得手形基本为五指并拢式，像小铲子一样；而经常骑马奔跑，又形成骑马人肩的快速抖动。许淑英还说，当你把全部的蒙古服装穿上，你就能体会到为什么蒙古舞是这种步伐与造型弧线，为什么极少轻而大幅度的跳跃。而蒙古的袍子、头巾的包法，都影响着蒙古舞蹈的形式。

风景画：全凭布景生辉的舞蹈是黯淡无光的，但舞蹈又确实需要景的。

这景，就是典型环境的衬托。舞台背景各式各样，有浓笔重彩之景，有空灵淡雅之景，也有无景之景……然而追求华美富丽也好，探索"景愈稀，境界愈大"也好，以人代景状物，制造一种此地无景胜有景的氛围也好，景总不应是脱离舞蹈的外加物，也不该是吞没舞蹈动作效应的夺主喧宾。景中有情，情中寓景，两者格调要力求融合统一，服从主题。这样的风景画，才是"四画合一"的舞蹈作品所必不可少的。浙江歌舞剧院的舞蹈《小船悠悠》对水乡青年男女恋情生活片断的缝缀，透示出鱼米人家的缕缕俚风。尽管还是秀秀畅畅的身韵动律，却少见了对生活原型的模拟，舞蹈虽然并未出现特定的道具，人们仍可以感受和意会到典型化道具的存在。编导在作品中强调的是从舞蹈的本体出发，动作出发，让"水悠悠、情悠悠，浪花相伴画中游"的诗意情致在人体的流动中微微舒卷。编导彰显主题的舞蹈动作单纯而变化丰富。当"双脚前蹬，双手后撑"为核心主题动作揭示以后，就万变不离其"划"，以多方位、多部位的"划"的变异，在与情相融中去占有舞台表演的三维空间。景中有情，情中寓景，动作韵律与情、景的内在互相浸润，极具江南水乡特色的创作风格就呼之欲出，精妙凸显。

舞蹈的创作属于精神劳动的范畴，精神劳动具有不可重复的特点。意欲使舞蹈常创常新，创作者就不能迷信任何现成的艺术模式，而要坚持深入现实生活，认真汲取包括文献史料所提供的丰富滋养，培养立体地观察一切事物的那种至高无上的才能，从而创作出更多更好更受时代欢迎的优秀舞蹈作品来。

（原载《中国舞蹈》2017 修订版，上海书店出版社 2017）

注释：

① 《马克思恩格斯选集》，人民出版社，1974 年，第 3 卷第 74 页。
② 隆荫培、徐尔充、欧建平编著《舞蹈知识手册》– 欧建平："五. 现代舞基本知识"部分，上海音乐出版社，1999 年，第 435、436 页。
③ 张华：《爱，还是不爱，唯大悲悯在——舞剧〈仓央嘉措〉如是观》，《舞蹈》，2016 年 2 月总 414 期，第 27 页。

渐次显现的中国三大舞蹈理论历史现象

中国舞蹈观念形态的产生与发展,是与整个历史和物质文化的进程交织在一起的。但其学术史的演进与母体文化的发展,却不尽同步。

在中国舞蹈嬗变轨迹中,渐次显现的三大舞蹈理论的历史现象是:一、萌发于春秋战国时期,以儒家学派为代表的儒、墨、道、阴阳等各家乐舞之说,其中不乏被中国传统文化哲学内涵所浸润的精彩的舞蹈理论;二、延伸在漫长的封建社会中偶有电光火石般的乐舞之说,更多的却为富于人文色彩、具有多学科交叉研究性的舞蹈形象的展存和记录;三、融深入的舞蹈史料开掘梳理、全面的收集保护、系统的理性思辨于一炉的当代中国舞蹈学。

诚然,古老的中国舞蹈,早早有了相关理论的草创,但舞蹈学科的真正形成,当自20世纪50年代后舞蹈学者孜孜以求的不倦渐行。

公元前770至前221年的春秋战国时期,以激烈变革的时代为背景,以崛起的士阶层为依托,在诸子并起、学派林立、"百家争鸣"的文化氛围中,中国舞蹈理论揭开了光彩夺目的序篇。

在先秦诸子中,孔子创立的儒家以重血亲人伦、现世事功、实用理性与道德修养的醇厚之风独树一帜。由于他的主张切合春秋战国时代谋求安定生活的普遍社会心理,并为之设计了易行的实践方式,因而成了那个时代的"显学"。而儒家对乐舞理论研究,也较其他各家深刻而有卓见。

虽然传说中孔子的乐舞专论《乐经》亡于秦火,现已难知究竟,但他留传下来的关于舞蹈的散论与评说还是不少。孔子在总结前人见解基础上提出的关于乐舞的基本认识，为儒家乐舞观奠定了基础。如他认为从乐舞中可以察知一个国家的政治面貌和风俗人情。乐、舞、诗不仅是人们思想情感的表现，而且反过来也可以作用于人们的思想情感，从而主张将乐舞用于教育和政治，使"乐与政通"。孔子的"礼乐"思想在实施过程中一方面对"非礼"的乐舞愤然斥责，提出"乐则《韶》舞"，认为乐舞就要像尧时乐舞《大韶》那样，把人们教育感化得正直温顺、宽厚严肃，刚强而不残暴，简慢却不骄傲；既有文学修养，能以诗歌发言致意，又有音乐修养，能谐调八音，致和人神；另一方面，又对"合礼"之乐欣然首肯，并且对那种把外在规范的"礼"化为内心自觉的"性"的行为，表示了极大的赞赏。也正因为孔子认识到乐舞艺术对人的思想情感的有力影响，并能"正礼乐""兴邦家"，因此对"诸侯舞八佾"和"郑声乱雅乐"等现象，表示了极大的愤慨与厌恶。由于当时的雅乐是礼、乐结合的产物，社会的等级观念深深渗入其间。而"八佾"是古代天子用的乐舞。佾，即行列，八佾纵横都是八人。礼制规定诸侯只能"六佾"，大夫"四佾"。"郑声"则指春秋战国期间广泛流行于郑国等地的民间音乐。孔子反对诸侯用礼乐犯上，又唯恐桑间濮上之音乱了雅乐。当然，从另一个侧面也反映了他的因循守旧。

相传由孔子的再传弟子公孙尼子作的《乐记》，是至今能见到的儒家乐舞理论的代表之作。《乐记》原有23篇，留存至今的有11篇：《乐本》《乐论》《乐记》《乐施》《乐言》《乐象》《乐情》《魏文侯》《宾牟贾》《乐化》和《师乙》。纵观《乐记》中的有关乐舞理论，特别是关于传统文化中乐与舞勾联在一起关于舞蹈的基本理论，至少在三个方面是相当精辟的：其一，指出乐舞是人类的一种情感活动，是人的思想感情的一种生动表现："凡音之起，由人心生也。人心之动，物使之然也。感于物而动，故形于声。"即认为凡音乐舞蹈的发生，都是"人心生""人心动"的结果。有感于事物，才会产生动作的表现，产生具有形象感的舞蹈。这就把乐舞文化在蒙昧时期几乎绝对依附于原始宗教意识的观念改变了过来，而让舞蹈以人为本，体现出人的主体精神的昂扬。其二，并不是所有的精神活动都是艺术。人们的思想情感有所触动并需要表达的时候，只有通过特定的形式，才能构成舞蹈艺术："是故知声而不知音者，禽兽是也；知音而不知乐者，众庶是也；唯君子为能知乐。"在强调"知声""知音"和"知乐"有别的基础上，《乐记》又进一步指出舞蹈是人们在讲话、感叹和咏歌都不足以表达思想感情时，所采用的一种最强烈的形式："言之不足，故长言之；长言之不足，故嗟叹之。嗟叹之不足，故不知手之舞之，足之蹈之也。"《乐记》在这里不但挖掘出了舞蹈艺术的发动与提高的基因，而且也为舞蹈的表演性与专业性提供了理论依据。其三，乐舞的内容决定了形式，而形式又往往反作用于内容。没有特定的内容和与内容相适应的形式，就无法构成艺术。《乐记》一书谈到了内容经过"文采节奏"等各种不同艺术手段的运用，才能形成包含舞蹈在内的艺术形态；但"情深"方能"文明"，"气盛"才会"化神"，有了积于中的"和顺"，才能产生发露于外的"英华"——形式是受内容制约的。

为儒学所浸润的许多中国传统舞蹈，其中如春秋战国时期的贵族礼仪舞蹈、宗庙礼仪舞蹈，汉代以来佛、道宗教与一些礼俗舞蹈，还有许多宫廷舞、民间舞等，都或多或少蕴含了儒家所主张的以仁为行为楷模、义为价值准绳、以智为认识手段的精神内核。所以那种以儒家学说为内涵的中国传统舞蹈文化，不仅相当普遍地为平民、士大夫所接受，而且也符合历代帝王巩固政权的需要，对后世的影响极为深广。

也正因为如此，长期以来墨家提出的所谓乐舞只是一种奢侈的享乐活动的"非乐"理论；道家主张恬淡无为而摒弃情欲、对乐舞采取反对态度的"否乐"之说等，只能是一些零碎的喧闹，而没有能够影响中国传统舞蹈理论的主流。至于阴阳五行家，则多注重于古代科学的探索，在舞蹈方面则偏于动作行为的构架，而且很少见于著说。

自此其后漫长的古代文化间虽无多见关于舞蹈史论的洋洋大观，但觅雅寻风，电光火石般的乐舞之说却也偶而照亮了漫漫的舞蹈之路。

汉代就有用文字体裁描写舞蹈的文学作品"舞赋"，如傅毅的《舞赋》，张衡的《观舞赋》《西京赋》，扬雄的《署都赋》等。辞赋家傅毅（约45—约90）著有《舞赋》。《舞赋》虽是以描述丰富多彩的汉代舞姿为主，但对当时舞蹈的姿态、造型、节奏、神韵等均有生动形象的描写，并记述了汉代某些舞蹈的场面、规模、歌舞合一的艺术特色和演出情况。同时在理论上也指出了民间舞蹈与正统雅舞的不同特点和功用，强调了舞蹈的娱乐作用，打破了传统的礼乐观，反映着作者的舞蹈思想，这就既为古代舞蹈美学的研究提供了丰富的材料，也具有很高的史料价值和研究价值。傅毅年轻时学问就很渊博，以周颂清庙篇的笔法，遣辞淘美，写态毕妍。汉章帝时被封为兰台令史，拜郎中，和班固、贾逵一起校勘禁中书籍。他在《舞赋》中提出的"与志迁化",与"明诗表指",即提出了"诗"和"志"是属于"义","舞"和"容"是属于"象"的范畴,容以表志,舞以明诗,容与象是有限的,诗与义是无限的。傅毅这种舞蹈美学观以有限的舞容表现无限的诗意,这与中国艺术的基本美学准则和特色相一致,也是早在汉代对舞蹈艺术意境的一个重要的开拓。

明代朱载堉（1536—约1610）在所著《乐律全书》的《律吕精义外篇·论舞学不可废》中提出了"舞学"的概念。在这之前的中国文献资料的说辞均将舞蹈与音乐相提并论,称之为"乐舞",或将舞乐诗三位一体的艺术形式统称为"乐"。在中国舞蹈的历史上是朱载堉首次将舞蹈从"乐"中分离出来,将舞蹈作为一门独立的文化艺术的存在予以重视和研究实属难能可贵。不过尽管朱氏用心良苦,却因当时艺人的创造和观者的欣赏对歌舞并举,又融戏曲之中的表演形式仍是十分依赖与推崇,乐舞相依相存成了审美惯性,故而"舞学"之说并未立即发扬光大,孤独的理论仍然没能吸附成学说或学科并及时影响到明代时的舞蹈实践。

《乐律全书》《律吕精义·论舞学不可废》分上下两篇。上篇包括"舞学十议",分舞学、舞人、舞名、舞器、舞情、舞表、舞声、舞容、舞衣、舞谱等节。下篇则为《人舞谱》等拟古舞谱内容。在上篇中,朱氏对舞蹈艺术的基本理论和中国古代舞蹈进行了专门的、广泛与深入的研究和考证。对舞蹈的特性、舞蹈的社会作用、舞蹈与音乐的关系以及舞蹈教育、舞蹈分类、历代舞制、舞名的沿袭变革等许多问题,都提出了自己独到的见解。如他认为,舞学是一种"建国之学",因而"多才艺者,德能躬行者"。舞蹈的作用是广泛的,"一者以之治己,一者以之事人"。关于舞与乐的关系,他说:"有乐而无舞,似瞽者知音而不能见,有舞而无乐,如哑者会意而不能言。"这里没有沿袭乐舞一体的笼统说法,不仅十分辩证地论述了舞与乐相互依存的紧密关系,也充分肯定了各自独立的艺术品格。朱氏还十分强调舞蹈艺术必须具有跳跃旋转动感强烈的特性,"乐舞之妙在乎进退屈伸、离合变态,若非变态,则舞不神,不神,而欲感动鬼神,难矣！""以转之一字为众妙之门"。这都是一些很有价值的见解。他根据史籍记载和被保存下来的传统乐曲,古今印证、考订,作"拟古舞谱"多部。这些舞谱图文并茂、清晰精确,对舞蹈动作的变化,队形变换走向,脚步方位等均叙述得十分清楚。他绘制舞谱的方法,多被后人效法。这也是他在舞学研究上的重要贡献。朱载堉在将近四百年前所创立的舞学和他对这一学说的研究成果,是舞蹈史学、舞蹈美学和舞蹈基本理论研究十分宝贵的参考资料。

明代还有张敉(原名张献翼)所著《舞志》。该书在清代乾隆年间修《四库全书》时(1772—1782),曾征集到一部,但未采用,只列篇目。据《四库全书总目·乐类存目》共12篇:1."舞容",指舞蹈的动作和姿势;2."舞位",指舞蹈者在场地上所在的位置;3."舞器",指舞蹈道具;4."舞服",指舞蹈服饰;5."舞人",指舞蹈家;6."舞序",指舞蹈的结构和先后次序;7."舞名",指舞蹈的名称;8."舞音",指舞蹈的伴奏音乐,即舞曲;9."舞什",指配合舞蹈的歌词;10."舞述",指有关舞蹈的文献资料;11."舞议",指有关舞蹈的议论;12."舞例",指舞蹈范例。这12项大致包括了舞蹈的各方面。该书在中国舞蹈史上应当算是第一部舞蹈学专著。

历史上还有唐代崔令钦《教坊记》,杜佑《通典·乐典》,段安节《乐府杂录》;宋代孟元老《东京梦华录》,署名"灌园耐得翁"赵姓作者的《都城纪胜》,吴自牧《梦粱录》,王灼《碧鸡漫志》,题为西湖老人撰的《西湖老人繁胜录》及宋、元时周密《武林旧事》;明代朱载堉《乐律全书》,王圻、王思义父子的《三才图会》;清代陈梦雷原编,蒋廷锡等重加编校增删的《古今图书集成乐律典》等典籍虽不是舞蹈的专著专论,但分别也不同角度、不同程度地涉及到了与舞蹈相关的音乐、图录、民俗、风物、市井、宫廷掌故等,是研究考订古代舞蹈的重要文献资料。

中国传统舞蹈的文化内涵,除了较为集中地体现在儒家有关乐舞的论说里外,还蕴含在几千年来各种舞蹈形象的展存间。在江南塞北、大漠滨海的摩崖石刻、洞窟彩塑及寺院壁画中,我们都不难看到中华先民对舞蹈的伟大创造,在那些以种种手法塑造的千姿百态中,无不流溢出舞蹈先行者们的睿智与思辨。

这种与古代建筑、工艺美术、绘画、诗词等其他艺术形式交叉迭合,运用雕、塑、绘、编、刻、印、染等艺术方法构成的舞蹈艺术展存形象,贮藏了中国舞蹈文化的众多精华。那个时代展示舞蹈实际形象的艺术家与工匠,以及研究与破译这种舞蹈物态的后世艺术家,对中国舞蹈理论研究的实际意义在于:

一、这些艺术结晶体现了先人的社会感悟与艺术观,而后人即从它们的结构形式还原到它们的附加意义,并不断地揭示出其中美学价值的根源。例如出土于青海省大通县上孙家寨一座墓窟中的舞蹈纹彩陶盆,经碳素测定和

图 55 内蒙古狼山地区岩画舞蹈图（录自孙景琛、吴曼英《中国历代舞姿》临摹图，上海文艺出版社 1982）

树轮校正为距今五千至五千八百年的遗物。那么陶盆壁上的形象起码是传说中炎帝和黄帝时代的艺术家绘制的、为其曾经耳濡目染过的舞蹈。经过原始艺术展存者的思索，既在盆壁上留下了绝对肯定的头扎发辫、联手摆动、踏足而舞的集体舞蹈形象，便由此向世人表现了母系氏族社会晚期向父系氏族社会过渡时期原始舞蹈的基本形态。同时也似乎通过舞蹈形态边沿横竖不等的线条与男根表达了自己的舞蹈选择与美感趋向。而后代子民中的舞蹈理论家，又对这盆壁上的舞蹈形象与纹样作了种种探测、假设与思考，他们所寻觅的意义层面既有原始舞蹈者狩猎之后集体舞律与尾饰的造型美，也有先民对男根崇拜的意象美。这种相互不同的说法，本身就说明上孙家寨舞蹈纹彩陶盆所蕴含人生题解的博大深邃。

二、可以由此寻找展示记录形象发生学中的人文背景、原型及其原初动机。许多展示记录形象及其研究，给舞蹈发生学的无解性悬念提供了合理的破译契机。如对内蒙古阴山山脉狼山地区岩画中的舞蹈图（图55），舞蹈史论家孙景琛认为其忠实地记录了古代北方游牧民族的生产、宗教和舞蹈活动，反映了当时游牧生活以及原始舞蹈与生活的密切联系。其中有一幅集体舞蹈图中心四个舞者连臂而舞，均有很长的尾饰；左右两人姿态各异，一作鸟形而人立；右上一群舞者，装束和动作则迥然有别。他认为画面所反映的内容，可能比青海纹彩陶盆上的舞蹈更为原始。

又如在阴山岩画和马家窑彩陶纹饰中普遍存在的蛙形舞姿——"禿"之舞，

据舞蹈理论家于平先生研究，这类纹饰远远早于殷墟甲骨卜辞中关于舞的记叙，是古氏羌文化圈中的基本舞态。古氏羌部族的某些支系将"蛙"作为自己的血亲祖先而奉为图腾，并在图腾崇拜活动中跳起的拟蛙之舞。

三、从内涵外形去归纳开掘展存记录形象，并再现同类象征结构的基本母题及形态规律。当数不尽的地面上下的舞蹈文物撩拨开岁月的风尘，如长梦初醒、栩栩凸显时，舞蹈的研究者们，特别是近现代的专家学者在宏观省察与个案考究中，在不尽的分析和思辨中获得了一个又一个令人兴奋不已的成果。闻一多对原始舞蹈的研究结论是："舞是生命情调最直接、最实质、最强烈、最尖锐、最单纯而又最充足的表现"（闻一多《说舞》）；欧阳予倩在舞蹈与雕刻之间找到的感受是："雕刻贵能抓住人物一刹那间的留下的形象，表现一个感情的顶点；舞蹈可以说是活动的雕刻，它所表现的是感情的高度集中"（欧阳予倩《一得余抄》）。在莫高窟中经过深入观察研究的舞蹈家，则发现了敦煌壁画舞蹈形象的特有的"S"形曲线运动规律，摸索出了古代敦煌舞姿模式，继而巧妙地把沉睡千年的敦煌壁画及彩塑"复活"在今天的舞台上，从而大大丰富了中国舞蹈的风格、动作等素材的来源。

应该说，对历史文化现象作系统深入的思辨，建立中国舞蹈理论体系的科学构筑，真正全面启动还是始于 20 世纪 50 年代初。

20 世纪的下半叶，极力创建中国舞蹈学过程中人们发现，摆在他们面前的理论积累，与中华先民堆垒起来的舞蹈创作表演的成果相比，不过是个小小的山丘而已。但历史的责任感与使命感，中国舞蹈的内在文化含金量与无穷魅力，成了他们要同样创造中国舞蹈理论辉煌的巨大动力。半个世纪来，在基础理论方面，人们的努力与努力的硕果主要集中在对概念的探讨，研究对象的把握，研究范围的选定与方法论的运用上；在应用理论的研究中，主要是对舞蹈创作趋向的剖析、新作新人的评论、舞蹈专业技术技巧的运用原理，以及新舞谱的发明及其应用等方面；在舞蹈史方面，则主要展开了对中国舞蹈源头的追溯，舞蹈发生的缘由及脉络的梳理，嬗变的轨迹与相关人文历史的探讨等。其中最为出色、在国内外产生重大影响的，是中国舞蹈史的研究以及《中国民族民间舞蹈集成》及《中华舞蹈志》等舞蹈大书的编纂出版发行方面。

随着新中国的诞生，我国一些具有自觉理论意识的舞人，从零星的对舞蹈表象的探求着手，渐次将审美批评的眼光投向博大深邃的舞蹈整体及其深层。在舞蹈理论建设方面，特别是中国舞蹈史论方面令人醒目的成就，将在中国文化的历史中留下了光彩熠熠的一页。

对于中国舞蹈史的研究，时任中国艺术研究院舞蹈研究所所长的欧建平先生曾在2016年11月12日"纪念中国舞蹈史研究60年学术研讨会"上作过概括性的回望：

1956年10月，由吴晓邦和欧阳予倩这两位前辈出任组长和艺术指导的"中国舞蹈艺术研究会舞蹈史研究组"在京成立，由此开启了"中国舞蹈史研究"这项意义深远的文化建设工程，陆续整理、编写、出版了《全唐诗中的乐舞资料》和《中国舞蹈史参考资料》，初步弥补了中国舞蹈"有舞无史"的遗憾，并在八年后的1964年，内部印刷了单卷本的《中国古代舞蹈史长编》，由此完成了第一期的研究和出版任务，并且培养出了新中国的第一代舞蹈史学家——孙景琛、彭松、王克芬、董锡玖这四位先行者，而应邀对他们不吝赐教的则有沈从文、阴法鲁、吴晓玲、杨荫浏、傅惜华、周贻白、白云生、王逊、阿英等多位学识渊博的史学大家；其间，彭松先生调入北京舞蹈学校任教，而孙景琛、王克芬、董锡玖三位先生，以及曾经从事"傩舞"和"祭孔乐舞"研究的刘恩伯先生则留在中国舞协，继续埋头舞史研究。第二期成果的完成与出版历时二十余年，其中包括了"文革"十年中的被迫停滞。其间，孙景琛、王克芬、董锡玖三位先生则陆续加盟了1973年于国务院文化组"艺术研究机构"属下组建的"音乐舞蹈组"、1975年和1978年独立门户的"舞蹈研究组"和"舞蹈研究室"，以及1980年在文化部文学艺术研究院和随后易名的中国艺术研究院属下渐成规模、学术影响与日俱增的舞蹈研究所，并在1983至1987年间，以《中国舞蹈史》为名，由文化艺术出版社出齐了"先秦""秦汉魏晋南北朝""隋唐五代""宋辽金西夏元"和"明清"共五本断代史，俗称"五小本"，由此完成了中国古代舞蹈史的研究和出版任务。第三期成果是由刘青弋主编、上海音乐出版社出版的简装九卷和精装五卷本的《中国舞蹈通史》。在第二期成果基础上，它的完成与出版又经历了一个20年，并且在"五小本"的基础上，增补了第一代舞史专家刘恩伯先生的《古代文物图录卷》和第二代舞蹈学者刘青弋的《中华民国卷》，由此将这套《中国舞蹈通史》从第一、二期成果的"古代"一直延续到了第三期成果的"现代"，不仅在中外舞蹈研究领域中，创造了个人分工与集体攻关相结合的典范，标志着中国舞蹈史研究工作的成熟，而且在研究队伍的整体实力、毕生坚守的治学精神、多卷本的宏大规模和"文献—文物—田野三重证据法"的灵活运用，以及图文并茂的形式、严谨缜密的编辑、高贵典雅的版式与精美考究的印刷等诸多方面，创造了无与伦比的世界奇迹；不仅表现出中国舞蹈文化的博大精深和中国舞蹈学人的嗜学如命，而且折射出中国经济与文化投入的同步递增，以及中国政府与出版界对舞蹈学术成果的日益重视……

诚然，除了欧建平先生上述提及的重大成果，其他关于中国舞蹈史研究的专著、论文、教材、演讲等也络绎不绝，先后陆续面世。据不完全统计，自20世纪80年代以来，撰写或主编发表了诸多的相关中国舞蹈史学和史料成果，包括:《中国古代舞蹈史话》(王克芬编著，1981)、《中国历代舞姿》(孙景琛、吴曼英著，1982)、《中国舞蹈发展史》(王克芬著，1989)、《中国古代舞蹈史纲》(彭松、于平主编，1991)、《中国近现当代舞蹈发展史》(王克芬、隆荫培主编，1999)、《中国舞蹈艺术史图鉴》(董锡玖、刘峻骧主编，1997)、《中国现当代舞蹈史纲》(冯双白著，1999)、《中国舞蹈》(资华筠主编，孙景琛、罗雄岩、资华筠著，1999)、《中国民族民间舞蹈集成》(吴晓邦主编，孙景琛、陈冲副主编，1980—2000)、《图说中国舞蹈史》(冯双白、王宁宁、刘晓真著，2001)、《新中国舞蹈史》(冯双白著，2002)、《中国舞蹈文物图典》(刘恩伯编著，2002)、《新中国50年舞蹈事典》(茅慧编著，2005)、《中国大百科全书(第二版)舞蹈卷》(资华筠主编，2008)、《中国古代乐舞史》(王宁宁著，2009)、《中国舞蹈史及作品鉴赏》(冯双白、茅慧主编，2010)、《中国舞蹈大辞典》(王克芬、徐尔充、刘恩伯、冯双白主编，1994(第一版、2012修订版)、《中国乐舞史料大典》(孙景琛主编，吴曼英、茅慧、周元分卷主编，2016)、《中国舞蹈》(吴露生著，1998第1版、2017修订版)、《中外舞蹈知识百科辞典》(陈冲主编、欧建平副主编，于平、陈冲、郑永乐、隆荫培、王克芬、董锡玖、霍德华、周元、牛抒真、刘峻骧、欧建平、慕羽、江东等撰稿，并担任分项目主编，2019)等，作者都是在广泛搜集和深入分析研究资料的基础上着手写作的。他们不仅相当重视各种古籍中记载古代舞蹈的文字和形象资料，并把它们与展现存录于民间的舞蹈形象，还有戏曲、武术、杂技、民间传说中传统舞蹈的有关素材遴选出来，加以对照印证，从而找出中国古代舞蹈的继承关系和发展线索。由于作者们引用资料丰富翔实，考据严密，结论谨慎，又摆脱了粘滞一说、定于一尊的惯性思维，以史为主，史论并进，因而梳理了中国古代舞蹈的发展历史，填补了中国文化史在这方面的空白。

图 56 国家艺术科研重点项目《中国民族民间舞蹈集成》一瞥（梁力生摄影）

由国家文化部、国家民族事务委员会、中国舞蹈家协会共同发起编写的、被列入国家艺术科研重点项目的《中国民族民间舞蹈集成》（简称"民舞集成"）（图56），是一项由集体攻关的中国舞蹈文化建设中的宏伟工程。1981年，时任中国舞蹈家协会主席吴晓邦向中央打了报告，得到了当时文化部负责人周巍峙的有力支持。9月文化部、国家民委、中国舞蹈家协会联合发出了关于编辑出版《中国民族民间舞蹈集成》的通知，1983年《中国民族民间舞蹈集成》被列为国家艺术学科研究重点项目，吴晓邦担任了主编，孙景琛为常务副主编。该书收编了中国56个民族自古至今流传的具有代表性的民间舞蹈，记录了这些舞蹈的源流、演变、师承、现状、风格、特色、音乐、服饰、道具及有关的节令、习惯、宗教、祭祀、民间传说、工艺美术等多方面的翔实资料。每省都编写了百万字左右的分卷，每市（地）和县（区）大多还有资料卷。在编纂之前，曾在全国各地民舞工作者、广大民间艺人、专家学者的努力下，不漏村寨、不漏舞种、不漏艺人地进行了空前规模的普查，查明了全国各民族的民间舞蹈17636个（港、澳、台除外）。然后又对此进行了认真的调查研究，普遍运用了查、学、访、记的"田野调研法"，深入民间舞队、民俗与宗教活动现场的"直接观察法"，沿着历史线索，如民族史、生产发展史、地方志等进行查考的"系谱调研法"，把民间舞蹈与同类或不同类的有关艺术形式进行比较的"比较调研法"，对历史文化残存经过研究以追踪觅貌的"历史文化残存调研法"等，取得了丰富的第一手资料与感性认识。在此基础上，又经过理性思辨，各地的专家学者为每一分卷写了"综述"，各舞蹈品种写了"概述"，这些"综述""概述"都具有较高的理论水平与学术价值。《中国民族民间舞蹈集成》的宏大工程与内在张力，还超越了国界，辐射五洲四海。1991年11月20日孙景琛率领中国舞蹈家代表团赴澳大利亚考察，临行前熟知中国文化的澳驻华使馆文化参赞布朗先生设宴为团饯行，并以极其佩服的心情惊叹中国在民舞集成方面的成就。23日代表团飞往悉尼，在24日会见澳舞蹈教育协会名誉会长巴恩斯先生、副会长克莱格女士，29日在巴士兰芭蕾舞团、维多利亚艺术学院进行访问活动时，外国友人都异常佩服民舞集成的卓越成就，而舞蹈集成的专家在澳大利亚国家图书馆参观时，发现收藏中心端端正正排列着已出版的《中国民族民间舞蹈集成》各省分卷，国外文化友人纷纷以极其佩服的心情惊叹中国在民舞集成方面所取得的卓越成就，认为这在他们本国似乎是不可思议、无法做到的文化工程。《中国民族民间舞蹈集成》各分卷已成了当今中国舞蹈家案头最喜爱的读物之一，它为中国舞蹈的创作、研究、教学、表演等，提供了全面系统的资料，并且将对与其有关的中国民族学、史学、民俗学、文艺史以及文艺理论的研究，起到极为重要的作用。

《中华舞蹈志》为全国艺术科学"九五"规划重点项目。蓝凡主编，各省分卷另设主编，并列为总编辑部编委。该志书分为综述、志略、文物史迹、人物传记、图表几大部分，各省（直辖市、自治区）分卷出版。以实际调查的第一手资料为基础，系统记述各省（直辖市、自治区）民族民间舞蹈的历史、现状、内容形式、风格流派、衍变特色以及有关的节令风俗、信仰礼仪。各省（市、自治区）的舞蹈收录不考虑相互之间的交叉和重叠问题，以期资料的翔实和地方特色的保存。收编的项目与《中国民族民间舞蹈集成》相比，收集的民族民间舞蹈节目内容与记述各有侧重，节目量更广泛了一些，但每个项目的内容与记录手法不如"民舞集成"详尽和细致。参加编写《中华舞蹈志》工作的有全国各省市的专家学者和舞蹈工作者。

也就在《中国民族民间舞蹈集成》这一宏大的舞蹈文化工程全面展开的1983年，吴晓邦先生积几十年的舞蹈实践经验，在兼任中国艺术研究院舞蹈研究所所长时，开始了中国舞蹈学科的科学研究，构划起舞蹈学科建设的蓝图（详见吴晓邦先生的"舞蹈学科"，图57），并于1990年2月23至28日在京举行了全国性的吴晓邦"舞蹈学研究"研讨会。吴晓邦的舞蹈学研究主要着眼于四方面：（一）属于舞蹈学科上的宏观部分的舞蹈基本理论。吴晓邦认为基本理论对于每一个从事舞蹈创作、教学、表演和理论研究的人都有重要的作用，决定着每个人的舞蹈观。没有这方面的分科研究，整个学科就像失

```
                            舞蹈学科
    ┌───────────────┬──────────┬──────────────┬───────────────┐
中国舞蹈史研究      基本理论      应用理论              舞蹈基础
                                                      资料理论
                                                   （开设资料馆
                                                    和院团）
┌──────┬──────┐              ┌──────────┬────────┐
跨学科   中国舞蹈史          创作、理论、评论   数学理论
舞蹈研究
```

跨学科舞蹈研究：1 人类学史：图腾舞蹈 劳动 狩猎 耕种 纺织 战争 驱鬼 求雨　2 社会学史：社会活动 祖先的舞蹈 择偶恋爱　3 民俗学史：风俗礼仪 庆祝 祭祀

中国舞蹈史：1 中国各少数民族的舞蹈历史　2 史前到春秋战国时的舞蹈　3 中国封建社会舞蹈的全盛和衰落　4 中国工商资本发展后的舞蹈　5 五四革命运动后的舞蹈 社会主义的舞蹈

基本理论：1 中国古代舞蹈的美学观　2 舞蹈学的对象及其范畴　3 舞蹈的特征和属性（三大要素）　4 舞蹈和其他艺术的关系　5 舞蹈艺术的种类　6 中国舞蹈艺术的功能　7 舞蹈美育　8 舞蹈和生活　9 舞蹈的艺术观　10 舞蹈的方法

创作、理论、评论：1 历史和当代人物的创造　2 托情言志　3 神话 传奇 童话 寓言　4 移情说　5 舞蹈的创作方法　6 舞蹈的想象　7 舞蹈的继承和借鉴　8 舞蹈的评论和风格　9 舞蹈的意境　10 舞蹈的内容与形式

数学理论：1 舞蹈教学的民族精神和特点　2 舞蹈教育改革和支持各种风格　3 五四命革传统　4 节奏课　5 创作实习课　6 舞蹈的气意形　7 舞蹈编导课 表演课　8 论全面培育舞蹈人才

舞蹈基础资料理论：1 东西方各国舞蹈的研究　2 我国各地区民族舞蹈的研究　3 各国舞蹈教学的研究　4 世界各国代表性舞蹈的研究　5 原始时期舞蹈关系的研究　6 巫和舞蹈关系的研究

去了主要的支柱，其他部分就无法研究下去，是学科中的核心部分。（二）舞蹈基础资料理论。如中国各地区各民族的民间舞蹈和外国的舞蹈基础资料及其基本训练；欧美现代派舞蹈的基本训练、理论；中国古典舞蹈的基本训练和理论他认为都是属于舞蹈基础资料的部分。（三）中国舞蹈史。舞蹈史上民族学、社会学和民俗学的研究，属于舞蹈研究中民族意识的一个部分。（四）舞蹈应用理论。包括创作、教学、表演理论及评论等方面。

吴晓邦先生积一生舞蹈实践与学术思考，犹如高高飞翔的领头雁一般，鸟瞰着中国舞蹈的前世今生，高屋建瓴地擘画起了中国舞蹈学的蓝图。此后，一大批有识之士及其后学舞人承上启下又做出了新的成就，他们通过实际的履行也不断反哺着舞学的积累。从而中国舞蹈学的建设在当代加速走向着它的日臻科学、丰富和发展。

（原载《中国舞蹈》2017修订版，上海书店出版社）

浙江龙舞的前世今生

由于"龙"不是实物崇拜，而是一种思维形式与文化创造。因而作为图腾崇拜的浙江龙文化不但具有东方神秘主义的种种幻化形式，而且在不同时期不同地域中会升腾出不尽相同，对于龙的美学追求的具象变化。

龙舞这一非物质文化遗产中的传统舞蹈，在浙江各地的历朝历代均得到了民众的特殊青睐和美丽邂逅，它比浙江其他传统舞蹈的流播更为快速，存在更为广泛。丰富庞杂的浙江龙舞有着不尽相同的类型，如果以龙舞传统历史时段的外在形式之间的属性相对而言，大致有以舞蹈动作见长的，以个性特艺显能的，以工艺扎灯、阵图变化为主要特色的，以彰显制作材质及形式的，还有以演唱和舞龙配合表演等几类。

在中华民族悠远文明史林林总总的图腾文化中，唯有龙的形象，成了中华民族的整体象征、中国的象征、中国文化的象征。对中华子民来说，龙的形象是一种民族的象征符号、一种全民性的情结意绪、一种与之血肉相联的情感。"龙的子孙""龙的传人"此类称谓常令中国人与海外华裔激动、自豪、奋发。龙文化已渗透了中国社会的各个方面，成为亿万人民精神的凝聚和积淀。

浙江人自古以来对龙有着别样情怀和深深眷恋。龙图腾至今仍是浙江人心灵认同的审美选择。古代文献多有记载"越人断发文身以像龙子"，浙江先民早已视自己为龙的后代；当代浙江人更在浙江精神的鼓舞下似龙腾飞不断开创新的伟绩，并且在如歌的岁月中舞动龙灯、划起龙舟、哼唱龙调、雕龙镂蛟

图 58 距今约五千年的红山文化玉龙（原载吴露生《拾遗稿缄》第 114 页，浙江大学出版社 2019）

……演绎了一出出承续优秀传统龙文化又参与时代人文精神建构的生动活剧。

龙舞文化——龙图腾历史嬗变的激情升华

八千五百万年前浙江东阳"中国恐龙之乡"的龙是蜥脚类、兽脚类及鸟脚类等形态的多种恐龙；此后，有河南省濮阳县西水坡距今约六千四百年左右仰韶文化遗址的龙是用蚌壳摆塑的形象，昂首、张口、有角、曲颈、弓身，有前后腿和四爪，尾甚长且后翘；内蒙古自治区翁牛特旗三星他拉村北山冈地下出土距今约五千年为红山文化之遗物的是一块打磨得很光滑的墨绿色玉龙（图58）头是长形的，嘴紧闭鼻端呈平面状，如猪嘴，双眼凸起为梭形如马眼，颈部有鬣鬃毛扬起，亦如马状……但如今人们眼帘、思绪中的龙，则是沿袭传统"三停九似"的"角似鹿，头似蛇，眼似兔，项似驼，腹似蜃，鳞似鱼，爪似鹰，掌似虎，耳似牛"。给人以威风八面、腾云驾雾、能上天入海无所不能那种感觉的龙。在龙型的变迁，对龙审美理想的持续更替后，也就带来一种天问：为什么人们朝望与接受的是"九似"之龙？

闻一多先生曾在《伏羲考》里写道："龙是一种图腾，并且是只存在于图腾中而不存在于生物界中的一种虚拟的生物，因为它是由许多不同的图腾糅合而成的一种综合体。""龙图腾是在氏族兼并的过程中复合好多个氏族的图腾而成的。"此说虽非定论，但其基本观点得到了学界的广泛认同。九似之龙的复合体聚集了神话学中许多动物的力量，美丽与优良应是兼备各种动物所长的神异类。从文化哲学角度思辨，这些恰恰体现了中华民族和合、包容与奋进的民族精神。显然，这与"求真务实、诚信和谐、开放图强"的浙江精神也是一脉相承的，与广大老百姓的期望值是一致的。故而，太平盛世中浙江的龙文化如此发达也就不足为奇了。

由于龙不是实物崇拜，而是一种思维形式与文化创造。因而浙江的龙文化不但具有东方神秘主义的种种幻化形式，而且在不同时期不同地域中会升腾出不尽相同，对于龙的美学追求的具象延伸。闻一多在谈到古越人断发文身时说：越人"断发文身以像龙，是因为龙是他们的图腾。换言之，因为相信自己为'龙种'，赋有'龙性'，他们才断发文身以像'龙形'。"这里，浙江先民不仅是将龙作为崇拜对象，也在当时将龙图腾作为很"潮"的纹饰。浙江水乡使用舟船普遍，往往在船的首尾画上龙、枭等动物形象作为本族的图腾或保护神，这和文身以象征"龙子"的含义类似。《事物原始·端阳》就记载了为纪念越王勾践操练水师，打败吴国："越地传云，竞渡之事起于越王勾践，今龙舟是也。"唐人韩鄂在《岁华纪丽》卷二，端午条下释："救屈原以为俗，因勾践以成风。"这说明，龙舟竞渡在屈原之前的春秋晚期已"成风"了。由于传说中的龙多为能升天入海，沟通天人，能为神仙乘驭，来往于天地之间，其能显能隐，能细能巨，春分登天，秋分潜渊，夏季播雨，冬日喷火，无所不能，故而浙江关于龙的传说神话遍布省内域外，岁月冉冉而未曾消停，并由此而衍生出了龙山、龙桥、龙河等地名掌故；"龙抬头""龙开眼""龙卷风"等天象时令的民间说法；"龙发糕""龙须面""龙纹饼"等饮品名点；由龙图腾而发端至工艺美术师手下雕、塑、剪、绣、织而出的"九龙壁""双龙戏珠""龙凤呈祥"等浙江传统手工艺精品也接踵而至……

至于舞龙，更是以别开生面的独特的文化综合力，别具一格的民俗覆盖力，而产生了更广泛更强烈的龙的图腾与图腾文化的美学追求及因此而产生的文化辐射力。

龙把杆擎举着的"龙"，在市井乡里腾飞时往往会被工匠画师打扮得十分壮观美丽，如在晚间，夜空下舞动的龙灯更似流光溢彩，如银河泻地，"活龙活现"的现场感使现实中的人享有了最直接的体验与龙的无比壮美；舞龙时，龙的灵性、与舞龙人的呼吸相通可以默契到极至，舞龙人可以充分表达自己的心绪，挥洒自己的激情；舞龙又是群体性参与、大群体围观并参与互动，娱人、自娱又娱神的项目，成千上万的人们摩肩接踵乐于其中；更重要的是舞龙往往能将广大人民群众的内在精神很好地外化，并与祝祷国泰民安、祈福驱邪等乡风民俗结合在一起。由此，相对而言，在浙江龙文化中最具人民性、最为精彩生动、居有主体方位的当数龙舞文化了。

斑斓多姿——龙舞在浙江的美丽邂逅

在浙江，传统舞龙中俗称"迎龙灯""迎灯""接灯""长灯"等；也有称"舞龙"或直接叫"××龙"的。近现代叫"龙舞"的渐渐趋多。又因各地龙舞品种与手法的不同而形成更多的具有地方色彩和龙型特点的称谓，如"××布龙""××板龙""断头龙""拼字龙"等。龙舞中称"灯"的一般舞龙时龙节中要点蜡烛或灯，多以阵图、灯彩为要；龙节中不置放蜡烛或灯，则以套路、动作见长。但几乎所有龙舞的舞龙人（除个别龙舞，如曾流传在杭州萧山区由人叠成的"人龙"）都持有龙把杆及把杆所支撑的五彩缤纷的龙型体道具。

龙舞这一非物质文化遗产中的传统舞蹈在浙江各地的历朝历代均得到了民众的特别青睐和美丽邂逅，它比浙江其他传统舞蹈的流播更为快速，存在更为广泛。虽然基本形态多有相互浸润，阵图、套路、手法也互为影响、借鉴，但由于历史人文习俗的差别，地域住民审美理想的迥异，自然与生活条件的区分，因而丰富庞杂的浙江龙舞还是有着不尽相同的类型。

如果以龙舞传统历史时段外在形式的属性相对而言，浙江龙舞大致有以下几类：

以舞蹈动作见长的：布龙、竹龙、断头龙、滚花龙、滚地龙、卷地龙、泥鳅龙、脱节龙、双龙戏珠、鬼煞龙、武功古龙等；

以个性特艺显能的：百叶龙、打结龙、拼字龙、脱节龙、变色龙、九彩龙、摇柱龙、盘柱龙、碇步龙、龙吸水、五龙抢珠、人龙等；

以工艺扎灯、阵图变化为主要特色的：板龙、长灯、板船龙、花龙灯、陛犴、九筒龙、风车龙、档龙、篾龙、纸龙、化龙灯、折鳞龙、华盖龙、鞠龙、绣花龙、绷龙、狮毛龙等；

以彰显制作材质及形式的：草龙、香龙、羊皮龙、蚕龙、木雕龙、纸篾龙、棕毛龙、竹节龙、三节龙、吊吊龙、独角龙、短尾巴龙、柴桩龙、龙凤灯等；

还有以演唱和舞龙配合表演的：猜龙和赞龙等。

图 59 国庆 60 周年前夜《长兴百叶龙》天安门广场彩排（马毅行摄影）

以舞蹈性的动作见长，较有代表性的是《奉化布龙》等龙舞。奉化布龙的整体动作有盘、游、翻、跳、戏几个部分。传统舞龙套路达四十多个为全国罕见，其中"龙出首""快游龙""龙滚沙""挨背龙""搁脚龙""左右跳""套龙头""背摇船""满天龙""摇船龙""靠脚快龙""弓背龙""龙直困""快跳龙""龙戏尾"及"龙钻戏尾"等舞艺十分高超。由于龙节节数适中，整体动作随龙头变化而变化，因而舞起来灵活矫健。加之参舞者技艺纯熟，配合默契，显示出令大江南北许多龙舞相形见绌的"速度快、舞得活、舞得圆、神态真"的风格特点。

以个性特艺显能的佼佼者为《长兴百叶龙》等（图59）。虽然长兴百叶龙套路、动作也较丰富，但是更为突出的还在于它能以极妙的特艺及手法造化出一个意境美妙、情理之中意料之外的舞蹈。长兴百叶龙以数十个扎上荷花瓣的竹圈做龙身，圈圈之间有绳相连可叠可伸，圈圈相叠宛似一朵朵偌大的荷花，节节相勾就可以拉开，其间巧妙的瞬间相联可串联成一条用花瓣作龙鳞的彩龙。表演时由荷叶灯、蝴蝶灯串舞，好似夏日里一池盛开的荷花，在荷花聚散之际，观众无意之间荷花已经联接，一条彩龙腾空而起，张张荷叶变成团团祥云，朵朵莲花联成节节龙身，片片花瓣成为块块龙鳞……令人叹为观止，击掌叫绝。此类其他龙舞也各有巧妙之处，如流传于宁波象山县岑晁一带的《打结龙》最具有特色为打结阵,如"九节连环阵"时龙头龙尾相顾，绕龙节缠身打结，能环环紧扣；"打结梅花阵"打结时首尾绕龙节互穿，边穿边滚，最后全龙扭成一个大结，形似梅花；"长蛇阵"以龙尾缠身打结，越缠越紧，节节打结，越缠越多，龙身越缠越短，最后只剩一个龙头，然后由龙头巧妙脱节,全龙迅即舒展如初。遍布浙江的板龙,往往龙身由几十节、几百节甚至上千节板凳串连而成,板凳板面之上各地均尽显工艺,致使每一桥(即每一节板凳)无不花团锦簇,每一桥几乎都是一个手工艺的集萃。其精彩走阵之图常有"麦饼团""风炉栅""铁索环""元宝圈""五梅花""盘屋柱"等。夜间表演,板灯龙更气势磅礴,场面十分壮观,浦江县有"七里长灯"传为佳话,龙头在城里,龙尾还在村里。东阳市山区,板凳龙还有爬山的习俗,龙舞汇集,各显技艺,舞至高潮时,各队龙舞首尾相连,自山脚向山顶边舞边爬山,远处望去,如从山顶挂下一条长龙,蔚为壮观,俗称"挂山龙"。

浙江多地有草龙、香龙。其中开化县苏庄镇富户村的香火草龙为最讲究,最壮观。香火草龙用稻草扎成龙身,插上密匝匝的香火,舞龙时点燃全部香支,草龙变成香火龙,在月光朦胧的夜色里,烟雾缭绕,香气飘逸,香火草龙在刚收割过的田野里,腾云驾雾、狂奔飞舞,极为壮观,堪称一绝。"羊皮龙"用羊皮做成龙衣,经久耐用;"竹节龙"用山区巨大的毛竹,截竹成段做成龙身,竹节之间用绳相连,披布上色;"柴桩龙"用柴桩做成,古朴自然颇具特色。

浙江的布龙中还有唱舞相配合的龙称之为"猜龙"和"赞龙",流传在温州、台州地区沿海一带。"猜龙"是召龙的意思,神龙即将出游,须经"猜师"为之"猜龙",赐龙以魂,龙有了灵性,便能造福于民;"赞龙"是龙舞出巡时随舞演唱的一种形式,舞龙一段,演唱一段,唱舞相间,舞唱分离,唱词都是祈求人寿年丰且因景而异。

生机盎然——古老龙舞的当代勃发

龙图腾作为国人的崇拜物异化到能擎举起来的工艺品或道具,然后又与人的行为艺术相结合进入称之为"舞龙"的龙舞范畴,目前有据可考的是西汉董仲舒的《春秋繁露》,记载中开始多次出现了"舞龙"语句和对舞者服装道具的侧写。"凤箫声动,玉壶光转,一夜鱼龙舞。"这是南宋词人辛弃疾在《青玉案·元夕》中描述当年杭城元宵"鱼龙舞"的盛况。"鱼龙曼延"既是舞蹈表演,又有幻术的成分,以鱼变龙意蕴着人们心目中龙的来历与鱼蛇之间的血亲关系。武义县履坦乡出土的南宋龙人堆纹瓶,据笔者实地考究,瓶壁奔走跳跃的舞人与龙的形象若即若离,这又是一种样式的龙舞。骚人墨客的诗句与文献实物的佐证均体现了浙江龙舞在历史的长河中是那么地连绵不断,但也说明了历代龙舞是在不断变化中的,变是绝对的,不变是相对的。这种变化由于受到时代精神的鼓舞,在当今新的历史时期中就更为频繁与出色了。

《长兴百叶龙》就是将传统的本真性与时代的审美性无缝对接又交融得非常好的实例:现代版的《长兴百叶龙》为了在表演中显得更为大气,产生美妙的意境,且适应广场活动的视野,就将荷叶道具比传统放大了几乎二至三倍多,蝴蝶道具不仅色彩更为艳丽,而且双翅能扑扑飞舞,这就在特殊的场景中产生了灵动的美感;龙头道具于威严中露出善意,整体中突出细节,色彩艳丽又大气,视觉美的效果比原先更突出;舞蹈动作编排上比传统更推进一步的是,龙把手的擎举更为灵敏,动作、造型虽有反复,视觉上却能有机错开;那个传统特技"荷花接龙"时悄然而又迅捷的速度之快只在十秒钟之内;更巧妙的是后加的一个段落,荷花龙在风和日丽中一番狂舞后陡然收住,高潮之后竟以闲庭信步的慢动作极其惬意地缓缓入池,结尾时只见盛开的朵朵荷花随风摇曳在一派江南春光之中……这就将"变"的绝技佳艺又一次以另一种手法让观众的审美意味得到了满足,并且让形象思维在诗意中展翅翱翔。

据了解,列入国家级和省级非物质文化遗产项目的龙舞在当代均于继承中有了不同程度的发展。它们中的多数酌古准今,彰往策来,为优秀乡土文化续命,却不粘滞一物,虽然进行了新的创新,根脉上仍承袭着传统的基因与精魂,因而受到了广大民众的热烈欢迎。

"画鼓声喧百面雷,烛龙惊起上春台。游人尽道开光好,争向龙神庙里来。"这是清人在《武林踏灯词》对乡间民俗中的舞龙场面的渲染。我们的读者如果细细阅读完这本书,可能会发现今天的舞龙有着更多的生动与壮丽,遍布全省各地的龙舞文化在非物质文化遗产的保护中是那么生机盎然,酣放茂郁,并在贴近人民群众和时代脉搏间产生种种现代气息的崭新振荡。倘若,大家还能从龙文化与龙舞的精神结构中领悟出与充满地域文化个性和特色价值取向浙江精神的某种内在联系,而有机转化为不断前行的动力,那么《龙腾——龙文化的浙江传奇》对我们的人生题解与时代抉发无疑将是有所裨益的。

(原载王淼主编《龙腾》,吴露生:《龙腾·"综述"》《浙江龙舞的前世今生》,红旗出版社 2018)

传统舞蹈的阐释与旨向辨析[1]

在非遗领域中，传统舞蹈是世代相传，在相关地域承续已久，根脉清晰，谱系明确，尚存活态表现形式与传承人，属于传统文化的舞蹈艺术。由此缘事而发，在对象性实践的累积中探究传统舞蹈本体特质及与非遗其他门类交织时的辨识；从历史分期与逻辑性断层的追问中剖析传统舞蹈人和形式活态的规定性；并就传统舞蹈历史遗存的当代面向，承续与发展、创造的主体及主体的创造作出了思辨与判断。提出了原乡传承住民作为主体创造与艺术家汲取传统舞蹈元素进行再创造的区分；建立既有保存"特质基因"能活现传统，又能进行"基因解码"继而再创造的"双轨并进"保护发展传统舞蹈文化的观念。

对传统舞蹈的热议与阐释还是近年来才悄然兴起的。《中国舞蹈辞典》中有"古代舞蹈""古典舞蹈""各族民间舞蹈"等的分类，并没有传统舞蹈的专门条目[①]。诚然，平时也有人说着传统舞蹈，但概念并不清晰，而又在其他舞蹈的类别中混淆。通常而言，学界一般指称从原始社会到封建社会时期的舞蹈为古代舞蹈；古典舞蹈则指各民族具有典范意义的优秀古代舞蹈作品；民族民间舞蹈实际上为包括汉民族在内的中华56个民族各自流播在民众之间的民间舞蹈。《中国大百科全书》中也没有专门的"传统舞蹈"类型条目。这

---

[1] 此文在《舞蹈》发表前，其主要内容曾先后在2017年10月北京舞蹈学院"一带一路民族传统舞蹈展演暨学术研讨会"、2018年5月、2019年4月浙江传媒学院、2019年9月云南"全国非遗传统舞蹈生存现状研讨会"上演讲，并递交过其中的部分内容。

图 60 渔村里男扮女装的传统舞蹈《大奏鼓》
（温岭县非遗中心供图）

本大书在"中国民间舞蹈"条目中提到了"传统"，但只是说到"……56个兄弟民族都拥有自己的文化传统和舞蹈形式。它体现了本民族的文化传统和审美趣味"②，显然，其表述的是"文化传统"，而并不仅指向传统舞蹈。传统舞蹈显然与古代舞蹈、古典舞蹈、民间舞蹈等不能等同。从文化学的角度分析，文化传统是形而上的道，传统文化是形而下的器。道中有器，器不离道。文化传统应是文化的历史中存在过的，曾经呈现出的种种物质的、制度的和精神的文化实体和文化意识；而"传统文化"是延绵不断的政治、经济、思想、艺术等各类物质和非物质文化的总和，很显然是指一个民族的文化遗产。传统舞蹈在当代具有文化遗产与至今承续不断的属性。

对传统舞蹈的类型指称，比较权威的、具有全局性和较大公认度的，还是肇始于进入21世纪不久后非物质文化遗产的保护工作中。2006年5月公布的我国首批国家级非物质文化遗产代表性项目名录中，对非遗舞蹈类的冠名是"民间舞蹈"，只是到了2008年6月第一批扩展项目与第二批代表性项目名录中，对非遗舞蹈类的定名才由先前的"民间舞蹈"更变为了"传统舞蹈"。2011年2月25日全国人大通过公布，自2011年6月1日起施行的《中华人民共和国非物质文化遗产法》第一章"总则"第二条（二）中则对传统舞蹈的类型再次进行了确定。属于非物质文化遗产的传统舞蹈之说的相对清晰化、彰显成型及其渐成显学，是舞蹈学特别是舞蹈分类学方面的一个成就。

非物质文化遗产（intangible cultural heritage）的定义根据联合国教科文组织的《保护非物质文化遗产公约》是：指被各群体、团体、有时为个人所视为其文化遗产的各种实践、表演、表现形式、知识体系和技能及其有关的工具、实物、工艺品和文化场所。《中华人民共和国非物质文化遗产法》的界定是：指各族人民世代相传并视为其文化遗产组成部分的各种传统文化表现形式，以及与传统文化表现形式相关的实物和场所。这两者中所述的"文化遗产""代代相传""世代相传""表现形式"等涵义均相同或相仿，而具共性点。

由此，根据舞蹈的文化特质，结合联合国教科文组织与我国关于非遗保护工作的相关规定，在非遗领域中，本文认为传统舞蹈的当代界定应是：世代相传，在相关地域承续至今已有百年以上，根脉清晰，谱系明确，尚存活态表现形式与传承人，属于传统文化的一种舞蹈艺术（图60）。

"科学研究的区分，就是根据科学对象所具有的特殊的矛盾性。因此，对于某一现象的领域所特有的某种矛盾的研究，就构成某一门科学的对象。"[3]传统舞蹈文化的研究对象是传统舞蹈。作为从古老的舞蹈文化中脱颖而出的新兴的传统舞蹈学科，面对着的是构成传统舞蹈文化这个整体的特殊性及对它的探究。

如今人们的视野中，更多呈现着的是璀璨多姿、历史久远的传统舞蹈，在令人鼓舞的同时，当代传统舞蹈前行时的表达却又是纷繁芜杂的。由此也引起了人们为了美好期盼的安静思考、潜心研究。本文亦缘事而发，试作阐释与若干思辨。

无可替代的本体特质

以人的肢体语言为基本因素与重要表现手段，反映社会生活，表达思想感情无疑是传统舞蹈的本体特质。

中华民族在舞蹈方面的成就是无以伦比的。历代中国舞者焚膏继晷、兀兀穷年，用智慧、汗水和家国情怀创建了各种舞蹈艺术中的"基因密码"，让舞蹈文化的多样性散发出灿烂多姿的艺术魅力，在中华文明中发挥了无可替代的作用。他们从远古走来，在开拓大自然蛮荒的同时，也在其人体的表达上打上了不同时代的文化烙印。

中国舞蹈曾是我国古代所称"乐舞"的重要组成部分。作为先秦美学思想集大成的经典之作《乐记》曰："诗，言其志也；歌，咏其声也；舞，动其容也：三者本于心，然后乐气从之。"古代至近代，特别是在各民族的民间舞蹈中，以舞蹈、音乐、诗词三者结合一起的乐舞实为常见。乐舞久久不分家的相得益彰在中国舞蹈发展史上曾出色地推动了舞蹈艺术的发展，但在某种程度上也形成当今非遗保护项目中的乐舞难分家，有时也会粘连不清于非遗的其他门类，例如地方戏曲、竞技体育中的现象。如在江南有一个线狮类的传统舞蹈，呈现线狮精彩表演的来自操纵道具的艺人肢体的各种动作，原住民、老艺人的说法与地方文献记载、乡土专家的评说，均一致认为："是在当地流传的传统舞狮项目"，"闻名海内外的传统舞蹈"。这类线狮在我国已故著名史论家王克芬所著《中国舞蹈通史·明清卷》中也是将它归属"狮舞"章节里的："……还有操纵的《线狮》，口吐火焰的《火狮》……"④但在公布非物质文化遗产名录时却赫然在列于"传统体育"类，真真切切的传统舞蹈被"拉郎配"到其他竞技门类去了。也有将板灯龙划分在民俗类中，有传统体育类专家曾为"舞龙、舞狮究竟是舞蹈，还是竞技体育"掀起过一番争议。

  误差的产生乃因对传统舞蹈的本体特质真实的陌生。传统舞蹈是舞蹈艺术中的一个类型，"舞蹈是以有节律的人体流动为物质媒介，表达思想感情、反映社会生活的艺术。"⑤传统舞蹈凭借的是表演者的身体，但人体又必须流动起来，才能形成构架传统舞蹈之美的姿态、造型、图形、力效等。这种人体的流动，有别于接近于传统舞蹈姐妹艺术的传统戏曲等这些时空艺术中常有的种种造型。如戏曲在剧情中的瞬间"亮相"等动作变化，凝固性比舞蹈强得多，但又缺乏舞蹈那种在整体中呈现的连绵不断的、多方位、多部位的流动性。从物质媒介的角度省察，传统杂技、体育与游艺等在当代创新中，有时也会体现人体的多样变化，那么与舞蹈的区别又在何处呢？这就是舞蹈还要有反映社会生活，表达主题思想，直面和干预人生的旨向，"将人们对社会生活的考问和形成的理念，通过舞蹈的形式艺术地体现出来。"⑥古人多有"舞以宣情"（阮籍《乐论》）、"舞者所以饰情"（唐佚名《开元字舞赋》）的说法，以此揭示"情"为舞魂，而情来自思想。舞是通过情来感动人的，人们在舞蹈所表达的情感中得到感悟，从而获得思想情感的激发和收获。纵然，有的非遗项目也呈现着传统舞蹈与传统音乐、戏曲、体育和游艺、民俗等交织在一起的状况，这就更要提醒我们对项目本体特质主要文化倾向性的思辨与把握。非遗门类之间总是有着许多关系与勾连，但是如果我们仔细辨析，具体对象应该都有一个整体的的文化倾向性。譬如，载歌载舞曾是我们中国传统舞蹈的历史进程中至今还存在的一个艺术特点，这在乡间的传统舞蹈中表现特别明显。那么，我们面对着的项目是以舞为主还是以歌为主？其传情达意的手段、主要的物质媒介是人的肢体表达，还是声带或乐器传递？如果是前者，是以舞蹈为主，音乐、吟诵为辅，当属传统舞蹈无疑。有的反之。如此，只要我们认真思辨传统舞蹈本体特质的反映,定会发现其占主体的属性是独有,而为别类对象所不具备的。

断层与承续

舞蹈作为人体对自然和世界的一种表达方式,几乎和人类本身一样古老。自从人类形成了对客观世界反映的意识,舞蹈文化作为意识形态的一种现象便开始了永不止息的运动。

但是悠远的古代舞蹈并不都等于非物质文化遗产范畴中的传统舞蹈。非物质文化遗产是指"各种以非物质形态存在的与群众生活密切相关、世代相承的传统文化表现形式。""世代相承"的关键词就界定了其文化链未曾产生过历史分期式的的断层。而传统舞蹈必须根脉可寻,且承续至今——尽管有的是濒危的。

文化断层标志着人类社会公理解释系统的一种崩溃,历史文化在依次前行中发生了中断的情形,一些文化现象在社会的一个历史阶段的解释系统中消失了。如原始社会末期,在浙江作为祭祀先王先祖形象化记载的土著舞蹈,几乎大多中国舞蹈史书都会提到浙江湖州德清县一带的《祭防风氏舞》,起源不能不为古老,文献记载也非常明确,例,梁人任昉《述异记》载:"越俗祭防风神,奏防风古乐,截竹长三尺,吹之如嗥,三人披发而舞。"但并非代代相传,至今杳无踪迹。亦是在德清,两晋南北朝期间也曾出现了在中国舞蹈史上享有重要历史地位的《前溪舞》舞种,《苕溪渔隐丛话》引于竞《大唐传》:"湖州德清县南前溪村,则南朝集乐之处。今尚有数百家习音乐。江南声伎,多自此出,所谓舞出前溪者也。"明末清初的娄东诗派开创者吴伟业送朋友去武康上任,以诗赠友的《送武康姜明府》中,还能见到前溪舞与当地民众传习前溪歌舞的情景,其中"前溪歌舞在,父老习遗风"的诗句明白无误地表明了前溪歌舞于前清时的存在。但笔者从20世纪80年代就寻访民间艺人、出入博物馆、翻阅方志文献,清朝中期至民国晚期,它忽然踪迹全无。当地有关方面举荐的现存小调歌舞可能与古代前溪歌舞有所联系,但尚不足以证实为前溪舞的确凿遗存,因此亦无法进入非遗传统舞蹈的保护项目之中。

另外一种断层现象属于在传统舞蹈的认定中"孤证而立"或仅仅"人言代证",这是经不起历史追问的逻辑性断层。

考量历史文化承续的准确性,一种公认科学的学术正流则多运用了"文献－文物－田野"的三重证据法。所谓无证不信,孤证不立。秦汉儒家著作《礼记·中庸》中有"无征不信，不信民弗从。"也就是判断一个事物或一件事情，如果没有验证的活，就不能使人信服，不能使人信服，老百姓就不会听从。孤证不立的意思是，如果只有一条证据（特别是只有间接证据）支持某个结论，这个结论是不可接受的，在逻辑学上称为弱命题。但在申报中只以"某某老艺人说"为佐证的时有所见。

2011年2月25日第十一届全国人民代表大会常务委员会第十九次会议通过的《中华人民共和国非物质文化遗产法》第四条曾在法律层面提出"保护非物质文化遗产，应当注重其真实性、整体性和传承性。"真实性列于首位。为使中国的非物质文化遗产保护工作规范化，国务院发布《关于加强文化遗产保护的通知》，并制定了"国家＋省＋市＋县"四级保护体系。各地申报各级非物质文化遗产代表性项目名录，其保护单位需承诺："如实填报所有申报材料"，申报材料必须"准确无误，不得弄虚作假或复制。凡填写内容不实、有虚假成分者，一经发现，取消其申报资格。"规定不可谓不严格，要求不可为不明确，但有为"政绩"者，也有"无知无畏"者，当然也有心存好意却缺乏常识而不清楚个中原委的，为了申报成功，明知佐证不足，或呈现的只是现在时的编创节目，却任性、没有责任感地将申报项目的历史渊源"唐宋元明清，从古说到今"，纸面陈述跳过了客观史实，形成了逻辑断层。

属于非遗范畴的传统舞蹈由于是文化遗产的一种，是前辈创造，经过历代嬗变又世代遗存的产物。虽然历史踪迹的寻觅是一件严谨而又艰辛的事情，但这不等于没有可以寻觅和证实其真实性的办法，或者说由此在当代的发展中就可以不去严谨考证其真实性。俗话说"人过留名，雁过留声"，当我们真正深入民间，迈开自己的双腿去融入街头巷尾、村落田野，寻访更多的民间艺人、乡贤士人；当我们不但查阅通史方志、考据文物古迹，也注意前世沿革的民间笔记、族谱家训，我们对传统舞蹈的历史还原将多得多。当然，对至少百年以上的历史不间断的承续毫无依据的项目，毫不犹豫地不列入非遗传统舞蹈名录；或对其历史渊源暂且无法佐证暂时不列入名录的做法乃为明白之举，毕竟后代是要考证我们这一代历史记录的。

人和形式的活态

传统舞蹈与古代舞蹈的区别，除了延绵不断，一直秉承着文化基因，还在于至今还存在着活态表现的形式与传承人。舞蹈断层其中一个重要原因是传承和直接传播这个舞蹈的人或人群的消失，而传统舞蹈"根脉清晰""世代相传"的规定性则是对此类情况的直接排斥。非物质文化遗产各个门类的承续，无论是师徒、家族、班社等的相传都是依仗着一代代艺人的口授身传，传统舞蹈作为以人体流动为物质媒介传情达意的艺术更是如此。

在漫长的历史文化间，从结绳记事、岩画石刻到墓碑文砖等都在一定程度上记录、传承着文化遗产。现代音像、数字化技术也可以记录一些非物质文化遗产的传播成果，但这些都不全部具备传统舞蹈特殊的活态化功能，从而达到准确传承、更好保护非遗的终极目的。

人的活态，重要的是在传统舞蹈的某个舞种或舞蹈项目的传承系统中至今还活现着传承人，而这个人或者这群人在特定领域内具有公认的代表性，能熟练掌握其传承的舞蹈，能身体力行开展传承活动。传承人必须是有根有据，被原住民集体公认，与发展有着密切渊源关系的"谱"中之人，而不是为了某种需要及利害得失，或由毫不相干的什么领导、意见领袖来替代。故而在非物质文化遗产的实际工作中，认定的非遗的标准是由父子（家庭）、或师徒、或学堂等形式传承至今三代以上，时间超过一百年，且要求谱系清楚、明确。人们也只有面对着的诸如此类人和形式的活态，才能将祖先遗留在这个传统舞蹈中所蕴含的规矩、避讳、秘诀、绝技、绝招、风格、动律、韵味、拿手戏等在一招一式中生动地学到手，又再传播开来。"谱"中之人的重要性还在于当代人寻觅传统舞蹈本来面目的科学性。譬如，人们在学习传统舞蹈时可能会遇到同一个节目几个人不同的表演形式，并且往往较年轻的人表演的更生动些。此时如果我们调研一下他们的家族史、传艺史，梳理表演者在"传承谱系"里的传代位置，并分析一下他们的表演风格与动律结构，做一点横向比较，就可能出现"柳暗花明又一村"的情况：那个较年轻的艺人是因为刚演出了一个新节目，因而自觉不自觉地将其他节目的动律带到了正在传授的传统舞蹈中去了，而另一个老艺人表演的才是具有传统真谛、有待我们传承下去的舞蹈本貌。

在奴隶、封建制社会体制下，执掌历史事象记载的多是达官贵人、士大夫，很少有老百姓于经书、正史中真正意义的话语权。而传统舞蹈载体的独特处却恰恰在于肩负传承舞蹈的民众，是相当长的年月中那些被指为"下姓""下九流"的草根传承人，他们往往更显出迥于常人的眼界和累积。正是主要由于他们的身传言教才让传统舞蹈生生不息，与历史长河的源流一起奔涌至今。

创造的主体及主体的创造

  人们大多会毫无疑问地认为，传统舞蹈是前人创造出来的，又是一代又一代传承下来。史实也明白无误地告知，当我们爬罗剔抉、追根寻源着某个传统舞蹈时，不难发现它或是集体创造的一群人，或是发端于师傅前辈的哪一个人，而绝不会是空穴来风的。问题的思辨或在争议中的困惑在于：面对着这传统舞蹈历史沿革追寻中，所呈现出来的这一代又一代的传承内容与形态，我们这一代人在非遗保护工作中面向的定位是应该记录、保护、学习哪一代哪一个时期的传统舞蹈遗存？在传承的基础上还要不要进行当代的创造？这个创造的主体又应该是谁？

  传统舞蹈存活到今天，它会不会、应不应该起着什么变化呢？我们说非物质文化的不变，是相对的；变，是绝对的。存在着社会上、民众生活中的传统舞蹈事实上是一直在起着悄然变化的。就历史继承发展的传统而言，若作一个日数比喻："昨天"对"今天"，"昨天"是传统；"明天"对"今天"，"今天"又是传统。时代的变化要承认，传统舞蹈和所有的艺术一样无不具有时代的烙印。诚然为了厘清保护对象的变化过程，去追溯、研究"昨天"，甚至更为久远，以丰富保护对象的内涵是为必须。今天的各种改编、加工或是再创造的形态变化，这些传统舞蹈的适度位移可能比较符合当代人的审美理念，也会推动我们的文化建设，但绝不是我们要作为文化遗产性质的对象来加以重点保护。故而，本文认为今天我们所亟待抢救保护的对象应该是本世纪非遗保护工作刚刚启动时各地的历史存储状态。这个时段的状态因为传承人尚且健在，传统舞蹈的基因，包括风格韵律、肢体语言就不致太为失真；与此有所关联的兼具时间性和空间性的文化空间——民间约定俗成的风尚习俗、特定场所、道具、服饰等也大多遗存今世，所以也最具根脉性，最值得我们好好保护能为后代留下真传的传统舞蹈文化。

  那么我们呕心沥血保护起来的传统舞蹈可不可以、要不要再创造呢？本文的回答应该是肯定的。关键是怎么创造，它的旨向度又如何去把握。2004年经全国人大常委会批准加入 2003 年联合国教科文组织通过的《保护非物质文化遗产公约》中，"再创造"（Recreat）的含意在如下文字有明确的体现："在各社区和群体适应周围环境以及自然和历史的互动中，被不断地再创造，为这些社区和群体提供认同感和持续感，从而增强对文化多样性和人类创造力的尊重。"2005年，国务院办公厅颁发的《关于加强我国非物质文化遗产保护工作的意见》中的"保护为主、抢救第一、合理利用、传承发展"也明确指出我国非物质文化遗产保护的方针包含着"传承发展"，肯定了非遗是可以发展，但发展是建立在传承的基础上的。对此，中国艺术研究院舞蹈研究所廖燕飞在研究中提出"对于以人体自身为媒介的传统舞蹈而言，完全的固化确实难以坚守"。但"在我国的传统舞蹈保护领域中，提倡的（应）是保护为主"[7]的理念值得重视。

但不无忧虑地是有些地方在传统舞蹈传承发展中存在一些令人叹息的误区：要么将资源资料藏入档案库中束之高阁；或者把其纳入"祖宗的东西不能动"的樊篱，只是偶而有了极其静态而又机械式的呈示；有的则将非遗改造得面目全非，将"现代意识"信手涂鸦，进行着无知无畏式的"对传统的大胆创新"。面目全非的"包装"与"打造"是一种对文化遗产的哗变与颠覆，对原住民坚守传统文化的嘲弄。当然也有想在传统舞蹈的再创造方面协助某个地方或单位做些有益事情的，但他们并没有虚心、扎实地求教传承人，深入从文物、文献与田野中汲取营养，而在一阵浮光掠影之后就自觉或不经意地将自己固有的课堂基训、成品节目间的动作韵律带入所谓"新的非遗舞蹈"中去。且不说这"新的非遗舞蹈"概念的混乱，只是从传统舞蹈本质特征去演绎，不去把握非遗传承发展规律的做法，客观上也是对传统舞蹈基因的一种伤害。因为对通常意义上的创作，一般具有生活积累与形象思维及相当的编排能力也就可以了，但对传统舞蹈进行再创造时，却不能由着兴致来。1989年11月联合国教科文组织大会第二十五届会议通过的《保护民间创作建议案》中就明确提出：对"民间创作（或传统的民间文化）是指来自某一文化社区的全部创作，这些创作以传统为依据、由某一群体或一些个体所表达并被认为是符合社区期望的作为其文化和社会特性的表达形式"。这就是说传统舞蹈的创造主体是由传承群体或个体，他们在历代（当然包括当代）社会生活影响下自发、能动的创作都是应该肯定与鼓励的；但主体的创造又必须以传统为依据，并被认为是符合社区期望的作为其文化和社会特性的表达形式。至于艺术家汲取传统舞蹈元素进行再创造的现象，笔者很是赞同日本从事传统文化研究的著名学者星野纮先生2019年11月18日在日本神奈川大学举行的国际学术研讨会期间（图61）与笔者交流时所说："非物质文化遗产的变化是可以的，但应是很自然的，这种变化的同一个地方、同一性是基本的、最重要的。专

图 61 2019 年参加在日本神奈川大学国际学术会议的专家学者合影。第一排右起第 2 人为星野纮先生，二排右起第 9 人为神奈川大学乜才族文化研究所所长廣田律子教授，第 7 人为本书作者

家、艺术家将这一价值放在现在的文化中间去，是一种学习，目的应该不一样。他们应该非常尊重原乡住民的传统和创造，"⑧

由此，本文又觉得"双轨并进"保护发展的方法似乎可行——一方面要认真保护遗存传统舞蹈中的"特质基因"，在有条件的地方特别要建立能口授身传、可展示交流的活态传承的队伍；另外也要集合传承人、乡贤、专家等进行科学的"基因解码"，沿着传统、传承的根脉，适度注入合理的时代因素再创造，以满足多方面的审美需求，让中国的传统舞蹈更加鲜活着自己的生命，并不时反哺着当代文化建设。

注释：

① 中国艺术研究院舞蹈研究所．中国舞蹈词典编辑部《中国舞蹈词典》文化艺术出版社，1994 年。
② 中国大百科全书总编辑委员会、音乐舞蹈编辑委员会《中国大百科全书·音乐舞蹈》中国大百科全书出版社，1989 年，第 89 页。
③《毛泽东选集》人民出版社，1991 年，第 1 卷第 284 页。
④ 刘青弋主编，王克芬著：《中国舞蹈通史·明清卷》上海音乐出版社，2010 年，第 80 页。
⑤⑥ 吴露生．《中国舞蹈》（修订版）上海书店出版社，2017 年，第 5 页。
⑦ 廖燕飞：《近舞台而远传统——传统舞蹈类非物质文化遗产的舞台化倾向》中国艺术时空——中国非遗专刊，2019 年（3）第 3-7 页。
⑧ 星野纮先生系日本国全日本乡土艺能协会理事长、国立东京文化财研究所名誉研究员。2019 年 11 月 18 日，本书作者应日本神奈川大学乜才族文化研究所所长廣田律子教授邀请参加在神奈川大学举行的国际学术研讨会期间，星野纮与笔者交流时表达的这个观点事前已征得了他的同意。星野纮曾在中国人民网 –《人民日报》发表《日本保护文化财产 60 年经验：传统不宜乱改造》等文章，引起读者较大反响。

（原载《舞蹈》2020 年第 3 期；江东主编、廖燕飞、刘丽副主编：
《中国非物质文化遗产传统舞蹈保护文集〈集思·广议〉》文化艺术出版社 2020 年）

当代视域下的江南舞蹈文化性格[1]
——在 2020 舞蹈高等教育学科建设论坛暨长三角舞蹈发展论坛·中国民间舞学科建设专场上的主题演讲（摘要）

演讲从"江南"的概念与"吴越文化"的视角切入，探究着"江南舞蹈"及其"文化性格"的内涵与外化。江南舞蹈由于人文历史的影响，自然风物的融贯，并随着江南住民性格倾向、审美观念的的位移，而生发了历史上春秋吴越时的刚柔相济、刚性凸显与魏晋南北朝以降，蕴含秀润、清新婉约这前、后舞蹈文化性格的两种特征。作为主调的秀美及其杂而不乱的和谐性是江南舞蹈至今整体上稳定可感、别具风采的文化性格。而当代人对此心理定势的相向作用也深化着对江南舞蹈约定俗成文化性格的认识。

"日出江花红胜火，春来江水绿如蓝，能不忆江南？"人称"醉吟先生"的唐代大诗人白居易任职苏杭时，不仅沉迷在江南的风光旖旎中，也还曾醉入美妙的江南舞蹈中："吴娃双舞醉芙蓉。早晚复相逢？"江南女子双双起舞给白翁在《忆江南》的回忆中就像朵朵迷人的芙蓉……抚今追昔，不由得引发我们当代舞人更多的思考，江南的舞蹈除了"醉芙蓉"似的形态，还有什么？为何江南的舞蹈犹如绿竹摇曳含新粉？又是怎么形成的？由此，我想借在这个论坛发声的机会与大家一起探究一下江南舞蹈及其文化的性格，敬请来自大江南北的教授、专家们指正。

---

[1] "2020 舞蹈高等教育学科建设论坛暨长三角舞蹈发展论坛"10 月 30 日至 31 日由中国舞蹈家协会、上海戏剧学院、上海国际舞蹈中心发展基金会联合主办，上海戏剧学院舞蹈学院承办。此文为本书作者于该论坛"中国民间舞学科建设专场"的主题演讲稿。《当代舞蹈艺术研究》2021 年第 1 期刊发了部分内容。12 月 7 日本书作者又应邀在"北京舞蹈学院民族舞蹈文化研究基地 2020 年会暨传统舞蹈文化的当代实践性研究研讨会"上就本文主要理念作了题为《传统舞蹈的文化性格》的线上发言。（图 62）

图 62 本书作者在论坛"中国民间舞学科建设专场"作主题演讲（上海戏剧学院舞蹈学院供图）

    作为个体，人的性格，从心理学的角度来说，是一个人对现实的较为稳定的心理定势和惯性化了的行为方式。一种文化应该也有它的性格。这种性格是在自然要素与人文因素复合作用中，比较稳定的、吻合广大住民审美基础的文化的一种属性。文化性格体现在文化的内涵及其外化形式。文化性格是对一定的区域或地域的舞蹈文化性格的孕育与催化。

    文化的概念有几百多种。英国人类学家爱德华·泰勒1871年在《原始文化》中第一个提出了关于文化的概念："文化，就其在民族志中的广义而言，是个复合的整体，它包含知识、信仰、艺术、道德、法律、习俗和个人作为社会成员所必需的其他能力及习惯。"这个说法获得了学界许多人的首肯——尽管20世纪50年代晚期，美国学者克罗伯曾从文献中收集了自1871年到1951年的80年间164种定义，此后，又出现了许多文化的定义。江南舞蹈作为一种文化，一种文化性格的生发也断然离不开这个复合体。

    要说江南文化与江南文化中的舞蹈，我们先来共识一下"江南"。在人文地理概念里的江南是特指长江中下游以南。江南在先秦时期属百越之地，被中原称为"吴越"。史书中的"江南"出现在东周春秋时期，最早指的便是现今浙江、江苏和安徽等省一带，也就是东周时的吴国、越国等诸侯国区域，东汉赵晔的《吴越春秋》中就提到"周元王使人赐勾践,已受命号去,还江南,"但"严格意义的统一的'吴越文化'是到春秋时期方形成的。"① 吴、越之间玉帛相通，干戈相加，至公元前500年前后，记载古代吴越地方杂史的《越绝书》

说"吴、越两邦,同气共俗",吴越接土邻境,居民往来频繁;统治者之间的纷争兼并又大大加速了两支近亲文化的汇合、融和;加上吴越间原为淮夷所隔而未与上国相通,中原文化的直接影响较少,从而春秋年代较易积淀为相对独立的文化圈。广义的江南则包括了上海、江西、浙江全境,以及江苏、安徽、湖北三省长江以南地区,人口众多,面积博大,因而又被称之为"大江南"。江南又往往被历代指称着繁荣发达和美丽富庶的地方,多才子佳人、水乡景象。因此,国人的思维惯性中"江南"不独是一个地理概念,更是一个意蕴深厚的人文概念。

一、江南舞蹈文化性格的嬗变与曾经的历史性位移

从一个整体相互比较的视角审察,历史上的文化现象不变是相对的,在一定条件下变,是绝对的。江南舞蹈的文化性格在历史的前行中不时地生发着、悄悄地变化着、渐渐地成熟着。其间春秋战国与魏晋南北朝时期则呈现了各自独立而又鲜明的文化性格,而后者是江南舞蹈文化性格整体性位移与转折的关键时期。

一个文化圈中住民的个体性格往往在接受特定自然、社会文化属性的浸润时,会折射出其文化的内化及个体向群体漫延后社会化心理结构及其行为方式。史书《汉书·地理志》有载:"吴越之君皆好勇。故其民至今好用剑,轻死易发",意为春秋战国时期的江南,吴国与越国的君王为了争霸而崇尚武力,逞勇好战,因此那里的民众喜好用剑,既不怕死,又容易动怒。左思《吴都赋》也载,吴越之域"士有陷坚之锐,俗有节概之风"。心理特点上的"轻死",外化到行为方式中的"易发""好勇",故而刚性十足。那个时候江南人的审美观念除却其信仰方面的因素,在形态形式上也很是粗犷而具乡野之风,《战国策·越策》云:"披发文身,错臂左衽,瓯越之民",面部装饰更是以"雕题黑齿"[②]矿物颜色画于额,用草将牙齿染黑或将牙齿拔除形成黑洞为美。至于民俗事象中的舞蹈,据梁·任昉在《述异记》记述:"越俗祭防风神,奏防风古乐,截竹长三尺,吹之如嗥,三人披发而舞。"祭祀防风神的舞蹈于悲恸中喧泄,在颠狂间旋转,野性、粗粝跃然于舞;吹奏的乐器也似嗥哭、嗥叫之音。就是乡间的舞蹈进入宫苑之中也不乏刚柔相济,柔中见刚。例春秋时期的"西施歌舞",《嘉泰会稽志》载:"勾践索美女以献吴王,得诸暨苎

萝山卖薪女,曰西施。"为了把从乡间来的姑娘教成有仪态万方、歌舞俱佳的舞妓,勾践使人"饰以罗榖,教以容步,习于土城,临于都巷"。"临于都巷"目的为了改变从山乡来的"鄙朴之气"。据清《诸暨县志》载,西施入吴后,吴王在馆娃宫"盛陈妓乐,日与西施行乐歌舞为水嬉……荒于国政",宫中有长廊,廊下有特意凿成的瓮形大坑,上面用厚木板覆盖辅平,西施常率众宫女脚穿木屐、裙系小铃,穿上配填木板的舞鞋在上面踏歌起舞。因有铃声和大缸的回响声形成共鸣,取名"响屟",屟廊亦作"屧廊",即响屟廊。对此文献多有记载。唐皮日休有七绝《馆娃宫怀古》:"响屟廊中金玉步,采苹山上绮罗身。"宋朱长文《吴郡图经续记·山》:"(砚石山)又有响屟廊,或曰鸣屐廊,以梗梓藉其地,西子行则有声,故以名云。"俞锷《无题》诗之十:"望夫梦化点头石,倩女魂飞响屟廊。"脚登木屐且要击打成声、于廊中缸上回响共鸣。西施带领众舞女在馆娃宫里跳的舞蹈似乎不同,许多媚态万方、柔情妖艳的宫廷伎乐,舞步动作应该是节奏鲜明、顿踏有力、丰富多变,加上要踏足起响屟、摇响裙边小铃,又与胸腰方位、部位的变化相映成辉,动律结构上的刚柔相济、抑扬顿挫呼之欲出。

但时光荏苒,魏晋南北朝以降,江南舞蹈文化的质感发生了转折性的变化。江南民众逐渐由吴越时的尚武向崇文演化,性格倾向、审美观念开始位移。晋室南渡(即永嘉南渡)后士族文化的特质改变了吴越文化的审美取向,注入了"士族精神、书生气质",开始成为中国文化中精致典雅的代表。吴越相继失国后尚武好斗之风趋弱,魏晋以来兴起的玄学思潮对江南世风也产生着影响。明刘檗《成化记》曰:"永嘉以后,衣冠避难,多萃江左,文艺儒术,于今为盛,盖因颜谢徐庾之风焉。"宋苏轼《表忠观碑》载:"其民老死不识兵革,四时嬉游,歌鼓之声相闻。"晋室南渡,士族文化的阴柔特质及其对温婉、清秀、恬静的追求,改变了原先吴越文化的审美取向。

魏晋南北朝时期,中原战乱,但江南富庶之区未有更多殃及,西晋八王之乱,流民起义基本上都于境外。江南一带农业迅速发展,水利工程的增修使耕地面积不断扩大,仅乌程的吴兴塘(今湖州吴兴区东)可以灌溉农田千万多亩,会稽郡新辟农田至成千上万之顷。大片土地成了贵族田庄,景色宜人的"山阴道上"一时名士云集。佛教、道教、玄学也相继兴盛。

再次,舞蹈文化一方面产生了继承汉魏传统与包容南北文化交融新质因子的一些舞蹈节目和形式,此外还在吴、越之地出现了在中国很有影响、具有浓郁江南地域特色的《前溪舞》与《白纻舞》等。由于魏晋南北朝当年有"给舞伎"的制度，致使当地豪族招募搜集大批才貌双全的江南女子，经过专业训练后推荐或进献给宫廷王室，因而"江南声伎，兹地特盛"，"江南声伎，多出于此"。史考《前溪舞》《白纻舞》至隋唐前后仍广泛流传，明清尚延绵了其文化性格。如《前溪舞》就被誉为清代诗人第一人的娄东诗派开创者吴伟业所见，他送朋友去"江南声伎，兹地特盛"的武康上任，在以诗赠友的《送武康姜明府》中，就有"听事水声中……前溪歌舞在，父老习遗风"的诗句。

自魏晋南北朝后，江南舞蹈就常以一种蕴含秀润、清新流畅、柔婉动人与江南水乡特色的风格特征不时地浮泛在舞蹈历史中，并成为丰杂多元江南舞蹈的主流文化性格。

二、江南舞蹈相对稳定的文化性格

"杏花春雨江南，骏马秋风冀北"，"秀美"与"壮美"是客观现实中所呈现出来的两种不同形态的美，是包括舞蹈在内艺术范畴中具有不同风格特征的两种类型。一般说来，秀美婉约柔和，清丽晓畅；壮美豪放雄浑，磅礴粗砺。

形态、风格的秀美性是由魏晋南北朝后江南人内在的性格倾向、传统审美观和外在的自然风物融贯形成的。与个性倾向相关的审美理想接受着传统的影响，反映着一定时代、民族与特定地区人民的审美趣味、风尚和趋向。审美虽以主观爱好的形式出现，但归根到底，却是人们在审美活动中所表现出来的一种审美倾向性。不少古代文献曾不约而同分析江南人："君子尚礼""人性柔慧""人文区薮""文华"且"文秀"。《祥符图经》说到江宁一带："君子勤礼恭谨"；《宋志》《旧志》话到镇江："人性柔慧"；《学古堂记》讲到杭州："其地水秧山妍，其人机慧疏秀而清明。"《府学记》则称湖州一带"山水发秀，人文自江左而后，清流美士，余风遗韵相续。"历史上舞蹈活动较为活跃的江淮、杭嘉湖、宁绍等地区乃为水网四布，谷稼丰衍之处。平壤水路、杨柳清风与山田细作，近泽而渔的生活，这人与自然的相互制约，美的客观社会性也促进了江南舞蹈清新细腻、雅洁明丽等特征的形成。那时风靡江南的《前溪舞》与《白纻舞》的舞风就是例证。当代《中国舞蹈词典》："《前溪舞》情调缠绵舞态柔婉，具江南民间歌舞特色。"③晋白纻舞歌诗：

> 轻躯徐起何洋洋，高举双手白鹄翔。
> 宛若龙转乍低昂，凝停善睐容仪光。
> 如推若引留且行，随世而交诚无方。
> 舞以尽神安可忘？晋世方昌乐未央。
> 质如轻云色如银，爱之遗谁赠佳人。
> 制以为袍余作巾，袍以光躯巾拂尘。
> 丽服在御会嘉宾，醪醴盈樽美且醇。
> 清歌徐舞降只神，四座欢乐胡可陈。

随着歌声乐曲的悠然响起，舞女徐徐起身，轻盈的体态是多么的舒展，只见她们双手高高举起，轻轻挥动白纻制就的舞袖宛如振翅欲飞的洁净仙鹤在引颈翱翔……在这柔靡靡的歌声中，她们托起白纻舞服的长袖，先是轻抚着爱不释手，接着敛眉若有所思，然后含笑扬首，捧袂前行；歌声是如此的清亮，舞态是那般的柔缓，舞女犹如仙女徐徐降临凡间……

自古以来，乐舞一体中的江南舞蹈还与美妙动人的江南音乐、江南方言等水乳交融着。江南的戏曲音乐，如昆剧、越剧、沪剧、锡剧、湖剧、黄梅戏、采茶戏等地方戏曲调；苏州评弹、扬州清曲、南京白局、绍兴莲花落、南昌清音等曲艺音乐；还有长期以来流行江南城乡的民间俗曲、时调等的"江南小调""江浙小调"加上以"吴侬软语""吴语上海话""等方言土语演唱的综合因素，致使江南音乐大多比较柔和纤秾、婉转抒情、明快清新而韵味优美。"吴侬软语""吴语上海话"也是苏州与上海文化及气质的载体，是水乡文化和海派文化的重要特点。由于舞蹈的动作依托的是音乐，舞蹈与音乐的关系比任何其他艺术更为密切——艺术通感，作为人感觉器官内在联系所形成的"联觉"作用，江南地区的音乐特点也在很大程度上影响着舞蹈的文化特征。

"小小渔妇，生呀生得俏，青兜头布绿束腰……"这是流传在太湖地区江苏无锡市传统舞蹈《渔篮花鼓》中的唱词，"《渔篮花鼓》表现的是江南渔家生活情趣，演唱的是江南民间小调。"④ 杭嘉湖一带蚕乡民众喜闻乐见的传统舞蹈《扫蚕花地》是"江南妇女长期在蚕房劳动所形成的娴静、端庄、温柔的性格及干净利索的劳动习惯，仔细看《扫蚕花地》的风格特征。舞起来'稳而不沉，轻而不飘'较好地表现了江南水乡蚕花娘子的端庄、细腻、轻巧的性格。"⑤ 当代江南的传统舞蹈《渔蓝花鼓》《泰兴花鼓》《扫蚕花地》《跳仙鹤》《十八蝴蝶》《西方乐》《定位》《拜香凳》《传师学师》等几乎所有小调歌舞、宗教祭祀、畲族等少数民族代表性民间舞，以及当代江南创作舞蹈的代表作，如《当代中国舞蹈》所述："以江南民间舞《泰兴花鼓》中的'颠三步''喜鹊登枝'为基调进行发展的《丰收歌》"；编导的经验是"把握住江南水乡妇女养蚕的特殊环境和性格，再去捕捉作品中需要表现的形象动作的《采桑晚归》"[6]以及《采茶舞》《织网舞》《水乡送粮》《春回大地》《担鲜藕》《庭院深深》《渔舟唱晚》《二泉映月》《悠悠脚划船》《摸花轿》《小城雨巷》《踏歌》等均仍然明白无误在风格基调中透示着姿态、流动、构图、感情色彩中的平衡、和谐、轻盈、灵动、明丽等的秀美性。

三、江南舞蹈文化性格的心理定势的相向作用与丰杂性

心理学认为，认识、情绪、意志是人类三种主要的心理活动，它们彼此之间互相联系制约。"当心理学家着手研究文化艺术的时候，遇到一个首要的和最常见的公式是：艺术即认识。""……艺术是现实的凝聚，这种凝聚在艺术中的生活当然不仅影响我们的情感，也影响我们的意志。"[7]江南舞蹈相对稳定的主体风韵秀美与秀中见刚文化性格的形成也离不开江南人认识、情绪、意志的复合作用。江南舞蹈形态、风格的秀美性固然是由传承、创造者——江南人内在的个性倾向、传统审美观和外在的自然风物融贯催化而成的；而欣赏者也往往被柔美、委婉、抒情、雅趣为主的江南舞蹈的独特文化性格所吸引，继而产生了历史性的文化惯性识别，形成了创造者与欣赏者对同一目标相互定位的同一性。例，流行江南水乡湖州一带的传统舞蹈《扫蚕花地》"舞起来'稳而不沉，轻而不飘'较好地表现了江南水乡蚕花娘子的端庄、细腻、轻巧的性格。"[8]我在观看当代江南舞蹈《采桑晚归》时的感觉则是："……饱含杭嘉湖田歌风味的人声伴奏委婉动听，养蚕姑娘身披晚霞，驾着桑船，在一派典型的江南农村田园景致中徐徐入画。那笃实顺畅，轻盈柔曼而别具一格的舞姿赏心悦目，蚕姑美、桑叶香，泥土气顿时扑面而来。舞蹈的身法韵律，熔炼了编导在生活中观察养蚕人养蚕时常有的'小翻腕'、'旁松胯'动作及江南民间舞《扫蚕花地》的风韵，并揉进了杭嘉湖一带许多姑娘纤巧柔美、大方谦恭的气质。"[9]这就是江南舞蹈文化性格心理定势的相向作用。

"小桥流水人家，粉墙黛瓦窗花；风摇柳絮飘飘，翠竹拔节沙沙；蕴含秀润村姑，帅帅清新小哥；轻吟曼舞软语，更有水乡田歌。"[10]就江南的大多

图 63 1998 年的一天，本书作者与孙颖在吴晓邦老师家中相聚并畅聊。盛婕老师按下了快门给我们留下了这张宝贵的合影。背景是吴晓邦曾经的书房

数住民来说，往往对已经熟悉的审美对象不断加深着自己的认识，表现出一种世代的、对上述诗词江南图景的恋域情绪，继而产生了依赖与偏爱的意志，他们就较易参与具有地域文化性格的舞蹈文化活动中去。原住民与创作者出于认识、情绪、意志大体相似、具有共鸣效应而生发出被欣赏与欣赏者对江南舞蹈的相向作用，客观上也凝聚并相对固化了江南舞蹈秀美与秀中见刚的当代文化性格。

　　江南舞蹈并不是指创作者或创作群体是江南人，或是仅仅在题材上属于江南，而是江南文化性格的具备——当年我就此话题与北京舞蹈学院孙颖教授有过较为深入的交流，并取得较为一致的看法。（图 63）孙颖曾说他虽生长于北国黑土地，身居京畿，但做《踏歌》时的思绪、手法经常悠然在绿色的江南……《踏歌》的风韵是江南的。孙颖的学生、现为北舞汉唐古典舞教研室主任的郑璐教授也不止一次地和我讲起，她作为《踏歌》第一版的主演，孙颖老师在排练时就经常启发她们："要想象走在西子湖的苏堤、白堤上……"郑璐对我说："《踏歌》词里的'侬'就是你们江南的乡音呢。"

图 64 参加"2020 舞蹈高等教育学科建设论坛暨长三角舞蹈发展论坛"的部分代表。后排右起第 5 人为本书作者。(上海戏剧学院舞蹈学院供图)

诚然,江南舞蹈也有舞风中的巫性渗透(特别是在承传的非遗传统舞蹈中)与"丰杂"的现象,但"杂"中还是有着一种向主体文化性格面倾斜的趋同性。从地域局部人文因素的影响而言,大江南的一些山地、渔区的居民的行为特征与舞蹈也不乏阳刚之气,但是这局部地区带有刚性的江南舞蹈倘若摆在中华民族文化大背景去整体的比较考察,而不作只拘泥于一隅的线性思维,那么这种舞蹈形态、风格的"刚"与我国北方、西南等高原、大山区的《锅庄》《跳脚》《安塞腰鼓》《太平鼓》等舞蹈豪放粗砺的"刚"则大大不同,而确是"秀中见刚"。前几年江南地区曾有《李家巷鸳鸯龙》作为汉族舞蹈参加北京舞蹈学院民族舞蹈文化研究基地举办的"一带一路民族传统舞蹈展演",时任该基地负责人、我国著名舞蹈学家邓佑玲在接受央视采访,即兴点评时就说道:"江浙一带的龙舞舞动起来与其他中国龙舞一样非常有气势,但又凸显着别样的新鲜、烂漫与灵动……"[⑪]这种秀中有刚,刚柔互补,作为舞蹈的秀美性整体特征，又在局部现象中辉映着别样色彩的舞蹈文化类型，在江南不在少数。

在时代的变迁中它也可能会有所移动，但这并不影响到人们对江南舞蹈的当代认识与整体文化性格的定型。正如中国山水画中，画石时的"石分三面"，画师为避免将石块画成一个平面，而必须画出凹凸阴阳立体的三面。江南舞蹈相对稳定的文化性格也确实不会是单一、纯粹的，舞蹈文化性格的一个主调、多重色彩的相辅相成才更真实、丰满与生动。（图64）

注释：

① 董楚平.吴越文化新探[M].浙江人民出版社，1988年，第26页。
② 《战国策·赵策》："雕题黑齿，鳀冠秫缝，大吴之国也。"，《管子·小匡》："南至吴越，黑齿雕题。"
③ 中国艺术研究院舞蹈研究所、中国舞蹈词典编辑部：《中国舞蹈词典》，文化艺术出版社，1994年，第316页。
④ 中国民族民间舞蹈集成编辑部编，《中国民族民间舞蹈集成·江苏卷》[M].中国舞蹈出版社，1988年，第286页。
⑤ 中国民族民间舞蹈集成编辑部编，《中国民族民间舞蹈集成·浙江卷》[M].中国舞蹈出版社，1990年，第220页。
⑥ 吴晓邦主编：《当代中国舞蹈》[M].当代中国出版社，1995年，第92页。
⑦ 俄.维戈茨基，《艺术心理学》[M].周新译，百花文艺出版社，1985年，第32页。
⑧ 中国民族民间舞蹈集成编辑部编，《中国民族民间舞蹈集成·浙江卷》[M].中国舞蹈出版社，1990年，第220页。
⑨ 吴露生.蚕乡芳馥扑面来——试谈舞蹈《采桑晚归》的艺术特色[J].舞蹈，1983年，第03页。
⑩ 吴露生.2020年7月10日于上海戏剧学院舞蹈学院线上讲座《江南人文与地域舞蹈研究视野》时的即性赋诗。
⑪ 2018年10月12日"第二届一带一路民族传统舞蹈展演"结束后，邓佑玲在北京舞蹈学院舞蹈剧场接受CCTV"新闻联播"记者采访时的表达。

（沈优优根据录音并参考相关文献整理）

非常时期崛起的非常态舞蹈变革[1]
——在"首届中国舞蹈发展论坛（后疫情与 5G 时代的民族舞蹈）"上的发言（摘要）

由于 21 世纪庚子年新冠肺炎疫情的侵扰，为了抗疫而使舞蹈适应变化了情势的内因推动，继而催发了一场非常时期崛起的非常态的舞蹈变革。由此不仅形成了传播途径与手段的前沿性变革，也激起了舞蹈信息流的空前激荡。这场变革为舞蹈艺术的多方面提供了前所未有辅助手段，又在增加舞蹈观众、方便受众的同时强化了舞蹈某些方面的艺术感染力，这就使非常态舞蹈变革的部分内容与形式有形成常态的可能性。但由于舞蹈本体特征的规律所制，也呈现出舞蹈传统意义上艺术功能优势的不可替代性与非常态舞蹈变革如需延伸为常态亟待改进的缺憾。非常态的舞蹈变革是充满机遇及挑战的。

舞蹈的嬗变历史中有一个大众熟识了的社会常态：即自舞蹈的萌生，其在群落的祭祀、舞动者的娱人或娱神的传播功能的呈现，多以人类本身同一场域的集聚、互动而存在。近当代出现的新媒体的物质媒介只是作为一种较为次要的辅助性传播手段而存在。

可是，在公元 2020 年的初春（可能更早一些）正常前行的舞蹈轨迹突然拐了个弯——凶恶伏击文明社会的竟是从未在人体中发现的冠状病毒新毒株。

---

[1] 2020 年 11 月 27 日至 29 日，由中国人类学民族学研究会艺术人类学专业委员会、山东艺术学院联合发起的"首届中国舞蹈发展论坛——后疫情与 5G 时代的民族舞蹈"，在山东艺术学院成功举行。论坛通过线上线下相结合的方式，以北京市文化艺术基金项目"第二届中国舞蹈艺术大展《56 个民族 56 种舞》"在线上的成功举办为基点，围绕"走进新媒体时代的中国民族舞蹈思考""中国民族舞蹈进课堂的经验"等议题，展开交流研讨。本书作者应邀与会，并作了主题发言。

图 65 本书作者在论坛上主题发言（石志如摄影）

于是，封城、隔离、测温、戴口罩、保持社交距离、避免或禁止人群聚集……地球村一下子陷入了历史上空前规模的"非常时期"。在对"新冠病毒"防疫抗疫的非常时期，神州大地的炎黄子孙并没有被生态与时空的急骤变化而让自己酷爱的舞蹈隐没稀释，而更是以真诚敬畏唤醒自我使命，变革开放拥抱舞蹈，舞蹈家在舞蹈中以身心触摸着民族的灵魂、把握了特殊时期的精神脉络，让舞蹈在新的传播途径中温暖着更宏大的受众体，走向更辽阔的世界，继而也就从外部、内因的两个方面催发了一场于非常时期崛起的非常态舞蹈变革。

非常态舞蹈变革的外部诱因与内生性

21世纪庚子年初突然降临的新冠肺炎，的确让华夏舞者曾经一时措手不及，大赛停止、演出取消、剧院与广场封闭，爱热闹的广场大妈偃旗息鼓，聚光灯下的舞蹈明星缩在被窝，在舞坛上口若悬河的教授失却了面对面的教学对象，辉煌的大剧院黑灯瞎火……不少舞蹈家宅在家中干着急，更多的舞者，面对着急剧变化的外部世界，不安地寻思着非常时期舞蹈困境的解脱。（图65）

正如哲人所说，外因是事物发展的外部条件，但外部条件的变化能加速或延缓事物发展的进程，并能局部改变事物发展的面貌。疫情虽然凶险，但魔高一尺道高一丈，舞蹈家们凭着对外部世界和事业的爱与情，终于出现了由内在因素结合外在条件，而凝聚出来将舞蹈艺术巧妙植入了移动通信系统的、非常态舞蹈的教学、创作、表演、受众等方面的变革。院校停课不停学，学校不见熙熙攘攘人群却迎来了"线上开学季",视频直播+社交软件的"线上教学"让莘莘学子或在"腾迅"或在"钉钉"等社交软件上见到了敬爱的老师与亲爱的同学;在微信群共商创意,用多媒体制作初稿、将作品在网上传播,以舞蹈鼓舞斗志,用真情实感的作品配合抗疫宣传;录制舞蹈健身推广视频,以健身舞、街舞、民间舞等不同的舞段来提振一时隔离在家的人们的精神状态,引领宅在家里的人摆脱孤独,健康快乐动起来。这种非常态的变革还引爆了知识的张力,各种线上讲座层出不穷。以前一项课程内容的老师一般就是一、二个课时,而非常时期的云端讲座不仅数量是此前的数倍,质量更是不能同日而语,人们只要多加关注,身居偏僻小村也能在自己的电脑、手机上目睹大师级的专家,聆听着过去从未听到过的高水平授课,并有机会直接发问而在弹幕上直抒胸臆或互动交流;演示着的民族舞蹈的动律的细部可以得到更清晰的特写式展示……如在非常时期由中国舞蹈家协会主办,中国文联舞蹈艺术中心、《舞蹈》杂志承办的"舞聚云端"系列舞蹈访谈节目的连续直播;中国艺术研究院舞蹈研究所的一季、二季持续举行的"线上学术讲座";全国各地舞蹈院校的先后开班设教的在线课程等均有着非同凡响的精彩呈现……难怪有评论对此"大规模开放式在线课程模式"惊呼为"印刷术发明以来教育最大的革新"[1]。

在"以舞战'疫'"中,舞蹈工作者、爱好者还充分发挥了舞蹈艺术是以肢体语言、形式动作传情达意的优长,纵然足不出户、戴上口罩也能通过新媒体直观性、形象化地勾连起千家万户,让舞蹈走进广大受众的心田。为了武汉方舱医院的患者的身心健康,同为湖北老乡的青年舞者为他们编排了健身舞《美丽武汉欢迎你》,希望他们能在特殊的环境中以舞蹈来舒缓心理上的压力、减轻身体上的病情早日康复;身在异国他乡的舞蹈爱好者组织拍摄了《大爱无疆》的舞蹈短片,她热切地希望"在疫情面前人类共同联结成命运共同体",并对祖国的民族舞蹈十分钟爱,认为居家隔离中,如果人人跳中国舞,中国有56个民族,"当大家把所有的中国民族民间舞都跳一遍,也许疫情早已经散去了。"也有舞蹈家发起了"手语舞"《平凡天使》的接力活动,几千上万份来自全国各地各行业的接力视频传递着身处各地人与人温暖与力量……就这样,不论是身处疫情一线选择逆向前行,还是在居家隔离中"以舞抗疫",舞者们力所能及的舞蹈志愿行动,在全民抗疫的特殊时刻,体现着他们的坚定信仰与必胜的信念。

后疫情时期非常态舞蹈变革的延伸与常态的可能性

终于在中国，抗疫斗争取得了举世瞩目的伟大胜利，尽管在少数地方疫情有时还会抬头，但新冠疫情肆虐的时期结束，疫苗正式商用和国际经贸往来的部分恢复象征了我国进入了后疫情时期。

在后疫情时期，我们的民族舞蹈的文化生态在累积非常时期借鉴新兴传播手段的基础上又得到了进一步的改善与延伸，舞蹈在属于它的场域中恢复了生机，北京市文化基金项目"第二届中国舞蹈艺术大展"56个民族56种舞"利用基于5G技术的新媒体平台的成功举行就是鲜明的例证。第二届舞蹈艺术大展用舞蹈的方式来阐释生命的理念，将视点集中于民族丰富的舞蹈文化资源，组委会不拘泥一地一点一线一演讲，而是高视角、大视野地去联动非遗传统舞蹈的传承人、专家学者、乡村原住民等在各地组织团队，采用线下多点走进，线上分期连续直播的方式传播五彩缤纷的民族舞蹈文化，引发了广泛关注。据该组委会总指挥郭炜先生的介绍，"大展"自2020年7月14日从广东省连南的千年瑶寨出发，跨过黄河，穿越到青海高原的土族部落里；又从湖南湘西土家族的摆手堂、瑶族的山寨经河南、安徽、山西中原大地，直播又到达西藏高原的热巴鼓排练厅、美丽的浙江丽水景宁的畲族的木楼感受藏族、畲族舞蹈的魅力（图66）；再从内蒙古呼伦贝尔广阔无垠的大草原上穿行巴蜀崇山峻岭中、海南黎族海边的沙滩棕榈树林、西北的黄土高原和福建的客家围楼，最后齐聚于齐鲁大地欢乐的秧歌里……在3个多月的时间里，历经全国23个省地区和海外39家单位，至此已组织了70多个小时的36场直播，实地展示18个民族的102种舞蹈，有13位非遗传统舞蹈传承人，288名专家学者和专业人员直接参与了活动，全国舞蹈界专家学者60多人接受了采访，总体参与人数达到了2400多人，并积累了大量第一手珍贵资料。

就这样，在5G时代，第五代移动通信技术，能够实现更快的速度，更低的时延和更稳定的传输，通过技术的演变和架构的调整，提高了可用频段的带宽和已有频段的传输效率，为舞蹈艺术的许多方面提供了前所未有辅助手段。其在极大增加了舞蹈受众、方便受众的同时也拓宽了舞蹈受众的眼界，强化了舞蹈的艺术感染力。

那么，在后疫情时期，我们还需要非常时期崛起的非常态舞蹈变革的成果吗？回答应该是肯定的。

图66 "第二届中国舞蹈艺术大展"56个民族56种舞"活动走进浙江丽水景宁畲寨（浙江省非遗保护协会传统舞蹈专业委员会供图）

进入后疫情时代，并不是我们原来想象的疫情完全消失，我们应有随时都可能小规模爆发、从外国外地回流以及季节性的发作的思想准备。就是我们的生活秩序，舞蹈的人文环境一切如常了，抗疫时期所尝试的舞蹈变革的成功经验仍有应用的价值。可以预言，就是到了将来，基于5G技术的新媒体平台非常态舞蹈变革的主要成果也不会完全消失。人们需要做的是对它的修复与升级，而不是丢却和颠覆。它的基本指向及其艺术与技术融合的原理将继续影响着地球人和各民族的舞蹈艺术。

民族舞蹈与新媒体平台快乐邂逅后的一许遗憾

由于后疫情时期民族舞蹈的传播利用基于5G技术的新媒体平台的成功，第二届中国舞蹈艺术大展走进"56个民族56种舞蹈"展演的策划和实施的专业水平，特别是由于强调了现场感的"走进"——对民族舞蹈的原生性、风格特征、基本动律及其民族舞蹈呈现时的人文性、生物性的集聚都有了非同寻常的关注，民族舞蹈与新媒体平台的快乐邂逅得到了广大受众很大的欢迎，雅俗共赏，效应显著。

但根据事后了解，一些年龄较大的民众（含传承群体）因"老年手机"功能的欠缺，或操作手机的水平达不到要求而无法收看；也有直播与上班族的时间上有所冲突，直播后因没有回放功能，手机软件上搜索不到现场原貌而形成了遗憾；此外隔着屏幕毕竟减弱了"走近你，靠近我"人与人之间的温暖度和作为围观者的即兴互动。

让一许遗憾向更多快乐邂逅契机的转化，关键似乎是要形成舞蹈艺术与5G技术的系统性融合；在系统协同化，智能化水平提升空间中首先解决点播与回放的功能性问题；要为传承人（传承群体）在线上或线下开班设教，聘请专业或兼职的辅导员，重点让传承人的年轻徒弟掌握相关知识与技术，如此会方便于年迈的传承人在收看或活动时就近解惑，临场应用。

诚然，5G技术层面上的舞蹈表演者与不在现场手机和电脑上欣赏者的主客体之间，与实时现场全参与、全交融对受众者精神上的共鸣和激情作用是无法相比的，如对文物、文献的考证；田野调查时学者与传承人的切身互动中的感受；民间艺人口授身传时对舞蹈的风格韵律个性"法儿"的体味；身临其境时扑面而来的乡土风情与舞蹈文化性格的联想等舞蹈传统意义上的艺术功能效应，5G技术的新媒体平台可能是永远无法替代的。生理与物理隔着屏幕毕竟是绝对意义上的两个世界。

民族舞蹈新媒体平台的直播交流，于后疫情时期和5G时代这充满挑战及机遇中脱颖而出，涉及的内容极为丰富，倘能对其深入研究，对文化艺术在5G技术中的推进，甚至有可能成为一个交叉学科整体研究的构成都是有所裨益的。

回首眺望，彰往策来，非常时期崛起的非常态舞蹈变革似乎使舞蹈世界变得更为博大、深邃了，这个艺术天地由此也就更加气象万千，引人瞩目了。

注释：

① 孟梦. MOOC：高等舞蹈教育的又一机遇——由"停课不停学"现象所引发的思考.[J]. 舞蹈，2020，3。
② 孟梦，蔡一铭:中国舞协主办"舞聚云端"系列舞蹈访谈节目在线播出.中国艺术报，2020年5月8日。

（本文经整理后为2020年11月27日至29日"首届中国舞蹈发展论坛——后疫情与5G时代的民族舞蹈"入选入集论文；作者吴露生、沈优优）

舞海拾贝

蚕乡芳馥扑面来

——评舞蹈《采桑晚归》的艺术特色[1]

看着独舞《采桑晚归》(图68)(编导孙红木、作曲葛顺中、表演毛小春),似乎啜饮了碧螺春茶。饱含杭嘉湖田歌风味的人声伴奏委婉动听,养蚕姑娘身披晚霞,驾着桑船,在一派典型的江南农村田园景致中徐徐入画。那笃实顺畅,轻盈柔曼而别具一格的舞姿赏心悦目,蚕姑美、桑叶香、泥土气顿时扑面而来。顾盼剧场四周,观众心中的掌声通过他们自己的笑脸陡然涌溢……是什么激起人们心海的涟漪?是特色——舞蹈家在作品中对民族、地方特色凌霄花般鲜明而热烈地追求。

图68 舞蹈《采桑晚归》。演员手执那缀有桑叶的竹竿,是对生活现象进行选择并典型化了的产物。浙江歌舞团演出(马元浩摄影)

总揽全舞,编导者向观众显示的艺术特色是:内涵的深刻摆脱了外表的浅浮;道具的运用溶化于感情的抒发;舞蹈的章法探索着自然与率真。

提起民族与地方的特色,一些舞蹈编导的思路中立即会浮现出当地民族、

---

1 著名舞蹈评论家于平选编的北京舞蹈学院《舞蹈评论教学.上编-舞蹈作品评点》(参考资抖),将此文作为"评点式的舞蹈评论"首推范文,于平在《舞蹈评论的文本形态与批评方法(代序)》中写道:"在评点式的舞蹈评论中,我比较喜欢吴露生对《采桑晚归》的评论……","吴露生论及《采桑晚归》的道具使用在'象与不象之间',通过'情与景会,意与象通'之境地的开拓,把道具更变的形状与舞者人体运动巧为结合,给人们一种线条追逐的美感。……"

民间舞组合的影子。固然，民间舞蹈的动作，作为素材在创作中运用得好也未尝不可，是会给舞蹈增姿添色。但是，民间舞蹈的组合毕竟是先民们在那个年代生活与思想的反映，随着岁月的流逝，时代的变迁，人们的心灵节奏也在起着变化。如对民间舞蹈组合盲目套用，把其变成舞蹈特色的通用法码，那么势必会把观众的审美对象推离新时代的轨道。这种特色也只能是表面上花俏的标签，而不是此时、此地、此人内在特征的深刻反映。我国幅员辽阔，民族众多，各个地区与民族由于历史沿革、自然地理的差异，乡土风情、生活方式的不同，因而对同一外界刺激的心理反射，同一心理的表达方式也不尽相同。西南边陲的傣族妇女紧裹统裙的风情，使他们在生活中常产生"侧胯"的现象，从而出现了丰富多变的胯部动作；翻山落岭是身居东南丘陵山民们劳动与生活的必需，因而那里人们的双腿与躯干含有"下沉"与"后靠"的动律；而辽阔的草原使蒙族牧民矫健、舒展犹似雄鹰搏击，长风拂地，抖动的碎肩又会使人联想起马背上的草原主人……我们高兴地看到舞蹈《采桑晚归》的编导正是没有对民间舞动作囫囵吞枣，而主要在江南蚕乡人们的生活习俗、动作形态特征中去吸取营养，到中国传统舞蹈、地方戏曲里获得借鉴。这方面的成功在该舞的中段得到了较突出的发挥。

舞蹈中段动作的身法韵律，熔炼了编导在生活中观察养蚕人养蚕时常有的"小翻腕""旁松胯"动作及当地民间舞"扫蚕花地"的风韵，并揉进了杭嘉湖一带许多姑娘纤巧柔美、大方谦恭的气质。在这承上启下的关键段落，归舟上的姑娘极目远眺，情真意切。对蚕宝甜蜜的思念，使她犹如巡视在蚕宝宝身边，手中情不自禁端起的"蚕区"，就像是催眠的摇篮，绿叶下正轻奏着白色小生命欢快的"沙沙"声，姑娘的心儿醉了……

舞蹈中的道具，是编导对民族、民间舞蹈及地方戏曲传统手法的巧妙运用。追溯远古，"舞"字的写法，即是一个舞蹈着的人手执道具的象形。民族民间舞蹈中"旱船"的船，"花灯"的灯，甚至到地方戏曲手绢、扇子小道具的运用更是屡见不鲜。《采桑晚归》中那缀有桑叶的竹竿，是对生活现象进行选择并典型化了的产物。竹竿在行舟中是"撑竿"，是以足代手的"划桨"；思念之时却成了"蚕匾"，后又像征着"水浪""扁担"。道具变化在像与不像之间，余品回甘，生趣盎然。作者的可贵之处更在于道具不是游离主题思想之处的"杂耍"，而刻意开拓"情与景会，意与象通"的境地。舞蹈中"撑杆"的点拨，"划桨"的晃悠不但充满了韵味，而且把道具更变的形状与舞者人体的运动巧为结合，相互辉映，给人们以一种线条追逐的美感；那竹竿圈圆而形成的"蚕匾"，又将人的思绪带到彼岸宁静而温馨的蚕房；"水浪"的出现，更是宕开人物内心世界的生花之笔：归舟上姑娘的思潮，犹如初月下的粼粼银波飘向蚕房。新长征中青年一代对事业、对生活倾注的深切情意，在演员强烈真挚与恬静淡雅的表演中得到较好地展示，激起了笔者强烈的共鸣，心中爱泉，呼之欲出。

此外，耐人寻味的是舞蹈《采桑晚归》的感情发展线，并没有通常舞蹈中常见的大起大落，而是平行而前，略有跳动。但是人们的心弦还是被振撼了。舞蹈虽无纵横的强烈对比，却有着内外的收合与张弛。就像生命存在的表现，不一定在乎外在的形体运动，也可以是肌肉的内在缩张与心房频率变化的激烈跳动。尽管舞蹈没有汪洋恣肆、大呼猛进之处，却似一瓶贮得芳香的醇酒，微露盖口，香气四溢，发出一种诱人的深沉美。由此而引起的是一个值得探讨的问题，本文认为：舞蹈创作固然是"有感而发""因情立体"，但并不是每个作品都要达到情感激越的顶点。崇尚自然、率真，鄙薄做作、牵强，使舞蹈的触须可以伸向更广、更深、更自由的领域。

诚然，击节赞赏之余的直感是，《采桑晚归》尚可爬罗剔抉。如该舞的前部如何更洗炼，人物的个性怎样再鲜明？

一切艺术创作都是艺术家心灵的搏动，《采桑晚归》正是作者深入生活，直接到杭嘉湖桑林蚕房中深切感受后应运而生的。感谢孙红木与他的合作者给舞坛新葩又添一枝，愿他们的创作道路越走越红火，愿《采桑晚归》更上一层楼！

（原载《舞蹈》1982年第3期；
北京舞蹈学院函授教材，于平选编《舞蹈评论教学·上编：舞蹈作品评点》）

发自"前线"的报告[1]

迎着杏花春雨，我来到石城郊外的南京军区前线歌舞团（这里的人亲热地称之为"前线"）采访。紫金山麓的绿树青竹，池榭楼阁固然令人神往，但使我激动不已的是"前线"舞蹈大兵的追求、拼搏与心灵中时时迸发出的火花……

"实验小队"的实验

现代舞，作为一种新兴的舞蹈艺术，自伊莎多拉·邓肯起，至今已走过不短的路程了。而中国，作为四方居中之国，由于人所共知的原因却是闭关锁国，处在这一世界性舞风的边缘。只是近几年开明的开放政策，从而能使源于欧美的现代舞挤过洞开的风门，在华夏舞坛初露端倪。但对舶自来之品如何为我所用，改造成我们中华民族自己的，面向现代，吻合现代观众审美理想的现代舞，是一个大课题。对此,想的、论的人不少,而加速信息"物化",起而行之者不多。

但这里的舞蹈大兵却摒弃惰性，摆脱惯性，发挥能动性在主动出击！

前线歌舞团今年年初正式建立了以"军艺"新分配来的毕业生基本队伍11人的现代舞"实验小队"，以行动对创建中国式的现代舞进行系统的实验。他们的目标是：探索中国式现代舞的风格和流派，试验舞蹈艺术创作、训练、表演的合一。

他们从自己的切身体验中深感基训与表演脱节的痛苦，因此决心万丈高

---

[1] 此文为本书作者在《舞蹈》编辑部工作时，作为记者专程赴南京军区前线歌舞团的采访。

楼平地起，实验就从基训开始。没有现成的资料，曾接触过的现代舞也是零零碎碎的，年轻的演员们也从没跳过现代舞。但现代舞的实验者们不畏艰难，每天比别人多练一趟功，往往在几百个动作的实验中去寻找一次较为合理的人体流动，经过六七个舞蹈的试排才能推出一个节目。"实验小队"的一位负责人对我说："我们前边并没有什么现成的路，如有现成的路，也不必要实验了，我们是在干起来中才知道该怎么干。"经过一段时间的摸索，终于根据拉班的人体动律学与吴晓邦老师的自然法则，吸收了玛莎·格雷厄姆、王晓兰现代舞训练方法中的合理部分及从"感情需要"出发创编了一套训练方法。尽管这套基训教材尚有不足，却也初见成效：

来自"军艺"的年轻演员们只训练了两三个月，就感到身体的各部位解放得多，他们觉得基训与演出较为"对路"，内在的感情也易在外在形体流动中体现。他们的基训就像是一场技巧性的演出，他们的演出又与基训是那么相汇相通。固然，其中也存在对欧美训练方法的某些生搬硬套，但人们寄更大希望的是他们的明天。

就像科学家的试验价值在于应用，"实验小队"的追求与主张当然力图在他们的作品中体现。我有幸在军区礼堂里目睹了他们的首场实验演出。

4月8日晚，"小队"推出的一台节目是：根据吕其明同名交响乐、杜鸣心《青春交响乐》第一乐章编舞的群舞《红旗颂》与《青春练习曲》，取材长篇小说《李自成》的三人舞《慧梅之死》及根据曹禺话剧《雷雨》改编，仍在加工之中的舞剧《繁漪》。

《繁漪》仍是这次演出中的明珠，它忠于原著，但不拘泥原著；出自话剧，却不沿袭戏剧结构，充分发挥了舞剧的特长，因而5个演员，几十分钟的舞剧仍起到了震撼人心的效果。《红旗颂》以一连串象征、暗喻的手法，使人不感落套而新意迭现。在舞蹈动作的编排中，编导并没有采用传统中现成的技巧，而是依托人体感情的自然性，人脑思维的哲理性，以一系列交响式的躲、闪、推、拉等形体组合，从内涵及整体中把握人们在红旗下百折不挠，勇往直前的精神。

应该说，现代舞实验者们在《慧梅之死》中的胆子较大。他们通过意识的流动，多层次的闪回，时空的交错，意欲以最现代的手法把李自成义女慧梅在理想的追求及爱情矛盾间的复杂心理表达出来。但因为舞蹈未能毫不犹豫地甩开枝蔓沿脉络走，在形体组合的内涵任意滑延时又不紧急刹车，未顾及我国当今观众的审美经验，在舞蹈形象的准确性下功夫，所以不少观众对舞蹈的理解较吃力。

就像科学家的实验不会一蹴而就那样,首场演出如果十分圆满,反倒失常。但毕竟迈出了可喜的一步。我深信,如果小队的实验更能注意我们的国情军情,努力寻找"雅""俗"之间的流通渠道,那么,春华秋实定会含笑而来。

大赛之前的"大队"

"实验舞蹈小队"的母体——前线歌舞团舞蹈队,舞蹈大兵们管叫它"大队"。

今年5月1日,是前线歌舞团建团三十周年,岁月的雕刻刀不但给"大队"刻下了三十个坎坷不平的春秋,而且塑造了充满青春活力的形象。是的,我们的"大队"确实已经摆脱了初创时的幼稚与贫困——"三十而立"了!艺术上的日趋成熟,为战士、人民储备精神食粮的相对富足,赢得了军内外同行的赞赏。1977年全军会演"小翻身",1980年大连比赛又连连获奖,那么对不久将要举行的第二届全国舞蹈比赛,前线歌舞团的同志们又是怎么想的呢?

稍微细心一点的人,在这里不难发现,舞蹈大兵们常常三人一堆、五人一组地谈论着什么。当我挤进他们的圈子时,才发现他们谈的是创作,很少有人讲吃穿,这个说构思,那个出点子,你论我道好不热闹。他们一日三班,上午的基训从不间断,中午与晚上不是排练,就是演出。初春的石城尚存几丝寒意,但排练厅却热气腾腾,基训、排练者的身上汗河直流。因为特殊情况,有个大兵,一人顶了几个角色,连续上了好几个"三班",人非常疲倦。一次恰好有个节目暂时排不到,竟慢慢地倒地睡了,但一轮到他排练,得到信号后就立即跳将起来精神抖擞地进入角色。他对我说:"我实在太困了,但奖牌要尽量去争,排练就是命令!"此话听似平淡却不寻常,这与前线战士所说:"我们尽管在流血,但一定要争取胜利,枪声就是命令!"没有什么两样。他们把个人融化集体之中,把奉献更多更好的精神食粮作为舞蹈大兵的"天职",而这样的好同志,在"大队"又何止十个八个。就这样,他们以实际行动迎接着全国舞蹈大赛——当然也有可能,他们不会大胜或失败,但又谁会来责备这种精神呢?!

军营并非真空,社会上某些歌舞团部分人的一切向钱看,把事业弃之不顾,而将舞蹈作为商品来变相拍卖的不正之风也曾向军营袭来,但舞蹈大兵们不仅不为所动,全队上下没有一人去"捞外快",赚不应赚的钱,跳不健康的舞蹈，而是越来越勤奋，艺术生产效率也越来越高。据统计，全队上下几乎人人在搞创作。大连舞赛以后，全队 30 多人创作的节目中，光是上演、汇报过的节目（腹稿、未排完的不算）就有 30 多个，其中《天将晓》《天山深处》《新婚别》《陈喜和春妮》《假日》等均有一定质量，经公演反响良好。并且"大队"还荣获南京军区授予的"硬骨头六连先进集体"奖旗，舞蹈队人员参加的团演出小分队两次获得了集体三等功。

他们与地方上某些歌舞团的不良情况形成的明显反差，这种相克相撞会给人们电感般的警醒与深刻的启迪，也强化与维护了作为一个军人——不，一个普通舞蹈工作应有的尊严与荣誉。

尊严与荣誉有时会是催人奋进的长鞭！

指挥官们

要明了"前线"的部队为何如此精锐，要知晓这里的创作怎会这般繁荣，就有必要了解一番指挥着这"小""大"两队的军官们，并听一听他们的言论。南京军区的一位副政委对"前线"的创作人员这样说过："只要政治上没有大问题，艺术上由你们自己处理。"军区宣传部分管文化的部长道："任何事情总有失败与成功两个方面，如果看到失败就不支持，那么永远也不会成功。"团艺术指导也常常启发、引导创作人员：只有探索了新的观念，才可能有创新的作品，创新是艺术发展的生命。有位副团长，是富有经验的老编导，他与合作者创作的作品曾在全军、全国比赛中多次获奖，但他鼓励后起之秀要超过自己，他说："苏时进、华超肯定要超过我，不超过我，我的工作就糟啦……"请注意，军中无戏言，再注意，那位副政委的话不是在今天讲，而是好几年之前！部长、团长们也是将言论与行动一起给了他们的部下。由此，这里固然与整个中国承受过同样的历史灾难，但"左"的教条在此确实比其他地方早一点失去了它的"庄严"与"权威"。1980 年舞蹈《再见吧！妈妈》（图 69）在第一届全国舞蹈比赛荣获了编导、表演和音乐创作三个项目一等奖，但在当年刚出现时，曾有人对战士在激烈的战场上呼喊妈妈提出过非议；也有的对华超（图 70）在现代舞独舞《希望》中光着身子，穿条裤衩在台上打滚表示：这不像话。但指挥官看后，却被舞蹈惊心动魄的激情和新颖深沉的艺术魅力感动得热泪盈眶，他们连声称好，并以行动表示支持，因而为这两

图 69 原前线歌舞团演出的《再见吧！妈妈》（演员：森小凤、华超），选自《新中国舞蹈艺术》第 117 页，中国文联出版社，2014

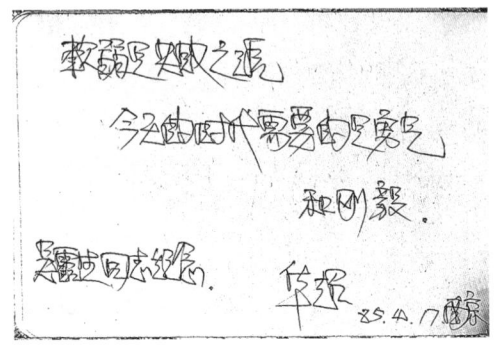

图 70 前线歌舞团国家一级演员华超当年在本书作者采访本上留下的感言

个舞蹈奔向成功之路开放了绿灯。而这样的例子比比皆是。也正因为这样，"前线"的创作人员才能放开手脚，带着历史的责任感与时代的使命感，满腔热情地投入创作，并与演职员一起，掀起了军内外少见的舞蹈"创作热"。在这里，由于指挥官的"开明"，创作者完全可以坚持自己的艺术个性，并且允许失败了再干。

由于这里的指挥官们通晓业务（其中不少是专家），能较好地把握艺术规律，而且信赖下级，体察兵情，对不同看法不打棍子，在商量、探讨中循循善诱；加上他们气度恢宏又能身体力行，因此深受舞蹈大兵的爱戴，并在全国享有"开明"盛誉。1982 年的一天，剧作家曹禺看完前线歌舞团的演出后，不但祝贺演出成功，而且祝贺创作人员遇到了好领导，他说"你们的领导很开通，你们很幸运"。

如果把舞蹈比作一条战线，那么前线歌舞团中"小队"领先的试验，"大队"不同凡响的奋斗，"指挥官们"难能可贵的"开明"等，即使人强烈地感到"前线"正在前线！

1985 年 4 月 19 日于南京卫岗

（原载《舞蹈》1985 年第 3 期）

试说《跳马伕概述》的编写指向及开掘

于20世纪80年代开展的国家艺术科研重点项目《中国民族民间舞蹈集成》的编纂中,每个舞种或舞蹈前都有一篇"概述"。作者就刊登在中国民族民间舞蹈集成编辑部《工作简报》上的《跳马伕概述》一文,提了与该文作者关于概述的撰写须"叙之有理,言之有据,并能经受历史的检验"等方面的商榷。

"概述",顾名思义就是大概的综合性论述。《中国民族民间舞蹈集成》里的"概述"则是舞蹈集成母体里的子篇,是有自己特定内容(舞种或某个具体舞蹈)高度概括(体例的要求,篇幅的限制)的研究成果,它要熔知识性、研究性、科学性于一炉,既"概",不臃肿庞杂,任意滑行;又"述",叙之有理,言之有据,涵量丰富;并能经受历史的检验,真可谓"万年大计(周巍峙语),质量第一"。

读了《南通地区民间舞蹈〈跳马伕〉概述》(刊中国民族民间舞蹈集成编辑部《工作简报》1984年第3期),以下简称《跳马伕概述》,首先我觉得它编写指向是正确、明白的,涉及的内容也是得当、丰富的。

《中国民族民间舞蹈集成》编写条例对"概述"的规定是:"介绍该舞"……,那么我们是不是就可以把"概述"仅仅停留在单纯的"大概叙述"上,或将材料机械地列一列、摆一摆呢?显然不能。唯物辩证法认为,对于事物的每一种运动形式,必须注意其共同点,但是尤为重要,成为我们认识事物基础的东西,则必须注意它的特殊点。就是说,要注意它和其他运动形式的质的区别。民族民间舞蹈的特殊点就是舞蹈,就是一种通过人体运动的形式来传情达意的民间艺术。就以对历史渊源的探索来说,它"不是靠文字记载来传播和保存的",在早期科学尚不发达的情况下"是依赖民间艺人的血肉之躯,代代相传的"(见孙景琛《加强研究,提高编写质量》)。因而在浩如烟海的历史资料中,有关民族民间舞蹈的记录并不多,直接记载的则更少,对每一个节目的细节,绝对不可能桩桩有案可查。因此,我认为,从史籍文献中找得到旁证最好,科学的归纳、类此、演绎法也可大胆运用,根据一个性质判断前提的可以直接推理,以两个包含着一个共同概念性质判断的"三段论"演绎推理法,也是应该提倡的。如《跳马伕概述》从如东县新编地方志中找出:"神桥前……有烧马伕香(即《跳马伕》)和烧香还愿的善男信女"的记载;根据习俗,"神桥"及"善男信女"是迎神赛会中的物与人,因而推断出"《跳马伕》原为迎神赛会中的祭神舞"是可取的。对于一下子把握不住,但又有利于科学研究的史料民谣、传说,《跳马伕概述》是有选择地列入。我以为这种做法,有利后人评说,并为日后他人取得突破性的研究成果提供了契机。这篇"概述",又从舞蹈的"内证":"剽悍粗犷""沉而不懈""梗而不僵"的韵律特征中去推断当年士兵扮作马伕,吓退敌兵的情景,从而从另一个侧面探索舞蹈源流,也是符合作为民间舞蹈这一特殊学科的特殊论断方法的。

此外,《跳马伕概述》的涉及面较宽,它包括了舞蹈的形成与发展,形式与内容,舞蹈动作的风格特点及音乐特征等,基本符合编写条例对"概述"的六条要求,读者也能大体捉摸到该舞的概况,并透过文章的以叙带论看到了作者在研究方面下的功夫。

但由于民族民间舞蹈的集成工作,尚属前人未曾开垦过的处女地,没有现成的路好走,故而这篇较早推出的"概述",势必很难做到人人首肯。为更好地开展民舞集成工作,作为一种学习与讨论,我也愿在此提出若干不成熟的看法,与《跳马伕概述》的作者们商榷。

一、有的地方论据尚感不足,论证的展开,也有"假言误推"现象。

《跳马伕概述》唯一引证的古籍文献是《如皋县志》,其中两段文字是这样的:"夫皋之得祀都天大帝起于明季。……当明之季也,兵凶作灾,寝莺臻瘟疫太盛","迎神赛会费千金……举国如狂"。第一引文提到了"都天大帝",第二有"迎神赛会"字样,但都没有涉及到"跳马伕";文章开头部分固然有新编地方志中关于"烧马伕香(即《跳马伕》)"的记载,但并没有说明"烧马伕香"即是粗犷强烈的"跳马伕"文字。这与习俗联系起来看,推断是一种祭神舞还可以,要断论"跳马伕就是如东一带人民祭祀'都天王爷'的特殊形式"就有点吃力而不能使读者信服了。也有可能事实如此，民间艺人与编写者心里也明白，但重要的是使读者、后代人一目了然。"概述"的撰写是一种科学的研讨，它的价值不在于说了什么，而在于说对了什么。再如《跳马伕概述》的又一个论点即"跳马伕"是"如东一带人民过去崇敬一个生在唐代远在河南的英烈"，并认为"这一点也是有据可查的"。从文章看，这根据指的是一个老中医的口述，而这口述的大前提，是流传在如东一带的两个民间传说，传说所指的"先烈"也有二个：一说是"姓张名巡"者，二说是"实际是纪念农民起义领袖张士诚"，而作者在没有否定第一说时，就简单肯定了第二说，这就成了大前提是个假言判断，而后件，即结论与前件没有肯定的联系，又怎么会是肯定的"有据可查"的呢？

二、能否多一些理性因素，少一点感情色彩。民族民间舞蹈作为社会意识形态的一种反映，是人感情的产物；但"集成"工作，作为艺术学科的科研项目，是对民族民间舞蹈的概括与总结，需要更多的理性反映，它更应提倡思考，注重事实。我们民舞"集成"工作需要热情，但对民族民间舞蹈的审视却要冷静，主观感情切切不可在客观事物的本来面目中任意发挥，而要少一点形象思维，多一点逻辑思维。由此，固然《跳马伕概述》中有不少精彩的记录与论述，但其中一些段落，主观感情色彩多了一点。如在"形成与发展"部分的"舞蹈充满尚武精神""舞蹈动作的风格特点"一节中"声震天地，气壮山河"等词句；"音乐特点"里关于"胸中蕴藏着无穷的力量""这马铃声唤起人们对英烈的怀念，激发了人们不屈不挠的斗争精神"等记叙，使人觉得不安，特别是"声震天地，气壮山河""无穷的"等句子更使人感到失真。

"概述"篇的组织，我以为在记录史（事）实时，要运用理论思维的科学抽象，消化、加工感性材料，并形成概念、判断和推理，以保持民族民间舞蹈的原貌，并有益于后人。

另外，《跳马伕概述》的谋篇布局，遣词造句及至分段标点等均待进一步完善，思路也可略去枝蔓而进一步清晰，对人的评价要更辩证一点，对"都天王爷"的"英雄""先烈"之称，从历史唯物主义的观点是否得当？总之笔者拙见，"概述"的撰写，论点越鲜明越好，论证越有力越好，论述越清晰越好——当然，这均赖于对民族民间舞蹈的开掘更准些、深些。

（原载《民族民间舞蹈研究》1985年第1期）

躁动的海派舞蹈

当人们的审美目光注向上海滩,并对浦江两岸忙碌的舞蹈家及其精神成果作一番扫描,往往从领悟中惊喜,这里正显示着中国当代舞蹈一种非同凡响的轨迹——这就是"海派舞蹈"躁动母腹之中拨人心弦的生命搏动。"海派舞蹈"的稳定是相对的,不断运动是绝对的,由此——它的躁动几乎是永恒的。

没有细考,舞蹈流派以"海"冠之何时为初,鲁迅先生《坟·看镜有感》说:"古时,于外来物品,每加海字。"看来"海"字除是上海的略称,还有"海内""海外"的含意。那么,"海派舞蹈"就是:上海舞蹈艺术家以"海内"舞蹈的优秀传统为本,吸收"海外"文化艺术之长,并通过他们系列作品所呈现出来的,具有相对稳定性的共同艺术倾向。也可说是以上海为圆心的一种舞蹈文化圈。溶铸"兼容"与"超越"意识为一体的革新精神一直呼喊着它的早早诞生。

上海舞剧,作为一个整体,其领先地位与革新精神在中国是毋庸置疑的。《玉卿嫂》《画皮》《雪妹》《凤鸣岐山》《奔月》《大禹的传说》等舞剧的作者如同海的女儿,以海的风韵、海的性格联袂而至,它们或融汇诸流,兼容并蓄,气度恢宏;或革故鼎新,蓄意进取,直过千礁万石。舞剧的编舞家们,触角特别灵敏,处处想争第一。标新立异,几乎成了他们创作通道中每个驿站上飘忽的三角旗。对上海这块土地的热爱,使他们既大胆拿来,又加强消化。舒巧、应萼定的主张有一定代表性:"要用现代手法重新整理民族遗产,但并不欣赏极端的自我扩张、自我表现,"而要"注重民族风格与现代审美意识的融合。"因而,这批能干的编舞家时而拾级而上,时而弃阶而潜,获得了相当

图 71 围绕看贾作光老师（前排右 2）的一次与部分海派舞蹈家的聚会。前排右 3 应萼定、左 1 白水、二排左 2 舒巧、最后排左 1 胡嘉禄、左 2 凌桂明、右 1 本书作者（著名海派舞蹈表演艺术家周洁摄影）

自由（图71）。难怪沙叶新一次看了舒巧他们的《画皮》以后连称："感叹极了！"他认为："《丝路花雨》也新，但我更爱这个。一是舒服，二是新巧、所以叫"舒巧"。戈兆鸿则觉得在上海"看到了真正有才能的舞蹈编导，看到了真正的民族舞剧"。旁观者的满足是创作主体对自己的不满足换来的。舒巧就对自己老是不满足。50年代她的成名之作《小刀会》已获得较高声誉，载入了舞剧史册，可她竟然否定得连其他人也心疼。对《奔月》《岳飞》等舞剧，也是自己跟自己过不去，尽找自己的麻烦。因为她"希望每一个舞剧能解决一点问题：为探索新路而进"。从《小刀会》直至最近的力作《玉卿嫂》，舒巧是一步一个脚印，进几步，就回头看几步，拿她的话来说是"有时可能是退，但退也是进"这种不计较一城一池得失，刻意去揭示舞剧创作规律的战略目光，实是海派女儿的过人之处。艺术的代偿大概就是让创造它的人窥见到自己的睿智与辛劳，上海舞剧编导手中的魔方，并非故意使人迷惑，而是要诱惑舞剧的崇拜者一起向着艺术的金殿朝圣。这种追求可能是艰苦的跋涉，但他们打算一直走下去。

　　作为大舞剧对应物的小型舞蹈，在上海并非就能左右舞蹈的形势，但就其振率、振幅来说又不可不刮目相看。

胡嘉禄、方元、李晓筠、黄琪等人创作的小型舞蹈,不仅善于"拿过来"而且勤于"变出去",在"小"的夹缝里探求新路,寻思中西交融;在"小"的空间中,调动多种艺术手段酣畅淋漓地发挥自己的优势。"青青歌舞晚会"是胡嘉禄小心翼翼地向观众之湖投出的一颗探石。由于胡嘉禄的探石实是"离现实近些,通过舞蹈沟通青年思想"的彩球,尽管在当时有的作品还在应提高之列,一些舆论也信疑参半,莫衷一是,但因为舞蹈点准了时代的脉络,故而彩球确是被观众(特别是青年观众)接住了。在"青春歌舞晚会"这感情的海洋里,剧场中成百上千双手曾不止一次发出过波涛般的回音。一次关于他作品的座谈会上,就有不少同志在指出存在问题的同时,作了热情的肯定:"根据这台晚会博得了青年人热烈掌声的直观印象,认为胡嘉禄朝着自己的方向所作的努力,在一定程度上通过了客观鉴定。"这就使胡嘉禄更放开了手脚,并在以后通过一系列的作品完善与强化着自己的创作风格。

如果说"青春歌舞晚会"中的《乡间小路》《友爱》等是胡嘉禄对"都市舞蹈"并不十分自觉的探路,那么,他随后推出的《绳波》与修改后的《友爱》即径直走进了市井巷间都市平民的心田。《绳波》之波的冲击,卷走了当时舞蹈中一些习以为常的旧观念,从而将小型舞蹈从单一的情绪表达转化为对观众的启迪。在"都市舞蹈"的创作中,胡嘉禄以不同方式拥抱着生活。《乡间小路》《友爱》热情地表达了对生活的喜悦与亲近;《绳波》及修改后的《友爱》却以深沉的思考与哲理,放射出陶冶高尚情操,涤濯灵魂本质的道德力量,告诉人们扬弃什么与应该拥抱生活中的哪一部分。五加六与六加五的结论是一样的,但如能以五当六,五就显得更凝练,更深刻一点,因而就更难能可贵一点。

上海的小型舞蹈到了《悟醒》《对弈随想曲》《墙》的地步,舞蹈的理性浓度显著增高,情感性被严密控制,观众的参与值也随之增生,欣赏者再也不能把舞蹈当作茶余饭后的消遣品,否则要么就看不懂——白来剧场一趟;要么就积极参与,动点脑筋,展开想象——可能是紧张而吃力的思考对象——来到剧场更有价值。我并不认为后者就是舞蹈的取向,舞蹈的价值也不仅仅在于此,但上海舞蹈艺术家群体中的发散性思维与异常活跃的创造意识,实实令人叹服。此外,李晓筠融情于山水舟渔之中,给观众带来极舒适,诗情画意般的古典新舞,与方元等人的《服饰与舞风》等又从另一个侧面,映衬了上海小型舞蹈鲜活、玲珑的风姿。舞蹈评论家蓝凡最近认为:《服饰与舞风》

采取了开放的姿态，让中西文化尽可能的贴近，并且将中国人的传统审美观念与当代人的审美心理拿捏了起来，在审美取值中表现出一种'雅'与'俗'的交融意义，因而也较为青年观众所接受。"确是鞭辟入里。

芭蕾，这海外来物，一旦融汇进了黄浦江，并且经过80年代上海舞蹈家的变革、创新，就给我们带来了与这块冲积平原现代生活节奏相适应的情绪天地。祝士方、蔡国英、林泱泱等芭蕾舞蹈编导，积极寻找与当代中国人民理想与旨趣同化的客体。选择、交融、创建，使芭蕾跳过东西方舞蹈文化的某种断裂带。祝士方的《断桥·合钵》保持了芭蕾的文化特性，吸收了京昆戏曲舞蹈一些动律，以"洋"为经，以"中"作纬，在芭蕾与民族舞蹈，戏剧性与心理性，表现性与再现性的交织中追求他"民族现代芭蕾"的理想。蔡国英的《土风的启示》等也都似乎从"阿拉"创作主体的心理出发，以民族审美的内驱力，对外来文化进行着反馈调节，从而产生了偏离芭蕾固有稳态的振荡现象，在另一个侧面表现了"海派舞蹈"的急速躁动。

上海编舞艺术家敏捷的才思，不倦的努力，不但在上海创造了累累硕果。而且对其周围产生了不小的艺术魅力。几乎每逢呈现舞蹈新作的"之春""艺术节""会演"，上海就成了"不设防的城市"，邻近省市舞蹈同仁相邀结伴，云集在上海滩，观赏、究诘、思索着上海舞蹈。上海的舞蹈往往在被分析得体无完肤中升腾，又在人们对它的新认识中产生更强烈的吸附作用。不管有的舞蹈家是否这样认为，事实就是如此："海风""海韵"在上海以外的不少地区依稀可辨。

如果说是对上海舞蹈现状的一种不无遗憾的评说，那是人们在沉思：为何"海派舞蹈"躁动已久，近年来却没有明显的、整体性的突破？！摆脱这种胶结状态的前提还在于对思想纠结的催动。

首先，上海舞蹈艺术家要有打起旗号称派的勇气。

舞蹈艺术流派是舞蹈艺术发展过程中的产生物。不同流派的出现和它们之间的竞争，是推动舞蹈发展的力量。在中国这样伟大的国家里，无论如何艺术上的流派应多多出现。毛泽东就主张革命派要做，各种艺术流派也要做。目前，中国的艺术流派不是太多，而是太少，至于舞蹈界几乎还没有。上海已经初步具备了称派的基础，就理应为中国舞蹈的兴旺繁荣多作贡献而点破纸壁，打起旗号。甚至还企望在"海派舞蹈"的集合哨音间，在走向共同归一的审美之路上多多出现独立探索的群体——"海派舞蹈"中的诸多舞蹈流派，就像京剧的梅派、程派、麒派、马派、谭派等一样。

其次，减少盲目性，加强系统的理性思考，在新的凝聚力中形成又一冲击波，似有必要。

在新作品大量涌现的同时，一些舞蹈家对上海舞蹈的过去、现在、将来，尚缺少更多的理性思考，主观随意性较大，舞蹈之车的任意滑行，致使创作的初衷与其定形产品时有龃龉。固然，创作中的东冲西突要比无所作为强得多，但没有明晰向标的创作活动，难免在挣脱一种桎梏后又陷入了同一层次的另一种藩篱之内，从而出现更新中的实质回归现象。

上海文化发达，中外文艺团体交流也较频繁，舞蹈观众的审美层次相对较高，因而对海内外文化艺术长处的兼容，对新鲜事物的感悟与艺术竞争中的超越，人们大多比较熟悉，也能够适应。由此，只要整齐舞蹈的队伍与创作的水平，进一步强化上海舞蹈艺术的原有特点，形成新的冲击力量，那么，新的"突破"将很快来到。

愿"海派舞蹈"在躁动中前进！当我们举起双手迎接它的新生，又希望它能在更高层次上接受新的孕育。"海派舞蹈"的稳定是相对的，不断运动是绝对的，由此——它的躁动几乎是永恒的。

（《上海艺术家》1987年第4期，中国人民大学书报资料中心J6（音乐舞蹈研究））

陌生的熟悉

——浙江省第四届音舞节舞蹈述评

还是秀秀地反映人文，还是轻轻地呼唤人生，人们所熟悉的浙江舞蹈整体风格又在鸡年11月上旬浙江省第四届音乐舞蹈节中展演。但随着这熟悉的离去，思辨一番，却有不少陌生——这陌生难道不是浙江编舞群体对一种过于熟悉的一种悖离，不甘平庸的一种奔突。

文化沉淀的重力，地域住民的审美惯性是固执的，人们也没有更多的理由改变它——但我们的确又不能不在意其相对稳定态中的潜变张力。

杭州歌舞团五幕舞剧《白蛇与许仙》极力突破《白蛇传》的传统窠臼，作者强烈的自我意象在音舞节上放出的扑扑信鸽是：当代中国的舞剧要设法更民族化一点，更现代化一点，更剧场化一点。

《白蛇传》是一个流传在西子湖畔优美的民间故事，是一个老得不能再老的话题。曾记得为了艺术地反映这一家喻户晓的题材，共和国的舞蹈编导们相继推出过《盗仙草》《雷锋塔》等舞剧，其他姐妹剧种也向观众展示过优秀的艺术精品，这样就摆在舞剧编剧鲜于开选与他的合作者编导刘振学面前三个难题：如何超越戏曲已达到过的相当高的成就，如何超越前舞剧，如何超越自己先前搞过的舞剧作品。

艺术构想与手法不重复别人，也不重复自己，是丰富多彩生活的需求，也是提高舞剧创作水平的前提。《白蛇与许仙》的一个较好的切入点就在于并不沿袭传统典故的线性思维，不从《白蛇传》的"传"字着手，而是抓住了白蛇与许仙的关系，把握住关系的关键处，敏锐地点住了白蛇的"出身"这个牵一发动全身的"穴位"。白素贞之白洁、之贤良本应导致喜剧因素的不断滋生，但白蛇之源生、之原形又在特定的社会环境中潜伏了短暂大喜后的大悲。加上法海谗言之外因，许仙意志薄弱之内因，从而扭结成该舞剧的别具一格的悲剧情结。《白蛇与许仙》有不少精彩的舞段，序幕中的"人难寐""影相随""离人泪"，二场中的"进谗"，三场中的"水火不容"等都有让人眼睛一亮的编舞手法。作者在不少舞段中显示的形象以意象为依托，并注意对观众从形象的联想到抽象化的判断的合理引渡，对较难理解，或关键之处则反复强化，以层层推进。诚然，作为初稿的《白蛇与许仙》尚有不尽人意之处。如：这部与其他爱情舞剧品格不太一样的传奇神话舞剧，舞蹈编得似乎还可飘逸、虚幻一点；生活逻辑的真实还要模糊一点；作者对客观传承的"白蛇传"之说还应主观一点，故而视角尚宜新奇一点。

　　实力雄厚的浙江歌舞团于音舞节期间推出的两台舞蹈，则呈现着该团编导在世俗变化中寻找舞蹈新的品格和位置的努力。他们通过作品企图告诉人们，舞蹈不应是过去成功模式的承袭，而要不断超越自我；舞蹈应与当代观众心灵的搏动尽量吻合。于是，《采桑晚归》一类的"红木式"到了今天以孙红木为主策划，与合作者一起编导了别开生面的《西湖之夜——水乡芙蓉》一台歌舞。"水乡芙蓉""江南乐舞""翠谷传音""花好月圆""龙井问茶"等段落中的精彩舞蹈使观者如置身江南水乡之中。舞蹈者时抬新娘的轿子从观众席间穿隙而过，龙井问茶后香喷喷的茶水会献上欣赏者一杯，荷花灯的烛影会在人们的眼前摇曳，兴致所至演员与看舞的人还要相邀结伴一起登台翩然起舞。虽然，有的节目有点陈旧感但这种激发观众强烈参与意识，娱人自娱兼而有之的舞蹈建构实在是巧妙地满足了市俗社会的文化需求，故而连演三百多场，受到了中外观众的欢迎。由此不能不说是一种将舞蹈创作推向市场的成功尝试。

　　沈蓓在音舞节中的《梅花三弄》舞意虚静而富天趣，格调典雅而不失滋味，编导的创作意图通过该团获省音舞节一等奖的优秀演员胡亚文的出色表演，出神入化地反映了少女踏雪寻梅，迎春得梅，人梅相融的心态，礼赞了梅花的情操风骨。虽则"三弄"层次推进尚嫌不清，梅花应物像形尚欠新巧，但还是赢得观众和评委的称道。

　　邵仲凯的新作《梦江南》一反《七一颂》大呼猛进，汪洋恣肆的态势，亦一改《春江南》的恬静婉约，以物像渲染意境的手法，而让江南变成了一个散文诗般的梦。此梦时出小桥流水，时现秧苗青青，时而牧歌悠悠，时又春雨绵绵……舞蹈清丽明快，既有吴越之地熟悉的秀丽之美，又奔泻着作者对生活新的感受，生发着若干陌生的美。《放下手中枪》《晚霞中从街衢走向湖畔的青年们》《很难说声抱歉》《世上只有真情》等，则是浙歌邢时苗、周金瑜、殷放、陈春燕等年轻编导既想保持舞蹈的"江南风"，又以饱满的创作热情意欲贴近当代人心态，让舞蹈不但通俗化且要艺术化的良苦用心。

浙江作为群众舞蹈创作历来发达的地方，这次音舞节又展现了它厚实的根基与持续沛涨的艺术水平，取得创作的大面积丰收。

从获得高奖次的节目来看，编导们善于扬富有生活气息，乡俚特色之长，避基本功、技巧不足之短。群舞明显大大多于单、双、三人舞。编导运用群舞调度的气势，以构图之奇、之新造境出意；又善于从民间舞蹈的动律特征中提炼具有艺术可塑性动作姿态元素，从而形成与他人、与先前不同的舞蹈语素和语汇。温州市有两个以当地楠溪江为题的舞蹈《楠溪晚韵》《楠溪风情》，前者淡泊宁静，在清新明畅的流动中让人感受生活的真情；后者意趣盎然，使观众于乡土风情与现代情调中感悟江南的灵秀。杭州市《渔娘曲》中出演男子群舞的是一批尚在改造以求新生的少年管教所的失足者，他们刚健柔韧的舞姿恰到好处地反衬了渔娘对大海的情怀，令人叹为观止；而《家乡的阿妹》小河淌水般的人体流动，给人演绎了一个个梦幻般的意境，诱发着席间观众对家乡深深地眷恋；舟山市的《海之子》通过渔村妇女对大海的呼唤，对大海之爱痛苦和永恒的期盼，将情感触觉深入到了人们心扉之处；金华市的《天骄》以毛泽东诗词为内涵，以白雪之白、红旗之红、绿野之绿等的自然色块，灯光服装色块和情感色块的一致性极有气势地渲染了千里冰封的北国风光，欲与天公试比高的一代风流。其余如少儿舞蹈《半夜鸡叫》《下雪了》《蛐蛐谣》《看社戏》及《担脚妇》《村井》《涅槃》《漫步在深秋》《酿稻情》等则以丰富的生活内容，鲜明的时代特征，较为出色的艺术手法，得到观众的赞美。

浙江的音舞节已举办了四届，各地的音舞节与舞蹈赛事也在相继举行。对目前样式的一些"节"和"赛"，人们在掌声之潮的起落之间也引起了若干沉思，并更急切的期冀着舞蹈好作品的多多问世！

(原载《舞蹈》1994年第1期)

地域舞蹈文化观念的当代对应
——兼评浙江专业舞蹈新作

舞蹈文化观念作为客观事物在人脑里留下的意象，是与体现在舞蹈中的形象相互对应的，并随着人们的时代意识，舞蹈中人物所依赖的社会生活的存在的改变而改变。曾几何时，浙江专业舞蹈创作以"两采"(《采茶舞》《采桑晚归》)"两春"(《春江行》《春江雨》)、"一渠水"《幸福水》)等为代表的具有浓郁江南文化特色的一系列作品的面世，形成了光彩熠熠的一段辉煌。

那时期的舞蹈大多反映着作者对生活朴实而又纤细的挚爱，对自然风物深厚的恋情，意蕴深邃，形神通畅；编舞家又多得心应手地运用着舞蹈中的道具；人体流动的清新秀美，道具作为人体动作延伸的巧妙运用，情趣点在舞蹈中的恰当设置，使浙江舞蹈赢得了大江南北的热烈回声，不少佳作走向全国，走向了世界。

但不知从什么时候起，浙江舞蹈的发展开始踯躅不前，而后还呈现出缓缓的滑坡。幸好在不算太长的时间中，下行刹把由于几个大型舞蹈作品出现而被捏住了。音乐舞蹈史诗《七一颂》、情态歌舞诗画《浓妆淡抹总相宜》、舞剧《白蛇与许仙》，或以恢宏的艺术气势，饱酣的舞蹈激情；或者独运匠心，巧构妙思，以艺术的整体魅力征服了许多观众。

但浙江编舞之旅的疲惫，后继乏人又走人，已不是圈内外几个人的担心了。于是，使命感极强的浙江舞蹈家们陷入了紧张的求索：什么是浙江舞蹈的当代地域舞蹈文化观念？怎么样超越自我？浙江能再现辉煌吗？

终于在今天，浙江崛起的新一代的编舞群，经过一段时间的磨练，以让人为之一振作品作出了漂漂亮亮的回答。阳春揭幕的"1995浙江省专业舞蹈比赛"，朱萍、崔巍、周金瑜、殷放、陈春燕、梁建平等的新作，显示了青年

图 72 具有江南清新流畅，缕缕俚风的舞蹈《小船悠悠》
浙江歌舞剧院演出（祝辰洲摄影）

编导们难能可贵的敬业精神和艺术张力。

　　浙江省艺术学校青年教师朱萍的《小船悠悠》（图72），原为她在北京舞院编导系就读时学院小品发布会上的小品《小船儿》。他在作品中所散发出来的地域特色与艺术追求，不仅得到老师的赞美，并且被境外的、总队的一些舞团看中，《小船儿》也由此划到了香港、军艺、总政的舞台上。经过加工提高的，如今在浙江舞台上演的《小船悠悠》又更进了一步。很显然这个舞蹈的创作特色受到了浙江老编导地域舞蹈风格的影响，舞蹈对水乡青年男女恋情生活片断的缝缀，透示出鱼米人家的缕缕俚风。尽管还是秀秀畅畅的身韵动律，却少见了对生活原型的模拟，舞蹈虽然并未出现特定的道具，人们仍可以感受和意会到典型化道具的存在。

　　编导朱萍在作品中强调的是从舞蹈的本体出发，动作出发，让"水悠悠、情悠悠，浪花相伴画中游"的诗意情致在人体的流动中微微舒卷。编导凸显主题的舞蹈动机单纯而变化丰富。当"双脚前蹬，双手后撑"为主要造型根据的主题动作揭示以后，就万变不离其"划"，以多方位、多部位的"划"的变异，在与情相融中去占有舞台表演的三维空间。

曾在第四届全国"桃李杯"获"现代舞最佳作品奖"的崔巍自北京舞院学成回到杭州歌舞团以后，似乎在这次浙江舞蹈赛事中要体现自己既是传统地域文化的热心人，又是旧舞蹈创作秩序的哗变者。她的新作《尘影》以古典舞身韵来素描现代人的心态：一个似尼菲尼的人丰富的内心世界，在寻求空灵超脱和无法回避世俗风尘的撞击中，通过流畅生动的性格动作次递展开。人们可以在手的搓掌、头的晃动、脚的圆划、叩击中窥视尘影少女于特定情景中心底颤动着的隐秘微澜……舞蹈跳动着作者意欲通过舞蹈求证的人生题解。

周金瑜给自己下的编舞定义是：不完善，但求独特，不断地去尝试新的东西。她以她的创作宣言固执地验证她的作品。就如在省舞蹈比赛中的获奖作品《绿野芳菲》等一样，这次《玩布的女孩》她也玩得有个性。古典舞的拧倾圆曲成了她塑造现实生活中普通女孩形象的手段。舞蹈通过女孩的"玩布"——折叠、做花、直至将布飞扬起来，刻画的是一个聪慧、伶俐、富于幻想的女孩形象，借"玩"而欲求取的是鼓舞人们对美好事物追求的严肃题旨。

梁建平的《奶奶在春天里唱的歌》中的奶奶虽是跨过共和国几个历史时期的老人，但人老心不老，轻松富有弹性的舞步，纯真似童的感情色彩，让人感受到了老奶奶不去理会那些畸型的社会变故，以明朗的心境在转型期的春天里焕发了属于青年也属于老奶奶的青春气息。还有殷放、陈春燕创作的《红杏一枝》《奋》、朱萍的《少年鼓手》、梁建平的《红菱》等，有的以物喻人，用象征和隐喻的艺术手法描画时代风流，挖掘人物心像；有的着眼于拉开年龄段之间人物的情绪态的差异，努力寻求少年鼓手与成年人威风锣鼓队之类的区别处，各有创见与令人兴奋之处。

诚然，当我们以欣喜的目光注视着我们新兴的青年编导群体时，我们也不能不清醒地看到他们初萌时的不够成熟和迅速拔节时的匆匆忙忙。

《小船悠悠》倘若收尾再漂亮一点，结句如撞钟清音，能让观众得像外之像，"含不尽之意于言外"则可更高一筹。赋古典舞以现代意识，无疑是值得称道的探索，寻求舞蹈内涵的多义性与结论的不确定性也无可厚非，但假使《尘影》舞中人的心理层次再明晰一些，引导观众进入舞情的"感知点"开启得再好一些，人们的共鸣可能会更加强烈一些。《玩布的女孩》由于舞蹈命题的制约，"女孩"的规定性就给作品的遗憾作了这样的注脚：女孩的天真烂漫还发挥得不够，"女孩子"的个性动作尚欠鲜明准确，故而也影响了从"玩"处着手形成的感情推进和对现实意义的深入开掘。应该说《奶奶在春天里唱的歌》的开端与承接部分可谓相当不错,可是发展到后来,编导手段似成强弩之末,出现了"创作无意识"般的空白,满台拖鞋的运用,只能让人累赘,作者欲求物趣,却因未达巧趣,而未成天趣。老奶奶在春天唱的歌到后来则有点唱累了,唱跑调了。

  本人在《地域舞蹈文化品格的三维构建》一文中曾有过这样的观点:地域舞蹈文化品格的涵态层面,是要随着时代特征、经济基础与上层建筑关系的变化而变化的。人体动作,这地域舞蹈文化三维构建中赖以传情达意物质中介的组合无疑也要随之对应变化的。浙江专业舞蹈编导新军的新作以实证作了很好的说明。虽然他们在取得令人称道的成就时的不足也是显而易见的,但无论如何,他们在俯贴人民与生活的同时,奋力挣脱惰性力和线性思维方式,探求地域舞蹈文化风格的时代特征,自觉扬起催人奋进的长鞭及那种再造浙江舞蹈辉煌的努力以及努力的已有成果,又都确实是令人鼓舞的。

(原载《舞蹈》1995 年第 3 期)

一次密集信息和拓展思维的北行
——第二届全国舞蹈比赛追忆

开始了起飞前的助跑，告别着钟摆式的运动方式，突破封闭的茧网，而有可能完成由蠕动向飞行的过渡那极为痛快的蜕变——这就是对第二届全国舞蹈比赛的整体感受。第二届舞蹈比赛虽然过去了，一旦过去就成了历史。历史的功过，当代人、后代人将多有评说。此篇拙文作了点客观评论并发了些感叹，无非想表明第二届舞赛在舞蹈未来之路上是有意义的，因此，其中有些启迪可能是永恒的。

现代意识并不能只当作是外来的介入，它作为现代存在，现代社会关系的反映，当被处在现代认识高视点的舞蹈家接纳，并融化为主体意识以后，这种精神产品就势必会传递出一种新的内构造与外在样式。现代意识的先进之处，就在于应该让人相信的都让人相信。

舞赛期间的"创作、理论、评论工作者对话会"上，作者以为从某种视野审视，中国舞蹈的前行在于革新。之所以不易革新，是由于有着一个超稳定的系统。这个超稳定系统的内部机制，是由三个板块互相牵制、结构而成。

1986年的金秋十月，赴京观摩了第二届全国舞蹈比赛。到了北京又得于大赛学术组及《舞蹈》《舞蹈艺术》等舞刊、中国舞蹈家协会舞蹈美学研究会的盛情，参加了比赛期间的一些工作和学术活动。与一些舞蹈艺术家的交谈也增长了自己不少见识……北上首都，得益匪浅，可算是一次密集信息、拓展思维的进修。

这次舞蹈大赛，举国瞩目。这是因为：1. 相隔全国性的、覆盖面上较大的舞蹈比赛,从 1980 年大连首届全国舞蹈比赛至今已有六年了。"一日不见,如隔三秋也。"视舞蹈犹情人的舞蹈同仁,对舞蹈比赛犯了"相思病"。2. 在这以前,单项性的、地区性比赛、会调演已积累了一大批创作节目,参与创作的个人与群体,萌发了强烈的竞争意识,跃跃欲试。3. 大连比赛时是党的十一届三中全会召开后的历史转折期,舞蹈创作曾呈现出里程碑式的变化。而近年来,我国文艺战线由于改革、开放,出现了空前活跃的局面,许多舞蹈家也着意开阔视野,大胆吸收西方现代舞中的一些较为新颖的手法,寻求新的表现角度,进行着具有强烈个性特点的探索活动。耳闻不如目睹,变化后的效果究竟如何?万千舞人拭目以待。

1 就这样,在这种急切的盼望与热烈的期冀中,第二届全国舞蹈比赛拉开了帷幕。

参加北京比赛的代表队共 32 个,舞蹈创作节目有 121 个。分别选自全国除台湾省以外的 29 个省、自治区、直辖市和解放军、各部委、中直的专业舞蹈教学和表演团体。10 月 5 日至 10 月 7 日为比赛的第一阶段,10 月 9 日至 11 日为第二阶段。8 台节目分别在天桥剧场、工人俱乐部、民族文化宫、人民剧场同时进行。从四面八方涌入首都的各地舞人早把观摩票抢购一空。

10 月 5 日上午,在天桥剧场参加首演的是浙江、湖北、天津、解放军(南京、济南、兰州军区与空政文工团)代表队。中宣部部长朱厚泽,副部长贺敬之,文化部部长王蒙,副部长高占祥、刘德友,中国舞蹈家协会主席吴晓邦等观看了首场演出。

浙江队首当其冲,有利有弊。观众席间,幕间幕后碰到几位师长同人亦反映不一。与吴晓邦老师在休息室的过道碰上,他说:"我还是喜欢《采桑晚归》。"《舞蹈论丛》副主编胡大德与我坐在一起时说:"你们的《大海》不错。"冯双白[①]是舞赛会刊副主编,演出时他猫着腰找到我悄声说:"孙红木的节目我觉得不错,你能否来点评点,可谈他的风格。"当《春江行》的演员从竹竿上掉下时,周围人多有叹息;后来恰遇周洁[②],我与她坐在最后一排,天南海北地谈了起来。周洁演过《采桑晚归》,对舞蹈的每个动作都熟悉,她说,"我还是喜欢原来的《采桑晚归》——不过,节目老了点……"有几个舞友,在归途的电车上谈起:浙江的节目一看就是浙江的,有特色。但

图73《黄河魂》南京军区前线歌舞团演出（叶进摄影）

没有为之一振的东西。

比赛一开始，参赛者都如上弦之箭。杨丽萍[③]激扬文字："神经像运动员和起跑线一样绷紧／迎向最后一刻的冲刺／我的清醒意味着／该怎样成熟。"虽说比赛是一次交流学习的好机会，但毕竟也是一次智慧与实力的较量，不少青年演员，由于觉得这是最后一次的全国性参赛，因而"哥们儿拼了"，背水一战，作最后一搏。而几千观摩人员，就是几千评议员，每天都可以毫不顾忌地说长道短。从议论看来，天桥演出与民族宫演出的整体水平较高；就具体节目而言，前线歌舞团双人舞《踏着硝烟的男儿女儿》《黄河魂》（图73），中央民族歌舞团的女子独舞《雀之灵》，解放军艺术学院的群舞《小溪·江河·大海》等获得了普遍好评。大赛期间，舞蹈理论再一次以极其活跃的态势出现。先后举行了"创作、理论工作者对话会""舞蹈理论讨论会""美学讲座"及"香港国际舞蹈会议"介绍、"日本舞蹈家报告会"等。一些中青年舞蹈理论工作者也曾自动组织"沙龙"，研讨舞蹈现状及理论问题。"沙龙"中谈话自由而奔放，人们不但继承着应该继承的，而且大胆地以现代科学研究的新成果和国内外文艺理论的新观念无情地剖析着中国舞蹈的现状。忧患与逆反心理产生了新的课题及随之而来的新气息。这些现实，《舞蹈》与《舞蹈艺术》大概都要先后分期披露。

2 如果第二届舞赛是测试作品份量的天平秤，那么我们不难发现这具衡器之秤并不水平，并且倾斜得是如此厉害。尖端作品与平庸之作的落差竟是那么大，同样走在前进之路，"突进式"的作品与"渐进式"的作品步伐间距相差也是不小的。对同一节目的评论，以前会调演时的评价与第二届舞赛时所给予的评价，高低也是那么悬殊。是什么缘由使以上种种失却了匀衡？评分中的、选拔中的不合理因素是其一；而其二，也是最主要的，是现代意识的冲击，对参与这场大赛人们的影响及催化。

事实证明，现代意识并不能只当作是外来的介入，它作为现代存在，现代社会关系的反映，当被处在现代认识高视点的舞蹈家接纳，并融化为主体意识以后，这种精神产品就势必会传递出一种新的内构造与外在样式。老山前线、自卫反击战，是被包括舞蹈在内各种文艺形式所表现"烂"了的选题，但双人舞《踏着硝烟的男儿女儿》由于把军人当作现代军人，把现代军人看成食人间烟火的"普通人""真实的人"，于是那从战场生活中提炼出来的就是并不标准化的主题动作，那从硝烟中男儿女儿走来的就是从七情六欲中采撷出来的常情、友情、爱情等复杂的情感。今天人们的意识相信炮火连天有恋情，就像当年人们相信战场上可以深情地呼唤妈妈一样。现代意识的先进之处，就在于应该让人相信的都让人相信。

现代观众的现代意识同样表现在对审美单向选择性的摒弃。第二届舞赛证实了：现代人并不都喜欢悲怆凝重与偏颇忧愤。对生活美的热烈拥抱，对个人审美理想的自我实现，同样是现代人的行为素质。这现代意识的另一个侧面就在观众对杨丽萍的《雀之灵》，黄少淑、房进激创作的《小溪·江河·大海》（图74）此类节目的喜爱中执着地表现出来。杨丽萍这位美丽的舞蹈家，以柔若无骨的手臂动作，独具匠心的掌形指态，状物线条鲜明的侧面造型活脱脱地给了人们一个美孔雀的形象；而雀之灵的显现则在一连串的动作流动之中。杨丽萍动中含静、静中有动的节律变化，由深呼吸突然发动而形成多种多样塑造雀之灵的动势，快速旋转后猛然静止，储存感情而令人回肠荡气的片刻停顿……无不给人以美的享受。在享受中竟使

图74《小溪·江河·大海》的编舞家黄少淑、房进激在家中介绍他们的创作体会后与本书作者合影

我想起了对经典式的"白天鹅"奥杰塔形象的超越……《小溪·江河·大海》中行如水的台步,飘如气的身段,及由此组成的队形与小溪、江河、大海神韵相吻的动作力度、幅度、方位、部位的变化,使人觉得八尺舞台,有大自然所给予的温情,是一首由人体为语言符号的优美的散文诗……

但有的节目,真太"不怎么样"。那对红军叔叔平庸的,已熟识了几十个年代的呼唤;那杂耍似的,游离思想内核的,没有什么"新招"的"手绢花"舞蹈;那令人不耐烦的老演少……尽管创作者自我感觉良好,"悠乐悠乐",但现代观众还是因激不起共鸣,而从认同中跳出,去自行寻找对作品的结论。

说实在的,两届华东舞蹈会演、华北音舞节、"桃李杯"舞赛等涌现出来较为优秀的作品,这次参赛前已作了不同程度的加工提高。但是,一是这些节目毕竟是旧节目,又没达到"不朽"的高度。观众视神经的疲倦,使作品丧失了相对新鲜度,当年的"新招"变成了旧式;二是作品提高的幅度跟不上时代与观念变更的跨度。另外,也有节目,曾享有较高声誉,作为中国现代舞当代的第一批姣儿,当时也给人新意,但时过境迁,传统文化负面性的"潜结构"未曾"引爆",故而实际未能脱出窠臼,一根绳子的两个人，理想、信念、道德、伦理观念明显的不同，且无法弥合，男女双方起了爱情风波就是必然与正常的了，作品就似乎不该对此持批判态度。反而，批判作品中批判的，才是现代人主体意识的觉醒和具有独立人格的人的存在价值。

第二届舞赛前，我曾在一篇拙作中对舞蹈的创作现状作过这样的估价："开始了起飞前的助跑""告别'钟摆式'的运动方式，突破封闭的茧网，而有可能完成由蠕动向飞行的过渡——那极为痛快的蜕变。"(《舞蹈》1986年第10期:《开掘舞蹈"现代意识"中的历史沉积》)在看天桥、民族宫的演出时，我曾担心（当然是高兴的"担心"）看法过时，但看完了所有演出，这种感觉没有了——这就是我对第二届舞赛的整体感受。

3 第二届舞赛期间，不仅是理论工作者，还是编导、表演、音乐、舞美工作者也都显示出了空前未有的理论兴趣。10月6日下午的"创作、理论、评论工作者对话会"是90张通知单唤来了200位急于对话的的同行，这是因为理论来自实践又反作用于实践的力量越来越被舞人所觉察，越来越尝到甜头的缘故。的确，舞蹈理论界近年来有了长足的进步，理论再也不是创作的附庸，而是异军突起，作为舞蹈界一支独立的力量，大踏步地起着超前、先导作用。舞蹈讨论会上，胡尔岩④放炮："不能笼统地说舞蹈理论落后于实践，我认为在某些问题上，理论远在实践前面。有一例证，如赵景参早在1980年就提出舞蹈要从表现人物内心出发，要推动中国现代舞蹈的复兴。但事到如今，许多舞蹈又怎么样呢？"这个看法，得到多数同志的认可。当然，舞蹈理论界并不什么都理想——实际上步履维艰。舞蹈理论至今尚未找到可以用文字或纸面上的符号对舞蹈作主体分析（包括构思主意、人体动作、交响化效果等），并能被一般读者都能理解的办法来；舞蹈理论界从总体上讲对文学（是一切艺术的基础，舞蹈更不能少）、美学、哲学及其他新兴学科的掌握还远远未能如意……但是，中国的舞蹈理论界毕竟在崛起，并在快步推进。

在纵向反思上，舞赛期间许多理论工作者，特别是中青年，表现了强烈的反传统负面性意识。譬如"发展是要在民族民间舞蹈基础上"，有不少赞成胡尔岩的观点，认为这是一个"怪圈"，于平⑤以为大连到北京的进程就是主流，因为这一主流体现在对创作对象和批评方式的自己选择上；借鉴与继承不能代表艺术创造的本身，今天我们应该有属于我们的创作使命；蓝凡⑥觉得"中国舞蹈"已开始被现代意识瓦解了。我在舞蹈理论讨论会上也抛出了一个观点：我以为从某种视野审视，中国舞蹈所以不易革新，是由于也有着一个超稳定系统。这种超稳定系统的内部机制，是由三个板块互相牵制、结构而成。一是将先民们创造的传统舞蹈视作金科玉律而一成不变，新的创造只作皮毛的改造，没有注重时代对人们内心的印记，新的沉积结成了包袱；二是把舞蹈理解为人体的表现，而不是把人体作为一代人意识的载体，而让人要人体去表现。"人体的表现"使人体成了舞蹈模特，花瓶展示、炫耀技巧的现象也接踵而来；三是"越有地方性，越有民族性也就越有世界性"，成了僵死的定律，这就在根本上否定了文化发展的动力在于交流，似乎有了地方性就有了艺术的一切。艺术的生命在于个性。地方性有个性的成分但不等于个性。所以理论反作用于实践：把握好"度"非常重要。还有一个庆幸的是：现在理论界已逐步形成了一个好风气，学术可以自由争鸣，但互相不致伤人。

在横向比较上，史大里⑦在中国舞蹈研究所介绍"香港国际舞蹈会议"的情况引起了与会者的极大兴趣。我最感兴趣的是一个姓潘的先生对传统舞蹈与现代舞蹈特征的区分。记得主要大意是这样的：潘先生以为，在时空处理上，传统中舞蹈故事顺序，现代舞蹈非常自由；在主客观关系上，传统舞蹈正反人物非常清楚，现代舞蹈角色身份不明显，也可以以自己的身份出现；在心理描写上，传统舞蹈人物的心理不能离开故事情节，现代舞蹈则强调编舞者的主观心态；在运用象征手法上，传统舞蹈具有强烈的装饰性，现代舞蹈常给人哲理性沉思；在内容与欣赏观点上，传统舞蹈往往从人们熟悉的地方开始，观众处于一种"温习"的状态，而现代舞蹈需要观众非常费脑筋地去体会，舞蹈不可能有很多的娱乐性、消遣性……苏时进⑧说，西德的舞蹈非常强调理性。看着他们的舞蹈有一种感觉：你是陌生的，但我不断的给你，就成了惯性，一种规律。在寻根的舞蹈中，他又感到有一种野性的呼唤，似乎在为人类文化的进步感到不安，人类要灭亡似的……

在介绍"香港国际舞蹈会议"时，还有几种观点令人沉思："舞蹈观众不是平静的观赏，而是要费劲地去思考"，"要从心脏出发，倾听祖母的脚步声"，"为什么要追求一种'认同'"？"作品的价值在于自身，而不是观众与评论家","要以最现代的手法表现最传统的精神","一种艺术(舞蹈)一定要加强横向联系,在这种横向联系的结合部,很可能找到理想的路"……

关于文风,高椿生⑨与于平有过对话。讨论会上高椿生就舞蹈的文风提出了意见,他认为不要生造词汇。不要搞新名词轰炸,要端正文风。于平却认为,理论文章也要有每个人的个性,要尊重人的独立人格,新名词的出现是历史的必然。我则觉得,语言的符号一代人有一代人的使用方法,一个人有一个人的写作个性。过去八股文,后来白话文,现在的文风就应是当代人的语言,不必搞大一统,也要和舞蹈作品的创作一样,大路朝天各走一边。关键在于言之有物,持之有据,为大多数读者接受。讨论会结束后,我们三个人碰到一块,交谈了一下,似乎也没有更多分歧。

舞蹈理论上的纵横交错,各抒己见,形成了大赛期间的理论热。各种学术思想可以在平等的基础上对话,探索精神得到了保护与赞扬。由此,创新与"浪潮更替"的速率会加快,更多的理论硕果势必出现。

第二届全国舞蹈比赛虽然过去没有多少日子,但一旦过去就成了历史。历史的功过当代人、后代人将多有评说。此篇拙文作了点客观介绍并发了些感叹,无非想表明第二届舞赛在舞蹈未来之路上是有意义的,因此,其中有些启迪可能是永恒的。

注释:

① 冯双白:时任中国舞蹈研究所副所长。
② 周洁:上海歌剧舞剧院舞蹈国家一级演员。
③ 杨丽萍:中央民族歌舞团舞蹈国家一级演员。
④ 胡尔岩:中国艺术研究院舞蹈研究所研究员。
⑤ 于平:时任北京舞蹈学院副院长。
⑥ 蓝凡:时任上海《艺术家》主编,研究员。
⑦ 史大里:时任中国舞蹈家协会书记处书记。
⑧ 苏时进:时任解放军前线歌舞团国家一级舞蹈编导。
⑨ 高椿生:时任解放军艺术学院舞蹈系主任。

原载吴露生著《寻觅舞蹈》,香港天马图书有限公司,1997年,第248—255页。

2000·12·叩击世纪门扉的璀璨群星
——全国第十届"群星奖"舞蹈比赛述评

看了那些频频叩击新世纪门扉，欲取得一番新成就的群星们的表现，人们还有一个惊人的发现——似乎专业与业余的界线突然变得模糊起来，也就是说从艺术表现力，对观众的感染力与某些舞蹈的技巧基本功来看，已很难说我们面对的是一群群"业余份儿"的演员了。

群众舞蹈的民族特征、乡土特色，并不是不要，而是要在此基础上继承发展得更好，更具有时代感。

新世纪即将来临之际，国家文化部在浙江省台州市举行的全国第十届"群星奖"舞蹈比赛，在一个星期的紧张角逐中落下了胜利的帷幕。一个个来自塞北江南的群众舞蹈的"星星们"旋转着、腾跃着，用他们极具魅力的人体语言倾吐着对人民和生活火热般的挚爱；一件件出自大山女儿、江河之子的新作，以对历史和现实的真知灼见，深情地叩击着舞蹈的世纪大门。

一

世纪末的群文舞坛上之所以星光灿烂，是因为有了一大批非同凡响的舞蹈力作。那些有时代责任感和历史使命感的舞蹈的创造者们认真、踏实地在沸腾的生活与浓郁的乡情中观察体验，继而对人生、对现实以可感可悟的舞蹈形象作出了被世人可圈可点的演绎。

比赛中有不少以扇作为道具的舞蹈，但没有一个有如《红扇》这么具有

图 75 重庆市队的群舞《山野小曲》(应利民摄影)

"红色激情"。《红扇》(北京市队)的主创人员在作品中表现出了淳朴、和谐与富有原始生命活力的想象,舞蹈对生命、对青春、对人生发出了深情的礼赞。一把把传统的红扇子似乎太平常无奇了,但在《红扇》中却用得很不一般。由于它更多的是与少女火焰般闪烁式的跳动相呼应,与红扇般急骤团收张开的队形相结合,又与当代流畅涌动的生活体现相吻相融,而显得极富现代感。重庆市队的群舞《山野小曲》(图75)则是以灵动、美妙的人体语言在舞台上演奏着一首田园小曲。山妹子们柔软波动的双臂,摇曳微晃着胴体的韵味轻声吟咏出她们对自然山水的脉脉深情。浙江队的《大海告诉我》大写意与小落墨互相浸润,一块浅蓝色的绸缎透出了历史的悲欢,当年鏖战台州湾的戚家军时隐时现在"大海"的波峰浪谷;一个象征大海女儿的少女优美流畅的舞姿,与古代将士的粗犷厚朴又形成鲜明的对照。《大海告诉我》告诉了观众:小舞蹈也可以大写一个历史的侧面,武术也可以很巧妙地与舞蹈相融。在大赛中,如果说清新细腻、雅洁明丽具纤巧之美的作品,当推《醒莲》。荷与莲这个被舞蹈家们几乎演化熟了的题材,却被广东队创造出了灵动与鲜活,莲花少女心灵的每一缕隐秘的颤动的微澜,那喻示"母子连心、华夏统一"的血脉情愫,都在舞台上呼之欲出。舞蹈中,那变幻在天光水色中的浪漫气息,一种诗情画意的美,那一个个气韵生动的流动,一张张如盛开的花蕾脸贴着脸重叠而上的群体造型,是会使人怦然心动而产生久久不能忘怀的美感的。还有那以纺织女的形象,巧用背景道具变化图案,织就历史经纬的江苏队的群舞《织》,那将汉子们的神情气魄表现得入木三分的《上梁》,把自己全部情感融进悠悠江水的女子群舞《悠悠楠溪江》(浙江队),将水味淋漓的江南景色和水乡少女动感韵律融为一体的《水乡三月天》，以及群舞《荔枝飘香》（总政代表队）、单人舞《手中抢》（武警代表队）、双人舞《同行》（上海队）、三人舞《门神与小鬼》（全总代表队），老年舞山西队的《秧歌情》，广场舞浙江队的《海宁花灯》、河北队的《狮舞》、湖北队的《长阳巴山舞》等都给人留下了极为深刻的印象，而不得不让人由衷地感到大赛确实获得了大丰收。

二

看了那些频频叩击新世纪门扉，欲取得一番新成就的群星们的表现，人们还有一个惊人的发现——似乎专业与业余的界线突然变得模糊起来，也就是说从艺术表现力，对观众的感染力与某些舞蹈的技巧基本功来看，已很难说我们面对的是一群群"业余份儿"的演员。不说那满台的串翻身、旋子、一口气那么多个平转、漂亮的朝天蹬，还有富于个性的情感表现，规定情景中的动律韵味，以及主创人员挖掘作品的深度与作品水平表现出来的高度，许多作品已不亚于专业水准。至于艺术特色、乡土风味、民间气息有的甚至还高于许多专业歌舞团的水平。

个中原因可能在于我们的群众舞蹈家们，他们在大社会与大自然中接受了比专业舞蹈家更丰厚的传统与现代、乡土与都市的多重熏陶——而他们又立足于时代，至少目前是这样。

老一代群众舞蹈家们更贴近传统民间文化的厚土，故而对传统的东西一般不会盲目排斥。但在时代阳光下拔节成长的新生代，当他们面临是为因循守旧的文化续命，还是参与新时代人文精神的开创的命题时，他们是轻松地向后者倾斜了。如广场舞蹈《百叶龙》，在清道光年间传统的《花龙灯》时期为花篮、花瓶串舞龙形，1956年改为荷叶云片，而这次大赛中他们大胆创新，放大了荷叶，改进了龙身，增强了突变性，形成了极为美妙的江南龙舞神韵。

群众舞蹈家们身处本乡本土，对自己的街坊乡俚怀有一种"恋域情结"，他们熟悉自己周围的风土人情而往往自觉不自觉地表现出对非常熟悉的生活的得意品啯，在舞蹈中他们常常表现得比专业舞蹈家自然得多，也出色得多。与此同时，群众舞蹈家又是生活在不断城市化的时代，群众艺术馆、文化馆对他们的辅导，专业舞蹈家也对他们不时地指导，使他们在技能技巧上飞速发展。这双重熏陶，也就无形中增添了璀璨群星的耀人光芒。

大赛中还让人眼睛一亮的是，许多熟悉得很的题材与内容，被群众舞蹈家以超群的艺术灵气赋予了鲜活的时代创意。譬如舞台上表现看歌会、看秧歌、看元宵、观灯……老而又老的题材，有人甚至戏言一看舞台上又是"看"，眼睛顿生倦意。然而在看《看三月》时却忽然打起精神来了，因为舞蹈《看三月》是以不同的看法，让观众不住叫好。此舞在"看"中有个回头动律，姑娘们在舞中回头一看就走，走了又回头去看。编导以此为基本动机，又加以夸张变形，生动地表现了一群畲族姑娘互相装扮、媲美、逗趣、欢乐的独特心态和情态，因而也就别具一番意味了。

另一个让人振奋的特点是：不少创作没有那么多条条框框，舞蹈中追求得更多的是艺术的真情，动作与编排来自真情实感的自然与必然的流淌。譬如承德市交警支队参赛的群舞《交警爸爸们》，描写的是风雨的夜晚，交警拾到了一个弃婴，他们决定抚养这个孩子。几年过去了，母亲来认亲，母亲哭了，是醒得太迟的母爱；孩子哭了，是因为面对交警那难以割舍的"父爱"；交警们也深深地动情了，是欣慰，更是为了那段天长地久的"父女"深情。舞蹈以真实事件为基础，着力于对真情的挖掘，谱写了一曲人格美、人性美的颂歌。业余演员的舞蹈表演虽然并不十分高超，但由于动作与造型是建立在真情实感的基础上的，故而观众也动了真情，舞蹈取得了相当成功。

三

全球化是人类传播和交往发展的必然结果。地域周边的崇山峻岭、汪洋大海曾阻碍过人类不同群体的对流；马载信使走步传言的历史也曾使人类文明步履蹒跚。文明与科学的飞速发展，互联网与多媒体的建立使地球上每个角落的人们得以空前方便地交流。但"全球化"与"现代化"并不是要消除民族与民间的文化的多样性，这就如全球化后还一定会存在着国家、民族与民族语言一样。文化的快速交流与现代化并不是要抹杀地域文化的差异，而是要消灭相互理解与交流的历史条件的局限，尽力开拓满足人与人要求精神丰富的可能性。故而群众舞蹈的民族特征、乡土特色，并不是不要，而是要在此基础上继承发展得更好，更具有时代感。

时代特征是有不可替代性的，单就艺术的整体风格而言，商代的威严庄重、周代的秩序、唐代的丰满开放、元代的粗壮豪放、明代的敦厚、清代的纤巧都各有个性。舞蹈的文化面貌也有晚清民国与洋风交错,共和国初期解放区歌舞与戏曲舞蹈交替的样式。但这次大赛有小部分的节目说是解放初的也像,讲六七十年代的也可以,几十年一个面孔,而缺少新世纪到来前的时代特征,使人产生尽管作品比较圆熟,但缺乏时代感染力的遗憾。

再则,对群众舞蹈这从解放前苏区而来约定俗成的舞蹈类别,我们还不应忘掉了它的"非职业性"与大众能"参与"、能"普及"的特点,这一点似乎不能与专业舞蹈的界线相模糊。

21世纪的大门已经洞开。但愿人们回首眺望全国第十届"群星奖"舞蹈比赛,在一起享受丰收的喜悦之时,也一起对其作一些审慎的思考。唯此,将有利于下一届大赛,并造益于整个群众舞蹈文化事业的发展。

(原载2001年第1期《舞蹈》)

从喧闹都市走向市井村落

是民间艺术将杭州这座城市及其周边变得更加婀娜多姿、丰富出彩;而都市的繁华与活力,也赋予正在变化中的草根文化更多的时代意识和物质支点。

这似乎就是大都市式的杭州了,带着五光十色广告的巴士在街衢上飞驰而过,霓虹灯招牌在高楼间频频闪烁,大剧院里兴奋回响着经典交响乐……

可这却不是杭城文化的全部,因为如果走向市井俚俗……

步入河坊街,那穿着长袍、拎着长嘴铜茶壶为客人们斟茶的"茶博士";摇着木纺车,为顾客现场纺纱的"吴越人家"布艺品店;听着杭州特有的俗称"卖梨膏糖"的"小热昏"(图76); 由一人说唱故事的南词演变而成的"摊簧";一那小街两旁高挂的木雕八角灯……明清时期江南的遗风就这样扑面而来了。

辗转到黄龙洞,已经四十年没有露面的"杭州土特产"杭剧可令人一饱眼福,这杭剧是杭州真正的地方戏,是杭州人用正宗的"杭州闲话"唱的戏文。

去宋城,突兀眼前的各式傀儡、古彩戏法、耍猴、剪纸等正拨开时间斑驳的尘土,让游客领略到宋代民间绝艺的若干——可这还不是杭州民间艺术的全部,倘若再走向乡间村落……

沿着无穷阡陌寻觅无穷欣喜,最令人快乐不已的是至今还生生不息的乡土文化:向东去余杭,这里的"上元灯节"和杭州其他村落一样,常有龙灯、花灯、竹马、高跷、背驴子等活动,其中最有名的是"滚灯"。这个竞枝性、表演性兼而有之的传统舞蹈可是农民的喜爱,余杭的品牌。滚灯"缚竹为轮,旋转飞覆,灯不化倾灭,腾掷不休",除每年正月十五出灯外,还往往持续到

图 76 非遗《小热昏》第五代传人徐筱安和第六代传人周志华在杭州河坊街表演（杭州市非遗中心供图）

农历三四月间，傍晚出去到某一村坊，表演时若遇他村滚灯队免不了一番精彩的较量。余杭滚灯与嘉兴海盐，上海金山、奉贤相比，更多了三分女性的妩媚，精选出来的余杭美女一个个水灵灵，靓丽丽的，在男子滚灯剽悍、粗犷的耍灯动作衬托下，更是刚柔相济、美轮美奂，直将滚灯舞到了天安门广场，党和国家领导人面前，列入了首批国家级非物质文化遗产名录。西至临安，一些村民在舞龙灯、走马灯时，先在"梨园"祖师前发愿不做坏事、不赌博。马灯舞中，以关公骑赤兔马手舞大刀最受欢迎，各户常争相邀请，扮演关公者往往挎刀骑马屋内外走上一圈，以示斩妖除邪。那关云长威风八面的样子，孩提至今，记忆犹新。在山口村，一个全由地道农民组成的"临安水龙"队，以其旱龙突变水龙的绝招、独辟蹊径的龙舞套路、浓郁的乡土气息让"龙"舞到了法兰西，舞进了中国艺术节，并荣获了国家群文最高奖"群星奖"金奖。往南走淳安有"三脚戏"又名"睦剧"的罕见少数剧种，其与安徽"黄梅戏"、"花鼓戏"和江西"采茶戏"有渊源关系，大凡节目演员只有一丑、一旦、一生，故名三脚戏；因淳安古属睦州，又名睦剧。三脚戏载歌载舞，唱腔多为民间小调，广受欢迎。若登上千岛湖中心小岛，或在节日时令间，说不定碰巧能看到一两出三脚戏《牧牛》或《南山种麦》。在富阳真佳溪村一带有一种民间乐社叫"鼓亭"，是农民在行奏时将鼓置于特制的亭中抬着前进的丝竹锣鼓，曲调丰富历史悠久,演奏风格极有特色。桐庐的民间剪纸素有"凝练概括,厚中见秀,玲珑剔透,含蓄华丽"的江南剪纸特色。该县百岁老人胡家芝的多件剪纸作品出国展览,并被美术馆、博物馆收藏,桐庐也被命名为"浙江省民间剪纸之乡"。北边的拱墅人家有放风筝的习俗,民间多有能工巧匠制作风筝,最绝的是手掌般大小的迷你风筝,令人叹为观止;半山石塘村一带自古流行灶头装饰画,以花鸟吉祥语组成,图像生动,色彩绚丽,沉淀着当地百姓辟邪消灾、祈福吉祥的民俗。

　　出入巷子村坊,寻觅民间风韵,杭州又似乎是乡村般的杭州。是民间艺术将杭州这座城市变得更加婀娜多姿、丰富出彩;而都市的繁华与活力,也赋予正在变化中的草根文化更多的时代意识和物质支点。我想,如果人们对散落在市井村落的民间艺术更多一点喜爱与呵护,艺术家于都市高楼大厦间更多一点走出,让流传了千百年的非物质文化遗产的优质因子多一点成为创作的素材,那么,我们的杭州将更是充满生机与活力,都市文化与乡村文化很好相汇相融的大杭州。

（原载杭州广播电视报 2006 年 7 月 19 日 "名家漫话钱塘"）

名家侧影

吴晓邦的历史作用及其艺术思想的研究[1]

（摘要）

回顾中华古国历史的嬗变和沿革，很少有我们这般幸运的子民。我们这一代舞人，在经历了封建与极"左"思潮带来的窒息以后，不但开始享受了拨乱反正后的政治清明，而且能聚首姑苏，对同时代的一位舞蹈家的艺术思想进行自由讨论，取得研究对象对研究的亲自指导，并由此及彼，展开多层、多角的学术讨论，从而能扎扎实实地求取更多的成果，这难道还不够幸运吗？

吴晓邦是一位平凡的人。但由于能自觉接受马克思主义的指导，为着中国新舞蹈运动的兴起数十年如一日地奋斗；由于他的睿知、真诚与坚定，并在漫长的岁月中对自身不断地反思与超越，因而成为我国公认的舞蹈艺术界的前辈大师。他的舞蹈艺术思想极大地影响了中国的新舞蹈艺术运动,给近代、当代乃至后代留下了一笔宝贵的文化财富，因此吴晓邦又是一位不平凡的人。唯物辩证法认为，因果关系如果放在整体的总联系中去考虑，因与果经常会交换位置，正如恩格斯所说："在此时或此地是结果,在彼时或彼地就成了原因，反之亦然。""吴晓邦舞蹈艺术思想研究会"看起来是由于什么人或哪几省发起的，实际上是由于吴晓邦在中国舞蹈史上的作用及其舞蹈艺术思想本身具有的社会价值与存在价值引起人们思考的结果。

---

[1] 此文为本书作者于"吴晓邦舞蹈艺术思想研究会"第一次学术讨论会上宣读论文的摘要。吴晓邦先生为了中国舞蹈事业的繁荣发展，晚年时分仍不辞辛劳，偕同夫人盛婕奔波于大江南北开班设教。他奋斗不息的精神及于中国新舞蹈艺术开拓、奠基的历史贡献感动了成千上万的莘莘学子及作为其中之一的本书作者。1984年4月16日，本书作者会同了时任中国舞协浙江分会主席郭桂芝、副主席孙红木等人在"浙江省舞蹈创作讨论会"向中国舞蹈家协会提出了适时举行"晓邦舞蹈思想学术讨论会"等建议，又起草了经全体与会者通过的致中国舞蹈家协会的"建议书"（详见本文附图77）。至1985年11月7日至12日，经过两年多的筹备，中国舞蹈家协会、中国艺术研究院舞蹈研究所与舞协浙江分会等7家单位如众人所愿在苏州首次举办了"吴晓邦舞蹈艺术思想研究会"。这是中国舞蹈历史上第一次对一个健在舞蹈家的艺术思想开展全国性的学术研讨活动。

纵观吴晓邦的过去和现在，他所以能成为大家，能给许多的人留下不可磨灭的印象，从而带来更多的思考与启迪，我之所见主要在于他有着三个非常之处，而他发展到 80 年代中叶的艺术思想则是中国舞蹈理论进入"第三台阶"的一个重要象征。

这三个异乎寻常，值得铭刻于历史丰碑上的是：

1. 吴晓邦首先把中国舞蹈的舞台艺术创立了起来

翻开中国舞蹈史，虽然出现过不少著名舞蹈家与舞蹈，但从黄帝时的《云门大卷》，到盛唐《霓裳羽衣舞》，从杨玉环、赵飞燕到公孙大娘，都没有可能让舞蹈成为一门独立的舞台艺术，是吴晓邦从 20 世纪 30 年代初，即在中国进行了使舞蹈成为一门独立的舞台艺术的尝试；1935 年他在上海举行的"第一次作品发表会"，固然还属吴晓邦舞蹈艺术思想的初创阶段，作品多有不成熟之处，但当时除了一些供人玩乐，作为装饰之用的交际、爵士舞以外，舞坛一片荒凉，根本没有对社会生活能动反映的，并以人体有组织有规律的动作把艺术家观念中的艺术表象外化为生动、典型艺术形象的专业舞蹈创作活动；吴晓邦通过在教学、创作、演出等方面的一系列努力而初创的舞蹈的舞台艺术，则像霜天中的一声晓角，把舞坛铅凝的沉闷霎然吹破。另外，是吴晓邦在上海创办了近代中国的第一所舞蹈学校——"晓邦舞蹈学校"；也是他最早踏上了现实主义舞蹈的广阔道路，在抗日的烽火中，赤着脚，束着腰带，以舞蹈鼓舞前线的士兵，慰问流浪的难民；他是在周总理亲自关怀下奔向当时中国革命心脏——延安的舞蹈家；是他筹备、主持了新中国建立以后，我们中国人自己执教的第一个培养舞蹈骨干的中央戏剧学院"舞运班"……吴老师在我国新舞蹈运动中的领先地位与开拓精神是毋庸置疑与极其感人的。

2. 吴晓邦是一位为着新舞蹈艺术奋斗了半个多世纪的舞蹈家

吴晓邦是 20 世纪中国新舞蹈艺术的开拓者，是他高举起了新舞蹈艺术的旗帜。他自 1929 年首次东渡扶桑，在日本早稻田大学生创作的舞蹈《群鬼》中发现舞蹈能够探索人生、揭示真理以后，就毅然决定了自己一辈子要走的路——以舞蹈救国救民。为了舞蹈，他曾以免费供给食宿的办法，赔钱培养人材；为了舞蹈，他可以抛弃安逸优越的生活条件，到草坪、茅棚间教舞，不要几千亩良田与银号、钱庄而去过苦行僧一样的日子；他为人正直、善良，为了摆脱反动军阀的控制，他曾随着大车，在川陕之间连续步行了一千四、五百里；在整风反右扩大化之际，他忘我地保护着同志，就是在被剥夺工作权利的年月中，吴老也坚持着真理，而绝不与污泥浊水合流；为了舞蹈，吴老对前段时间歌舞"时风"中的不正确之处明确表示了自己的态度，对人循循善诱，以使中国的舞蹈艺术能健康蓬勃的发展；近几年来，吴老师常表示自己工作的时间不会太多了，因而80高龄还经常日以继夜为舞蹈操劳，坚持看书、写作，并在几年中完成了大量的著作。在长达57年的舞蹈生涯中，他苦斗、拼搏、尝尽了辛酸苦辣。如今为了中国舞蹈事业的蓬勃发展，为了年轻一代的尽快成长，吴老愿意作为梯子或垫脚石，让大家从他身上爬过去或跳过去，把振兴中国舞蹈的职责担当起来，这是多么难能可贵呀！

3. 吴晓邦是中国舞蹈史上少见的集舞蹈的表演、教学、编导、理论于一身，把长期的舞蹈实践活动与系统的理论研究结合起来的舞蹈家

吴老在中国的表演始于20世纪30年代初。比这还早，在日本高田舞蹈研究所留学时，就自演了《傀儡》与《无静止的运动》。他的舞蹈表演活动一直延绵至1975年的第四次文代会上。

他作为新舞蹈教育学派的创始人，自1931年创办"晓邦舞蹈学校"来，历经"晓邦舞蹈研究所""上海中法戏剧专科学校""广东省立艺专""延安鲁艺"、"华北联大""沈阳鲁艺""四野部艺""中央戏剧学院舞运班""天马舞蹈艺术工作室"及近几年遍布全国各地的讲习班，吴老可谓弟子无数、桃李天下。

吴老从事舞蹈活动来，创作的舞蹈不计其数，粗略统计就有一百多个，如显示青年和尚内心世界的《思凡》，揭露吃人旧社会的《饥火》，纪念狱中亡友的《生之哀歌》，鞭挞卖国贼的《丑表功》，倾诉中华民族子孙不屈意志唤起民众齐心抗日的《义勇军进行曲》，歌颂抗日志士，反映人民斗争的《游击队员之歌》及在"天马"时期创作的《梅花操》《菊志》等节目，还有舞剧《虎爷》《罂粟花》《宝塔牌坊》等都已成为我国舞蹈宝库中的佳品。可惜由于历史及技术上的原因，给我们留下的形象资料已很少了。

至于理论上的成就就更为突出。吴晓邦老师的重要活动，也是后期工作中的重要贡献，即是他在舞蹈研究方面的成果，及对我国舞蹈理论工作的推进。

在我国古代，罕见关于舞蹈研究的专门著述。古典文艺理论遗产中的乐论，确是古代乐舞实践经验和关于乐舞美学思想的宝贵总结，但其中不少实际是诗、乐、舞的复合论说，或是与社会诸学科相联系包括乐舞在内的综合之论。比较集中，有组织，认真的舞蹈理论研究工作还是新中国成立以后。解放后，新一代的理论工作者废寝忘食的工作，挖掘了大量史料，进行了艰苦的研究工作，取得了理论工作的新进展。但人们不得不注意到理论工作中重历史、轻现状，重基本理论，轻应用理论的偏颇在这一阶段比较明显。而具有一定深度与广度，取得质的突破是在十一届三中全会后的近几年，我国舞蹈理论迈入的"第三台阶"，在这一阶段中，具有代表性的是吴晓邦及其研究成果。吴老师近几年除修订出版了《新舞蹈艺术概论》《我的舞蹈艺术生涯》《舞论集》《舞蹈新论》外，还陆续发表了《随想录》与数以百计的散论、评说、演讲。

吴老的舞蹈研究以马克思主义为指导，既从宏观着眼展示了舞蹈学科的科学远景，又从微观入手，逐个论述了在舞蹈的基本理论、基础资料理论、舞蹈史、应用理论等方面的观点与主张，从而形成了以舞蹈的历史与现状为研究对象，反映舞蹈客观规律，又不断指导舞蹈实践的，比较完整的，生机勃勃的关于舞蹈的科学之说。

但是最近，吴老在与一些理论工作者谈话时不止一次地提到自己的不足，表示要在宏观反思的同时，实行自我超越，希望舞蹈理论能更新换代。这是吴晓邦作为大家的恢宏气度与谦逊精神，同时也是符合辩证法的。因为，吴晓邦的舞蹈艺术思想与古今中外任何艺术大师的艺术思想一样，既有成功也有不足，也总是长短兼备而不可能十全十美的。如我国汉末出现的"建安风骨"，它继承了汉乐府民族的现实主义精神，具有"慷慨悲凉"而崇尚形式主义诗风的独特的艺术风格，但同时也存有前代骈俪成分的艺术倾向和某些消极避世的思想倾向；西欧19世纪大文豪左拉，他作品中的批判现实主义的特色是不容忽视的，也不失为巴黎公社文学前期的一位"巨人"，但他在文学创作中的自然主义手法，又是不可取的；18世纪的法国舞蹈家诺维尔立志改革，创造了情节芭蕾舞剧，但他的艺术思想也只能是特定的历史时期和文艺思潮的产物。

那么，我们应如何对待吴晓邦及其艺术思想呢？

唯物辩证法中的"否定之否定规律"告诉我们，世界上任何一个事物都是经过现象（A）、否定（B）、否定之否定（新现象，非A非B）的过程向前发展的，如果晓邦师对历史的沉积有进一步地扬弃，高视角的宏观审视与对具象的微观把握能更好的统一，那么他的舞蹈艺术思想到了晚年就会又跃上一峰，与时代脉搏的跳动就将更吻合……我们希望吴晓邦舞蹈艺术思想有所发展，有利于我们的事业，我们希望我们的研究工作对人民有所裨益并经得

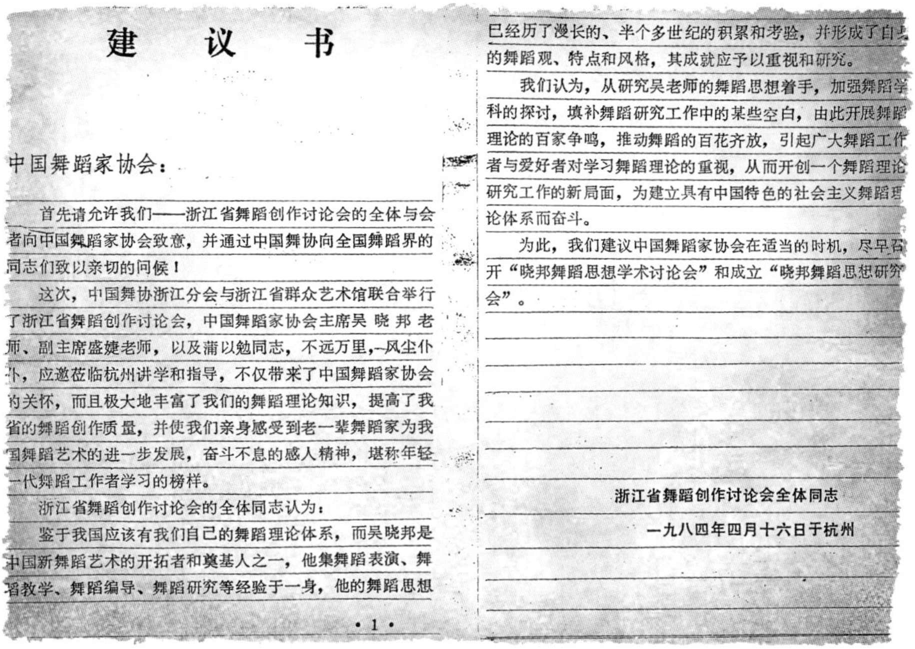

建　议　书

中国舞蹈家协会：

首先请允许我们——浙江省舞蹈创作讨论会的全体与会者向中国舞蹈家协会致意，并通过中国舞协向全国舞蹈界的同志们致以亲切的问候！

这次，中国舞协浙江分会与浙江省群众艺术馆联合举行了浙江省舞蹈创作讨论会，中国舞蹈家协会主席吴晓邦老师、副主席盛婕老师，以及蒲以勉同志，不远万里，风尘仆仆，应邀莅临杭州讲学和指导，不仅带来了中国舞蹈家协会的关怀，而且极大地丰富了我们的舞蹈理论知识，提高了我省的舞蹈创作质量，并使我们亲身感受到老一辈舞蹈家为我国舞蹈艺术的进一步发展，奋斗不息的感人精神，堪称年轻一代舞蹈工作者学习的榜样。

浙江省舞蹈创作讨论会的全体同志认为：

鉴于我国应该有我们自己的舞蹈理论体系，而吴晓邦是中国新舞蹈艺术的开拓者和奠基人之一，他集舞蹈表演、舞蹈教学、舞蹈编导、舞蹈研究等经验于一身，他的舞蹈思想

·1·

已经历了漫长的、半个多世纪的积累和考验，并形成了自身的舞蹈观、特点和风格，其成就应予以重视和研究。

我们认为，从研究吴老师的舞蹈思想着手，加强舞蹈学科的探讨，填补舞蹈研究工作中的某些空白，由此开展舞蹈理论的百家争鸣，推动舞蹈的百花齐放，引起广大舞蹈工作者与爱好者对学习舞蹈理论的重视，从而开创一个舞蹈理论研究工作的新局面，为建立具有中国特色的社会主义舞蹈理论体系而奋斗。

为此，我们建议中国舞蹈家协会在适当的时机，尽早召开“晓邦舞蹈思想学术讨论会”和成立“晓邦舞蹈思想研究会”。

浙江省舞蹈创作讨论会全体同志

一九八四年四月十六日于杭州

图 77“浙江省舞蹈创作讨论会”致中国舞蹈家协会的建议书

起历史的检验，那么我以为我们在研究讨论中不但善于发现与肯定吴晓邦舞蹈艺术思想中推动舞蹈事业前进的积极因素，也要以历史的责任感与时代使命感，善于与敢于发现其中消极的，应该否定的东西。我个人还希望只要条件成熟，我国当代其他舞蹈艺术家也应该有人去研究、评述。辩证的否定是较难做到的，但我认为我们应该尽力去做。如果这样，我们的研究工作将更有意义，更富有成效。

（原载《舞蹈》1986 年第 2 期，中国舞蹈家协会等编辑《吴晓邦舞蹈艺术思想研究论文集》）

我们的吴晓邦：20世纪的中国舞坛泰斗
——兼说他的二三事

我们的吴晓邦就是这样，从许多人止步或步履踟蹰的地方迈开新路，又在否定历史和文化虚无主义的同时，用批判的眼光打量着他前面的几乎全部舞蹈文化成果而渐至大师品位的。

由于学习和工作的关系，我与吴晓邦、盛婕老师是很熟悉的，交往也比较深，作为他门生弟子般的后学，老师对我的亲切教导，殷殷期望，许多往事都历历在目。其中有二三事对我印像非常深刻，可谓终身难忘。

当20世纪的第六本年历翻过第七张时，苏南太仓沙溪小镇一户佃农的家中降临了一个小生命，他经过大阳山麓沃土的培育，黄浦江畔"五卅"雨烟的洗礼及东渡扶桑、西播舞种、北上延安、南下进军的许多磨难和锤炼，擎举着新舞蹈艺术的旌旗，沿着历史发展的驿道向人民奔来！他在以舞蹈探索博大深邃的人生命题中，经历了与中华子民共同呼吸的大半个世纪，终于在本世纪后期成为公认的中国的舞坛泰斗——他就是虽撒手西去，却仍活在我们心中，令后人怀念不止的，我们的吴晓邦！

我们的吴晓邦之所以能成为中国舞蹈界众人所敬仰的泰山北斗，在于他在20世纪中国的卓越成就和德高望重。

记得十年前，也是个冬季里的小阳春，也在他的苏州故土，我们举行过首次"吴晓邦舞蹈艺术思想研究讨论会"，在我的拙文中，我曾认为，吴晓邦是一位平凡的人，但由于他为着中国新舞蹈运动的兴起数十年如一日地奋斗，由于他的睿知、真诚与坚定，并在漫长的岁月中对自己不断地反思与超越，因而成了我国公认的舞蹈艺术界的前辈大师，他的舞蹈艺术思想极大地影响了中国的新舞蹈艺术运动，给近代、当代乃至后人留下了一笔宝贵的文化财富，因此，吴晓邦又是一位不平凡的人。而这种不平凡，值得铭刻于历史丰碑上的主要在于：一是吴晓邦首先把中国舞蹈的舞台艺术创立了起来；二是吴晓邦是至今当代中国为新舞蹈艺术奋斗时间最长的人；三是吴晓邦是古今中国舞蹈史上少见的，集舞蹈的表演、教学、编导、理论于一身，把长期的舞蹈实践活动与系统的理论研究结合起来成就斐然的舞蹈大师。

大凡舞蹈家之所以能称为"家"，必具相当才气和独创。但舞蹈家与舞蹈大师的分界，其一在于：前者往往激情洋溢，创造亢奋而快速，有所业绩，容易轰动也或者淹没；而后者沉静平稳，开拓思维空间的同时又以思维的成果不断充实空间，渐至自己的体系与吸附群，往往会给世界一个奠基或路碑。若以当代文艺圈作一横向比较，梅兰芳、巴金、艾青、夏衍等是后者类型的人物，值得我们中国舞蹈界引为自豪的吴晓邦亦是属于后者。

应该说，他的独特艺术追求于20世纪30年代初就已明确显示出来了。

1931年，吴晓邦从日本留学回国，在上海创建"晓邦舞蹈学校"，欲以此作为自己艺术活动的基地去催发新一代新型舞蹈，并作些新舞蹈教学的尝试，但他在《我的舞蹈艺术生涯》中痛苦地回忆"这个舞蹈学校只办了半年，半年之中，我忙于应付……"。1934年第二次东渡回国后，次年九月他又在自己"第一次作品发表会"中对自己的创作进行着验证，可这次努力的结果，他又在同一本书作间苦苦嚼蜡："我仅售出了一张票，这唯一购票看我的演出的是一位波兰妇女。"可是，我们的吴晓邦就是这样的一个人，不甘失败，勇于和善于从失败中奋起，清醒地打量着自己的失败，感到了痛处，接着却悟出了失败中成功的因素。他看到了作品发表会中，应邀来观看的人们还是比较喜欢两个舞蹈《送葬》和《黄浦江边》。而这两个节目是由于能够结合上海当时社会上的一种苦难气氛，表现了对穷苦人的同情。这就使他在偶然中看到了以后必然成功的微曦毫光：作品中人民性的重要！这也使他在今后十年苦行僧般的舞蹈追求中，定下了一个不动座标：要使作品富有人民性，被群众理解和接受。他还认为，只有良好的愿望与进步的立场尚不行，还必须让舞蹈艺术地反映人民的感情、思想和意志，通过观众对现实的审美经验，使舞蹈成为他们泄发悲愤和追求光明的流通渠道。

当我们站在吴晓邦的舞蹈成果之山回首眺望时，那根据《送葬》编制的反映葬礼的舞蹈《送葬》、依肖邦《夜曲》编舞的《黄浦江边》，到抗日战争时期根据《大刀进行曲》《义勇军进行曲》创作的《大刀舞》《义勇军进行曲》，从揭露吃人旧社会的《饥火》，显示青年和尚热爱生活内心世界的《思凡》、纪念狱中亡友的《生之哀歌》、表达人民斗争的《游击队员之歌》到反映蒙族人民精神面貌的《蒙古人民三部曲》、表现人民解放军大进军形势的《进军舞》等，均是他在舞蹈坎坷之路早、中期间，通过作品不断追求目标，不时偏离目标，又经常校正目标的尝试。故而有的作品成了跨越时代的传世之作，有的却似流星划过而消逝在历史的浩茫之中。在这两个时期中吴晓邦的舞蹈作品充满创作的激情，却个性多变，还没有剖破藩篱，形成稳定上升，自成一体，且具相当吸附气魄的大师风范。但在吴晓邦的中与后期舞蹈艺术生涯中，人们已发现，自"天马舞蹈艺术工作室"古曲新舞系列作品的问世，舞蹈教学自然法则运动与创造性教学法的提出并应用，他的理论著作《新舞蹈艺术概论》的先后四次出版，对吴晓邦及其艺术思想认同群体的滚动出现，吴晓邦作为舞蹈艺术大师的面貌已渐渐显示。以后，他赋予舞蹈表象与文字的不再是零碎的新鲜感悟和激愤，而经常是穿透时空，鸟瞰世界的巨匠意念。构成他艺术框架的，也少见了被生活杂糅纷繁所窘迫的小家之气，而多是从生活底蕴内质，历史文化心理生发出来的既有自我风格，又能驾驭、超脱自我的高蹈超拔的大手笔神韵。

仅仅"拾级而上"，还是又能"弃阶而潜"，可能是界别舞蹈家与舞蹈大师的又一座标。

吴晓邦在舞蹈艺术领域里的追求，恐怕也和许多莘莘学子一样，经历过"衣带渐宽终不悔，为伊消得人憔悴"和"独上高楼，望尽无涯路"等拾级而上的阶段。但当他进入了中、后期舞蹈生涯时，即渐入胜境，特别是理论上"入手其内，出乎其外"的思想及其实践运用，又使其推进至"弃阶而潜"艺术品格的自由境地。

吴晓邦在《舞蹈学研究》等多部著作中提出要用历史唯物主义和辩证唯物主义的认识论与方法论，以"不入虎穴，焉得虎子"的精神去看待五光十色的种种舞蹈现象。他认为舞蹈家面对丰富多姿的舞蹈往往会感到困惑，所以进入虎穴以后，还得退出来。退出来以后，只有很好地研究人类学史、民族学史和社会学史，才可能澄清思想，为重新进入虎穴做好准备，再进入虎穴也不要被吓住，还应退出来，让自己再深入虎穴去中。这样反复地出入于虎穴才有可能把"虎子"抱出来。在对待民间舞蹈的继承与发展方面，吴晓邦也提倡应先"入乎其内"。如学安徽花鼓灯，很多人只热衷于学兰花或鼓架子等外部技术，求形似。而他要求人们了解它的历史，懂得动作的意义，动作在民间生活所起的作用，甚至音乐、唱词等。吴晓邦在书中发问："不清楚演唱部分又怎么了解花鼓艺人是如何传情达意的，不学锣鼓点又怎么传达人物的内心节奏呢？"在得其神似之后他更要求人们"出乎其外"，希望人们不要入了虎穴，身上就背上了历史文化的沉荷，就不轻松前进了，而是要"用新思想去构思人物、情节，处理环境，合理动作，使其更动人，更扣人心弦，超过老艺人的水平"。这种不只沿着前人铺好的熟识台阶拾级而上，只去"又上了一个新台阶"，而是在取其质后，出乎其外，弃阶似有阶地自由地时潜时腾，让自己处于他人"蓦然回首"，本人却在"灯火阑珊处"那种悠游自如的境地，确是吴晓邦卓而不群人文精神和他与一般舞蹈家在文化张力上的级差。

我们的吴晓邦就是这样，从许多人止步或步履踟蹰的地方迈开新路，又在否定历史和文化虚无主义的同时，用批判的眼光打量着他前面的几乎全部舞蹈文化成果而渐至大师品位的。

由于学习和工作的关系，我与吴晓邦、盛婕老师是很熟悉的，交往也比较深，作为他门生弟子般的后学，老师对我的亲切教导，殷殷期望，许多往事都历历在目。其中有二三事对我印象非常深，可谓终身难忘。

1985至1986年前后，我在《舞蹈》编辑部搞编辑工作。吴老师那时是中国舞蹈家协会的主席，工作加上著作、社会活动等十分繁忙，有时他为了及时通过《舞蹈》等杂志发表对全国舞蹈工作的指导性意见，有时也叫我去他家"帮帮忙"，协助做一些文稿的整理及口述笔录等工作。对我来说，这是非常难得的，能当面聆听大师教诲，感受他舞蹈思维脉络的最好学习机会，所以也是求之不得。

一次盛婕老师来电话叫我去她家用餐，我猜测可能是吴老师要叫我去整理文稿了。因为这表示老师似乎叫我要"帮点小忙"而给我的一种"代偿"。果然，一去他家，吴老师就斜倚在藤椅上满脸慈祥地与我大讲起舞蹈来。我们都是江苏人，他浓浓的乡音我基本上都能听懂，所以很快笔录，整理成文，谁知一递过去，吴老师的双眉却越蹙越紧，笑容迅速消退："搞研究，要用自己的头脑去研究，说自己的话，写自己的字，不要'人品、艺品'俗不可耐地东西……"原来我在梳理吴老师口述内容时,无意之间将自己的写作习惯渗入他的思维,并有一些通常的说法。在讲到舞蹈家于时风前面应有的态度时,又炒起了"人品、艺品"之类的俗话。老师的文风走了样,又忽略了本来他讲话时的深层思辨,当然要引起他的不满,"写文章与编一只舞蹈一样,要有自己的头脑,要有自己的认识"吴老师如是说。盛婕老师也插了进来:"吴老师呀,在文章中就是不太愿意说别人说过的话。"茅塞顿开,出了迷津后我又重新整理了一下,吴老师睑上当然又展慈祥,事后还特意嘱咐编辑部在发表时署上"吴晓邦讲述,吴露生整理"的字样。

事情虽小,吴老师给我的指点也不过寥寥数语,但终身受用。这就是搞理论研究,要有自己的头脑,运用自己的语言风格,或补充前说,或纠正通说,或生发新说,要有所发现,即自成一家之言,最起码自有一得主见,为此,才具备了可资借鉴或应用的研究价值。

另一件事是在 1985 年冬,中国舞蹈家协会书记处责成曹仲、蒲以勉和我组成一个小组,参与"吴晓邦舞蹈艺术思想研讨会"的筹备工作。当时,我们商量准备编一个关于历年来研究吴晓邦舞蹈艺术思想的文章目录。那段时间我经常去吴老师家,查阅资料,翻看两位老师珍藏多年的照片,报刊评说等,其中有在重庆的,有延安时期与共和国建立初期的,但唯独少了一部分,那就是吴老师遭受不公正对待,"天马"挨批,"文革"被整那段时间批判他的那些文章。我提出,这些文章现在看来果然有错,但也是对吴老师及其思想的一种研究,以历史唯物的观点看,也可以收进目录。吴老师听后沉默了一下说:"吴露生,你的话可能有道理,但不要摆进去了。这些文章是特定历史的产物,有不妥当处也不能怪他们。不要刺激、伤害人。"语调极为诚挚,像是对谁轻轻地抚慰。过了一天,吴老师又传来话,历年来的研究目录不要搞了。我在揣测,他是在两难中选择了为难自己——宁愿暂时没有研究他文章目录的出现。这件事又让我联想到人们传颂他在主持中国舞协工作期间,是如何费心地保护同志,宁愿自己被指为"右倾"而没让一个同志打成右派的风骨,我的心灵被振撼了,觉得一个人要真的成为艺术家,头脑里是应顽强地横亘一个无论怎样也不能逾越的伦理价值准则,这就是真诚与善良!

还有就是 1984 年,吴老师在杭州讲学期间,我作为学习班里他的一个学生,在听取了他丰富、生动的授课以后,被深深地吸引并萌发了一个思索:当时文坛在开艾青创作思想研讨会,我们舞界为什么不能有我们的代表人物?

图 78 1994 本书作者与董卿等拍摄专题片一起去采访吴晓邦（前排左）和盛婕（前排右）时合影。后排右起马丽萍、董卿、本书作者、蓝凡、崔世莹、郑慧慧

也应对他们的艺术成就与思想展开研究讨论，以利于舞蹈事业的全面发展。而我们的眼前不就是有一个最好的代表人物？在杭州大华饭店，我就将这个想法与时任浙江省舞蹈家协会副主席的孙红木与吴晓邦先生助手的蒲以勉吐露了，并与他们一拍即合。事后又得到了省舞协主席郭桂芝与全体学员的支持，准备向中国舞协发出倡议书。那天，吴晓邦老师知道以后，他对我与孙红木谦逊地说："谢谢，谢谢，但研讨一定要向我提意见……"在事情的一开始，吴老师就表示了这样的大家之气，那么，他是否真容纳得下"意见"？作为一个研究者，是真研究，仅说一些赞杨的话，还是要真提意见？这些一度在我头脑间直打转。

事后，在中国舞蹈家协会的关切支持下，1985 年 11 月 7 日至 12 日中国舞蹈家协会与浙江省舞蹈家协会等七个单位联合在吴晓邦的故乡联合举行了首次"吴晓邦舞蹈艺术思想研究讨论会"。在苏州会议时，我在学术发言时中曾提出，吴晓邦老师的舞蹈艺术思想与古今中外任何艺术大师的艺术思想一样，有成功，也有不足，也都是长短兼备而不可能十全十美的。例古希腊哲学家帕拉图的学生亚里士多德是继承师说，又批判师说的……作为吴晓邦的学生，一个他艺术思想的研究者审视的应是其全部艺术历程和心路，而不能

图 79 在与图 78 众人合影后，吴晓邦老师又招呼着盛婕老师和我一起合了影

只面对他功绩与成功这个局部。因此，后来我在我的多篇论文中均在肯定和赞美吴晓邦老师巨大成就时也提出了我认为艺术与学术方面的某些不足与遗憾，有篇论文中甚至在学术方面展开激烈地争论。但我们的吴老师对此，非但不怪反而是很高兴的。如对1985年苏州会议我的论文与发言，吴老师对人曾说因我提出了对艺术思想的遗憾与希望，"像个研究的样子"。1990年在北京再次举行的"吴晓邦舞蹈学研究讨论会"上我又提出了与吴老师舞蹈资料基础理论分支学科课目序列分类相左的说法，并明确表示对吴老师"舞蹈基础资料理论"提法的异议。后来也证实吴老师对我的商榷至少在学风上是肯定的，由《舞蹈论丛》编辑，吴老师亲自圈定的四十余篇会议论文中选登的六篇中有我的一篇就是佐证。

吴老师滋润和催动学术批评，容忍与鼓励不同艺术见解的做法，又让我们看到一个升腾了崇高境界的人，一个虚怀若谷的大师。

我最后一次见到吴晓邦是在去年夏天，乘参加1994年北京国际舞蹈会议的间隙与一家电视台驱车前去看望并采访他的。（图78、79）那时吴老师已十分虚弱，讲话让人感到很是吃力了。但他的思绪还是在舞坛间神游，念念不忘中国舞蹈的发展，提出了舞蹈要有教育意义等十分重要的看法。

他和我拉着手，勉励我要有精神，刻苦努力，不怕艰难，不要辜负舞蹈前辈的期望。临别时，我再次紧紧握住他那双柔软的，曾是开创中国新舞蹈艺术运动的双手，久久不愿分开，眼眶都湿润了——谁知这一别，竟成永别……

说也奇怪，吴晓邦老师过去送我的字迹镜框竟在他逝世那天轰然跌落。大厦虽倾，遗志要承。今天我已重新扶正挂在我书案旁的字框，敬爱的吴老师送给我的遗墨字字刻印在心间，"真理是时间的女儿，不是权威的孩子"。

安息吧，吴老师，我将永远记住前辈的教导，珍惜时间，一生求是！

20世纪中国的舞坛泰斗——我们的吴晓邦永垂不朽！

匆匆于1995年12月14日晚7时至15日凌晨5时稿

参考书目

吴晓邦所著：
1.《我的舞蹈艺术生涯》
2.《舞蹈学研究》

（原载1996年5月舞蹈杂志社出版《一代舞蹈大师——纪念吴晓邦文集》）

论贾作光的舞蹈理论思维品格

贾作光在中国现代舞蹈史上是一位十分重要的人物，特别是在舞蹈创作与表演方面的成就还超越了国界，是享有世界声誉的著名中国舞蹈家。

当代国内外舞蹈界的许多人总是将他看作"一个舞蹈着的艺术家"。

其实并非完全如此。因为人们忽视了贾作光滚烫的思绪中翻滚着火热的舞蹈，却常常静坐下来笔耕方格的重要形象。他在中国舞蹈理论圈中是一位有着独特理论思维品格的舞蹈家，是一个用舞蹈的创作、表演、理论支撑起一方天地的杰出人物。

贾作光舞蹈理论影响的不够广泛，并不在于他的舞蹈理论的本身。而是他于舞蹈创作与表演等方面的更高成就，是这方面超强振幅对人们的吸引与人们对他的舞蹈研究还缺少研究。

实际上他在舞蹈创作与表演等方面的实践所产生的震撼，相当部分来自他舞蹈理论思维品格的冲击力。

贾作光的舞蹈理论思维品格：从一出发，多角切入；不尚空话，鞭辟入里；贵在发现，意在应用。也就是说，他的舞蹈艺术论，始终坚持从人民需要的舞蹈实践这一根本点出发去探析、究诘舞蹈创作、表演、教学、理论等方面的现象；而他的理论爬梳、表述又从美学、文艺学、社会学、信息学等种种方面作多角度的切入；他的舞蹈批评注重实际实理，论点明确，析理入微，有很强的点醒力与说服力；他的文论不管长短繁简，大多有所发现，而种种

图80 贾作光在中国舞蹈家协会第五次代表大会期间看望参会的舞蹈家时热情地阐述他的理论思考。左起第1人为贾作光，第2人为本书作者（叶进摄影）

理论思辨归根结蒂又往往着眼于应用，在于总结自己或启迪他人的舞蹈实践。因此，尽管贾作光舞蹈理论成果的数量与从事理论的专家相比不算太多，但他在舞蹈理论方面的建树与他的舞蹈创作、表演、教学、社会活动等同样，"将以永不凋谢的生命力载入中国舞蹈史册"①

从一出发　多角切入

可以断定，贾作光之所以徜徉进理论之河，无非与当年爱因斯坦陷入寻觅"相对论"的泥泞间一时不能自拔一样，"完全是出于一种不可遏止的想要探索大自然奥秘的欲望，别无其他动机"（爱因斯坦语）。当年孩提时分跟着秧歌、高跷等民间舞蹈艺人身后痴心学步时的贾作光，是怎么也不会想到自己会走上全国高校美学教师进修班的讲台，主编《中国大百科全书·民族舞蹈分支学科》，并著书立说，出版了自己的舞蹈艺术文集的。后来他所以不得不将自己的有限精力分散到舞蹈理论之路上去，只是出于舞蹈实践的迫令："我认为一个舞蹈家不能只会舞蹈而无理论思考。理论是指导实践的，没有理论指导的实践是盲目的实践。"② 贾作光在舞蹈实践与舞蹈理论之间的久久审察，他还将作为舞蹈理论基石的较高的文化修养放在舞蹈巅峰之侧，他由衷地认为要达到"舞蹈美的最高境界"，没有勤学苦练，没有对事业的执着追求，没有较高的文化修养，没有对人民生活深厚的爱，是不可能的。

一般说来要一个有造诣的舞蹈家重视舞蹈理论不太难，但要一个舞蹈家几十年如一日地坚持一个根本出发点，让他的舞蹈理论作业始终咬住舞蹈实践这座青山不放松，却不是人人都能做到的。而走近贾作光的舞蹈理论（图80），我们不难发现他是一直以"人民与实践"这根标尺来不断校正自己的理论思维品格的，几乎一直沿着在许多人眼中已经淡漠，但他从不漠视，那由实践到认识，再从认识到实践这样循环反复而又盘旋上升的治学之路绝不回头的。1982年7月他在全国舞蹈编导进修班的一次专题演讲中曾着重讲了实践问题，他说："只有实践才能出才智。"而作为舞蹈编导，因为舞蹈艺术的特殊性，这一点的重要显得格外突出，编导要想很好地引导演员，必须自己有很好的基础。这需要在艺术实践中亲身体验。"做一个舞蹈编导千万不要只说不练，你个人没有体验，只靠演员来设计动作，总是有局限的，也不会形成流派与风格。真正的舞蹈编导必须投入社会实践，会跳舞，懂得动作规律。有长期的深厚生活积累和艺术积累，才能偶然得之。"[3]并希望这种实践要与人民群众保持密切的联系，思想感情与人民群众密切相通。

贾作光对实践中生发出来的认识，及对种种认识的探究过程，却不拘泥于一，而落入任何研究模式的窠臼。他是多方法，多角度地放开笔力，潇洒而又多彩地将自己舞蹈思维散现在字里行间。在其代表性文论《论舞蹈艺术》《舞蹈审美十字解初探》等中，不但融贯了马克思主义的文艺理论，辩证唯物主义原理的三大规律，社会学，经济学的基本原理，还有选择地运用了黑格尔、车尔尼雪夫斯基等人的美学观。并在具体的论证中又左右逢源，触类旁通，如以古希腊文明的雕塑《掷铁饼者》来阐述舞蹈作为活的流动的人体造型的见解，用中国古代文艺批评文集《文心雕龙》中的观点说明动作规范的必要性……骚人墨客飞扬的诗句，戏曲、音乐、绘画等姐妹艺术的共通之感等都成了他多角切入的勾勒或补拾。从而使生自"一"的点滴认知，能一发二，二变三……不断感悟，升华而成的理性认识产生了反作用于实践的滚动效应。

不尚空话　鞭辟入里

理论之文，作为一种文学体裁，我们没有必要提倡文风的千篇一律，而应让各人寻求属于自己的风格特色。但无论如何贾作光不尚空话，求实求是的舞蹈理论思维品格值得人们推崇，因为这种品格给我们舞蹈理论文坛吹来了一股清新的风气。

当改革开放的大潮涌动我们的国家，社会整个儿被推进一步的同时，舞蹈界曾一度出现脱离生活，全凭个人感受进行创作，对西方文化的消极因素不加选择而盲目吸收，提倡"人体非人化"，继而产生了舞蹈作品的形象与生活中的具象几乎完全丧失了联系等现象。对此，许多观众是不满的，但也有一些舞人认为这种不满是对现代意识的拒绝与不解。在似是而非的混沌与众说纷纭的争议中，贾作光毫不犹豫地遵循毛泽东《在延安文艺座谈会上的讲话》基本精神，旗帜鲜明的提出："一个作家，一旦脱离了生活，创作的源泉即告枯竭"，"文艺工作者必须深入生活，才可能创造出好的作品。对于这个问题，毛泽东同志《在延安文艺座谈会上的讲话》中的论述是非常精辟的。"在这篇题为《生活·创作·创新》的文论中，贾作光还告诫舞蹈家"艺术创作也不能以心灵为创作的源泉，以心灵为源泉，就是离开了土壤。"④这就将舞蹈艺术的"源"与"流"的本质与联系明明白白地廓清了。作为一位权威人士将旧话重提，老话新提，在当时确是起到了点醒、点化的积极作用。

贾作光在鼓励舞蹈家热爱人民生活，奔向创作源泉的同时，又以极大的热情引导大家大胆探索与积极创新。他举例说明马头琴是蒙族人民熟悉的，但"不能今天是马头琴，明天还是马头琴。应该是形式与内容有所改造而与时代合拍，并在继承中有所发展与创造，还必须要学习古今中外一切优秀的艺术，汲取和借鉴他们的艺术技巧"。⑤在继承传统问题上，贾作光也采取了实事求是的态度，不赞成民族虚无主义的态度，就如蒙古族"喇嘛跳鬼"此类舞蹈，他认为也是劳动人民创作，来自生活的一个侧面，要采取"取其精华，去其糟粕"的态度，而不能一股脑儿的扔掉。他对各民族的民间舞蹈遗产的正确主张，无疑是对80年代初各地正先后展开的民族民间舞蹈集成的收集、整理、编写工作的一种正确导向。

贾作光还经常运用理论批评的武器以理入里。有时舞蹈研究的对象错在何处？理在何方？舞蹈理论家心中明白得很，但往往"最"……，我曾在《舞蹈》杂志发表的一篇散论就一连感叹了许多"最"——"舞蹈理论家最易犯的错误：廉价的赞美／舞蹈理论家最感困难的是：直率的批评／舞蹈理论家最费力的是：在纸面上用文字演示、解析复杂的舞蹈动作，而又让普通读者明白你在讲什么／舞蹈理论家最缺乏自信的是：对自己能懂的东西表示轻蔑，对自己不懂的东西拼命赞叹／舞蹈理论家最不应不安的是：有人指责"不会编"或"不会跳"／舞蹈理论家一生努力：求是。"含有这些"最"的这篇拙文在《舞蹈》发表时，编辑部还在刊首语上给我写了"耐人省思"此类的鼓励话，说明我的困惑，有一定的认同群体。但这些舞蹈理论的常见现象，在贾作光的理论勇气与睿知前面似乎又并不存在了。贾作光对舞蹈作品与作者的赞美往往是从"新竹高于旧竹枝,全凭老干相扶持"的主干音符上弹拨出来的。他对艰辛创业,艺术上确有成就的人与作品,从不吝惜自己的褒扬。他的艺术分析常常是热情中透出几分冷峻,鼓励间散发着严厉,有时半是不尚空话的夸奖,半是直率的批评,如对《刑场上的婚礼》:"总的方面是好的,积极的。有的舞段新颖别致,显示了编导思想开阔大胆有创新精神……令人遗憾的是把交际舞附加给两个英雄人物身上,笔调未免有些太轻浮了。它所取得的效果我认为不是积极的。""处在这种残酷的现实面前也绝不可能跳交际舞。有人讲:'观众为交际舞鼓掌呢。'这要具体分析,这种掌声绝不是对英雄品质的赞美,是迎合了一种什么思潮罢了。"然后,贾作光又说:"我想编导能深入地思索,对人物内心世界挖掘更深的话,那么他所塑造的舞蹈形象的典型就能够找到比交际舞更能表达英雄人物个性的东西。"⑥这是鞭辟入里后的鼓励。有时贾作光的舞蹈批评还犹如一位严肃的慈父面对他心疼的子女,饱含着深情,例他在一次舞蹈大赛后写道:"朝鲜族舞《欢乐》,25米长的项帽条,演员甩动、旋转轻松自如,技巧的娴熟,身体的协调融为有机、和谐的一体,化为感情的语言,深深感染着观众,我个人十分喜爱这个节目。但决赛中,彩带缠身,破坏了艺术的完整性,造成了不可弥补的缺欠。我深为他惋惜,心绪翻滚,笔在颤抖中写下了'9.20'"。⑦这种由爱之深切而直点其穴的舞蹈批评大气而有力度。舞蹈批判家也只有如贾作光这样才能使一个个有所欠缺的作品,逐步成熟,继而呱呱落地。

还由于贾作光是一位从舞蹈实践土壤里滚爬出来的舞蹈理论家,所以他对舞蹈现象的剖析与舞蹈动作的演示是那么到位与形象,而让舞蹈家与普通观众也能捉摸。例如他在《舞蹈审美十字解初探》里对"轻"的表述:"……是用呼吸来控制体重的能力。在完成空间高难动作时,如舞蹈中的双人托举,动作应做的轻松、流畅,不费力气(似的),如一片云,一片纱,一片羽毛,轻盈潇洒,给人一种艺术美感。"短短几句话,既有"轻"为呼吸控制的由来,又有"轻"的要求,并以普通读者可以感悟的一片云、纱之类的比兴,令人得到形象感觉的启示,然后又让"轻"字落到艺术的美感这舞蹈艺术的高度要求上。又如对"翻抢背""准"的提法:"平空向上一窜,一个翻身以肩背着地,运用腰腿的弹性在台板上一滚,要求迅速准确,并要有分寸感。动作力量要适度,表演不能过火,要恰到好处,美而不邪,情出不腻,这都突出一个'准'字。"这是本人感到"最费力"的在纸面上演示,解析复杂的舞蹈动作的成功范例。贾作光就是这样,生动形象的让人感知到一个舞蹈动作的规范要求该是怎么样的标准。

贵在发现　意在应用

舞蹈理论的理论发现，是指在文论之中，对前人没有接触过，或虽有接触而言犹未尽的问题提出新的看法，论据确凿，言之成理，即通常所说自成一家之言，最起码是自有一得之见，这样才具备了可存在社会或可资读者应用的理论价值。通览贾作光的文论，觉得他是站在高处鸟瞰舞蹈世界，在不断地发现问题，提出见解，给人以启迪，给人以应用。《论舞蹈编导的专业职能》是一篇很漂亮的专业水平很高的学术论文。不是贾作光这样资深的舞蹈编导出身的人，是不可能有这样真切、熨帖的体会，也不可能有那么妙的专业理论的发现。

"动作感的眼睛"是贾作光在《论舞蹈编导的专业职能》[8]的导言中提出自己的一家之言的新看法，属于舞蹈编导的专业名词，其含意体现在该论第一节"观察能力"中，主要为：舞蹈是用人体动作表现内容，这种"动作性"的基本特征，从一开始就应体现在编导观察生活的形象思维过程中。"动作感的眼睛"的提法，说明了舞蹈编导的眼睛，应该是具有专业特征的眼睛，他对于生活的分析感受始终透着"动作感"以此来达到主观的记忆。的确任何艺术门类的专门家观察社会，都必须以特殊的眼光来打量世界，而"动作感的眼睛"的提法，就将舞蹈家的眼睛与画家、作家等文艺家的眼睛区别了开来。

"模仿能力"在《论舞蹈编导的专业职能》中产生了新的含义，而与一般艺术通论有着不一般的学术见解。模仿之说原是一种涉及艺术起源的最古老的理论，主要论点是：文学艺术来自对自然界和社会生活的模仿，而模仿又是人类固有的本能。贾作光在"模仿能力"说中批判了模仿论中机械的和唯心论的成分。但他对模仿的导引，是将人们的认识拉牵往舞蹈专业创作的过程中去，是将模仿作为舞蹈艺术加工的特殊手段来对待的。在这里，我们还注意到贾作光将模仿分为"外在模仿"与"内在模仿"两个阶段，并强调了模仿不能是机械地反映，而是要经过理性的加工。

贾作光之所以希望编导的模仿能力的有所加强，用意更在于舞蹈编导对生活的情感感受，这是符合贾作光要热爱人民生活的一贯主张。至于作为舞蹈专业编导的职能体察，贾作光的舞蹈模仿能力说是分三个层次推进的：一，无论艺术加工之后的舞台动作离生活多远，而加工这些动作的艺术化过程，经常要从模仿开始，模仿各种喜怒哀乐的动作及其表情，是创造具体人物的生活依据；二，真正模仿是要抓住事物运动的规律，即"动律"；三，模仿要将内在的感情的体验，文学样式体验转化为舞蹈的动作样式体验。

此外，贾作光的《论舞蹈艺术》《舞蹈编导的特征》《舞蹈演员要加强音乐听觉和舞蹈视觉的记忆能力》等文论均有不少新颖独到之处，并通过对典型事实论据的引用，立论的阐释与证明，力图将自己的思维成果及时向实际应用转化，为接受群体提供可资借鉴参照的专业资源。

我们在研究与欣赏贾作光舞蹈理论及其思维品格的同时，也企盼着他在这个方面的更加博大深邃与高蹈凝重；在保持自己本来文化构架的基础上，对舞蹈世界与世界舞蹈有更多的了解；在设定自己的一贯理论倾向后，给已有成果予适当的补正，以尽快形成自己较为完整的舞蹈艺术理论体系。

因为当代中国舞蹈太需要位于前沿，能对舞蹈全局作出更好文化把握与理论导向的权威群。

因为中国文化史不希望一个重要的文化灿烂期缺少舞蹈大师。如果一个接一个历史形成的舞蹈大师凸显了出来，那无疑将是中国舞蹈的幸运。

注释：

① 吴晓邦：《杰出的舞蹈家——贾作光》，文化艺术出版社《贾作光舞蹈艺术文集》，第1页。
② 《贾作光舞蹈艺术文集·自序》，文化艺术出版社《贾作光舞蹈艺术文集》，第3页。
③ 《舞蹈编导与创作》，文化艺术出版社《贾作光舞蹈艺术文集》，第168页。
④⑤ 见《百鸟》1982年第3期。
⑥ 《从生活中捕捉舞蹈形象》见《舞蹈论丛》1980年第2期。
⑦ 《怎样给舞蹈比赛打分》见《舞蹈》1987年第2期。
⑧ 见文化艺术出版社出版《贾作光舞蹈艺术文集》，第154页。

（原载《贾作光舞蹈艺术思想研讨会文论集》学林出版社2002）

风中牡丹 舞中女杰
——深切怀念盛婕先生

盛婕先生自20世纪30年代与舞蹈结下了不解之缘起，至21世纪的第17年头，在中国舞蹈的各个发展阶段，都留下她坚韧不拔的足迹和奋斗前行中的不朽功绩。她是杰出的舞蹈表演艺术家，中国新舞蹈艺术的先驱之一。

另一个特殊的、不可替代的贡献，是她对中国一代宗师吴晓邦几十年如一日的关爱、崇敬和支持。吴晓邦舞蹈事业的巨大成就中饱含着她许许多多的默默奉献。她和他联袂而行，穿过了历史的风云，为了理想的舞蹈事业，坚韧不拔奋斗了七八十年。

丙申年初，天气并不太冷，可是人们的心里却是一阵又一阵的冰凉，刚刚送走了仙逝的贾作光老师，还没来得及抚平心中悲恸的波澜，只过了三天，又惊悉了盛婕老师瞑目九泉的噩耗！

2017年1月9日，到处弥漫着满满的情思和深深的悼念，而最多的无奈和凄怆是："惊闻又一位舞蹈界的老前辈盛婕老师作古！这些年全中国都在送别，惋惜感叹之余不禁有一种强烈的感觉：一个时代，正在过去……"

是呀，反刍并不算太久的记忆，康巴尔汗、吴晓邦、戴爱莲、贾作光、盛婕……这些人民所敬爱的舞蹈前辈，"新舞蹈"艺术的领军人物竟一个个先后驾鹤西去！自20世纪30年代起，他们联袂着广大舞者和人民群众，满怀激情、殚精竭虑地开创了中国舞蹈历史上的新时代，舞蹈文化建设的累累硕果中饱含着他们一生的奋斗、智慧、艰辛和付出。如今，这些人民所敬爱的舞蹈前辈、新中国舞蹈艺术的拓荒者们，终于耗尽了心血和汗水，竟一个个先后驾鹤西去，长眠在他们终身向往的舞蹈圣殿！

缅怀之余，不由得追忆往昔……

艺术生长爱情之花

20 世纪 30 年代初，除了由外侨传入或零星艺人制作的供人娱乐或粉饰太平的交际舞、娱乐歌舞外，中国的舞坛一片荒凉。正是一代舞蹈宗师吴晓邦高擎起"新舞蹈艺术"的旗帜，以舞蹈干预人生，通过在教学、创作、演出等方面的一系列努力，才开创了中国人自己的舞台舞蹈艺术。

对于"新舞蹈艺术"，吴晓邦在《新舞蹈艺术概论》中是这样界定的："1935 年，我把这种现代舞蹈引进中国，我想通过这种新型的舞蹈形式去揭露反动统治的罪恶。新舞蹈是一种无声的语言，形象的语言。它能起到组织群众和鼓舞群众的作用，像暴风一样煽动人民群众的阵阵怒火；又像是粒粒种子，深深地埋在观众的心中，去扫除阻碍中国走向科学和民主道路上的旧思想、旧信仰、旧风俗、旧习惯。"生命的遇见总是不可预期，正是在吴晓邦吹响了晓角后的不久，盛婕出现在他的生命里……

盛婕学名盛曙霞，1917 年 12 月 21 日出生于上海。当年，盛家在常州称得上是名门望族。中国近代著名的官办商人、政治家、企业家和慈善家盛宣怀即是盛婕祖父的长兄。盛婕父亲少年失怙，由盛宣怀养育成人。她 7 岁时，母亲去世。此后，便与哥哥住在杭州的姨母家，而父亲在盛宣怀的安排下于哈尔滨电报局工作。小学四年级时，父亲把她和哥哥接到哈尔滨生活。盛婕所上的女中也曾是原哈尔滨的"贵族学校"。虽然漂亮的学生很多，但盛婕是其中十分出色的"一朵牡丹花"，女中旁边工业大学一些男生为之倾慕，频频献殷勤，甚至还被记者追踪，当地的小报称誉她为"东方女士"。

1938 年 9 月，盛婕在上海中法戏剧专科学校求学，因比好友"捷足先登"学习了舞蹈，故取"捷"的谐音"婕"改名盛婕。当时吴晓邦是她的舞蹈老师，每次上课，吴晓邦不仅教授"自然法则"的身体训练，还给学生讲舞蹈理论，分析什么是舞蹈以及舞蹈和其他艺术的关系等。1940 年，正在她于日寇侵占的"孤岛"上海苦苦寻思人生出路而犹豫彷徨之际，因"吴晓邦的一封来信改变了人生轨迹"。她接受了他的激励召唤，直奔抗日的大后方桂林，协助他开班设教、排练演出，与欧阳予倩等一起投入到抗日救亡运动之中。次年，又应陶行知先生的邀请与吴晓邦结伴去了陪都重庆。就在这一年，她和他"志趣相投，相互敬重，相互关心，相互依恋，决定结婚了"。

从此，她和他联袂而行在新舞蹈艺术的道路上，穿越历史的风云，为了理想的舞蹈事业奋斗终身。在新中国舞蹈艺术的各个发展阶段，都留下了盛婕执着奋进的足迹和不朽的功绩：她是杰出的舞蹈表演艺术家，新中国舞蹈艺术的先驱之一；开掘、研究中国民间舞蹈的领跑者；出色的舞蹈组织活动家……更有一个特殊的、不可替代的身份——吴晓邦先生的贤妻。吴晓邦舞蹈事业的巨大成就，离不开这位贤妻几十年如一日的关爱、崇敬和支持，饱含着盛婕许许多多的默默奉献。

盛婕天生丽质，极富表演才能，特别是豆蔻年华时兼擅舞蹈与话剧表演，引起了演艺界的瞩目。当时有许多"大腕"都青睐于她：欧阳予倩为她排了夏衍的《心防》；许幸之导演邀请她加盟莫里哀的喜剧《装腔作势》；她在于伶的上海剧艺社出演了《职业妇女》《武则天》《被迫害者》《梁红玉》中的主角；在吴晓邦排练演出的舞剧《罂粟花》中的演出则让"整个孤岛都为之轰动"。而在她早期艺术生涯中，更加具有划时代影响的还是其参与筹备、演出的"戴爱莲、吴晓邦、盛婕——新舞踊表演会"。

似乎是冥冥之中，这一中国近代历史上最具影响力、革命性的舞蹈演出缘起于吴晓邦、盛婕对新舞蹈艺术伉俪的结合之时。1940年4月14日，重庆的实验歌剧院礼堂分外热闹，吴晓邦和盛婕的婚礼在这里举行，周恩来和邓颖超特地委托专人送来了亲手栽培的大束鲜花，孩子剧团的人来了，刚回国的舞蹈家戴爱莲也来了……满屋喜气，也不乏期待，参加婚礼的文艺界人士纷纷建议，吴晓邦、盛婕和戴爱莲应该举行一次联合演出。周恩来迅即对三位舞蹈家的义演决议给予了大力支持，并决定由郭沫若的"文艺三厅"来组织，由周恩来的秘书阳翰笙出面承办，义演卖得的票款全部捐献给革命烈士家属。在这次重要的演出中，除了吴、戴极具功力的出色表演外，盛婕体现出了作为一个舞蹈表演艺术家的非凡的艺术天赋与才华。舞蹈晚会上，三人一起表演了《合力》，她还与吴晓邦共同演出了《出征》，表演了舞蹈《流亡三部曲》中的小组舞。由于亲身经历了百姓疾苦，再加上几十人合唱《松花江上》烘托气氛，演出收到了非常好的效果。事后邓颖超激动地告诉盛婕，她看《松花江上》时很受感动，忍不住直掉眼泪。中国共产党在当时国统区的《新华日报》也发表了对这场演出的评论："民族舞蹈，现在由少数的中国舞蹈艺家在不断努力中创造建立。今天请这样理解它,它不仅是抗战史实的记录者,还是热情的宣传形式。我们非常同意,这种新的舞蹈在不断地努力创造中,一定有它光辉灿烂的前程,与我们新中国的前程一样地向前迈进。"这一评价不仅给三位舞蹈家带来了极大的鼓舞,也为当时的舞蹈发展指点了方向。

爱,或者被爱,都不如相爱,相爱又莫过相知。舞界多传扬吴晓邦和盛婕真情相守的佳话,历经艰辛相濡以沫,几十年如一日,艺术与爱情共同生长,更成为了一段传奇。1966年"文革"期间在席卷全国的动乱中,在一次揪斗病倒在家中的盛婕时,遇到了吴晓邦坚定的拦阻与守护,结果被双双押去批斗。1976年之后,诗人屠岸曾回忆了当时的情景:"……批斗会在文联大楼的礼堂举行,吴晓邦与盛婕被押在舞台上挨批。我当时也是黑帮,但是没有上台。造反派就指着盛婕问吴晓邦:'你为什么要阻拦盛婕来会场,为什么包庇老婆?'吴晓邦不回答,造反派就再三地逼问:'你为什么包庇老婆?'忽然,吴晓邦大声说:'因为我爱她!'全场顿时鸦雀无声。"吴晓邦竟然在挨批斗的时候,处在高压威慑之中,于大庭广众中喊出了这句话,可谓危难见真情,真情永在心!

在吴晓邦辞世后的10年间,盛婕则自勉"晓邦归西,吾需坚强",并许下要实现"永远的吴晓邦"这一"完美人生"的心愿,于是把自己的余生精力几乎完全扑在建立"吴晓邦舞蹈艺术馆"、出版《吴晓邦舞蹈文集》(1—5卷)、筹办"纪念吴晓邦百年诞辰活动"的工作上,奔波于北京、上海、苏州、太仓之间,力克艰辛,终于以自己高尚与真挚的爱,不遗余力地实现了传承吴晓邦舞蹈艺术和高山仰止精神遗产、为舞蹈事业奋斗终身的最后愿望。

难忘的行前叮嘱

新中国成立初期,盛婕组织人员深入民间,走向田头地角、村寨里巷认真进行田野调查,收集整理了花鼓灯、秧歌、傩舞,等等,抢救了一大批濒临失传的民间遗产,编写整理了中国第一套《中国民间舞教材》。这些当年由她组织、带领搜集的花鼓灯、秧歌、傩舞等风格韵律、主干动作,至今依旧是许多舞蹈院校基本训练以及作品创作的宝贵素材。在采风时,盛婕特别注意在采录时要激发艺人的情绪,故而在现场总是与大家一起欢乐、跳动,以更多地攫取民间表演者稍纵即逝的绝招和闪光点。为了推陈出新,1953年,盛婕还在深入民间时亲自为当地改编了一套舞台上表演的《花鼓灯》，这一节目在同年3月的第一届全国民间音乐舞蹈会演中获得了一等奖，之后又到北京怀仁堂为毛主席等国家领导人演出，在后来的国内外演出中均大获成功。

1985年，笔者在中国舞蹈家协会《舞蹈》编辑部工作期间，吴晓邦和盛婕两位老师非常关注民间舞蹈的传承发展。临近岁末，吴晓邦老师要胡克、谭美莲和我组成"中国舞蹈家协会民间舞蹈调研组"深入民间，了解现状，把握第一手资料。临走前胡克与我去晓邦老师家再一次领受任务时，盛婕老师关心又认真地叮咛我："吴露生呀，下去时对老艺人一定要尊重，不仅尊重他（们）本人，还要尊重他们舞蹈所连带的民俗风情。"听说我们的行程计划中有江西时，她若有所思地说："相信你们不会高高在上，必要时也可以像我当年睡棺材板，不然收获不大……"当时我对盛婕老师"睡棺材板"一说还懵然不知，后来才知她指的是20世纪50年代她带队去江西民间采风的一段轶事。

当年中国舞蹈研究会成立以后，盛婕带着孙景琛、刘恩伯等一行六人去江西搜集傩舞，先后走了5个县12个乡镇。那时生活比较艰苦，有时借学校教室休息，有时就在泥土地上铺张席子躺着，或者睡在木板上。一次，同事看到了一块木板，就连忙为盛婕搭上，她也累了，倒头就呼呼入眠。第二天醒来才知道整晚亲密接触的竟是一块棺材板，大家面面相觑，盛婕却轻松打趣："那好，就当我死过一回了。"一个大艺术家、一个舞蹈研究会的主要领导就是这样不计条件艰苦，为了事业，坚持与艺人们打成一片，同吃同住。

我还在孙景琛老师那里听到，当年采风时，盛婕老师一方面看着、学着老艺人跳舞，一方面见到好的傩舞面具，先是随乡入俗地将面具"请"出来，再让他一张张拍下来，先后共搜集了一百多张面具资料。舞研会内部《舞蹈学习资料》选取了其中的二三十张刊发，这些图片成为舞蹈史研究的珍贵材料，被几代舞蹈学者运用，也引起了国外学界的高度重视。

盛婕老师的行前叮咛，是舞蹈前辈为我们树立的精神示范。是啊，与前辈们相比，我们深入生活少了，向民间学习少了，然而唯有多多走出高楼大厦，接受泥土的慰藉，深入火热的生活，才会在艺术上有真正的收获。

2010年金秋，因参与全国艺术科学"十一五"规划文化部重点课题《中国戏曲、民间舞蹈、民间音乐现状调查》项目工作，我从杭州来到北京。返程前特地去了和平里盛婕老师的家中看望。那天，盛婕老师很是开心，泡上

图 81 2018 年 7 月 6 日，中国文联、中国舞蹈家协会主办了"纪念盛婕先生百年诞辰"活动。会后，中国艺术研究院舞蹈研究所名誉所长欧建平先生（后排左 1）、欧建平的博士生赵金领（前排左 2）、本书作者（前排左 1）等与吴晓邦和盛婕先生的子女等亲属合影于中国文联 818 会议室外

了我们都喜欢的龙井茶，关怀地问起了民间舞蹈的发展情况。话匣子打开，盛婕老师回忆起了当年她去安徽发掘整理花鼓灯的往事，如数家珍地说到了民间名艺人冯国佩的拿手绝招"野鸡溜"，还有"一条线"陈敬芝的技巧"二截杠"……留我用过了家庭午餐后，临走前还送了我一套《吴晓邦舞蹈文集》（1—5 卷）和她刚出版不久的《忆往事》，并在扉页上认真地用毛笔签赠。看着饱经风霜却精神状态极好的盛老师，我高兴地说："盛老师，您百岁大寿时我们大家再来庆贺您！"盛老师笑靥顿开，又若有所思地不住点头，红艳艳的夹袄将她的面庞映衬得犹如西山间的一抹晚霞……

谁料到，盛婕老师却在九九登高，离百岁老人仅一步之遥时撒手人寰！

中国舞蹈家协会曾在盛婕老师 80 寿辰、从艺 60 年时敬赠她"舞中女杰"字样的贺牌，以此肯定她杰出的舞蹈才华和对新中国舞蹈事业的卓越贡献。

愿风中牡丹的国色天香长驻人间；

愿舞中女杰——盛婕老师天堂永生！

（原载 2017 年第 4 期《舞蹈》；中国文学艺术界联合会、
中国舞蹈家协会、中国文联舞蹈艺术中心
《盛婕先生追思文集》，中国文联出版社 2018）

京丰夜话[1]

在北京,我交往得最多的,当然是舞蹈家,而最多的是前不久在京丰宾馆举行的中国舞蹈家协会第五次代表大会上……

轻轻的击拍

作为《舞蹈》杂志的记者及大会的《简报》组人员,我参加了西南组的几天讨论。该组讨论的气氛比较活跃,坐在我身旁成都歌舞团的张瑜冰与西藏歌舞团的仁金幸珍和亚嘎的发言,我的感觉就是一连串银铃般的笑声;而来自大凉山彝族自治区的黄石,讲话就似说相声;有的人一边说一边还手舞足蹈……对于这些好动的舞蹈家来说,小组讨论似把他们从正襟危坐的大会中"解放"了出来。那股兴奋劲,连许多人胸前的代表证也好像在欢跳。但有一个人例外,她也是那么激奋,却是那么深沉,大家乐得个前俯后仰,但她的脸上只不过泛起两个甜甜的酒窝,一身傣装更显出她那玲珑的曲线——哟,那不是著名舞蹈家,"金孔雀"刀美兰吗?休息时,我凑到她旁边低声告诉她,作为另一家刊物的兼职记者,想采访一下。尽管找她的人不少,作为中国舞蹈家协会的常务理事与大会主席团成员,会议期间也一直较忙,但对于我的请求,特别知道我兼为一个群众文化刊物采访时,她还是笑着点头了,她说:"舞蹈离不开群众。"

晚饭前,我们对坐在宾馆的咖啡厅里,刀美兰的话语就像傣乡竹楼旁的清泉,轻轻的击拍着……

---

[1] 本文为本书作者在《舞蹈》编辑部工作时,受浙江省金华市《艺术馆》刊物委托的采访稿。

图82 刀美兰与本书作者在会议期间的交谈

刀美兰（图82）出生在风光旖旎的西双版纳，她是在傣族传统的古代文明熏陶中长大的。小时候每逢过年度节，就踮着脚丫或钻进人堆贪婪地观看家乡的民间舞蹈，边看边学，回到家里的小竹楼还要不住比划着跳；与奶奶去缅寺赕佛，婀娜多姿的壁画也往往把刀美兰迷住，这个小"舞蹈迷"就一面端详，一面以自己的体态去临摹，满壁风动的艺术形象使她自己也感到飘飘欲仙而到处转悠，惹得奶奶却在寺庙中到处寻找……"咯咯咯"，说到这里，刀美兰忍不住笑了。她笑得那么舒心，又是那么纯真，笑声中她似乎回到了金色的童年。她说："十二三岁时，西双版纳文工团一成立，就把我这个打猪草、砍柴的业余舞蹈小演员招去了。我感谢民族民间舞蹈给了我许多艺术财富。"是呀，由于生活的哺育，特别是周总理的亲切关怀，刀美兰在迅速地成长。50年代起，她在舞剧《召树屯与楠木诺娜》中出色地扮演了楠木诺娜，在舞蹈《赶摆》《小卜少》及音乐舞蹈史诗《东方红》中的表演也脍炙人口；粉碎"四人帮"以后，她又创作与表演了《泼水节怀念周总理》《金色的孔雀》等舞蹈，并到工厂、农村、边疆、对越自卫反击战前线，及缅甸、泰国等东南亚国家演出，均受到热烈欢迎，被誉为"傣家的金孔雀"；1980年第一届全国舞蹈比赛中，她表演的《水》《金色的孔雀》获优秀表演奖。中国舞蹈家协会吴晓邦老师在看过她的独舞晚会以后，曾题诗赞美："千言万语也倾诉不尽你美妙的舞姿，这那里是人在舞蹈？分明是舞神从天上降临。"在云南，三四岁的人叫她"孔雀妈妈"，上了年纪的人称她"孔雀孩子"。她去买东西，售货员说："刀

图 83 与胡嘉禄串门夜话后

美兰呀,你给我们跳个舞吧",到医院,护士同志也开玩笑:"金孔雀你不跳,我可不给你打针",刀美兰往往是笑着满足了人们的要求。刀美兰有不少亲朋在国外,有的多次劝她出国。刀美兰对我说:"如果我去了,马上给我小汽车,世界任何地方都可以去。但我爱自己的祖国,自己的民族,我在世界上有些影响,我的一举一动都要对得起祖国。""一个艺术家在生活上如果一塌糊涂,对人傲慢,那么你今天跳舞又为了什么呢?!艺高德高是可贵的东西。一个演员光长得美还不行,更重要的是自己的心灵要美,我希望死了以后,能给后人有好的印像。"

当我提出,能否为我们家乡刊物写句赠言时,她轻轻地说:"好呀,但我汉文写不好,请你帮我写一下,我签名。"写好以后,她送了张近影给我,并说:"露生同志呀,以后有机会一定到我们西双版纳来,傣族的'三道弯'使我们姑娘的背影也是美的。'泼水节'最热闹,到我们的小竹楼来坐坐吧……"

"五加六"的震荡

胡嘉禄是上海歌舞团编导,我国舞坛公认的新秀,由于他才华横溢,又谦恭诚恳为人极为随和,人们亲热地称之为"五加六"(胡嘉禄的谐音)。

我与"五加六"的夜话经常横跨二日,即往往开始于当晚十一二点,而结束,要到次日二三点。(图83)一起凑热闹,参加"聊"的,还有浙江歌舞团的编导孙红木、江苏歌舞团的编导傅德荣及上海歌剧院舞剧团的舞蹈演员周洁，他们都是国内有些名气的舞蹈家。我们的议题大从理想、主义、小到创作、家庭、嗜好，当然涉及最多的是本行，最引起我思考的是胡嘉禄的见解。如果刀美兰与我在咖啡厅的对话，是富有美感的轻轻击拍，那么胡嘉禄的夜话则激起了我心海的波澜——一种现代节奏的震荡。

胡嘉禄的谈话一点也不风趣，老实巴结的样子，有点像哪座大桥边做不来生意的菜农。但他对舞蹈的"生意经"却很懂行。换句话说，他能猜透当代青年的心思，使舞蹈吻合现代节奏，因而在全国舞蹈青年，特别是上海青年观众中掀起了股"五加热六"。胡嘉禄说："只有观念的更新，才能带来舞蹈的新局面。舞蹈属于青年，老年人参加舞蹈活动也想唤起自己的童心，因此我把青年当上帝"，故而，他创作的舞蹈往往以青年人的审美理想作标准。自从胡嘉禄的力作《乡间小路》《拂晓》风靡大江南北以后，他又在《青春歌舞晚会》与"十佳"运动员联欢之时推出了一批新节目，随后在华东第二届舞蹈会演中，新创作的《绳波》《理想的召唤》又分获一、二等奖。他力图通过这些节目证实自己的主张：拆除舞台的"四堵墙"，缩短与青年观众的距离，以舞蹈和观众"谈心"；他还认为，创作的最后阶段，不是在教室，不是排练场完成，而是在剧场完成，是在观众席间完成的。他说："舞蹈从来没有出现过今天这样好的局面。禁锢了十多年的舞蹈，走向了青年，走向了生活，人民群众从来没有像今天在生活中跳舞……"。他又说："一种样式的文化过于成熟，必将被另一种样式的文化所替代，不然远古、盛唐的文化就会原封不动地保留到现在。"但是，就像有的流行歌曲不该被随便否定一样，上海流行着的胡嘉禄的舞蹈也好像"感冒"了一样，曾被人为地"躲避"着。"青春歌舞晚会"曾被称之为"精神污染"。他学了"邓选"以后，为了唤起青年人的理想，创作了《理想的召唤》，又有人指责：舞蹈中的旗手为什么是女的？胡嘉禄生气地说"幸亏我这舞蹈是五个人跳"。对这些"左"的不散阴魂，他深恶痛绝，激愤地说："我的舞蹈到底健康不健康！？""舞代会"期间，极大多数代表对目前歌舞创作中出现的某些滥用"迪斯科"，并将其庸俗化或将舞蹈商品化的种种现象表示极大的不满，但看过胡嘉禄作品的人大都认为他的舞蹈是健康的，主张有许多合理之处，完全可以作为一种流派生存、发展。同志们以掌声与选票说明了对胡嘉禄的信赖。

胡嘉禄是这次"舞代会"里青年舞蹈家得票最多的一位。他先后被选为

图 84 连任中国舞蹈家协会主席的吴晓邦先生

大会主席团成员、中国舞蹈家协会理事、主席团委员会委员。同志们的信任，时代的呼唤，使他有点坐不住，而急着想干了。他对我说："请转告读者，我愿与舞蹈白头偕老！"

新时代出新人，新人出新观念，新观念必将带来更多的新作品。愿"五加六"能给观众的心灵有新的震荡。

旋风般的掌声

全国"舞代会"不知响起多少回掌声，但都莫过于吴晓邦（图84）作总报告后的掌声久长，连任主席揭晓时的掌声那么浓烈。当这旋风般的掌声在富丽堂皇的京丰宾馆会议大厅席卷而起时，一位阅览颇多的新华社记者恰好坐在我旁边，他说："吴老能赢得这样热烈又久长的掌声，不简单。"

是呀，要在这次"舞代会"选举这样充满竞争的场合中，在来自全国各地、各族舞蹈家的心间响起掌声，寻找共鸣，确是不简单。但吴晓邦的魅力却使这不简单变为一目了然的现实。固然，这魅力的体现是在投票选举的瞬间，而要做到这一点却是吴老半个多世纪中，人品、艺品与对人民贡献的累积。

吴晓邦是中国新舞蹈艺术的开拓者和奠基人之一，是他第一个把中国舞蹈的舞台艺术创立了起来。1931年，他从日本留学回国，在上海创建"晓邦舞蹈学校"时，中国舞坛除了"十里洋场"的一些交际舞和爵士舞外，几乎一片空白。50多年来，他不但创作与表演了《游击队之歌》《饥火》《思凡》等100多个节目，学生遍布全国各地，并且集舞蹈的表演、编导、教学、理论研究于一身，形成了自己的舞蹈思想与流派，在国内外享有盛誉。近几年来，吴老耄耋之年仍精神矍铄，奔波在全国各地，调查研究，传经讲学，把自身的余热奉献给人民，因而在舞蹈界有很高威望，这次"舞代会"中又以较大优势，最高票数连任了中国舞蹈家协会主席。

对于群众舞蹈，吴老历来重视并刮目相看，在全国"舞代会"的总报告中，他充满激情地说："随着经济建设的高涨，对外开放城市的增多，群众性的文艺活动也必然朝着多样化发展。各种健康、活泼、有益于身心的舞蹈活动，在群众业余生活中蓬勃发展起来，尤其是扎根于我国各民族生活中的舞蹈，继续不断地推陈出新，成为新时期广大人民娱乐活动中的重要组成部分，分布全国各地的群众艺术馆、文化馆、少年宫等的舞蹈工作者，为开展群众舞蹈活动做了大量工作"。我到了北京，吴老经常嘘寒问暖，帮我制订学习规划，指导我的理论研究工作及编辑业务。因我是个南方人，吴老及其夫人怕我生活上不习惯还特意让人给我带来大米、香肠……这是老一辈的舞蹈艺术家对一个普通的理论工作者的关怀与厚望。

"舞代会"期间，吴老是临时党组书记，许多工作要他决策、处理，全国各民族的许多舞蹈代表都要看望他，所以我也不去他的住处多打搅。但大会刚结束的一天夜晚，我就与还在家中休息的吴老通了电话，我说："吴老师，我想给家乡文化刊物捎上您的几句话"，吴老连声说："可以呀，可以呀。"过几天，我到吴老家去，他就兴致勃勃地给我们的刊物留下了墨迹。

天将破晓，推窗看去，晨光就像高速显影水那样将古城的一角呈现在眼前，一个充满活力的、新的一天已经来到首都，我这份发自北京给家乡的这番"夜话"也该画上记号了。

1985年6月18日于北京灯市口寓所深夜至19日凌晨

（原载《艺术馆》1985年第9、10期合刊）

"总部人",在世纪大门前[1]

——采访沉思录

他们不是一群没有私欲的奉献者。他们"顾不得那么多"必须"拼搏一番",因为这是时代交给的——

世纪使命

零散残缺的舞蹈史料告诉我们,在那遥遥远古,人类还处在蒙昧状态,文明尚未苏醒之时,舞蹈就与初民的生命、生活同在了。人类没有语言,更没有语言的符号,舞蹈就是抒情达意的重要手段。但当我们面对狼山岩画、马家窑墓葬彩陶盆残片时,当我们任意抽取一个朝代阅读文人学士的诗词时,除为依稀可辨逝去舞蹈的一个极为模糊的大概,而惊叹、欣喜不已外,又能在多大程度上把握住舞蹈本身呢?中华古国各民族民间舞蹈的历史断裂带并不仅仅是一个朝代或一个年代,而是整个汪洋大海般的世纪性空白,辩证唯物主义告诉我们,人类文明总是在时代的进程中不断发生、发展的,如果要想让我们的舞蹈是中华民族的一种优秀文化,那就一定要极其重视我们民族民间舞蹈文化的遗产,先把它继承下来,再经过扬弃、创造、发展。

1981年吴晓邦向中央打了报告,得到了当时文化部负责人周巍峙的有力支持。9月文化部、国家民委、中国舞蹈家协会联合发出了关于编辑出版《中国民族民间舞蹈集成》的通知,1983年《舞蹈集成》被列为国家艺术学科研究重点项目,《舞蹈集成》总编辑部——"总部"班子建立了,吴晓邦担任了主编,孙景琛为副主编,谭宁佑担任办公室主任(后调出)。1983年又调来了

---

[1] 本文为本书作者作为《舞蹈》编辑部与《中国民族民间舞蹈集成》总编辑部特约撰稿人的采访稿。

图 85 本书作者与部分总部人在江西举行的全国民舞工作会议期间的合影。前排右 2 孙景琛、右 3 陈冲，后排右 2 康玉岩

陈冲，担任副主编兼编辑部主任，梁力生、周元，康玉岩、王芸、朱梅等同志先后来到"总部"工作。（图 85）

在 21 世纪的大门前，他们开始了与时间、社会、大自然乃至自己精力、灵魂的搏斗，他们肩负着基本上要在 20 世纪完成的使命，于是，"总部"开始"抗战八年"，发动、普查、调研、辅导、审稿、付印、校对、成书。"总部"人既是指挥员又是战斗员，"总部"作为中间的枢纽一方面要在省卷成稿过程中，精心辅导，严格把关，并帮助提高书稿质量；另一方面，要在终审发稿时，努力做到稿件的"齐、清、定"，发排后又要统筹安排人力，保证校样的返厂时间不耽误。为确保 1994 年底前审完全国 31 个集成卷的全部稿子，"总部"每年领审 4 卷，发 2 卷，如以平均每卷 100 万字，1200—4000 幅左右的图计算，实际每年工作日是 10 个月（事务工作、调查研究、出《简报》，其他副产品的工作还不包括在内）。就这样，自 1981 年起。"总部"人的足迹开始撒向神州大地，繁忙、疲劳、烦恼、困惑，以及病魔不息地窥视着他们，扑向他们……

梁力生（图 86），这位在济南军区歌舞团干了八年之久的舞蹈演员，身高

图 86 本书作者与梁力生基层工作后合影

1米76的汉子，1981年，为了收集形象资料，他曾带着录像队走悬崖，过飞瀑，录制民族民间舞蹈节目，经常听着喔喔鸡啼上路，顶着朔风寒星晚归。一次，录像队来到了北方草原，他穿着民族服装，与牧民同吃同住。那天，吃中饭的时分到了，梁力生竟然找不到食物，偶而挥一下手，一团苍蝇飞去，一块圆饼显现，牧民递来一碗奶茶，碗边上又是一圈苍蝇，赶跑了小动物，却赶不掉他们的遗弃物。梁力生喝了一口，觉得味道不对头，明知奶茶喝下去要出问题，但为了尊重主人，他闭着眼睛一连喝了两碗。精神与生理的交锋后，他开始一天十三四次拉肚子，甚至休克昏倒在地。他方中见圆，微黑透红的脸庞削瘦了，有人对他说："当时那么脏的奶茶，干嘛去喝？"工作时又有人劝他："别累垮了身体。"梁力生总是爽朗地一笑："顾不得那么多啰！"

听说周元又要出差去江西了，我急忙赶到粉子胡同她的家，她正在收拾行装。一会儿宝贝女儿回家了，我对着漂亮的小女孩问："小睿，妈妈明天又要出差去了，你是怎么想的呀？"小睿沉默片刻，忽然用双手盖住眼睛："我希望妈妈能早些回来……"怕泪水从小手指间渗出，话音未落，就从沙发上弹起迅即离去。"小睿大些了，懂点事了。"周元快言快语的风格，此时稍有变样，一股女性的柔情："前几年我出差一次，她就哭一回，唉！也难怪她，爸爸在深圳，就小睿一人，白天脖子上挂了串钥匙……挺可怜的。我是心里难受，脸上还得笑。"

"说真的，我也好几次想离开编辑部，民舞集成工作太苦，太累，但人总要有一种精神寄托。我也不是没有私欲的纯粹奉献者，但民舞集成工作这么紧，全国对集成技术的掌握还没达到一定的水平，我们一走，谁来顶替呀！？唉，说起来也就是一点责任感罢了。"

好一个实实在在的"责任感——难能可贵！"

但当我脑中出现康玉岩时，不知怎地总还会出现戏曲舞台上那些脸上擦着粉的猥琐小人；想起了为署个名硬在法庭上争吵不休的"艺术家"，想起了"走穴"明星走了好几万还在偷税漏税；想起了……哦，我发现，是人与人在现世中的沉浮，形成了我思维流动中的强烈反差！

康玉岩原是中国歌剧舞剧院舞剧演员，能书善文。但他的脸上却少有矜持，少见骄气。一次到南方某省工作，听说一位搞民舞集成的同志调动还未成功，另一位评职称中总是"吃亏"，这位不愿寻官的编辑，在无人相托的情况下，利用当地领导会见他的机会，见缝插针，说了好话，推动了事情的成功。被帮助的人，事后方知道此事，连声说："好人，好人也。"

按规定，修改率达 40% 的，修改者就可以署上名字。康玉岩对浙江的两个舞蹈材料作了重新整理后，稿件上几乎没有一个字是原作者的了，原作者也多次表示要署上康玉岩的名字，但他不愿这样做。原作者十分感动，好几次与人说起"在如今这样的社会风气中，康老师实为少见"。

> 一句不无凄楚的谐谑：总部有三个"坏人"。"我们三个人的部件都不行了"，但"活着不干，干嘛活着？"人称这三个身患重病的知识分子，都是——

"玩命"的人

我是在病榻上见到陈冲的。提到陈冲这个名字，人们会反映出电影明星陈冲、作家陈冲，还有一位舞蹈家的陈冲的影子，但这位陈冲目前的情况怕是最为艰难的了。

我想不到这个 18 岁就参加进军西南、曾担任过中国舞蹈研究所党支部书记的副编审、总部副主编是住在这么一间拥挤、暗淡的房间里。病魔像恶蛇一样紧紧缠住他,床头柜摆满了他要服用的药品,而那急救用的"气喘气雾剂",则放在他随手可以拿得到的位置上。他喘着气说:"我是在靠药顶着过日子……,我想象不出自己最后一刻是怎么被病魔闷的……"。

陈冲患有肺心病,稍有疲劳就呈现脑供血不足,心跳、气促,喘不过气来。有一位同志含着眼泪告诉我:陈冲在最近的一次会上估计自己"最多只有 10 年好活,是看不到集成最后的成果了。"人们用这样的语言概括他:"玩命"呢!

1983 年,陈冲从音乐出版社调到"总部"以后,在另一个副主编孙景琛与同志们支持下,分担了部分领导工作,主持制订并逐步完善了《中国民族民间舞蹈集成编写条例》,对集成的编写方针、工作步骤、编选内容及省卷编选体例都作出了详尽、严格与科学的规定。从而让这部中国舞蹈史上空前规模的鸿篇巨著有章可循,有效的保证了全国各地编写成书工作的顺利进行。

1986 年 7 月,他在沈阳参加"北方秧歌学术讨论会"时,突然接到家中打来了"父死,速回"的电报,一向孝顺父亲的陈冲,恨不得插上翅膀立即回去奔丧,但自己是会议主持人,小结还没有做,脱不开身。当他接到了"即火葬"的电报以后,50 多岁的陈冲,实在忍不住悲恸,他哭了。1988 年夏天的上海是个大火炉,他去那里审稿,竟要泡在冷水浴缸里,边降温,边审稿子。北京积水潭医院数次打电话,告诉床位已经空出来了,希望他赶快来住院,但他只是往嘴里喷喷气雾剂,吃上一点药,让病情稍有缓解,就又披挂上阵了……

"我与陈冲可能是看不到全部集成的完成了。"孙景琛说这句话时竟是那么地平静,就像轻轻地翻过了一页书稿,可我的心房却是一阵紧缩。"曼英也不行,刚因癌症动过手术,原以为是良性,但一进医院才知……"他在说着他的夫人吴曼英,眼光似乎要穿透书房的墙壁,在通体灰蒙的天穹里寻觅什么。我这时的心里在呼号:天哪,才华横溢的知识分子啊,为什么当人民需要他们时,却一个个疾病缠身?难道这笑脸、这话音、这不尽的情和意,将只会是一场梦?我借故走出屋外,在楼房的转角处低着头,咬住翕动的嘴唇,泪水潸然而下……

不管孙景琛是多么不愿谈自己，但我还是从旁人处、也"旁敲侧击"地了解到，他是中国艺术研究院舞蹈研究所的研究员，《中国民族民间舞蹈集成》的常务副主编。新中国诞生不久，他就在欧阳予倩与吴晓邦的悉心指导下，对中国舞蹈史开展了深入的研究。他或点评、演讲，拨史说间迷雾，在悟史、解史间一传舞蹈史的真境和奥秘；或在潜心钻研，史论相融中著书立说。几十年来，孙景琛先后发表了《舞蹈讲座》《中国舞蹈史》（先秦）、《中国历代舞姿图》（与吴曼英合著）、《我国古代舞蹈观》《大傩图名实辨》等专著、论文百万字以上。20世纪80年代初，他与一批舞蹈家体会到抢救、整理民族民间舞蹈的紧迫性和重要性，放弃了原先准备研究撰著《中国舞蹈通史》的计划，而极力去推动民舞集成总体工程的上马。他上通下联，起草报告，制订规划，四处奔走呼吁。集成工作开始以后，每一卷文字均由他把关，许多省卷的"概论""概述"多经过他反复修改。孙景琛对民舞集成工作的贡献，人们心里是有数的。但孙景琛的身体状况令人担忧，用一个医生的话："希望他油瓶翻倒了也不要去扶。如果愿意，到哪里都可以全休。"他曾得过大面积心肌梗死并发症，昏迷不醒，夫人吴曼英连续3个月夜里没脱过衣服睡觉，经常用酒精遍擦全身给他降温。她忧郁地对我说："老孙呀，真是我的心病，不让他干吧，他就说：活着不干，干嘛活着。让他干吧，又不知道什么时候倒下……怎么办？我只好控制使用。"说到这里，她笑了起来。

　　吴曼英也是中国艺术研究院舞蹈研究所的研究员，总部的特约美编，她操着苏州味的软语，甜甜蜜蜜的。

　　她是在舞蹈美术的天地间神游时与孙景琛结为伉俪的。春风秋雨，芳菲往复，30多年弹指去，曼英与景琛在学术上共同切磋，都出了不少成果。集成工作开始以后，吴曼英除了审稿、画图以外，把相当精力投入了辅导与建立队伍中去。中国没有几个搞舞蹈美术的，而集成的绘画任务很是艰巨，每卷都有数千幅图要画。她就以开班讲学，临场示范，手把手地在全国各地培养人才。几年来终于形成了一支质量、数量还过得去的舞蹈美术队伍。去年她一场大病，使盛夏的生命过早滑进了晚秋。可她刚出院不久，就撑着孱弱的病体去浙江审稿，白堤边见到她那张苍白的脸时，真使我大吃一惊。大家都劝她注意保重身体，可她大谈，"自然规律不可违抗"，好像要与时间比试一下，来个最后的冲刺。

采访中，我还听到一句似乎很认真的玩笑："吴曼英对民舞集成是一定会支持到底的，因为她爱老孙！"吴曼英不太同意这种说法，说：周巍峙、吴晓邦、资华筠都很支持集成工作，支持老孙工作，又当何论？她自己说这是为了事业。

当21世纪的大门敞开之时，愿人们的心间记住这——

黑色的碑记

当然，与所有群体一样，"总部"人也会有矛盾，也会发牢骚，也得去挤公共汽车，也得"开后门"买车票……

可是，当远古的文明，祖先的骄傲几乎被漫漫世流湮没，历史的流沙河滩剩下的只是退潮后散落的弃贝，是我们这一代人，我们的"总部"人，从生命中抽出拼搏需要的百倍精力与勇气，"丢了位子，少了票子，累了丈夫妻子，苦了老母孩子"义无反顾地投入了这"上对得起古人，下不辜负后代"的千秋大业——舞蹈事业的一项重大基本建设工程。

这一工程，是以黑色的铅印字物化着"总部"人与他们同道人的精神劳动，人们在这一可以观照的黑色世界里，领悟着舞蹈先人的形态、睿智和创造，寻思着当代的改造、超越与永恒，并为子孙后代能从中获取自己留传的一库完整、全面的舞蹈文史与形象资料而感到欣慰、亢奋与满足。

这一工程，已经撒上了集成工作先逝者的骨灰，也载有早衰早败、浑身病痛者病历卡上那黑色的呻吟。

这一工程，是一座亘古未有，后世也不可能有的划时代式的黑色丰碑。

但愿共和国关心、支持过它，与它有过关联的千千万万个公民，以心去记住这世纪大门前无形的碑记：

——《中国民族民间舞蹈集成》总编辑部全体工作人员与千千万万炎黄子孙一道，为了《中国民族民间舞蹈集成》系统文化工程的完成，作出了自己历史性的奉献。

（原载《舞蹈》，1989年第6期）

孙景琛：在莫测的森林

20世纪40年代中暮春的一个子夜，上海滩万家灯火递次熄灭，而重庆北路一间普通民居仍幽幽闪光，一个即将远离故居、奔走异乡的中学生头枕在冰凉的桌板上，一面惶惑渐入梦魇，双手前弯，似要圈住案头横七竖八书本中的未知世界，而一页洁白的稿笺借助从窗口徐徐灌进的街风轻轻飘落在地……

  在神秘的有着无边黑暗／茫茫森林里／一个声音无止休地呼唤着我的名字／日日夜夜，日日夜夜……／我不知道他为什么要呼唤／我不知道他是人是仙是妖／不知道相见后的吉凶祸福／我怀着焦燥、不安、期待／我怀着恐惧、惶惑、迷醉／但毫无犹豫／向着莫测的森林走去……

事隔近半个世纪，当年的这位莘莘学子、如今两鬓已染上重霜的我国著名舞蹈史论家竟又拣起了以前这首未曾付梓的小诗，应编辑之嘱，让它在一本权威性的舞蹈学术刊物发表了。他说，这篇16岁时写的稚拙的习作像是终身的谶语，一生行事的写照。

一、"我喜欢的是文学，并不喜欢舞蹈，但舞蹈女神翩跹而至偏偏难上了我。"

中国舞蹈研究所研究员、《中国民族民间舞蹈集成》总编辑部常务副主编孙景琛先生（图87）的谈话总是这样：平稳、严谨、很理性，老让人在笑眯眯的学者风度中上瘾，语调轻缓却有着一种内在的裹挟力。

他一点也不在意我的躁动与太随便。

"孙老师，你是什么时候迷恋起舞蹈女神的？"

图 87 著名舞蹈史论家孙景琛

他从藤椅上站起，甩了甩手，笑眯眯地："实际上呀，我从小就喜欢文学，并不喜欢舞蹈，但舞蹈女神翩跹而至偏偏难上了我。也许这就是所谓的缘分吧！"

孙景琛1929年4月生于上海一个铁路职员的家庭，祖父曾当过招商局的船工，中学时代于清心中学（男部）就读（现上海第八中学前身），少年的梦幻中经常编织的是文学家、诗人的光环。1949年初他考入北京华北大学（三部），学的是戏剧科，志趣也在于学习戏剧文学。当时正是解放战争进入决战阶段的关键时刻，革命形势的飞速发展激励着全国人民，来自解放区的秧歌腰鼓也舞进了北京城，华大三部校园内的秧歌活动也是热火朝天，师生们每天起床后的第一件事，就是到大操场去扭秧歌，随着人民革命战争的节节胜利，更是三天两头的要组织起秧歌队、腰鼓队到街头去游行庆祝。就这样，孙景琛被革命战争的大潮卷进了舞蹈的领地，并从此结下了不解之缘。

然而真正把他引上这漫漫舞蹈之途的，则是他的启蒙老师戴爱莲女士和理论导师吴晓邦先生。

全国第一次文代会之后，为了迎接正在筹备中的全国人民第二届政治协商会议，庆祝建立中华人民共和国，校方集中全校的骨干力量，组织创作和排练了建国第一台大型歌舞《人民胜利万岁大歌舞》。孙景琛被选进了演员队，参加了腰鼓和其他节目的表演。

这年冬天，华大三部和其他高等艺术学府合并，相继组成了中央戏剧学院、中央音乐学院、中央美术学院……同学中有的按照各自的专业转入戏剧学院、音乐学院继续深造，有的响应组织号召或南下、或西进，踏上了革命的征途。而《人民胜利万岁大歌舞》演出队，却由于演出任务不断，被滞留了下来。此时，校址也由国会街（现新华社）迁到了棉花胡同（现中央戏剧学院）。往日欢语笑声不断的校园内，顿时显得分外的冷清，只有演出队排练的时候，才听得到阵阵锣鼓和歌声。

有一天，演出队又在挥汗排练腰鼓，忽然，课堂的一扇侧门一闪，走进一群人来，为首的是位身材玲珑，线条很好，穿着列宁装神采奕奕的女干部。她出神地看着这群欢蹦乐跳的大学生，显然目光在孙景琛的舞姿上多打了几个转转，一会儿与旁人议论着什么，一会儿又指指点点……不久，演出队结束了演出任务，同学们都分配去了新的工作岗位，原戏剧科的同学大多去了歌剧团（当时新成立的中央戏剧学院正在组建歌剧、话剧、舞蹈三个艺术团）。但学校领导找孙景琛谈话时却说是舞蹈团看中了他，而遴选者就是那天为首的第一任舞蹈团长——鼎鼎有名的舞蹈家戴爱莲。领导喜盈于色，似乎这个信息是对他的褒扬与幸遇，而此时正憧憬在这个艺术殿堂里深造的孙景琛却脑子里"嗡"地一声，他流了眼泪："我不适宜跳舞，我不喜欢舞蹈，我喜欢文学。"这一连三个"我"，说明了他当时强烈的自我意识。但又正如他自述的那样："我们参加革命后的第一件大事就是改造思想。我的认识和思想改造的具体落实就是要把自己一生交给党安排，党指向哪里就走向哪里。"在当时，他认为这才是他们这一代人的崇高理想，故而尽管如此，经过短暂的"思想斗争"，他眼泪一抹，还是服从"革命需要"奔向"党指向"的舞蹈之路上去了。

毕竟舞蹈艺术的诱惑力是不容忽视的，它作为翱翔在现实世界之上的一种艺术启示，慢慢地也吸引、暖化了孙景琛的心。他开始认真地在人称"娃娃团"的舞蹈团打起腰鼓，学习芭蕾、现代舞。不久，吴晓邦又来舞蹈团开设了舞蹈创作和理论课，又把孙景琛引进了舞蹈理论这一崭新的领域。那时的他一方面惊喜地发现在这舞蹈艺术之林中有着极为丰厚璀璨的宝藏与开发不尽的人生题旨；另一方面也观照到共和国成立之初新舞蹈草创阶段相对孱弱的文化缺憾和亟待研讨的重要课题。于是，人们不但可以在排练场上见到这书生意气的舞者，也常能在北京地安门隆福寺一带的旧书店中发现这具有舞蹈演员职业特征的书生，双重责任感产生的双重文化品格使他当时既与李承祥、陆植林等被人号称舞蹈团的"三个小编导"，又和玛拉沁夫、陈登科等成了文学讲习所的同窗学子。

那时，也有人说孙景琛学舞蹈是心不在焉，"身在曹营心在汉"。

1953 年在北京召开第二届全国舞代会，舞协改组为中国舞蹈艺术研究会，突出了这一机构的学术性质，又是戴爱莲一句话："搞舞蹈研究，我们团的孙景琛最合适。"一纸调令，1954 年孙景琛在参加赴朝慰问团回国后，即去舞蹈研究会报到，当时的舞研会只有一间不足 15 平方米的办公室，连他在内一个半干部（另一位女同志半天去文联，半天在舞研会搞资料）。于是就从这间斗室开始了他至今为此奋斗不息的舞蹈理论研究的生涯。

二、他先后负责创办和编辑了《舞蹈》等期刊，担任过中国舞蹈史教材编写组长——"面对中国舞蹈历史长长的空白，我急得不得了，可又得慢慢地，极为严谨地艰难行进。"

诚然，以人体作为物质媒介传情达意的舞蹈的历史几乎与人类本身一样古老，但人们将舞蹈认真地作为一种文化现象而加以省察却并不是当人猿揖别以后就萌生了，历代舞人从没有对舞蹈这一客观存在的本质及其运动规律、嬗变轨迹作出系统的理性反映。纵然历史上也不乏有人于乐论之中评点着舞蹈，闪烁着难能可贵的若干真知灼见，但在泱泱舞蹈大国面前，舞论的渺小和苍白不能不让人唏嘘作叹。然而，随着新中国的诞生，我国一些具有自觉理论意识的舞人，从零星的对舞蹈表象的探求着手，渐次将审美批评的眼光投向博大深邃的舞蹈整体及其深层。新中国在舞蹈理论建设的初期，特别是中国舞蹈史论方面令人醒目的成就，在舞蹈史中留下了光彩熠熠的一页，而篇章之间实实在在镌刻着孙景琛这群舞蹈史论先锋让人敬佩不已的业绩！

孙景琛在 1950 年中央戏剧学院舞蹈团担任演员与实习编导时，就想方设法挤出时间参加了民间舞蹈的调查采风活动，并发表了《陕北葭县秧歌》与《采茶扑蝶》等文，以后舞蹈研究文论不断涌现。1954 年，调往中国舞蹈艺术研究会从事舞蹈理论研究工作，其间他先是倡议和编辑了四辑《舞蹈学习资料》，以后又创办了《舞蹈通讯》。虽然都是内部刊物，他自己也不甚满意，如出现了因校印失误而致的一些错别字，从现在看来整体的编写水平也尚属"初级阶段"，但毕竟是新中国的第一套舞蹈理论集子！人们并不挑剔它初萌性的欠缺，而在大家渴望舞蹈理论快快成熟与对舞蹈知识的新鲜感悟中，表现了出乎意料的认同和称庆。那时许多舞蹈工作者的案头床柜常摊开着这四集资料，研讨与创作时的发言也经常引证这四集资料。随着编辑理论队伍的扩大，更有不少热心者提出，能否请舞研会出一本公开的舞蹈刊物，孙景琛感到有点义不容辞了，他跑开了——阳翰笙处得了点头，吴晓邦那里讨来了签字，又与上海文艺出版社的顾也文达成协议，终于在 1956 年《舞蹈丛刊》出版一年以后，即转为了《舞蹈》双月刊，中国舞蹈界开始有了自己正规的理论阵地。终于，延续至今，海内外闻名，当代中国颇有权威性的《舞蹈》杂志，由于广大舞蹈工作者、爱好者的孕育，并在孙景琛等人的催动中，诞生面世了，在孙景琛担任《舞蹈》编辑组长期间，为了适应群众舞蹈的飞速发展，根据不同层面读者理论学习与工作、活动的需要，他又建议创办了《群众舞蹈》月刊。

  但是，50 年代的舞蹈家们又不得不面对另一个严峻的事实：当人们意欲步入舞蹈的堂奥，在文史著述或一些舞论中窥望舞蹈的历史嬗变时，却常常陷入莫名的困窘与懊恼——舞蹈历史的真境或被淹没在社会大背景的熙熙世流中，或给人的只是残骸碎片，极难诠释出它的递承沿续。对具有强烈责任感的舞蹈家来说，舞蹈历史的先天不足与艺术史卷中浮泛着的空白倒似一条催人奋进的长鞭，让人从紧张的工作和杂糅纷繁的生活变故中反弹出来，努力积储着自己的知识力量，寻找着对舞蹈史研究的突破口。皇天不负有心人，1956 年有了个好机遇，中国社会科学院提出十二年社科研究规划，在吴晓邦主持下舞蹈史论也被列为研究课题，从而成立了由中国舞蹈界的一代宗师、著名舞蹈家吴晓邦担任组长，欧阳予倩担任学术指导的中国第一个"舞蹈史研究小组"，孙景琛是其中成员之一。和小组其他成员一起，他还参与检索和编辑了由人民音乐出版的《全唐诗中的乐舞资料》，参加了古乐舞曲阜祭孔乐舞、苏州道教乐舞、傩舞、巫舞等的调查研究，负责编辑出版了《曲阜祭孔乐舞》《苏州道教艺术集》等书，发表了《傩——不怕鬼的舞蹈》《桂北跳神》《我国古代舞蹈观》等文论数十篇。1961 年北京召开了全国文科教材会议，提出了编写文科各学科史论教材的任务，孙景琛应召担任了中国舞蹈史教材编写组的组长（指导是欧阳予倩），组织编写了《中国古代舞蹈史长编》，并执笔撰写了其中的"先秦分册"。

  孙景琛写史极为严谨又颇具特色，他既注意实证，还精于思辨，行文之时，如遇其他学科共性之处往往是一个观照概略带过，但简处精到，提要准确，疏而不漏；若涉及舞蹈的本身历史则剖析尽可能绵密细致，于静态的历史事实中，不乏赋予当代的动态分析，常给读者阅览时有可以凭借的登高临远的有力支点。

先秦舞史从远古洪荒初民一开混沌起，到秦皇嬴政完成一统止，距今历史最为悠远，跨期相对较大，史料匮缺，舞踪难觅。但孙景琛不畏艰难，走访图书博物馆，踏勘旧址古墓，饿了啃啃面包，渴了喝碗凉水，硬是在浩如烟海的史籍与文献中、古迹洞窟间爬罗剔抉，不放过哪怕一丁点儿与舞蹈有关的资料，并加以认真的分辨考究。孙景琛在舞蹈起源的研究中，敢于摆脱艺术源头粘滞一说，定于一尊的惯性思维。如他认为，约一百万年前至前21世纪没有、也不可能留下多少舞蹈的实证，但很多神话中却蕴含了丰富的舞蹈事像，如《路史》有"阴康氏教人而引舞以利道之，是谓大舞"，《山海经》载："帝俊有子八人，是始为歌舞"，《锦带前书》云："乐舞之兴，始于黄帝"等。对这些，他当然不会将其视为信史，但辩证地认为，幻想离不开现实基础，尤其是古老的世代相传的神话传说也是一定现实生活在人们意识之中的曲折的反映，只是年代久远了，原来传说的幻想成分也更加重了，于是五光十色的神奇色彩把事实的核心层层包裹起来。而舞蹈史学研究的任务就是要尽可能地接近真实地探索出这种神话传说所反映的原始舞蹈的历史面貌。孙景琛是较早在我国舞蹈史学界提出神话传说作为舞蹈史学参照佐证的学者，从而解除了史学研究中的某些思想障碍。继而他又在与可见实证的对比研究中，较快确定了舞蹈多元生发的历史轨迹与其合乎发展逻辑的舞蹈源生文化或出于劳动，或出于情爱、信仰崇拜，或健身、传播教化的丰富内涵。

孙景琛不但善于丰富前说，而且勇于纠正通说，他在进行到原始宗教舞蹈的研究时，对傩祭形式之一的大傩及其故宫博物院所藏《大傩图》作了严肃、缜密的考究。在一番对比及思考以后，孙景琛在《文物》杂志上发表了《〈大傩图〉名实辨》的学术论文，从《大傩图》所描绘的内容,图中人物形象的服装、佩饰、衣纹图案、所持舞具方面着手，论证了这一传世精品《大傩图》描绘的实非"大傩"，而是一幅活动于立春节令中艺人化妆行进的"社火"迎春歌舞队。《〈大傩图〉名实辨》的雄辩得到史学、民俗学界许多专家学者的肯定，而被视为一篇很有价值，令人信服的论文。

《中国舞蹈史》的落成宣告中国舞蹈史学研究进入了一个新纪元,《中国舞蹈史》教材成了北京舞蹈学院等舞蹈院校与全国许许多多大专的文科必读之书。当人们在这本贯通上下千万年的舞蹈历史长卷中徜徉，当舞蹈家们从中汲取知识的力量而反作用于自己的新作新论、对舞蹈大业作出积极贡献时，我想人们是不会忘记孙景琛和中国舞蹈史、中国舞蹈史教材编写组的导师与同仁：欧阳予倩、吴晓邦、彭松、王克芬及董锡玖他们的。

三、"死里逃生"的孙景琛，首先想起要搞民间舞蹈集成。布朗先生赞叹他们是"当代司马迁"。他说：集成的辉煌属于全体民舞工作者——"我终于从死亡线边缘走向民舞集大成辽阔的世界。"

"文革"期间孙景琛挨批判，被下放，又看着好人受整，舞蹈艺术遭到空前的浩劫，心在痛哭，愤怒与悲恸交错在一起，使他本来文弱内向的性格更加冷峻，更加不露声色。他的夫人，舞蹈美术家吴曼英告诉我说："老孙那时呀，好像忘了笑，忘了说话……"

弹指一挥间，十年冬去春又来，中国进入了又一个新历史时期。1978年孙景琛为中国舞蹈家协会核心组成员，负责研究部工作．他开始重新校勘了《全唐诗中的乐舞资料》一书，改写中国舞蹈史长编先秦分册后并由文化艺术出版社出版，后来又撰写了《舞蹈知识浅谈》一书，与吴曼英合作了专著《中国历代舞姿》并迅即由上海文艺出版社出版……当他硕果累累、新的研究课题正在着手酝酿和写作时，一个舞蹈研究与古今中外历代舞蹈状况中都存在的老问题横亘在他面前，使得他不得不停下个人的著述而再次陷入沉思之中。舞蹈是一种将社会生活凝聚为情感状态的形象表现，残留在文物资料上生动可见的形象毕竟太少，而在骚人墨客咏叹舞蹈的诗词中，除了人们凭着形象思维有点依稀可感的大概外，又能多大程度较确切地把握住逝去舞蹈的本身？今天，我们当然可以面对面地通过民间艺人的现身说法领教鲜活生动的民间舞蹈。那么我们在今天与明天，当代和后代之间，又该架起怎么样的承接与下传的科学机制呢？丰厚多姿的民族民间舞蹈难道留给永恒运动的人世却是静态的断裂般的空白？许多脍炙人口的舞蹈只能似流星雨般地耀眼一闪就无声无息地消失在浩茫的苍穹？倔强的孙景琛发自心底的无声回答当然是——"不能"两字。作为炎黄子孙与舞蹈家的双重责任感使孙景琛为此殚精竭虑，常常彻夜不眠。一天，酝酿已久的一个想法在他脑海中强烈地躁动，他立刻拉开门扉直奔居住在楼下的吴晓邦家处，一向稳健的步子也急急匆匆起来，"吴老师搞集成！"仁厚慈祥的舞蹈大师对突兀眼前的孙景琛的惊喜有点莫名其妙："噢，慢慢讲。"孙景琛就从舞蹈史编写组讲到以后舞蹈史的编法，从他的种种忧虑侃到如何集全国民间舞蹈之大成，越讲越兴奋，越侃越具体，两位舞蹈家的心声交融在一起了……"好主意，支持你，我们搞！"吴晓邦以他不住的点头表示了由衷的首肯。于是，在中国舞协成立了由孙景琛主持的民族民间舞蹈小组，并由孙景琛起草了"倡议书"，于是全国舞蹈界开始躁动了又一个民间舞蹈热……

正欲起锚扬帆之际，孙景琛忽然病倒了。

这是一次被他自称为"要命的病"！确实不轻——急性发作的大面积心肌梗死，21天的危险期，昏迷不醒。夫人吴曼英是3个多月不敢脱衣睡觉，为了给他降温，她经常用酒精擦遍他的全身。他说，在这20多天中，时而临近死亡线，时而又出地狱门，好像跃上了天堂，终于马克思暂时不要我，死里逃生又回到了人间。

吴曼英说，这是老孙与死亡的第二次告别——生理上的。

心理上的濒临死亡，是在"文革"期间。她说，在那个年代的时势使得他艺术生命赖于搏动的基础全垮了。她还说这次"心梗后期综合征"是当年一直气闷憋出来的，"第二次"是"第一次"的继续。

医生则极为郑重地告诉他，"油瓶翻倒了也不要去扶，你已经不能再正常工作"。而那时的孙景琛则正因为觉得已不可能再有第三次告别，他感到生命留给自己的时间不多了，故而他要抢在时间前面，与死亡赛跑，让"民舞集成"快快上马。

于是，他下了狠心，放弃了即将着手的研究项目，全不顾"油瓶翻倒不要去扶"的警告，以自己的全部身心投入了"民舞集成"工作。他代中国舞协主席吴晓邦起草了报告，吴老签字，直送中央；他数次跑去与周扬、林默涵、周巍峙以及国家民委的领导联系，争取这些至关重要人物的重视和理解。在当时文化部代部长周巍峙的全力支持下，他终于起草了一份决定性的文件，并在1981年9月以国家文化部、国家民委、中国舞协联合通知的形式下发各地，动员全国有关力量进行民族民间舞蹈艺术的普查、收集和整理编写工作。同年，孙景琛奉调中国艺术研究院组建《中国民族民间舞蹈集成》编辑部，在面临一没有编制，二没有经费，这个总编辑部"连八分钱的邮票钱也拿不出来"之时，孙景琛又找了文化部，找了吴晓邦，请吴老给当时的文化部代部长周巍峙写了信，附上了报告。热情又懂行的周巍峙同志很快批了5个编制，2万元开办费。在此前后，孙景琛又在全国编写会议上，主持搞了民舞集成编写的统一体例，为科研攻关奠定了基础。1983年经全国文学艺术规划领导小组批准为国家重点科研项目，终于中国民族民间舞蹈集成工作在国家及各级领导、专家学者、全国民舞工作者（参与者）的共同努力下，轰轰烈烈又扎扎实实地开展起来了。

说实在话，民舞集成是全国十大民间文艺集成中最复杂，成书最困难，但出书速度最快，高质量的一套志书。民舞集成不仅要准确、全面、科学地记下每一个舞蹈的流传地区、历史演变和文史记载、艺人情况，以及相应的风俗习惯和宗教仪式等活动，还要制作作为相关背景的音乐磁带和艺人表现的舞蹈录像带。从1981年开始全国各地数以万计的民舞工作者在不漏村寨、不漏舞种、不漏艺人的原则下进行了空前规模的普查，查明了民间舞蹈17636个（港、澳、台除外）。全国总编辑部在吴晓邦的指导下与作为副主编孙景琛的具体负责下，总编辑部一班人与各地民舞编辑部共同努力，密切协作，在1987年成为十大集成率先出书的一家。

至今总编辑部已完成了16部省卷的终审工作，其中已出版的有江苏、河北、浙江、天津、湖南、江西、广西、北京八卷，山西、河南，四川、内蒙古四卷即将出版（注：集成编辑出版情况为本文写成时1993年的情况）。在这些古人不敢想、后人也不可能再有、史无前例、空前绝后的伟大事业前，孙景琛是不止一次地激动得不能自制。他曾对笔者说："鉴于我的身体，可能遗憾地看不到集成的全部出版，但鉴于我们事业的一定成功——我将无所愧惜地到每一个人都要去的地方。"他曾借美学家宗白华之语在《舞蹈》杂志上这样赞美民舞——他心中辽阔的世界，他为之而愿奋斗终身的偶像："它凭着韵律、节奏、形式的和谐，色彩的配合，成立一个自己的有情有相的小宇宙，这宇宙是圆满的，自足的，而内部却是必然性的，因此是美的。"他不无欣喜地说："我终于从死亡的边缘走向了民舞集大成辽阔的世界。"

中国民族民间舞蹈集成的宏大工程与这舞蹈方面举世无双的内在张力，还超越了国界，辐射往五洲四海。1991年11月20日孙景琛率领中国舞蹈家代表团赴澳大利亚考察，临行前熟知中国文化的澳驻华使馆文化参赞布朗先生设宴为团饯行。布朗先生在了解孙景琛所从事的工作后，以极其佩服的心情惊叹中国在民舞集成方面的成就，并赞美孙先生为"当代司马迁"。孙景琛则诚恳地说："集成的辉煌属于全体民舞工作者。"23日代表团飞往悉尼，在24日会见澳舞蹈教育协会名誉会长巴恩斯先生、副会长克莱格女士，29日在昆士兰芭蕾舞团、维多利亚艺术学院进行访问活动时，外国友人都异常佩服民舞集成的卓越成就，连连赞叹民舞集成为一桩了不起的创举。令孙景琛感到意外的是当代表团在堪培拉国家图书馆参观时，发现收藏中心端端正正排列着已出版的《中国民族民间舞蹈集成》各分卷及他自己的一些著作。

对于有目共睹的在民舞集成中的杰出贡献，对于在学术研究上的斐然成就，孙景琛并没有陶醉，而是仍觉得自己好像跋涉在无边无际的莫测的森林之中，他以为舞蹈史论研究者前边永远是一片未知领域。就以民族的传统舞蹈而言，恰如森林中的一棵树，要认识它，不仅要看到它地上的茎干枝叶，春夏秋冬的时序流变，阳光雨露的生态机遇，还要了解它所植根的土壤，它的根系所向。正是地上地下的交互作用，才造就了它的特质。他还认为即使民舞集成全部完工以后，人们对民舞的认识也远远没有终结，还有待深入。民舞这辽阔的世界，要穷其堂奥，还有漫漫长路要人们一步步去走……

记得在收集有关资料后，二赴上海采访的最后一天，我与几位舞蹈好友：上海艺术研究所的研究员蓝凡，上海师大的副教授郑慧慧一起去看他，与他谈了旁人对他的评估和他在舞蹈史论研究、集成工作指导方面的成果，回忆着民舞集成开展的艰难历程与一些趣闻秩事，闹闹嚷嚷中我的发问似在水面不断响叮咚，孙景琛却极有学者风度地在舒卷着微波："我……应该的。在舞蹈史的研究上好像到了极限，要仗你们这一代了……"

就像大多采访者的老套头，当我最后问及他以后的打算时，他随意脱口而出了一句并不太随意的话语："忍痛放弃为自己追求的目标而为了共同的目标就是目标，忙碌着为他人做嫁衣到终极就是未了的经历。"

哦，莫测的森林间一棵普普通通，就是最后也要挺立着告别世界的树！

——他，正在勃勃生机的千草万木中，向着熠熠阳光处走着，走去……

（原载《上海艺术家》，1993年第5期）

红木三部曲[1]

如果人生是首交响乐,那么事业恐怕应是主旋律。
倘若有人说我偏爱哪支歌,那一定因为它是献给舞蹈的。

——作者

醉

图88 被称为"田园诗人"的浙江歌舞团著名舞蹈编导孙红木

孙红木(图88)的喝酒,就像他的舞蹈创作一样可能远近闻名。由此,舞友会见他,往往会带上"高粱""竹叶青",饭前席间,他的确常要喝上几盅;但更多的是他在一只酒杯,一本"艺术札记"前的深沉思考和突然舞动,是依托平时生活积累,在"呷"一口中偶而得之对灵感的捕捉,而"借酒造舞"。因此当"内当家"嗔怪他:"木头呀,您的每个细胞里都是酒精"。孙红木笑着回答:"不,舞蹈和酒。"

的确,就像太白醉酒载诗魂一样,孙红木醉翁之意在于舞。他常常醉在舞蹈里,醉在事业中,醉在创作的愉悦间……

不知哪位哲人说过,人类爱情最热烈、最赤诚之际,可谓"醉"。孙红木

---

[1] 此文系根据《舞蹈》编辑部"舞蹈家人物志"的选题,对孙红木的专访。

拥抱舞蹈，醉人其中已有30多个年头了……

这位出生在贵州的北京人，10岁时和家人一起来到浙江省金华市，居住在背靠古城，面临婺江的石榴巷。隔水相望，就是大片田地及在这片黄土地上，休生养息的农民。由于附近还住着一个部队文工团，故而他常常汗淋淋地挤在人堆里看着舞蹈大兵的表演。可能是天生的相合相应，当他第一次看了舞蹈后，就被这种"不说话的艺术"迷住了。他喜欢与近处的农民来往，若在夜间听到婺江对岸传来悠扬的"三五七"（婺剧一曲牌）与农民哼唱的粗犷醇美的浙中民歌，会感到是一种极好的享受，"长大去跳舞，去表现周围这些人"的理想，就在少年时的孙红木的心田悄悄发芽了……

金华一中读书时，他更成了"舞蹈迷"，有时节目缺少，就与同学找一些舞蹈书，一边看，一边学跳。后来干脆自己编起舞来了。学校要举行文艺会演，孙红木自我想象创作了《田鸡舞》《锻炼舞》并获创作、演出双奖。意外的成功更增进了他对舞蹈的浓厚兴趣，从此，凡是带"舞"的东西，他都不放过：舞蹈演出每场必到，舞蹈动作细致揣摸，少得可怜的舞蹈书能买则买，无法买到的，想方设法去借，就是街头看到一张舞蹈图片或图画，也会停住脚步出神地品赏半天。1956年，北京要举行一次全国性的音乐舞蹈会演，一次偶然的机会，省里来的李同志一眼看中了这棵舞蹈好苗，就叫他参加赴京会演，事前又热情地带他到浙南畲乡，让他下到民族舞蹈的"海洋"中沐浴、感受，随后与舞友们跳着《畲族定情舞》上京参加了全国会演。会演毕、队伍散，但这一个上下，孙红木却把心全收拢到艺术上了，返金不久，恰逢浙江婺剧团招收演员，孙红木一看是个艺术单位，就赶紧去报考，进了该团高腔训练班。虽然戏曲、舞蹈各有所长，但孙红木总觉得人体的舞动最能淋漓尽致地表达自己的思想感情，因此，戏曲中的身段训练，他总是异常认真，非常刻苦，而一轮到练唱，就"人在曹营心在汉"，人在婺剧团，心想歌舞团了。三个月后，当他得知浙江歌舞团要招收舞蹈演员时，就悄悄写信给歌舞团的领导，表达了自己的强烈愿望。由于孙红木在全国音乐舞蹈会演中给浙江歌舞团领导留下的深刻印像，他很快地被录取了。婺剧团领导也鉴于他恳切的多次要求和舞蹈上的天资，最后也同意放行。

1957年，孙红木进入浙江歌舞团。他欣喜若狂，觉得眼前金光闪闪，多年的宿愿变成了现实，从这里就可以直奔舞蹈的圣殿了。于是，练功、排练、演出，不知疲倦与劳累，一股劲地跳呀跳，他似乎穿上了《红菱艳》中的"红舞鞋"！

热血青年的热情、热力在 50 年代末，热烘烘的时期中更热烈地迸发！

一天，西子湖畔"蛟龙"翻滚，象征着东方巨龙"大跃进"的《百叶龙舞》吸引了成百上千市民游客，矫健的飞龙游弋到那里，那里就腾起了欢乐与喝采。孙红木在龙腹下正尽情舞动，忽然一连串剧烈的咳嗽伴随着眼前一阵阵发黑向他袭来，他顿感手脚发软，有些不支，但他更清楚地知道"龙舞"一人出问题，飞龙就要变死龙。于是，一阵鼓乐平添了一股力量，他调气运力，瞪大眼睛，与同伴一起舞蹈得更欢，咳嗽声也在周围热烈的掌声中淹没……百叶龙没有倒下，但街头演出一结束，孙红木却倒下了。大口大口的鲜血与病历上的白纸黑字，使他知道，自己早已得了肺病。这位生肺病的青年不由得悲哀起来了——以后还能跳吗？病房里仍是静悄悄的，但泪水几次湿透了他的枕巾。孙红木梦见自己在泥泞小道上艰难的跋涉，而舞蹈的圣殿却愈来愈远。第二天，他的日记本上留有一首小诗："……我拉着舞蹈的手，久久不愿别去……"

养病休息期间，亲朋好友送来了物质上的滋补品，有的也拿来了精神上的食粮——书籍报刊，奥斯特洛夫斯基笔下的保尔·柯察金成了他崇拜的偶像。他感到人的一生本来就在崎岖之路上，任何怯懦都不可能攀登险峰；他又觉得这一生世的路可能几千几万步，但关键性的也不过几步，自己可不能离开心爱的舞蹈之路，再艰难也得走下去。因此，他就一面养病，一边寻思着在舞蹈之路上前进的其他方式开始锻炼着自己的作品构思能力，贪婪地学习着写诗、作曲……这时歌舞团的党组织也没有因为他身体有病或是一个还没转正的"临时工"抛弃他，而是当他身体基本复原后，及时召回了他，独具慧眼的谢团长，看准了他的志向与素质，还让孙红木边当演员边搞创作。

就这样，1959 年的孙红木，开始了他的舞蹈创作生涯——一个无数失败与屈指可数成功的历程。

由于他已有了思想上的准备，把创作的入口，当作了地狱之门，所以一次次的的失败，也就被他当作酿造美酒的一味味作料。他追求、吸收、苦斗，一边向生活扎下根须，不断走向田垄、山村，接受香绿的慰藉；一边向传统、民间艺术学习，与社会母体的血脉相通，沿着时代的阶梯拾级而上。嘉兴的蚕房里他喂过蚕，绍兴石板桥上他拉过纤，龙井茶坡、宁波花圃、金华广场、畲乡山寨等都出现过孙红木深入生活，参加劳动的身影。在浙江婺剧团他接受过戏曲手眼身法步的训练，畲族民间舞蹈他非常熟悉如数家珍，浙江各地区的群众舞蹈工作者，民间舞艺人中都有他的好朋友，他与他们交流过舞蹈，干过杯……

喝老酒，确是孙红木的嗜好，但他从来没有醉酒过。由于他酷爱舞蹈，醉心反映现实生活及这个时代，生活与舞蹈却一次次地醉倒了他。

磨

说实在，孙红木搞舞蹈创作，开始大多不太成功，有几次去排练厅看他大作，我心里并不佩服。但随着时间的推移，作品使我越来越兴奋，最后往往拍手叫好。

这起死回生术的"法儿"在哪里？

有人说，孙红木这人一没功，二没底，三会磨。

对这多少带点贬意的话语，孙红木却实心实意地说："是这样，我没啥功底，而'磨'却恰恰是我要坚持的长处。"

是这样，孙红木坚持的就是那坚忍不拔的意志和对艺术的精益求精。他在组织与同志们的帮助下，战胜许多困难，一次次的奋进。

论孙红木的"跳"，的确没有什么过硬的功夫技巧，充其量不过二三流，另外，也没进过舞蹈院校，不是科班出身。因而"没功、没底"算不上，大概"不深、较薄"差不离。但由于他能把自己的创作个性，在"韧劲"与"灵性"的结合中凸显，舞蹈同行说他会打"迷宗拳"，说他的功夫在于形象思维的不断发挥，在于创作全过程中创造性劳动不间断的"磨"功。诚然，艺术家作品的创作期各有长短，齐白石画虾仅在秒分之间，而达·芬奇《蒙娜丽莎》的问世却历经多年。孙红木舞蹈作品的诞生也时有快慢，但有一条似乎已成惯例：只要舞蹈的排练时间还有剩余，他就要继续琢磨、加工，让自己的作品去其锈斑，发其光亮。

俗话说，"只要功夫深，铁杵也能磨成针"，这是家喻户晓的道理，大概孙红木真正去做，就成了他的"法儿"。

《采桑晚归》《花间曲》两个节目分别只有十多分钟，每个节目初排完是十多天，但对这两个节目的加工、修改，"磨"的过程却花了十多个月！在这两个十几个月中，孙红木几乎放弃了所有节假日，与他的合作者流淌了数以桶计的汗水！我对数字历来不感兴趣，但这三个"十多"，特别是计时单位的换算，以"月"去换取"分"，以两个十多月的磨练，去换取两个十多分钟节目的存在价值，换取观众对这两个舞蹈的认可，这里饱含着舞蹈艺术家多少毅力与恒心！

《采桑晚归》已磨了十个月，到了1982年2月，但经过试验演出，孙红木觉得还有一个问题没有很好解决，即舞蹈的结构后部较松，感情起伏较平。尽管离首届华东会演只有一个多月了，但还要"磨"。于是他就与他的合作者多次"会诊"并多方面征求他人的意见。一次，浙江省艺校的张老师提出，"症结"在于舞蹈第二段蚕姑的归途中，没有节奏与造型上的变化与对比。孙红木觉得言之有理，于是就与作曲、演员等一起，不顾疲劳，废寝忘食的连续苦战，终于让人体与竹竿上下扭曲的结合形成了波浪形的线条运动，并加快了节奏，烘托了蚕姑急切归家的心情，从而化"症结"处的平庸为新颖，使百米冲刺最后成功！

去年11月初，第二届华东舞蹈会演即将在南昌揭开帷幕时，我在浙江歌舞团排练厅又见到了孙红木。他与"花间女"的扮演者小陈正在满头大汗的排练着，小陈周身热气腾腾，孙红木的脸却有点苍白，额头，鼻尖渗出了冷汗，半年不见，四十多岁的他，头发间的银丝更多了。一会儿他与小陈喘着气倚着把杆休息着，"孙老师，累得不行了，明天放我一天假，休息吧？""嗯，我也吃力煞啦，明天就别来啦——呃，你急速旋转以后，辫子上的"蝴蝶"甩到笠帽上可还没有把握呀，明天再来。""……好，那孙老师明天可别再改啦。"小陈几乎是恳求着说。"不行，该改的还得改！"孙红木毫不犹豫地回答。望着小陈远去的背影，他又怜惜起来："她为了练甩辫，吃了许多苦。但百米冲刺，只有拼命地往前冲啦。"

到了他的家，特地从金华赶来帮助料理家务，协助"冲刺"的孙红木的老母告诉我：他最近又去了宁波花圃，在花间体验生活，回杭后，排练场是家，家里像客栈。前些日子劳累过度，鼻子大出血，送进了医院。这几天身体也不太好，还在干。但还有人说他是在追求名利……

孙红木脸上也堆起了愁云："我是一个劲地跑步，横向子弹什么时候飞来也不知道。我们干事业的人，这方面的防卫能力实在太差了。""由于负伤前进，速度总有影响，但说真的，许多领导与同志还是理解我的，所以那怕半步、半步，我也要前进！"我抬头一看，他脸上乌云消失了，眼镜片后面又是坚韧不拔的眼光。

啊，磨杵为针者！

格

孙红木有点骄傲，一次我向他提出过。

但他说：骄傲并不是都不好，报纸上不是说："这是中华民族的骄傲……"，文艺作品也常有："我骄傲地向人们宣告……吗"？他说，我是骄傲不自满。

那么，一些同志说他的"骄傲"之处是什么呢？

据我观察，他的本质是谦逊的，但人无完人，孙红木也有不够注意的地方，如他有时对某些人不会像对待作品那样细心——特别大忙时节或心境不好之际。而他要坚持的，即是我国民族民间优秀文化传统在作品中运用的自豪感及对自己"格"的自信——在这两个大的方面他是固执己见，听不大进意见——而如果为了丰富这两点，他又是非常虚心，任何人的意见都听得进的。

所以，从这两个大的方面看，从某种意义上说，孙红木骄之有理！正因为这种理想、抱负，不随人俯仰，不趋尚时好及对目标脚踏实地的追求，他才连连丰收，并渐渐形成了自己创作之"格"。

格，风格。沈括《梦溪笔谈》卷十七："徐熙至京师，送图画院品其画格"；格，推究，研究，《礼记·大学》"致知在格物。"艺术家的风格可以也应该不尽相同。孙红木的舞蹈作品，有心的观众不难发现它的特点：饱蘸情感，以浓郁的民族特色，地方风味去描华夏之魂，抒乡土之音，塑造当代中国的劳动人民，并力图通过看得见的形象，让最大多数的观众领受看不见的精神力量。近年来，京、沪、浙、赣等处的一些报刊曾讨论过他的风格，南昌第二届会演的评论及近期《舞蹈艺术》曾载文以"红木式"命名其舞，并进行了深入的探讨。于平同志《舞蹈风格漫议》称其作品的风格"清新俊逸"，"善于升华生活中的诗意"，"'巧'在以道具作为人体动作的延伸来传情达意、塑型造像"，赞扬孙红木等为"我们舞蹈的'田园诗人'"。

"风格即人"，是作者个性、气质在创作中的表现，是作者一系列作品中洋溢出来一贯的感情倾向。孙红木的感情倾向，在他喝婺江水时就有所流露，但关键性的，起质的变化的时分是在1965年。由于孙红木有个去过黄埔军校的"反革命"老子,那年,他被以"工作队员"为名"流放"四明山。在那里,他住在一位大娘家,那位大娘,每天都给他准备一些好菜。但奇怪的是,每天大娘全家都不与孙红木同桌用餐,总要等他吃完离桌后再吃。时间一久,这位"流放者"感到不大对劲了。一天,他故意早些回家,突然出现在大娘前面,一看呆住了:房东一家吃的尽是"地瓜丝",而热腾腾的好菜却摆在一边留给他。孙红木想不到在这被人遗忘的角落里,他这样一个几乎被人遗忘的人,竟还有人那么记挂他,疼他,顿时一股暖流贯串全身……又有一次在畲乡,也是一位大娘,对他十分好,每天尽量给他做好吃的,去劳动时也要塞给他几个鸡蛋,生病了对他如儿子一样细心照料。有天夜里,山风习习,孙红木梦里又感觉了"社会关系"不好给他带来的寒冷,胸膛似铅凝的沉闷;忽然,身上增添了一股温暖,借着透过窗台的月光,他依稀看见一个人正在床边给自己掖被窝,那是大娘呀!孙红木想喊出声来,叫大娘一声"妈妈"!但激动得喊不出声,热泪呼呼流过了他翕动的嘴唇……大娘回到自己的房间,孙红木猛地坐了起来,对着皎洁的月光暗暗发誓:纯朴的村民对自己太好了,我要以舞蹈作品来报恩!初一看,这两位大娘与舞蹈没有什么关系,但正是这两个劳动人民的善良美德激励了孙红木要让劳动人民看舞蹈,看懂舞蹈,要让千万个老大娘高兴。那么,老少皆宜,雅俗共赏,引人入胜的舞蹈又是什么样式的呢?孙红木思虑多年,几经实践才认准了自己的"格"及应走的路,并不愿意轻易放弃。

应该说,孙红木的舞蹈风格还是较受欢迎的,在中国这块土地上,由于历史与现实等多方面的原因,成功的机遇相对较多。但一帆风顺对任何成功者都未曾有过。首届华东舞蹈会演前,《采桑晚归》到温州试验演出。开演后,台下有一些人看到舞台上出现的是撑着竹竿、农衣装饰的"乡下人",而并无他们想象中的"现代"打扮,"时髦"动作,竟然起哄了,口哨声、跺脚声,使演员下台以后不由得潸然泪下。也有些同志对这种风格是否合乎"现代潮流"也投以疑虑的眼光。面对这种情况,孙红木在劝慰了演员以后,进入了冷静的思考。他想,如果让舞蹈迎合廉价的掌声,而追求低级庸俗的气味,那将给社会带来不良效果,也忘记了那两位大娘,忘记了自己的职责,这"格"不但不能放弃,而且还要尽可能到达更高更美的境界。于是,他把生活素材再行提炼,求特色,且不断生发传统手法,略枝蔓、精结构而尽力沛涨人物的时代情感,反复排练,终于使这个反映江南水乡采桑姑娘的舞蹈在风格与特色中闪烁出诱人的光彩。当时省委主要负责同志审看节目以后,高兴地赞扬:"这就是我们浙江的风格。"

在对事业深深的爱恋,工作艰苦的磨炼及艺术上执着追求的"醉、磨、格"深情、热烈的三部曲中,丰硕成果向着孙红木扑面而来:粉碎"四人帮"以后的第一个国庆,人们跳着《幸福水》在首都狂欢,中国歌舞团、天津歌舞团、浙江歌舞团带着这个舞蹈曾先后出访日本、非洲;《养蜂小姐》获1980年全国舞蹈比赛编导二等奖,后由中国青年艺术家小组、上海歌舞团、浙江艺术团带到北美、东欧、苏联演出;《采桑晚归》荣获首届华东会演创作一等奖后由中国青年艺术家小组,铁道兵文工团带到南美、非洲、东欧、苏联演出;第二届华东舞蹈会演中新作《花间曲》又荣获创作一等奖……近年来,他曾被评为省级机关、省文化系统的先进工作者,今年召开的全国第五届"舞代会"上,被选为中国舞蹈家协会的理事,这次《舞蹈》编辑部讨论要为一些优秀舞蹈艺术家立传,孙红木又被众人共议为首批之一……

《红木三部曲》及其主人呵,愿您和着"诗坛泰斗"艾青的诗句——

把"一"和"无数"溶合在一起

进行为真理而斗争

和在斗争中前进的人民一同前进

(原载《舞蹈》,1985年第5期)

张平,您好[1]

……鸣凤死了。"二七剧场"紫红色的帷幕犹如带血的铁门,一时竟闸住了首都热情观众的掌声。显然人们滚烫的思路与中型舞剧《鸣凤之死》的形迹神魄胶合在一起,而陷入了深深的悲恸及思索之中,生灵与亡灵一起诅咒着黑暗,奔泻着对春深深的爱恋……

少顷,剧场里猛地卷起了鼓掌的旋风,这是观众心驰神飞中的警醒,也是对舞蹈创作者们的最高嘉奖。"张平,张平!"(图89)有的舞迷欣喜地叫出声来,目光注向谢幕群间一个体态窈窕,楚楚动人的演员——她的脸像一朵盛开的巴山芙蓉,只是瞳仁间似乎还残留着鸣凤不屈冤魂的一丝凄怆……

紫红色的帷幕又一次落下了,它像一张喜报,报道着演出的成功。一群人涌向后台向成都市歌舞团的艺术家们祝贺,我则在群情稍伏以后,紧握着她的手:"您好,张平!鸣凤死了,但您把她演活了。""我不过像个顽皮的孩子,在真理的大海边偶尔寻找到几颗彩贝。"张平轻轻地笑着说。

鸣凤活了

1985年晚春,成都市歌舞团的练功房里。

---

1 此文系本书作者在《舞蹈》编辑部工作时对张平采访后写就的报告文学。《鸣凤之死》是根据中国著名作家巴金的小说《家》中有关情节改编、创作的,1985年参加四川省民族民间舞蹈会演,获创作、表演、音乐和设计四个一等奖。1986年1月初,代表中国赴日本埼玉县参加第三届国际舞蹈大奖赛,以遥遥领先的高分荣膺大奖——"皇冠金奖"。饰演鸣凤的张平被赞为"在本届大奖赛中用感情和动作弧度深刻表现人物内心的、压倒一切的演员"。这种有明显现代特征的中国现代舞,既能被国际现代舞评委所接受,同时又因有独特民族风格的舞蹈,得到中国观众与评论家的一致肯定。

图 89 张平在大型神话舞剧《卓瓦桑姆》中扮演的花仙（张德重摄影）

  她正在寻找着什么。

  两壁大镜子里不时闪现出她的身影：时而在仰天旋转中呼号，时而拔地而起，意欲挣脱地狱的引力，时而掩面而泣，失神落魄般地踽踽而行……她不断调整着舞姿的方位、部位，修饰着动作的过渡，她正以她整个身体与心灵，她的睿知和汗水寻找着巴金名著《家》与编导规定情景中的高府丫环鸣凤的形象。

  当然，现成的动作与表演方式太多了，从黄毛丫头到"而立之年"可谓掌握了成百上千，但她的宗旨是：不愿有司空见惯的表演，她对自己提出的要求是：表演人物的心灵，创造角色的个性。

  她的老师与编导也曾给了她不少帮助，她感激之余还固执地认为，一个真正演员不能有太多的模仿，而要立足于创造。演员应死在角色中复生。

  因而，张平在寻找——在生活中、书本里、姐妹艺术间，在练功房里……

  忽然，搭在把杆上的一件绿色线衣触及了打开记忆仓库的暗纽，峨眉山上的一蓬翠竹顿时在脑海中摇曳起来……不久前的一天，张平与友人在这座名山游玩。正当她要走进一片冷杉林时，路边的竹子使她驻足不前了，只见青翠欲滴的尖尖叶在初阳下闪闪发亮，色泽淡雅的根根竹翠是绿波中的一柱柱青碧，微风吹来就好像一群身穿薄纱的妙龄少女翩翩起舞。生长在南方的张平见过不少竹子，唯独这蓬使她流连忘返。"这是为什么？"思考使她索性坐在一块石头上打量起来，看一点无名堂，但当她顾及整体，由左及右几次大幅扫描后，就惊喜地喊了起来："这是对比的魔力！"原来，竹子后面的是外形雄浑粗犷，色调墨绿深沉的冷杉林，正是这种借反差强化了"阳刚"与"阴柔"之美各自特点的对比，才使今天的竹子分外葱郁、秀丽与生机勃勃。这又使她想起在法国作家梅里美的小说《卡门》和在比才根据这部小说的情节改编的歌剧中，同富有诗意的霍塞相对比的是埃斯卡米里奥的形象，同满腔热情的卡门相对比的是谦逊的、羞怯的米卡埃拉；记得还有一幅油画，身着黑色毛皮外套的无名女郎，在雪景的反衬下显得特别鲜明，绯红的脸蛋就似熟透了苹果……

她收住思路，像在海滩边发现了大批彩贝，把快乐与思考迅速传递给舞伴。

……《鸣凤之死》中"梅林"一场在排演着。

为了强化封建等级观念，准确把握丫环与少爷间爱情发展的"度"，张平在编导的帮助下先是充分表现了鸣凤情窦初开，沉浸爱情之中的内心喜悦，并让鸣凤与觉慧两小无猜的情感迅速上升；而情感逻辑线发展到鸣凤兴高采烈地要踩在觉慧腿上摘取梅花时，又突然刹住，让情绪通过外形的变化立即冷却。鸣凤似乎记住了自己的身份，高抬的脚也慢慢放下了，在"少爷"前又是那么恭顺拘泥了。这就使本来较难外化的，特定情景中少女心灵的隐秘颤动，通过对比精妙地跃然于舞台。在"生离"舞段中，张平又为了强化这一对恋人的生离死别，先是在起跳前的助跑中让鸣凤尽力张开上身，然后一个弓身吸腿抱住觉慧，并紧缩成一团，这一张一缩，女主角的全部爱恋和对即将来临厄运的绝望就活现在观众的视觉中了。

在《鸣凤之死》及先前许多舞蹈的排练过程中，张平她——

在文学作品中啜饮养料，她说：艺术创造必须根植于一个丰厚的知识层之中。她除了必不可少的直接生活外，特别喜欢置身字里行间的间接生活中。

反复听取音乐。她在表演中追求舞蹈动作与音乐的高度融合。把音乐作为自己形体的语言，并善于在音乐中呼吸，寻取灵感与激发情感；她认为，休止符也是音乐，没有音乐感觉的演员才会忽视休止符。

常去翻阅世界名画，看小人书，欣赏国画、雕塑、壁画，以此丰富自己的造型手段，寻找动律变化的依据。

另外，她努力提高文化修养，注意知识的系统化，平时除了伏案勤读，还走向社会，常去听诗歌、美学、哲学、古汉语等讲座，初中未毕业的她，现今已基本学完了大学文科的课程……

由此，张平的艺术水平，在自己的不断追求中腾飞，她在《鸣凤之死》中的出色表演也得到了人们的认可，1985 年在四川省民族民间舞蹈会演中，她荣获表演一等奖。十月金秋随团赴京献演,蜚声舞坛,首都报刊评论:"张平的出色表演唤起了观众感情的共鸣,把观众带进了她的内心世界。"著名舞蹈家贾作光曾挥毫疾书:"舞蹈表演艺术已进入新的里程,张平创造了光辉的舞蹈形象。"他认为"张平是一位难得的、非常好的舞蹈表演艺术家"。

是什么使张平演活了鸣凤?一篇评论以为她,"是以高度的舞蹈修养完成了角色的再创造。"

美哉,花仙

如果说张平在《为了永远的纪念》中的出色表演是她艺术渐趋成熟的标志,《鸣凤之死》是她通往成功之路拾级而上的最新高度,那么在大型神话舞剧《卓瓦桑姆》中扮演的花仙则是她一展风姿,在万千观众心中扎下美的舞蹈形象的最深根须。

张平在《卓瓦桑姆》中扮演的花仙也曾获四川省表演一等奖。在十一届"香港艺术节"演出后,香港报刊称她"舞姿令人陶醉飘然",峨眉电影制片厂将该舞剧拍摄成彩色宽银幕片向国内外发行后,她创造的艺术形象又得到许多影舞观众的赞许,歌舞团在全国许多地方巡回演出,反响也比较强烈,杭城一位观众看完舞剧后,飞墨走笔投书舞刊,赞叹:美哉,花仙!

《卓瓦桑姆》的初步成功靠了有关方面的通力协作,但也与张平的努力不能截然分开;张平表演艺术的斐然成就固然与她舞蹈艺术的修养有极大关系,但以人体为媒介创造美的舞蹈演员,还需要刻苦训练美所需要的形体。张平作为一个优秀舞蹈演员所必需的,一定的技术水平来自十多年如一日的艰苦磨练。

花仙是美的,观众是甜的,张平却是苦的。

看过《卓瓦桑姆》的人,大概都会欣赏张平那十分漂亮的连续30多个"仰天转",人家夸奖她,张平笑着说:"我的平衡器官好。"可从不平衡到平衡,从对旋转的不适应到适应,她苦练了多少个严寒酷暑,经历了多少头晕、眼花与呕心?!张平的腿功也不错,她在急速旋转后能让脚尖如钉子般地扎住舞台面,但人们可曾知道,她每一次立起,都要受到旧时伤痛的折磨,演出结束后,常常双脚又肿又烫。有心的内行有时会觉察张平软度不是最好,但人们又可曾知道她整个脊椎除少数几节外,腰椎、颈椎、骶椎的每一节脊间均有不同程度的劳损，颈椎也经受过压缩性骨折的灾难。但为了把美的形象奉献给观众，张平硬是咬着牙挺了过来。为使身体的损伤对动作的影响减少到最低程度，同样的动作与组合，本来一遍够了，她偏要练上两遍，三遍，四五遍；她觉得自己的先天条件不够好，走上舞蹈之路后，就决心以后天的更多磨练，换取和别人同样、甚至更快的进步。有时下了课，练功房关闭着，她就倚在楼梯扶把在楼梯口练；脚指甲出血了，脚尖一踮地就是钻心地疼，她擦去汗水非要走十圈八圈碎步不可。一次在峨影拍摄《卓瓦桑姆》，连续几天的起早摸黑，张平已十分疲倦，深夜回家，双腿如铅灌般的沉重。妈妈见了，知道女儿腿上的旧伤又犯了，于是递过了刚灌开水的"烫壶子"，张平把它放在隐隐作痛的膝关节上，一会儿就呼呼入睡了。第二天起床，她不由得大吃一惊，膝盖与小腿上方灼起了两串大泡，但由于极度的困乏，张平竟然没被滚烫的"汤壶子"烫醒！

舞台间、银幕上，当人们见到卓瓦桑姆沐浴仙湖净水后的袅娜多姿，当花仙飘飘悠悠在云端，当张平含着微笑，以美丽动人的舞蹈传递着她对观众的良好祝愿时，人们可知晓是涓涓汗水擦亮了她智慧的窗户，无数次摔打才练就了造美的功夫，舞蹈中一分钟的成功，往往是她练功房里并不成功的十倍涩苦！

难怪有位舞蹈大师曾说舞蹈是残酷的艺术。对于这种"苦"，张平挺乐意，她说："吃点苦，没什么，只要观众不是太失望。"

理想国

张平与所有热爱生活向往明天的人一样，有着属于她自己的理想王国。不过，她孩提时分的理想像童话，跨入舞蹈大门时的理想似没有标题的散文，倘若把她在爱情悄悄来临时的理想比作一首小诗，那么今天她站在新的认识阶梯上的理想就是篇观点鲜明，富有哲理的论文。

脑后甩两角辫时的张平有很多"理想"：想当杂技演员，又盼望有朝一日能穿上军装成一名女兵。一次到市少年宫考舞蹈班，没录取，而声乐班却吸收了她，就又希望有朝一日似郭兰英……她好动又淘气，男孩爱玩的都喜欢，爬树、上房都有她的份儿，当入学第一天因与男同学打架而被教务主任夹在胳膊下带到办公室挨批时，她又觉得"理想"全破灭了。这个顽皮的"假小子"

使得她妈妈——一个倔犟的女人直发感叹："你这个样,咋个有出息呢？"于是,为了锻炼小张平的性格。妈妈让张平学绣花。有时,张平刚绣了几下就想站起来,妈妈就一个巴掌将她按在小方凳上1、2、3、4地直数下去。一天,张平正酣睡,忽然觉得床铺在轻轻抖动。她隔着蚊帐一看,发现母亲"胆囊炎"发作,正把头夹在箱与床之间,大颗的冷汗渗出额头,却不吭一声。这些事虽小,但对日后张平要犟的性格影响很大。

光阴荏苒,"假小子"在重庆锦江中学读初中时已快十六岁了,眼看与舞蹈无缘,突然一天学校却通知她去考歌舞团……原来班主任发现张平在舞蹈上有些才能,就作了推荐。考舞蹈的那天,考场上围着许多人,张平挤了一下进不去,加上有点胆怯就回去了,老师发现后又从路上把她抓了回来。一站在考场上,妈妈"倔犟"的遗传因子在张平身上突发了,她觉得事情要么不干,要干就非干好不可。于是,满有信心地模仿起藏族踢跶步,回忆着做起《红色娘子军》中的"倒踢紫金冠",表演起自编的舞蹈……考试的结果:那天成了张平投身舞蹈的起点。

就这样,在不是搞舞蹈人的"拉郎配"中,一个本来并不想当专业舞蹈演员的黄毛丫头赶上了舞蹈的末班车,从此与舞蹈结下了不解之缘。

在那笑也不是,哭也不得的年代里,张平扮演过喜儿、吴清华、周秀英,也跳过"忠字舞"、"八大动作";她既偷看过幸存的斯坦尼论著,也在"红海洋"中学过"样板经验"。但她自从走进舞蹈团后,就发疯似地爱上了自己选定的事业,不管舞台与排练场,还是走路、吃饭,甚至做梦,她更多的思念是舞蹈。

由此,当爱的臂膀紧紧挽上了舞蹈时,丘比特的神箭也就常常从她身边轻轻擦过。

张平有不少女朋友,但绝不讨厌男子汉。她认为男同志少些"小心眼",多些思想者,但很少把他们作为爱的对象。她觉得"贤妻良母"是"在那遥远的地方",如果有一天要履行这职责,也是人生一大遗憾。因此,已过了晚婚年龄的张平,仍将把杆当作情人的手,拉着它走在艺途。有位男同志曾捎来悄悄话:"张平,您就是仙女,也该下凡啦……"但张平心中还是默默地祈祷:"爱情呀,来慢一点吧,姑娘的心正为事业敞开……"

可在28岁那年,一个小伙子与舞蹈一起闯进了张平的心室,那就是在锻造厂打了10年铁的小王。

小王的母亲与歌舞团的老团长很热,他俩人作了月老。但不管两位长者

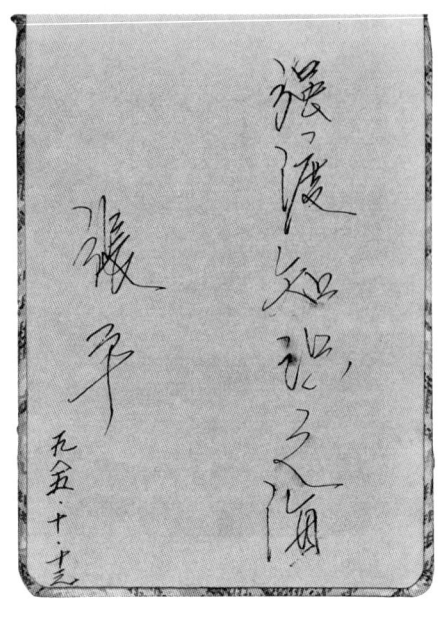

图 90 张平认为自己若能到达理想的彼岸,就必须增强多方面的艺术修养——"强渡知识之海",这也是 1985 年 10 月 13 日本书作者采访结束后,她想转达给读者们的一个感想

怎么努力,爱情的红线总是不易在张平这头搭牢。张平觉得小王品行挺正,为人也实在,但她仍半掩着自己的心扉。在两个青年人顶多每星期一次的见面中,张平还常板着脸。3 个多月过去了,小伙子对这五音不全的"每周一歌"有点忍耐不住了。

一天,小王又去看张平,张平正准备出去。

她说:"我要到老师那儿去。"

他顿了一下,平静地说:"我到这儿好像影响了您什么,如果我们相好后,仿佛要使您失去什么,而这些对您又是那样的重要,那我走了。"

他走了。

她一夜没睡着。他第一次占据了她整个心室。

第二天一早,她就去找他。

她把一个舞蹈演员的"坏处"一口气讲了出来:身上常有伤——不能早结婚——不可能有安逸的小家庭——

最后又半是认真半吓唬地一字一顿:不要孩子。

他沉默了,但真挚的情感冲决了沉默的堤岸:"只要您的事业,您的理想值得我去牺牲……"

她激动了,软化了,"下凡"啦……

就这样,理想和事业搭起了鹊桥,她和他富有诗意地结合了。

那么,张平今天的理想又是什么?

张平在日记中写道:"我的理想非常高,高得简直与自己不相称。但如果我能一个台阶一个台阶地往上走,我就感到自己是幸福的。"

是呀,记得加里宁有句名言:"只有向自己提出伟大的目标并以自己的全部力量为之奋斗的人,才是幸福的人。"张平的行动已显示了她明确而又伟大的目标。正由于她倾其全力为之奋斗的是人民所需要的,所以她的奋斗就是一种幸福。

张平,您好!

(原载《舞蹈》,1986年第1期)

艺林漫步

"眼高手低"析

大凡认为"眼高手低"是不可取的贬义词,其实不然。从某种意义上说"眼高手低"却是人们社会活动中经常呈现的一般现象。对搞舞蹈的人来说"眼"是要高的,否则坐井观天,人成夜郎。有作为的艺术家必须眼高视广,方能从宽阔、客观的角度剖析当今舞蹈现象,把中国舞蹈放在同时期世界舞蹈的大潮中去考察,多元地、有批判地汲取外来因素,胸有成竹地、坚定地建设我们的新舞蹈。极目鸟瞰才可整体地纵观古今,一揽舞蹈之珍,通过对比、鉴别,相得益彰;才能对事物看得远,想得深,创得新。19世纪法国著名作家维克多·雨果在《短曲与民谣集序》中阐述:"创作者居高临下,驾驭一切;模仿者在近旁观察,事事遵循规矩",是很有道理的。要成为一个舞蹈的出色创造者,则眼界越高越好,视野越广越好。中、外老一辈的舞蹈家往往都是博览群书,通晓古今,绘画、音乐等艺术修养均深。而新一代的姣姣者周洁、华超等,均曾从雨果、高尔基、托尔斯泰、普希金、拜伦等作家的著作中啜饮营养,从而张开想象的翅膀推动着他们刻划好一个又一个角色。

学舞蹈的人"手"往往是低的。马克思主义认为,人类社会的生产活动,是一步又一步地由低级向高级发展的。古训也有"合抱之木,生于毫末,九层之台,起于垒土"的说法。人们的大脑接受了眼感官的信息,并不马上能在行动中全部演绎。感觉和印象的东西,只有通过人们社会的不断实践,多次反复,才能产生飞跃,继而又形成新的概念。至于对搞舞蹈理论研究的同志,我们更不能以"举手投足"如何?这样的"手高"来苛求他们。10亿人口中浩大的舞蹈群,人们审美趣味应是丰富的,专业选择也该是多样的。我们的事业需要更多"眼高"的观察者,更好的评头论足的理论家,以繁荣、推动我们的舞蹈艺术。更何况分门别类又形成了各自专业"手""眼"标准的不同，大可不必强求一致。

"眼高"是我们搞事业的必须，"手低"是人们对社会信息的感知及其反馈过程中的必然。"眼高"手才可能高，"眼低"手又何以高？舞蹈改革家乔治·诺维尔之所以极力推崇希腊《论舞蹈》的作者吕西安，是因为这位卓越超群、不同凡响的芭蕾大师对历史、神话、古诗、历代科学都刻苦钻研，无不谙熟。诺维尔在《舞蹈和舞剧书信集》中对此写道："只有依据这一切方面的确切知识，我们才可望在舞剧创作中有所成就。诗人的天赋和画家的天赋，我们必须兼而有之。"是的，在今天"头脑简单、四肢发达"不应成为我们舞蹈队伍中任何人的影子。一个舞蹈家曾感慨地谈起我们许多舞蹈作品的"深度"不够，主要原因是由于创作者的文学修养欠高，这是发人深省的。开创新局面，"眼高"者万人欠少，"眼低"者一人嫌多。当然，真正的"眼高"者，绝不甘心于自己的"手低"，力求上进的"手低"者将尽快攀登眼观之高，奋力跃向一个又一个的高度。

"眼高手低"——"眼高手高"——新的"眼高手低"，循环往复，以至无穷。我想，朝气蓬勃的新一代舞蹈家，就应这样上下求索，开拓前进，而不断收获，

（原载《上海舞蹈艺术》，1983年第1期）

思想·流派及其他

每个人都有思想,思想即理性认识。由于吴晓邦在长达半个多世纪的艺术实践中,集舞蹈的教学、表演、编导、理论于一身,并在一系列的著作、演讲、评说中执着地表现他的主张,因而就形成了属于他自己的舞蹈艺术思想。

吴晓邦舞蹈艺术思想的本质属性:人民性—兼容性—科学性。吴晓邦舞蹈艺术思想的精魂在于人民性,即不断通过作品反映人民立场、希望与追求的一贯政治倾向;吴晓邦舞蹈艺术思想的基调是纵从教、表、编、论的系列性,横及东西方文化的兼容性;吴晓邦的舞蹈艺术思想是:变化发展的张力与动力是科学性。

某个舞蹈家艺术思想的系列呈现,往往是这个舞蹈家流派形成的先声。

舞蹈的流派应该有着属于这个流派的独树一帜的思想。

舞蹈流派的形成还基于思想的强大吸附力。

舞蹈家从步入舞坛到自成一派,经受了多阶段蜕变的阵痛:从"无法"的思学到对"有法"的临摹,从对"成法"的不满,到对创新的追求,从突破"成法",到走向新的"无法"及至在动态的稳定中逐渐形成自己的风格。

风格是个人文化精神的表现,流派则凝聚了大致相同的群体意识。流派往往有着他的认同群和系列作品。

舞蹈流派的真正出现,还必须同时并存着其他流派。单流不成派。流派的多元性,会导向互相追逐式的前进。

毛泽东说过:"革命派要做,流派也要有。程派要有,梅派也要有,谭派、余派、言派、都是要有的。"[①]

期冀大树,要爱护幼芽。

不要为新芽新草不规则而烦恼,它们会给你带来绿茵,其中的少数有可能成为大树,要为未来的大树鼓与呼!

渴望中国舞蹈诸多流派的尽快出现,他们能带来舞坛的喧闹、生机与活力!

(原载中国舞蹈家协会《舞蹈信息》,第 6 期)

注释:

① 李世济:幸福的回忆,巨大的鼓舞 [N],北京日报,1977-10-24(5)。

佳词一得
——《傻大姐》赏析

前些日子下乡采风，小憩之际我偶而打开收录机，里面播放着任桂珍演唱的民歌。忽而四周响起了会心的笑声，一个边吃边听的老伯竟然笑得把嘴里饭都喷了出来。出于喜爱，大家要求再放一遍。于是我从头播送，这就是苏北民歌《傻大姐》。歌词是这样的：

"她的确傻，顶顶有名的傻大姐，三加四等七，她说等于八。她的确傻，顶顶有名的傻大姐，她说她九岁那年做妈妈。她的确傻，顶顶有名的傻大姐，叫她去放哨她说怕鬼呀。哈，笑死啦，同学们想一想，岂有此理，哪有此事，说鬼话。她为什么傻，就是没有学文化，学了文化再不会这样傻。"

根据现场情绪，显然这首歌词人们一是听懂了，二是听进去后又想开来了。而所以能引起强烈共鸣的原因，笔者管见，主要有二：一、结构别致，寓意深长；二、俚语通俗，风趣妙生。

不要轻看短小的歌词，它描绘的对象往往是长长的史迹，大大的社会。倘若一个词作者对谋篇布局，胸无成竹，那就极易落套而失却歌词的个性。博大纷繁的自然现象，内含深藏的生活底蕴亦无法浓缩在字里行间，活跃于人们的听觉之中。而《傻大姐》则有着类似相声"结包袱"、戏剧"悬念法"之类的结构。歌词先把傻大姐的"傻"劲渲染充分，形成"包袱"，然后唱出人们脑子悬着的疑问："她为什么傻？"再收回笔触，精警点题："就是没有学文化，学了文化再不会这样傻，"从而完成了这首歌词的最高任务，使人回肠荡气，余味无穷。

至于《傻大姐》的笔调，确是通而不俗，活泼清新又情趣盎然。通篇不留斧凿痕迹,均为自然晓畅的群众口头语言。并又恰到好处地体现了我国传统创作技巧中的夸张手法。刘勰在《文心雕龙·夸饰》篇中断言"夸饰恒存",认为"壮辞可得喻其真",即夸张的语言能表现出事物的本质来。"三加四等七,她说等于八","她说九岁那年做妈妈"等词句均属异于寻常的夸张,但听众并没有挑剔它的不合理,而是在笑声中承认了这形象思维的结晶。"她为什么傻?"最后艺术手法上的"包袱"一抖落,生动的比兴演绎了主旨严肃"学文化"的主题,强化了听众"要学文化"的感受,寓教于乐,起到了平庸之词所收不到的效果。从而《傻大姐》的词在音乐旋律的烘托下不胫而走,蜚声大江南北,并在它诞生数十年后的今天,仍然神采飞扬,触类旁通,发人深省而具有相当的现实意义。

《傻大姐》实为歌坛佳篇!

(原载浙江省音乐家协会《花港》词刊,1984年第3期)

舞蹈的"现代意识"及其历史沉积

A 近年来,随着中国的现代化进程,"现代意识"就像一叶快舟,突然驶进了舞蹈家的心扉,它刚刚在舞蹈之波上碰撞起朵朵浪花,随即又以其特有的魅力,形成了带着漩涡的急潮,深深地搅动着舞蹈文化的各个层次。"现代意识"成了舞蹈文化圈普遍关注的命题,成了判定舞蹈理论与创作成果优劣的第一标尺。

应该感谢恩格斯,是他的睿知使我们清楚地意识到"意识"的含义:"究竟什么是思维和意识,它们是从哪里来的,那么就会发现,它们都是人脑的产物,而人本身是自然界的产物,是在它们的环境中并且和这个环境一起发展起来的。"① 由此,"现代意识"与"意识"的内在联系,及关于"现代意识"之说是不是可以这样的概括:现代意识是现代人从历史的高视点审视客观世界后的能动反映,是代表中国先锋思想以至人类根本利益与愿望的一种动态性思潮。

B 当今一批舞蹈家就是这样有出息,他们同时把握着舞蹈研究与舞蹈创作的双桨,寻思着舞蹈的变化,又在变化中寻觅舞蹈。他们没有更多的条条框框,不怕失败,只要舞蹈之舟能更快地到达辉煌的彼岸,愿意奉献自己的一切。他们在痛心疾首浩劫的历史困惑中觉醒,又在对大连舞蹈比赛后徘徊的不耐烦中,开始了起飞前的助跑。这些以中青年舞蹈家为主的进击者,一方面依照"现代意识"的时代流向,在舞台上用形体有力地宣告自己的主张,《黄河魂》《绳波》《墙》及《鸣凤之死》《繁漪》《玉卿嫂》等舞蹈由此脱颖而出；另一方面又以"现代意识"作为理性思考的参照，通过论文、评说、演讲接连不断地发出了"舞蹈要反思，观念要更新"的呼声。

近年来，他们至少在三个方面，透露出"现代意识"在舞蹈实践中的内在张力：

1. 越来越显示出对人民、对现代生活真挚、深沉的爱和对传统舞蹈文化惰性的反叛。

2. 越来越依托人体美的表现力，追求舞蹈主题的多元化与内涵的哲理性。舞蹈的触角开始伸向更为广阔的领域。

3. 越来越注重对西方现代文化的吸收及寻找中西方文化的交融点。

"舞蹈现代意识"产生的效应，已经让人感受到舞蹈告别"钟摆式"的运动方式，突破封闭的茧网，而有可能完成由蠕动向飞行的过渡——那极为痛快的蜕变。

C 当前，我们不能不正视到这样一种事实：虽然真正具有"现代意识"的舞蹈不多，成功的不多，但是追求"现代意识"的舞蹈与日俱增，欣赏现代舞蹈的观众日益增多。究其原由：一、说明观众对舞蹈变革的需求；二、并不说明"现代意识"在中国已有了正确、完整的构造。

人们的骚动和喜悦，部分的是由于对踽踽而行庙祝似的舞蹈，吞服了新鲜珠露而出现的哪怕是一丁点儿青春姿容的假代性满足。

这不是我们希望的。要让希望的出现，关键在于对"现代意识"中的历史沉积要奋力开掘，让"现代意识"现代化。

"现代意识"还有历史沉积吗？本文的回答是肯定的。

因为"现代意识"是一种动态性的历史流向，它不可能是人类认识世界的全部与顶峰；因为"现代意识"是人脑对客观存在的一种群体反映，它是处在一个不断矫正、发展、深化的过程中的。目前许多人界定的"舞蹈现代意识"还仅仅是目前意识到的。再加上沿着开放的风洞一涌而入的西方艺术，其中夹带而来的，有的本来就是外国传统文化的沉积物，或是西方现代文化中泛起的落后的与非现代的意识；我们的舞蹈家也常常会产生一种"新视角，旧目光"的现象，即站得较高，角度能一览众山，但视力却仍是过去那个时代痼疾的折光，看得甚广，却不本质，不深沉。

因此，在当今舞坛的"现代意识"中应运而生的舞蹈作品里，同样还存在亟待开掘的至少三个方面的历史沉积：

1. 对舞蹈传统文化惰性的逆反，还缺乏明晰的指向、幅度与力量，还较多地停留在对形式的挣脱上。

目前，现代意识与非现代意识的歧见，很大程度已集中到对待传统的态度上。

传统是什么？是科学、艺术、道德、礼俗、社会组织的惯有物化形式？还是一种社会因素，是生活在特定地域中的人群长期形成的文化倾向性？我以为，两者的结合形成了"传统"的整体概念；而剖析事物的本质，决定"扬弃"的准绳应依据后者。

的确，在一批含有"现代意识"的舞蹈中，已很难看到纯粹的"山膀""提襟""射雁"等这些传统舞蹈惯有的外部形式。这些膀如山样，提拎长襟，搭弓射雁的先民生活方式的再现，整齐、大一统的构图方式已被越来越多的"交响化"等手法替代。舞蹈再也不是单纯的生活形态的模拟，而是感情形态的表现，舞蹈家将个人真实的经验形象化，并通过形象向外投射。但是，传统文化中的历史沉积还是极力寻找在舞蹈中的一席之地。一批被许多观众称道，赞誉为"中国现代舞"的舞蹈，固然表现了人的主体意识与触及了一些性格深层，并热情地去呼唤舞蹈的悲剧美，从而为舞蹈摆脱"纯欣赏"的地位做出了里程碑式的贡献。可遗憾的是除了少数舞蹈（如《黄河魂》等）表现了放纵不羁的激情与巨大的理性力量，没去过多的顾及"全面、圆熟"和"中庸之道"，极大部分新作仍旧在"逆来顺受，委曲求全"和"迷惘""困惑""调和""匀衡"的传统心理结构边徘徊。舞蹈中太少些危机感和由此而崛起的变革意识，从而将观众从忧患、超越导向力量的勃发。

2. 在对着绿茵开放的风门边，我们固然可以猛吸到几口清新，而那向垃圾洞开的小窗，如果没有过滤，绿蝇、污臭就会随之而来。

一些本属19世纪末，20世纪初没落的外国形式主义流派的主张，在今天，却被少数同仁视为"现代意识"而全盘接收。于是舞蹈抽象了觉得还不够抽象，甚至让意象与具象丧失了内外在的丝毫联系，变形脱离了原物体的任何形象特征，加上还要把作为情感艺术的舞蹈的情感隐蔽起来，舞蹈作品就玄奥莫测，令人茫然不解。舞蹈家的创作在现代人中产生不了共鸣，与现代中国的意识主流相悖，如此，"现代意识"又从何谈起？！

我们绝不应该关上开放的大门，如果再度封闭，现代文明的萌芽就会因窒息而在中国这块土地上死亡。但如果对西方文化传统中的消极因素不加过滤，对现代西方文化中的"现代意识"的西方特征不加消化而囫囵吞枣，则不但无益于现代意识在中国舞蹈中的生发进程，而且有可能形成新的沉积。

3. 在"现代意识"顽强拱起的同时，少许"寻根"舞蹈（乐舞）不着根基地竞相出现。

一家权威性的文艺报纸曾认可这样的观点：文艺作品罗列展览许多风俗习惯就是"复古意识""盲目赞美崇拜传统"。这种说法，本人不敢完全苟同。历史唯物主义认为社会历史的发展有着自身所固有的客观规律；物质生活的生产方式决定社会生活、政治生活和精神生活的一般过程。"落后、愚昧、腐朽风俗习惯"的罗列展览大可不必，但是历史、辩证地看问题，落后、原始的生产方式决定了先民们文化生活的如此特征是毫不奇怪的。舞蹈作品中恰当地出现这些习俗正是作家忠于生活、负责任的表现。"现代意识"并不要求，也不可能以现代文明去替代当时的"落后、愚昧、腐朽"，我们的期冀只是舞蹈家要以"现代意识"拨开时间斑驳的尘土，以现代目光穿透历史悲欢的门窗，并与观众一起，用"现代意识"反刍遥远的记忆。由此，中国传统文化中的"活性"："刚健有为、自强不息""勤奋、刻苦、持久"要得到充分的体现，要让人感觉到这种中国文化发展的内在动力。既要用"现代意识"的目光看历史现象，以舞蹈家的"现代意识"去主观感受今天和明天，而不像有的创作者仅仅将舞蹈作为出土文物去再现"沉积"。如果这样，我们的"寻根"舞蹈就既尊重传统，又立足了现代了。

D变革的时代，变化着的舞蹈往往使既定的理论框架和急于求成的新观念失控。因而我们的舞蹈理论研究家，既要积极慎重地对待新的观念与富有新意的舞蹈作品，又要与舞蹈创作一样，以"现代意识"进行舞蹈理论的研究工作。一个与众不同的现象里，经常蕴藏着一片有待开垦的处女地，一种有待发现的新的理论。现代舞蹈理论研究家对人生的新的感受、认识、探索是他们的能动主体同客观世界特定客体底蕴相互交汇并积极孕育的结果。所以在开掘沉积，拓展思维空间的同时，还要注意充实思维空间。

不断大胆设想，小心求证，不断以通过实践验证或从实践中抽象出来的新的理论去充实、补充、发展舞蹈的"现代意识"。

（原载《舞蹈》1986年第10期"舞蹈家论坛"）

注释：

① 《马克思恩格斯选集》第3卷第74页。

舞坛散步[1]

舞坛,不过是人们感觉中的一种圈地。人,一旦进了去,注定无法摆脱苦难(苦与难)。而苦恋者又特别难受煎熬。

当有人扯着自己的头发痛苦地诘问自己时,马克思早在字里行间轻轻击拍:"在科学的入口处,正像在地狱的入口处一样。"影界阿丹竟由此感叹成一部《地狱之门》。

当轻叩舞蹈大门的梦幻婴儿扑入艺术母亲的怀抱拼命吮吸着知识的乳汁时,才眨巴开双眼,看到了茫茫舞蹈之路上诱人又遥远的微微毫光。许多人在泥泞的黄土道上唏嘘怨叹,踯躅不前。只有苦行僧式的舞人,在牵魂摄魄的真情呼唤中走过那九千九百九十九弯,有希望到达舞蹈圣殿的第一台阶。

龙凤舞蹈文化的沉重绝不全在于舞蹈的传统。而主要由于龙凤的不肖子孙,对文化积累在整合中的劣质扬弃,在于舞蹈文化观念的变化与当代意识的错位,也在于重引进,重批判,轻自力,轻建设,没有把对龙凤传统文化消极因素的困惑迅速转入新舞蹈的文化建设上来,赋予舞蹈研究的现实品格。

积而不扬,来而不化,勇而不进,今天的沉重,部分的是由今天的惰性积淀形成的。

丢了不少包袱,又背着包袱拣回了一些包袱。演变至今的龙凤舞蹈文化是丰富的,也是散乱的;是值得骄傲的,但也有相对落后的,由此,当代舞坛发生的某些躁动,这与传统观念负面性的文化冲突,尽管不够,尽管还来

---

[1] 1989年第3期《舞蹈》卷首语"三月好阳春":"'朝花夕拾'栏目中,我们向读者推荐两篇力作,《舞坛散步》是作者久思之作,久思如盈、厚积薄发,耐人省思……"(编者注:另一篇是顾也文先生的《春申梦》)。

不及迅速建设起奔突的快车道，但还算是孟春中的快事，值得称庆。

舞蹈似乎是一种感悟艺术。

感觉，只能是客观事物的个别特性在人脑中形成的直接反映，只是认识初级阶段感性认识的一种形式。悟性，却是认识现象向认识本体——理性转化的一种能力与阶段。

感悟，是受到感动而有所觉悟。

舞蹈优劣的判定不太可能有不差分毫的标尺，它只能给人予感觉，在感觉、感动中产生审美的悟性。

寻觅舞蹈，偶得佳品，常生三感：

一、**新奇感**　僵化意识的衰落与人们对当代文化的若干不满，加上今天市场经济规律的制约，迫令更多的"老面孔"和陈旧过时的形式在舞坛立足不稳。这固然会附带起实用主义的侵袭与部分人对舞蹈急功近利式的粗制滥造。但这"迫"，更多的是造益。民众艺术心理取向要求创编者一定立足于创。就是较好的舞蹈，在舞台上停留的时间一长，观众也会产生视觉与心理的疲劳，从而产生情绪错觉，让好的产生不好的效果。光新不奇，也是缺憾，犹如有了新面料，还须巧裁剪，方能为抢手时装。王晢注《孙子·势》："奇正者，用兵之钤键，制胜之枢机也。"奇胲，历为阴阳之要，非常之术，亦是"金牌舞蹈"操胜券之窍。鲜活的舞蹈语汇，独运匠心的结构意境，时有睿知的审美闪光，才让人萦萦回味，在灵动形象中尽得风流。

二、**真情感**　舞蹈的形体动作本来就超乎常规，超乎诸多表演艺术的夸饰、变形、抽象，倘若在情感的表达上不格外注重于真，把技巧的展示为直面人生的审美传导，那么舞台上的形体不是让人费猜的概念符号，就是庸人自得的人体花瓶。"心灵生情，理智生精，躯体生欲。"从创编者同化生活的心灵出发，经过理性的通道，并与心、理制导的特定的欲望转化为舞蹈作品中的人体流动，心、理、体融为一炉，方有可能产生舞蹈的真情实感。

三、**哲理感**　火热的情感基因，只有经受了冷峻的哲理思考的锤打，才能炼铸成舞蹈之钢。

舞蹈家令人眼睛一亮的段落，往往似哲人令人难忘的警句。

现代舞是自由与哲理的。

只以人体为创编元素的舞蹈，如同历代文物器皿层面上古老又局促的涂饰变更；而人体艺术的运动蕴含了哲理，就有可能让人们从现象的底层发掘真理，寻得韵外之致，像外之像，在观念层面的变化中，开发出人们的审美潜意识。

对事物的变形与抽象恐怕是舞蹈的一种本能。由此，也就是很一般的编舞家，只要试图在舞台上呈现自己的作品，大凡均进行了一定程度的"抽"与"变"。问题的关键是正确性，与国民现世欣赏水平相适应及在此基础上的超导能力。

康德有一个观点："没有抽象的视觉谓之盲，没有视觉形象的抽象为之空。"没有抽象就不成舞蹈，满台皆舞不是舞；舞蹈的视觉形象只能在把握住事物的整体结构以后，从创造对象的本质中抽取出来。抽象，一方面需要一定的含蓄性与模糊性；另一方面要让人们熟知的，作为思维连环过程不可或缺的感知点有意显露出来。如此，观众的创造性，方能在感知点的星光之下，逐步进入思维的深层，到达感悟的驿站。

"舞蹈真美！"人们常常如此善良地说。殊不知有些舞蹈所以美，只不过是借助了造物主的恩赐，因为大自然惠授了令其他物件黯然失色，无与伦比的人体美——这是舞坛的悲剧；但人们如果对舞台上美妙的人体悄然离去只是点留恋，而无法遏止的掌声却在静静的遐想后突发，此乃人们思而得之中的警醒——那是舞坛的喜剧。

舞坛间的悲悲喜喜总是联袂而至，掺杂一起，悲喜交集的混沌状态是舞坛的正剧。悲极生乐，喜剧只有大悲之后才会延续，这大概也是正剧。

受制于社会生活行为的自我抑制，融进艺术时舞台行为的自我夸饰；进入舞蹈后死于角色而后生，演员与角色交融时的迷醉，舞蹈高难度技巧所要求演员演出时必须严格控制自己的形体，不能完全忘我的清醒；彩灯下美妙无比胴体展示时始终提气立神的昂扬奋发，帷幕落下以后掩卷锋芒，那种俯贴现实的保守、忍耐和讲求实际，使我们许多舞蹈表演艺术家在芸芸民众中最具双重人格，也最有社会舞台上双重角色的紧张感。

编舞家是舞坛的隐身明星，他台上看不见，时时放光华；他肩起了时代的使命，与舞蹈唱着永无终止的恋歌。

世上恐怕只有编舞家无法独立完成他的一度创造。他的创作流程历经几多风雨几多愁,最后通过演员幸能得以体现。他的创造之力,有可能汲取众长而得出色的发挥,也有可能在流变中与道道弯弯相抵,而消耗得无踪无影。

由此,一个舞蹈的创造的成败绝不是一个人。

编舞家的苦恼,莫过于想创造的创造不了。

编舞家的喜悦,莫过于不是他直接创造的创造型观众,从他参与创造的舞蹈中进行了创造。

编舞家的成功,莫过于当他寂寞地撒手西去时,舞台上正热闹地上演着他编导的作品。

一次学术会议只有一种论调,不会是富有成果的学术会议;一个理论家只能包容一种观点,不会是成熟的理论家。

我们的舞蹈理论家,应该以批判的态度对待全人类的思想文化成果。

舞蹈理论家只有敞开自己的心扉,才能让自然与知识潜入自己的心底,又只有包蕴着一颗勇敢的种籽,才能直面人生,逾越阵痛期继而将真实与真理催生出世界。

舞蹈理论家最易犯的错误:廉价的赞美。

舞蹈理论家最感困难的是:直率的批评。

舞蹈理论家最觉费力的是:在纸面上用文字演示、解析复杂的舞蹈动作,而又让普通读者明白你在讲什么。

舞蹈理论家最缺乏自信的是:对自己能懂的东西表示轻蔑,对自己不懂的东西拼命赞叹。

舞蹈理论家最不应不安的是:有人指责"不会编"或"不会跳"。

舞蹈理论家一生努力:求是。

搞艺术,做学问,贵在个性,难在不怕孤独而顽强自立。"我不相信"北岛引起聚讼的说法,创造型的舞蹈家大概不会认作是狂妄。作为个体存在的舞蹈家,保持住实践所带来的外在自然人化和内在自然人化并深入到作品中去,禀赋特点,标新立异,发己所感,发人未发,从而去形成极其丰富的艺术个性。独立自主的人格就是要发挥主体意识,反对依附人格。不随人俯仰,不趋尚时好,是舞蹈家应有的矜持。矜持不可无,偏执不应多,这大概是艺术上既有主见又无成见，主见为主导的辩证法吧。

如果在舞蹈艺术的探索中，人人注意独立思考，件件作品都见个性创造，那怕一时有较多的不成熟与不完整，舞坛也一定会出现"杂花生树，群莺乱飞"的三春景象。

当代舞坛雅俗舞蹈共存并进，互相渗透的喧闹局面，形成了建国以后舞蹈文化的一个又一个热潮。雅与俗舞蹈的观众群中，前者逐渐趋向把客观的形象主动转化为主观的感受，从而产生审美视野的内移，将对外物的客观反射、反应，转化为向内心主观的反馈、反思。人们在舞蹈的审美活动中，不仅是一个再现与认识的过程，而是一个表现与创造的过程。后者重要的是参与，对霹雳、太空、柔姿、交谊等此类通俗舞蹈，人们更多表现在热情投入，同样也表现在创造。观众群参与时，极不愿自己是"又一层复写纸"，而要让创意、自娱、表演集于一身，让风格、形式流动不居，从而形成丰富多彩的"交谊舞热""迪斯科热""霹雳舞热"等交替前进、互为补充的喜人景象。

当然，也有狭隘功利主义和忘却自己文化本分的错位现象及超前舞蹈文化后转，以适应落后意识、机制的倒退现象。

也还有大批的舞盲、舞蹈的蛮荒之地。

因此，舞蹈文化的教育是紧迫的，也该是多渠道、多层次、多样化的。对舞蹈文化本身的研究也要冲破狭小的圈子，形成本学科的多方面，本学科与其他学科交叉研究的态势。

从优化我们的民族心理、精神品格、价值取向而得出舞蹈文化断然不可缺的视野出发，我们舞坛的圈定似乎应为 960 万平方公里，不是吗？

（原载《舞蹈》，1989 年第 3 期）

舞蹈创作不能让内容湮没了形式[1]
——在浙江《舞蹈家》编辑部举办的"中国舞蹈现状的弊端与建设"专题讨论会上的发言

中国舞蹈家协会《舞蹈》1989年第7期"卷首语":

  本期我部与中国舞蹈家协会分会《舞蹈家》杂志合办了"浙江舞蹈家在思考"的专栏,通过深邃谐和的畅谈录与短文辑集中地研讨了"中国舞蹈现状的弊端与建设"这一重大命题。此虽是一个省的几位舞蹈家在思考和侃大山,但纵横论舞,确有真知灼见,从中能领略许多人的睿智和匠心,更可贵的是他们那种执着的探求精神……

——《舞蹈》:《能不忆江南》

  舞蹈创作不敢放胆追求形式,形式的惰性赶跑了观众——反传统中的一种"错位"。我们切切不可在改革开放的大形势中再闭关锁国,孤芳自赏。

  大家谈了很多,也很坦诚、洒脱。诸位拳拳之忱,实实难得,"抛玉引砖"金玉良言之后,我也讲点砖石碎语:

  一、舞蹈创作还是不敢放胆去追求形式,形式的惰性赶跑了本来属于我们的观众。

  舞蹈现状告诉我们,我们的创编者想要形式,但总是修修补补,小打小闹,不敢放肆,不敢狂想。舞台上基本是基训动作、套子动作加一些"点子",现

---

[1] 此文为本书作者担任浙江舞蹈家协会《舞蹈家》杂志主编时一次专题研讨会上的发言。事后中国舞蹈家协会《舞蹈》杂志1989年第7期摘要发表了会上浙江舞蹈家们的观点。并在"浙江舞蹈家在思考"专栏加了编者按:"《舞蹈》与浙江《舞蹈家》合编了这个栏目。西子湖畔的这群舞者,他们曾崛起,也曾沉默。无论崛起还是沉默,纷纭的潮头下,他们始终思考着——"(图91)

图 91

在又常见"山西怪秧歌"般的招式在翻来翻去。编舞者兴致勃勃,观众却"视而不见",看了好象又见不到什么。没有形式那来"感",失却形式感,舞蹈进入不了人的大脑。我为什么比较喜欢《鸣凤之死》《黄河魂》《采桑晚归》《雪妹》此类节目,就是形式感相对较强(对这些舞蹈,本人已有拙文作过评说,恕不赘述)。这次在杭举行的华东少儿舞蹈交流演出的一个节目《泥人乐》为何小朋友、专家都喜欢?就是形式新颖。组成舞蹈形式主要手段的人体流动极有个性。编导将泥人得风晃头,得动就滑的生活情趣提炼出来,并与卡通、木偶的一些动律泥捏在一起,动作和组合确是以前少见。

　　编舞家的不上青杀口,并非没喝"红高粱",而是喝了高粱酒,想法不对头,被扔在酒缸里,三天三夜爬不起来。这里有个理论问题。当人类对艺术的追求,由感情上升为一种自觉的理论,具有了哲学意义时,人的审美心灵就开始在形式与内容互为碰撞的漩涡中挣扎,而形式服从内容一直为大趋势。但是如今这个绝对肯定的神话开始被瓦解。人们发现:艺术的内容并不是艺术的特长,艺术只能以形式去鉴别,艺术与科学、哲学的不同点就在于,后两者抽象成规律,而艺术在于追求形式。事实上,绝没有过任何没有内容的形式。不是我们不要内容,而目前的弊端往往是丰杂的内容湮没了形式,或形式的陈旧使得人们没有感觉了。还有一种弊端似乎一讲形式就要反一下传统,其实这真是个"错位"。实际上我们的传统舞蹈是很讲究形式的,至少我们浙江是这样。这两年,由于工作需要,我一直在寻辩浙江舞蹈的史迹,觉得浙江舞蹈的发展史,就是舞蹈形式的演变史。公元前原始公社刚刚解体时湖州一带的"祭防风氏舞"的形式是"披发而舞";古百越人娱神巫舞的基本步法是"禹步";从海宁汉墓画像石的舞蹈形象分析,当时的舞蹈兼容了角抵、百戏的动律而为"杂舞";保留至今宁海、上虞一带的鬼舞,人体运动与道具相结合,能让形象升高变大,给人以强烈的视知觉……也不是说传统舞蹈文化没有历史惰性,而是以为不要都怪罪我们的祖宗,建议一些同仁多注重当代的沉积,主要应从现状的弊端中挣脱出来,大胆地改变形式的宾语地位,注重形式的研究,才可望舞蹈在新时期能有新的突破。

舞蹈还是要"宽"。这是中央歌舞团张苛的观点。1985年我在《舞蹈》编辑部工作时,责编过他《舞蹈要"宽"》的文章,那时的主编吴晓邦老师也觉得是篇好文章,就批以黑体印目,作要文发表在1986年第一期上。文章不长,言之有理。只是后来没有引起更多人的注意,被实质上的舞蹈要"窄"的声音、文字淹没了。

舞蹈不能关门、拒绝。我们浙江人都知道越剧不过几十年,就从嵊县村野的"的笃班"发展为全国第二大剧种,并至今在戏剧退潮中基本站住,根本原因就在于它善于广采博收,兼收并蓄。楚庄最近撰文说:"生物的近亲繁殖会引起物种退化,文化的近亲繁殖会造成停滞不前。"王朝闻:"纯种的艺术是不存在的"话说得不无道理。为什么当前姐妹艺术那么起劲、热心地汲收我们舞蹈之长,我们就不能虚心一点学习人家来优化自己。《上海艺术家》曾发表文章《舞蹈,把你的大门打开》代表了观众的一种声音。我们切切不可在改革开放的大形势中再闭关锁国孤芳自赏,而继续陷入落后不能自拔。时间的关系,这个问题就不深谈了。其他想法"且听下回分解"。

这次我们浙江《舞蹈家》编辑部在大家的支持下举行了一次很好的主题沙龙,下次专题讨论我建议在这次的基础上重点谈谈舞蹈改革的深化,舞蹈文化的建设。是否择个良辰假日,在和风阳光下于某芳草地上边野餐、边谈论、还可以边跳着舞发表高论,发挥好我们舞蹈家沙龙的个性特征。

谢谢大家!

(原载浙江《舞蹈家》1989年第1期,中国舞蹈家协会《舞蹈》选辑,1989年第7期)

对探索作品的保护

新时期舞蹈文化的建设是一个复杂又亟待兴起、完善的系统工程。作为一名舞蹈大厦的垒土者,从"不积跬步,无以至千里"的角度出发,在此谈点滴想法。

中国的舞蹈要少些助跑无起跃的尴尬局面,就要不断鼓励人们的探索精神,保护探索作品,酿造良好的探索氛围。

探索是由对现状厌倦、不满,向追求和清醒转化创造意识的涌动,当"𦥑"字第一次从华夏远古的先民的探索中抽取出来之后,人们对舞蹈的探索便从未停息过。

实事求是地说,探索与探索作品目前还面临着种种困窘与艰难。这可能一是精神图圄的限制,二是物质条件的束缚。当初有人要造飞机,被斥为"疯子",后来有人要去月球,连不少知识界人士都以为是"异想天开"。由于先知先觉,在一段时间内,这些探索者是孤立的,但他们使人类文明起了质的飞跃。

在舞蹈探索者的前边,也是个可作无穷寻觅的"黑洞",失败与苦恼随时都在等待着他们,但探索却又是进步的必经之途,是突破瓶颈的冲力,也是舞蹈家之所以能称之为"家"的标志。

故而,我们不必过于苛求探索,并毫不心疼地随便"毙"掉一个探索型作品。我郑重地提议:对舞蹈,特别对探索性的舞蹈作品,请评委与评论家起码看两遍后才下断语。并鉴于探索作品的积极意义和战略价值,鉴于它的不可类比性与草创阶段不成熟的特点,舞蹈比赛,会(调)演,故应将其分出,单独举行"探索作品专场"或举行"探索作品展览演出"。就如科技领域内列入发明专利的研究成果一样，经艺术委员会认可的，在创作观念上有质的变化，艺术手法上有较大幅度创新的探索作品，选入专场或参与展览，本身就是一种高品位的奖励，并能在一定程度避免惯性眼光的挑剔，而造成艺术进程的大缺憾。所以对探索作品而言更为重要的不是评奖、名次，而是学术研讨与评论。并允许作者在演出前向大会提交学术报告，阐述创作观念及探索方向，以在个人艰苦的精神劳动与集体攻关中取得尽可能多的人认可与硕果。

固然，在商品经济社会中，完全不讲经济效益可能已是不行的了，但经济规律、经济管理的运行机制不能原封不动地套用到舞蹈艺术上，一个"包"字的杠杆，是抬高不了舞蹈作品的。所以，对舞蹈文化发展的探索，我们无论如何要采取扶持的做法。

让对探索的冷漠早些消失，让我们重新凝聚起探索的冲击力。面包会有的，希望当然也会有的。

（原载《舞蹈》，1989年第7期）

狂泼德宏州　冷觅敦煌壁
——文化聚会外的散记

这些年来，去南走北地赶着一个又一个学术研讨会，还能有幸考察一些当地的文物古迹，感悟着一方水土的乡俗俚情，从而又多少促进了学术上的长见。而其中最难忘怀的是南国那水的节日与被水泼得几乎通体透明的德宏州；是北疆镶嵌在丝绸之路沙漠中清清的月牙泉和辉辉煌煌的敦煌冷壁。

还是孩提时分，"泼水节"就对我是个相当诱惑，一帧周总理身着傣装端盆泼水的照片在房间里一贴几乎就是整个学生时代。有回在北京碰上傣族著名舞蹈家刀美兰，她不仅热情地递上了在泼水节演过的《祝福》和乡间小憩的照片，笑靥中还藏着点神秘："吴露生，你来赶赶我们的泼水节吧，你会发现很多，傣家姑娘的背影都是很美的……"

赶了个巧，前年 4 月我被邀参加了在云南德宏州首府芒市举行的一个全国舞蹈学术会议，恰逢当地泼水节。

泼水节的那一天，芒市大街小巷，村头寨口全都放好了各种盛水的器具，等待着互相泼水祝福的时刻到来，姑娘小伙换上节日的盛装走向街头、广场。我们这些人则被邀上了广场观礼台。那里德宏州政府组织了数万人表演的民间艺术活动。景颇族等少数民族与毗邻的缅甸人也赶来参加盛会。45 个民间舞蹈方阵，表演着傣家传统的孔雀舞、象脚鼓舞，敲打着芒锣、象脚鼓次递而来，满目是鲜艳的民族服装，到处是歌声笑语，一连四个多小时舞蹈还没跳完。当最后一个民间舞蹈方阵刚走了一半，广场上的许多人就按捺不住地开始泼水了。先是小搞搞，彼此用杯盏、脸盆撩拨着。一群身着傣装的少女走上观礼台，用山上采来的鲜花枝条醮着清水轻轻拍着我们的颈项，悄悄地祝福着来宾，据说这是最传统的泼水民俗。但当舞蹈方阵一走完，不知从哪里爆出一阵"嗬嗬"声，广场似同掀开了盖的沸水顿时翻腾起来。人们开始追逐着，以大盆的水泼向对方，欢笑声、口哨音盖过了大喇叭里的音乐。观礼台的来宾也纷纷下了"海"，在欢乐的海洋里沉浮游弋。我离开观礼台刚不到三步，就迎面兜着一盆水，虽不认识对手，还是赶紧去大水桶里舀了瓢水学着广场上的人那样去追泼那傣家少女。可也由此，引来了一群傣族姑娘对我的包围，不一会儿我就成了只落汤鸡！还好《舞蹈》编辑部曾经的同事张华来了，这小子一脸络腮胡子，英气逼人，连蹦带泼，这群姑娘就与他去闹了。我钻了个空档，刚坐在一棵树旁想小憩片刻，轻轻的一阵水声引得我回头看去，只见一位傣家少女昂首闭目，微仰着身躯，拎起自己的衣领，让对面的小伙慢慢地沿着脖子灌水，男的是一脸的虔诚与激动，女的是浑身的颤栗与陶醉。我想这大概是一对沉入爱河的情侣吧。正在偷瞄着这种"爱之泼水法"时，街衢小弄间流出一条载着花瓣泼水而成的小溪，我沿水流而上，只见街道成了水道，地上流水哗哗，空中水飞如注。泼水工具除了叮当作响的盆杯，更有不少压力橡皮管直射街心。轻轻祝福式的传统泼水方式，在这里已演化成皈依自然、崇尚率真，奔突热情的水之娱乐，传统方式与现代人观念行为融为一体。少男少女们泼洒着水的走来奔去引水浇身，成了众水之的后，又躲来避去地故作姿态，真是热闹非凡。在边境城镇瑞丽泼水节上，我们还看到几个骨瘦如柴，被指可能境外来的吸毒者，躺在板上，一边打着哈欠，一边让人泼水，似乎这能消毒免灾，也有轻薄的当代大烟花，故意弄得湿答答的披着条毛毯扭来扭去。当地人叮嘱我们不要搭理她们，否则毛毯将你一裹，四条腿一会儿要变两条腿。这些也算泼水节众生相中一相吧。

傍晚，几个舞友在宾馆长廊上碰头面面相觑时都禁不住笑弯了腰，然后都说换了几次衣服上街，都被泼湿了，现在都没衣服可换了。说时，中国舞蹈研究所的所长资华筠擦干了秀发，换了套干净衣服向我们认真地说："你们呀，赶泼水节就是要多带点衣服，这不，我就还有这一套。"正在大家点头称是之际，她刚抬脚迈出走廊，不知从哪个阳台从天而降一盆水，又是一只"落汤鸡"！

于是，尽管服务员在喊："会议同志开饭了！"但餐厅仍是空荡荡。因为

图92 1994年本书作者在甘肃敦煌研究院办公楼前

代表们的衣裤都还晾在阳台的铁丝上随风飘扬，因为大家正钻在薄薄的被窝里捂着身子在对泼水节说这道那……

甘肃省歌舞团的豪华大巴将我们载到了敦煌盆地的南端，鸣沙山似一尊神女醉卧着大家面前，初夏的和风将漫山坡坡起伏的沙丘身型抚梳得是那么地丰姿绰约。我们这群来自大江南北的参会者大多没到过沙漠，在大自然的造化前均急煞乎拉地要体味一番细绵热沙的快感，去浏览一下沙海的特有风光。年事已高的专家与姐儿们租了骆驼，我们几个壮汉与青年哇哇嚷着，扑上了沙坡。开始一口气爬了几十米，慢慢双脚越来越重，陷进拔出的沙滞力让我们未到半山腰就累得气喘吁吁了。一位当地人提醒我们，爬沙山要踩着前人的脚印走，但偏偏不巧，我前面的一位老兄的八字脚拐得厉害，要踩入他的外斜的脚窝，没图到个省力，却又让脚脖子扭了。一个牵骆驼人在一旁婆婆嘴："大出血，只八块，带你老板到山顶，"我抬头一看山顶也就没有八十步路了，心想我不是老板，也不让"出血"。于是一咬牙爬到了凌绝顶，小憩片刻，又翻过了两个沙丘，正唇焦口燥，四脚乏力，忽然眼前一亮，低头望去，哇！一弯月牙形的清泉就在眼前。看到这清碧的泉水，像是伢儿遇上了甘甜的乳汁，我们几人是连滚带滑下沙坡，连捧带饮过了把瘾。同仁更说我幸运的是，还在月牙泉里寻觅到了一颗黛青色的中间缀有一点猩红的卵石，一个敦煌人说这种石头相传是女神授予心诚之人的,呈吉祥,赐如意。

大概受心诚能觅真获宝的鼓舞,在休息日时,我独自一人,去了敦煌研究院(图92),带上介绍信,工作人员还给了我一个手电,先去了莫高窟。名不虚传,4.5万平方米壁画,连接可达五十华里的世界之最的艺术画廊与2400多尊彩塑,从北魏迄宋元,显示了各个时代不同的艺术风格,形象生动,造型逼真,内容丰富,意境深邃,实在是空前绝后的艺术瑰宝。可能那天我是唯一带着"研究意识"而至的游客,与走马观花的旅游者相比,看得又慢又细,怎么也赶不上大群游人的步伐,于是只好多看几眼,弃前随后,不断加盟后来而至的游客群体。下午4时许,当我进入西夏窟,正细细观察壁画时,忽听"咣叮"一声,洞窟的大铁门竟然锁上了,我跳着赶去,使劲捶打,因铁门太厚,毫无外传一点儿声响的效果,我扯开嗓子高声大喊也无丝毫作用。一个钟头过去,洞内一片漆黑,寒气逼人,老鼠成群出来,我只好以手电当武器不断闪光吓唬它们,这些小东西蹿来奔去,看我没有多大招数,不一会儿就肆无忌惮地在我身边"鼠视眈眈"地反过来"吱吱"地吓唬起我来了。老鼠我倒不怕,反正也奈何不了我这一百多斤汉子,只是想倘若此洞长久不开(莫高窟有不少洞是不常开放的),我真糟了,岂不成共和国时代的洞中文物了⋯⋯正在一筹莫展,一脸无奈之时,大门倏然洞开,蓦地冲进一对浅色色的情人,他们没料到彩塑前面还有一个肉体大活人,着实吓了这俩人一大跳,随一阵女高音尖叫声飘然而至的是彬彬有礼的导游——原来一个日本旅游团,明天要返兰州,今天赶着傍晚抽空前来参观西夏窟,这才救了我。真是一场虚惊,不由遐想,这大概是我学习思考敦煌壁画的一片诚心,赢得了洞中各路神仙的佑护吧。

第二天,在舞蹈史论研讨会上,我既讲了洞中险遇,又斗胆抛出了一个观点,特别从舞剧《丝路花雨》的主题意象,敦煌彩塑造像背后有众多供养人的历史印记却被创作者缺失了更多关注等几个方面,论证了《丝路花雨》≠民族舞剧的观念。这个论点还幸运得到了著名舞蹈史论家孙景琛先生等与会代表的首肯,也算是文化聚会外的一个收获吧。

(原载《浙江文化报》,1994年总第4、5期)

对舞蹈评论的评论

在舞蹈界，目前为止，舞蹈评论还是欠缺的。尽管《舞蹈信息报》发了不少好的评论。但就全国舞蹈评论的整体而言，也有不少是如贺拉斯所说的"使人瞌睡和发笑"不能左右读者心灵的篇什。

这类评论（这里暂且不谈舞蹈评论应具备的专业属性）读罢往往总感到缺少点什么；可能是学术的发现，登高临远的理论支点及倚托实践的正确导向；可能是中肯的意见，治偏纠瘫的良方。这类评论不是你好，我好，大家好，便是王顾左右而言他"今天天气真好"，那种说你不好也好，说你好也不好，由中庸文化心理出发的摸不着头脑的评论严重制约着本来应在舞蹈创作界凸显的强烈的竞争意识。倘若评论（特别是某种圈地中的口头评论）"面子夹里""孔方障目"，让舞蹈作品的假冒伪劣得以走私，评论还会有意无意地伤害了在脚踏实地奋进努力的舞蹈创造者。

诚然，舞蹈评论是需要对艰辛创造的人们多作鼓励的，特别诸如在开闭幕式、请功表彰、领导公开的讲话评说在所难免，但还是有一个适度与引导问题。文艺界的一些"星腕儿"太不知天高地厚，动辄几十万出场费；一些人初露尖尖角就以著名什么家自居，难道不与评论的一味"上天奏好事，落笔赠高帽"有关？！

舞蹈评论之"评"字，"言"旁要注意有个"平"字，评论之"评"要公平（特别在评奖时）是评论家最基本的素质。当然，评论之所以"评"字以后还有个"论"字，也启示着评论家的文化品位，即评论还要有理论，要论之有据，说之有理，能透发出思辨的萦萦回味，睿智的熠熠闪光。

好的舞蹈评论有时会像霜天下的一声晓角，能将铅凝的沉闷眷然吹破；

又如伏季间的一丝清凉,在热昏昏的浮躁中将人点醒。评论家应是冷静的。

好的舞蹈评论还在于能俯视百代,一揽四海,将舞蹈的视觉形象出色地转换成文字。而这些文字的字里行间又能凸显出让读者可以感悟,可以大概触摸到的舞蹈形象,从而富有色彩与力度地将舞蹈的朝圣者引渡至胜利的彼岸,并通过科学的评介在舞蹈家与观众间架起桥梁,因而评论家又是热情的。

文化艺术发展史的全部告诉我们,文化艺术总是随着时代的发展而前进的。倘若包括舞蹈在内的文艺创造出现了障碍,只能以文艺评论,即批评、讨论、争议的办法去排除。非此莫属。

（原载中国舞蹈家协会主办《舞蹈信息报》,1996年11月15日）

浙地话说端午节

丰富的多元性是从浙地看端午文化的一种深刻感受。端午节的源起似乎应为春秋越地，然后溯江而上延至战国时期荆楚流域，再北上至中原地带。

端午节之"端"字有"初始"的意思，"端五"就是"初五"，"五"又通"午"，因此农历五月的第一个午日被称为"端午节"，又称为"端阳节"等。

"虎符缠臂，佳节又端午。门前艾蒲青翠，天淡纸鸢舞。粽叶香飘十里，对酒携樽俎。龙舟争渡，助威呐喊，凭吊祭江诵君赋。"这是宋代文学家苏轼在《端午六幺令·天中节》中对端午节的生动描述。诗句之间，五色彩丝当做"长命缕"被缠绕于臂，门扉之上悬挂着避邪驱鬼的艾、菖蒲和蒜这"端午三友"，还有放纸鸢、包粽子、喝雄黄酒、赛龙舟等民风习俗均跃然诗里词间。

关于端午节的源起，较为普遍的说法是为了纪念战国时代楚国诗人屈原，唐代诗人文秀挥毫的《端午》中就有"节分端午自谁言，万古传闻为屈原"的诗句。但在浙江却不然，虽然苏轼诗文中涉及到的民风习俗在浙江各地多有出现，但亦有许多不同之处。如，列入国家级非物质文化遗产名录的《嘉兴端午习俗》是当地百姓"五月五日，时迎伍君"，也就是说遥祭的是春秋战国时期的吴国忠臣伍子胥；绍兴一带的端午节多为纪念东汉上虞孝女曹娥；国家级非物质文化遗产杭州《五常龙舟胜会》《蒋村龙舟胜会》，还有许多地方在端午节沿行的是龙图腾信仰及其相关文化。

杭州的五常、蒋村一带世代相传的龙舟胜会中有喝龙船酒、请龙王、龙舟披红、赛龙舟、谢龙王等事象；蒋村乡民在端午节时会自发请龙王求平安。

图 93 杭州蒋村端午划龙舟（杭州市非遗中心供图）

而龙舟胜会的高潮就是划龙舟（图93），五常龙舟胜会较重竞技，蒋村的划龙舟则注重表演性与娱乐性，一二百条龙舟汇聚在村中深潭口洋，先划过深潭口洋的四周，再到深潭口洋中间做"载泥坝"（360度旋转），划龙舟结束后，数万村民常汇聚在一起痛饮龙舟酒……

20世纪二三十年代，著名学者闻一多认为越人断发文身，以像龙子，是因为龙是他们的图腾。闻一多在《端午考》中指出："端午节本是吴越民族举行图腾祭祀的节日，而赛龙舟则是祭仪中半宗教、半娱乐性节目。"宋朝有一个叫高承的人，在《事物原始·端阳》中也写道："越地传云，竞渡之事起于越王勾践，今龙舟是也。"意思是说，端阳（端午节）时的龙舟竞渡始传于越王勾践操练水师。笔者亦认为端午节的起源应为春秋越地，然后溯江而上延至战国时期荆楚流域，再北上至中原地带。

往事悠远，风云驰骤，中华民族传统的端午节就这样在浙江这片浓郁而多彩的乡土上生生不息，绵延至今，给人以深厚又独特的人文底蕴。

（原载中共浙江省委宣传部《宣传半月刊》2015年第6期（下）
——"非遗新视角"；原文名《话说端午》）

是戏非戏：凌空焰光中的惊艳

从凌空惊艳的传统绝艺"药发木偶"的评介，引发出"是戏非戏"简洁的延伸思辨……

中国戏曲公认的根本特征为"以歌舞演故事"。可是列入"传统戏曲类"首批国家级非物质文化遗产的《木偶戏》（泰顺药发木偶戏）既没有故事的情节结构，也不见什么歌舞程式，故而学界有说：这怎么能与"戏"扯上关系了呢？对此，还是让我们走近泰顺的乡间俚俗，特别进入药发木偶时的现场，去作些体验与思辨吧。

每逢农历正月初三至元宵节，泰顺许多村落都要演故事生动的提线木偶戏。据老艺人们回忆，若演《封神榜》《观音佛上天》等神戏，在演完连本大型提线木偶戏的最后一天晚上就要表演泰顺民间称之为的"琼花"（亦称"柴花"与"放花"）。琼花就是药发木偶（图94）。如今在庙会、祭祀、民间节日或庆典活动间也有琼花表演，呈现的人物形象与以往一样多为"神戏"中的人物。

木偶古称傀儡。药发木偶是由火药作用带动的表演。宋代耐得翁寓游都城临安（今杭州）在《都城纪胜》中有："烧烟火、放爆仗、火戏儿、水鸡儿……药法（发）傀儡……"记载。但由于制作工艺繁难，技能要求甚高，加上种种原因史料中药发傀儡踪迹稀少。20 世纪 90 年代后期，有关部门走访和考证了泰顺大安乡、雅阳镇和横坑乡等地的"琼花"后认为，清代早期以来时隐时现于泰顺民间的琼花就是药发木偶。为此《人民日报》《浙江日报》等媒体先后作了报道，并在学界引起了很大的轰动。在泰顺，每当药发木偶表演时，四乡八邻闻讯而来的民众会以高高的烟花树为目标在夜色中不约而同

图94 泰顺凌空绽放的"神戏"药发木偶戏（季海波摄影）

地汇聚起来，盼望着一个精彩的时刻出现——当"守花师傅"（药发木偶艺人）点燃的"飞天老鼠"导火索像天际闪电般奔向烟树底层盒子后，树上盒中烟花随即在"滋滋"声中火光四溅，一片烟华璀璨之处，木偶组合跳盒而出华丽亮相，旋转飞舞。同时，连接各层"烟火轮"或木偶盒的引火线也在缓缓向上引信，所到之处，木偶形象在空中夹着烟火作着跳、舞、飞、腾、旋、翻等动作，随即柳花、梨花、流星、花炮以及各种烟花造型的"烟火轮"朝天喷射，五颜六色的漫天光华，顿使夜空美丽似画。更让人惊艳不止的是在木偶表演稍伏，璀璨渐褪时，出乎意料的又会呈现一个高潮，只见烟火树的顶端闪出耀眼火花，装着"凤凰吐珠"的盘子悠悠转动，柳花和梨花再次闪现，花炮和流星同时爆响，光彩熠熠中一只铁凤凰鸟矗立枝头，姿态华贵，嘴吐烟华，频频向观者示意。凤凰亦称为朱鸟、火鸟，神话里又叫不死鸟。"凤凰涅槃"寄托了人们对平安、吉祥的期冀……

是戏非戏？笔者以为在传统的泰顺乡俗文化中提线木偶戏与药发木偶是紧密维系的一个完整组合，此为戏，彼称戏顺理成章；又，江浙民间都指称戏文、歌舞、杂耍等乡俚娱乐文化为"戏"，"戏"含"嬉"意，看戏并不独指戏曲；再则也赞同泰顺乡土专家的认可，"药发木偶戏"之称是这种民间表演项目与国际通称的接轨——如同也为"国遗"，泰顺人俗称的"蜈蚣桥"或"柴桥"那种盖有廊屋的桥，现在也统称为"廊桥"一样。

（原载中共浙江省委宣传部《宣传半月刊》2016年4月（上）——"非遗新视角"）

以热情睿知触摸传统舞蹈的灵魂[1]
——2019 在全国非遗传统舞蹈研讨会上的致词

彩云之南秋风送爽，春城之地群贤毕至，在迎接我们伟大祖国 70 华诞的日子里，值得历史记住的今天——2019 年 9 月 21 日，由中国艺术研究院舞蹈研究所与云南艺术学院主办，云南艺术学院舞蹈学院承办的"非遗传统舞蹈生存现状研讨会"召开了，请允许我代表来自全国各地 31 个省市的非遗传统舞蹈的专家学者表示热烈的祝贺！

同行见面不亦乐乎，你们的到来一定会使研讨会很棒，因为我们将在美丽的云南昆明，整理好思绪与行装，手牵手继续出发！

我非常赞同中国艺术研究院副院长、中国非物质文化遗产保护中心主任王福州先生，云南艺术学院党委副书记、院长郭浩先生刚才的致辞，他们的引领与嘱咐对研讨会的成功举行非常重要。

非物质文化遗产，包括它重要组成部分的传统舞蹈，是我们从祖先那里承续下来的文化创造。在人类漫长的历史进程中，在一代又一代国人的不断地传承和再创造中，最终成为一种世代相传，活态呈现于今天，举国上下正在共同努力保护着的文化瑰宝。

非遗传统舞蹈在我们专家学者，我们这些非遗人的心目中有着无比深厚的感情，它是流淌着的母亲河，是抵达今天古老的远行者，抱住它守护它温暖它，在薪火相传中与时代一起砥砺前行，这将是我们一直到生命最后一刻的久久夙愿。

---

[1] 2019 年 9 月 25 日《中国非物质文化遗产网》载，"9 月 21 日至 23 日'全国非遗传统舞蹈生存现状研讨会'在云南举办"："全国各地的专家学者代表 60 余人济济一堂。中国非物质文化遗产保护中心主任王福州在致辞中充分肯定了传统舞蹈类非物质文化遗产所取得的显著成绩，并对其未来发展提出高标准要求；云南艺术学院党委副书记、院长郭浩对全国的专家学者齐聚云南，共商传统舞蹈类非物质文化遗产的保护表示诚挚的欢迎；浙江传统舞蹈专业委员会主任吴露生作为专家代表致辞。"

图 95 2019 全国非遗传统舞蹈研讨会主席台

图 96 本书作者代表与会专家学者致辞

今天,当我们在"非遗传统舞蹈生存现状"面前走过,不仅感受了它的累累硕果、非凡成就,也阅读到了它的一些美中不足、前进中的缺失和瑕疵,我们既是那么地欢欣、鼓舞,同时也感到了一份重甸甸的责任!

在一份责任面前,我们将牢牢记住:"文艺工作者要志存高远,就要有'望尽天涯路'的追求",我们当以严谨开放拥抱历史,以真诚敬畏守望非遗,以热情睿智触摸传统舞蹈的灵魂,肩负起历史使命,让我们自己站得更高走得更远。

在一份责任面前,我们将虚心进入全国各地保护非遗传统舞蹈的经验交流之中,榜样的力量与把握知识力量结合的力量,将是无穷的。因此,这次会议对于我们专家学者来说确实也将是一次很好的学习和提高。

在一份责任面前,我们期待着这次时间不算长的会议,能取得较为长远的效应。我们互相切磋,在洋溢着浓浓的学术气息中获取真知灼见,尽力将理性思辨更好地作用于非遗传统舞蹈的保护实际,从而在尽可能义理、考据、文辞的建树中取得形成一种推动非遗传统舞蹈保护的张力,争取形成更大范畴的声波共振!

专家学者好像是一滴水珠,可能短时间也改变不了更多,但是当一滴滴水珠聚集起来,会形成海啸!尤其是和传承人、广大民众结合起来,是能形成不断的涌动,不断地推动着我们事业的前行!

如此,我,无比热切地期待着;如此,我们,一定能期待着!

谢谢大家!

2019 年 9 月 21 日

附录

专家点评

吴晓邦：给吴露生的一封信[1]

露生同志：

你7·9来信，我十九日从山西回京时才收到。我在山西讲了两次，总觉得"讲"是有限的，收获不会大的。"习"才是主要的，无限的。想起在成都的讲习，既讲又习，所以收获大些。将来这笔材料要发表在舞蹈通讯上，我一定寄给你好了。

在山西省（讲了）群众艺术工作，我看，首先：（一）要就地取材，要把基地的建立作为桥梁的意义。像交易的场所一样，起到了分门别类的传播和交流的作用。（二）时间条件允许的话，根据各地区活动情况，创造一些反映当地生活的舞蹈或歌舞。但要在不脱离群众喜闻乐见的基础上。（三）一年一次或二次要和省群众艺术馆交流情况。（四）学习当地音乐、文学、戏剧的表演技术。（五）几年后，我们学习中掌握了舞蹈的艺术规律，就要尝试艺术创造的问题。总之，要就地取材地完成我们为社会主义服务的全省舞蹈上多样化的发展。

二、舞蹈作品上的提高是逐步的，是要通过群众性的会演来进行的。题材要广，形式要多样。允许新人和艺人的合作，帮助老艺人学习文化。思想解放要有领导，同时进行诱导，防止不健康的思想侵入。

三、作品要有具体形象，有内容。抽象化的，广大人民看不懂的可以存在一些。但不能在表演中占主要地位。即允许大家的探索精神，同时还要群众看懂。

四、主题的重要性。要让大家懂得作家所要表演的主题。没有主题和主题的发展是不动人的。

---

[1] 吴晓邦1982年7月24日的一封信，是本书作者7月9日向吴老师请教关于群众舞蹈去信的回复。回信是根据吴老师近几年来对舞蹈的调查研究，撷取山西讲话的重要片断，作出了出色的点评（详见本集《应乃尔：播种者的丰收是可期的》。

五、手法上要活用，但最好要有生活依据，要为人所懂。要有"形"，才能有"神"。得"意"而忘"形"或以"神"代"形"，都须要注意，但不能过严，以免伤害群众的积极性。

六、要美。但不是为美而美，要有感人的内容。仕女、山水、花鸟要（用）美去动人，不要抄袭前人的一套，俗不可耐的东西。要有今天生活中的美。花鸟要有新的寓意。山水要根据作者意境，不能图解式的，而要有缘物寄情的创造。

以上是我山西讲话中的一段。

寄给你，不是指示性。而是作为你们工作中的参考。也是我给你的交流经验的部分。

吴晓邦

7月24日

（作者吴晓邦系已故中国新舞蹈艺术的开拓者、一代宗师。时任中国舞蹈家协会主席、中国艺术研究院舞蹈研究所所长）

贾作光：《寻觅舞蹈》序[1]

吴露生的舞蹈艺术文集出版了，我由衷地向他表示热烈祝贺。

吴露生在全国舞蹈界是一位很有影响（力）的著名的舞蹈理论家。他笔耕勤奋，具有比较高的文化修养，视野宽阔，洞察事物敏锐，揭示问题深刻。他对舞蹈的挚爱，用他的话说，有一颗滚烫的心。他对舞蹈的执迷，于理论研究方面的深度与语言风格，以及他的热心是大家都熟悉的。他一般不会错过好的舞蹈晚会，特别关注群众性的舞蹈；他不啻是论舞著文，而且常常到编舞现场与编导、演员一起提高艺术质量。一个舞蹈理论家能注意与创作实践相结合是值得提倡的。

吴露生不但是多产的理论能手，而且亦史亦文，史与论都有好质量，是为数少有的。他笔风正，思维清晰，脉络明确，其中不少论文都有所发现，有所补正，具有一定的学术价值，精彩之处令读者顿开茅塞。如《寻觅舞蹈》（原题为《舞坛散步》）这篇力作，《舞蹈》编辑部就曾把它推荐给读者，并有评语："《舞坛散步》是作者久思之作，久思如盈，厚积薄发，耐人省思。"的确，杰作篇幅不长，却很有分量。

我不但很欣赏他的文彩，有些学术观点与我也有共识之处。如他对"舞蹈"的界定为："舞蹈是以有节律的人体流动为物质媒介来表达思想感情，反映社会生活的一门艺术。"（见文集《关于舞蹈的界说及原始发生期之谜》）就曾和我于1994年"中国舞'三峡之夏'"时在重庆一家剧场里边看彩排，边闲聊，闲聊中对"舞蹈"定义有着热烈的讨论，最后取得了大致相似的观点。

他还亲手挖掘了一些舞蹈文物，并将第一手资料整理后写出了有价值的学术论文，如关于吴越文化圈中民族民间舞蹈历史沿革与艺术特征的辨识等，从而添补了这方面的空白，得到了专家权威的称赞。有几篇论文还获中国舞蹈家协会和

---

[1] 本书作者的专著《寻觅舞蹈》（初版）于1997年6月，由香港天马图书有限公司出版发行。

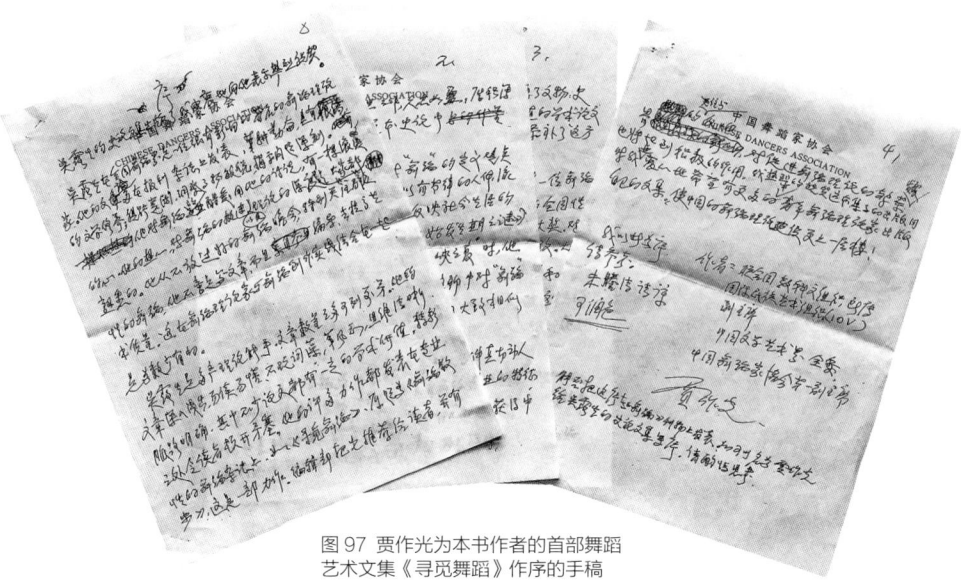

图 97 贾作光为本书作者的首部舞蹈艺术文集《寻觅舞蹈》作序的手稿

文化部有关司局的褒奖与推荐。

这本文集中的报告文学我也喜欢,事件真切动人,文笔清晰流畅、生动活泼,而且具有舞蹈专业的特征,阅读起来引人入胜,颇有情趣。

前面我已经说过吴露生不仅是舞蹈理论家,也是一位舞蹈实践家。我曾数次碰到他带队到北京参加每年一度的全国性的民间广场舞蹈大赛,并屡获"龙潭杯"大奖。对于浙江队的舞蹈创作,吴露生能虚心听取专家建议。记得有一次,北京的春节正是寒风刺骨,他冒着严寒与有关创作人员、队员一起加工修改以致最后达到了最佳成绩。他这种锲而不舍的精神深深打动了局外人。

吴露生舞蹈艺术文集(注:指《寻觅舞蹈》)的出版使他的毅力、勤奋、天赋与才智的一部分有了一个集录之处。我相信这本集子的面世对促进舞蹈理论的繁荣发展将起到积极的作用。

在我热烈地祝贺这本集子出版的同时,也衷心地希望有更多的中青年舞蹈理论家能结集出版,以促使中国的舞蹈理论建设更上一层楼!

(作者贾作光系已故中国当代舞蹈艺术大师。时任联合国教科文组织所属国际民族艺术组织(IOV)副主席、中国舞蹈家协会第一副主席、国家文化部艺术局专员等)

贾作光:《浙江舞蹈史》序[1]

《浙江舞蹈史》可谓作者煞费苦心所著的可喜之作。可喜之处在于作者将自己许多年的积累通过潜心研究,并在旁征博引中全面、详实地撰写出了第一本关于浙江舞蹈历史的专著;也在于这本书能立足浙江放眼中华及中华内外的人文世界,并在作者的思辨中尽力地丰富着前说与纠正、探究着一些通说;还在于因为有了《浙江舞蹈史》的出版,填补了浙江文化史的一个长久的空白。

该书篇章有序、内容丰富、史料翔实。书中探寻舞史纵横七千年,从河姆渡文化、古百越乐舞文化到两晋南北朝、南宋时期浙江的几个舞蹈高峰,从巫舞祭神到民俗、宫廷乐舞,在史论并进、图文兼备中阐述了浙江舞蹈的产生环境与嬗变,还有不同历史时期中许多舞蹈的形式内容、风格特征。

在作者娓娓道来的数十万字语境中,我们不仅可以领略到浙江舞蹈关于史的详述,也从全本至局部的学理中有所思有所得。舞蹈在人类文化发展过程中的作用是不可低估的,在数千年人文的发展跨越中,舞蹈是非常光辉灿烂的。舞蹈是人类祖先在历史长河中遗留下来的非物质文化遗产。古人们在祭祀中都用舞蹈来祈拜,商周时代巫舞的盛行(巫即是官又是舞人)曾让祭神舞蹈在社会生活中占有重要的地位。这如同当年我在内蒙古做蒙族舞蹈的奠基创始工作时采风所见,喇嘛的跳查蛮(驱鬼舞),百姓们都会虔诚地膜拜一样。跳神中舞蹈的内容与其中多种形象的表现都是历史的一种印记,一种对舞蹈成形成史的影响。

舞蹈在人民生活中的影响和作用是一直存在的,只是表现内容与形式的不一样——这也就是舞蹈史家的责任——考证并写出历史能信能传的舞蹈在历史中的存在与异同。

---
1 本书作者的专著《浙江舞蹈史》(第1版)2014年3月由上海世纪出版股份有限公司学林出版社出版。

《浙江舞蹈史》固然着墨于浙江，其实也是中华民族舞蹈史的重要组成部分，是中国舞蹈文化中不可缺少的珍贵史料。

　　我热烈祝贺《浙江舞蹈史》一书的出版，也期冀着全国有更多的地域舞蹈史的陆续出现——如能这样，这本专著的面世就更有意义了。在此，我还以八句七言来赞美一下作者吴露生——因为我对他的了解，因为他的努力及他给今生后世读者的带来……

　　　　文韬舞略吴露生，情系舞苑数十年，
　　　　多才多艺勤笔耕，酷读史书将艺研。
　　　　浙江舞蹈史见书，欣闻露生又一著，
　　　　字里行间觅本真，浪涌江花开新篇。

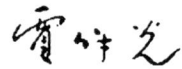

2013年于北京——香港

（作者贾作光系已故中国当代舞蹈艺术大师。
时任联合国教科文组织所属民间艺术国际组织（IOV）副主席、
中国舞蹈家协会名誉主席等）

欧建平:《中国舞蹈》(2017修订版)序[1]

中国历史悠久,幅员辽阔,民族团结,人口众多,艺文繁盛。仅从形象资料来看,我们的舞蹈史至少可回溯到五千到五千八百年以前。以那只大名鼎鼎的彩陶盆(参见本书正文的插图)经科学家的碳素测定和树轮校正,被确定来自新石器时代,即我们中华民族形成之初的炎黄二帝时代。它的重见天日结束了中国舞蹈史研究中,原始舞蹈一直缺少形象依据,只能靠神话传说去想象的情况。它的历史不仅比三千年前的殷商甲骨文象形文字中的"舞"字(参见本书正文308页,图46)早出两千余年,而且比四千年前的埃及卢克索露天岩画中的舞蹈形象早出一千多年,并可得出"中国舞蹈的发端与中华民族的形成同步"这样的重要结论。

2001年,由政府主导、专家主持的《中国民族民间舞蹈集成》经过20年的艰苦努力,终于完成了全国各省、自治区和直辖市共30卷40册的编辑和出版工作,而由此统计出来的两千余种民族民间舞的总量则证明了,中国在世界的版图上,不仅是个人口大国,而且是个舞蹈大国!

其间,我们还按照同样的行政区域,编辑出版了内容更加宽泛、史料更加翔实的《中华舞蹈志》,进而为日后的深入研究提供了便利条件。

无巧不成书。同在2001年,联合国教科文组织开始在全体会员国中,发起了"非物质文化遗产"代表作的申报工作,由此推动了我们举国上下对传统舞蹈的保护和研究工作。15年来,文化部不仅在我们中国艺术研究院成立了"非遗"的"国家保护中心"和"亚太培训中心",而且借助于稳步增长的GDP和各地领导与专家学者的积极性,陆续评审并公布了五批共207名传统舞蹈的国家级传承人,大幅度提高了发给他们的传习补助标准,极大地鼓励了他们薪火相传的积极

---

[1] 本书作者的专著《中国舞蹈》(修订版)2017年由上海世纪出版股份有限公司上海书店出版社出版。

性，并提高了全社会对这项保护工程的关注度。

逐一介绍上述三方面工作与成就的根本原因是，《中国舞蹈》这本书的作者吴露生先生恰好是 30 多年来深度参与这三项工程，并为其做出了很大贡献的有功之臣，而他从中提取的宝贵经验和积累的丰富学识则融会贯通于全书之中！这位"祖籍江苏海门农村，看着扬子江浪花、沃野里的庄稼和芦花的飘絮长大，自幼对农村、农民和乡土有着特殊情怀"，后又从"浙江东阳乡间热土"走来的舞蹈专家，不仅拥有着丰富多彩的人生经历，而且创造了许多让我刮目相看的事业传奇。

其一，早在 1981 年，当我还是武汉华中师院大三学生，并跃跃欲试地开始复习，准备报考国内首批舞蹈研究生之际，他已从东阳市文化馆舞蹈干部的岗位上捷足先登，其处女作《略谈舞蹈语言的个性》因其"论之有据、新颖独到"的评点，以半版的篇幅发表在全国知识分子向往的《光明日报》上，不仅赢得了时任中国舞蹈家协会主席吴晓邦先生的特别关注，随后还以扎实可靠的田野资料和言之有理的学术观点在中国舞协主办的《舞蹈》杂志上频频亮相，也由此在 1985 年当选为金华地区群众文化学会副主席和金华市舞蹈家协会主席，做了大量的组织和科研工作，产生了很大影响之际，被晓邦先生钦点，借调到北京的《舞蹈》杂志编辑部工作，做编委的同时，还出任了"民间舞蹈"等专栏的责任编辑，进而有机会在这个国家级的平台上，积极参与组织了各种舞蹈活动和会议，高频次地发表了许多舞蹈文章，更经常与吴晓邦、贾作光、叶宁、孙景琛等舞蹈大家零距离接触，耳濡目染中提高了自己的审美品位和写作能力，并为随后的更大发展打下了坚实的基础。

其二，1987 年，当我刚在舞蹈研究的道路上姗姗起步之际，日渐成熟的露生先生已返回东阳，翌年调往杭州，进入《中国民族民间舞蹈集成·浙江卷》编辑部工作，并授命撰写宏观上必须高屋建瓴、微观上必须言之有据的为全卷开篇的"综述"，难度堪称巨大。因而在两年多的时间里，他马不停蹄，去图书馆查阅并摘录的"文献"数以百计，钻墓穴、进寺庙、访民居，找到的十多件"文物"中包括了画像砖、堆纹瓶、木雕刻、木如意，并且不辞劳苦地走乡入俗，毕恭毕敬地拜访艺人，他从田野调查中搜集到的活态资料多得难以统计；这篇集大成的"综述"最后被"民舞集成"的总编辑部作为范本在全国会议上散发，而他本人则应邀现身说法，由此为全国编撰工程的顺利进行提供了切实可行的方法；1993 年，他与同事们携手，又在终于出色地完成了全省十一个市（地）分卷工作之后，于 1997 年，实至名归地荣获了全国艺术科学规划领导小组颁发的"文艺集成编纂成果"一等奖。

其三，1993年，当我刚在舞蹈写作的道路上展露头角之际，硕果累累的露生先生已先后出任了浙江省群众艺术馆舞蹈室、浙江民间艺术中心和浙江省艺术研究所艺术研究中心的三个主任，并作为当地中青年舞蹈研究的领军人物，接任了文化部下达的延伸项目——全国艺术科学"九五"规划重点项目《中华舞蹈志·浙江卷》的主编工作；四年后，当他与同事们精诚合作，在全国范围内，率先完成了全书的编撰和出版工作时，得到了"民舞集成"总编辑部常务副主编、著名前辈、舞蹈史学家孙景琛先生的充分首肯："吴露生为《中国民族民间舞蹈集成·浙江卷》撰写的'综述'就浙江民舞的历史、现状及文化特征进行了全面的分析和评估，是有关内容的开拓性著作，他主编和参与撰写的《中华舞蹈志·浙江卷》在此基础上有所丰富和发展，可以说是对浙江民舞整体研究的奠基之作。"

其四，2003年，当我先后参与了中国向联合国教科文组申报"昆曲"和"古琴"的英文提案写作和校对之际，"非遗"这个内地最大的文化保护工程在全国统一上马，而浙江省文化厅的领导再次先声夺人，组织当地文化界的专家学者们再次地走在了全国各地同行们的前面，露生先生则能者多劳，一马当先，出任了该省民族民间艺术保护工程专家委员会办公室常务副主任的要职，并以"传统文化、现代表达"为基本理念，"普查、整理、研究和活态保护"为操作方法，进而为该省的"非遗"保护工作做出了崭新的贡献。由此，2012年9月他又荣获了浙江省人民政府授予的"申报人类非物质文化遗产和国家级非物质文化遗产工作'专家特别贡献奖'"。

其五，2014年，我在舞研所出任第五任所长之际，露生先生得到浙江省社科普及重点课题的资助，出版了洋洋30万字的《浙江舞蹈史》，因而在2016年岁末隆重举办"纪念中国舞蹈史研究60年研讨会"时，他被盛情邀请到会，生动介绍了这部地方舞蹈史的撰写经验和研究方法，为大批与会的莘莘学子们指点迷津。

带着对露生先生于舞蹈事业的专注与钦敬，我通读了《中国舞蹈》的修订稿，以为它的五大特点非常适合既定的目标读者群，因而，深信它会比迅速售罄的第一版更能引人入胜，这在于：

一是纵横交错的结构。露生先生在第一章中，纵向梳理了中国舞蹈史的来龙去脉，在解读甲骨文中的"舞"字时，既介绍了专家学者们的各自观点，又道出了自己的不同见地，密集史料的铺排中充盈着文字学、考古学、文化学、人类学、社会学的跨学科知识；随后又勾画了舞蹈从自娱自乐到娱神娱人的发展轨迹，并且逐一展示了大唐"燕乐"的"缤纷璀璨",复现了两宋"舞队"的"蓬勃兴旺",而后者的洋洋洒洒中分明有《浙江舞蹈史》的充足底气;在第二章中,他横向列举了始终存活于民俗风情中的民间舞、气宇轩昂的古典舞,20世纪以来踏入国门并不断被"民族化"的芭蕾和现代舞,以及中外皆有的交谊舞,并于五大舞种的介绍中生发出发生学、宗教学、民族学、民俗学、历史学的知识涵养。

二是史论结合的方法。我们在各章的内容中,均可看到露生先生以史证论、以论带史的研究方法,而第三章更是集中体现出这种史论结合、相互印证的特别,例如抽象对于舞蹈的意义、动作品味人生的可能、舞蹈的漫长历史和工具价值、作者身为当代人对历史的思辨,以及对传统在当下发展的忧虑,等等。

三是详略得当的内容。露生先生早在《自序》中就已坦言道,"《中国舞蹈》非《中国舞蹈史》"。因此,他在详略比例上做得比较讲究,比如对漫长而丰富的中国舞蹈史采取了"长话短说"的策略,对中国舞蹈构成的门类属性、艺术特征、作品创作、欣赏与研究及当代裂变、分流这些既能发挥其独立思考的优势,又能对读者产生启迪的理论话题,则采取了"反复论证"的方式。

四是通达流畅的文风。露生先生不仅是位多产的作者,而且做过多年的编辑,因此,他懂得,唯有畅达的文字才能通过编辑的手,流进读者的心,并且久久挥之不去;而本书第一版迅速售罄的事实,则足以让我们对这个修订版的广受欢迎充满信心。

五是图文并茂的优势。露生先生首先是位读者,因而深谙"舞蹈靠形象说话"的道理,然后又是位作者,更懂得这个"读图时代"的大势所趋,因此,他为全书提供了多达八十余幅的黑白和彩色照片,使我们能更形象地感知这个鲜活灵动的"中国舞蹈"世界。

当下,中国文化人大多喜欢把"文化自信"挂在嘴上,但我以为,提高这种"文化自信"的前提,首先是要了解我们中华民族曾经有过的举世无双、灿烂辉煌的文化史,而舞蹈作为"一切艺术和语言之母",其所承载的这部文化史,则是一部眼见为实、令人信服的教科书。《中国舞蹈》(修订版)这本书的终极意义便在于此。

故本人有幸为它作序,可谓不胜欣喜⋯⋯

(作者欧建平,系中国艺术研究院舞蹈研究所名誉所长,
硕士及博士研究生导师、博士后流动站合作导师。
时任中国艺术研究院舞蹈研究所第五任所长,
研究生院舞蹈学系主任、国务院学位委员会第七届音乐与舞蹈学科评议组成员)

赵学勇：民族情结 文化情怀[1]
——《拾遗稿缄》序言

欣闻《拾遗稿缄》付梓出版，可喜可贺。我清楚地记得，最早是2010年在嘉兴参加有关秀洲农民画研讨活动时，露生先生向我谈到要出这么一本书，是有关非物质文化遗产保护为主的文集。我为此期待至今。其间他出版了多部著作，唯此书时逾那么多年，可想见作者所累积的几多心血及著述何等严谨，于当下之浮躁，尤其难能可贵。

露生先生是浙江省文化馆研究馆员，并任国家文化和旅游部民族民间文艺发展中心特邀研究员，中国国际经济文化发展研究中心高级研究员，浙江省非物质文化遗产保护协会常务理事与传统舞蹈专业委员会主任，浙江省非物质文化遗产保护专家委员会专家委员，北京舞蹈学院民族舞蹈文化研究基地特聘专家，浙江传媒学院舞蹈艺术客座教授，中国计量大学大学生艺术实践导师等；曾担任浙江省民间艺术研究会会长、浙江省艺术研究所艺术研究中心主任、浙江省文化馆（原浙江省群众艺术馆）舞蹈室与民间艺术中心主任、浙江省民族民间艺术保护工程专家办公室常务副主任、浙江省非物质文化保护专家委员会专家组组长、浙江省舞蹈家协会常务理事等职务。有"江南舞界一才子"美称。忆往昔，我们曾多次共同出席一些非遗项目考察和重要民间传统文化活动，包括浦江剪纸、浦江乱弹、浦江麦秆剪贴、嘉兴农民画、磐安祭孔、景宁畲族自治县"三月三"、浙江大学非遗讲座等。应该说，我直接感受到，他是一位扎根民族文化沃土的通接民间地气的文化人和艺术家，所以他到了哪里，许多人都是那样的亲近和喜欢他；他又是一位具有民族情结和文化情怀的非物质文化遗产专家，所以他无论是到了什么

---

[1] 本书作者的专著《拾遗稿缄》（第1版）于2019年由浙江大学出版社出版。2022年本书由上海文化出版社出版时，序文作者对本文略有微调。

地方，他都是如此的熟稔和珍爱那一方水土世代绵延的传统文化，如此的发自内心的愉悦和充满激情，既汲取无尽的养分和灵感，同时更加关注并致力于传承、保护与发展等课题与工作。

浙江自古物华天宝人杰地灵，文化底蕴极其丰厚，是全国非物质文化遗产保护综合试点省，国家级非物质文化遗产项目及世界级文化遗产数量位居全国首位。露生先生浸润于如此沃土，如鱼得水，孜孜以求，在民间传统文化广阔领域中，经验、心得、体味、研究、探索……所悟所思所获，可谓良多，因此他能够在国内外发表各种著述数百万字，而且荣获国家文化部科研成果金奖、全国艺术科学规划领导小组文艺集成编纂成果一等奖、WCPS 世界生产力（中国）科学成果奖、世界华人 12 国艺术研究院（所）艺术交流会"中华百科优秀论文评选"一等奖等国际、全国高奖十多项次，以及浙江省人民政府申报人类非物质文化遗产和国家级非物质文化遗产工作记功表彰"专家特别贡献奖"、浙江精神家园守护者荣誉奖等。《拾遗稿缄》正是诸如此类的集成与补遗，从而成为一部言之有物、道之有情、论之有根的重要著述文集，读之有益，颇多启示，也不失为有关非物质文化遗产教育、研究及实践、人才培养等方面可具指导价值的一手好书。

我们都知道，世界遗产从概念和实践上，成功地展示和保护了人类文明精粹，成功地倡导和践行了不同民族文化相互尊重和交流，多元文化和谐共处的和平与发展的理念，直接促进了世界文明多样性的发展，成为迄今为止对于传承人类文明最成功的理念和载体。

《保护世界文化和自然遗产公约》明确规定：非物质文化遗产，是指各民族人民世代相承的、与群众生活密切相关的各种传统文化表现形式（如民俗活动、表演艺术、传统知识和技能，以及与之相关的器具、实物、手工制品等）和文化空间。非物质文化遗产的范围包括：在民间长期口耳相传的诗歌、神话、史诗、故事、传说、谣谚；传统的音乐、舞蹈、戏剧、曲艺、杂技、木偶、皮影等民间表演艺术；广大民众世代传承的人生礼仪、岁时活动、节日庆典、民间体育和竞技，以及有关生产、生活的其他习俗；有关自然界和宇宙的民间传统知识和实践；传统的手工艺技能；与上述文化表现形式相关的文化场所等。

非物质文化遗产由人类以口头或动作方式相传，具有民族历史积淀和广泛、突出代表性的民间文化遗产，它曾被誉为历史文化的"活化石"，"民族记忆的背影"。非物质文化遗产的最大的特点是不脱离民族特殊的生活生产方式，是民族个性、民族审美习惯的"活"的显现。联合国教科文组织认为，非物质文化遗产是确定文化特性、激发创造力和保护文化多样性的重要因素,在不同文化相互宽容、协调中起着至关重要的作用,因而于1998年通过决议设立非物质文化遗产评选。

在我们每一个人身边和每一天的生活中,都会感受到非物质文化遗产的存活。其重要形式即为原生态文化。从历史文化价值上讲,原生文化是民族、民间文化的积淀,承载着一个民族、一个地域的记忆,其稳定传承性使之保留了古老文化的原貌,成为重要的活的历史与文化遗产,是一个取之不尽、用之不竭的文化宝库,就文化的主体而言,原生文化是本民族的精神文化,能够增强民族凝聚力和认同感。因此,原生文化以其突出的基因性、根源性,成为民族文化的重要基因,这是原生文化的民族文化基因价值,或可谓之原生文化的民族价值。

中国是一个多民族团结和谐的国家,地域辽阔,历史悠久,各民族、各地域都流传下异彩纷呈极为丰富的原生态文化,这些都是中华文明长河中熠熠生辉的奇珍异宝,是中华文化园林中瑰丽夺目的奇花异葩。中华文明因之灿烂,中华文化因之辉煌,世界为之欣赏。这是人类共有的宝贵的文化遗产,是中华民族为世界文明做出的重要贡献。

中华文明源远流长,首先反映在活态的民间文化传统上。作为一种社会发展方式,活态性在社会中起的作用不仅在文化方面、社会方面,同时包括它的实践性和实用性。活态文化传统的非物质文化遗产,正是中华文明传统的活态表现,也是其具有持久性的核心因素之一。

中国的非物质文化遗产保护,本质上是富有中国特色的文化复兴。越来越多负有民族情结和文化情怀的人们,投身于这项伟大事业,寄情浩瀚民间和乡野,无怨无悔,甘之如饴,成为文化之根的探寻者和守望者,露生先生是其中的一位。为此,我为《拾遗稿缄》出版喝彩,同时也要借此机会,向他和他这样致力保护和弘扬民间传统文化事业的人们,再次致以由衷的敬意。

是为序。

(作者赵学勇,时任世界遗产专家委员会秘书长、(巴黎)世界遗产文化中心秘书长、(苏州)联合国教科文组织世界遗产教育中心副秘书长;历任中国《世界知识画报》《世界人文画报》《世界遗产》杂志社社长/总编)

欧建平：孜孜以求 厚积薄发

评——吴露生的《中国舞蹈》（2017修订版）

说来幸运，我可能是最早看到吴露生老师《中国舞蹈》（2017修订版）的读者之一。

2016年岁末，中国艺术研究院舞蹈研究所主办"纪念中国舞蹈史研究60年学术研讨会"时，曾特邀吴露生老师在会上介绍《浙江舞蹈史》这部尚不多见的地方舞蹈史，记得他滔滔不绝地谈论其研究方法和写作经验，给了与会者们不少启迪。会后，他找我为他即将出版的《中国舞蹈》（2017修订版）作序，我欣然应允，但前提是不能太急，按照常规，我总要有一段时间先拜读作者的书稿，自己能有些长进才好。他答应了，而我则开始抽时间拜读他的电子书稿和其他一些论文，并回忆起许多往事……

露生老师是浙江人，素有"江南舞界一才子"的美称。记得当年他曾由中国舞蹈家协会主席、《舞蹈》杂志主编吴晓邦先生"钦定"，借调到《舞蹈》编辑部工作，其间不仅邀约了许多好文章，而且不时给晓邦先生整理文稿。同时，他自己还通宵达旦地读书、写作，发表了一些好文章，让晓邦先生颇为满意，后因家乡领导"惜才"而返回故里。据说当年中国舞协组建出版社时，晓邦先生又曾点名调他进京，虽因种种原因未能如愿，但在发表文稿前常寄给他"多提意见"，可见对他的信任。舞蹈大师贾作光先生曾在《舞蹈》上撰文，称他"在全国舞蹈界，是亦史亦文，史与论都有好质量，为数少有的，很有影响（力）的著名的舞蹈理论家"。前辈舞蹈史学家孙景琛先生曾称他："亦文亦史，有行有言。"此次新书出版前，中国舞协现任主席冯双白在带团出国访问的车马劳顿中，也不忘给他精心设计了这样的题词："吴舞大地耕耘坚守，风荷连天带露萌生。"由此可见，他的为人和为文，都是相当出色的。

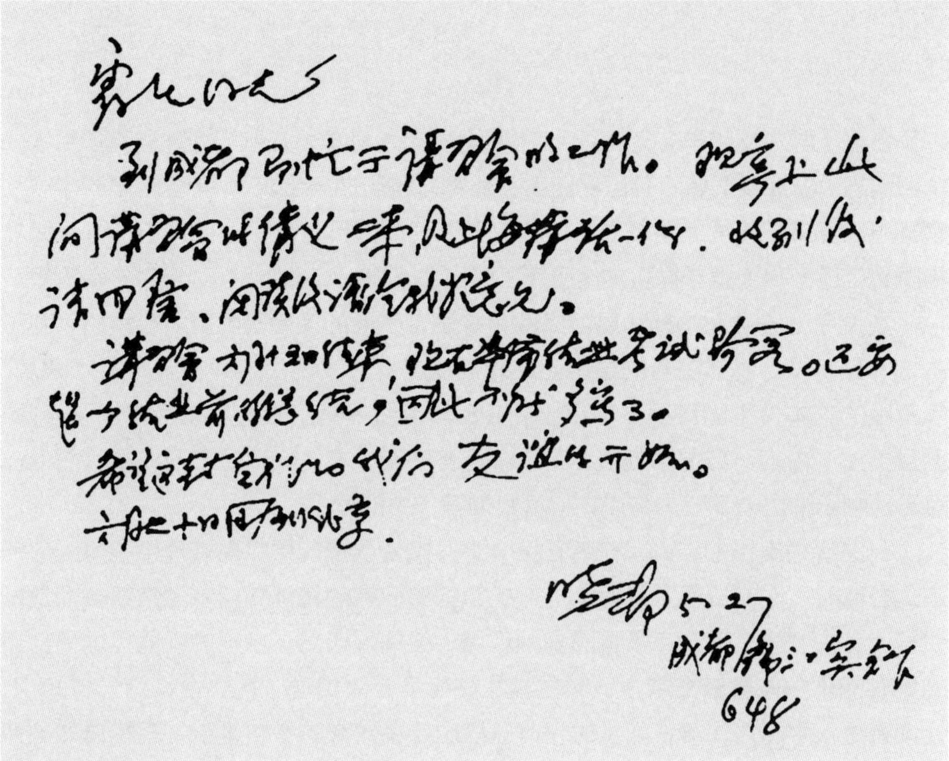

图 98 吴晓邦老师给本书作者的一封书信（原载《舞蹈》2018 年第 3 期第 83 页）

关于他在《舞蹈》杂志工作期间，有这样两则佳话让我至今难忘！其一，军旅作家戈基和诗人应乃尔有一天早上 9 点多钟到他在灯市口的住处找他，敲门不开，推窗而望时，只见大冬天，他居然身披棉衣，头枕书堆，进入了梦乡，地上是被窗风吹散了一地的稿件；其二，妻儿来京探望，编辑部的小宋曾在晚饭后陪他们一家三口"遛弯"，从灯市口西行，到达一个灯火辉煌、人声鼎沸处时，他居然惊叹不已地问："介热闹，啥地方？"小宋忍俊不禁地说："这是王府井啊！您来京一年多了，灯市口到这里，这么近都没来过？""嗨，没有空，天安门也只去过一回呢！"原来，惜时如金，孜孜以求，是他能够得到同行们"思辨深邃、发现敏锐、见地独到、文笔优美"以及"精解前说，补益通说"等赞誉的根本原因。

到目前为止，他已在国内、国际发表了三百余万字的著述，其中包括《中国舞蹈》（1998 年初版、2017 修订版）《寻觅舞蹈》（1999）《浙江舞蹈史》（2014）等专著，参与撰稿工具书《当代中国词库》（1993）、《中国舞蹈词典》（1994），以及合著《群众文化学》(2001)，主编全国艺术科学"九五"规划重点项目《中华舞蹈志·浙江卷》等，并因此获得文化部"科研成果金奖"、全国艺术科学规划领导小组"文艺集成编纂成果一等奖"与浙江省人民政府授予的"申报国家级非物质文化遗产和人类非物质文化遗产工作记功表彰'专家特别贡献奖'"等殊荣。

重温了他的敬业精神和显赫成就，并读完了他的《中国舞蹈》初稿后，我不由地为其字里行间洋溢着的学识与文采而欣喜，并发现由上海书店出版社2017年再版的这本《中国舞蹈》不仅比1998年上海古籍出版社的初版增加了容量，而且更新了内容，彰显出他近20年来继续孜孜以求、厚积薄发的成果，而且还可以从中归纳出以下五大特点，作为我推荐本书的理由：

一是纵横交错的结构。作者在第一章"嬗变寻迹"中纵向梳理中国舞蹈史的来龙去脉时，没有按通常的编年史方式架构对已有的舞蹈史料老生常谈，而是既引导读者去了解其他专家学者的多种观点，又娓娓道出了自己的不同见地；密集的史料铺排中充盈着文字学、考古学、文化学、人类学、社会学等跨学科知识，让读者进入中国古代舞史殿堂时，可以摆脱杂糅纷繁的史料堆积，轻松自如地博观约取，并通过特点鲜明的舞史节点，形散意不散地去穿纽，突出了引起后人自豪、世人瞩目的文化成果或文化现象，廓清了中国舞蹈古往今来的历史轨迹。

与此同时，该书也对若干通说提出了作者自己的思辨和补正，比如他将青海大通县出土的舞蹈纹彩陶盆的形象考订为"反映性爱、彰显男性特征的，男子先民在大树底下手拉手跳着的群体性舞蹈"；又如将《德寿宫舞谱》中的"舞谱"这个专业名词定位为"首次在中外文化史上的蓦然点醒"；再如将"唐宋舞蹈"视作"中国古代舞蹈三大高峰之最"等观点，皆有其独特的学术视角和充分的史论依据。而书中关于南北朝至隋代浙江孔家弄村婴头自然村墓葬砖画乐舞形象、武义南宋龙人堆纹瓶和明代绍兴安昌"翰越堂"的舞蹈形象，以及对"德寿宫舞谱二帙"的破解等关于舞蹈的文物史料的记述，则是他走乡俚、钻墓穴、查方志、访艺人，亲手发掘、考据之后，对舞蹈史研究成果的重要补充。

又如在第二章"门类管窥"中，横向列举了始终存活于民俗风情中的民间舞、气宇轩昂的古典舞，20世纪以来踏入国门并不断被"民族化"的芭蕾和现代舞，以及中外皆有的交谊舞，而在介绍这些舞种的文字中飞扬着的发生学、宗教学、民族学、民俗学、历史学的多样化修养，则力图使读者在明了中国现有舞蹈的类型品种之余，领略其各自的文化内蕴、价值取向，以及其中包含的深层的民族和民俗心理。

二是史论结合的方法。我们在各章内容中，均可看到作者以史证论、以论带史的研究方法，而第三章更是集中体现出这种史论结合、相互印证的研究和写作思路，例如抽象对于舞蹈的意义、通过动作品味人生的可能、舞谱的漫长历史和工具价值、作者身为当代人对历史的思辨，以及对传统在当下承续发展的忧虑等。由于要关照到目标读者群的特点，所以他选择的"史"，是在历史脉络中如数家珍的史，并由这些"史"去穿珠引线，而这些"史"又会由饶有趣味的事相作为"料"来加以丰富，由此构成了他写史手法的"触处生春"。而他选择的"论"，有许多是他与青年朋友交流时发现对方感到困惑或关切的问题，因而多能从读者的感同身受上升到通过阅读达到的理性认识，继而将理论尽可能通过"史料"深入浅出地表述出来。

三是详略得当的内容。作者在《自序》中坦言："《中国舞蹈》（2117修订版）非'中国舞蹈史'。"据露生老师说，在"纪念中国舞蹈史研究60年学术研讨会"中，吕艺生先生的闭幕词令他印象深刻并很受启发："前人积累下来的，关于舞蹈史方面的资料实在是太丰富、太宽广了。今后写史，我建议将这些资料很好地转化成非舞蹈史专业的人要学的、要去了解的舞蹈史。要根据读者对象，研究哪些入史，哪些不一定入史，我希望我们的舞蹈史不要超过20万字。"因此，露生老师在详略的比例上做得较为讲究，比如对漫长而丰富的中国舞蹈史，他采取了抓住重点之后"长话短说"的策略。具体到"中国民间舞蹈"上，他认为，56个民族都有各自的民间舞蹈，如果平铺直叙，洋洋几十万字也无法包揽。因此，他选择了"风俗中的民间舞蹈"这个视角，让普通读者能够通过民俗风情的文化生态，轻松自如地了解五彩斑斓的中国民间舞蹈。而对"中国舞蹈构成的门类属性、艺术特征、作品创作、欣赏与研究及当代裂变、分流"这些既能展示其独立思考，又能对读者产生启迪的理论话题，他则采取了"反复论证"的方式，以便在不经意中，提高读者的思辨能力。

四是通达流畅的文风。露生老师不仅是位多产的作者，而且做过《舞蹈》的编辑，以及浙江省舞蹈家协会的《舞蹈家》杂志与《中华舞蹈志·浙江卷》的主编，因此，他深谙唯有生动而畅达的文字才能流进读者、特别是青年读者的心田，并且久久挥之不去。由于他写作时坚持"走近读者，尝试换位思考"的宗旨，故而使人们看到的是一种颇有新意的成书结构。比如在每个章与节前，他都设计了作者与读者换位思考的假设性提问，并在赋予青春、时尚气息的提问语句与具有学术性、亲切感并简练精到的回答段落之后，才娓娓道来全部内容；又如书的封面没有舞蹈书籍常有的舞姿倩影，而是以颇为素雅的灰色调子面世，目的在于引领读者沉静入书，请设计师将书中的重要篇名与创新点用凹凸亮白的古宋体排列在封面上端，最后加上一枚红色印章，为整个画面提色，也暗喻静谧而鲜明的学术追求，同时告诉读者，他是想以这种青春版的《中国舞蹈》（2017修订版）为古老的中国舞蹈增光添色，并吸引不同年龄段读者的注意力。

五是图文并茂的编排。露生老师首先是读者，因而深谙"舞蹈靠形象说话"的道理，然后他又是作者，更懂得"读图时代"乃大势所趋。他不仅将自己采风所得的多幅珍贵图片入书，更邀约叶进、黄惠民等国内知名舞蹈摄影家友情提供了几十帧多年积累的舞蹈摄影佳作，其中不少为首次发表。因此，全书多达80余幅的彩色和黑白照片使得这本《中国舞蹈》（2017修订版）图文并茂，而摄影家们对舞蹈瞬息万变形象的匠心捕捉和再造的光影意象，必将引领更多读者进入这个鲜活灵动的"中国舞蹈"世界。

最后，如果一定要按照露生老师的要求，道出该书的不足，我以为，或许可以在"文献—文物—田野三重证据"的考据和论证方面再多下些功夫，但《中国舞蹈》（2017修订版）无疑是近年来出版的关于中国舞蹈的一部好书！

（作者简介，同前文，略）

殷亚昭：觅舞者的踪迹
——读吴露生《寻觅舞蹈》有感

一口气读完了露生兄的舞书——《寻觅舞蹈》，真是不胜欣喜之至！这本由香港天马图书有限公司出版的、装帧精美的舞书，洋洋数十万言，可谓是凝聚着作者大量的心血和汗水。

在觅舞者生花妙笔阐释下的片言只语，传递了深刻的舞蕴涵义。同时，也让人联想到，他在学海艺涯中翱翔的景象：舞论的美学品味，创作的哲理含义，舞评的创造力提升，无不是研究方法正确、艺术思维清晰，乃至充溢着逻辑学、民俗学、艺术学等跨学科跋涉，其间，或抒之以情，或晓之以理，总之，林林总总，蔚为可观，都可说是他真情的流露和心智的坦陈。

以广博的知识来做精深的学问，是他舞文的又一特点。例如，从古代文献典籍和文物史料中梳理剔抉，撰写出《吴越文化属性论》《吴越舞蹈文化嬗变中的关节点与发展高峰》《吴越巫文化中的舞蹈现象》等开拓性的地域舞文。它不仅显示了作者史学、考古学、民族学等方面的深厚功力，而且也是空白性地域舞蹈文化的寻根探研，其历史价值之重大、现实意义之紧迫是毋庸赘言的。诚然，给舞史研究领域留下了些许震撼和继续探研的线索，就更令人关注而萦怀不已了。

当今人们称道地球距离缩短了，其实历史时空也缩短而紧凑了。马克思在 150 年前写出的《共产党宣言》中指出："由许多种民族的地方的文学形成了一种世界的文学。"这是现代化走向的必然导致，所谓世界性文学艺术，恰恰是由各民族地方文艺所组成。

亦诚如我国 30 年代中期，鲁迅先生在《鲁迅书信集》中讲的那样："有地方色彩的，倒容易成为世界的。"

这些惊世骇俗的话语，在当今文艺发展的态势里，已被艺术实践所验证或已成为新文艺的时尚。我们在回顾这些先哲伟人的警句时，也不由得深深地敬佩这些包括露生兄在内的艺术拓荒者。他们以百倍的毅力和不怕入"地狱"的勇气，去叩启艺术科学的大门。正如作者自序所言及的：

> 只有苦行僧式的舞人，在牵魂摄魄的真情呼唤中，走过那九千九百九十九个弯，有希望到达舞蹈圣殿的第一台阶。

应该说，觅舞者的精神领域是专注而挚着的，心境状态是淡泊而宁静的。如此，他们才能殚精竭虑用苦工夫，发前人所未发，启后人及来者。露生兄通过"寻觅舞蹈"，才发现舞蹈创作需要"立体化"，舞蹈艺术需要"整体感"乃至"艺术通感"，才能看到舞者背后的艰辛和不易。

而今他通过"寻觅"，已结出了丰硕的学术成果，完成了200余万字的舞蹈论文的撰写，主编了《中华舞蹈志·浙江卷》，摘取了全国群文学术著作的"群星奖"金奖的奖牌等。然而，通过"寻觅"而大声疾呼："舞蹈绝不能小视""舞蹈需要理性的寻觅"，这确实说出了觅舞者共同的心愿。

原载《上海艺术家》1999年第02期

（作者殷亚昭，系已故江苏省文化艺术研究所研究员。
时任江苏省舞蹈家协会主席，《中华舞蹈志·江苏卷》主编）

应乃尔：播种者的丰收是可期的

我向来十分倾倒于舞蹈家们神妙的艺术：他们以人体的律动，倾吐着爱和憎，表现着人们与昨天的告别，对明天的追求。天地山水，阴晴雨雪，皆在一舞姿、一云步之间；真善美丑、喜怒悲欢，尽入一甩袖、一昂首之中。那明快的节奏，青春的旋律，常凸显出某种生活美、性格美，以丰富多彩的舞蹈形象荡漾着时代激情，给我们回肠荡气，赋予我们美的情思。

因此，我很庆幸自己终于有了一位舞蹈界的朋友。这一回，我又去看他。只见他眉宇间流露着异乎寻常的兴奋之情，本来就很富有表情的眼睛，闪动着熠熠光彩。循着他的视线，我看到了放在他案头的两封信①，我一口气读了起来：

"露生同志……"

一手洒脱、遒劲的字体，我读着，也沉浸于字里行间跳动着的感情的波流当中。当读到写信者的署名时，不禁脱口而出：啊，吴晓邦！

这是蜚声中外、著名的老舞蹈艺术家、我国新舞蹈奠基人之一、中国舞蹈家协会主席吴晓邦同志写给工作在最基层的舞蹈工作者一个舞蹈新秀的信。他整整为舞蹈事业奋斗了 50 余年，对当代舞蹈工作精辟的分析、深刻的见解，虚怀若谷的胸襟以及他对舞蹈新秀深厚的情谊，殷切的期待，这一切，顷刻间引起了我强烈的共鸣！

是什么把北京城与浙中山区联结了起来？为什么当代的舞蹈大师与山城小镇的一个普通舞蹈工作者结下了如此情谊？

暮春四月，繁花灼灼的江南。吴露生同志和全国新老舞蹈界同行一起，端坐在上海文艺会堂，聆听着从成都赶来参加华东六省一市舞蹈会演的吴晓邦同志热情的讲话。说得多好呵，就是那斑白的两鬓，深皱的前额，浓重的苏南音，无不激起他心底敬慕的涟漪。

在纵古论今评说当代艺术中，吴老谈道"在 1980 年，我看到过一个《养蜂小妞》的舞蹈，作者所用的音乐是我所熟悉的，作者对养蜂小妞的形象设计上，我是很佩服的。我一直都想认识这位作者。这次他的作品《采桑晚归》更进一步地显露出作者的个性，有了新的创造……。"

吴老说的这位作者就是中国舞协浙江分会副主席、浙江省歌舞团编导孙红木同志[②]。

当天下午，北京《舞蹈》杂志社的一位编辑热情地陪同孙红木、吴露生到达申江饭店。吴老在三楼的住处接见了他们。一位成就斐然的老舞蹈艺术家坐在藤椅上，和两位来自浙江的舞蹈工作者亲切地面对面地谈开来了。

孙红木："吴老，我在北京全国舞蹈编导班学习过，我和您见过面，应该是认识的。"

吴老："是的，我们应该是认识的，我更在作品中认识你。"接着就兴致勃勃地分析了孙红木参加会演的两个作品。当话题转到吴露生时，吴老热情地连声说："噢，吴露生，想起来了，写得蛮多的，我这里还有他写的东西（边说边就打开抽屉，拿出几本刊物，吴老以他惊人的记忆力很快就翻出一篇文章，并读出它的题目），这是一篇《当今舞蹈·农村及其他》……嗯，要讲真话。"

吴老的夫人盛婕（从门口走进插话）："60 年代就批判他，他不怕。"

吴老："搞事业，并不是一帆风顺的。（稍顿，他似乎激情满怀）思想要解放一些，爱就爱，不爱就是不爱，就是要把你们生活中最激动人心的东西表演出来，手法要多种多样，要坚持作者的个性。（此刻，他从藤椅上略向前倾，挥着微握的拳，严峻的目光里流溢着紧迫感，满含深情地）要抓紧呵，要努力呵！"

吴老（继续着热情的谈话）："人要有威信，人家才能听话。我们讲舞蹈动作，每一个体形动作都要有个性，不能随便用。舞蹈，总要让人看得懂。"

吴露生："《舞蹈》杂志要我评一下上海歌舞团演出的大型民族舞剧《岳飞》，吴老，您的看法怎么样？"

吴老："好！你得评好，《岳》剧主题清楚，音乐也不错，什么手法都敢用，外国人的东西也揉了进去。但还需修改……"

亲切地交谈，不觉已是两个多小时，当孙红木、吴露生两人起立握别时，吴老又热情地记下了他们的通讯处，并对吴露生亲切地鼓励着："我们以后就是朋友，多联系，多交谈。"

是啊，吴露生同志正在浙中的家乡主办一个农村业余文艺骨干训练班时，忽然收到了吴老在天府成都办舞蹈讲习会中寄来的讲稿《新舞蹈艺术概论》及其他一叠资料，并附来一封热情洋溢的信。这才是华东六省一市舞蹈会演结束后的一个月零几天的 6 月 5 日的一个露清叶繁的早晨。

吴老，以他 78 的高龄到处奔忙着。他真是在中国舞蹈事业的土地上一位辛勤的播种者。他从成都讲习回京不久，又匆匆飞去山西讲课。7 月 19 日，当他风尘仆仆地回到北京，见到露生的回信以后，不顾旅途疲劳，事绪纷繁，根据近几年来对舞蹈的调查研究，撷取山西讲话的重要片断，又回复了一封长信。身在江南农村的吴露生收到了这封远方来信，被吴老对开展群众舞蹈工作的真知灼见和对舞蹈美学的高度概括又一次极大地震动了。我见到他时只要一提到吴老，他那浓黑的眉毛下面，一双大大的眼睛就会燃烧着激情的火焰。我虽然没有亲见过吴老，也没亲聆过吴老的教导，但心中有一股情感的热流在不止地涌翻。因为一位胸怀远大，高瞻远瞩又脚踏实地的中国老舞蹈家的形象如此生动鲜明地在我面前矗立。在上海、在成都、山西、在北京，在百花争妍的舞蹈会演开幕式、在和风拂面的房间里、在春光明媚的讲习所，在一个个年轻人的心坎，他讲的一句句亲切的话，他写的一行行清晰的字，是一粒粒金色的种子，吴老在辛勤地播种，并且，他在呼唤着芬芳的花朵，他在期望着丰硕的金果……

哦，怪不得我朋友，这位曾长期工作在基层的舞蹈工作者，有那么大的拼劲。在繁忙的华东六省一市的舞蹈会演的空隙，他硬是写成了《蚕乡芳馥扑面来——评舞蹈〈采桑晚归〉》的艺术特色》一文；为完成舞蹈杂志的约稿可以一连三天不吃晚饭，在上海歌舞团看连排、看细排、看彩排，走访编导，参加座谈会，写出了对大型民族舞剧《岳飞》评论的初稿《民族舞剧的新收获》。回到东阳工作岗位后，又主办了农村文艺骨干培训班，走遍了东阳江两岸的十多个公社，依靠广大群众普查了占蕴藏量 70% 的民间舞蹈，并着手采集整理了《莲花头》《采茶》等舞蹈节目。他勤学苦练，博采众长，工作学习经常到深夜，有时直到第二天凌晨……近年，吴露生同志的一系列文章连续在《光明日报》《舞蹈》《浙江舞蹈》等报刊上出现，他正以自己辛勤耕耘的果实越来越引起了舞蹈同行们的注意，而成了舞蹈论坛上的新秀。

伟大的俄国民主主义思想家赫尔岑说过这样的话："科学是到处为家的，——不过在任何不播种的地方，是绝不会得到丰收的。"而今天，我们则可以欣喜地看到，由于老一辈舞蹈家们辛勤的播种，一大批勇于探索、坚持实践，不折不挠的追求者，不断地开拓，不断地革新的大智大勇的新一辈已经涌现，充满着时代精神，洋溢着泥土气息，跳动着生活脉膊的为人民喜闻乐见的舞蹈作品、舞研成果、教学新篇在竞相争妍，中国舞蹈事业的春天正扑扑地向我们鼓翼飞翔而来！

  我们坚信：播种者的丰收是可期的，吴老用辛勤的汗水浇灌出来的一叶叶绿芽，必将深扎在人民的土地上，以它们旺盛的生命力，怒放在广阔无限的天地之间，而永葆其美妙的青春！

  当我想着这些的时候，心里不觉春意、诗意盎然。我想，我应该为吴老，为我十分倾倒的中国舞蹈艺术的可喜前进写一首诗……

原载《艺术馆》1982 年第 9 期

（作者应乃尔系已故诗人斯苏民笔名，生前为中国中铁党校教授，《学习与探索》学报常务副主编，大型丛书《走向新世纪》一级撰稿人。曾在人民文学出版社、花城出版社等发表诗作 500 余篇）

注释：

① 详见本书【附录 1】"专家点评"《吴晓邦:给吴露生的一封信》与《欧建平:孜孜以求，厚积薄发》。
② 1982 年时，各省舞蹈家协会尚称之中国舞协各分会。

跋：吴露生先生的"理想人生"

早春二月，吴露生先生会同另外几个同志一起来看我。言谈间，吴露生先生说，他已出版了八九本书，最近正准备再出一本自选集，当是收官之作。

说到写书，也触及了我的神经。我倒下六七年了，历经苦难，特别是这一年多来，体能肌能大踏步退步，身体很糟糕，完全撑不下去了，几乎每天奄奄一息，但是我为什么还不死？身体死了心没死，心里心心念念的还有几本书。这么丰厚的非遗经历，还没有充分转化为理论成果，这么些年痛苦煎熬、沉浸式体验，还没有转化为生产力，我心有不甘，撑不下去还得撑！所以对吴露生先生著作丰厚，甚为羡慕。

吴露生先生说，在这本自选集里，保留与约请了一些领导和专家的题词和点评，也想请我写几句，可长可短都没关系，但看到我的身体状况，在轮椅上都坐不牢，不敢开口。吴露生先生是我非遗保护的启蒙人之一，我们相识相知有30余年了，他年长我一些，学问渊博，性情中人，肝胆相照，我很敬重他，也很欣赏他的秉性和风格。我原先计划出一本浙江非遗人物写真集，将新世纪以来浙江非遗保护的有功之臣一一评点，留给历史，现在看来我已经没有这个力量了。与吴露生先生有缘，借这本自选集的机会，让我对这位我尊敬的前辈和老友点评几句吧！

吴露生先生有几个鲜明的特点：

一是能专能博。他是位专家，也是位学者，所以既专又博。如果说准确一点，这个"专"也可以换成金刚钻的"钻"。

我对吴露生先生最初的印象，是他"钻牛角尖"。那些年，我对文化艺术专业还不怎么了解，对于各地的文化资源也不怎么熟悉。我在省文化厅社文处许多年，分工联系省群艺馆，不断有机会接受艺术熏陶和业务指点。在一些业务会上，吴先生很顶真，不时会发表一些惊人之语，成为会上的一个爆点，然后大家争论不休，吴先生他会引经据典，激动地强调应该怎么样或者不应该怎么样。我记得对于德清前溪歌舞的发掘，对长兴百叶龙、安吉化龙灯谁是源？谁是流？瑞安藤牌舞的服装道具、藤牌舞的阵式，他觉得要有明朝戚家军的特点；对于畲族祭祖舞蹈如传师学师等，他也很有研究心得。往往吴露生先生引导了会议讨论的方向。他是一个求真的人，我觉得业务工作、艺术创作需要讨论，通过讨论，才能引向深入，才能豁然开朗。

当然，我对吴露生先生感受更多的是，他的知识面宽广，他从舞蹈理论、舞蹈集成志书，拓展到大群文。20世纪90年代初，我的老处长郑永富先生主编群众文化系列教材，吴露生先生应邀担任《群众文化学》的编著，这套教材成为全国群文培训指定教材，中央电大指定教材。后来，吴露生先生从浙江省群艺馆舞蹈室主任转任民间艺术中心主任，新世纪非遗保护兴起，他作为民间艺术的领头羊，在全省民族民间艺术保护工程组织实施和以后转换到非遗保护大领域，他的知识积累和储备发挥了大作用！他是复合型的专家学者，在浙江省非遗的保护和开拓上，发挥了重要的参谋智囊作用和学术指导作用。

二是能文能武。上马打胜仗，下马著妙文，理论和实践完美结合，这是士大夫追求的至高境界。舞蹈界有两种人才，一种是能编导、舞蹈，但是不大会写理论文章；还有一种，舞蹈研究有学问有成果，但是具体作品的编导舞蹈不大行。既能编导，又能够上升抽象到理论研究、指导实践，那就更为难得了。吴露生先生就是舞蹈界这种难得的高级人才。吴露生先生20世纪90年代就担任《中华舞蹈志·浙江卷》主编，舞蹈资源烂熟于心，舞蹈理论挥洒自如。更难得的是，他这位看起来蛮粗犷的汉子，在舞蹈编导上照样转承启合，现身说法，通过他的创编，鱼灯、花灯的柔美，狮子、龙舞的壮美均在他手中精湛体现。而且他还是各种民间艺术活动策划的高手。他有不少经典案例，譬如他在临安策划举行"中国民间艺术一绝邀请赛"，传统表演艺术活动组织有点难度，特别是搞全国性的，因为演员多，但是搞民间一绝这个切入点好。民间绝艺绝技绝活掌握在少数人手里，这些民间高人举手投足都是绝活，都是爆点，都是满堂喝彩，闻所未闻见所未见，花小钱办大事，影响大效果好，媒体有料！后来他又在宋城连续策划了两届《中国民间一绝》方面的邀请赛，非遗与旅游景区结合，宋城火上更火。这项活动，后来没有在浙江连续办下来，很遗憾。我听说吴露生先生在舟山、龙泉策划了国际民间艺术踩街活动，果然来了好多个国家的民间艺术展示队伍，丰富多彩，斑斓多姿，异国情调。活动很火爆，原来吴露生先生把在杭的国外留学生组织起来了，这些留学生能歌善舞，热情奔放，让他们去体验海岛风情，展示民族文化特色，他们都很开心。吴露生先生的创意和能量可见一斑。

三是能上能下。吴露生先生有种很难能可贵的品质，干啥都行，不计较名利得失、地位高下。他在担任浙江省群艺馆民间艺术中心主任并兼任浙江省艺术研究所艺术研究中心主任的时候，筹备建立了浙江省民间艺术研究会，被推选为会长。后来为加强民俗文化保护传承，省里新成立了省民俗文化促进会，邀请吴露生先生担任副秘书长。很意料之外，他慷然应允，从一个一级学会的会长，屈身为副秘书长。而且不像有些专家，光挂名不挂实，他以很大的精神和力量参与和投入民俗文化的传承和复兴。我时任秘书长，我们一起鼎力支持省民俗文化促进会为保护民俗文化，踏踏实实做了一些事，推进全省民俗节庆活动四面开花。

四是能得能舍。有一次，参加杭州与基层非遗项目挂钩指导会议，吴露生先生与建德的一项非遗项目挂钩，他了解到这个项目缺经费，项目的保护单位是一个村，这个村经济条件薄弱，对于非遗项目的保护传承没有力量与经费支持。这个舞蹈项目，要进一步挖掘改进，推陈出新，服装道具制作、录音小样等都需要花钱，吴露生先生当场表态，他说把他今年一年来各种策划费、指导费、稿费、评审费六万多块钱，全部捐给这个村，用于这个舞蹈项目的保护传承。我们大家都很感动，这是真正有文化情怀。吴露生先生是高人，是有本事的高级知识分子，做好本职工作前提下业余兼职取酬，政策是允许的。但是他从不计较参与一项工作有没有经费、指导费或者劳务费，只要工作需要，他就挺身而出，责任担当，从来不计较利益得失。

五是有情有义。我倒下已经快七年了，人生经历大劫难，更能看清自己，也更能看清别人。所谓树倒猢狲散，有些蛮势利蛮功利的人，你就看不见踪影了，如果有事找到他，他也不一定当一回事。但是，吴露生先生不一样，浙江省的国家级非遗代表作丛书编撰和审稿任务"布置"给他，他都非常认真负责。会上遇见，我都能感受到他的满腔热情和真诚。我编《龙腾——龙文化的浙江传奇》，将各地各种龙表现形式，百叶龙、布龙、竹叶龙、断头龙、板凳龙等，编了一本书，我想如果这本书除了每个龙舞项目的介绍，再有一篇关于浙江龙文化源流的述评，那就更好！这样的文章，是很难写的，也很花力气的，我想到也只有吴露生先生非他莫属。我就打电话给他，他一口应允，而且紧赶慢赶在我们要求的时间内，发来一篇洋洋上万字的龙舞述评，我通览一遍，写的实在是好！我很钦佩，真的很感动，很感谢他！

我觉得，一个人一生的"理想人生"，应该有五个度：一是高度，要有信仰信念，要有理论思维和思考，要有境界，这样才能引领行业发展，乃至促进社会发展；二是宽度，人生要有经历，有见识，见多识广，才有胸怀和胸襟；三是深度，既博学又精深，做深做透，才能掌握真谛和领会精髓；四是热度，一个人热爱事业，热爱生活，才会用心去体验，去寻思，去做，才会认真负责担当，也就一定能做出成绩、成就，乃至创造奇迹！五是长度，人生漫长，但人生也短暂，书比人的生命要长，所以著书立说，才是延长生命的本质。

恭喜您，吴露生先生在我们的心目中具有"理想人生"。

王 淼

2021 年 7 月 20 日

（作者现任浙江省文化和旅游厅二级巡视员。原浙江省文化厅非遗处首任处长，浙江非遗事业的开拓者）

后　记

暮霭漫来，书阁里的光线迫不及待地亮了起来，轻拥一米暖暖的灯辉入怀，让指尖轻轻地滑动在出版社快递来的校样上……

字里行间涌动着如烟往事——苍苍蒹葭驻足青青河畔，溯洄从之向往远远彼岸，岁月有痕，眼前快要面世的这叠图文不也似人生的一种印记？思绪浮泛，不由得想发会儿呆，让自己在书稿里暂栖一时。

回首早春二月策动这本书的出版以来，流淌的思绪中不时浅漾着我的感动……

卷前自序提到的"特别得到了几位舞界好友和出版家的热心鼓励……"，其中就有2017年为我《中国舞蹈》修订版作序，学贯中西、著作等身，时任中国艺术研究院舞蹈研究所第五任所长的欧建平研究员。近年被推为名誉所长的他笔耕不辍，佳作频现。也就在他潜心主编《中国大百科全书》第三版舞蹈学科大书之时，于第一时间给我发来了对新书的寄语，并对篇什间有的人物的历史表达给予了精到的指点。中国舞蹈家协会冯双白主席则是第一个阅读了我全部初稿的读者。他是在忙碌大江南北舞界要事返回北京的一个晚上，硬是不顾疲惫、挤出时间，通宵达旦地为我拙著作序，这是一个中国舞蹈领军人物与顶尖舞蹈理论家的清澈思维及对一个舞蹈学者热情友好、令人十分感动的鼎力支持。当我就有关条目内容寻求相关人的意见，世界遗产专家委员会与（巴黎）世界遗产文化中心赵学勇秘书长，中国艺术研究院舞蹈研究所研究员、中国非物质文化遗产保护中心传统舞蹈研究室负责人江东等给予的信任与首肯，使我的撰写得以非常顺畅地进行。北京舞蹈学院副院长、《北京舞蹈学院学报》主编邓佑玲教授，浙江省舞蹈家协会主席、杭州歌剧舞剧院院长崔巍一级导演，还有曾是我多年的直接领导浙江省文化和旅游厅二级巡视员、原浙江省文化厅非遗处首任处长王淼和浙江省艺术研究所原所长、浙江省群众艺术馆原馆长余东东研究馆员得知拙著行将面世，均热情洋溢地给予了本人许多鼓励及真诚友好的祝愿。

原上海音乐出版社舞蹈编辑部主任、舞蹈艺术中心总策划、编审，被业界赞誉为"中国舞蹈图书出版界第一编辑"的黄惠民先生，自始至终指导、关心着拙著的编写与进度。他作为这本书的特邀编审，从策划方案到框架结构，自推荐出版社至成书要素均给予了不少精彩创意和专业指导。非常荣幸，造诣深厚、为人极为谦和，做事认真干练的上海文化出版社副总编辑罗英女士亲自担纲了拙著的统筹工作。记得也是在这个年头的暖春，当她了解到书稿的主要内容和特色，稿件质量及有可能的价值和意义后，很快拍板进入了相关流程，决定了自选集的出版。并运用她的人格魅力协调着有关各方，推动着付梓面世的进度与质量。也是有缘，乐意为拙著设计的是沪上鼎鼎大名、中国书籍设计的领军人物之一、曾任中国出版工作者协会装帧艺术工作委员会副主任的袁银昌先生和他的助理、上海与华东书籍设计艺术双年展整体设计奖等大奖的获得者李静女士。今年的季夏与晚秋时分，我曾先后两次乘坐沪杭高铁去了袁老师的工作室，牵引我钦佩目光的是出自他们设计理念的种种出版物，书屋就似一个充盈美学追求的万花筒，而不同书籍的众生相，都在彰显着一个个极其个性、精彩纷呈的自我意象。

浙江传媒学院作为国家广播电视总局和浙江省人民政府共建，特色鲜明的国家级一流的高水平传媒高校非常重视艺术学科的建设，重视将非遗与舞蹈文化融入学校现代教育体系。正由于此，拙著在即将面世前也有幸进入了该校分管学科建设副校长姚争教授的视野，规划中新书发布活动的题旨要义，与此联动的中国著名学者学术讲座的举行及传播，都得到了他的眷顾与指导；公共艺术教育部的卢懿副教授与她领衔的研究师生团队则是集才干与勤奋于一体，筹措工作时焕发的青春活力不时撩拨起我感动的心境。

同样让我久久不能忘怀的还有一些学生辈的同好，他们不因善小而不为，主动施以援手，给了我很是实在的帮助，如浙江传统舞蹈专业委员会的常务副秘书长沈优优、山西省艺术研究院助理研究员薛莉等，她们在自己繁忙的学术研究与挑灯攻读间隙，为我寻找历史资料，查考佐证源件，打印复印图文，联系专家学者，为拙稿的面世润物细无声地默默助力……

所有这些，让我见证了人间那么多的善意和温暖。友好的同道人收获时互相欣赏，失意时互相鼓励，成功时互相致敬，情份的天空竟是那么宏阔、如此灿烂！

就在写这篇"后记"的时候，偶然看到了《中国新闻周刊》2021年7月10日对我省作家协会主席麦家的一篇访谈《对话麦家：我愿意拿今天的一切去换一个快乐童年》："因为家庭因为童年的原因，确实我是不幸的，但这种不幸其实也是有幸，让我成为一个作家。"与麦家有几分相似的是：我的童年也并不快乐。

还在故乡上小学时，我就从父母亲的言谈中隐约知道了父亲好像是个有什么"历史问题"的人，至于什么问题，孩提时分的我也不甚明白。母亲很美，在一所师范学校当老师；父亲也帅，却没有工作，唉声叹气后引发的暴躁常让我们兄弟三个各有挨打的份，但是由于母亲的庇护，我们并不怕。有一天忽然来了一张纸也不知上面写了什么，父亲兴冲冲地到我读书的学校做教师去了。可只过了一年多一场急风暴雨扑面而来，父亲不知怎地又被划为"右派"分子，我也自然而然成了"黑五类"的子女。群体中另类的孤独感，希望拾级而上进大学却不得的无望，促使我自学奋斗的意志在孤独中有点膨胀，因此有了我在"自序"里说到的"傍晚到次日，翻箱倒柜地在读书卡片、笔记、古书堆、新思潮文章及记忆的仓库中寻寻觅觅"的努力，不快乐时就到书海里邀游去获得一种异样的快乐。孤独也让我形成了不想与别人攀比只想超越自己，又不失去自己的那种倔强。

凡是过去，皆为序章。随着历史的正确进程，两份红头文件先后将父亲的所谓"历史问题"澄清，"反革命"本是老革命；"右派"分子则"属于错划，现已改正"。朗朗乾坤让我卸却了精神的压抑，多一点勤奋与努力成了自己一种快乐的自觉，因而单位家属宿舍最后熄灭灯光的窗棂，通常那是我已过了子夜的书房。我和当教师的妻子赡老育幼，虽然一度还未脱贫，可是我们知足常乐。两个儿子和许多青年才俊一样，分别过海飘洋考研读博，取得了国外名校的学位，娶上了情投意合高学历的太太，学成之后在国内高校与外企成了颇有业绩的学科带头人和企业管理者。一家子互相帮扶、支持着，各自忙碌着自己喜欢做的事，也做了一些善事和好事，在事业与荣誉方面都有所收获。作为家庭这个小集体也常蒙各级领导的厚爱、街坊邻里的抬举，如2015年被评为"浙江最美家庭"、2021年"浙江省文化示范户"等。历史的进程也推动着我不断地在火热的社会生活与伏案写作的冷板凳之间往返不停，数十年来竟然也渐渐付梓了数百万的文字。

许多人都这样，当把乡愁家运与国家命运联系在一起，中华优秀传统文化的家国情怀无疑是一股描绘与探望人生、永不衰竭的精神涌流。

好像丰子恺在解释李叔同的经历与归宿时说过,人有三重境界,一是物质生活,二是精神生活,三是灵魂生活。有的人做人认真,满足了"物质欲"还不够,满足了"精神欲"还不够,还必须去探求人生的究竟。我的物质生活虽一般,但很知足;精神生活相对比较丰富,在这第二重境界里,觉得有看不完的风景,做不完的事情;灵魂当然有——在我第九本专著《拾遗稿缄》最后连接封底的飘口上曾写上了一行小字:"在灯下努力写作,让灵魂在纸上延续……"至于灵魂生活,能真正探求到人生的究竟,显然这辈子是难以做到了,但毕竟也在寻寻觅觅。

冬至日,彳亍在霜风染红的满地枫叶间,特别想留下一路探究人生浅浅的印记和路途中亲人友好相互帮扶着前行、令人留恋不舍的轨迹——这也许是"自选集"成书的又一个缘由。

故而,又有了这篇"后记"。

吴露生

2021 年 12 月 21 日,目光悠悠,送走了又一片晚安的灯火

图书在版编目（CIP）数据

吴露生自选集：舞蹈·人文世界的追忆 / 吴露生著
. -- 上海：上海文化出版社，2022.1
ISBN 978-7-5535-2487-0

Ⅰ. ①吴… Ⅱ. ①吴… Ⅲ. ①散文集-中国-当代
Ⅳ. ①I267

中国版本图书馆CIP数据核字(2022)第012266号

出 版 人：姜逸青
统 　 筹：罗　英
特约编辑：黄惠民
责任编辑：张　彦
整体设计：袁银昌
设计排版：袁银昌平面设计工作室　李　静　胡　斌

书　　名	吴露生自选集：舞蹈·人文世界的追忆
作　　者	吴露生
出　　版	上海世纪出版集团　上海文化出版社
地　　址	上海市闵行区号景路159弄A座3楼　201101
发　　行	上海文艺出版社发行中心
	上海市闵行区号景路159弄A座2楼　201101　www.ewen.co
印　　刷	上海雅昌艺术印刷有限公司
开　　本	710×1000　1/16
印　　张	33　彩插：20
印　　次	2022年3月第一版　2022年3月第一次印刷
书　　号	ISBN 978-7-5535-2487-0/I.957
定　　价	168.00元

告　读　者：如发现本书有质量问题请与印刷厂质量科联系（T:021-68798999）